デーヴァ

ブッダの仇敵

三田誠広
Mita Masahiro

Devadatta

作品社

王舎城《おうしゃじょう》（ラージャグリハ）に阿闍世《あじゃせ》（アジャータシャトル）という王子がいた。悪友の提婆《だいば》達多《だった》（デーヴァダッタ）にそそのかされ、父王、頻婆《びんば》娑羅《しゃら》（ビンビサーラ）を幽閉して食を与えず餓死をはかった。王妃韋提希《いだいけ》夫人（ヴァイデーヒー）は全身をきよめたのち、干し米を砕いて乳酥と蜂蜜で練り固めたものを自らの肌に塗り、装飾品のなかに葡萄汁を入れて王に面会した。王は王妃がもたらした食をとったあとで、霊鷲山《りょうじゅせん》の方向に合掌礼拝して告げた。わが友、目犍連《もくけんれん》（マウドガリヤーヤナ）よ、慈悲の心をもってわれに八戒を授けよ。ときに目犍連、鷹や隼のごとく空を飛んで王のもとに到った。

（観無量寿経より）

目次

第一部

第二部

第三部

第四部

主な登場人物

シュッドーダナ……カピラヴァストゥ王
プラジャーパティー……王妃
シッダルタ……皇太子
ヤショーダラ……皇太子妃
アミター……ヤショーダラの母
デーヴァダッタ……ヤショーダラの給仕
スンダラナンダ……シッダルタの異母弟
アシタ……神官の長老　仙人
アシュヴァジット……デーヴァダハの神官
ジェータ……コーサラ国の王子
マハーラージャ……ジェータの祖父
プラセーナジッド……ジェータの父
シュリーマーラー……ジェータの妹
マハーナーマン……カピラヴァストゥ大臣
ナーガムンダー……マハーナーマンの娘
ヴィルリ（ヴィルーダカ）……第二王子
スダッタ……シュラヴァースティの長者
マリハム……シュラヴァースティの娼婦

プーラナ・カッサパ……六師外道　常住論者
マッカリ・ゴーサーラ……アージーヴィカ教
アジタ・ケーサカンバリン……四元素説
パクダ・カッチャーヤナ……七元素説
サンジャヤ・ベーラッティプッタ……虚無論者
マハーヴィーラー……ジャイナ教
シャーリプトラ……シッダルタの一番弟子
マウドガリヤーヤナ……二番弟子
マハーカーシャパ……教団の運営責任者
アーナンダ……デーヴァダッタの異母弟
ラーフラ……ヤショーダラの子
ガンダルヴァ……デーヴァダッタの従者
ガルーダ……デーヴァ団の指導者
ヴィマラキールティ……商人の長老
ビンビサーラ……マガダ国王
ヴァイデーヒー……王妃
アジャータシャトル……王子
チュンダ……鍛治屋

デーヴァ

――ブッダの仇敵

第一部

第一章　カピラヴァストゥに楽の調べが流れる

空の高みに白い山脈が長く延びている。

雪《ヒマ》の住処《アーラヤ》と呼ばれるヒマーラヤは、真夏でも白く輝いている。

乾いた風が盆地を吹き抜けていく。

到るところにわき水があり、稲を育てる水田が広がった豊かなタライ盆地の中央に、堅固な城壁で囲まれた都市があった。

カピラヴァストゥ。

近くの山地で産出される白い切石を隙間なく並べて積み上げた見事な城壁が都市の全体を囲いこみ、その中央には同じ切石で作られた王宮《ラージャプラサダ》がそびえていた。

王宮の敷地は都市の半ば近くを占めている。建物の奥にある庭園の先には都市を囲んだ城壁の北壁に達する深い森《ヴァナ》があった。王宮には儀式が催行される広間《ザラ》や神《デーヴァ》の住処《アーラヤ》と呼ばれる神殿《デヴァーラヤ》や、王族《ラージャター》の住居や兵舎の他に、穀物を貯蔵する広大な倉庫があった。

国王シュッドーダナのその名には、清らかな稲の王、という意味があったが、人々は慈愛《マイトリー》の王《ラージャ》と呼んでいた。

北方の山岳地帯には気の荒い騎馬民族がいて、時として穀倉地帯に出没して掠奪をくわだてることがあった。そのため庶民《ヴァイシャ》と呼ばれる農民《クルサカ》は採り入れた穀物をただちに王宮内の倉庫に運びこんだ。王はその穀物を必要に応じて農民たちに分配した。堅固な城壁が、周囲の農民たちの暮らしを守っていた。

飢饉が起こった時のためにある程度の備蓄は用意されていたが、余った穀物は恒河《ガンジス》の水運を利用する庶民階級《ヴァイシャヴァルナ》の商人《ヴァニージャ》によって各地に運ばれ、織物や酒や油などと交換され、それらの産物はカピラヴァストゥに運びこまれた。

カピラヴァストゥには富が集積することになる。

都市を囲んだ城壁の門はつねに開け放たれ、商人は自由に出入りすることができた。穀物を扱う豪商の店舗が並んでいるだけでなく、露店で各地の産物を売る零細な業者や、野菜《ザーカ》、果実《パリナーマ》、牛乳《クシーラ》、乳酪《ナヴァニータ》（バター）、乳酥《ダディカ》（チーズ）、蜂蜜《マカランダ》などを運びこんだ農民もいて、街路はたいへんなにぎわいだった。

王宮の正門前の広場《アスターナ》にはあまたの群衆がひしめいていた。広場の中央には舞台が設けられ、華麗な民族衣装をまとった踊子たちが、入れかわり立ちかわり舞踊を披露し、軍楽隊や各地から集まってきた楽団が楽の調べを響かせていた。

楽器の音と人々のざわめきは、王宮や城壁の石壁に反響して、都市の全体が妙なる音楽を奏でているように感じられた。

商業が栄えているだけでなく、この国の文化は周囲を圧倒していた。王宮に隣接した神殿《デヴァーラヤ》を支える神官《バラモン》たちの哲学《タリキカトヴァ》の水準も高く、神官から学んだ王族《ラージャター》の教養も豊かだった。王宮内はもとより街路の到るところに神像が置かれ、神の姿を彫る工匠《カラーカーラ》たちの技術も秀でていた。さらに伝統的な音楽や舞踊も他の土地では体験できないもので、神々の領域の音楽や舞踊が、目の前でくりひろげられている。

そのようすは周辺の土地にも伝わり、各地から見物の客が押し寄せていた。この月の初めから、広場では祝いの催しが続いていた。

音楽や舞踊は王宮内の広間《ザラ》でもくりひろげられていて、まだ明るいうちから連日の宴席《ウトゥサヴァ》が続いていた。

この国の王子《クマーラ》と、隣国の王女《ラージ》の婚礼が、数日後に迫っている。

ただの婚礼ではない。カピラヴァストゥ城主シュッドーダナはシャーキャー族の盟主であったが、隣国のデーヴァダハ城主スプラブッダはコーリャ族の盟主で、この二系統の王族は何代にもわたって、互いに娘を嫁がせることによって縁戚関係を深めていた。

シュッドーダナ王の母はコーリャ族から嫁いできた。王の正室のマーヤーと継室のプラジャーパティーも同様で、スプラブッダ王の妹にあたる。そのスプラブッダ王の母は、シュッドーダナ王の叔母であったし、シュッドーダナ王の妹アミターがスプラブッダ王に嫁いでいた。

そしていま、両国の王子と王女の婚礼が実現することになった。このことによって、シャーキャー族とコーリャ族の結束はさらに固いものになる。

カピラヴァストゥは恒河《ガンジス》の西域を支配する帝国コーサラに隣接していた。

帝国からの独立を維持するためには、強力な騎馬軍団《アズヴァニーカ》をもつデーヴァダハ城のコーリャ族と同盟を結び、結束を固める必要があった。この婚礼はカピラヴァストゥの未来を支える重大な儀式でもあった。

すでに花嫁の王女ヤショーダラは、デーヴァダハ城を出てカピラヴァストゥの王宮に入っていた。花嫁が姿を見せるのは婚礼の当日と慣例で定められていたので、ヤショーダラは王宮の奥まったところにある離宮《クティーラ》にこもっている。

連日の宴席の主役は王子シッダルタであるはずだったが、その王子も姿を隠したままだった。

宴席にはカピラヴァストゥ周辺の各地の支城から、シャーキャー族の遠縁の親族が招かれていた。

招かれた人々は当初は王子の姿がないことを不審がりもしたのだが、新たな同盟が結ばれる祝いの席であるから、宴席で上演される舞楽の美しさと出される料理の豪華さに目を奪われ、王子の不在のことなど忘れて酒の酔いに身を任せていた。

王子の不在に、心がふさいでいるものもいた。

シュッドーダナ王は親族たちと酒をくみかわし、朗らかに談笑しながらも、時おり声をひそめて、かたわらの王妃《サムラージ》プラジャーパティーにささやきかけた。

「シッダルタはどこにおるのだ。女官に捜しに行かせたのだが、王宮のどこにも姿が見えないようだ」

プラジャーパティーが低い声で応えた。

「きっと森《ヴァナ》のなかですわ」

「森のなか……」

王はいぶかしげにつぶやいた。

「森のなかでいったい何をしておるのだ」

「瞑想《サマーディ》にふけっておられるのです」

「何のために……。瞑想など神官《バラモン》に任せておけばよい。シッダルタは武人の王族《クシャトリヤ ラージャター》で、王《ラージャ》になる身ではないか」

「あのお方は沙門《シュラマナ》（神官階級《バラモンヴァルナ》でない修行者）になりたがっておいでなのです」

王はため息をついた。

「シッダルタは生まれた時からふうがわりな子どもであった。神官の長老《スタヴィラ》が赤子の顔を見ただけで、転輪聖王《チャクラヴァルティン》の相があると予言《アグラニルパナ》して、わたしを喜ばせたのだが、どうやらあの子は王ではなくて、哲学者《ターリキカ》になるつもりのようだ。それでもよい。王として、哲学《タリキカトヴァ》を重んじたまつりごとを進めてくれれば、国は治まる」

王妃も微笑をうかべてささやきかけた。

「こたびの婚礼についても、シッダルタさまは長く先延ばしにしておられましたが、ようやく花嫁を受けいれていただけました。わたくしも、ほっとしております」

　王も大きくうなずき、それから天を仰ぐような動きを見せた。

「婚礼がまとまり、このような宴を開けたことは、わたしもありがたいと思うておる。コーリャ族から王女を嫁に迎えるのは、先祖から伝承してきたおきてだ。ただわたしにはまだ心配なことがある。シッダルタは二十歳を過ぎたおとななのだ。何年も前から美しい女官をつけて、赤子でもできれば正式な側室にと思うておったが、いまだにその気配がない。正室として迎えるデーヴァダハ城の王女も、まだ少女といっていい年齢だ。赤子が生まれるのは先のことになろうが、まことに跡継の孫が生まれるのかどうか……」

「赤子は宿命《カーラ》によって生まれてくるものでございます。シャーキャー族とコーリャ族の結束が固まったのですから、この婚礼を素直に喜ばれてはいかがですか」

「コーリャ族との同盟が強化されたのはまことに喜ばしいことだ。跡継のことも心配はない。そなたが産んでくれた第二王子のスンダラナンダがおる。まだ幼少だが、シャーキャー族とコーリャ族の双方の血を受け継いでおる。そなたはスンダラナンダに期待をかけておるのであろう。第二王子が瞑想などにふけることのないように、注意せねばならぬな」

「スンダラナンダは武術の訓練が好きで、自ら志願して騎馬隊《アズヴァニーカ》の見習いになりました。ただ異母兄のシッダルタさまを慕っておりますので、神官《バラモン》のところに通って教えを受けております。それも勉学ですから、止めるわけにはまいりませぬ」

「神《デーヴァ》の教えも大事だが、度が過ぎてはならぬぞ」

　王はそう言ったあと、ゆったりとした威厳《グルトヴァ》に満ちた動作で、杯の酒を口に運んだ。

　広大な王宮《ラージャプラサダ》の奥まったところに、後宮《アヴァローダ》と呼ばれる場所があった。

王の継室プラジャーパティーの居室を中心に、女官の作業場や宿舎があった。女官には後宮における役職が与えられ、後宮を統括するプラジャーパティーに従ってさまざまな仕事をこなしていた。

ふだんは作業にあたる女官たちの声が飛び交い、にぎわっている後宮だが、いまは静まり返っていた。広間で宴席《ウトゥサヴァ》が開かれているので、女官たちも広間や厨房《マハーナサ》の各所に配置されていたからだ。

後宮に接して奥庭と呼ばれるかなり広い庭園があり、その先には陰深い森《ヴァナ》が広がっている。庭園の一隅には、後宮から渡り廊下で結ばれた美麗な離宮《クティーラ》があった。そこは皇太子シッダルタの新居となるはずで、花嫁のヤショーダラはすでに離宮に入っていた。

陽は西に傾いていたが戸外はまだ明るかった。ここは王宮の奥まった場所であったが、遠くから楽の調べが響いてきた。

ヤショーダラは居室の寝椅子に横たわりながら、誰にともなくつぶやいた。

「ここからはヒマーラヤの白い山脈が見える。故郷のデーヴァダハ城で見ていたのと同じ景色が見られて嬉しいわ」

花嫁は故郷から何人かの女官を連れてきていたが、全員が酒宴の手伝いのために広間に出向いていて、この離宮に控えている女官はいなかった。

代わりに部屋の隅に給仕《ヴィタラーカ》と呼ばれる少年が控えていた。

「でもここは何だか、牢獄みたいだわ。あなたもそう思っているでしょう。ねえ、ヴィタラーカ」

少年はまだ声変わりしていない、かんだかい声で応えた。

「確かにここは王宮の外れで、王女さまは幽閉されているみたいですね。でも、皇太子がこちらに来られれば、ここが王宮の中心になるでしょう」

ヤショーダラは不安げな、かぼそい声でつぶやいた。

「皇太子は気難しいお方だそうよ。臣下にも女官にも言葉をかけることはなく、いつもひとりきりで、森《ヴァナ》の奥の庵室《アズラーマ》に閉じこもっているらしいわ。あなたはシッダルタというお方と、言葉を交わしたことがあるのでしょう」

　少年は屈託のない笑顔をうかべた。

「シッダルタさまはこれまでに何度もデーヴァダハ城においでになっています。姫《ラージ》さまの母ぎみの王妃《サムラージ》アミターさまは、シッダルタさまにとっては叔母ぎみですから、子どものころは親しく接しておられたのでしょう。シッダルタさまはお生まれになった直後に母ぎみを亡くされました。それ以後、母ぎみの妹のプラジャーパティーさまが継室として迎えられるまでは、叔母ぎみのアミターさまが育ての親になっておられたそうです」

「デーヴァダハ城に来られても、シッダルタさまは近くの森を散歩されるばかりで、従妹にあたるあたしのところにも来られなかったし、母ぎみとも短い挨拶をされただけだったそうよ」

「確かにあのお方は、神官《バラモン》の教えを学ばれているようで、デーヴァダハ城の森のなかにある神殿や庵室に行かれることが多かったですね。武術にも管弦にも関心をもたれていないようです。でもわたくしは子どもでしたから、礼儀などわきまえずに話しかけて、相手をしていただきました。親しくなれば、とてもやさしいお方です」

「あのお方と、何をお話ししたの」

「森のなかの生き物について……、兎《ザザカ》や栗鼠《シクロダ》や野鼠《ムシカ》などがおりました。それから小鳥《パクシーナ》たちについて」

「それがどうしたの。森に生き物がいるのはあたりまえでしょう」

「生命《サムスティティ》とは何か……。輪廻《サンサーラ》とは何か。あのお方は自らに問いを与えて、瞑想《サマーディ》にふけっておられました」

「あのお方は神《デーヴァ》と交信するおつもりかしら。武人《クシャトリヤ》に生まれたものは神官《バラモン》にはなれないのよ」

「カピラヴァストゥ城のなかには神殿《デヴァーラヤ》があって多くの神官がおられるそうです。シッダルタさまは幼いころから、教えを受けておられたと聞いております」

「そんなお方があたしの夫となるのかしら。困ったことだわ。もともと女には興味をおもちでないのでしょう。城内には多くの女官がいて、皇太子付の女官もいるというのに、側室もいらっしゃらないということよ」

少年は年上の王女を励ますように言った。

「ヤショーダラさまのお美しさは、いかなる女神《デーヴァアター》にもひけをとるものではありません。シッダルタさまもこちらに来られれば、あなたさまの魅力にあらがうことはできないでしょう」

「気やすめを言わないで。あなたはまだ子どもの給仕じゃないの。あなたに何がわかるというの」

ヤショーダラの瞳から涙がこぼれ落ちた。

子どもだと言われた少年も、くやしさに涙ぐんでいた。

少年は子どもっぽい裏声が出ないように、胸をふくらませてなるたけ低い声で言った。

「先ほど王宮のようすを見てきました。広間では祝宴が始まっておりましたが、皇太子は姿を見せておりません」

「シッダルタさまはどこにおいでなの」

「たぶん森の奥です。デーヴァダハ城でもそうでしたから。見にいってみましょうか」

「それでどうするの。声をかけるつもり……」

「催しに出られないのなら、こちらに来られてはいかがですかと言ってみてはと思うのですが……」

「もし来られたら、あたしはどうすればいいの」

ヤショーダラは困惑したように早口に言った。

やはり王女は、皇太子の愛を求めているのだろう。そう思うと、少年は息が詰まるほどに胸を痛めずにはいられなかった。

森に向かうために離宮を出ようとした少年の背後から声がかかった。

「あたし、怖いの……」

少年はヤショーダラの方に振り向いた。

涙を流し悲嘆にうち沈みながらもその美貌は陽の光のように輝いていた。怖いほどにうるんだ瞳をこちらに向けて、姫は哀願した。

「デーヴァダッタ、あたしを守って」

最後は給仕《ヴィタラーカ》と呼ばずに、名前を呼んだ。

この王女を守らなければならないと、デーヴァダッタは自分に言い聞かせた。


芝草が敷き詰められ各所に花壇が設置された奥庭をよぎって進んでいく。

森《ヴァナ》が目の前に迫ってきた。

城壁に囲われた森ではあるが、壁の下部に格子のはまった水門があり、水路が森のなかを流れていた。虎《ヴィアーグラ》や象《ガジャ》はいないが、庭で飼われている鹿《ムルガ》が森の奥まで入りこむことはあった。

デーヴァダッタは森の入口で立ち止まった。

森のなかの気配を探った。

デーヴァダッタという名は、生まれ育ったデーヴァダハ城の名称と同様、神の樹木《デーヴァダルー》（ヒマラヤ杉）という語にちなんだものでもあった。

ヒマラヤ杉はただの樹木ではない。神々が住する雪《ヒマ》の住処《アーラヤ》とされるヒマーラヤのふもとにしか生育しない樹木で、カピラヴァストゥ城はもとより盆地の奥にあるデーヴァダハ城のあたりでも、ヒマラヤ杉は生育していない。

盆地に住む人々にとっては幻の樹木なのだ。

言葉の意味だけをとれば、デーヴァダッタという名には、神の申し子《デーヴァダッタ》という意味がこめられていた。またその名の響きは、予言者《デーヴァデュータ》という語を連想させた。

自分には神が宿っている……。

幼少のころから、そう思っていた。

確かに自分には未来が見えていると感じられることがあったからだ。

遠い未来が見えるわけではない。ごく近い未来だけなのだが、たとえば禿鷲《グリドラ》が見える気がして空を見上げても、何も見えない……そう思っていると、森の樹木の陰からいきなり禿鷲が姿を現すことがあった。

生き物の気配に敏感なだけなのかもしれない。

こうして森の入口に立って、息を詰めて前方の気配をうかがっていると、気の動きのようなものが感じられた。兎や栗鼠や野鼠ならば、どこに何がいるか、手に取るように見えてくる。

人がいれば、すぐにわかるはずだった。

だが目の前の森のなかに、人の気配はなかった。

王子は気配を消すことができる……。

デーヴァダハ城で会った時に、そんな感じがしたことがあった。

当時のシッダルタはまだ少年といっていいほどの年齢だったが、修行を積んだ神官《バラモン》のような静けさをただよわせていた。

デーヴァダッタは自分の感覚を頼りに森のなかに踏みこんでいった。

わずかな風のそよぎがあった。樹木の葉が音を立ててふるえている。王宮の広間や城外の催しの音楽もここまでは届かない。あたりは静けさに包まれていた。かすかに小川のせせらぎが聞こえた。森のなかにひそむ小さな生き物の気配が周囲から押し寄せてくる。

空は晴れていたが葉を繁らせた広葉樹が頭上をふさぎ森のなかは暗かった。王城の城壁の内部に造られた森だから、どこまでも進んで行けばやがては城壁に突き当たるはずだ。

デーヴァダッタは目をこらした。

暗い森のなかに、わずかな光の帯のようなものがあった。そこだけ頭上の広葉樹の枝が払われているのか、日の光が丸い柱のようなものになって地面を照らしていた。

さまざまな色が混じった天蓋《ヴィターナ》のようなものがあった。

その天蓋の下に座した人の姿が見えた。

目を閉じて瞑想《サマーディ》にふけっていた。

息はしているはずだが、完全に気配を断ち、石像のように微動もしない。

デーヴァダッタは足音を立てぬように静かに王子シッダルタに近づいていった。

深い瞑想の底に沈みこんでいるのか、シッダルタは近づいていくデーヴァダッタの気配にまったく気づかないようだった。

ただ王子の頭上にあった天蓋のようなものが、不意に形を崩した。

よく見るとそれは、色とりどりの小鳥《パクシーナ》たちが、シッダルタの頭上に集まって飛んでいるさまが、天蓋のように見えていたのだ。

人が近づいたことに小鳥たちが先に気づいて四方に飛び去った。

その小鳥たちの気配に、シッダルタも異変が起こったことを察知したようだ。

シッダルタは静かに目を開いた。

「デーヴァ……」

声が聞こえた。

それは実際に声となって発せられたつぶやきというよりも、心のなかに届いたひらめきのような思いが声と感じられたのではと思われた。

不思議なことだが、以前、デーヴァダハ城で会った時も、そのような声を聞いた気がする。

シッダルタはそのころから、デーヴァと呼んでいた。デーヴァダッタの名の前半だけだと、神《デーヴァ》という意味になる。

「来ましたね」

まだ距離があるのに、つぶやくような声が聞こえる。

確かに相手は自分の心のなかに声を届かせている。

「あなたを待っていたのですよ」

心のなかに声が響いた直後に、シッダルタはこちらを向いて、実際に声を発した。

「どうしてあなたはここにいるのですか。あなたはコーリャ族の王族でしょう。婚礼は王女ひとりだけが嫁ぐもので、他の王族は同伴しないのが慣例です」

「わたくしはまだ幼少です。ヤショーダラさまの給仕《ヴィタラーカ》として、こちらに参りました」

「王族のあなたが、給仕をつとめているのですか」

「わたくしの母は正式の側室でもない、いやしい生まれだったと聞いています。わたくしを産むとすぐに亡くなったそうで、わたくしは王族ですが、奴隷《ダーサ》のようなものです」

シッダルタは微笑をうかべた。

「わたしの母もわたしを産むとすぐに亡くなりました。のちには母の妹のプラジャーパティーさまがデーヴァダハ城からこちらに嫁入りされたのですが、それまでは叔母のアミターさまが母代わりでした」

「ヤショーダラさまの母ぎみですね。わたくしもアミターさまに育てられました。実の母ではありませんが、わが母だと思っています」

「わたしも叔母のアミターさまを、実の母のように慕っていました。それではアミターさまに育てられたということでは、わたしたちは兄弟といってもいいですね。あのお方は無限《アミター》というその名のとおりに、果てもないほどにわたしを慈しんでくださいました。アミターさまがデーヴァダハ城に嫁がれた時は、母を奪われたような気がしました。ところで、いまのあなたにとっては、ヤショーダラさまが母代わりではないですか」

　シッダルタの言葉が胸の奥に突き刺さった。

「確かにそうですね。アーナンダという名の赤子が生まれて、アミターさまは忙しくなりました。代わりに姉のヤショーダラさまが、わたくしの相手をするようになりました。わたくしはヤショーダラさまを慕っておりますが、身分は奴隷《ダーサ》のようなものです。ただの給仕《ヴィタラーカ》としてお側に控えているのです」

　デーヴァダッタは自分の職務のことを思い出した。

「わたくしは給仕として、ヤショーダラさまのご意向をお伝えするためにここに来たのです」

「わたしがここにいることが、どうしてわかったのですか」

「あなたさまはデーヴァダハ城に来られたおりも、王宮に隣接した森のなかにおられることが多かったですから」

「そういえば森のなかで、あなたと話をしましたね。憶えていますか」

「わたくしはまだ幼児でした。それでも、あなたさまと交わした会話は、忘れることはありません」

「影絵芝居《トールボンマラータ》の話をしたのを、憶えておられますか」

「ああ、影絵芝居……」

　言われてデーヴァダッタの頭のなかにも記憶がよみがえった。

　シッダルタがデーヴァダハ城に滞在していた時に、旅の一座がやってきて、王宮の中庭で影絵芝居が上演された。

中庭の中央に設置された白い布の向こうに光源となる灯火《ディーパ》がともされ、その前で人形師たちが羊の皮で作った影絵人形を操作する。皮の部分は黒い影となるのだが、皮の間に赤や緑に染められたうすぎぬが張られていて、勇者《ヴァーガラ》も、姫《ラージ》も、魔神《パーブマン》も、鮮やかな色彩で白い布に映し出される。

この影絵芝居には大きな仕かけがある。

白い布に近いところに人形が置かれると影絵はほぼ人形と等身大となるのだが、人形を光源の灯火《ディーパ》に近づけると、白い布に映し出される映像は巨大なものとなる。従って、巨大化した魔神が姫に襲いかかることになるのだが、その直後に、姫を守る勇者も巨大化して、魔神との壮烈な闘いが展開される。

人形は大小さまざまで、男や女、子どもだけでなく、動物たちも登場する。人形師たちは声を出すのも巧みで、王族から庶民、神や魔神、動物たちの声までも巧みに使い分け、長大な物語《カターナカ》に沿って場面が続いていく。

観客たちは影絵が映し出される白い布に目を奪われている。物語の終盤に巨大化した魔神と勇者が闘い始めると、見ている子どもたちだけでなくおとなまでもが、雄叫びを上げる魔神の声に驚き、姫の悲鳴にはらはらし、魔神に立ち向かう勇者に声援を送った。

シッダルタも影絵芝居に興味をもったようで、王族たちの座席とは少し離れたところから、白い布に映し出される人形たちの動きに見入っていた。

最後に勇者が魔神を打ち負かし姫と結ばれる。

物語は大団円となる。

話のなりゆきをはらはらしながら見守っていた観客は、せきをきったように歓声を上げ、手を打って喜びを爆発させる。

芝居が終わって、人形の背後の灯火《ディーパ》が消されると、影絵は消滅する。あとにはただ白い布だけが残される。

デーヴァダッタはシッダルタのすぐそばにいて、影絵芝居に見入っていた。まだほんの子どもだったから、白い布に映った影絵に魅了され、たちまち物語の世界《ローカ》のなかに没入していた。

物語が終わり、ただ白い布だけが残されたあとも、デーヴァダッタはしばらくの間、茫然としてその白い布のあたりを見つめるばかりだった。

その時、かたわらのシッダルタの声が聞こえた。

「影絵芝居の終わりというのは、寂しいものですね」

デーヴァダッタはシッダルタの方に振り向いた。

シッダルタは冷ややかな笑いをうかべていた。

その時は、そんなやりとりをしただけだったが、後日、森のなかで言葉を交わした時に、シッダルタは影絵芝居の話をした。

「影絵の人形はよくできています。物語の筋書きも考え抜かれている。だからおとなも子どもも、われを忘れて物語の世界にひたりきっているのです。けれども終わってみれば、すべてはただの影絵だったことに気づかされてしまう。そこで演じられたのは、影がつくりだした幻影《タマス》による架空の物語にすぎないのです。そうではありませんか、デーヴァ」

その時、どういうわけか、デーヴァダッタは子どもごころにも、激しい怒りを感じた。デーヴァダッタは涙をうかべながら、十歳以上も年の離れたシッダルタに向かって、強い口調で言い返した。

「たとえすべてが幻影なのだとしても、芝居が続いている間は、そこに本物の勇者や魔神がいるように感じて、人々は一喜一憂するのです。その喜びや不安な気持は、虚しいものではありません。ほんとうに心が揺れ動いて、楽しんだり、恐怖におののいたり、涙を流して喜んだりするのです」

シッダルタはわずかに声を高めた。

「勇者が魔神に勝って姫と結ばれた。そのことにあなたは涙を流して歓喜したのですね。でも、勇者も、魔神も、姫も、どこにも存在していなかったのですよ。ただ白い布に影が映っていただけなのです」

デーヴァダッタも声を高めて反論した。

「勇者の活躍にわたくしは胸を躍らせました。そして嬉しさのあまり涙を流しました。この涙は幻影ではありません。本物のわたくしの涙です」

シッダルタは目を細めるようにしてデーヴァダッタの顔を眺めていた。

相手が子どもだと思ったのか、シッダルタはそれ以上、言葉を重ねることはなかった。

影絵芝居を見たことは忘れはしなかったが、森のなかでシッダルタが影絵芝居の話をしたことは、その後、思い出すこともなかった。

いまシッダルタが、影絵芝居の話をしたと語ったことで、その場のやりとりが、鮮やかによみがえってきた。

同時に、シッダルタが何を伝えようとしたのかも、察することができた。

「あなたさまにとって、ヤショーダラさまとの婚礼は、すべて影絵芝居のごとき幻影だと言われるのですか」

シッダルタは急に声をたてて笑い始めた。

「よくわかりましたね。さすがにあなたはデーヴァです。神の申し子ですよ」

その笑い声や話しぶりに、デーヴァダッタは反発を覚えた。デーヴァダッタは勢いこんで詰問した。

「わたくしはヤショーダラさまを、この世で最も美しく気高いお方だと思っています。あのお方の美しさも、幻影にすぎないのですか」

シッダルタは事もなげに言い放った。

「わたしが生まれてからいままで見てきたものは、すべて幻影なのですよ。わたしはそう思っています」

「ああ……」

デーヴァダッタは息をついた。

このお方には、人に対する愛というものがないのではないか。

夫から愛されることのないヤショーダラの未来は、闇に閉ざされている。

デーヴァダッタは強い口調で問いかけた。

「あなたは生きることに喜びを感じたことはないのですか。すべてが幻影ならば、生きることに、喜びもなければ悲しみもないということになるのではないですか」

シッダルタは目をそらして、つぶやくように応えた。

「デーヴァ、あなたは生きることに喜びが欲しいのですね」

デーヴァダッタは答えなかった。答えるまでもないことだと思っていた。

シッダルタはデーヴァダッタの方に向き直った。

「デーヴァ。喜びと悲しみとは、双児の姉妹のようなものですよ。喜びがあれば、必ず悲しみもやってくるのです」

シッダルタの口調は冷静そのものだった。

その人間味のない言い方がデーヴァダッタの怒りをかきたてた。

「知っていますよ。いまもわたくしは、悲しみで胸を痛めています。あなたのような言い方をされるのでは、ヤショーダラさまがあまりにもお気の毒です」

シッダルタは一瞬、驚いたような目つきでこちらを見ていた。

それから小さく息をついた。

「わたしの妻は不幸になると、あなたは言われるのですね」

デーヴァダッタはきっぱりと言いきった。

「あなたさまは、ヤショーダラさまを思っておられない」

「思うとはどういうことですか。性愛《カーマ》ですか。渇愛《トルシュナー》ですか。それとも慈愛《マイトリー》ですか」

この地方の言葉には、愛や思いについて、いくつかの違いがあった。

夫婦の間の愛情についても、言葉によって、微妙な違いがある。

デーヴァダッタはいらだちを覚えながら声を高めた。

「妻に対する夫の思いです。それを性愛《カーマ》とは言いたくないのですが」

「友を思うような気持はもっていますよ。わたしは誰に対しても慈愛《マイトリー》をもっています」

「誰に対しても抱くような気持ではなく、強く妻だけを求める気持が必要です。それが夫婦というものではないですか」

「デーヴァ。あなたはまだ少年です。夫婦とは何か、よくわかっていないのでしょう。父や母が期待しているのは、シャーキャー族とコーリャ族の同盟です。それは充分に果たされたのではありませんか」

「同盟を結んだだけでは、跡継はできませんよ」

シッダルタは微笑をうかべた。

「それは、運命《カーラ》に任せるしかないでしょう」

シッダルタはそのまま森に残った。

デーヴァダッタは虚しく離宮に引き返すしかなかった。

花嫁のヤショーダラはこの月の新月《プラタマ》の日に、四人でかつぐ輿《ズイビカー》に乗って入城した。輿の窓は布でふさがれていたため、誰も花嫁の顔を見ることはなかった。花嫁のそばにいるのは給仕《ヴィタラーカ》のデーヴァダッタと、故郷から付き添ってきたわずかな女官だけだったから、カピラヴァストゥ城の女官たちも、ヤショーダラの顔を見たことはなかった。

婚礼は満月《プルニマ》の日に挙行された。

その日初めて、ヤショーダラは王族や配下の群臣、女官たちの前に姿を見せた。

ヤショーダラの母親は、シュッドーダナ王の妹のアミターで、嫁入り前の少女のころの美貌はカピラヴァストゥの人々の語りぐさになっていた。

その娘ということだから、おそらくは美しい女人であろうと期待されていた。

実際に人々の前に現れたヤショーダラの美貌は、期待を大きく上回り、想像を絶するほどであった。人々は驚嘆するとともに、美しい妻をめとった王子シッダルタを祝福した。

新月の日から始まった半月に及ぶ祝賀行事に一度も姿を見せなかったシッダルタが姿を見せたことも、王族や群臣に驚きと喜びをもって迎えられた。

新郎新婦は王宮内での儀式のあとで、市街地に面した城壁の上に姿を見せた。王宮前の広場《アスターナ》につめかけた市民や周辺の農民たちが、城壁の上に並んで立っているシッダルタとヤショーダラの姿を見上げた。

そのあまりの美しさに、人々は神《デーヴァ》と女神《デヴァター》の降臨を仰ぎ見ているような気分になり、多くの人々がその場にひざまずいて、手を合わせて祈りをささげた。

王宮の背後には、ヒマーラヤの白い山脈が果てもないほどに広がっていた。乾季には雲一つない晴天が続くこの地方にあって、青空と白い山脈と石造りの王宮の眺めは、いつでもそこにある見慣れた光景ではあったが、その日はそこに、神と女神の降臨があった。

広場に詰めかけた人々は奇蹟《アドブータ》を見たように思った。

そしてカピラヴァストゥの繁栄はこれからも長く続いていくだろうと、誰もが考えていた。

第二章　近衛兵として後宮の警備に配属される

デーヴァダッタは婚礼の式典には加わらなかった。

カピラヴァストゥの王族ではないから、席が用意されていなかった。群衆に混じって遠くから見ることはできただろうが、隣国の皇太子に嫁ぐ花嫁の姿を見たいとも思わなかった。

幼少のころから姉として慕い、給仕となってからは心をこめてつかえてきた。

だが、給仕としての職務は解かれてしまった。

前日、デーヴァダッタは王妃《サムラージ》プラジャーパティーの部屋に呼ばれた。

プラジャーパティーはデーヴァダッタの父の妹にあたる。そのことは知っていたが、王妃と対面するのは初めてのことだった。

シッダルタの生母のマーヤーの妹だから、まだ若く、輝くような美しさをたたえていた。つねにヤショーダラのおそばにはべっていたデーヴァダッタは、王族の女性の美貌に気圧されるようなことはなかったが、相手は王妃としての威厳《グルトヴァ》をそなえていたので、緊張感を覚えずにはいられなかった。

「あなたはコーリャ族の王でわが兄のスプラブッダさまの王子ですね。これまであなたがヤショーダラにつかえてきたことを、コーリャ族出身のものとして、またこの国の王妃として、感謝いたしております」

プラジャーパティーは微笑をうかべながら、いかにも子どもを相手にするような、やさしい口調で語り始めた。

「ヤショーダラは明日、めでたくシャーキャー族の皇太子妃となります。明日以後は、故郷から随行してきた女官たちに加えて、カピラヴァストゥの女官がヤショーダラのお世話に当たります。あなたの職務は本日で解かれることになりました」

　デーヴァダッタは身をかたくして王妃の言葉を聴いていた。

　もとより側室の子として生まれた自分は、先の知れぬ身の上だと覚悟していた。嫁入りするヤショーダラに随行してカピラヴァストゥに赴いたことも、思いがけないことであったが、いま職を解かれたとなると、この先のことが気にかかった。

　何が起ころうとそれが自分の宿命《カーラ》であると、すべてを受けいれる気持になっていた。

　いまさら故郷に戻れと言われても、デーヴァダハ城に身の置き所があるわけではなかったし、長く給仕としてつかえてきたヤショーダラのことが気にかかっていた。

　プラジャーパティーは語り続けた。

「あなたのこれからのことは、ヤショーダラの母アミターさまからのお口ぞえをいただいております。あなたは側室の子ですが、アミターさまはわが子のように慈しんでおられます。ヤショーダラの給仕《ヴィタラーカ》としての職務を与えたのも、あなたの先行きを案じたからのことで、これからもヤショーダラの支えとなってほしいとのことでございます」

　プラジャーパティーはこちらの表情を確かめるように少し間を置いてから、さらに言葉を続けた。

「そこでいずれはあなたに、後宮《アヴァローダ》を守る近衛兵《ラージャバタ》の隊長をつとめていただきたいと思っていますが、そのためには兵としての訓練を受けていただかねばなりません。明日の婚礼の式典が終わったら、あなたは王宮の騎馬隊《アズヴァニーカ》に配属されることになります。すでに隊長のズーラには伝えてあります。隊長の職務室に出向いてズーラの指示に従ってください」

　王妃からの言い渡しはそれだけだった。

すぐに引き下がるべきところだが、デーヴァダッタの胸のうちには、わだかまりのようなものがあった。

ためらうようにその場にたたずんでいるデーヴァダッタのようすに、プラジャーパティーはそのことを察したようだ。

「何か言いたいことがあるのですね。お聞きいたしましょう」

いままで微笑をうかべていたプラジャーパティーが、きびしい顔つきになっていた。

王妃の許しを得たので、デーヴァダッタは言葉を発した。

「わたくしはヤショーダラさまの給仕《ヴィタラーカ》を長くつとめておりました。それだけに王女《ラージ》さまのこれからのことが気にかかります。ヤショーダラさまは幸福《スカー》な妃になりでしょうか」

王妃の顔がこわばった。

「心配しておられるのですね。あなたはまだ少年ですが、ヤショーダラの側近であったので、妃のことはよくご存じのはずです。なぜ妃が不幸になるとお考えなのでしょう」

「シッダルタ王子は哲学者《ターリキカ》です。宇宙の原理《ブラフマンダルマ》を求めておられます」

「ダルマを愛し、妻を愛さないということですか」

王妃は大きく息をついた。王妃自身が同じ心配をしていることがそのようすから察せられた。

王妃はデーヴァダッタの顔を見すえた。

「あなたはまさに神の申し子《デーヴァダッタ》です。まだ少年といってよい年齢でありながら、人というものをよく見ておいでです。確かにシッダルタさまは、ふうがわりなお方でした。あのお方はわが姉マーヤーの産みの子です。わたくしがカピラヴァストゥに嫁ぐまでは、王の妹ぎみのアミターさまがシッダルタさまの育ての親となっておいででした。シッダルタさまはアミターさまを実母のように慕っておいででした。やがてアミターさまは、デーヴァダハ城に嫁入りされました。それ以後は、わたくしが育ての母となったのですが、シッダルタさまはわたくしには懐かず、森《ヴァナ》のなかにこもることが多くなりました。さらに頻繁にデーヴァダハ城に行かれるようになりました。アミターさまのお顔が見たかったのでしょう」

　王妃はどことなく寂しげな顔つきになった。

「わたくしは夫婦になったお二人に希望をもっております。確かにシッダルタさまは気難しい哲学者《ターリキカ》です。すでに成人され、お世話をする女官も付けてあります。正室は不在でありましたが、女官が懐妊するようなことがあれば、側室とするつもりでおりましたが、シッダルタさまは女官にはまったく興味を示しませんでした。思うにあの子はいまだにアミターさまの面影が忘れられないのではないかと、わたくしはそんなふうに考えておりました」

　王妃は遠くを見るような眼差しになった。

「わたくしはヤショーダラさまに会ったことがありませんでした。伝え聞くところによれば、アミターさまにそっくりの美しい女人だということでございました。アミターさまに似ているお方であれば、シッダルタさまも妻を慈しむ気持になるのではないかと、そんな期待をわたくしは抱いております」

　デーヴァダハ城の王妃アミターは、デーヴァダッタの育ての母でもあった。幼くして母を失ったデーヴァダッタを憐れんで、アミターは側室の子を引き取り、自らが生んだ長男のナーガナーマン、王女のヤショーダラ、末の子のアーナンダとともに育ててくれた。

　デーヴァダッタにとってもアミターは実母に等しい母であり、その輝くばかりの美貌は目にやきつけられている。

　アミターとヤショーダラは、母と子であるから年齢の差はあるものの、双児の姉妹のように似た風貌をもっていた。

　プラジャーパティーが語ったように、シッダルタが叔母のアミターの面影をいまも忘れられないのであれば、同じ顔だちで若さにあふれたヤショーダラを、慈しみ愛することになるはずだった。

だがデーヴァダッタの胸の内には、王妃の言葉をうべなうわけにはいかない、強い違和感があった。

デーヴァダッタは王妃の言葉を遮った。

「お言葉を返すようですが、シッダルタさまはデーヴァダハ城に来られても、アミターさまのところに行かれたわけではありません。わたくしが物心ついた時期より以前のことについてはわかりませんが、わたくしの記憶に残っているシッダルタさまは、いつも森《ヴァナ》の奥で瞑想《サマーディ》にふけっておられました」

「まあ、そうなのですか」

王妃は驚いたように声を高めた。

「シッダルタさまはこのカピラヴァストゥでも、森の奥にこもりきりです。わたくしもコーリャ族の出身ですのでよく知っておりますが、デーヴァダハ城は、深い森林《ダーヴァ》に囲まれた山城です。シッダルタさまは整備された森《ヴァナ》や自然のままの森林《ダーヴァ》がお好きなのですね。このカピラヴァストゥは大きな都市ですので、森といっても王宮の裏庭の先にあるわずかな樹木しかありません。シッダルタさまがデーヴァダハ城の周囲の森林を愛する気持はわかります」

王妃の顔にうれいが宿っていた。

「デーヴァダッタさま。あなたのご心配は、わたくしも同じ思いでおります。されどもこたびの婚姻は、シャーキャー族とコーリャ族の結束を固めるためにぜひとも必要なものでした。シッダルタさまもそのことはご承知です。正室となったヤショーダラさまをおろそかに扱うことはないでしょう。それにヤショーダラさまはまだ少女です。成熟した女性となるまでには、あと数年が必要です。案ずることもなくヤショーダラさまが懐妊して、世継ぎとなる男児が誕生することを期待しております。あなたも武術をきたえて妃をお守りいただきますように、お願いいたします」

話はそこで終わった。

シッダルタは心を閉ざしている。王も王妃も、皇太子の心のうちにまでは踏みこむことができない。シッダルタと心を開いて語り合えるのは、もしかしたら自分だけなのかもしれない。

デーヴァダッタはそんなことを考えていた。

給仕《ヴィタラーカ》としての職務を解かれたデーヴァダッタは離宮からの退出を求められ、王宮の隅にある兵舎に寝室を与えられた。大部屋ではなく個室が与えられたのは王族としての待遇だったが、ヤショーダラと引き離されることに寂しさと無念の思いを抱くことになった。

デーヴァダッタは隊長ズーラを訪ねた。

王宮内の兵舎の奥まったところに、ズーラの執務室があった。

部屋の前の廊下に護衛の兵が控えていた。

王妃の指示でここに来たと告げると、執務室に案内された。

ズーラはまだ若い武官だった。

カピラヴァストゥの豪商の子息だということだが、自ら志願して軍隊に入り、武術の腕前を認められて、若くして騎馬兵の隊長になっていた。

たくましい体つきの武官だったが、顔だちは少年のように無邪気で明るかった。

「やあ、デーヴァダッタだね。ここは軍隊だから、きみを王子とは呼ばないよ。きみはただの見習いの兵卒だ。とはいえ入隊の年齢に達していないきみを軍隊に入れるのは、特別の計らいだ。そのぶんだけ努力しなければいけないよ。きみと同じように年齢制限を無視して入隊した兵卒がもうひとりいる。きみより少し年上だ。午後の訓練には参加するから紹介しよう」

「スンダラナンダ王子ですね」

デーヴァダッタが口を開くと、ズーラは苦笑しながら言った。

「兵卒にはおきてがある。その第一は無口であること。報告がある時や上官から質問された時のほかは、自分から口を開いてはいけない。憶えておきなさい」

軍隊というのは、それなりにきびしいところなのだと思った。

王子でありながら給仕《ヴィタラーカ》をつとめるという中途半端な立場だったデーヴァダッタとしては、兵卒として扱われることはむしろ爽快な感じがした。

訓練が始まった。

兵舎の奥に練兵場があった。王宮の建物と城壁の間の限られた空間ではあったが、精鋭の騎馬隊《アズヴァニーカ》が結集した。

背丈の高い若者たちのなかに、ひとりだけ少年の姿があった。

シッダルタの異母弟のスンダラナンダ王子だとわかったが、兵卒は無口でなければならないと隊長から教えられたので、声はかけなかった。

兵舎に隣接して馬屋があった。新参のデーヴァダッタにも馬《アズヴァ》が与えられた。隊長の指揮に従って騎馬兵が隊列を組んで行進する。馬は勇んで駆けだそうとするので、手綱さばきの技術が必要だった。

デーヴァダッタは馬には慣れていた。盆地の中央にあるカピラヴァストゥと違って、デーヴァダハ城は気の荒い山賊のいる山地に接していた。コーリャ族の男児は物心つくと同時に馬に乗せられる。そして馬上で剣《カドゥガ》を振るい敵を殺すことを教えられる。

商業の盛んなカピラヴァストゥは繁栄の極みにある。その富は堅固な城壁で守られている。城壁があることで安心したのか、カピラヴァストゥの軍備は手薄だと感じられた。

つねに襲撃の危機にさらされるコーリャ族の王スプラブッダは、騎馬軍団をきたえることで民を守っている。デーヴァダッタも騎馬の訓練を欠かさなかった。

始めてみるとデーヴァダッタには天性の才能があった。たちまち馬術も剣術も上達して、子どもとは思えないほどの技術を身につけた。

デーヴァダッタにとって馬は自分の体の一部だった。馬は生き物だから心をもっている。馬の目を見て、手を伸ばして馬の体に触れただけで、デーヴァダッタは馬の心と自分の心とを一つに融け合わせることができた。

カピラヴァストゥの騎馬隊に入っても、デーヴァダッタは遅れをとることはなかった。

全体の訓練が終わると、一騎打ちの訓練が始まった。

全員に木剣が手渡された。

隊長に指名された二騎の騎馬が向かい合い、すれ違いざまに木剣で相手を打つ。

体力のある兵士たちが力任せに木剣を打ち合う乾いた音が周囲の石壁に反響した。

デーヴァダッタは、スンダラナンダ王子と対戦することになった。

王子はまだ少年だったが、デーヴァダッタより年上で、背も高かった。だが兵卒としてきびしい訓練を受けているようには見えなかった。馬の扱いも自分より劣っているし、木剣を持つ手にも力がこもっていない。

自分の方が強いことは明らかだった。手加減することも考えたがここは軍隊だ。コーリヤ族の武者の実力を見せるよい機会だと思った。

スンダラナンダ王子の馬と対面した。馬が駆け始めた。相手は木剣を持った手を下げたままで、闘志が感じられなかった。

デーヴァダッタは手綱をゆるめて馬の速度を上げ、木剣を振り上げた。

馬がすれ違った。

カン、という乾いた音が響いた。

肩先を狙って木剣を振り下ろしたつもりだったが、相手は軽く身をかわしながら、手にした木剣でこちらの打ちこみを防いだ。

すれ違った馬の向きを変えて、もう一度、対面した。

先ほどよりも速度を上げ、馬の鼻面をぶつけるようにして接近した。

結果は同じだった。振り下ろしたデーヴァダッタの木剣を、スンダラナンダ王子は軽くかわしただけだった。

もう一度、馬の向きを変えようとしたところで、隊長ズーラの声がかかった。

「そこまでだ。二人の技量は互角と見た。スンダラナンダはこの軍団で随一の剣の名手だが、デーヴァダッタはそれにひけをとらぬほどの腕をもっている。二人はいずれ軍団を率いる指揮者になるだろう」

訓練が終わって、全員が兵舎に引き上げた。

その後、食堂に集まった。席が決められていて、デーヴァダッタはスンダラナンダ王子と向かい合って夕食をとることになった。

兵卒は無口でなければならない。兵たちは黙々と食事をした。

食器を片づけたあとは、休息の時間となった。

スンダラナンダ王子が話しかけてきた。

「コーリャ族の兵は勇者《ヴァーガラ》ばかりだそうですね」

そう言ったスンダラナンダ王子の言葉には、先ほどの一騎打ちでのデーヴァダッタへの評価がこめられていた。デーヴァダッタは自分が劣勢で、相手に軽くあしらわれたと思っていた。

デーヴァダッタはそんな自分の気持を気取られないように、さりげない話しぶりで答えた。

「周囲には山賊たちがいますからね。コーリャ族の男児は子どものころから闘うことを学びます」

「あなたから見ると、カピラヴァストゥは無防備だと思われるでしょうね」

「堅固な城壁があります。この国は安泰でしょう」

「シュッドーダナ王は平和な世を求めておられます。軍備を強化するよりも、商業を発達させて、周辺の商人《ヴァニージャ》や農民《クルサカ》との融和を図ろうとされました。その試みはいまは成功しているように見えます。ただこのように富が集中することになると、大国が黙っていないでしょう」

「コーサラ国ですか。周辺諸国を撃破していまや大帝国ですね。とはいえ大国の脅威があるからこそ、シャーキャー族は戦さに慣れたコーリャ族と同盟を結んできたのでしょう」

「両国が同盟しても、コーサラ国が本格的に攻めて来れば……」

「コーサラ王は大王《マハーラージャ》と呼ばれる偉大なお方だと聞いています」

スンダラナンダ王子は微笑をうかべた。

「コーサラ国はいまは武力によって広大な地域を支配していますが、歴史の浅い新興国です。これに対してカピラヴァストゥの歴史は古く、文化も発達しています。大王はシャーキャー族の伝統文化を尊敬しておられるそうです。ただ……」

わずかに表情をくもらせて、スンダラナンダ王子はささやきかけた。

「王位継承者のプラセーナジッド皇太子はどうでしょうか。次の代になれば、何が起こるかわかりませんよ。カピラヴァストゥも安泰とはいえなくなるでしょう」

スンダラナンダ王子の語り口は冷静で、深い思慮が感じられた。自分ともさほど年齢の違わない少年が、これだけの見識《ヴィジュニャーナ》を語ることに、デーヴァダッタは驚きを覚えた。

兄のシッダルタよりもこの少年の方が、王位継承者に適しているのではないかと思われた。

改めて先ほどの馬上の闘いのことを想い起こした。スンダラナンダ王子は深い思慮をもつだけでなく、武術も優れている。

デーヴァダッタは語調を変えて問いかけた。

「あなたは馬術だけでなく、剣術も優れているのですね。あなたと木剣を打ち合わせて、不思議な感じがしました。剣を構えずにいかにも無防備な姿勢でいながら、わたくしが打ちこんだ剣に瞬時に対応されました。あの技はどなたかに習われたのですか」

「兄のシッダルタさまから教わりました」

その答えは意外だった。

シッダルタはいつも森《ヴァナ》のなかで瞑想《サマーディ》にふけるばかりで、武術の訓練などしているようには見えなかった。

デーヴァダッタは声を高めた。

「シッダルタさまは剣を振るわれたりなさるのですか」

「そうは見えないでしょうね。兄は哲学者《ターリキカ》ですから。確かに武術の訓練はしたことがないのですが、森のなかで瞑想にふけり自然《ダルマ》に融けこんでいるうちに、自ずと体が反応するようになったのではないでしょうか」

「そんなことがあるのですか。剣は武術です。自然に融け込んで剣が上達するということがあるのですか」

「一種の瑜伽《ヨーガ》でしょうか」

聞き慣れない言葉だった。結合《ヨーガ》という語なら知っているが、いまスンダラナンダ王子が口にした言葉には別の意味があるように思われた。

「ヨーガとは何ですか」

デーヴァダッタが問いかけると、スンダラナンダ王子は微笑をうかべた。

「自然と融合するために心を自在に操る鍛錬《サムスカーラ》です。つまり自然との結合《ヨーガ》です。兄は心を自在に操って自然そのものになったのです。森の動物《パズ》や小鳥《パクシーナ》たちが、命を守るために瞬時に身をかわしたり、飛び立ったりするように、武術を習っていなくても、馬《アズヴァ》に乗れるし、敵の攻撃を防ぐことができるのです」

「あなたもそのヨーガを学んだのですか」

「わたしも哲学や瞑想が好きなので、時に森のなかに入ります。森のなかで自然と一体となっていれば、生き物のすばやさが身に宿るのです。そのことをわたしは兄から学びました」

「あなたはただシッダルタさまの姿を見ていただけなのでしょう。それですべてを学ばれたのですか」

「兄には及びません。それでも兄の姿を見ていれば、自然に学ぶべきことがわかってくるのです」

「わたくしもそれを学びたいものです」

「それならば、こんどいっしょに森に行きましょう」

そう言ってから、スンダラナンダ王子は改めてデーヴァダッタの顔を見つめた。

「あなたは皇太子妃となったヤショーダラさまの給仕《ヴィタラーカ》だったそうですね。なぜ王子のあなたが給仕になったのですか」

なぜと問われるのはいい気分のものではなかった。

デーヴァダッタは目をそらして早口に言った。

「ヤショーダラさまは正室アミターさまの産みの子ですが、わたくしは側室の生まれです。しかも母はいやしい身分だったので、わたくしは給仕のつとめを果たすことになりました。その役目をわたくしにお命じになったのは、アミターさまです。あのお方を、わが母だと思っています。ですから喜んで給仕の役目をお引き受けしたのです」

「それでもあなたのお父ぎみは、コーリャ族の王スプラブッダさまなのでしょう。わが母プラジャーパティーはスプラブッダさまの妹です。わたしたちは親戚ですね」

「わたくしは身分の低い給仕《ヴィタラーカ》です」

「その職は解かれたのでしょう。あなたは騎馬隊に入隊されたのです。兵には身分はありません。従軍した年数や技量に応じて等級が定められていますが、等級は仮に定められているもので、兵はすべて平等で対等な戦士《ヴァーガラ》です。ともに命をかけて闘う仲間なのです」

スンダラナンダ王子の言い方には爽やかさが感じられた。給仕だったものを親戚として扱い、兵は平等だと言いきるスンダラナンダ王子に、高潔な人がらを感じた。この少年を尊敬したいと思わずにはいられなかった。


騎馬隊での日々は充実していた。練兵場での訓練だけでなく、城外の田園地帯の先にある高原に出て馬を駆けることも多かった。城内にいれば城壁で視界をさえぎられるのだが、城外に出ればヒマーラヤの山脈が目に入る。

子どものころからいつも見上げていたヒマーラヤは、雪《ヒマ》の住処《アーラヤ》というその名のとおり、盆地に住む人々にとっては、心の故郷であり魂《アートマン》の拠り所《アーラヤ》と感じられた。

馬に乗り剣を振るっていれば適度に体が疲れ、宿舎に戻れば深い眠りにつく。

何事もなく日々が過ぎていった。

ヤショーダラのことを忘れたわけではない。まだ少女だから、いきなり皇太子の性愛《カーマ》を受けいれるようなことはないはずだ。

シッダルタは森のなかに庵室《アズラーマ》をもっているということなので、夜もそこで寝ているのかもしれない。王宮内にも皇太子の執務室があり、神殿にもシッダルタのための庵室があった。どうやらシッダルタは離宮《クティーラ》には滞在していないようだ。

心配だが、皇太子についての風評が兵舎で交わされることはなかった。

スンダラナンダ王子との会話のなかでも、シッダルタの話題が出ることはなかった。

だが突然、王子は兄のことを話題にした。

ある日、王子が声をかけてくれた。

「以前にあなたとお約束しましたね。森のなかにいる兄を訪ねてみましょうか」

「森は後宮《アヴァローダ》の奥にあります。給仕《ヴィタラーカ》の職を解かれたわたくしは後宮には入れません」

「わたしは王子ですから母に会うために後宮に出入りできます。わたしの連れということなら入れますよ」

再びシッダルタに会えるのかと思うと胸が高鳴った。

訓練のない休息日に、スンダラナンダ王子とデーヴァダッタは連れ立って王宮の奥の森《ヴァナ》のなかに入っていった。

「森のなかには小川が流れています」

スンダラナンダ王子がささやきかけた。

給仕をつとめていたころにこの森に来たことがあった。その時に小川のせせらぎを聞いたので、城壁のなかに小川が流れていることは知っていた。

森のなかは暗く樹木が密生していて、自分が森のどのあたりにいるのかわからなかったが、スンダラナンダ王子にとってはわが庭のようなものなのだろう。王子に導かれてデーヴァダッタは森の奥に進んだ。

小川の流れが見えた。城壁のなかにうがたれた隙間から流れこむ人工の川だったが、水量はかなりのもので、すぐには渡れそうになかった。

スンダラナンダ王子は小川の手前で足を止めた。

「ここで待っていましょう。兄は森のなかの気配をすみずみまで感じとることができます。わたしたちが来たこともわかっているはずです」

しばらくすると、小川の向こうに人影が見えた。

シッダルタだった。

顔にはいくぶん冷ややかな感じのする笑いがうかんでいた。

「デーヴァ……。まだカピラヴァストゥにいたのですか」

高みから見下すような言い方だったが、デーヴァダッタは平静を装って答えた。

「給仕《ヴィタラーカ》の職は解かれましたが、いまは騎馬隊の兵卒をつとめております」

「それではスンダラナンダの同僚ですね」

かたわらのスンダラナンダ王子が説明してくれた。

「訓練中にデーヴァダッタと一騎打ちの対決をしました。さすがにコーリャ族は幼くても武術は達者ですね。馬上で木剣を打ち合わせましたが、隊長のズーラがあわてて引分を宣言するほどに、デーヴァダッタは鋭い技をもっていました」

ここでデーヴァダッタが口を挟んだ。

「シッダルタさまも、武術の心得を身につけておられるのでしょうか」

シッダルタはそっけなく言いきった。

「武術に興味はありません」

「スンダラナンダさまは、兄ぎみから剣術を学ばれたと話されました」

シッダルタは弟の王子の方に顔を向けた。

「ヨーガの基礎《プラクルティ》ですね。スンダラナンダ、あなたはわたしが自然《ダルマ》と融合している姿を見て学んだのですね」

スンダラナンダ王子は微笑をうかべて言った。

「自然の中で生きている獣《パズ》や小鳥《パクシーナ》たちは、生き抜くすべを心得ています。自然と融合すれば、何も考えていなくても、敵意のあるものから逃げたり、攻撃から身を守ることができるのです」

デーヴァダッタは声を高めて言った。

「そのすべを学びたいと思いました。どうかわたくしにもご伝授いただきたいと思います」

シッダルタはデーヴァダッタの方に向き直った。

その目に怪しい輝きがあった。

「デーヴァ……、あなたはすでに兵として武術を学んでいますね。武術というのは自然と敵対する技です。いったん武術を身につけてしまうと、もはや自然の基礎に戻ることはできないのですよ。それでもあなたは、少しでも技術を向上させたいとお考えですか」

シッダルタはデーヴァダッタの顔を見すえて、目で問いかけた。

デーヴァダッタは大きくうなずいてみせた。

シッダルタはわずかに息をついて、考えこむようなようすを見せていたが、改めてデーヴァダッタの顔を見すえた。

「あなたにはヨーガの習得は難しいでしょう。それでもわたしと手合わせをすれば、何かをお伝えすることができるかもしれません。この森のなかは樹木が多くて、鍛錬には不向きですね。王宮の裏庭に戻ることにしましょう」

そう言うとシッダルタは、ひらりと身を翻して、目の前の小川を飛び越えた。

小川の幅は鍛錬をしたおとなの男ならば、飛び越えることは可能なはずだが、シッダルタは助走もせず、足を屈伸させるそぶりも見せず、いきなりふわっと宙にうかんだように見えた。

そんなことができるのは、神秘的な霊力《ザクティ》をたたえた神官《バラモン》か、神《デーヴァ》そのものだけではないか……。

デーヴァダッタの胸のうちに、深い驚きと、恐れのようなものが刻まれた。

森と王宮との間には、広大な裏庭があった。

各所に花壇が設置されていたが、芝草の広場《アスターナ》もあった。武術の鍛錬をするには恰好の場所だった。

シッダルタは森に密生している広葉樹の枝を二本手にしていて、その内の一本をデーヴァダッタの方に放り投げた。

「木剣の代わりです。これを真剣だと思ってください」

森のなかを歩いている時に、シッダルタは何気なく手を伸ばして樹木の枝を手にしていた。かなり太い枝だったが、シッダルタは灌木の枝を折るように軽々とたおった。あまりにも自然な動作だったので、その時は奇異にも思わなかったのだが、渡された枝の太さと重みに驚かされて、しばらくは身動きができなくなっていた。

「どうしたのです。臆したのですか」

シッダルタのあなどるような言い方に、デーヴァダッタはにわかに怒りを覚えた。

スンダラナンダ王子が兄から学んだというくらいだから、シッダルタは自然体でいながら敵の攻撃をかわす技を身につけているのだろう。

それがどの程度の技なのか、見極めてやろうと思った。

練兵場でのスンダラナンダ王子との勝負は、馬上ですれちがいざまに振るう剣術だった。いまは地面の上だ。自分の足で左右に動けるのだから、一瞬にして勝敗が決するわけではない。ヨーガの術はただ身を守るだけだろう。動き回れば、必ず相手にすきが生じる。こちらはまだ少年で、相手はおとな並みの体格だが、すばやさと持久力では分があると自負していた。

デーヴァダッタは握りしめた武器を前方に突き出して身構えた。

相手は武器を持った手をだらんと垂らしていた。スンダラナンダ王子と同じ構えだ。

こちらが打ちこめば相手は瞬時に反応する。それが自然と一体となったヨーガの技なのだろう。

デーヴァダッタは真剣に見立てた武器を構えたまま、じりじりと間合いを詰めていった。相手は後退するようすも見せずその場にたたずんでいる。

剣が届くほどの至近距離になった。相手は石像のように身動きもしない。ただその顔にこちらを哀れむようなうす笑いがうかんでいた。その顔を見た瞬間、突きぬけるような怒りが全身に広がった。

殺してやる……。

胸の内で叫ぶと同時に、デーヴァダッタは身を投げ出すような勢いで相手の胸のあたりに向かって武器を突き出した。

シッダルタは微笑をうかべたまま、こちらの動きをただ眺めていた。突き出した武器は空を切った。相手の姿が視界から消えていた。

体勢を崩したデーヴァダッタの側面で、風を切る音が響いた。とっさに身をかわしたが、相手の持った木の枝が頬をかすめた気がした。

手加減されたと思った。

怒りが倍増して、われを忘れていた。力任せに手にした武器を振り回した。相手はその場に立ったまま自らの武器でこちらの打ちこみを払う。

デーヴァダッタは相手にはねかえされて右に左にと身を泳がせ、体勢を立て直して打ちこみをくりかえした。

息が切れた。

動き回っているのは自分だけで、シッダルタはただ立っているだけだ。

呼吸も乱れていない。

それでもひたすらに打ちこみを続けているうちに、足がもつれてその場に倒れた。

あわてて身を起こしたが、足がまだふらついている。

「どうしたのです。これでおしまいですか」

シッダルタが問いかけた。

「まだまだ……」

叫びながら、よろめく足で前進した。

武器を突き出した。また軽く打ち払われるのかと思ったのだが、そうではなかった。

シッダルタは身をかわすと、いきなり強い一撃を打ちこんできた。

かろうじて武器を打ち合わせたが、シッダルタは笑いながら次々に打ちこんでくる。殺気のようなものを覚えた。相手は微笑をうかべたままだが、目が笑っていない。

明らかに敵意をこめて、シッダルタは木の枝を打ちこんできた。

デーヴァダッタはそのまま後ろ向きに倒れた。

頭を地面に打ちつけてしばらく昏倒していたようだ。

体の力がぬけ、目の前がまっ暗だった。

ただ耳だけは聞こえていて、遠くの方でスンダラナンダ王子の声が聞こえた。

「デーヴァダッタはまだ子どもです。ここまで手ひどく打ちのめすことはなかったのではありませんか。兄ぎみのされることとは思えません」

シッダルタは笑いながら応えた。

「この少年は神《デーヴァ》です。わたしには彼の未来が見えています。彼は聡明で人の心を動かす特別な能力を有しています。彼はわたしの無二の友となるでしょうが、同時に最大の仇敵《ザトル》となることでしょう」

その声を聞きながら、デーヴァダッタは再び気を失っていた。


年月が流れた。

スンダラナンダ王子は騎馬隊《アズヴァニーカ》の隊長ズーラを補佐する副隊長に任命された。

デーヴァダッタは後宮《アヴァローダ》を守る近衛兵《ラージャバタ》の隊長に選ばれた。

建物の中には入れないが、後宮や離宮に接した奥庭の警備に当たる。時には王妃や皇太子妃が女官とともに奥庭に出て食事をしたり、管弦《クティーラ》の催しを開くことがあるので、デーヴァダッタはヤショーダラの姿を見ることができた。

嫁入りした時にはまだ少女だったヤショーダラは、年月とともに成熟し、いまは風格をたたえた女人になっていた。

シッダルタは相変わらず、森《ヴァナ》のなかの庵室《アズラーマ》にこもっていることが多かったが、最近は奥庭に姿を見せて、女官たちの催《ウトゥサヴァ》しに加わることがあった。

そんなおりには宴席の主役として女官たちに囲まれ、楽しげに言葉を交わしているさまがうかがえた。

奥庭のはずれで警護にあたっているデーヴァダッタと、女たちに囲まれているシッダルタとの間には、声も届かないほどの距離があり、表情もうかがい知ることはできなかったが、それでも時おり女官たちのかんだかい笑い声が聞こえるので、シッダルタの話術が巧みだということが察せられた。

シッダルタの新たな一面を見る気がした。

女官たちだけでなく、王妃のプラジャーパティーや皇太子妃のヤショーダラが、シッダルタと同席することもあった。シッダルタは養母にも明るく話しかけ、妻のヤショーダラにも声をかけていた。

デーヴァダッタは奥庭の端の自分の持ち場から、息をのむようにして、そんなシッダルタの姿を見つめていた。

何かの拍子に、シッダルタがこちらを見ているような気がすることがあった。

すると風に乗って、シッダルタの心の声が伝わってくる気がした。

「女たちは美しいですね。わが妻はひときわ美しい。これも影絵芝居《トールボンマラータ》が映し出す幻影《タマス》にすぎないのでしょうね。けれどもこの美しさに接していれば、幻影も、なかなかにいいものです。そうは思いませんか、デーヴァ……」

シッダルタの声が聞こえる。これはデーヴァダッタ自身の心のなかの妄想にすぎないのか。それともデーヴァダッタが見ている影絵芝居の背後で、人形師が声を発しているのだろうか。

シッダルタは次期の王位継承者ではあるが、王が健在である限り皇太子に課せられた責務は何もない。異母弟のスンダラナンダ王子のように軍務につくこともなく、勝手気ままに日々を過ごしている。女たちに囲まれて気軽に会話を楽しんでいればいいのだ。

それに比べて自分は一介の兵卒にすぎない。女官たちに囲まれて管弦を楽しみ、酒を飲んでくつろいでいるシッダルタに対し、自分は黙々と後宮の番兵のつとめを果たさなければならない。

シッダルタはシュッドーダナ王の第一皇子としてこの世に生まれ、自分はスプラブッダ王の側室の子として生まれた。それは宿命《カーラ》だ。宿命とは輪廻《サンサーラ》と呼ばれる宇宙《ブラフマン》の原理《ダルマ》だから、それを恨むわけにはいかない。

そのあまりの立場の違いに、歯がみをするような思いにさいなまれる。

美貌のヤショーダラを妻にする。それだけでも幸福《スカー》の絶頂にあるべきシッダルタが、なぜ現実の世界をそのまま認めずに、すべては幻影《タマス》だととらえようとするのか。

デーヴァダッタの胸の内には、シッダルタに対する怒りが、うずみ火のようなものになってくすぶり続けていた。

第三章　光に満ちたルンビニー園での幻影の宴

スンダラナンダ王子が思案するような顔つきで言った。

「兄がルンビニー園で宴《ウトウサヴァ》を催す計画を立てているのですがね」

「ルンビニー園……」

デーヴァダッタは思わず聞き返した。

スンダラナンダ王子は応えた。

「ローヒニー河の向こうのルンビニー園です。コーリヤ族の領地ですから、あなたはよくご存じでしょう」

確かにルンビニー園には何度か出向いたことがあった。

あまたある恒河《ガンジス》の源流とされる清流の一つが、盆地の東寄りを流れていた。それがシャーキャー族とコーリヤ族の支配地の境界でもあった。ルンビニー園はその河を渡ったところにあるコーリヤ族の園地だった。

河に沿った耕作に適さない湿地だったが、スプラブッダ王の先代のアンジャナ王が娘たちのために大がかりな工事を施し、溝を掘って水を抜き、樹木や花を植えて小川に囲まれた涼しげな保養地を造った。

春の四月《ヴァイサーカ》ともなれば美しい花々が咲き乱れる憩いの場所となっていた。

それは昔の話だ。

デーヴァダッタは声を高めた。

「ルンビニー園がシッダルタさまの生地だということは知っていますが、いまはすっかり荒れ果てていますよ」

デーヴァダハ城からさほど遠くないところなので、デーヴァダッタにとってはなじみ深い場所だった。だが、シッダルタが生まれたころからは、二十年以上の年月が流れている。娘のマーヤーとプラジャーパティーが嫁いだあとは、アンジャナ王も園地に出向くことが少なくなり、いまのスプラブッダ王の代になってからは、手入れも行き届かなくなっていた。

スンダラナンダ王子は暗い表情のままで応えた。

「わたしも騎馬隊の遠征でローヒニー河の向こうに渡ったことがありますが、園地などは見当たらなかったですね。兄が何を考えているのか、わたしにはわかりません。ただ兄の生母のマーヤーさまは、出産前から体調がよくなかったようで、故郷のデーヴァダハ城で出産したいと嘆願してカピラヴァストゥを出発したものの、ローヒニー河を渡ったところでにわかに産気づき、出産の直後にその地で亡くなられたそうです。ルンビニー園は兄の生地であるとともに、母ぎみが没した地でもあるのですね。そこで宴を開くということは、兄は自らの心のなかに、何か区切りをつけたいのかもしれません」

「心の区切り……」

デーヴァダッタはひとりごとのようにつぶやいた。

スンダラナンダ王子が続けて言った。

「そんなふうに想像してみたのですが、それ以上のことはわかりません。むしろあなたの方が、兄のことをよくご存じではないですか。兄はあなたのことを高く評価していますし、自分に似たところがある親族だと感じているようですよ」

スンダラナンダ王子の言葉にうながされて、記憶がよみがえった。

かなり以前のことだが、王宮の奥庭で、木の枝を剣に見立ててシッダルタと闘った。

ふだんは穏やかに見えるシッダルタが、敵意をむきだしにして打ちこんできた。

あれはただの敵意ではなく、愛憎が交錯した不思議な友愛《マイトリー》だったのではないかと、いまはそんな気がしている。

自分はシッダルタに似たところがある。

それは確かだが、あらゆる面で、シッダルタよりも劣っている。

そのくやしさが尾をひいていて、自分のなかにシッダルタに対する敵意のようなものを増殖させている気がする。

だがそのことを、スンダラナンダ王子には隠しておきたかった。

デーヴァダッタはさりげないふうを装って言った。

「ルンビニー園でいったい何が起こるのでしょうか。何となく不安ですね」

スンダラナンダ王子も大きくうなずいて言った。

「カピラヴァストゥは城壁に守られていますが、ローヒニー河のあたりは無防備です。護衛の兵が必要ですね。ズーラ隊長は王宮から離れるわけにはいかないので、わたしが小隊を率いて同行しましょう」

デーヴァダッタが応えて言った。

「わたくしも後宮《アヴァローダ》の護りについている近衛兵《ラージャバタ》とともに随行しましょう。ただローヒニー河の向こうはコーリヤ族の支配地です。デーヴァダハ城にも使いを出しておいた方がいいでしょうね。何か事が起こったら援軍を送ってもらえるでしょう」

「コーリヤ族の園地で宴を開くのですから、そのことを伝えておく必要はありますね。ただ山賊たちの狙いは穀物です。いまは採り入れの時期でもないので、やつらが平地に降りてくることはないでしよう。われわれも園地に赴いて、のんびり宴を楽しむことにしませんか」

確かにすでに麦の刈り取りを終え、稲はまだ育っていないこの時期に、山賊たちの襲撃を心配する必要はなかった。


シッダルタが何を考えているのか、気にかかった。

森《ヴァナ》のなかに行ってみよう、とデーヴァダッタは思った。

近衛兵の任務についてから、デーヴァダッタは王族《ラージャター》には近づかないようにしていた。後宮を守るのが兵としての自分のつとめで、私的な感情をはさむべきではない。スンダラナンダ王子は、皇太子の弟であるという身分の高さを見せずに、騎馬隊の副官としての任務に専念している。その姿勢を見習いたいと思った。

長い間、シッダルタと言葉を交わしていなかった。ヤショーダラと接することもなかった。

ルンビニー園で宴を開くという話を聞いて以来、デーヴァダッタは胸が騒ぐのを覚えた。シッダルタの意図を知りたかった。

デーヴァダッタは後宮の守りについているので、周囲の気配には敏感だった。足音や気配で女官たちの動きが手に取るようにわかった。シッダルタが離宮《クティーラ》にいるかどうかも察知できた。

シッダルタは奥庭で女官たちと談笑することはあったが、もう長い間、離宮には入っていなかった。いまは森にいるはずだ。

デーヴァダッタは確信をもって森のなかに入っていった。

庵室の前の小川のほとりで、シッダルタはデーヴァダッタを待ち受けていた。

「デーヴァ、来ましたね……。あなたを待っていたのですよ。そろそろ来るころだと思っていました」

シッダルタがささやきかけた。

デーヴァダッタはいきなり詰問するような口調で問いかけた。

「ルンビニー園で宴を開かれるそうですね」

シッダルタは穏やかな口調で答えた。

「あなたもご承知のように、以前は何度もデーヴァダハ城を訪ねました。その行き帰りにルンビニー園を通りました。いいところですね」

「あそこは昔は整備された園地だったようですが、いまは荒廃しています」

「人をやって草を刈らせます。花も植えればいい。ルンビニー園はわたしの生地です。母が亡くなった地でもある。そこで母をしのびながら、宴を催したいと思います」

「あなたは宴がお嫌いではなかったのですか。婚礼の前の半月に及ぶ宴に、あなたは一度も出席されなかったと聞いております」

シッダルタはデーヴァダッタの顔をまともに見すえた。脅威を感じるほどの鋭い視線だった。

「デーヴァ、あなたは宴はお嫌いですか」

その問いは、不意打ちのようにデーヴァダッタを混乱させた。

心の奥底のわだかまりをえぐられたような感じだった。

自分は宴などに興味はない。だがそのことを素直に答える気にはなれなかった。

デーヴァダッタはこちらから問い返した。

「宴などというものも、あなたのお考えによれば、影絵芝居《トールボンマラータ》の幻影《タマス》にすぎないのではないですか」

「あなたは影絵芝居を楽しんでいたでしょう。楽しいものは、楽しめばいいのですよ」

「あなたは楽しんでいるのですか。女官たちを相手におしゃべりするのが、楽しいのですか」

「さて、どうでしょうか」

シッダルタは謎めいた微妙な表情になった。

「デーヴァ。あなたは近衛兵になる前は、ヤショーダラの給仕《ヴィタラーカ》をしていましたね。女官たちに囲まれていたのでしょう。楽しくなかったですか」

「わたくしは職務を果たしていただけです」

「そうでしょうか。ヤショーダラのような美しい人のそばに従っているというのは、楽しい仕事ではなかったですか」

シッダルタの目が笑っていた。

デーヴァダッタは痛いところをつかれたように思った。

シッダルタはわざとらしい笑いをうかべた。

「わたしは楽しんでいますよ。ヤショーダラとともに過ごす日々は、影絵芝居の美しい物語《カターナカ》を見ているようです。その物語の最高に美しい場面を、ルンビニー園で実現したいと思っています。そこが物語の山場です」

「山場が過ぎれば、どうなるのですか」

シッダルタは小さく息をついた。

低い声で笑ったようにも感じられた。

「灯火《ディーパ》の火が消されて、影絵芝居はたちどころに消滅するのです」

デーヴァダッタは息をのんだまま言葉を返すことができなかった。


女官たちを引き連れたシッダルタの一行が、カピラヴァストゥの城門から出発した。

妻のヤショーダラだけでなく、王妃のプラジャーパティーも同行した。後宮の女官たちがほとんどそっくり城外に出ていくことになった。

スンダラナンダ王子の騎馬隊《アズヴァニーカ》が先導し、背後をデーヴァダッタの近衛兵《ラージャバタ》が固めていた。

最後尾についたデーヴァダッタは、遠くの山岳地帯を眺めていた。はるか先の雪を冠したヒマーラヤの手前に、広葉樹の生い茂った緑の山地があり、その先に乾いた草原があるはずだった。そこには戦さ好きの騎馬民族がいて、時に盆地に下りてきて掠奪を図ることがある。小さな山城にすぎないデーヴァダハ城で育ったデーヴァダッタは、山賊との闘いに備えて、幼いころから騎馬の訓練を受けていた。

農地を横断して隣国のデーヴァダハ城に向かう道路が延びていた。コーリャ族との深いつながりがあるので、道路は整備され、騎馬隊はもとより、徒歩で行く女官たちも歩きやすかった。

一行が進んでいくと、周囲の村人たちが集まってきて、手を振ったり、神《デーヴァ》や女神《デーヴァター》を拝むようにひざまずいて頭を下げたりした。

このように王族《ラージャター》が大挙して城外に出るのはめったにないことだし、隊列の中央にいるのが華やかな衣装を着けた女官たちだったから、村人たちにとってはまさに女神の行列を見る思いだったろう。デーヴァダッタは目をこらし耳をすませていた。盆地の端の山地から、山賊の騎馬軍団が現れるのではないかと警戒していた。沿道の農地には村人たちのざわめきがあるばかりで、遠くの方からは何の物音も聞こえてこなかった。

晴れ渡った大空を眺めているうちに、ふと何かの気配を感じた。上空に小さな、うごめく影のようなものが見えた。

あれはヒマーラヤのはるかな上方を飛んでいく渡り鳥の群だと、デーヴァダハ城の近くの庵室《アズラーマ》にいるアシュヴァジットという若い神官《バラモン》が教えてくれた。アシュヴァジットはデーヴァダハ城を訪ねてきたシッダルタとも親しく語り合っていた。

ヒマーラヤの奥地には、神々の住処《アーラヤ》となっている須弥山《スメール》と呼ばれる霊山があり、そこが世界の中心だとアシュヴァジットは語ってくれた。鳥たちはその須弥山を目指しているのだということだ。

そんなことに気をとられていたデーヴァダッタは、はっとしてわれに返った。

一行はローヒニー河の河原に出て、先頭の騎馬隊はすでに河を渡り始めていた。

物流に使われる恒河《ガンジス》の支流のヒラニヤヴァティー河は少し先にある。そこにはクシナガラという大きな街があって、物流の拠点になっていた。このあたりのローヒニー河は、雨季には広い河原が激流で満たされることもあるのだが、いまは乾季なので水はほとんど流れていない。

砂や小石が堆積した河原の先に、徒歩でも跳び石づたいに渡れるほどのわずかな水流があるだけなので、騎馬隊はもとより、王妃や皇太子妃を乗せた輿《ズイピカー》や、徒歩の女官たちも難なく河を渡った。

その先に、園地が広がっていた。

一行の背後を守っている近衛兵が河を渡り、最後尾にいるデーヴァダッタの馬《アズヴァ》も兵たちのあとに従って河を越えた。そこで始めて、目の前の園地に目を向けた。

デーヴァダッタは目をみはった。

数年前、嫁入りするヤショーダラの給仕《ヴィタラーカ》としてここを通った時は、ただの荒れ地に見えた場所に、いまは花々が咲き乱れていた。周囲の草の緑も輝いている。吹く風までが爽やかな芳香をはらんでいるようだ。

人をやって整備するとシッダルタは話していたが、人手をかけて草を刈ることはできても、わずかな期間にこれほどの花を咲かせるというのは、神《デーヴァ》が起こした奇蹟《アドブータ》としか思えない。

カピラヴァストゥの森のなかと同じように、色鮮やかな小鳥《パクシーナ》たちが集まっていた。

この園地の荒廃したさまを記憶に留めているデーヴァダッタにとっては、にわかには信じがたい光景だった。そんなことは知らないカピラヴァストゥの女官たちは、園地の美しさに心がおどっているようすで、はしゃいだ声をあげながら、草地の中央に敷物を広げ、周囲に天幕《パタグルハ》を張り始めた。

敷物の中央に長椅子が置かれ、シッダルタが座している。その周囲を女官たちが取り囲んでいた。

女官たちは美しい布をまとっていた。色鮮やかな花々や小鳥たち、それに女官たちの衣の色が、芝草の緑に映えて、この世のものとも思えない光景が目の前に広がっていた。

先頭を進んでいたスンダラナンダ王子の小隊は、園地の向こう側で休息をとっている。デーヴァダッタもローヒニー河を渡った川岸の草地に近衛兵を止め、兵たちに下馬を命じて休息をとらせた。兵たちは小麦粉を練って焼いた食料を携帯している。女官たちが持参している宴のためのご馳走とは比べものにもならないが、兵たちにはそれで充分だった。

デーヴァダッタも馬から下りて、シッダルタの方に目を向けた。

距離が離れているので表情まではわからなかったが、長椅子の背にもたれて手足を伸ばし、くつろいでいるようすが見てとれた。

空は晴れ渡っていて、陽ざしが園地を照らしていたが、明るい色調で染められた敷物の照り返しのせいか、シッダルタの周囲だけがひときわ明るく輝いているように見えた。カピラヴァストゥの森《ヴァナ》のなかで見た時と同じように、シッダルタの頭の上には色とりどりの小鳥《パクシーナ》たちが集まって、虹のような天蓋《ヴィターナ》を作っていた。

今日はシッダルタの誕生日だ。しかもここは生誕の地だ。

この日の主役はまぎれもなくシッダルタだった。

女官たちが集まって声をそろえシッダルタを祝福している。風に乗って、女官たちのかんだかい声がこちらまで届き、園地が笑い声で包まれているのがわかった。

王妃プラジャーパティーや皇太子妃ヤショーダラは天幕のなかにいる。デーヴァダッタのいる場所からヤショーダラの姿を見ることはできなかった。

女官たちのなかには、楽器を演奏できるものもおり、歌が得意なものもいた。青空のもとで、妙なる楽の調べが、風とともに周囲に広がっていった。

他の女官たちは持参した食べ物や飲み物を、中央にいるシッダルタに供し、また天幕のなかにいる王妃や皇太子妃に届けていたが、プラジャーパティーの側近の高位の女官たちは、シッダルタのすぐ近くにいて、何やら口々にシッダルタに話しかけていた。

それに応えて、シッダルタも上機嫌で女官たちに対応している。

デーヴァダッタは息をのんでそうした光景を見つめていた。

「灯火《ディーパ》の火が消されて、影絵芝居はたちどころに消滅するのです」

シッダルタの言葉がよみがえった。

幻影《タマス》にすぎないこの園を、シッダルタは楽しんでいるのか。

デーヴァダッタの目には、シッダルタは女官たちとの語らいを充分に楽しんでいるように見えた。

それにしても……。

これはあまりにも美しい幻影だ。

不意に、デーヴァダッタの胸のなかに、痛みが走った。

烈しい怒りに似た強い感情が胸のうちに広がって息が苦しい。

この美しい光景はまさに影絵芝居の白い布に映った物語の一幕なのだろう。

だがそれを遠くから見守っている兵たちは、貧しい食事しか与えられず、女官たちの姿をただ眺めていることしかできない。それでも兵たちは、自分たちが参加できない美しい光景を守らねばならぬという義務を負っている。

そんな義務など放り出してしまえばいい。

幻影を映し出す白い布など消えてなくなればいい。

風の一吹きでも灯火は消えてしまう。灯火が消えれば白い布の上に映し出されていた幻影も消える。

何もかもが消えてなくなってしまえばいいのだ。

デーヴァダッタは宴たけなわの園地から目をそらして、遠くを眺めた。

頭上をおおった蒼空のはるかな高みに、白いヒマーラヤの稜線が横に長く延びていた。

あのヒマーラヤの眺めも、ただの幻影なのか。

見ているうちに、目の前の白い稜線が、ぼんやりとかすんでいく気がした。


何かの気配を感じた。

あわてて目を下方に転じると、緑の広葉樹に包まれた山地が見えた。

その山地の手前の草原に、蟻のような小さな影がひしめきあいながら、しだいにこちらに近づいてくる。あれは山地の先の草原を支配している山賊ではないか。

デーヴァダハ城は何度も山賊に襲われた。幼いデーヴァダッタが戦場に出ることはなかったが、城壁の上からコーリャ族の騎馬武者《アズヴァニーカ》たちが闘っているさまを見たことがある。

ここはコーリャ族の領地だ。

山賊たちは闘いに慣れている。

こちらはわずかな兵しかつれていない。

恐怖が、デーヴァダッタの全身を包んだ。

山賊が園地に咲いた花を蹴散らし女官たちに襲いかかる光景が目の前にうかんだ。

だが同時に、しびれるような快感にひたされている自分に気づいた。

幻影が途絶えた。

どこからか声が響いた。

「あなたが見ていたのは幻影《タマス》ですよ」

自分は白日夢を見ていたのか。

「ただの夢ではなく、その光景はあなたの願望ではないですか」

シッダルタが耳もとでささやいている。

これもまた白日夢の中のささやきなのだろう……。

騎馬隊のひづめの音が近づいてきた。

デーヴァダッタはわれにかえった。


幻影の中で響いていた騎馬のひづめの音は、夢が覚めたあとの現実のなかでも、確かに響いていた。

あわてて音がする方向に目を転じた。

思いがけない方向に騎馬隊の姿があった。

山賊ではない。デーヴァダッタにとっては幼いころから親しんだデーヴァダハ城の軍団だった。

騎馬隊に前後を守られながら、豪華な輿《ズイビカー》が近づいてくる。

一目でコーリャ族の王妃《サムラージ》の輿だとわかった。

王妃アミター。

ヤショーダラの母であり、デーヴァダッタにとっても育ての母だ。

同時にシッダルタにとっては叔母にあたり、幼いころに母がわりとして育ててくれた懐かしい女性であるはずだった。

ルンビニー園で宴を開くことは、アミターにも伝えられたのだろう。

王妃の輿が近づいてくると、長椅子に座してくつろいでいたシッダルタが立ち上がった。園地の端の方まで駆け寄って王妃を出迎える。

デーヴァダッタがまだ故郷のデーヴァダハ城にいたころに、若きシッダルタは何度も城を訪れていた。だがその目的は城の近くの庵室《アズラーマ》を訪ね、神官《バラモン》のアシュヴァジットと交流したり、周囲の森のなかを散策することにあった。

スプラブッダ王や王妃に挨拶に出向くことはあっても、儀礼的なもので、王妃アミターと親しく語らうようなことはなかった。

だがデーヴァダハ城から遠く離れたこの園地なら、シッダルタは子どもにかえって、叔母のアミターと親しく接することができる。

シッダルタは手を差し伸べ輿から下りるアミターを助けた。それから叔母の手を引いて、敷物の中央まで案内した。女官たちが円座に椅子を並べていた。王妃プラジャーパティーと皇太子妃ヤショーダラが天幕《パタグルハ》を出て、椅子のそばでデーヴァダハ城の王妃を出迎えた。

王族《ラージャター》の全員が向かい合って椅子にかけた。

主役はシッダルタだ。

あとの王族は女ばかりだった。

遠くに騎馬隊《アズヴァニーカ》を率いたスンダラナンダ王子がいた。その反対側には近衛兵《ラージャバタ》を率いたデーヴァダッタがいた。だが二人は兵として守りについているので、宴に加わるわけにはいかなかった。

座の中心にいて、シッダルタはひとりで何か話していた。シッダルタの声は聞こえないのだが、周囲の女官たちの笑い声がひっきりなしに起こることから、よほど楽しいことを語っているのだろう。

デーヴァダッタはヤショーダラの姿を見つめていた。

王妃アミターが到着するまでは、プラジャーパティーもヤショーダラも、天幕の下に姿を隠していた。だがいま王族の女たちの全員が、その姿をひなたにさらしていた。

女官たちに何かを語りかけているシッダルタの姿を、ヤショーダラはひたすら見つめていた。勇者《ヴァーガラ》に憧れ、勇者に救われ、勇者と結ばれる影絵芝居の姫《ラージ》のように、ヤショーダラはシッダルタの妻であることの幸福《スカー》にひたっているように見えた。

デーヴァダッタの胸のうちには、痛みがあった。

この痛みを知っているのは、自分ひとりだ。

痛みはやがて怒りの火となってどこかで爆発するのかもしれない。

あるいはやり場のない怒りの炎が、自分を邪悪な行動に駆り立てるのではないか。

それもいいだろう。

自分はいつか、あの高慢で冷ややかな皇太子に、復讐を遂げなければならない。

デーヴァダッタは息を詰めるようにして、シッダルタを中心としたルンビニー園の宴のようすを眺めていた。


どれほど時間がたっただろうか。

女官が近づいてきてデーヴァダッタに声をかけた。

「アミターさまがお呼びでございます。どうぞこちらへ」

兵としてのつとめはあるが、王妃の命とあれば従わなければならない。

女官のあとについて、園地の中央の敷物のある場所に近づいた。シッダルタやヤショーダラの方には目を向けずに、まっすぐにアミターのもとに向かった。

育ての母《ヴィタラーカ》のアミターの顔を見るのは、数年ぶりのことだった。カピラヴァストゥに嫁入りするヤショーダラに給仕として同行した少年も、いまは小がらではあるがりっぱな近衛兵の隊長になっていた。

アミターはデーヴァダッタにとって、実の母に等しい存在だ。

生母の記憶はない。美しい女人であったということだが顔も知らない。身分は低く、あるいは奴隷《ダーサ》と呼ばれる隷属民《シュードラ》であったのかもしれない。北西部から流れてきた舞姫《ナルタキー》であったとも聞いている。

母が亡くなったあと、王宮の女官たちが世話をしていたらしいが、やがて王妃アミターのもとに引き取られた。

アミターと初めて対面した時のことは、はっきりと憶えている。

それまでは倉庫のような陽の当たらない薄汚れた場所で暮らしていた。周囲にいるのも女官の指図に従う下女のような女たちで、着ているものも裸体に近い粗末な布きれだった。

それが突然、明るい広間に招かれ、きらびやかな布をまとった王妃と対面することになった。

それが王妃だということも幼いデーヴァダッタには理解できていなかった。

何か信じられないものが目の前に現れたといった、そんな感じだった。

部屋の外には回廊があって直射日光はさえぎられているはずなのに、相手の全身からまばゆい光が放たれている気がした。

「デーヴァ……、あなたがデーヴァですね」

王妃アミターが呼びかけた。

それが自分の名の最初の方だとはわかったが、下女たちは名前の最後を用いてダッタと呼びかけた。ダッタは申し子という意味で男子の名の語尾によくつける語だ。自分でもそう呼ばれることに慣れていたので、デーヴァと呼ばれると、別人の名のような気がした。

デーヴァは神を意味する。

だがそのことをいぶかるよりも先に、王妃の美しさに目を奪われた。王宮の中には多くの女官がいて、美しい女も多かったが、そんな女たちとは比べものにもならぬ輝きと、女神《デーヴァター》のような威厳《グルトヴァ》が感じられた。

デーヴァダッタはまだ幼児だった。自分の周囲に広がっている世界について、何も知らなかった。

ただ自分が幼児であり、幼児には理解できないおとなの世界があるということは、子どもながらにもわかっていた。

アミターは鋭い視線でデーヴァダッタの顔を見つめていた。

「美しい……」

つぶやきがもれた。

「あなたは母ぎみに似ておられる。母ぎみは美しいお方でした。ぬけるように白い肌をしておられたことを記憶しております。あなたはその母ぎみの血を引いておいでです。王はそのお方をめでておられました。お亡くなりになったのは残念ですが、それも宿命《カーラ》であったのでしょう。あなたは王がめでておられたお方のお子ですから、王宮の宝だと考えております。及ばずながらこれからは後宮《アヴァローダ》のわたくしのもとでお世話をいたします」

王妃の言葉は幼いデーヴァダッタには理解できなかったが、王妃の好意は伝わってきた。どうやら自分はこのきらびやかな女人のもとで暮らせるのだということは感じられた。

感謝の気持をどのように伝えればよいかわからず、デーヴァダッタは無言で深々と頭を下げた。

王妃は微笑をうかべてささやきかけた。

「そのようにへりくだることはありません。あなたは王族ですから胸をはっていればいいのですよ」

そう言ったあとで少し語調を強めて言葉を続けた。

「あなたにはナーガナーマンという兄と、ヤショーダラという姉がおります。兄が世継ぎの皇太子ですので、あなたはいずれ何かの職務につくことになるでしょう。しっかりとその職務を果たしてください」

それから王妃は急に真剣なまなざしになって言った。

「わたくしは故郷のカピラヴァストゥにおりましたころに、皇太子シッダルタさまのお世話をさせていただきました。皇太子はお生まれになった直後に母ぎみを亡くされ、少しあとで、母ぎみの妹のプラジャーパティーさまが、こちらのお城から嫁入りされ、養母となられたのですが、それまでの間は、わたくしが皇太子をお育ていたしました。シッダルタさまはお生まれになった時に、神官《バラモン》の長老《スタヴィラ》が顔を見ただけで転輪聖王《チャクラヴァルティン》の相があると予言《アグラニルパナ》したほどのお方でございますが、不思議なことに、あなたは幼いころのシッダルタさまに似ておられます。幼い皇太子をお育てしたわたくしだからこそわかることなのですが、シッダルタさまにも、あなたにも、神《デーヴァ》が宿っています」

　そこで王妃は表情をゆるめ、口元をほころばせた。

「デーヴァ、あなたのお名前には、神が宿っています。わが夫のスプラブッダが城の名称のデーヴァダハのもととなった神の樹木《デーヴァダルー》（ヒマラヤ杉）からあなたの名を決めたのですが、城の神官《バラモン》たちも、あなたには不思議な霊力《ザクティ》があるのではとひそかにささやいております」

　この時、初めて、デーヴァダッタは言葉を発した。何か言わねばならぬと思ったからだが、自分でも思いがけないことを口にしていた。

「わたくしは神ではありませんが、少しでも神に近づきたいと思っております」

　その言葉に自分でも驚いた。それ以前にそのようなことを考えたこともなかったし、人に対してそんなことを言ってしまったことに、おびえのようなものを感じていた。

　しかし王妃は驚くようすは見せなかった。

「その心意気でコーリヤ族のために尽くしてください。さらにデーヴァさま、わたくしからはあなたに、お願いがございます」

　王妃はデーヴァダッタに向かって、頭を下げるようなしぐさを見せた。

「わが娘ヤショーダラの守り神になってください」

　言われたその時には、何のことかわからなかった。だがのちに王女《ラージ》ヤショーダラの給仕《ヴィタラーカ》という職務を与えられて、自分のなすべきことがわかった。

　王女の給仕となったのは、ずっとあとになってからだが、自分に役目があるということが嬉しかった。

王妃はデーヴァダッタの顔を見つめながら言った。

「わたくしはあなたの母です。産みの母ではありませんが、わたくしを母だと思って頼りにしてください。わたくしに甘えていただいてもけっこうでございます」

その言葉だけで充分だった。

実際にデーヴァダッタがアミターに甘えることは一度としてなかった。

アミターは王宮の中で光り輝いていた。その女神《デーヴァター》のような存在のおそばにいることを許され、甘えてもいいと言葉をかけられたことは、デーヴァダッタにとって生きていく励みになった。

その日、デーヴァダッタはアミターに連れられて、子どもたちの部屋に出向くことになった。

そこで初めてヤショーダラと会った。

ヤショーダラの姿を見た瞬間に、運命《カーラ》のようなものを感じた。

ヤショーダラは母親のアミターに似て、美しい顔だちをしていた。まだ子どもなのに目にうれいがあって、おとなびた表情をしていた。

自分はこの人のために生きるのだと思った。

やがてデーヴァダッタは、ヤショーダラの給仕《ヴィタラーカ》となった。

それ以外の職務は考えられなかった。ヤショーダラに尽くし、ヤショーダラをまもるのが自分の宿命《カーラ》なのだと思った。

長い年月ののちに、ルンビニー園で王妃《サムラージ》アミターと対面した。

ヤショーダラの給仕として、デーヴァダハ城を出立して以来の数年ぶりの対面だった。

アミターの美しさはいささかも衰えていなかった。ルンビニー園を満たした明るい陽ざしを浴びて、アミターの全身からまばゆい光が放たれているように感じられた。

「りっぱな勇者《ヴァーガラ》におなりですね」

アミターがささやきかけた。

確かに背は高くなった。もはや子どもではない。

近衛兵《ラージャバタ》という職務も与えられた。

だが母の前では、いつまでも幼児でいるような気分になる。

「いまは近衛兵として後宮の守りについております」

デーヴァダッタが応えると、アミターは嬉しげな微笑をうかべた。

「ヤショーダラを守ってくれているのですね」

アミターはヤショーダラの方に目を向けた。ヤショーダラは産みの子だ。やはり自分が産んだ子には格別の愛着があるのだろう。自分は育てられただけの側室の子だ……。

デーヴァダッタはそんなことを考えて、気持が沈んでいくのを感じていた。

「ヤショーダラの顔には悲しみが見受けられます」

アミターはひとりごとのようにつぶやいた。

「どうして皇太子妃はみごもることがないのでしょう」

それはひとりごとではなく、デーヴァダッタに向けられた問いなのかもしれなかったが、答えることができなかった。

アミターのまなざしは、シッダルタに向けられていた。その目が異様なほどに輝いていた。

「わたくしは幼いシッダルタさまをこの手で育てました。転輪聖王《チャクラヴァルティン》の相があるといわれておりますが、もしかしたら、それ以上のものになるやもしれぬということです」

デーヴァダッタは思わずアミターに問いかけた。

「それ以上のものとは何でしょうか」

アミターは小さく息をついた。

「さて、わたくしにはわかりかねます」

デーヴァダッタは声をひそめ、アミターだけに聞こえるようにささやきかけた。

「わたくしはデーヴァダハ城にいたころに、郊外の神殿《デヴァーラヤ》で修行をしておられた若い神官《バラモン》のアシュヴァジットさまから教えを受けました。アシュヴァジットさまは、いずれバラモンの教えを超える、新たな教えを説かれる偉大なお方が現れると語っておいででした。転輪聖王《チャクラヴァルティン》とはまさにそのようなお方ではないでしょうか」

アミターも低い声で言った。

「確かにシッダルタさまは、ふつうのお方ではないところがあります。されどもシッダルタさまは皇太子です。王《ラージャ》となっていただかなければなりません。そうでなければヤショーダラもむくわれぬことになります」

アミターはシッダルタを見つめ続けていた。

デーヴァダッタはふと寂しさのようなものを覚えた。

アミターは幼いシッダルタを育てた。もしかしたら自分が産んだ子どもたちよりも、シッダルタのことを気にかけているのかもしれない。

実の母のように慕っていたアミターが自分から遠ざかっていく気がした。

デーヴァダッタは目を遠方に転じた。

空は晴れ渡っていて、ヒマーラヤの白い稜線が見えた。

その下方の山地の緑が目にしみる。

先ほどの白日夢の光景が目の前によみがえってきた。

ローヒニー河の上流から近づいてくる騎馬武者たちの怒濤のような進撃。山賊たちがルンビニー園の女官たちに襲い掛かる……。

あれもまた影絵芝居《トールボンマラータ》の白い布に浮かんだ幻影《タマス》にすぎないのか。

「その光景はあなたの願望ではないですか」

シッダルタの声が耳もとで響く。

偉大なシッダルタ。

カピラヴァストゥの皇太子であり、王妃や皇太子妃に愛され、女官たちの憧れの的となっている美しき勇者《ヴァーガラ》。

自分は惨めな給仕《ヴィタラーカ》にすぎない。

いっそのこと目の前のルンビニー園も、カピラヴァストゥの城壁も、王宮《ラージャプラサダ》も、何もかもが滅びてしまえばいい。

デーヴァダッタは胸の内で、呪うようにつぶやいていた。

第四章　コーサラ国のジェータ王子と交流する

コーサラ国の王子がカピラヴァストゥを訪れた。

ジェータ王子と呼ばれている若者だった。

恒河《ガンジス》上流の広大な地域を支配する帝国コーサラは、その強大な軍事力で周辺諸国から恐れられていた。長い治世の間に小国を次々と侵略して領土を拡大した国王は、固有の名ではなくただ大王《マハーラージャ》と称されていた。

大王にはプラセーナジッドというすでに中年に達した皇太子があった。大王は高齢であり近い将来に皇太子が即位することになるはずだった。

カピラヴァストゥに遊学したジェータ王子は皇太子の嫡男で大王の孫にあたる。直系の後継者で、いずれは王位につくことになる。

将来のコーサラ王なので、カピラヴァストゥでは最高のもてなしで迎えられたが、まだ少年といってもいい若者なので、シュッドーダナ王ではなく、皇太子シッダルタが歓迎の式典に臨むことになった。

シッダルタの要請で、スンダラナンダ王子とデーヴァダッタが同席した。

ジェータ王子はスンダラナンダ王子よりも年下だったので、話し相手としてデーヴァダッタも呼ばれたのだろう。

ジェータ王子は護衛の兵も連れずに、単身で馬《アズヴァ》を駆りカピラヴァストゥに到着した。

まずは騎馬隊《アズヴァニーカ》が城門前に整列して出迎えた。そこから兵の先導で王宮内に案内されたジェータ王子は、王宮の入口に近い皇太子の執務室でシッダルタと対面した。その脇にはスンダラナンダ王子とデーヴァダッタが控えていた。

ジェータ王子は美しく整った顔だちであったがまだ少年の面影を残していた。軍務についているデーヴァダッタから見ても、苦労を知らないひよわな王族と感じられた。

シッダルタは気乗りのしないようすで、ジェータ王子の顔を眺めながら、儀礼的な挨拶をした。

「遠路はるばるカピラヴァストゥのような小国においでになったことを感謝します。わたしは皇太子のシッダルタです。同席しているのは弟のスンダラナンダと、従弟でわが妻の弟でもあるデーヴァダッタです。デーヴァはあなたとは年齢が近いので、よき友となることでしょう」

ジェータ王子は微笑をうかべて応えた。

「カピラヴァストゥの見事な城壁を振り仰ぎ、騎馬隊の統率のとれた出迎えを受けまして、心がおどっております。カピラヴァストゥは歴史の長い国で、伝統文化があり、神殿《デヴァーラヤ》の神官《バラモン》も深い見識《ヴィジュニャーナ》を有していると聞いております。わたしは宗教《マタ》や哲学《タリキカトヴァ》に興味をもっておりますので、しばしの間、こちらに逗留させていただき、さまざまなことを学ばせていただきたいと思います」

シッダルタは心のこもらない儀礼的な口調を続けた。

「宗教や哲学に興味をおもちというのは、よい心がけだと思います。神殿などにはスンダラナンダがご案内することと思いますので、どうかごゆるりと城内をお回りください。わたしはこれで失礼します」

そう言うとシッダルタは姿を消してしまった。

ルンビニー園で王妃や女官たちと宴《ウトゥサヴァ》を開いたことを一つの区切りとしたのか、それ以後シッダルタは後宮に姿を見せることはなくなり、森《ヴァナ》のなかに引きこもるようになっていた。

皇太子がいなくなると、ジェータ王子は緊張の糸が切れたように、ふうっと大きく息をついた。

そのようすを見て、スンダラナンダ王子は微笑をうかべた。

まだ近くにシッダルタがいるかもしれないので、小声でささやきかけた。

「わが兄は少しふうがわりなところがあります。気にしないでください」

ジェータ王子も笑いながら応えた。

「シッダルタさまの風評はコーサラにも届いておりましたから覚悟はいたしておりました」

「どんな風評ですか」

スンダラナンダ王子の問いに、ジェータ王子は微妙な表情になった。

「気難しいお方だそうですね。それで先ほどは少し緊張していましたが、実際にお目にかかってみると、気配りのできるやさしいお方だと感じました」

「それでもすぐにいなくなってしまったでしょう。兄は森《ヴァナ》のなかの庵室《アズラーマ》にこもって、瞑想《サマーディ》にふけっているのです」

「転輪聖王《チャクラヴァルティン》になろうとされているのですね」

「そんな風評も届いているのですか」

少し驚いたようにスンダラナンダ王子がつぶやいた。

ジェータ王子は大きくうなずいた。

「お生まれになった時に、神官《バラモン》の長老《スタヴィラ》がそのような予言《アグラニルバナ》をされたと聞いています」

「アシタという神官ですね。いまは修行のために、ヒマーラヤのふもとのあたりを放浪していると聞いています。それでも何年かに一度はカピラヴァストゥに戻って来るようで、兄はアシタの弟子になったそうです」

「シッダルタさまは武人《クシャトリヤ》です。神官《バラモン》になるわけにはいかないでしょう」

「バラモン教が定めたところでは、人は生まれながらにして階級《ヴァルナ》（カースト）が定められています。とはいえ神官でなくても、宇宙の原理《ブラフマンダルマ》を求めることはできます。そういう修行者は沙門《シュラマナ》と呼ばれるそうですね」

スンダラナンダ王子がそんな説明をすると、ジェータ王子は身を乗り出すようにして言った。

「わたしも沙門になりたいものです」

「あなたが……。あなたはいずれは王位を継承されるのではないですか」

スンダラナンダ王子は驚いて、ジェータ王子の顔を見つめた。

ジェータ王子は強い口調で応えた。

「われらの大王《マハーラージャ》はまだお元気です。わが父が即位するのもずっと先のことでしょう。それまでは、わたしも宇宙の原理について考えたいと思っているのです」

この時、デーヴァダッタが口を開いた。

「転輪聖王には、バラモン教を超える新たな教えを説かれる偉大なお方という意味があるそうですが、ふつうには慈愛《マイトリー》をもって世を治める大国の王というくらいに解釈されています。それはコーサラ国にとっては、聞き捨てならぬことではないですか」

ジェータ王子は微笑をうかべた。

「大王はカピラヴァストゥの伝統と文化を重んじておられます。それゆえに領土が隣接しているにもかかわらず、これまでカピラヴァストゥを攻めることはなかったのです。これからもそうでしょう」

「次の世になればどうでしょうか」

「わたしの世になれば、カピラヴァストゥとはより密接な友好国になるでしょう。ただ……」

ジェータ王子はわずかに顔をくもらせた。

「わが父プラセーナジッドはいまも西方の辺境の地に赴いて闘っています。われらの首都シュラヴァースティのすぐ近くにカピラヴァストゥのような豊かな国があり、独立国として繁栄していることに、密かに野心をもっているようなところがあります。もし父がよからぬことをたくらんでいるようであれば、わたしが何とかおいさめせねばならぬと思っています」

スンダラナンダ王子も小さく息をついた。

「コーサラ国の軍事力は強大です。カピラヴァストゥは街全体を城壁で囲って守りを固めておりますが、守りについている騎馬兵の数はわずかなものです。コーサラ国の王子が来られたのですから、わが軍団のようすをお目にかけます。どうぞこちらへ」

スンダラナンダ王子が先に立って、王城の中にある練兵場に向かった。


少年のころから親しんだ練兵場だった。デーヴァダッタはいまは王宮内に居室を与えられていたが、かつては練兵場に隣接した兵舎で寝泊まりしていた。

隊長のズーラが待ち受けていて、ジェータ王子を練兵場や兵舎に案内した。

ジェータ王子が問いかけた。

「騎馬兵はこれだけなのですか」

隊長ズーラが答えた。

「他に王宮を護る近衛兵がおります。人数はわずかです。あとは歩兵の宿舎が城壁沿いにありますが、槍をもった歩兵は城門を守るだけです。われらは山地の向こうにいる山賊の襲撃から街を護るのが任務です。山賊が相手ならこの程度の騎馬隊で充分です。しっかりとした城壁があるので、盗賊どももカピラヴァストゥを攻めるのは諦めているようで、騎馬隊が出動するような事態は起こっておりません」

横合いからスンダラナンダ王子が口を挟んだ。

「ですからわれらがコーサラ国と戦さを起こすようなことはけっしてないのです」

ジェータ王子が応えて言った。

「コーサラ国には強大な象部隊《ガジャ》があります。他国と戦さをするためには象部隊が必要なのです。見たところ、カピラヴァストゥでは象部隊を組織していないようですね」

スンダラナンダ王子が笑いながら言った。

「城内に象はおりますが、荷運びに用いるだけです。カピラヴァストゥは他国と戦さをすることはまったく考えていないのです」

「カピラヴァストゥは戦さをする気がないのですね。これではコーサラ国の方から攻めることはできないですね」

そう言ってジェータ王子は微笑をうかべた。

ジェータ王子はデーヴァダッタの方に向き直った。

「あなたは皇太子妃の弟だそうですね。コーリャ族の出身なのですね」

相手の意図はすぐにわかった。デーヴァダッタは応えた。

「コーリャ族のデーヴァダハ城は、カピラヴァストゥのような城壁都市ではありません。野戦のための山城です。山賊たちのいる山地にも近いので、応戦するためのきたえられた騎馬兵がおります。人数は少ないですが、山賊たちと闘った経験をもっておりますので、戦闘能力は高いですよ」

「シャーキャー族とコーリャ族は、婚姻を重ねて同盟を結んでいるのですね」

「同盟を結んだところで、コーサラ国の象部隊が攻めてきたら、ひとたまりもないですよ。このカピラヴァストゥの城壁も、たちどころに崩壊してしまうでしょうね。どうです、ジェータ王子。あなたが王位を継承する日が来たら、カピラヴァストゥを攻めてみてはいかがですか」

デーヴァダッタは冗談を言っているような口調で笑ってみせた。

だが心のうちでは、いつかそういうことも起こるのではないかと考えていた。

こんな王城など滅んでしまえばいいのだと、心のなかのどこかに、そんな思いも隠されていた。

スンダラナンダ王子は軍務を統括するだけでなく、首席大臣のマハーナーマンとともに財務も担当していて、多忙だった。

それに比べてデーヴァダッタの職務は形ばかりのもので、不在でも支障はなかった。

デーヴァダッタがジェータ王子の相手をつとめることが多かった。

年齢が近いという気安さもあって、デーヴァダッタはジェータ王子とともに遠乗りに出かけ、ローヒニー河を越えてコーリヤ族の領内に入ることもあった。

デーヴァダハ城の近くにある神殿《デヴァーラヤ》にジェータ王子を案内するつもりだった。

そこにはアシュヴァジットという神官《バラモン》がいて、神殿に隣接した庵室《アズラーマ》で修行を続けていた。幼い日にデーヴァダッタは何度も庵室を訪ね、アシュヴァジットの教えを受けていた。

アシュヴァジットはまだ若い神官だったが、各地の神殿を訪ねて勉学し見識《ヴィジュニャーナ》が豊富だった。シッダルタとも懇意だということだった。

ジェータ王子は宗教《マタ》や哲学《タリキカトヴァ》に興味をもっていると語っていたので、最初にカピラヴァストゥの王宮内にある神殿に案内したのだが、長老《スタヴィラ》アシタが不在なため、奥深い教えを説いてくれるような神官がいなかった。

そこでアシュヴァジットを訪ねることにした。

「このあたりは山が迫っていますね」

馬を駆りながらジェータ王子が大声で言った。目の前にデーヴァダハ城が迫っていた。

ローヒニー河を越えた奥まったところにあるデーヴァダハ城は、すぐ先がけわしい山地になっていた。そこにいまにも戦闘が起こりそうな城門や砦が幾重にも重なった、ものものしい眺めの山城があった。

コーサラ国はゆったりと流れる恒河《ガンジス》やその支流が広がった平原に広大な領土を築いている。このように山地が目の前に迫っている地形は、ジェータ王子にとってはめずらしい眺めなのかもしれない。

デーヴァダッタも大声で言葉を返した。

「山地の向こう側には、気の荒い騎馬民族が住む高原があるのですよ。もとは遊牧民だったのでしょうが、盆地で採れる米や麦の味を忘れられなくなったのでしょう。何度も襲ってきて穀物を略奪していくのです。カピラヴァストゥのような城壁で囲まれた都市ならば安全ですが、わが故郷のデーヴァダハ城は小さな山城です。貧しい農民《クルサカ》といえども穀物を収穫した直後は資産をかかえていますから、彼らの資産を護るためには、闘うしかないのです。ですからコーリャ族の騎馬兵は強いですよ。小さな子どもでも剣《カドゥガ》を手にして敵を殺すのです」

「人を殺せば地獄《ナラカ》に落ちます。神官《バラモン》はそのように教えていますね。コーサラ国はつねに戦さをしていますからね。コーサラの兵たちも神官の教えには困惑しているのですよ。われらの大王《マハーラージャ》も、何とかならぬものかと嘆いておられます」

確かに地獄への恐怖は、武人《クシャトリヤ》たちにとっては難題だった。

神官《バラモン》たちが説くバラモン教の教えでは、生命をもったものは死後には輪廻《サンサーラ》するとされている。人から人に生まれかわることができればまだしも、生きている間に悪業《カルマ》を重ねると、下等な生き物や虫などに生まれかわる。さらに人を殺すなどの罪悪があると、地獄に落ちるとされている。

それは戦さの最前線で闘う兵士たちに恐怖をもたらすことになる。それだけではない。兵に戦さを命じる王族《ラージャター》にとっても、地獄というのは逃れようのない宿命《カーラ》と感じられた。

デーヴァダッタは大きく息をついて言った。

「戦さで人を殺す兵士だけでなく、農民《クルサカ》たちも農地を耕せば小さな虫を殺してしまいます。地獄に落ちる恐怖は万民を支配しているのです。神官はそのような教えを弘めて、人々を支配しようとしているのでしょうね」

ジェータ王子が問いかけた。

「神官の方々は、教えが人々を苦しめていることを、どのように考えておられるのでしょうね」

「さあ、どうでしょうか。神官は世襲制ですから、神官の家に生まれれば神官になるしかないのでしょうね。多くの神官たちはただ伝承されている教えを説き儀式を反復しているだけですよ。ただ心ある神官は、教えの奥にある深い原理《ダルマ》を探るために、修行の旅に出ます。各地の長老《スタヴィラ》の教えを学び、新たな哲学《タリキカトヴァ》を興そうとしているのです。この神殿におられるアシュヴァジットさまも、そのようなお方です」

目の前に山地が迫ってきた。切り立った崖が見え、平地と崖が接するあたりに、崖に半ばうずもれたような小さな石造りの神殿《デヴァーラヤ》が見えている。

アシュヴァジットは旅に出ていることが多かったが、おりよく神殿にいて、奥まったところにある庵室《アズラーマ》で対面した。

ジェータ王子を引き合わせ、コーサラ国の大王《マハーラージャ》の嫡流の孫だと紹介すると、アシュヴァジットは敬意を表してから問いかけた。

「高貴なお方が何ゆえにこのような草深い庵室においでになったのですか」

ジェータ王子は答えた。

「シッダルタさまほどではありませんが、わたしも哲学《タリキカトヴァ》に興味をもっております。神《デーヴァ》の教えを学びたいのです」

アシュヴァジットは嬉しげに目を輝かせた。

「わたくしは浅学の身でございますが、各地の長老《スタヴィラ》を訪ねて教えを受けております。宇宙《ブラフマン》は広大でわたくしの理解の及ばぬ領域もありますが、わたくしの知る限りのことはお答えしたいと思います。王子はどのようなことに興味をおもちでしょうか」

まだ少年のような面影を宿しているジェータ王子は、頬を紅潮させ、意気ごんで問いかけた。

「コーサラの首都シュラヴァースティ（舎衛城《しゃえいじょう》）にも神殿《デヴァーラヤ》はございますが、そこにいる神官《バラモン》たちは儀式を執り行うだけで、深い教えを説くということはありません。本来ならば神官が受け継いでいるバラモン教の教えには奥深い哲学《タリキカトヴァ》があるはずです。その教えの中心《フルダヤ》ともいうべきものがあるのではないでしょうか」

バラモン教の教えは多様で、数多くの知識《ヴェーダ》と呼ばれる賛歌集が口伝で伝えられてきた。また奥義《ウパニシャド》と呼ばれる哲学の伝承もある。

アシュヴァジットはデーヴァダハ城での儀式には関わらず、ひたすら庵室《アズラーマ》で瞑想《サマーディ》にふけっているきびしい修行者だったが、どこかやさしいところがあり、幼いデーヴァダッタを相手にさまざまな話をしてくれた。

高齢の神官《バラモン》が身にまとっている威厳《グルトヴァ》とは無縁の、気さくな若者だった。

難しい問いを投げかけたジェータ王子に対して、アシュヴァジットは微笑をうかべて応えた。

「何が中心かと問われても、神官《バラモン》によってそれぞれに答えは違っていると思われます。バラモン教の教えは広大で、すべてが重要であって、これが中心だなどというものはないと答える神官もいるでしょう。これからお話しすることは、わたくしひとりの考えだということをご承知いただければと思います」

アシュヴァジットは大きく息をついてから、遠くを見るようなまなざしになった。

「わたくしが最も重要だと思っているのは、自我《アートマン》というものがいったい何なのかということです。自我というのは、要するにいまここにいる自分ということですね。誰もが自我をかかえて生きています。自我があるために未来に不安をもち、自我のためによりよき生き方を求めて生きているといっていいでしょう。喜びも悲しみも、自我が受け止めて、喜びとか悲しみとかを感じとるわけですね。生きるということの中心《フルダヤ》に自我があるのです。その自我とは何なのか。このことを考えるのが、奥義《ウパニシャド》に近づいていく第一歩ではないでしょうか」

ここでデーヴァダッタが口を挟んだ。

「シッダルタさまは、わたくしたちが生きている間に目にするものはすべて、影絵芝居《トールボンマラータ》の幻影《タマス》にすぎないと話しておられました」

アシュヴァジットは急に声をたてて笑った。

「シッダルタさまがそのようなことを言われたのですか。確かにいまわたくしたちが見ているものはすべて幻影なのかもしれません。だとするとわたくしたちは、影絵芝居の登場人物ということになりますね」

ジェータ王子も笑いながら言った。

「いまのこの場面が影絵芝居だとしたら、この場面にはまだ続きがありますね。いずれその影絵芝居のなかで、シッダルタさまが転輪聖王《チャクラヴァルティン》となられれば、わたしは弟子となって教えをたまわりたいものです」

アシュヴァジットはジェータ王子に向かって微笑みかけた。

「すばらしい影絵芝居ですね。それがただの幻影だとしても、そこに出てくる登場人物は、転輪聖王の教えの言葉を聞くことができます。だとすればそれは本物の転輪聖王ですね」

ジェータ王子は大きくうなずいた。

デーヴァダッタもアシュヴァジットの言葉に胸を打たれた。

自分がこれまで見てきた、ヤショーダラや、王妃アミターや、カピラヴァストゥの王城の奥深くで瞑想《サマーディ》にふけっているシッダルタの姿は、たとえそれが影絵芝居の一つの場面なのだとしても、ただの幻影などではなく、胸を打つ物語《カターナカ》だ。

その美しい場面に接して喜びを感じると同時に、そこで聞く言葉は、すべて真実の哲学《タリキカトヴァ》なのだ。

アシュヴァジットはジェータ王子とデーヴァダッタの顔を見すえた。

「重要なのは、わたくしたちひとりひとりが、自分という自我《アートマン》をかかえているということです。この世界がすべて影絵芝居の幻影なのだとしても、登場人物のすべてが、それぞれに自我を胸に秘めているということですね。自我というのは大事なものです。それだけに、この自我というものが、この先どうなっていくのか。誰もがそのことを気にかけているはずです」

アシュヴァジットはしばらく間を置いてからさらに語り続けた。

「自我《アートマン》の行く末というのは誰もが気にかけていますが、多くの人々が心配するのは、死んだあと、どうなるのかということでしょう。古い奥義《ウパニシャド》にはこのような話が伝えられています。人が死ぬと霊魂《アートマン》が空中に立ち昇って、やがて月《チャンドラ》に到達するというのですね」

ジェータ王子とデーヴァダッタはアシュヴァジットの言葉に聞き入っている。

「月《チャンドラ》は生と死の境界の関門を守る神《デーヴァ》ですが、宇宙《ブラフマン》の一部であり、宇宙そのものだと考えることができます。従って月《チャンドラ》が語る言葉は、宇宙《ブラフマン》そのものの言葉なのです」

ジェータ王子もデーヴァダッタも口をはさまず、アシュヴァジットの言葉を一言も聞きもらすまいと耳を傾けていた。

「月《チャンドラ》の前に立たされた自我《アートマン》は、おまえは何ものかと問われます。うまく答えられないと、自我は雨となって地上に降下し、生前の業《カルマ》によって輪廻《サンサーラ》することになります。人間に生まれかわるものもいるでしょう。畜生《ティリャーニュチ》、餓鬼《プレータ》、地獄《ナラカ》などに落ちていくものもいるでしょう。しかし月《チャンドラ》の問いに答えることができれば、大いなる時が訪れます」

そこでわずかな間があった。

瞬時の沈黙だったが、その沈黙の重みに耐えかねたように、ジェータ王子が声を発した。

「大いなる時とは何でしょうか」

アシュヴァジットが応じた。

「自我《アートマン》の前に天界《デーヴァガティ》への門が開かれるのです」

ジェータ王子が、ふうっと息をついた。

それからアシュヴァジットの言葉を噛みしめるようにしてつぶやいた。

「天界の門……」

そのつぶやきに応えるように、アシュヴァジットが言葉を続けた。

「天界とはすなわち神《デーヴァ》の領域です。門を通ってその領域に入るというのは、自我《アートマン》が神になるということですが、神々は宇宙《ブラフマン》と一体となった存在ですから、そこで輪廻《サンサーラ》が停止することになります」

「ああ……」

ジェータ王子が感極まったような声を上げた。

「それはすばらしいことです。月《チャンドラ》の問いにうまく答えることができれば、輪廻から脱け出すことができるのですね。でもどのような答え方をすれば、天界の門は開かれるのでしょうか」

アシュヴァジットはジェータ王子の顔をまともに見すえ、低い声でささやきかけた。

「ただの言説《ヴァダティ》ではなく、嘘偽りのない、心の底からわきだした真実の言葉でなければなりませんが、奥義《ウパニシャド》ではいくつかの答え方が伝えられています。おまえは何ものかと問われたのですから、自分が何ものであるかを述べなければならないのですが、最も単純な答えはこうです。わたしはあなたである……」

　息をのむような気配があった。

　荒い息をつきながら、ジェータ王子が問いかけた。

「わたしはあなたであるということは、自分は宇宙《ブラフマン》であると答えることになりますね。神々の父とされる梵天《ブラフマー》は、宇宙そのものを象徴した神だとされています。そのような偉大な存在に向かって、自分はあなただと答えるのは、恐れを知らぬ答え方ではないでしょうか」

　アシュヴァジットが答える。

「そうでしょうね。わたしはあなただと、いきなり答えるのは、ためらわれるかもしれません。たとえばこんな答え方があります。知識《ヴェーダ》も奥義《ウパニシャド》も口誦で伝えられる詩句ですから、少しばかり格調が高くなります。こんなふうに……」

　アシュヴァジットは声を高めて朗誦のように語り始めた。

〽わたしは時の流れなり
〽時から生じた果実なり
〽光の種子から生まれて
〽歳月によって変成した
〽虚空に生じた自我《アートマン》なり
〽宇宙《ブラフマン》よ……
〽あなたも光から生まれ
〽虚空に生じた自我《アートマン》なり
〽それゆえにこそ宇宙《ブラフマン》よ

〜あなたはわたしであり
〜わたしはあなたなのだ

アシュヴァジットが口を閉じると、しばらくの間、沈黙があった。

全身が凍てつくような深い沈黙だった。

やがて、ジェータ王子が口を開いた。

「いま聞いたばかりなので、わたしの胸のうちでは、その言葉はまだただの言説《ヴァダティ》にすぎません。自我《アートマン》が宇宙《ブラフマン》であるというのは、どういうことなのでしょうか」

アシュヴァジットが答えた。

「宇宙《ブラフマン》と自我《アートマン》が同じものだということは、古くから言われてきたことです。言うのはたやすいのですが、それを身をもって感じることは至難と言わねばなりません。わたくしが訪ねた各地の長老《スタヴィラ》は、庵室《アズラーマ》にこもって瞑想《サマーディ》にふけったり、時には雪深いヒマーラヤのふもとの洞窟《カンダラ》に出向いたりして、宇宙と自我とが一体であることを体感する試みを重ねてきたのです。多くの長老は晩年には神殿《デヴァーラヤ》を出て、放浪の旅に出るのが通例です」

ジェータ王子が身を乗り出すようにして尋ねた。

「これまでに神《デーヴァ》の領域に到達した神官《バラモン》はいるのでしょうか」

「わかりません。ヒマーラヤに出向いたまま、行方不明になる修行者も少なくないのです。彼らが行方不明になる前に神の領域に到達したのか、その途上で力尽きて亡くなったのか、それは誰にもわからないのです」

沈黙があった。

だしぬけに、デーヴァダッタが声を発した。

「シッダルタさまはすでに神の領域に到達しておいでなのではないでしょうか」

アシュヴァジットの目が輝いた。

「わたくしもそうではないかと思っておりました。あるいはあと一歩というところで、天界の門《デーヴァガティ》の前に立っておられるのかもしれません。いずれの日にか、あのお方が皇太子の地位を捨て、沙門《シュラマナ》として修行の旅に出られることがあれば、わたくしは随行させていただきたいと思っております。そして、あのお方が神になられるそのありさまを、自分の目で確認できたらと思っております」

そう言ってアシュヴァジットは口を閉じた。

デーヴァダッタはアシュヴァジットの顔を見つめていた。

頭の中に、ひらめくものがあった。

予感といってもいい。

アシュヴァジットの願いは実現するだろう……。

なぜかはわからないが、それは確実な未来だと感じられた。


ジェータ王子は半年ほどもカピラヴァストゥに滞在していた。

熱暑の初夏と、真夏の長い雨期をカピラヴァストゥで過ごした。

年間を通じて乾燥していることの多いこの地方だが、真夏の雨期だけは別で、朝から晩まで豪雨が降り続く。この期間は安居《ヴァルシャ》と呼ばれ、神官《バラモン》たちは遊行や托鉢乞食《パインダパーティカ》に出ることもなく、神殿《デヴァーラヤ》に閉じこもることになる。

シッダルタも森のなかの庵室《アズラーマ》ではなく、本来の住居の離宮《クティーラ》でもなく、また王宮にある執務室でもなく、王宮に接した神殿に寝泊まりしていた。ここにもシッダルタのための専用の庵室が用意されていた。

神殿には多くの神官がいたので、シッダルタも庵室に閉じこもるのではなく、人が集まっている会堂《ザラ》に出てきて神官たちと言葉を交わすことが多かった。

軍隊の訓練や王宮での執務も停止されるので、ふだんは多忙なスンダラナンダ王子も神殿に姿を見せ、ジェータ王子やデーヴァダッタとともに、シッダルタと語り合うことになった。

あたりさわりのない儀礼的な会話の合間に、さりげなくジェータ王子がシッダルタに問いかけた。

「シッダルタさまはいずれ修行の旅に出られるのではありませんか」

それまではなごやかな表情だったシッダルタが、にわかにけわしい顔つきになった。

「修行……。何の修行ですか」

冷ややかな反応に接して、ジェータ王子は困惑したようすで応えた。

「あなたさまは森のなかの庵室で瞑想《サマーディ》にふけっておられると聞いています。いつの日か天界《デーヴァガティ》の門を目指してヒマーラヤの方に旅立たれるのではないでしょうか」

「雪の積もっているところで何をするというのでしょうか。高齢になった神官が放浪の旅に出る慣習があることは知っていますがね。彼らは死に場所を求めているのでしょう」

吐き捨てるように言いきったシッダルタに対して、ジェータ王子はそれ以上、問いを投げかけることができなかった。

代わりにスンダラナンダ王子が問いかけた。

「ジェータ王子はデーヴァダハ城の近くの庵室で、アシュヴァジットという神官と語らったそうですよ。兄ぎみもアシュヴァジットのことはご存じでしょう」

シッダルタは急に上機嫌になって応えた。

「アシュヴァジットは友人です。彼は奥義《ウパニシャド》についての見識《ヴィジュニャーナ》が深く、わたしにとっても学ぶことの多い人物です。アシュヴァジットの庵室へは、デーヴァがご案内したのでしょう」

シッダルタが機嫌を直したのでジェータ王子も元気づいて応えた。

「そうです。デーヴァダッタ王子にはいろいろなところに連れていってもらいました」

ここでデーヴァダッタが口を挟んだ。

「わたくしはアシュヴァジットさまを尊敬しています。シッダルタさまがいずれ沙門《シュラマナ》となって旅立たれると語ったのはアシュヴァジットさまです。その時は随行したいとアシュヴァジットさまは話しておいででした」

シッダルタは柔和な顔つきになった。

「アシュヴァジットがそんなことを言ったのですか。友と旅に出るということなら、わたしも行きたいですね。とはいえいますぐというわけではありません。わたしは皇太子です。つとめを果たさなければなりませんからね」

そう言ってから、スンダラナンダ王子の方に顔を向けた。

「あなたはいまもわたしの代わりに実務についてくれていますね。もしもわたしが旅に出るようなことがあれば、あなたが次の代の王として、このカピラヴァストゥを守ってくれますか」

スンダラナンダ王子は当惑したような微笑をうかべて言った。

「わたくしはむしろ、兄ぎみとともに修行の旅に出たいですね」

シッダルタは急にきびしい顔つきになった。

それから口のなかで何かつぶやいた。

それは声にならないつぶやきだったので、二人の王子には聞こえなかったようだ。

ただデーヴァダッタの心のなかにだけ、その声が届いた。

「それもいいでしょう。どうせこのカピラヴァストゥは滅びるのですから」

デーヴァダッタは驚いて、シッダルタの顔を見つめた。

シッダルタはほとんど表情を変えなかったが、その唇がわずかに動き、うっすらと笑いをうかべているように見えた。

ジェータ王子は雨期が終わってもまだしばらくはカピラヴァストゥに滞在していた。

その滞在期間が残りわずかになった時に、驚くべき出会いがあった。

王宮に隣接した神殿《デヴァーラヤ》の長老《スタヴィラ》で、シッダルタが生まれた直後に未来を予言《アグラニルバナ》したアシタ仙人《アズラミン》が、長い放浪の旅から帰還したのだ。

ヒマーラヤのふもとの雪にうもれた洞窟《カンダラ》を転々としていると伝えられたアシタ仙人が、人の住む里に姿を見せたという噂《ジャナヴァーダ》は、少し前からすでに伝わっていた。

恒河《ガンジス》の源流とされるかぼそい清流が流れる奥地の方まで物資を届ける商人たちがいて、仙人の噂はたちまち各地に広まっていった。昨日はどこそこの村にいた。今日はこのあたりを通るはずだ。そんな噂が次々にもたらされたのだが、その噂の伝わる速度に負けないほどに、仙人の足どりは軽快だった。

そしてついに、アシタ仙人はカピラヴァストゥに到着した。

コーサラ国に帰る準備をしていたジェータ王子も、噂を聞いて、帰国の旅立ちを延期してアシタ仙人を待ち受けていた。

アシタ仙人は年齢を超越した人物で、枯木のように痩せ細り、深く刻まれたしわで目鼻も定かではなかったが、そのしわの隙間から鋭い眼光が放たれて、まさに生きながら神の領域に到達した人物と感じられた。

神殿に到着した途端にアシタ仙人は雷鳴のような大声を発した。

「コーサラ国のジェータ王子がおいでであろう。いずこにおられるか」

他の神官《バラモン》たちとともに神殿の会堂《ザラ》で待ち受けていたジェータ王子は、アシタ仙人の前に進み出て名乗った。

「わたくしがジェータでございます」

アシタ仙人はしわだらけの顔をジェータ王子の方に向けた。

「おお、あなたさまがジェータ王子であられるか。わしにはあなたさまの未来が見えますぞ。あなたさまはシュラヴァースティの郊外の広大な森《ヴァナ》のなかに、新興の僧団《サンガ》のための精舎《ヴィハーラ》を築かれることになる。その地は祇陀《ジェータ》というあなたさまの名をとって、祇園精舎《ジェータヴァナヴィハーラ》と呼ばれることでありましょう」

「祇園精舎……」

ジェータ王子は息をのんだ。

シュラヴァースティの郊外に精舎を築くと言われても、それがどういうことなのか、すぐには理解できないようすだった。

アシタ仙人はデーヴァダッタの方に顔を向けた。

「そなたはコーリヤ族の王子デーヴァダッタさまであられるか。ふうむ……」

アシタ仙人はデーヴァダッタの全身をじろじろと眺め回した。

「まれに見る凶相を宿しておられる」

仙人のつぶやきが聞こえた。

それは仙人の心のなかの声であったのかもしれない。そのつぶやきは周囲の人々には届かなかったようだ。デーヴァダッタだけが仙人の思いを受け止めた。

デーヴァダッタは静かにうなずいてみせた。

「わたくしは身を持て余しております。あるいはわたくしのせいで、このカピラヴァストゥが滅びることになるのかもしれません」

デーヴァダッタの声も、誰にも聞こえない心のなかの声だった。

アシタ仙人はしわの隙間から洩れる鋭い眼光でデーヴァダッタを見すえていた。デーヴァダッタの言葉を否定することもなく、仙人は静かに語りかけた。

「それがそなたの宿命《カーラ》であり悪業《カルマ》であるならば、逃れることはできぬ。そなたはそのカルマを負って生きていくしかない。そのカルマによってこそ、偉大《マハー》なる経典《スートラ》が生まれることになる」

予言というものは、その予言が告げられた時には、意味がよくわからないことが多い。この予言もまた、聞いた当初には何のことかわからなかった。

それから長い年月の後に、その意味がわかる時が来る。


アシタ仙人《アズラミン》の到着が近いと知らされ、神殿《デヴァーラヤ》の神官《バラモン》たちが騒いでいる間、シッダルタは神殿の片隅にある自らの庵室《アズラーマ》に閉じこもっていた。

会堂《ザラ》に入ったアシタ仙人がその場に集まっていた人々と、ひとわたり言葉を交わしたころになって、シッダルタはようやく姿を見せ、アシタ仙人の前に立った。

「長老《スタヴィラ》さま、お久しぶりでございます」

シッダルタは深く一礼してから、心からの敬意を感じさせる口調で仙人に語りかけた。

デーヴァダッタは何年にもわたって神殿でのシッダルタのようすを見守ってきた。シッダルタは誰に対してもやさしい口調で話しかけ、王族《ラージャター》としての権威をふりかざすようなことはなかったが、神殿の神官《バラモン》をとくに尊んでいるようにも見えなかった。

神殿には年輩の神官もいたのだが、哲学《タリキカトヴァ》の見識《ヴィジュニャーナ》に関しては誰にもひけをとることはないという自負が感じられた。

そんなシッダルタにとっても、アシタ仙人は特別の導師《グル》だったようだ。

シッダルタの未来を予言した後、アシタ仙人は旅に出ることが多かったのだが。それでも時々はカピラヴァストゥに戻ってきた。シッダルタはおりにふれてアシタ仙人の教えを受けていたようだ。

シッダルタの言葉に、アシタ仙人が応えた。

「わしはいまや生と死の境目におる。亡霊のようなものじゃ。そなたもそうした境目におるようじゃが、まだ旅立つつもりはないのか」

シッダルタは微笑をうかべた。

「導師はつねに旅をしておられる。わたしはいまだに庵室に閉じこもっております。旅に出るにしても、いずこへ向かえばよいのか。わたしにはいまだ自らの進むべき前途《プハヴィシヤトカラ》が見えておりません」

アシタ仙人が応えた。

「案ずることはない。その時が来れば、自ずと前途が見えてくるものじゃ。その前途を開いてくれるのは、コーリャ族の神殿におるアシュヴァジットと、ここにおるデーヴァダッタであろうな」

シッダルタは微笑を絶やさずに言った。

「アシュヴァジットですか。わたしも旅に出る時には、アシュヴァジットを誘おうと思っております。このデーヴァは、わたしにとっては特別の友です。わが妻の弟ですから、兄弟のようなものです。ただデーヴァは、いまだ思いが定まっていないようですね」

「シッダルタよ。そなたもまだ思いが定まっておらぬようじゃな」

鋭い語調でアシタ仙人は言った。

シッダルタはわずかに表情をひきしめた。

「旅に出るとして、旅の途上で何を求めればよいのか、思いが定まっておりません」

「神に近づく。多くの修行者の目当てはそれしかない。ただシッダルタよ。そなたの進むべき道はただ一つじゃ。転輪聖王《チャクラヴァルティン》となる。それがそなたの宿命《カーラ》なのじゃ」

シッダルタは微笑をうかべた。

「導師《グル》がそのような予言をされたことは聞いております。しかし転輪聖王《チャクラヴァルティン》とは何なのでしょうか。アシタさまもすでにその領域に入っておられるのではありませんか」

アシタ仙人はしわだらけの顔をさらにゆがめるようにして低い笑い声をもらした。

「神《デーヴァ》と言葉を交わし神に近づくのが神官《バラモン》の役目じゃ。神の領域に迫り、ついには神と一体となる。神官にできるのはそこまでのことじゃ。転輪聖王は人の世に変革《パリナティ》をもたらす。世俗の王《ラージャ》になるのであれば、社会《サマージャ》を変革する。王になることがなければ、そのものは覚者《ブッダ》と呼ばれる。ブッダは人々の精神《マナス》を変革するのじゃ」

ブッダという聞き慣れない言葉に接して、シッダルタはしばらくの間、口を閉ざしていた。

その場にいた神官たちも、息をこらしたように沈黙を守っている。

長い沈黙のあとで、シッダルタがつぶやいた。

「精神が変革されれば何が起こるのですか」

いささかの間も置かずにアシタ仙人が応えた。

「神官《バラモン》の教義《シッダンタ》とは異なった新たな原理《ダルマ》が生じる。すなわち新たな宗教《マタ》、新たな教団《サンプラダヤ》、僧伽《サンガ》と呼ばれる新たな僧院《デヴァーラヤ》が起こる」

意気ごみが感じられる強い口調だった。

シッダルタは小さく息をついた。

「それは面倒《カスタ》ですね。教団など作らずに、静かに神の領域にひたっている方が安楽《サスタター》ではないですか」

唇は動かなかった。あるいは心のなかのつぶやきだったのか。

その声を聞いたのは、デーヴァダッタだけだったのかもしれなかった。

第五章　シュラヴァースティを去る美しき王女

荒涼とした大地がどこまでも続いていた。

馬で越えてきた山地には森林《ダーヴァ》があり、深い緑があったが、平地に下りるとわずかに雑草が生えただけの土地があるばかりで、耕作された田畑は見当たらなかった。

カピラヴァストゥは水利に恵まれたタライ盆地の中央にある。緑豊かな盆地からけわしい山地を越えてコーサラ国に入ると、乾いた台地が目の前に広がっていた。ここにも雨期はあるはずだが、降雨はたちまち恒河《ガンジス》の支流の方に流れていって、耕作には利用できないようだ。

カピラヴァストゥの豊かさが身に染みて感じられた。

デーヴァダッタは馬を並べて進んでいるスンダラナンダ王子に話しかけた。

「平らな土地がこれだけあるのに、どうして耕作しないのでしょうね」

スンダラナンダ王子が応えた。

「耕す気がないのか。稲を育てるには水が必要です。このあたりは台地なので川から水を引けないのでしょう。見てごらんなさい。土地が乾ききっている。耕すためには鉄の農具《ロハブハンダ》が必要ですね。このあたりにも鍛冶屋《ロハカーラ》はいるはずですが、剣《カドウガ》や小刀《ザストリー》など、戦さに必要な武器ばかりを作っているのではないでしょうか」

二人はコーサラ国の首都シュラヴァースティ（舎衛城《しゃえいじょう》）に向かっていた。

王女《ラージ》の婚姻を祝う宴席《ウトゥサヴァ》に、スンダラナンダ王子が招待されていた。デーヴァダッタは随行することにして、護衛の兵などはつけず、二人で出発した。

ジェータ王子の父の皇太子プラセーナジッドの妹にあたる王女ヴァイデーヒーが、恒河の中流域を支配するマガダ国王に嫁ぐことになった。

カピラヴァストゥはコーサラの属国ではない。従って国王シュッドーダナや皇太子シッダルタが出向く必要はなかった。そのあたりを考えて、ジェータ王子は親しいスンダラナンダ王子を指名して招待したのだろう。デーヴァダッタが随行することも承知の上で、旧交をあたためようという心づもりだと思われた。

シュラヴァースティに行くのは初めてだった。恒河の上流地域の最大の都市を、一度は見ておきたいと思っていた。

それにしても、どこまでも荒れ地が続いている。

デーヴァダッタは再びスンダラナンダ王子に声をかけた。

「川が低いところを流れているといっても、上流から水路を引くことはできるでしょう。農具などは取り寄せればすむことです」

スンダラナンダ王子が応えた。

「コーサラ国は戦さで領土を拡げてきました。耕作に適した土地から穀物を運べばそれで充分だということで、このあたりの土地は放置されているのでしょうね。あるいは軍隊の訓練に使うのかもしれない。見てごらんなさい。そのあたりのくぼみは、象《ガジャ》の足跡ではないですか」

「そうかもしれませんね。コーサラ国には強大な象部隊があると聞いています」

「この荒れ地を見ると、カピラヴァストゥ周辺の農地の豊かさがよくわかります。ジェータ王子の父ぎみのプラセーナジッド皇太子は、遠征に出ることが多く、戦さ好きのようですね。大王《マハーラージャ》はご高齢だと聞いています。皇太子が即位すれば、カピラヴァストゥが侵略を受ける可能性も出てくるでしょう」

そう言ったあとで、スンダラナンダ王子はさらに言葉を続けた。

「皇太子の妹ぎみがマガダ国に嫁ぐとのことですが、東の大国と同盟を結んでおけば、安心して西域の小国を攻めることができます。シュラヴァースティの王城に出向いて、象部隊のようすなども視察しておきたいですね」

スンダラナンダ王子はいまはシュッドーダナ王を補佐して政務にも関わっているので、カピラヴァストゥの将来のことを考慮しているようすだった。

デーヴァダッタはシッダルタのつぶやきを忘れなかった。

「どうせこのカピラヴァストゥは滅びるのですから……」

荒れ地の向こうに、灰色の影のようなものが見え始めた。

それが何なのかすぐにはわからなかったが、近づいていくと、横に広がった石の壁のようなものがある。シュラヴァースティの街を囲んだ城壁のようだ。

さすがに大都市の城壁だけあって規模は広大だ。

だがカピラヴァストゥのような白い切石ではなく、黒っぽい石を乱雑に積み上げただけのものだった。石垣を造る技術も未熟で、城壁の高さも劣っている。

デーヴァダッタは思わず声を張り上げた。

「低い城壁ですね。あれでは梯子をかければたやすく乗り越えることができますよ」

スンダラナンダ王子が笑いながら言った。

「あの城壁は防備のためのものではないですね。コーサラは強国です。異国に攻められることなど考えていないのでしょう。これは市街地の境界を示す塀のようなものではないですか」

そこまで話して、スンダラナンダ王子は急に周囲の地面を見回した。

「このあたりにも象《ガジャ》の足跡がありますね」

「象はおとなしい動物です。戦さに駆り出されるのは、気の毒ですね」

「象が隊列を組んで進軍していけば、小国の兵は驚きますよ。相手を驚かせるのが目的ではないですか」

城壁がしだいに迫ってくる。

二人は荒れ地を横断して、整備された街道に入っていた。

東の大国マガダの首都ラージャグリハ（王舎城《おうしゃじょう》）からシュラヴァースティに向かう幅の広い街道に、人や荷車の列ができていた。少し先に恒河の支流があるので、そこまでの荷運びなのかもしれないが、街道はたいへんなにぎわいだった。

シュラヴァースティは商人《ヴァニージャ》の街でもある。都市を囲む城壁の門はつねに開け放たれている。

街のなかに入った。

大国の首都だけあって街路を行きかう人の数は、カピラヴァストゥをはるかに上回っていた。

穀物などを扱う商人の店舗が入った石造りの建物がぎっしりと並び、道路の交差点にある広場《アスターナ》には仮設の天幕《パタグルハ》が張られ、さまざまな物品が売られていた。

城壁の周囲に荒れ地が広がっているさまは、ついさっき見てきたばかりだ。市街地で売られている穀物などの食料は、恒河《ガンジス》の支流に沿った地域から運ばれたのだろう。

コーサラは多くの小国を支配していたので、各地の産物がこの街に集まってくる。

強い軍隊があれば国は繁栄する。

カピラヴァストゥの軍隊は弱小だが、それでも繁栄していた。シュッドーダナ王は農民《クルサカ》から信頼されていた。戦さをせずとも穀物や物産が集まってくる。

まったく異なる考え方の国が、国土を接している。

それは危険なことではないか。

きっかけさえあれば、すぐにでも戦さが起こるだろう。

街のにぎわいを眺めながら、デーヴァダッタはそんなことを考えていた。

王宮《ラージャプラサダ》の内部も広大だった。

石積みの技術が未熟なのか高さはなかったが、建物は果てが見えないほどにどこまでも続いていた。

城門と王宮の間に広々とした空間があった。城壁沿いに通路があって、その先に兵舎や馬屋があるようだった。

不意に、象《ガジャ》の声が聞こえた。一頭の象が声を上げると、呼応して多くの象が一斉に声をあげ始めた。

その響きが城壁に跳ね返ってぶきみな響きをかもしだした。

象の叫びは二人の王子を圧倒した。

言葉が出なくなって、ただ息を詰めるようにして先に進んだ。

王宮の入口に女官が待ち構えていた。二人の王子が入ってくるのを、どこかで見張っていたのかもしれない。

ジェータ王子の居室に案内された。

王子がカピラヴァストゥに滞在している間に、三人は親友になっていた。

とくに挨拶もせずにいきなりスンダラナンダ王子が言った。

「象の声が聞こえました」

ジェータ王子が応えた。

「戦さに出る象は、互いに声をあげて仲間がいることを確認し合うのですよ。象は臆病でしてね。象舎の中に入れられると、仲間の姿が見えなくなるので、不安になるのです」

「象を飼育するのも大変でしょうね。干し草など、大量に食べるのでしょう」

「象部隊を維持できるのは大国だけですね。だからこそ大国の権威は長く続くのです」

「象部隊に進撃されたら小国はたまらないでしょうね」

「実際に象部隊の姿を見ただけで小国は降伏して恭順を誓います」

そう言ってから、ジェータ王子は小声になって付け加えた。

「あまり大きな声でも言えませんが、象には弱点があるのですよ。槍で突かれると驚いて、味方の陣内で暴れることがあるのです。そうなると象使いも制御できなくて大混乱になってしまいます。ただ象の大軍に向かって槍を手に突進するような兵はいないでしょう」

デーヴァダッタは無言で二人の王子の会話を聞いていた。

隣国の王子に向かって象の弱点を語る……。

ジェータ王子はスンダラナンダ王子に対して、すっかり気を許しているのだろう。

象の話はそこで終わった。


花嫁の出立をことほぐ宴席《ウトゥサヴァ》は翌日だった。

その日は皇太子一家の夕食に招かれた。

皇太子プラセーナジッドは、老いた父の大王《マハーラージャ》に代わってコーサラ国の政務と軍事を統括していた。

ジェータ王子の父であるから初老といっていい年輩で、大国の支配者らしい尊大さを感じさせる人物だった。

会食の席には、すでに皇太子が着席していた。スンダラナンダ王子が進み出て儀礼の言葉を述べた。

続いてデーヴァダッタが自己紹介をした。コーリャ族の出身だと述べると、プラセーナジッドはにわかに興味を示した。

「コーリャ族は戦さにたけていると聞いたことがあるが、まことか。小国の兵たちはどのような戦さをするのだ」

詰問するような言い方だったが、デーヴァダッタは微笑をうかべて答えた。

「確かに小国ですが、コーリャ族はカピラヴァストゥのシャーキャー族と婚姻を重ねて同盟を結んでおります。都市の全体が城壁で囲まれているカピラヴァストゥと違い、デーヴァダハ城は小さな山城で無防備です。そのため近くの高原に住む山賊の騎馬兵が襲ってくるのですが、われらの騎馬兵は勇敢に闘います。山賊たちの馬術は見事ですが、われらも日頃から訓練を怠っておりません。壮絶な闘いの末に、われらは山賊の襲撃をことごとく撃退しています。山賊たちがいるために、われらの騎馬兵は傑出した武術を身につけているのです」

プラセーナジッドは大きくうなずいて言った。

「コーリャ族の武術が優れていることはわかった。だが騎馬兵は、象部隊にはかなわぬであろうな」

すかさずデーヴァダッタは応えた。

「命をかけて闘えば、恐れるものはありません」

「なかなかに頼もしいことだな」

プラセーナジッドは満足そうに笑い声をたてた。

尊大ではあるがこの人物にはたくらむところのない素直さがある。戦さに勝ち続けてきた自信がそうした素直さにつながっているのだろう。

戦場では兵たちの先に立って闘う気概と勇ましさがあるのではないか。

大国の支配者らしい堂々とした落ち着きが感じられた。

デーヴァダッタはこの初老の皇太子に好感をもった。

その時、プラセーナジッドの妻と娘が部屋の中に入ってきた。

デーヴァダッタは息をのんだ。

ジェータ王子が美しい顔だちだったので、親も整った顔だちだろうと思ってはいたが、現れた夫人の美貌は想像を超えたものだった。

ジェータ王子が紹介をした。

「わが母のマッリカー、それから妹のシュリーマーラーです」

デーヴァダッタは妹の方に目を向けた。

いまはまだ幼い少女にすぎないが、あと何年かたてば絶世の美女になるのではと思われた。

デーヴァダッタはただぼんやりと少女を眺めていただけだが、そばにいるスンダラナンダ王子は思わず声をもらした。

「可愛らしい妹さんですね。夫となる人がうらやましい」

するとジェータ王子が声をひそめてささやきかけた。

「残念ながら妹にはすでに婚約者がいるのですよ。アヨーディヤー国の皇太子のもとに嫁ぐことが決まっているのです」

スンダラナンダ王子は、ふうっと息をついた。

心の底から落胆したように見えた。

アヨーディヤー国はコーサラ国の古都があった地だが、いまは騎馬を得意とする好戦的な種族に支配されていた。コーサラ国としても当面は友好関係を結んでおきたかったのだろう。

ただ戦さは強いが文化的には未開の種族で、そんなところに嫁がされる妹のことを思うと、いささか気の毒な気もした。

プラセーナジッドは妹をマガダ国に嫁がせ、娘をアヨーディヤー国の皇太子と婚約させることで、平和な世を築こうとしているのではないか。

ジェータ王子は父親のことを、戦さ好きだと語ったことがあるが、皇太子は年齢を重ねることで、平和な世を望むようになったのかもしれない。

それにしても、平和の実現のために妹と娘を嫁に出すとは、狡知にたけた人物だ。

そんなことを考えているうちに、デーヴァダッタの頭の中でひらめくものがあった。

デーヴァダッタは身を乗り出すようにして、プラセーナジッドに語りかけた。

「婚姻によって同盟を結び平和な世を築くというのは、すばらしいことです。できればカピラヴァストゥとも、そのようなかたちで友好関係が結ばれればと思うのですが、いかがでしょうか」

プラセーナジッドは上機嫌で応えた。

「それはよきご提案だ。もはや嫁に出す娘はおらぬので、そちらから嫁を寄越してもらうというのはいかがかな。ジェータ王子は嫁をとるにはまだ若い。どうであろう。わたしの側室にシャーキャー族の王族《ラージャター》の娘さんを迎えることができればありがたいのだが。……なあ、よいであろう。これも平和な世を築くための方策だ」

最後のところは、かたわらのマッリカー夫人に向かってささやきかけた。

夫人は表情をかたくしていたが、反対はしなかった。

「あなたはそのお年で、若い娘を側室に迎えるおつもりなのですか。それがお望みであるならば、好きなようになされればよろしいでしょう。あなたはすでにこの大国を支配されているのですから」

国王や王子が何人もの妻をもつのはこの時代では通常のことだった。

マッリカーの言葉に、プラセーナジッドは満足げな笑いをうかべたのだが、その時、スンダラナンダ王子が異を唱えた。

「わたくしには妹はおりません。わが父は側室をもっていないので、王族の女人はまったくいないですよ。周辺の支城を任されている親族はいますが、それほど親しくもない遠い親戚です」

デーヴァダッタはうす笑いをうかべた。

「シュッドーダナ王に王女《ラージ》がいないことは確かですが、首席大臣のマハーナーマンさまも王族の一員ではありませんか」

スンダラナンダ王子は不審げに声を高めた。

「マハーナーマン大臣ですか。あのお方は王族とはいっても、三代くらいさかのぼらないと血のつながりが確認できない遠い親戚ですよ。それに大臣のところにも、妙齢の娘さんはいないはずです」

「後宮《アヴァローダ》に入ったばかりのナーガムンダーという女官は、大臣の娘さんではなかったですか」

「あれは……」

スンダラナンダ王子は声をひそめて、デーヴァダッタだけに聞こえる声で言った。

「あの娘の母親は隷属民《シュードラ》の出身だという噂《ジャナヴァーダ》ですよ」

「黙っていればわかりませんよ。わたしの母は舞姫《ナルタキー》で、奴隷《ダーサ》のようなものです」

デーヴァダッタも低い声でささやきかけた。

翌日は、王女《ラージ》の出立を祝う宴席が開催された。

コーサラ国の属国や支配地からの招待客が広間に集まった壮大な催しだった。

スンダラナンダ王子とデーヴァダッタは、属国でも支配地でもない国からの代表なので、広い会場の奥まったところに席が設けられていた。

すぐ近くにはジェータ王子と妹のシュリーマーラーもいたので、ジェータ王子との友情を重んじて身内の扱いをされたということだろう。

カピラヴァストゥは小国ではあったが、コーサラ国に隣接しながら独立国としての立場を保障されていた。それは何よりもカピラヴァストゥの伝統と文化をコーサラの大王《マハーラージャ》が尊重しているからだと伝えられていた。

その大王はかなりの高齢で、宴席にも姿を見せていなかった。

宴席を主催したのは皇太子のプラセーナジッドで、招待された属国や支配地の代表たちは、すでにプラセーナジッドを国王と認めていた。

プラセーナジッドは年の離れた妹のヴァイデーヒーをマガダ国に嫁がせ、恒河《ガンジス》流域の安定を図ろうとしていた。宴席に集まった人々は誰もがその政策に賛同し、プラセーナジッドを信頼しているように見えた。

スンダラナンダ王子が心配しているように、マガダ国と同盟を結ぶことで大国との戦さに備える必要がなくなったということは、西方のいまだ服従していない小国を攻める準備が整ったということだ。戦さはなくならないのかもしれなかったが、それでも王女ヴァイデーヒーがマガダ国に嫁ぐことで、大国同士の大きな戦さは避けられるはずだった。

宴席の主役は王女ヴァイデーヒーだった。

コーサラ国は西から東に流れる恒河《ガンジス》の上流域にあったが、下流の広大な地域はマガダ国の支配下にあった。かつては中流域にカーシー国という歴史の古い大国があったが、すでにコーサラ国の軍門に下っていた。

ただ領土の奥まったところにあるヴィーデハーという属国だけが最後まで抵抗していたのだが、ヴァイデーヒーが生まれたころにコーサラ国が制覇していた。

ヴァイデーヒーという王女の名は、その属国の名称にちなんでいた。またカーシー国の領土であった地域は生まれたばかりの王女の所有とされていた。

マガダ国に嫁ぐヴァイデーヒーは、その領土を所有したままマガダ国に旅立つことになる。広大な領土が持参金がわりとしてマガダ国に組み入れられることになるので、マガダ国としては大歓迎だった。

遠目に見るヴァイデーヒーの姿は、周囲を威圧するほどの美貌と気品を兼ねそなえていた。ヴァイデーヒーはマガダ国への旅の準備のために多忙で、スンダラナンダ王子やデーヴァダッタと語り合う機会はなく、二人は会場の隅からその姿を眺めるばかりだった。

宴席の終了近くになって、主役のヴァイデーヒーが招待客の席を回り始めた。遠来の客たちに自ら感謝の言葉を告げたいという王女の配慮だと思われた。

面識のある客はほとんどいないはずだが、王女は笑顔をうかべて客たちと言葉を交わしていた。そのようすを見ていると、王女のやさしい気づかいと、属国の王族にも配慮する聡明さが感じられた。

やがてヴァイデーヒーは、スンダラナンダ王子とデーヴァダッタのところにも近づいてきた。

王女が語りかける前に、スンダラナンダ王子が素早く立ち上がって言葉を述べた。

「カピラヴァストゥの第二王子のスンダラナンダでございます。こちらにおりますのは、兄の皇太子シッダルタの妃の弟にあたるデーヴァダッタ王子です」

ヴァイデーヒーは二人の王子の顔を見回しながら笑顔で話しかけた。

「シッダルタさまのお噂はコーサラ国にも届いています。甥のジェータ王子からも話を聞きました。何でもお生まれになった直後に神官《バラモン》の長老《スタヴィラ》さまが、転輪聖王《チャクラヴァルティン》となられるお方であると予言《アグラニルパナ》されたそうですね。いずれそのお方が偉大な導師《グル》となられることがあれば、ぜひともラージャグリハにおいでいただきたいですね。わたくしもそのお方から、教えを学びたいと思います」

会話はヴァイデーヒーとスンダラナンダ王子の間で続いていた。

デーヴァダッタはただ黙ったまま、目のくらむような思いでヴァイデーヒーの姿を見つめていた。

マッリカー夫人もシュリーマーラーも美しい女性だったが、間近で見るヴァイデーヒーの美しさは天界《デーヴァガティ》の女神《デーヴァター》もかくやと思われるほどだった。

ヴァイデーヒーに比べれば、ヤショーダラなど足もとにも及ばない……。

心のなかでそんなことを思い、それから急に、ヤショーダラに対して申し訳ないような気持になった。

いまカピラヴァストゥの後宮でヤショーダラはどうしているだろうかと、ふと思った。

その時、不意に、デーヴァダッタの胸の内で、ひらめくような思いが走った。

デーヴァダッタは改めてヴァイデーヒーの方に目を向けた。

すると王女の方もこちらに目を向けて、一瞬、もの問いたげにデーヴァダッタの顔を見つめた。

だが言葉を発することはなく、無言のままで去っていった。

デーヴァダッタは息をのんで、王女のうしろ姿を見つめていた。

美しい王女の未来が見えたように思った。

マガダ国とコーサラ国という二大帝国を結びつける平和の使者として嫁ぐことになるこの美しき王女の未来には、想像を絶した不幸が待ち受けている。

そしてマガダ国王妃《サムラージ》となったヴァイデーヒーを不幸のどん底に落とすのは……。

この自分なのだ。


翌日、ヴァイデーヒーはマガダ国に向けて旅立っていった。

これでスンダラナンダ王子とデーヴァダッタの役目は終わった。あとはカピラヴァストゥに戻るだけだったが、せっかくこの地に来たのでシュラヴァースティの街をもう少し見物したいと思っていた。

どこへ行けばいいか相談するつもりでジェータ王子のところに行くと、思いがけないことを告げられた。

「わが祖父があなたがたにお会いしたいとのことです。大王《マハーラージャ》は病におかされ起き上がることもできないのですが、カピラヴァストゥの王子が来ておられると聞くと、ぜひとも会って話したいことがあると、強い口調で従者《ブルタカ》に語ったようです。どうか老い先の短い老人の願いを聞いてやってください。いまからわたしがご案内します」

ジェータ王子とともに王宮の奥に向かった。

そこは王座のある場所でも、王の執務室でもなかった。

陽ざしを避けた暗い病室のようなところだ。

かなり広い部屋の中央にぽつんと寝台だけが置かれていた。何人かの従者や女官が部屋の隅に待機していたが、寝台の周囲には誰もいなかった。

「スンダラナンダ王子とデーヴァダッタ王子をお連れしました」

ジェータ王子が声をかけた。

寝台に横たわって眠っているように見えた老人が、目を見開いた。

わずかに首を動かして、スンダラナンダ王子とデーヴァダッタの姿を目でとらえた。

「わしは死の病にとりつかれておる」

老人はつぶやいた。

「だが、いますぐに死ぬわけではない」

しわだらけの顔が、ゆがんだようにも見えたが、もしかしたら微笑をうかべたのかもしれない。

それから軽く咳払いをして、しっかりとした口調で老人は話し始めた。

「わしにはブラフマダッタという宇宙《ブラフマン》にちなんだ固有の名があったように思うのじゃが、長い間、偉大《マハー》なコーサラ国の支配者という意味で、マハーコーサラと呼ばれておった。されどもその名称もいつしか人々は口にせぬようになり、ただ大王《マハーラージャ》と呼ばれるだけになった。年月が流れ、もはや自分の名を忘れてしもうた。まあ、名前などはどうでもよい。人が死ねば何かに生まれかわり、悪業《カルマ》を重ねたものは地獄《ナラカ》に落ちると神官《バラモン》どもは言うが、わしはそんなことは信じておらぬ。わしは国を守り、領土を拡げるために戦さを重ねた。多くの命を奪った。神官の言葉がまことなら、わしは確実に地獄に落ちるであろう。されどもそれはたわごとにすぎぬ。そのようなことを言うて神官は武人《クシャトリヤ》をおどし、おのれらが優位に立とうとたくらんでおるのじゃろうが、愚かな考えじゃ。順世派《ローカーヤタ》と呼ばれるヴァーナラシー（ベナレス）の導師《グル》が言うように、人は塵《ドゥーリ》から生まれ、死ねばまた塵に還る。それだけのことではないか。ヴァイデーヒーの領地にしてやったヴァーナラシーのあたりには、多くの沙門《シュラマナ》がつどってさまざまな原理《ダルマ》や要諦《サティヤ》を説いていると聞く。わしも若ければそやつらを訪ねて教えを請いたいと思うたであろうが、いまは歩くこともままならぬ身と成り果てた」

そこで話を止め、大王は静かに息をついた。

それから自分を励ますように声を高めた。

「若いものらはうらやましい限りじゃ。そなたらはカピラヴァストゥの王子であろう。わしは数多くの小国を侵略して領土を拡げてきたが、隣国のカピラヴァストゥを攻めることはなかった。カピラヴァストゥは歴史が古く、伝統の文化があり、そのことに敬意を払っておったからじゃ。カピラヴァストゥのシュッドーダナ王は、慈愛《マイトリー》の王《ラージャ》と呼ばれておるそうじゃな。カピラヴァストゥの代々の王は、武力ではなく慈愛によって民衆の支持を得てきた。一度でもよいから、そのように呼ばれたいものじゃ。わしはただ大王《マハーラージャ》と呼ばれるだけじゃ。シュッドーダナ王には見識《ヴィジュニャーナ》があり哲学《タリキカトヴァ》があった。王には転輪聖王《チャクラヴァルティン》になると予言された皇太子がおるというではないか。そのものに伝えてほしい。わしの命はいずれ尽きる。わしがおらぬようになっても、コーサラ国は存続する。わしの後継者や、武人《クシャトリヤ》たちや、シュラヴァースティの庶民《ヴァイシャ》たちのために、この地を訪れて教えを説いてほしい。地獄《ナラカ》などというものはないと、はっきりと伝えてほしいのじゃ。もしもわしが、人や畜生《ティイリャーニュチ》に生まれかわっておっても、その言葉を聞けばわしは救われる。カピラヴァストゥの王子たちよ。このことを忘れずに、皇太子どのに伝えてくれ……」

話しているうちに大王は目を閉じ、静かに息をついた。

その息が規則正しい寝息に変わった。

「大王のお言葉を必ず兄に伝えます」

スンダラナンダ王子がささやきかけた。

大王の言葉を伝えるのはスンダラナンダ王子の役目だった。シッダルタは王宮《ラージャプラサダ》の執務室や神殿《デヴァーラヤ》の庵室《アズラーマ》にいることもあるので、そのおりに伝えられるはずだ。

実際にカピラヴァストゥに戻って、スンダラナンダ王子が大王の言葉をどのように伝えたのかは知らない。

デーヴァダッタはその場にいたわけではない。

しかし、およその想像はついた。

シッダルタは冷ややかな笑いをうかべて、ただ聞き流しただけだろう。

その時のシッダルタの表情が、目にうかぶようだった。


その後は、ジェータ王子の案内で、シュラヴァースティの市街地を見物した。

さすがに大国の首都だ。

この街には雑多なものがあった。西域からの物産を売る店もあり、明らかに異国人と思われる商人の姿もあった。

そうした街並を見物したあとで、ジェータ王子は料理屋に案内してくれた。そこでも、見たことも聞いたこともない料理を食することができた。

数日の滞在のあと、カピラヴァストゥに帰ると決めた日の前夜、ジェータ王子は何やら怪しい街区に二人を案内した。

そのあたりの街路もにぎわってはいたのだが、歩いている人の風体が怪しく、いかがわしい店が多い地区だと感じられた。

ジェータ王子はそのなかの一軒の店に入っていった。料理屋のような円卓が並んだ場所だったが、他の客の姿はなかった。その夜はジェータ王子が貸し切りにしたのかもしれなかった。

三人が広い円卓に向かって少し間隔を置いて席に着くと、店の奥から着飾った女たちが現れた。どうやらこの店の女給《ヴィタリカー》らしい。

女たちは獲物をあさるような目つきで三人の王子を眺めていた。

肌の色が白いひときわ美麗な衣装をつけた女が、目ざとくデーヴァダッタを見つけて、いそいそと近づいてきた。

「まあ、何て美しい王子さまなの。あんたはわたしの弟ではないかしら」

女は嬉しげにデーヴァダッタの隣の席に着くと、いきなり腕をつかんで、体を寄せてきた。そういうことに不慣れなデーヴァダッタは、緊張で体をかたくしていた。

ジェータ王子もスンダラナンダ王子も、王族らしい整った顔だちだったが、デーヴァダッタは肌の色が白く、ひときわ美しい顔だちだった。そのことは幼児のころから、養母のアミターを始め、多くの女官たちに指摘されていた。とくに女性から見ると、デーヴァダッタの顔だちは好ましいものと感じられるようだった。

ジェータ王子はこの店のなじみのようで、他の女たちはまずジェータ王子の方に集まり、それから三人のようすから、スンダラナンダ王子がこの場の主賓《アビャーガタ》らしいと察して、そちらにも何人かの女がついた。

宴席《ウトゥサヴァ》が始まった。

料理は簡単なものだが、ふんだんに酒が出た。

デーヴァダッタはふだんは酒は飲まない。宴席に出るような機会も少なかったし、配下の兵士たちと酒を飲むようなこともなかった。それでも王宮の公式行事のあとで、地方の支城から来た親族らと歓談するような場所に招かれた時に、酒を口にしたことはある。

酒が回った時の心地よさは知っていた。しかし多く飲んで酔いつぶれたいとは思わなかった。酒で気がまぎれるのはつかの間のことだ。酔って寝こんで目が覚めた時など、虚しさを感じることもあった。

スンダラナンダ王子も実直な人がらで、このような店で遊興するような習慣はないはずだが、それでも初めてではないようで、女たちに声をかけ陽気にふるまっていた。

ジェータ王子はこの店の常連らしく、すべての女と顔見知りだった。話術も巧みで、その場の中心になっていた。

ジェータ王子が次から次へと巧みに話を進め、女たちが笑ったり、驚いたりするので、デーヴァダッタもとくに気詰まりになることなく、気持よく酒を飲んでいた。

「ねえ、見て。ほら、あたしって色が白いでしょ」

かたわらの女が自分の腕を差し出しながらささやきかけた。

デーヴァダッタも自分の腕を見せて応えた。

「わたしも色が白いとよく言われます」

恒河《ガンジス》の流域の人々は、おおむね浅黒い肌の色をしていた。神官《バラモン》や武人《クシャトリア》は鼻が高くつぶらな目をした整った顔だちだったが、下級の兵士は色が真っ黒に近かったり、鼻が低く目が細かったりした。

神官や王族は肌の色が比較的に白く、その肌の白さが高貴であることのあかしでもあったので、デーヴァダッタの肌の白さは際立った高貴さと感じられるようで、自分が女官たちから慕われていることを、デーヴァダッタは感じていた。

女は一目で、デーヴァダッタにほれこんだようだ。もっともそれは女給としての装いだったのかもしれない。

「あんた、お名前は……」

女が問いかけた。

このような場所では本名を名乗る必要がないことは何となくわかっていたが、デーヴァダッタはとくに考えることもなく答えた。

「デーヴァ……。デーヴァと呼んでくれ」

神《デーヴァ》と呼んでくれ、と言ったのを、女は冗談だと思ったようで、笑いながら言った。

「わかったわ。あんたは神《デーヴァ》なのね。あたしは、マリハムっていうの。変な名前でしょ」

確かにこのあたりに生まれたものの名にしては奇妙な響きだった。名前には元となる言葉がある。女ならば、花の名前や、月や星、あるいは地名をその名に採り入れることもある。

デーヴァダッタは母の名を知らない。西方から流れてきた舞姫《ナルタキー》だったと聞いた。それならば、このあたりの女たちの名とは違った響きだったに違いない。

この女に、親しみを覚えた。

女とは、とりとめもない話をした。デーヴァダッタは、王宮の女官たちと言葉を交わすことが多かった。王宮の女官は高官の娘であったり、豪商の娘であったり、それなりの出自が求められ、教養も高かった。

町の女と話すのは初めてだった。

この女は教養に乏しく、しゃべり方も下品な感じがしたが、客をもてなそうとする誠実さは伝わってきた。この女といつまでも話していたいという気がした。

他の女たちはジェータ王子の話に聞きほれていた。王子の隣の席にいるザザカというやや年輩の女がその場を取り仕切っているようで、王子の話に笑ったり、話に応じて言葉をはさんだりした。

時にはスンダラナンダ王子が話すこともあった。女たちは笑いながら話を聞き、時おり奇声のような声をあげた。

女たちに囲まれているジェータ王子とスンダラナンダ王子を見ていると、よく知っているふだんの王子たちとは別人のようだった。

カピラヴァストゥの神殿《デヴァーラヤ》では、二人とも神《デーヴァ》や宇宙《ブラフマン》について深遠な話を交わしていた。哲学《タリキカトヴァ》を好む良識のある人物と感じられた。

いま目の前にしている二人の王子は、若い兵士たちと同様の、性愛《カーマ》の誘惑にあらがえない平凡な若者にすぎなかった。

王子たちは王宮の中では美しい女官たちに囲まれていた。ジェータ王子は大王の直系の孫であり、スンダラナンダ王子は皇太子の弟で、王位を継承する資格をもち、好みの女官を側室とすることも可能だった。

だが王宮の女官たちは高い教養があり上品すぎてかたくるしい。

このような場末の女たちの自由なふるまいに心を動かされることもあるのだろう。

二人は女たちと話しながら、肩を抱いたり、腰をなでたり、女の品定めをしているようなところがあった。王子たちの会話はいくぶんか下品で、時として露骨に性愛に言及した。デーヴァダッタはそうした話題を好まなかった。

円卓を囲んだ女たちと二人の王子の会話から離れて、デーヴァダッタはマリハムという女とだけ、声をひそめて語り合った。

女はデーヴァダッタの顔を見つめてささやきかけた。

「あんたはほんとに、美しい顔をしているわ。でも、これからいろいろと苦労しそうね」

「どうしてそう思うんだ」

「あたしにはわかるのよ。顔を見ているだけで、人の未来が感じられるの」

「自分の未来はわからないのか」

「自分の未来なんて、どうでもいいわ。女はね、生まれた場所で、すべてが決まってしまうの。あたしはここにしかいられない。でもあんたは違うわ。あんたは思いどおりに生きていける」

「思いどおりに生きて、不幸になるというのか」

「そうよ。それがあなたの宿命《カーラ》なの」

わずかな間のあとで、女が問いかけた。

「ねえ、あんたのほんとうのお名前、聞かせてもらえるかしら」

「神の申し子《デーヴァダッタ》……」

短く答えると、冗談だと思ったらしく、女は声をたてて笑った。

不意に、楽器の音が響いた。

店内の壁際に、一段高くなった舞台のような場所があった。

その台の端の方に、琵琶《ヴィーナ》、笛《プンギ》、太鼓《タブラ》の奏者が陣取って、にぎやかな音楽を奏で始めた。

ジェータ王子の隣の席にいたザガカという年輩の女が、声を張り上げた。

「マリハム。あんたの出番だよ」

「任せておいて」

マリハムが立ち上がった。

軽い足取りで舞台の方に進んでいく。

マリハムが舞台に足をかけると、音楽が高まった。マリハムはいきなり踊り始めた。

不思議な踊りだった。カピラヴァストゥの王宮でも、宴席で歌舞が上演されることがあり、さまざまな踊りを見ているはずだが、かつて目にした踊りとは違う、異国の雰囲気をもった踊りだった。

おそらくは西域から伝わった踊りなのだろう。

デーヴァダッタの母も舞姫《ナルタキー》だった。母の踊りもこれと似たものだったのではないか。

目の前のマリハムの姿が、見たことのない母の姿と重なっていく。その踊っている舞姫の姿が、虹色にかすんでいく。いつしかデーヴァダッタは涙を流しながら、舞姫の姿に見入っていた。

音楽が止むと同時に、演奏者たちが声を発し、円卓を囲んだ女たちが拍手を始めた。ジェータ王子とスンダラナンダ王子も手を打って舞姫をたたえている。

デーヴァダッタは気づかれないように目をこすって、自らも手を叩き始めた。

拍手に迎えられて、マリハムが元の席についた。

こんどは別の女が舞台に向かった。

音楽が響き始めた。

デーヴァダッタはマリハムにささやきかけた。

「すばらしい踊りだった。胸にしみるような踊りだったな。おまえのことが気に入った」

元の席についたマリハムは無言でデーヴァダッタの腕をとり、身を寄せてもたれかかった。

女たちが交替で踊ったあとで、ジェータ王子が大声で言った。

「踊りはもういい。そろそろ部屋に入るころだな」

ジェータ王子はスンダラナンダ王子にささやきかけた。

「お相手はどうしますか。気に入った女がいますか」

スンダラナンダ王子は隣の席にいる女の腕をつかんで応えた。

「わたしはこのズークラという女がいいですね」

ジェータ王子は微笑をうかべた。

「よかった。ズークラはいい娘ですよ。わたしはここへ来ると、いつもお相手はこのザザカです」

そう言ってジェータ王子は、この場を取り仕切っている年輩の女を示した。

ジェータ王子はデーヴァダッタの方に向き直った。

「あなたはマリハムがお気に入りのようですね」

デーヴァダッタが答えるよりも先にマリハムが言った。

「もちろんよ。わたしがこの美少年を放さないわ」

この時になって初めて、デーヴァダッタはここがただの料理屋ではなく、娼館《ヴェザヴァーサ》だということに気づいた。

第六章　悲しみに沈んだヤショーダラを慰める

スンダラナンダ王子とともに帰途についた。

来る時は馬を駆りながら、さまざまなことを語り合ったのだが、帰途は互いに話すこともなく黙々とカピラヴァストゥを目指した。

二人とも疲れていた。

コーサラ国との境になっている山地を越えると、タライ盆地の全体が見渡せた。

空は晴れ渡っていて、西に傾いた陽ざしが、カピラヴァストゥの白い城壁を黄金色に輝かせていた。

「美しい……」

黙りこんでいたスンダラナンダ王子がつぶやいた。

「シュラヴァースティは広大な都市でしたが、城壁の見事さでは、カピラヴァストゥにはかなわないですね」

デーヴァダッタは別のことを考えていた。

この美しい城壁がコーサラ国の象部隊《ガジャ》によって粉砕される時が来るのだろうか……。

カピラヴァストゥを滅ぼすのはコーサラ国ではなく、この自分なのだとデーヴァダッタは考えていた。

「それがあなたの宿命《カーラ》なの」

マリハムの予言《アグラニルパナ》のような言葉がよみがえった。

カピラヴァストゥに着くと、デーヴァダッタはただちに首席大臣のマハーナーマンに面会を求めた。スンダラナンダ王子は政務に関わり、高官の会議に出席するなど、大臣と同等の待遇を受けているのだが、デーヴァダッタは近衛兵《ラージャバタ》の隊長をつとめているだけで、要職についているわけではない。首席大臣のマハーナーマンと直接に言葉を交わしたことがなかった。

皇太子妃の弟だということは相手も承知しているので、面会には応じてくれたのだが、何の用があるのかと、いぶかしげな顔つきをしていた。

「これはデーヴァダッタさま。スンダラナンダ王子とごいっしょにコーサラ国にお出かけとうかがっておりましたが、お帰りになられたのですな。いかなるご用件でございますか」

年輩の大臣らしくそつのない口調でマハーナーマンは問いかけた。

デーヴァダッタも儀礼的な口調で語りかけた。

「コーサラ国では思いがけず病床にあられる大王《マハーラージャ》のお言葉をいただきました。皇太子プラセーナジッドさまのご家族と親密なおつきあいもさせていただいたのですが、そのおりプラセーナジッドさまから内密のご指示を受けました。そのことはスンダラナンダ王子もご承知ですが、この件については気が進まぬごようすでしたので、わたくしがそのご指示をお伝えにまいったしだいでございます」

秘密めかした小声でささやきかけたので、マハーナーマンも何ごとかと、身を乗り出すような姿勢になった。

このマハーナーマンという人物は、シュッドーダナ王の祖父のあたりまでは王族《ラージャヤター》の一員だったが、有力な商人《ヴァニージャ》との縁戚を深めて、穀物の売買で富を築いた。その富を背景に王城の財務を任され、首席大臣にまで昇りつめた。

口先が達者で、自分は世のため人のために貢献するのが目的で、蓄財など念頭にないと公言していた。シュッドーダナ王の信頼も篤く、王宮の文官たちからも評価されていた。元は男児という意味のナーマンという平凡な名前だったのだが、いまでは偉大《マハー》なナーマンと呼ばれていた。

男の顔を見れば、いかにも目はしがききそうな顔つきをしていて、ずるがしこい人物であることは明らかだった。

コーサラ国の王宮でプラセーナジッドの側室の話題が出た時から、このことをマハーナーマンに告げれば、話に乗ってくるとデーヴァダッタは確信していた。

実際に側室の話を詳しく語ると、マハーナーマンの興味をかきたてたようだ。目を輝かせたマハーナーマンに向かって、デーヴァダッタはささやきかけた。

「プラセーナジッドさまはカピラヴァストゥとも縁戚関係を結びたいと考えておられるのですが、できればカピラヴァストゥの王族から適当な姫ぎみを側室として迎えることはできないか。これがプラセーナジッドさまのご意向でございます」

相手の反応はわかっていた。

カピラヴァストゥの王族は代々にわたってデーヴァダハ城のコーリャ族との婚姻を重ねてきたので、国内の支城にいる遠い親族との縁戚関係は長く途絶えていた。王族といえるのはこのマハーナーマンくらいのものなのだ。

やや肥満した体を縮めるようにして、マハーナーマン大臣は困惑したようすを装いながら応えた。

「プラセーナジッドさまは次期の国王であらせられるので、そちらと縁戚関係を結ぶことになれば、カピラヴァストゥの繁栄が将来まで約束されましょう。されども先代のシーハハヌ王も、いまのシュッドーダナ王も側室を置かれなかったために、王族の人数が限られており、こちらにも適当な姫ぎみはおられぬようで、まことに残念なことでございます」

デーヴァダッタは大臣の方に一歩近づくと、強い口調で言った。

「王族の娘を出さないとなると、プラセーナジッドさまはお怒りになるかもしれませんよ。何しろ戦さの好きな方のようですからね。マガダ国との縁戚関係を進めたのも、大国から攻められるおそれがなくなれば、周辺小国の征服に集中できるとのお考えがあるからでしょう。次の標的は豊かさを享受している隣国ということになりかねません。コーサラ国の象《ガジャ》部隊の大軍がカピラヴァストゥに押し寄せることになりますよ」

マハーナーマンはきびしい表情になって言った。

「大変な事態でございますな。ただちにシュッドーダナ王に言上して対策を講じなければなりません」

デーヴァダッタは大臣の耳もとに口を近づけて声をひそめた。

「国王をわずらわせることはありませんよ。大臣の一存で対応なさればよろしいのです。すべてがまとまったあとで国王に報告されれば、カピラヴァストゥの窮地を救ったとおほめの言葉をいただけるでしょう。これはあなたさまにとっても、またとない出世の機会なのですよ」

マハーナーマンはすでに心のなかに野心を抱いたようすだったが、表面的には驚いたふりをして言った。

「わたしは首席大臣でございますぞ。これ以上、いかなる出世を望むことがありましょうや」

首席大臣の上位に位置づけられるのは、王と、王の代行をする皇太子だけだ。出世を望むなどというと、王位を狙っているのではと誤解されかねなかった。

デーヴァダッタはうす笑いをうかべた。

「それは欲のないことでございますね。あなたさまにはもっと輝かしい未来が待ち受けているのではありませんか」

「まさか、そんなこと……」

つぶやいたものの、デーヴァダッタの自信ありげな口調に、マハーナーマンは心を動かされたようだった。

「わたしがいまの地位よりもさらに上に昇るようなことがあるのでしょうか」

「あるのですよ」

デーヴァダッタは語りながら自分でも不思議な気分になっていた。事前に子細に準備したわけではないのに、次から次へと言葉が口をついてあふれだしてくる。とくに策略を立てたわけではないが、結果として自分は大臣をそそのかし、だますようなことを語っている。まるで前世から定められた運命《カーラ》にあやつられているような感じだった。

デーヴァダッタはためらうこともなく話を続けた。

「あなたさまには後宮に女官としてつかえておられる娘さんがおられるでしょう」

マハーナーマン大臣は、心のうちの野心を言い当てられたように、びくっと身をふるわせた。

「ナーガムンダーのことでございますか。あのものは母親の身分が低いので、しかるべきところへの嫁入りが難しいのではと思い、女官として身を立てさせたのでございます」

「母親がどうであれ、父親はあなたさまでしょう。あなたはいまは商売をされていますが、もとは王族のはずです。王族の娘であるならば、プラセーナジッドさまのご要望にかなったお方ではありませんか。カピラヴァストゥでの縁組となれば、母親の出自について風評を口にするものもおりましょうが、異国に嫁ぐのであれば何の問題もありません。そして、ここからが大事なことなのですが……」

デーヴァダッタはふくみ笑いをしながら言葉を続けた。

「新たなコーサラ王となられるプラセーナジッドさまのもとに、側室とはいえナーガムンダーさまが嫁がれ、もしも男児が生まれましたならば、ジェータ王子に准ずる第二の王位継承者ということになります。かりにその男児がコーサラ王となれば、あなたさまは大国の王の外戚ということになるのです」

外戚というのは王の母方の祖父などを指す。カピラヴァストゥでは代々の王の母親はデーヴァダハ城から嫁いでいるので、コーリャ族の王が外戚ということになる。だからこそシャーキャー族とコーリャ族は長きにわたって同盟を結ぶことができていたのだ。

コーサラ国王の外戚となる、というデーヴァダッタの言葉に、マハーナーマンは激しく心を揺さぶられたようだ。

その顔に嬉しさを押し隠すような、こわばった笑いがうかんだ。

だが同時に、不安なようすも見せていた。

マハーナーマンが不安になるのも当然で、大臣がそのような野心を抱いていることが明らかになれば、シュッドーダナ王や他の大臣は黙ってはいないだろう。

デーヴァダッタは笑いながら言った。

「この縁組の交渉は秘密のうちに進めた方がいいでしょう。このことが明らかになれば、他の大臣が反対するかもしれませんからね」

マハーナーマンは大きくうなずいた。

「確かに他の大臣に腹のうちを探られたくはないですからな」

「すべてをわたくしにお任せいただけますか。わたくしの一存で話を進めたということにして、話がまとまってから公表すれば、誰も反対はできないでしょう」

「そのようにお願いできますか。デーヴァダッタさま、あなたのご厚意にはいくら感謝してもしきれないくらいです。応分の謝礼はいたしますよ」

「謝礼など、とんでもないことです。わたくしはただひたすらカピラヴァストゥの未来が安泰であることを願っているだけなのです」

そんなことを言ってみたのだが、交渉には金がかかるだろうと、マハーナーマンは多大の費用をデーヴァダッタに差し出した。

デーヴァダッタはこれまで軍隊に勤務し、質素な生活に甘んじていたのだが、シュラヴァースティで高級な料理を食べ、娼館《ヴェザヴァーサ》にも出向いたばかりだったから、金というもののありがたみがわかるようになっていた。

差し出された資金を拒む理由はなかった。


交渉を始める前に確認しておかなければならいことがあった。

デーヴァダッタは後宮《アヴァローダ》の守りについていたので、女官の顔はほぼすべて知っている。ナーガムンダーという女官も遠くから見かけたことがあった。

プラセーナジッドの妃のマッリカーに比べれば、美貌ということではるかに見劣りがする。それでもナーガムンダーには若さがある。ただ王族《ラージャター》らしい気品があるかどうかは、実際に言葉を交わしてみないとわからない。

そこでマハーナーマンに頼んで、大臣の執務室にナーガムンダーを呼び出してもらった。

ナーガムンダーが現れた。

間近で見るとなかなかの美貌であり、落ち着いたものごしに好感がもてた。目つきに鋭さがあり、心の強さが感じられた。コーサラ国のような強大な国の王室に嫁いで生きていくためには、不安に耐えられるだけの心の強さが必要だ。

ナーガムンダーは執務室に父の他にデーヴァダッタがいたことに、驚いたようすを見せた。

デーヴァダッタが近衛兵《ラージャバタ》の隊長をつとめていることは知っているはずだが、父と親しいとは思っていなかったのだろう。

娘の顔を見て、マハーナーマンはひどくうろたえたようすを見せていた。

言葉がすぐに出てこない。もともと仕事が忙しくて、娘と言葉を交わす機会が少ないのかもしれない。

娘を呼び出したものの、いきなり異国の皇太子に嫁げとは言いだしにくいのだろう。しかも相手は初老といってもいい年輩の人物だった。こういう状況は説明が難しい。

デーヴァダッタが声をかけた。

「わたしは後宮の警備を担当しておりますので、奥庭で姉のヤショーダラの姿を見かけることはあるのですが、建物のなかで姉がどんなようすをしているのか、目にすることはできません。あなたの目から見て、姉のようすはどうでしょうか。楽しげなようすを見せていますか」

いきなり本題に入るのではなく、相手の警戒心を解くために、別の話題から入ることにした。デーヴァダッタがヤショーダラの弟だということは知られている。

ナーガムンダーはデーヴァダッタの顔をまともに見すえた。

姉のことを尋ねたので、デーヴァダッタがここにいる理由がわかり警戒心を解いたのだろう。

聡明な娘だとデーヴァダッタは思った。

娘は答えた。

「わたくしは王宮におつかえするようになって日も浅く、離宮《クティーラ》の担当でもないので、お言葉を直接にうかがうこともございませんが、遠くからお見かけするだけでも、あのお方の悲しみがこちらにまで伝わってまいりました。故郷を離れて異国に嫁ぐというのは、つらく哀しい境遇だと思われます。わたくしのようにカピラヴァストゥで生まれ、カピラヴァストゥの王宮におつかえさせていただいているものには、思いも及ばぬことかもしれませんが、わたくしなりに心を痛めておりました」

ナーガムンダーの言葉のはしばしから、繊細さと思いやりが感じられた。言葉づかいにも欠点は見当たらなかったし、生まれ故郷を離れて異国に嫁ぐというところは、ナーガムンダー自身の未来にも重なっていて、聞いているといささか胸が痛んだ。

女官としての職務のせいか、控えめであることに慣れすぎている感じがした。王族の女に仕立て上げるためには、教育する必要がある。しかし聡明そうな女なので、わずかな期間でそれなりに王族らしくふるまえるようになるだろう。

デーヴァダッタは声を強めて問いかけた。

「それではこんどはあなたのことをうかがいます。女官の仕事を始めたのは、あなた自身のご希望だったのですか」

一瞬、ナーガムンダーは緊張した顔つきになった。

そのようなことを問われたのは初めてだったのではないか。

大きく息をついてから、ナーガムンダーは語り始めた。

「わたくしのようなものには、自分の希望などというものはございません。たとえ希望などというものがあったとしても、思いどおりに生きることはできません。希望などをもっても仕方がないのです。わたくしは言われるままに女官になり、勤めに励んでいるだけでございます」

デーヴァダッタはうす笑いをうかべた。

「それならば、いま父ぎみが、あなたに新たな生き方をお示しになれば、それに従って生きることになるのですか。それであなたはいいのですか」

表情をこわばらせたままで、ナーガムンダーは答えた。

「どのようなご指示でも、わたくしは従います。わたくしはそのようにしか生きることができないのです」

「もしもそれが大きな困難と危険を伴ったものであったとしたらどうですか」

女の目が輝き始めた。

「そのような重大な使命を与えられるのは、むしろ望むところでございます。わたくしにそのお役目がつとまるかどうか、先のことはわかりませんが、わたくしなりにせいいっぱいのことをやる覚悟はもっております」

デーヴァダッタは大きくうなずいて言った。

「よろしいでしょう。実のところお父ぎみとわたくしは、あなたに大事な任務をお願いしようと思っているのです。それはたいへんに困難なことはではあるのですが、あなたの肩に、このカピラヴァストゥという国の未来がかかっているのです」

ナーガムンダーは、微笑をうかべた。

「何やらたいへんなことでございますね。わたくしのようなものが、国の未来をになうことなどできましょうか。もしできるというのであれば、どのような任務かまだお聞きしておりませんが、喜んでお引き受けいたします。これでわたくしの未来も開けてきたように思います」

「確かにあなたの未来も開けます。そしてお父ぎみの未来も開けるのです」

そう言ってデーヴァダッタは、かたわらのマハーナーマンの方を見た。

野心家の大臣は、満足そうな笑みをうかべていた。

計画はひそかに遂行された。

事前に秘密がもれないように、デーヴァダッタは慎重に事を運んだつもりだった。

とくにスンダラナンダ王子を警戒せねばならぬと思っていた。

コーサラ国の王宮で、プラセーナジッドと側室の話をしていた時、スンダラナンダ王子は気乗りのしないようすで、デーヴァダッタに向けてとがめるようなまなざしを向けていた。コーサラ国からの帰途でも、スンダラナンダ王子はほとんど口をきかなくなっていた。

しかしデーヴァダッタが何度もシュラヴァースティの王宮に通っていることは、やがてスンダラナンダ王子にも伝わったようだった。

王宮内の廊下で、王子に呼び止められた。

「あなたはまたコーサラ国に出向いたそうですね」

デーヴァダッタの奔走で話はまとまり、すでにナーガムンダーはコーサラ国に側室として嫁いでいた。

従っていまになって反対の声が起こっても、いまさら破談にすることはできない。

ただ用心のために、ナーガムンダーが嫁いだことは、シュッドーダナ王や他の大臣にはまだ知らせていなかった。

風評はどこからか広がっていくものだ。

スンダラナンダ王子はデーヴァダッタの方に詰め寄りながら問いかけた。

「あなたはいったい何をたくらんでいるのですか」

デーヴァダッタは冷ややかに言った。

「やがて王となられるプラセーナジッドさまから、お言葉をたまわりましたので、何とかご要望にお応えしようと思っただけですよ。大国コーサラとカピラヴァストゥの友好を深めるために、自分なりに貢献しているつもりです」

「そのことをシュッドーダナ王はご存じないのでしょう」

「話がまとまるまでは慎重に事を進めたいと思いました。いずれお話しするつもりでおります。ただ首席大臣のマハーナーマンさまにはご報告いたしております」

スンダラナンダ王子は穏やかな人がらなので、怒りを爆発させるようなことはないが、いらだったようすを見せていた。

「その首席大臣のことですがね、後宮で女官をつとめていた大臣の娘が退職して姿を消したそうですね。その娘をあなたがコーサラ国に連れていったのではないですか」

デーヴァダッタはすぐには答えなかった。

ただ連れて行ったというような単純な話ではない。身分の低い側室の子として育った娘を、気品を感じさせる王族の娘に仕立て上げるために、デーヴァダッタは毎日つきっきりで訓練をしたのだ。

娘はきびしい訓練に耐え、どこに出しても恥ずかしくないほどに高貴なようすを見せる女人になった。

ナーガムンダー自身の努力もあるが、デーヴァダッタの熱意によって、カピラヴァストゥの王族の娘が新たに生まれ、コーサラ国と縁戚を結ぶことができた。

プラセーナジッドは大いに満足して、今後はコーサラ国がカピラヴァストゥを攻めるようなことは起こりえないと断言した。正式な同盟ではないが、デーヴァダッタの働きでカピラヴァストゥの未来は安泰となったのだ。

このことをシュッドーダナ王に報告すれば、王に無断で交渉を進めたことも許されると考えていた。

だが火種のようなものは残っている。

ナーガムンダーの母の出自について正確に知っているのは、首席大臣のマハーナーマンだけだ。

スンダラナンダ王子も噂《ジャナヴァーダ》を聞いたことがあるだけで、確証はないはずだった。

コーサラ国の外戚になろうと画策してきたマハーナーマンが、その秘密をもらすおそれはなかった。

デーヴァダッタは何事もなかったように、微笑をうかべて応えた。

「わたくしが何度も往復して話をまとめ、女官のナーガムンダーをプラセーナジッドさまの側室に迎えていただきました。まだ正式な同盟という話にはなっていませんので、公表はできないのですが、これでカピラヴァストゥの未来は安泰です」

「王に無断で勝手な交渉をするなど、許されることではない」

強い口調でスンダラナンダ王子は言いきった。

デーヴァダッタは余裕のある笑い方をした。

「お父ぎみのシュッドーダナ王にはしばらく内密にしておいてください。王や他の大臣がわたくしを批判したりすると、話がこじれて、同盟の話が破談になるかもしれません。そうなると、いきなり戦さが始まるかもしれませんよ」

その言葉をスンダラナンダ王子は、苦いものでも飲みこむような顔つきで、黙って聞いていた。

騒ぎを起こせば、マハーナーマンの娘の出自がカピラヴァストゥで話題となり、その風評がコーサラ国にまで伝わるおそれがあった。

そうなればほんとうに戦さが起こるかもしれない。

スンダラナンダ王子としても、秘密を守るしかなかった。


ナーガムンダーが語った言葉が胸に残っていた。

「あのお方の悲しみがこちらにまで伝わってまいりました。故郷を離れて異国に嫁ぐというのは、つらく哀しい境遇だと思われます……」

そのようにナーガムンダーは語ったのだった。

遠くから眺めていただけの女官の目にも、その姿が悲しげに見えたということは、ヤショーダラの胸のうちには、もっと深い悲しみが秘められているのではないか。

シッダルタはヤショーダラのいる離宮《クティーラ》に足を踏み入れていない。

結婚から年月が経過しているのに、ヤショーダラが懐妊することはなかった。

跡継の子どもを産むのが妃のつとめだ。シッダルタが離宮に来ないということでは、子どもなど永遠に生まれないだろう。

いったいシッダルタは何を考えているのか。

神殿《デヴァーラヤ》にもシッダルタの庵室《アズラーマ》があったので、そちらにいないかと出向いてみたのだが、いまは森の庵《ヴァナ》室にこもりきりになっているようだった。

デーヴァダッタは森に向かった。

近衛兵《ラージャバタ》の隊長になっているので、奥庭には自由に出入りできる。

久し振りに森のなかに入っていくと、ヤショーダラの給仕《ヴィタラーカ》としてカピラヴァストゥに到着し、初めて森の奥に出向いた時のことが想い起こされた。

暗い森のなかに入っていくと、わずかな光の帯のようなものがあった。

さまざまな色がまじった天蓋《ヴィターナ》のようなものが見えた。

その天蓋の下に、目を閉じて瞑想《サマーディ》にふけっているシッダルタの姿があった。

「デーヴァ……」

声が聞こえた。

それは実際に声となって発せられたつぶやきというよりも、心のなかに届いたひらめきのような思いが声となって聞こえたのではと感じられた。

すべてはそこから始まったのだ。

あの時と同じように、シッダルタは庵室《アズラーマ》ではなく、森のなかで瞑想にふけっていた。

「デーヴァ……。来ましたね」

声は心のなかに届いた。

そしてあの時と同じ言葉がそこに続いた。

「あなたを待っていたのですよ」

寝椅子にもたれていたシッダルタが身を起こして声をかけた。

デーヴァダッタはしばらくの間、無言でシッダルタの姿を見つめていた。

シッダルタの声が聞こえた。

「いずれあなたが来られると思っていました。もっと早く来られるかとも思っていたのですがね」

「わたくしが来ることがわかっていたのですね。では、理由もおわかりですね」

「理由もわかっていますよ。でもせっかくここに来られたのですから、ゆっくりと話がしたいですね。庵室に入りましょうか」

「いえ、ここでけっこうです」

強い口調で言って、デーヴァダッタは近くにあった倒木に腰を下ろした。

しばらくは沈黙があった。

小川のせせらぎと小鳥のさえずりが聞こえた。弱い風が吹いていて、木の葉が音を立てている。デーヴァダッタは森のなかの小動物の気配を感じ取ることができる。目に見えない地をはう生き物や虫の動きまでが伝わってくる。

そんな時、確かに自分には、神《デーヴァ》が宿っていると感じることがある。

不意にシッダルタの声が響いた。

「デーヴァ……。アシタ仙人《アズラミン》はあなたの未来について、何か予言《アグラニルパナ》をしましたか」

予言……。

それを予言といえるのだろうか。

アシタ仙人は具体的なことは何も言わなかった。

ただデーヴァダッタの全身をじろじろと眺めて、まれに見る凶相を宿しておられる、と言っただけだ。

　アシタ仙人もデーヴァダッタの心のなかに話しかけてきた。デーヴァダッタも心のなかの声で応えた。

「わたくしは身を持て余しております。あるいはわたくしのせいで、このカピラヴァストゥが滅びることになるのかもしれません」

　アシタ仙人は鋭い眼光でデーヴァダッタを見すえていたが、デーヴァダッタの言葉を否定することはなかった。

　否定しなかったという記憶だけがデーヴァダッタの心のなかに残っていた。

　シッダルタの問いに、デーヴァダッタは答えなかった。

　答えようがなかった。

　アシタ仙人はデーヴァダッタの未来について、何も言わなかった。

　シッダルタも答えを求めることはなく、ただひとりごとのようにつぶやいただけだった。

「仙人はまた旅に出たようですね。もう二度とお会いすることはないかもしれません」

　それからまた沈黙が続いた。

　デーヴァダッタは、ヤショーダラとの結婚生活について、シッダルタの思いを問いただすためにここに来た。

　だがシッダルタの顔を見たとたんに、そんなことはどうでもよい気がした。

　沈黙のあとで、シッダルタが問いかけた。

「コーサラ国へ行きましたね」

　これは答えやすい問いだった。事実だからだ。

　デーヴァダッタはただちに答えた。

「宴席《ウトゥサヴァ》に招かれたのです。プラセーナジッドさまの妹ぎみがマガダ国に嫁がれるということで、その祝いの宴席です」

「ヴァイデーヒーというお方ですね。マガダ国のビンビサーラ王のもとに嫁がれたのでしょう。長旅になりますね。わたしは旅というものをしたことがないのです。デーヴァダハ城には何度も行きましたが、あそこは馬に乗ればすぐに行けますから、旅とはいえないですね。それでもいずれ、わたしは旅に出ることになります。マガダ国のラージャグリハを目指すつもりです。ヴァイデーヒーさまにもお目にかかることになるでしょうね」

シッダルタの言葉を聞いて、頭のなかのどこかで、ひらめくものがあった。

デーヴァダッタは予言者《デーヴァデュータ》ではない。

それでも子どものころから、何かのひらめきを感じることがあった。

具体的な予言《アグラニルパナ》にはならないのだが、シッダルタとヴァイデーヒーがいずれ出会い、そこで何か重大なことが起こるはずだという気がした。

そのことは、シッダルタ自身にもわかっているのだろう。

ヴァイデーヒーという名を口にする時に、何かしら意味ありげな口調だった。

どうやらシッダルタは、本気で旅に出るつもりのようだ。

デーヴァダッタが問いかけた。

「いよいよ修行の旅に出られるのですか。出発はいつですか」

シッダルタは目をそらして、考えこむようなようすを見せていた。

「さて、どうでしょうか」

わずかに迷っているような、静かな口調でシッダルタはつぶやいた。

「いまはまだ、その時が来ていないようですね。マガダ国に行きたいと思うのは、ビンビサーラ王が新たな宗教《マタ》の出現を期待されているとお聞きしたからです。大国の王が新たな哲学者《ターリキカ》を求めているのであれば、行って話を聞いてみたいですね。それから、ヴァーナラシー（ベナレス）を目指すことになるでしょう」

「わたしがお目にかかったコーサラ国の大王《マハーラージャ》も、ヴァーナラシーの話をされていました。何でも順世派《ローカーヤタ》と呼ばれる導師《グル》が、人は塵《ドゥーリ》から生まれ、死ねばまた塵に還る、と説いているそうです。そういえばヴァーナラシーのある旧カーシー国の領地は、いまはヴァイデーヒーさまに帰属していて、婚姻によってすべてはマガダ国の領土になったようですね」

「カーシー国はコーサラ国に滅ぼされたのですね。しかしヴァーナラシーやヴァイシャーリーといった商業都市があって、そういうところでは商人《ヴァニージャ》の力が強く、街が小国として独立しているようですね。もっともこういう話は、デーヴァダハ城のアシュヴァジットから聞いたのですがね」

「アシュヴァジットは諸国を巡って修行をしたそうで、何でも知っていますね」

「アシュヴァジットの話では、ヴァーナラシーは修行者の聖地だそうです。旧都であり水運の要衝の地なので商業が発展し、カーシー国が滅びたあとも商人たちが神官も武人も追い出して、自分たちで自治権をもって街を支配しているため、神官階級《バラモンヴァルナ》ではない沙門《シュラマラ》の修行者が自由に教えを弘めることができるのだそうです。そのために導師《グル》と呼ばれる指導者が多くの弟子を集めて、互いに激しい論争をしているというのですよ。バラモン教の教えからは外れているので、外道《ティルティカ》と呼ばれているのですが、有名な導師《グル》が六人いて六師外道《サドグルティルティカ》と呼ばれているそうです。そういうところに行ってみたいですね」

　そこまで話して、シッダルタは微笑をうかべた。いつもの冷笑ではなく、おだやかな笑いだった。

「わたしはいずれ旅に出ます。しかしいますぐというわけではありません。まだその時が来ていないのです」

「その時というのは、いつなのですか」

「さて、それもよくわからないのですよ」

シッダルタは遠くを見つめるようなまなざしになって言葉を続けた。

「わたしも時に、王政《ラージャニーティ》というものについて考えることがあります。わが父は慈愛《マイトリー》の王《ラージャ》と呼ばれ、人々から信頼されているようですね。けれどもコーサラ国に攻められたら、王城は一挙に崩壊するでしょう。王国も、都市も、一時の幻影《タマス》にすぎないのです。だとすれば、王《ラージャ》とは何なのか、国《デーザ》とは何なのか、そういうことを考えてみるのですが、これは哲学《タリキカトヴァ》よりも難しい問題ですね」

デーヴァダッタは驚きを隠せなかった。

「あなたでも、わからないことがあるのですか」

シッダルタは真顔になって答えた。

「わからないことはたくさんあります。すべてが幻影なのだとしたら、考えても仕方のないことですが、幻影には幻影なりの原理《ダルマ》があるようにも思われます。それはごく単純な、一言で言い表されるような原理《ダルマ》かもしれません」

デーヴァダッタが問いかけた。

「原理《ダルマ》とは何ですか」

シッダルタの目が輝き始めた。

「世界《ローカ》は原理で成り立っているのですよ。わたしがここに在るというのも、原理によるものですし、こんなふうに考えているということも、原理によってもたらされたものです。すなわち世界にはただ原理があるだけで、わたしという自我《アートマン》は存在していないのです」

デーヴァダッタも気持のたかぶりを感じて語調を強めた。

「わたくしはデーヴァダハ城の神官《バラモン》アシュヴァジットさまから神《デーヴァ》の奥義《ウパニシャド》の一端を学びました。神官たちは、宇宙《ブラフマン》と自我《アートマン》が一つになることを目指して修行をします。自我というものが存在していないのであれば、いかなる修行も虚しいということになりませんか」

「そういうことになりますね」

シッダルタは静かに言いきった。

デーヴァダッタは大きく息をついた。

すぐには言葉が出なかった。それでも気をとりなおして問いかけた。

「だとすればアシタ仙人《アズラミン》は何のために何を求めて新たな旅に出られたのでしょう」

「あのお方はいまもさまよっておられる。幻影《タマス》の中で幻影として生きておられる。わたしもそうです。デーヴァ、あなたもそうではありませんか」

「わたくしはここに存在していますよ。怨念《ヴァイラ》とともに」

「怨念……」

シッダルタはデーヴァダッタの言葉をくりかえした。

「確かにあなたには、怨念がありますね。怨念が人の姿をして歩いているようなものです」

冗談のような口調だったが、シッダルタは笑っていなかった。

デーヴァダッタはむきになったように声を張り上げた。

「わたくしは怨念をかかえています。その怨念の原因は、あなたにあるのですよ」

シッダルタは穏やかなまなざしでデーヴァダッタの顔を眺めている。

それから何気ない口調で言った。

「あなたはわたしの言動に不満をもっているのですね。何が不満ですか。わたしがヤショーダラをないがしろにしているとお考えなのですか」

デーヴァダッタは応えなかった。

シッダルタはデーヴァダッタの方に身を寄せるようにしてささやきかけた。

「確かにヤショーダラのことは、気の毒だと思っています。妻をもったことを、いまは後悔しているのですよ」

それからシッダルタは、森の木々の梢を見上げるように、目を上方に向けた。

「シャーキャー族の嫡男がコーリャ族から妻を迎えることは、古くからの慣例です。わたしは慣例に従うしかなかった。しかしわたしはいずれ旅に出なくてはならない。妻を迎えるべきではなかったのです」

シッダルタはいちだんと声を落とした。

「デーヴァ、お願いがあります……」

心のなかの声ではなく、シッダルタは喉の奥から声をしぼり出した。

「ヤショーダラを慰めてやってください。それができるのはあなただけなのです」

デーヴァダッタは低い声で言った。

「ヤショーダラさまは後宮《アヴァローダ》におられます。わたくしには近づくことができません」

シッダルタは低い声のままで、ささやきかけた。

「後宮といっても、ヤショーダラがいるのは奥庭に突き出した離宮《クティーラ》です。あなたも給仕《ヴィタラーカ》をしていたころはそこにいましたね。あなたは近衛兵《ラージャバタ》の隊長です。奥庭には入れるはずですね。もう一段進めて、離宮に入る特権を与えましょう」

「そんなことができるのですか」

「わたしが王にお願いします。ヤショーダラが病気がちなので、給仕としてお世話にあたっていたあなたの助けが必要だと伝えれば、王もお許しになるでしょう。夫のわたしがそのように頼むのですから、わかっていただけるはずです」

デーヴァダッタは声をふるわせた。

「慰めるといっても、何をすればいいのですか」

「それは……」

シッダルタはデーヴァダッタの顔を見すえた。

「デーヴァ、あなたにはわかっているはずですよ」

そう言ってシッダルタは笑いをうかべた。

その日、初めて目にする、あの冷ややかな笑いだった。

後宮から渡り廊下でつながった離宮は、本来は皇太子夫妻の住居だが、つねにシッダルタは不在だった。

王の許可が下りた。

これまでのように庭先で警備にあたるのではなく、離宮の中に入ってヤショーダラの身辺を守ることを、王から命じられた。

デーヴァダッタは奥庭から離宮に向かった。

王の命令とは別に、シッダルタからの依頼があった。

ヤショーダラを慰める……。

それが何を意味するのか、よくわからなかった。いったいどうやって慰めればいいのか。もはや自分は給仕《ヴィタラーカ》をやっていたころの少年ではない。給仕をやるために離宮に向かうわけではないのだ。

シッダルタの意図も不明だ。

ただシッダルタの冷ややかな笑いが目にやきついている。悪意に近い意図をもって、シッダルタは王の許可を求めたのではないか。

その意図に自分は乗せられている。

シッダルタの思いどおりに、自分は悪業《カルマ》をなそうとしている。

それが自分の宿命《カーラ》ならば、逃れることはできない。影絵芝居《トールボンマラータ》の筋書き《カターナカ》を書いた何ものかにあやつられるままに、自分は離宮に向かっている。いまのところはそのように考えるしかない。

あとは思考を停止して、ただ自分の体を離宮に運んでいくだけだ。

夕刻になっていた。

昼間はヤショーダラの世話をするために離宮に控えている女官たちも、夜には自分たちの宿舎に戻る。

いま自分が離宮に入れば、ヤショーダラと自分とが二人きりになる。

王の命令を受けているとはいえ、おかしてはならない領域に踏みこんでいく罪悪感があった。そのうしろめたさをふりはらうように、わざと足音を立てて堂々と離宮の戸口の前に立った。

建物の中に入ると、不意に、胸が痛んだ。

それは懐かしさに近い感情だった。

デーヴァダハ城を出立して、ヤショーダラに随行してこの離宮に入った。給仕として婚礼までの半月ほどの間、ヤショーダラとともにここで過ごした。短い期間だったが、故郷を遠く離れて隣国に来たことで心が揺らいでいるヤショーダラのかたわらにあって、濃密な時をすごした。

それはデーヴァダッタにとっても不安な日々であったが、いまとなってはヤショーダラと自分の気持が一つにまとまっていた幸福《スカー》な時間でもあった。

遠い過去のことだ。

流れていく時を戻すことはできない。

離宮の間取りや内部のようすは、少しも変わっていない。

勝手知った前室を抜け、奥の居間に向かった。

居室に入る直前でいったん足を止め、しばしの間、懐かしさにひたっていた。

その気配が奥に伝わったのか。

「誰……」

ヤショーダラの声が響いた。

デーヴァダッタは応えた。

「ヴィタラーカでございます」

給仕《ヴィタラーカ》という言葉が、心地好く響いた。

奥の方から、うめくような驚きの声が響いた。

デーヴァダッタは奥に進んだ。

寝椅子の前に立ってこちらを見ているヤショーダラの姿があった。

夜になっているとはいえまだ宵の口だ。部屋には灯火《ディーパ》がともっていた。寝台に横たわる前に、いつものように寝椅子でくつろいでいたのだろう。

荒い息をつきながら、ヤショーダラは悲鳴のような声を上げた。

「デーヴァダッタ……」

かつて給仕《ヴィタラーカ》をしていたころ、ヤショーダラが名を呼ぶことはほとんどなかった。ふだんはただ給仕《ヴィタラーカ》と呼んでいた。

デーヴァダッタはささやきかけた。

「わたくしは給仕です。ただヴィタラーカとお呼びください」

ヤショーダラは無言でデーヴァダッタを見つめていた。

あのころのデーヴァダッタはまだ少年だった。ヤショーダラも子どもを相手にするような口のききかたをしていた。

いまは背丈も伸び、兵としてきたえられた頑健な肉体をもった若者になっている。ヤショーダラもかつての少女ではなかった。いまは成熟した肉体をもった女性になっている。ただのその表情は暗く、いまにも泣き出しそうなようすを見せていた。

デーヴァダッタは語りかけた。

「これまでは近衛兵として奥庭の守りについておりましたが、王のご命令で、離宮の内部の守護にもあたることとなりました。以前と同じように、わたくしのことを給仕だと思って何なりとご用を言いつけてください」

ヤショーダラはまだ不審げに、デーヴァダッタの姿を見つめていた。奥庭の守りについている姿はヤショーダラの目にとまっていたはずだが、胸の内には給仕だったころの少年の姿が残っているのだろう。

「デーヴァダッタ。あなたはほんとうにデーヴァダッタなのね」

声をふるわせてヤショーダラはささやきかけた。

「ああ、あなたがいなくなって、あたしはつらかった……。あなたがいてくれれば、デーヴァダハ城にいたころの日々が戻ってくる。ヴィタラーカ、いえ、デーヴァダッタ。あなたはずっとここにいてくれるのね」

ヤショーダラはいきなり身を投げ出すようにして、デーヴァダッタにすがりついてきた。思いがけないほどの勢いだったので、あわててヤショーダラの体を両腕で抱きかかえた。

成熟した女人の肉体の柔らかさと、肌の温もりが、両腕から伝わってきた。

幼いころ、戯れにつかみあいのようなことをして遊んだ記憶があるが、それ以来のヤショーダラの肌の温もりだった。

デーヴァダッタはシュラヴァースティで、娼婦《ルーパージーヴァ》を抱いたことがあった。

女人の肌のぬくもりというものは知っている。

だがヤショーダラは娼婦などではない。

皇太子妃であり、自分の姉だ。

ただ姉ではあっても異母の姉だ。

この地方では、母親が違えば、住む家も違っていて、従姉と同じ扱いとなる。

とはいえデーヴァダッタはヤショーダラの生母の王妃アミターのもとで育った。気持としては同母の姉に等しい。従って性愛《カーマ》の対象にはならないと、いまのいままで信じきっていた。

おかしてはならない領域に、いま自分は踏みこもうとしている。

「ヤショーダラを慰めてやってください……」

シッダルタが言っていたのは、このことだったのか。

デーヴァダッタは無言で、ヤショーダラの体を強く抱きしめていた。

第七章　シッダルタが五人の護衛とともに出発

　皇太子妃ヤショーダラが懐妊したという風評は、たちまちのうちに王宮の全体に広まり、やがてはカピラヴァストゥの庶民《ヴァイシャ》までが知るところとなった。

　祝福すべき知らせだった。

　男児なら、直系の王位継承者の誕生となる。

　シュッドーダナ王は健在で、その治世に陰りがあるわけではなかったが、直系の跡継があれば将来、世継ぎをめぐって紛争が起こることもない。

　たとえその子が女児だったとしても、第二子、第三子の誕生の可能性があり、いずれば世継ぎの男児が生まれると未来に希望がもてる。

　風評は王の耳にも届いた。

　シュッドーダナ王はわざわざ王妃《サムラージ》のもとに出向いて問いかけた。

「そなたのところに話は届いておるか。ヤショーダラが懐妊したそうだな。確かなことなのか」

　プラジャーパティーは嬉しげに答えた。

「女官たちが話しているのを聞いて、ただちに医者と産婆を離宮《クティーラ》にやりました。医者の見立ては慎重でしたが、産婆はまちがいないと申しております。ひところは暗い顔つきをしていたヤショーダラは、最近は見違えるほどに元気になりました。王のお計らいでかつて給仕をつとめていたデーヴァダッタを離宮の守りにつかせたせいかと考えておりましたが、デーヴァダッタの導きでシッダルタも離宮に通うようになったのでしょう。それが懐妊につながったのだと思われます。神官《バラモン》に占わせましたところ、男児が誕生するとのことでございます」

シュッドーダナ王は大いに満足したようすでつぶやいた。

「男児であってほしいものだ。スンダラナンダ王子がいまは政務を手伝ってくれておるが、いまだに結婚もせず跡継もおらぬ。直系の男児が生まれれば、カピラヴァストゥの平和と繁栄が将来にわたって約束されることになる。スンダラナンダ王子の王位継承の順位が一つ下がることになってしまうのが、残念であろうが……」

プラジャーパティーは静かな口調で応えた。

「わたくしはシッダルタさまの養母をつとめるためにこちらに嫁いでまいりました。そのシッダルタさまには転輪聖王《チャクラヴァルティン》になられるという予言《アグラニルバナ》がございましたので、わたくしはスンダラナンダにはシッダルタさまの代行として軍務につき、政務についても勉学するように進言してきました。男児の誕生ということになりましても、成人して政務が担当できるまでには年月がかかります。それまでの間は、スンダラナンダが心をこめて政務にあたることになりましょう」

「そう言ってくれれば、わしも気持が楽になる。男児の誕生を祈りたい」

王と王妃の間にそのような会話が交わされたことは、デーヴァダッタは知らなかったが、すぐあとに女官たちの風評で知るところとなった。

デーヴァダッタの気持は穏やかではなかった。秘密は自分ひとりの胸にとどめておくしかない。

ヤショーダラは元気になった。

明るくなり、美しくなった。

懐妊したことで、自分に自信がもてるようになったのだろう。

もはやヤショーダラを慰める必要もなくなった。

シッダルタの動向が気にかかった。

王宮に隣接した神殿《デヴァーラヤ》に、あわただしい動きがあるという話が伝わってきた。デーヴァダッタはただちに神殿に向かった。

神殿の会堂《ザラ》に入ると人の動きがあった。そのなかに見知った顔があったので近づいて声をかけた。

「アシュヴァジットさまではありませんか」

デーヴァダハ城の近くの神殿にいるはずのアシュヴァジットだった。

なぜカピラヴァストゥに来たのかと問う前に、アシュヴァジットの方から語り始めた。

「いよいよ旅立つことになりました」

ふだんは冷静なアシュヴァジットが、意気ごんだようすで言葉を発したので、デーヴァダッタは驚いて問い返した。

「どこへ行かれるのですか」

「修行の旅です。わたくしはシッダルタさまに随行することになりました」

「随行……。シッダルタさまが旅立たれるというのですね」

「お父ぎみのお許しも出ております。ひとりで旅に出るのは心配なので、五人ほどの神官《バラモン》を護衛として同行させるというのが条件です。それでシッダルタさまのご指名で、わたくしもその五人に加えていただいたのです」

アシュヴァジットのそばには、カピラヴァストゥの神殿に所属する顔見知りの神官が何人かいた。どうやらシッダルタに随行する神官たちがここに集まって準備をしているようだ。

「アジュニャータさん、あなたも旅の一行に加わるのですね」

責任のある地位にある年輩の神官がいたので声をかけると、相手は嬉しげな笑顔をうかべた。

「神官の家に生まれたものにとって、修行の旅に出るのは幼いころからの夢でございました。ただ若いうちは神殿におられる先輩方からさまざまな雑用を命じられますので、神々につかえる身でありながら、雑事に追われて忙しく過ごすばかりです。いつか修行の旅に出て、神《デーヴァ》について、哲学《タリキカトヴァ》について、勉学したいとひそかに念願いたしておりました」

アジュニャータはシッダルタよりはかなり年上だ。幼いシッダルタにバラモンの教えの基礎を伝えたのも、このアジュニャータだったのではと思われる。

アシュヴァジットも含めて、旅に随行することになった神官は全員が、シッダルタよりも年上だった。

デーヴァダッタはアシュヴァジットに尋ねた。

「修行の旅は、ふつうはひとりで各地を巡回するものでしょう。シッダルタさまもひとりで出立することをお望みだったのではないですか」

アシュヴァジットが答えるより先に、アジュニャータが語り始めた。

「王のご命令です。ひとり旅は危険だということでお許しが出なかったので、シッダルタさまは、デーヴァダハ城のアシュヴァジットさまの同行を提案されたのですが、護衛は多いほどよいと王が言われたので、われら四人が加わることになったのでございます」

横合いから背の高い神官が口を挟んだ。

「皇太子のご出立となれば、王もご心配なのだろうが、護衛つきの修行など聞いたことがない。行く先々で托鉢乞食《パインダパーティカ》するのも大事な修行だ。村の家をひとりで訪ねて食を乞うからこそ修行になる。そもそも皇太子は武人《クシャトリヤ》の生まれだ。神官《バラモン》の生まれでないものがいくら修行したところで、神《デーヴァ》の領域に近づくことはできぬ。王のご命令だから護衛の役はつとめるが、これは無用の旅というべきであろう」

乱暴な口調で批判を口にしたのは、マハーナーマンという神官だった。

ナーマンというのはナンダやプトラと同様、男児には多い名前で、区別のためにその赤子の特徴や、故郷、父親の名などを前につけることが多い。

首席大臣のマハーナーマンはその実績から、偉大なという意味のマハーがついているのだが、この神官がマハーと呼ばれているのは、単に背が高いからだろう。

そのマハーナーマンの隣にいたバドラジッドという、比較的に若い感じの神官が口を開いた。

「シッダルタさまはお生まれになった直後に転輪聖王《チャクラヴァルティン》になると予言されたそうですね。修行の旅の果てに転輪聖王となって故郷に戻られれば、カピラヴァストゥはさらに発展することになるのではないですか。だからこの旅には大いに意義があるとわたしは思っています。偉大な王の出現のために、われらも協力しようではありませんか」

いままで黙っていた端の方にいる神官が、気難しそうな顔つきで言葉をはさんだ。

「転輪聖王というのは偉大な英雄だ。カピラヴァストゥのような小さな国の王になるわけではない。人々に新たな教えを説かれる覚者《ブッダ》として、恒河《ガンジス》の全域を支配することになるのではないか。シッダルタさまが広い世界に出ていかれるならば、カピラヴァストゥは王を失うことになる。われらの未来にも暗雲がたちこめることになろうぞ」

この神官はヴァーシュパという人物で、中堅の神官の中でも理屈っぽさと悲観的な予測を立てることで知られていた。

このヴァーシュパの言葉を受けて、背の高いマハーナーマンが、暗い顔つきになって言った。

「伝説によれば、これまでにも何人ものブッダがこの世界《ローカ》に出現されたということだ。されどもあまりに偉大なお方が出現されれば、バラモン教がないがしろにされることになる。われらは神官《バラモン》の家に生まれ、神官としての修行を続けてきた。ブッダなどというものの出現は、われら神官にとっては身の破滅につながるのではないか」

その時だった。

少し離れたところから声が聞こえた。

「わたしはブッダになどなりませんよ」

のんびりとした屈託のない声だった。

五人の神官は声のした方に目を向けた。

シッダルタが笑いながらこちらを見ていた。


シッダルタの姿は、長い間、目にしていなかった。

王宮には皇太子の執務室があり、神殿《デヴァーラヤ》にもシッダルタの庵室《アズラーマ》があるはずだが、どこに行っても姿を見かけることはなかった。

だが王の指示で五人の護衛をつけるなど、神官《バラモン》たちとは連絡をとっていたようだ。

デーヴァダッタはシッダルタの方に歩み寄った。

シッダルタが相手なら、心のなかに話しかけることができる。神官たちに聞こえないようにささやきかけた。

「旅に出るというのはほんとうなのですか」

シッダルタは心のなかではなく、神官たちにも聞こえる声で答えた。

「旅に出ることを考えてはいたのですが、父のお許しが出ないだろうと思い、先延ばしにしていたのです。デーヴァ、あなたが励ましてくれたおかげで、ヤショーダラはすっかり元気になり、子どもが生まれることになりました。それで父にお願いして旅に出るお許しをいただいたのです」

デーヴァダッタも声を高めて言った。

「懐妊しただけで、まだ男児と決まったわけではないでしょう」

「男児です」

「あなたには未来が見えているのですか」

「見えています」

そんなふうに言われるとそれ以上、言葉を返すことができなかった。

デーヴァダッタは先ほどのシッダルタの言葉を思い起こした。

「ブッダにならないと言われましたね。それならあなたは何のために旅に出られるのですか」

シッダルタは冗談なのか本気なのかよくわからない淡々とした口調で答えた。

「ブッダというのは自分で望んでなるものではないでしょう。だから、なるつもりはないと言ったまでで、気がついたらブッダになっていたということはあるかもしれませんよ。ブッダというのが何なのか、わたしもよくわからないのです。誰もブッダに会ったことはないわけですからね。わたしはこの神殿の神官からバラモン教の哲学《タリキカトヴァ》を学びました。アシュヴァジットからも教えを受けました。それから森のなかの庵室《アズラーマ》で、自分なりに考えてみたのです。瞑想《サマーディ》にふけり、哲学《タリキカトヴァ》をきわめようとしてみたのですがね。ひとりで考えているだけでは何も始まりません。それで旅に出ることにしたのです。まずはマガダ国のラージャグリハに行ってみたいですね。マガダ国のビンビサーラ王は、新しい宗教《マタ》の出現を待ち望んで沙門《シュラマナ》を支援しているということですから」

沙門というのは神官階級《バラモンヴァルナ》の生まれではない修行者のことだ。

コーサラ国の大王《マハーラージャ》も話していたが、神官は輪廻転生《サンサーラ》の教えを説き、悪業《カルマ》をなしたものは地獄《ナラカ》に落ちると語る。王といえどもバラモンの教えには従わねばならない。おそらくマガダ国王も、バラモン教を超えた新たな教えを説く哲学者《ターリキカ》の出現を求めているのだろう。

シッダルタは語り続けた。

「それからヴァーナラシー（ベナレス）に行くつもりです。そこにいる導師《グル》たちと言葉を交わしてみたい。導師たちがどんなことを話すのか、楽しみにしています。言葉《ヴァチャナ》というのはなかなかにおもしろいものですからね。そうではありませんか、デーヴァ」

急に問われても、シッダルタの意図が知れなかった。

デーヴァダッタは問い返した。

「言葉《ヴァチャナ》とは何でしょうか」

シッダルタは笑いをうかべた。

あのいつもの冷ややかな笑いだった。

「語れば語るほど、真理《ダルマ》からは遠ざかってしまうもの。それが言葉です。それでも人は言葉を語らずにはいられない。言葉から逃れることはできないのです」

話しているうちに、シッダルタの顔から笑いが消え、どことなく寂しげな、暗い顔つきに変わっていった。

言葉を求めて旅に出る……。

シッダルタは本気で言葉を求めようとしているのか。

何か重苦しいものが、デーヴァダッタの胸のなかに流れこんできた気がした。


神殿《デヴァーラヤ》の会堂《ザラ》に新たに入ってくる人の気配がした。

スンダラナンダ王子だった。

このところシュッドーダナ王が病で寝こむことが多くなった。スンダラナンダ王子が政務を代行するようになり、首席大臣マハーナーマンの上位の摂政《アディパ》という役職についていた。その地位のせいか、スンダラナンダ王子には、若さに似合わぬ威厳《グルトヴァ》のようなものが感じられるようになっていた。

スンダラナンダ王子もシッダルタの姿を捜していたのだろう。きびしい表情でシッダルタの方に進み出ると、詰問するような口調で問いかけた。

「兄ぎみが旅に出られるという話を聞きました。まことのことでございますか」

シッダルタは落ち着いた声で応えた。

「王に願い出て許されました。護衛を何人か連れていくようにということでしたので、ここにおられる神官《バラモン》の方々に同行していただくことになりました」

シッダルタの平然とした言い方に、スンダラナンダ王子はいらだったようすだった。だが同行する五人もすでに決まっていて、出立が動かしがたい事実だと受け止めたようだ。

それでも摂政をつとめる自分に知らされなかったことに不満をもったようすで、スンダラナンダ王子は語調を強めた。

「なぜいま旅に出られるのですか。ヤショーダラさまが懐妊されたことは承知しておりますが、跡継の男児が生まれるかどうかはわかりませんよ。跡継もいないままに出立されるおつもりなのですか」

「生まれてくるのは男児です。もう名前も決めてあります」

スンダラナンダ王子は驚いたように問いただした。

「生まれてもいないのに名前をお決めになったというのですか。いったいどんな名前ですか」

「ラーフラ……。日食や月食を引き起こす暗黒の星の名で、障害という意味があります。子どもというのは、厄介なものですからね」

スンダラナンダ王子はあきれたように言った。

「ひどい名前ではないですか。よくもそんな名前を思いつくものですね」

シッダルタは笑いながら言った。

「いずれにしても、赤子が成長して政務に関わるようになるのは先のことです。あなたはすでに摂政をつとめておられるのですから、これからもよろしくお願いします」

そこまで話して、シッダルタはデーヴァダッタの方に向き直った。

「デーヴァ。あなたもこのカピラヴァストゥで、スンダラナンダ王子を補佐して政務の支えとなってください。ヤショーダラとラーフラのことは心配いりません。わたしはデーヴァダハ城のアミターさまにお願いして、離宮の世話係として、新たな給仕《ヴィタラーカ》を派遣していただくことにしました」

デーヴァダッタは口ごもりながら尋ねた。

「それはどういうことですか。新たな給仕とは……」

「あなたの弟だということですよ。だからヤショーダラにとっても弟ですね。血のつながりがあれば安心して給仕を任せられます」

確かに弟がいた。デーヴァダッタが故郷にいたころはまだ幼児だった。

「弟というのは、アーナンダのことですか」

「そうです。アーナンダというのは、喜びの男児という意味ですね。喜びの男児《アーナンダ》が、厄介者《ラーフラ》の世話をすることになります」

そう言ってシッダルタはいかにも楽しげに、声をたてて笑った。


幼いころのシッダルタの世話をしていたウパーリという執事は、いくぶん陰気なところのある人物だったが、王宮の文官にしてはめずらしく、農民のように実直で、ふだんから質素に生きることを心がけていた。

シッダルタはこの人物を高く評価していた。自分に何よりも大事な、質素に生きることを教えてくれたのはウパーリだと語ることがあった。

そのウパーリは、王族の理髪師《ナーピタ》を兼ねていた。シッダルタは神殿にウパーリを招いて、出立の儀式のように、ウパーリに剃髪《ムンダカ》を頼んだ。

修行の旅に出る沙門《シュラマナ》は髪を短く刈るのが慣例だった。

髪を短く切るのは王にはならぬという決意の表明でもあった。

王冠《キリタ》など地位を示す冠は髪に結びつける仕組みになっていた。髪を切れば王冠はかぶれない。

シッダルタは王族《ラージャター》からも武人《クシャトリヤ》からも離脱して、一介の沙門として旅に出ることになる。

他の五人は神官《バラモン》特有の結髪《ジャター》という髪型だった。五人は沙門ではなく、神官階級《バラモンヴァルナ》の同行者なので、髪を切ることはなかった。

準備は整った。

王と王妃に別れの言葉を述べ、大臣や女官たちに見送られて、シッダルタは王宮を出た。ヤショーダラは身重であることを理由に見送りの列には加わらなかった。

シッダルタと五人の神官《バラモン》の出立は、カピラヴァストゥにとっては大きな祝い事であり、街の人々は王宮からの街路の左右に並んで、あらかじめ用意された花々の花弁をまきながら、皇太子の旅立ちを祝福した。

婚礼の時のような音楽や舞楽の演奏はなかったが、いずれは転輪聖王《チャクラヴァルティン》か覚者《ブッダ》になるとされている皇太子の姿を一目見ようと、大勢の人々が周囲の村々から押しかけてきた。

デーヴァダッタは一行が街路を進み、城壁の門に向かうのを、王宮の屋根に設置した物見台の上から見下ろしていた。

一行は徒歩でローヒニー河に向かい、そこから交通の要衝のクシナガラを目指すことになっていた。

一行の姿が見えなくなると、デーヴァダッタは視線を上方に向けた。

雪《ヒマ》の住処《アーラヤ》と呼ばれ、神々の住処とされるヒマーラヤの白い峰が、どこまでも高く、果てしなく広がっていた。

シュッドーダナ王はシッダルタが旅立った直後に、重い荷を下ろして安心したのか、病に伏せることになった。重篤な病ではなく、体調のよい時は起き上がって王宮内を散歩したり、遠くの景色を眺めたりすることもあったが、日々の政務をこなすわけにはいかなくなった。

摂政《アディパ》のスンダラナンダ王子と首席大臣のマハーナーマンがカピラヴァストゥを支配していた。

デーヴァダッタは近衛兵《ラージャバタ》だけでなく、宮中の女官も差配することになった。それは本来は王妃《サムラージ》プラジャーパティーの役目だったが、王が政務から引退したのと同時に、王妃も役目から退くことになったからだ。王妃は同じコーリャ族出身のデーヴァダッタを信頼していた。

旅立ちの前にシッダルタが語っていたように、ヤショーダラの新たな給仕《ヴィタラーカ》として、弟のアーナンダが招かれることになった。

デーヴァダハ城の王妃アミターの指示で、デーヴァダッタが迎えに行った。

ルンビニー園で宴《ウトゥサヴァ》が催されたり、ジェータ王子とともに郊外のアシュヴァジットの庵室《アズラーマ》を訪ねたことはあったが、デーヴァダハ城の王宮に入るのは久方ぶりだった。

王妃アミターと対面した。

ルンビニー園で会った時から年月が経過していたが、アミターの美貌は衰えていない。心労が続いた娘のヤショーダラよりも若く見えるほどだ。

姿全体からまばゆい光が放たれているような印象は、昔もいまも変わらなかった。

たくましい青年に育ったデーヴァダッタに向かって、アミターは親しみをこめて語りかけた。

「デーヴァダッタさま。使いのものが行き来しておりますので、カピラヴァストゥのようすは承知しております。病み衰えていたヤショーダラを、あなたが救ってくださったそうですね。ヤショーダラは見違えるほど元気になり、懐妊するまでになったということです。それを機にシッダルタさまが修行の旅に出られたとのこと。あのお方は生まれた直後に転輪聖王《チャクラヴァルティン》の予言《アグラニルパナ》を受けられました。それがあのお方の宿命《カーラ》だったのでございましょう。スンダラナンダ王子が摂政《アディパ》の地位につかれたことも聞きました。プラジャーパティーさまもさぞやご満足のことでございましょう」

穏やかな口調で語るアミターのようすに接して、緊張していた気持がゆるむのを覚えた。ヤショーダラの胎内《ガルブハザヤ》の赤子の父親について、カピラヴァストゥの王宮内で風評が流れることはなかった。アミターの場合も、いささかの疑いも抱いていないように見えた。

デーヴァダッタは何気ない口調で尋ねた。

「わたくしがヤショーダラさまに随行してデーヴァダハ城を出立した当時、弟のアーナンダはまだ赤子でしたが、いまは大きくなっているのでしょうね」

アミターは嬉しげな微笑をうかべた。

「あなたさまに給仕《ヴィタラーカ》の仕事をお願いした時と、同じくらいの年齢になっております。いま呼びにやります」

女官がアーナンダを呼びに行った。

やがてアーナンダが現れた。

驚いた。

赤子がそのまま大きくなったような、あどけなさを残した美しい少年だった。

何よりもアミターにそっくりだった。アミターの輝くような美しさが、そのまま少年の姿になったようだった。

全身から光が発散されているような印象もアミターそのものだった。

アーナンダはまだ少年だ。男と女の区別があらわになる年齢でもないので、少女のようなかわいらしさもあり、何か不思議なものを見る感じがした。

デーヴァダッタは気おくれのようなものを感じながら、少年に顔を近づけるためにかがみこんで話しかけた。

「あなたはわたくしの弟です。わたくしもあなたと同じくらいの年齢の時に、姉のヤショーダラさまの給仕としてカピラヴァストゥに出向きました。故郷を離れるといっても、姉がいっしょでしたから、つらくはありませんでした。あなたの場合も、カピラヴァストゥに行けば姉のヤショーダラさまがおりますし、兄のわたくしもおります。遠い異国に行くわけではないので、安心してください。ところで、カピラヴァストゥがどんなところか、知っていますか」

少年はためらうようすもなく語り始めた。

「カピラヴァストゥは美しい城壁に囲まれた見事な都市だと聞いております。王宮に隣接した神殿には多くの神官がおられて、宇宙《ブラフマン》の原理《ダルマ》についての奥義《ウパニシャド》を口伝で学んでおられるとのこと。わたくしは一刻も早くカピラヴァストゥに赴いて、奥義について学びたいと思っております」

アーナンダの話しぶりにも驚かされた。

デーヴァダッタは思わず声を高めて問いかけた。

「あなたは哲学《タリキカトヴァ》に興味をおもちなのですか」

静かな口調でアーナンダは答えた。

「言葉《ヴァチャナ》によって宇宙の原理を解き明かす。それこそが、覚者《ブッダ》と呼ばれるお方でございましょう。カピラヴァストゥの皇太子シッダルタさまは、ブッダとなることを目指して修行の旅に出られたとお聞きしました。いずれそのお方がこの地方に戻って来られることがあれば、ぜひともお言葉を聞かせていただきたいと思います。わたくしは言葉が好きなのです。一度聞いた言葉は、けっして忘れることはありません」

デーヴァダッタは息をついた。

この聡明で輝くばかりに美しい少年の未来は、無限にひらけているのではないかと思われた。

デーヴァダハ城の男児は、幼いころから馬術の訓練を怠らない。アーナンダも乗馬は得意だった。

デーヴァダッタとアーナンダは、馬に乗ってカピラヴァストゥを目指した。

ローヒニー河に出た。いまは乾季なので水流はほとんどない。その手前にルンビニー園があったはずだが、ただ荒れ地が広がるばかりだった。

「このあたりがルンビニー園ではありませんか」

馬を並走させているアーナンダが声をかけた。

デーヴァダッタは答えた。

「何年か前にここでシッダルタさまの誕生祝いの宴を開いた時は花が咲き乱れていたのですがね。ここがシッダルタさまの生誕の地です」

デーヴァダッタは空を見上げた。乾季なので空は青く澄んでいる。

ふと空のかなたに渡り鳥を見たことを思い出した。

「ヒマーラヤの白い峰の上を越えていく渡り鳥がいるそうですよ。いつだったかもやのようなものが上空に漂っているのを見たことがあります」

アーナンダが応えた。

「わたくしもデーヴァダハ城で見たことがあります。青空の先の方に、白いもやのようなものが見えて、じっと見つめていると鳥の群だとわかりました。ヒマーラヤを越えていく渡り鳥がいることは、神官《バラモン》のアシュヴァジットさまが教えてくださいました」

まだ幼い少年がアシュヴァジットの教えを受けていたというのは、驚きであり、頼もしいことだった。この少年は自分と同じ道を歩もうとしている。

デーヴァダッタは声を高めて言った。

「あなたはアシュヴァジットさまと話をしたことがあるのですか。わたくしも幼いころ、アシュヴァジットさまからいろいろなことを教えていただきました。いまアシュヴァジットさまは、シッダルタさまに随行してマガダ国の首都ラージャグリハに向かっています。そこでビンビサーラ王の知遇を得てから、ヴァーナラシーに向かうということです」

「カーシー国の古都ですね。ヴァーナラシーに何があるのですか」

「新たな哲学《タリキカトヴァ》を説いている外道の導師《ティルティカグル》が何人もいるらしいのです」

「外道ですか。ヴァーナラシーではさまざまな言葉《ヴァチャナ》が飛び交っているのでしょうね」

遠くの地にあこがれるような口ぶりでアーナンダはつぶやいた。

デーヴァダッタはシッダルタの言葉を思い起こした。

そのことをアーナンダに話したくなった。

「旅に出立する前に、シッダルタさまはこのようなことを話しておられました。語れば語るほど、真理《ダルマ》からは遠ざかってしまうもの。それが言葉です。それでも人は言葉を語らずにはいられない。言葉から逃れることはできないのです……。シッダルタさまはそのように言われたのですが、それがどういうことなのか、わたしにはよくわからないのです」

アーナンダは静かに応えた。

「わかるような気がします。ヒマーラヤの峰を越えていく渡り鳥がいることは言葉で説明することができますが、青空を見上げてヒマーラヤの上空に白っぽいもやのようなものが見え、じっと見つめているとそれが鳥の群だとわかった時の驚きと感動は、言葉で言い表すことはできません。ただうめくような声をもらし、手を挙げて指で指し示す……。できるのはそれくらいのことです。言葉には限界があるのです」

アーナンダの言葉はデーヴァダッタの胸の奥底にしみこんできた。デーヴァダッタは大きく息をついた。

それから少年に向かって、まるで年輩の哲学者に語りかけるように問いを発した。

「それでもシッダルタさまは、言葉を求めて旅に出られた。その胸の内があなたにはわかるというのですね」

少年は穏やかな口調で答えた。

「言葉には限界があります。それでもわたくしは、言葉が好きです。シッダルタさまも同じお気持なのでしょう」

このアーナンダという少年は、シッダルタとは宿命《カーラ》のごとき強いつながりで結ばれているのではないかと思った。


アーナンダが離宮の給仕《ヴィタラーカ》として赴任すると、身重のヤショーダラはたちまちこの少年を気に入って、つねに身近にはべらせるようになった。同母の弟であるから当然のことといえた。

アーナンダは姉によくつかえた。

時々神殿《デヴァーラヤ》に赴いて神官《バラモン》から口伝の知識《ヴェーダ》や奥義《ウパニシャド》を伝授された。アーナンダは驚異的なほどの記憶力をもっていて、一度聞いた話は一言一句たがえることなく暗誦することができた。

この時代はまだ書物と呼ぶべきものは普及していなかったが、カピラヴァストゥの神殿には、秘蔵の書物があって、許可を得てそれらを読むこともあった。神官たちも知らない秘伝を、アーナンダはすべて暗記してしまった。

神殿に赴くほかは、一日の大半をヤショーダラのかたわらで過ごした。

雑用は女官がつとめてくれるので、アーナンダの役目はヤショーダラの話し相手になることだった。

アーナンダはまだ少年であったが、驚くほどに博学で、ヤショーダラが何かを問いかけても、ただちに明解な答えを出すことができた。

アーナンダがヤショーダラの相手をしてくれるので、デーヴァダッタは離宮に待機している必要がなくなった。

デーヴァダッタは摂政《アディパ》をつとめているスンダラナンダ王子の執務室に顔を出すようになった。

スンダラナンダ王子とは、以前のような親友という感じではなくなっていた。デーヴァダッタが首席大臣マハーナーマンと親しくなったことで、スンダラナンダ王子はデーヴァダッタを警戒し、距離をとろうとするようになった。

それでも長いつきあいでもあるので摂政の相談役としてデーヴァダッタを迎え入れた。

デーヴァダッタは、スンダラナンダ王子、マハーナーマンに次ぐ、重要な地位につくことになった。

豪商でもあるマハーナーマンはヴァイシャーリーなどの商都やマガダ国首都のラージャグリハにも取引先があって、随行したアシュヴァジットからの報告が伝えられた。

一行のなかで最年長のアジュニャータという神官《バラモン》が護衛の五人を統率する立場にあったが、各地に旅をした経験があるアシュヴァジットが道案内をつとめていた。

カピラヴァストゥから西に向かってコーサラ国の首都シュラヴァースティまで出れば、恒河《ガンジス》の支流に沿ってマガダ国に向かう広い街道が通っているのだが遠回りになる。

カピラヴァストゥの東を流れているローヒニー河は乾季には水流が少なく、物流には使えないのだが、少し先で川幅の広いヒラニヤヴァティー河と合流する。物流の船も行き交っており、クシナガラという商都もある。そこから交通の要衝のヴァイシャーリーまでは河に沿って広い街道もあるし、街や村が点在している。

修行者の旅は本来、托鉢乞食《パインダパーティカ》によって進めるべきものだ。伝統的なバラモン教の神官たちも、若いころは托鉢乞食の修行をする。貧しい農村でも門口に修行者が立てば、差し出された鉢に米飯《オダーナ》や乳粥《パーヤーサ》などを提供する。

だがシュッドーダナ王は、シッダルタにそうした修行を許さなかった。子息がひもじい思いをしないように、首席大臣のマハーナーマンに指示を出して、各地の商家に連絡をとらせていた。物流が盛んな恒河の支流をたどっていけば、行く先々に商家があり、そこを訪問すれば大歓迎されて食事の接待を受けることができた。

神官たちを統率している最年長のアジュニャータは、神官として禁欲《ウパヴァーサ》の修行を重ねた人物なので、商家の歓待を受けることに批判的だったが、シッダルタは商家の歓待を受けいれた。

修行者は貧富を問わず寄進《ダーナ》を受けて感謝を捧げるべきで、貧民からの施しを受けるのと同様、金持の宴席もありがたく受けいれなければならないと説いたということだ。

その話を聞いて、デーヴァダッタはいかにもシッダルタらしいと感じた。ルンビニー園で宴が開かれた時、シッダルタは美しい女官たちを相手に、遊興を楽しんでいるように見えた。その姿はまさに享楽の極致にあるといってもよかった。

ふだんは森《ヴァナ》の奥の庵室《アズラーマ》に閉じこもり、享楽とは無縁の生活をしているシッダルタだが、けっして自らに禁欲を強いているわけではない。孤独を楽しむこともあれば、人と交わって享楽を受けいれることもある。

それがシッダルタだ。

シッダルタがアシタ仙人《アズラミン》と会話している時に、デーヴァダッタだけに伝わる心のなかの声でささやきかけた言葉を、デーヴァダッタは記憶していた。

アシタ仙人が、シッダルタがいずれ新たな教団を起こすと語った直後だった。

シッダルタはつぶやいた。

「それは面倒《カスタ》ですね。静かに神の領域にひたっている方が安楽《サスタター》ではないですか」

いったいシッダルタは何のために旅に出たのか。

ヴァーナラシーの導師《グル》たちの言葉を聞いたあとで、それらの言説《ヴァダティ》を冷笑しようというのか。そう考えると、怒りを覚える。

だが同時に、シッダルタがこの旅の先に、どのように変化していくのか。何か新たな行動を起こすことになるのか。強い関心を抱かずにはいられない。

気がつくと、シッダルタのことばかり考えている自分がいる。


一行がマガダ国の首都ラージャグリハに到着したという知らせが届いた。

カピラヴァストゥが長い伝統と高い文化をもつ国であり、大国コーサラに隣接しているためにつねに侵略の危機にさらされていることは、マガダ国王ビンビサーラも熟知していた。そのカピラヴァストゥの皇太子が修行の旅に出てマガダ国に向かっているということは、当地の商人を通じてビンビサーラ王にも伝えられていた。

ビンビサーラ王は王城の高台に立ち、大きな期待をもって皇太子の到着を待ち受けた。

以後はのちに語られることになる伝説《プラータナ》だ。

城壁に近づいてくるシッダルタの姿から発散される高貴な輝きは、高台の上からの遠望でも一目で確認できた。

ビンビサーラ王はただちに配下の文官を走らせて、シッダルタと同行の五人の神官を王宮内に招き入れた。

シッダルタと対面したビンビサーラ王は、満面の笑みをたたえて語りかけた。

「カピラヴァストゥは大国コーサラの隣国でありながら、長く独立を保っていると聞いている。どのようにして国を守っておられるのか」

シッダルタは次のように答えた。

「カピラヴァストゥに大国と闘うだけの軍事力はありません。無防備であることで、かえってコーサラ国も攻めることをためらっているのでしょう」

「無防備であることが防備になるというのか」

「いままではそうでした。しかしいずれカピラヴァストゥは滅びることになるのかもしれません」

シッダルタがそのように答えると、ビンビサーラ王は驚きの声をあげた。

「伝統的な文化をもつカピラヴァストゥが滅びるというのは残念なことではないか。わがマガダ国はあなたの国と同盟を結んでもよいぞ。われらの象《ガジャ》部隊をお貸ししよう。皇太子のあなたが先頭に立って闘われてはいかがか」

ビンビサーラ王は本気になって提案をしたのだが、シッダルタは冗談と受け止めたようで、笑いながら言った。

「わたしは戦さをするためにこちらに来たわけではありません。ビンビサーラ王は沙門《シュラマナ》を支援しておられるそうですね。わたしは皇太子ではなく、一介の修行者としてこちらにうかがったのです」

「噂《ジャナヴァーダ》によれば、あなたは転輪聖王《チャクラヴァルティン》か覚者《ブッダ》になられると予言《アグラニルパナ》されたそうだな」

「ブッダとは何か、わたしは知りません。ブッダになると言われても、どうなったら自分がブッダになったと思えるのか、何もわからないのですよ」

そう言ったシッダルタの姿全体から、揺るぎのない自信があふれだしていた。それはまるで神《デーヴァ》が放つ後光《ダーマン》のごときものと感じられた。

このお方はやがて必ずブッダになられるとビンビサーラ王は確信した。

伝説はそのように語っている。

シッダルタはさらに次のように語った。

「ここから近いヴァーラナシーには、六師外道《サドグルティィルティカ》と呼ばれる偉大な導師がおられると聞いております。

これから出向いて彼らの言葉《ヴァチャヤナ》を聞き、見識《ヴィジュニャーナ》を深めるつもりです」

ビンビサーラ王は急に暗い顔つきになった。

「その外道の一人のマハーヴィーラーという導師は、以前はラージャグリハを本拠としておったのだが、何ともあやしいやからであった。あなたのような生まれ育ちのよいお方が指導者となって新たな教えを説かれるというのであれば、わたしも安心できる。教団《サンプラダヤ》を開かれるのであれば、ぜひともこちらにおいでいただきたい。マガダ国が全面的に支援することをお約束する」

ビンビサーラ王はそのような言葉をかけて、シッダルタの一行を送り出したと伝えられる。

第二部

第八章　酔いに任せて重大な秘密をうちあける

ヤショーダラは男児を出産した。

生まれた直後から美しい顔だちをしていることが見てとれた。

シュッドーダナ王は孫の誕生をことのほかに喜び、毎日のように離宮に通って孫の顔を見るようになった。

シッダルタが提案した障害《ラーフラ》という名前がそのまま受けいれられた。奇妙な名ではあったが、シュッドーダナ王もその名で孫を呼ぶことになった。

直系の後継者が生まれたことで、シッダルタが王位を継がなくとも、跡継の心配をする必要はなくなった。

ラーフラが成長するまでの期間は、摂政《アディパ》のスンダラナンダ王子が政務を担当することになる。

数年が経過した。

ラーフラは聡明で元気な少年に成長した。

立って歩けるようになると、デーヴァダッタはただちにラーフラを馬の背に乗せて乗馬の訓練を始めた。それがコーリャ族の慣習だった。ラーフラはカピラヴァストゥの王子ではあるが、コーリャ族の血をひいている。乗馬の訓練は欠かすことはできない。

馬に乗れるようになると、その後の訓練はアーナンダに任せた。アーナンダもコーリャ族だから乗馬は得意で、教え方もうまかった。

その後もデーヴァダッタは、ひまを見つけてはラーフラの相手をするようにした。ラーフラもよく懐いていた。父親が不在の少年だから、自分が父親の代わりをする気になっていた。

毎日の世話をするのはアーナンダなので、少年はアーナンダと実の兄弟のような関係になっていた。

シュッドーダナ王は病床についていたが、病が悪化するということもなく、穏やかな余生を送っていた。

スンダラナンダ王子にはスンダリーという美しい婚約者がいたが、正式の婚姻は控えていた。子どもが生まれると皇位継承をめぐって争いが起こるのではという配慮かもしれないが、直系のラーフラの地位が揺らぐことはないはずだ。

カピラヴァストゥの繁栄は末永く続いていくと多くの人々は信じていた。

デーヴァダッタはただひとり、不吉な予感を胸に秘めていた。

カピラヴァストゥの美しい城壁を、コーサラ国の象《ガジャ》部隊が取り囲んでいるさまが、目に見えるようだった。


デーヴァダッタはスンダラナンダ王子の相談役をつとめてはいたが、つねに執務室に待機していなければならない職務ではないので、休みをとることもあった。

出かける先はコーサラ国のシュラヴァースティだ。

先年、高齢の大王《マハーラージャ》が亡くなり、皇太子であったプラセーナジッドが王位を継承していた。

大王は長く病床にあったため、皇太子のプラセーナジッドが政権を掌握し領土を支配していた。そういう経験と実績があるので、新しい王にはそれなりの威厳《グルトヴァ》がそなわっていたが、大王があまりにも偉大であったために、どうしても軽く見られた。

軽妙なところのあるプラセーナジッドは、デーヴァダッタにとっては親しみやすかった。年齢はずっと上なのだが、デーヴァダッタが訪ねていくと、ふるくからの友人のように対応してくれた。

プラセーナジッドは上機嫌だった。

「やあ、デーヴァダッタではないか。カピラヴァストゥの皇太子はまだお戻りではないのか。出立されてからもう何年にもなるであろう」

デーヴァダッタは応えて言った。

「ヴァーナラシーに到着されたという知らせが届いてから、何年も連絡がありません。随行の神官《バラモン》たちもそれぞれ自分の修行をしているようで、詳細な報告が届かなくなりました。知らせがないということは、皆さんが哲学《タリキカトヴァ》の修行に集中しているということでしょう」

プラセーナジッドは小さく息をついて言った。

「ご苦労なことだな。わしはどうも哲学というものには興味がもてぬ。言葉を重ね理屈をこねてみても、結局のところ何も変わらぬのではないか。わが父はヴァーナラシーの沙門《シュラマナ》を尊重しておられた。なかでもアジタ・ケーサカンバリンという導師《グル》の言葉を伝え聞いて、われらは塵《ドゥーリ》から生まれて塵に還っていくと、つねづね語っておられた」

その言葉はデーヴァダッタも大王の口から直接に聞いた憶えがあった。

プラセーナジッドは父のことを思い出したせいか、にがい顔つきになった。

「父は偉大な大王《マハーラージャ》ではあったが、偉大すぎてわしには近づきにくかった。戦さが好きで、領土を攻め取ることにむきになって取り組んでおられたが、領土が広がるとそこを治めるために苦労をすることになる。長く敵対しておったカーシー国を打ち負かしたものの、ヴァーナラシーやヴァイシャーリーは商人《ヴァニージャ》の勢力が強いところだ。カーシー国が滅び、神官《バラモン》も武人《クシャトリヤ》もおらぬようになって商人どもが勢いづくことになった。わが父もあの地域を武力で征圧することを断念して、商人どもの自由に任せるしかなかった。そのあたりを娘のヴァイデーヒーの領地とされたのもそのためだ。そのヴァイデーヒーをマガダ国に嫁入りさせるおりに、持参金がわりにマガダ国にくれてやった。ビンビサーラ王も手を焼いておることであろうな」

　デーヴァダッタが問いかけた。

「アジタというのも、六師外道《サドグルティルティカ》のひとりの有名な導師《グル》ですね」

　プラセーナジッドは笑いながら言った。

「六師どころかヴァーナラシーには百人や二百人の導師がおるだろう。神官も武人もおらぬところだから、哲学者は何を言っても許される。勝手な原理《ダルマ》を打ち立てて弟子をとっておるようだ。そんな導師をひとりずつ訪ね歩いておったら、百年も二百年もかかってしまうであろう」

「そうかもしれませんね。もしかしたらシッダルタさまは、十年、二十年たっても、お戻りにならないかもしれません。それでもラーフラ王子がおられますので、二十年もたてば、りっぱなお世継ぎになられることでしょう」

「そういえば、カピラヴァストゥのラーフラ王子と、わしの王子は、同じくらいの年齢であったな」

　マハーナーマンの娘ナーガムンダーはプラセーナジッドの側室となり、ヴィルーダカという王子を産んでいた。

「どうだ、王子の顔を見ていくか」

「ナーガムンダーさまにもご挨拶したいと思います」

　プラセーナジッド王が側近に命じて、側室を呼びにやらせた。

王を訪ねても王妃マッリカーは姿を見せない。デーヴァダッタが側室を紹介したことを恨んでいるのかもしれない。王との仲もよくないようだ。

　ほどなくナーガムンダーが幼児を伴って現れた。

　かつてのナーガムンダーは目つきの鋭い痩せた女だったが、いまはふっくらとしたやさしげな母親になっていた。

かたわらの幼児には、母親から譲り受けた目つきの鋭さがあった。王子として生まれながら、下級の兵士のような荒々しい野性が感じられた。

まずはナーガムンダーに言葉をかけた。

「王子もお元気でお育ちのようですね」

ナーガムンダーはあでやかな微笑をうかべた。この女はこれほど美しかったかと思われるほどの魅力的な表情だった。

「すべてはデーヴァダッタさまのおかげでございます。朝な夕なにあなたさまのことを思いうかべて感謝いたしております」

側室として送りこむために、この女に教養を学ばせ、話し方を指導した。ちょっとしたしぐさや笑い方まで練習させた。だからナーガムンダーとは親しい間がらになっている。だがあまり親しいようすを見せると、プラセーナジッドがいらだつことがあるので、言葉を交わすのも儀礼の範囲にとどめておく。

王はこの側室にほれこんでいるようだ。

幼児の方に目を向けると、プラセーナジッドが横合いから声をかけた。

「ヴィルリ王子、デーヴァダッタのことは覚えておるか」

幼児の本来の名はヴィルーダカだが、言葉を話し始めたころ、自分の名がうまく言えずに、ヴィルリと自称していたため、周囲の女官たちもヴィルリ王子と呼ぶようになり、いつしかその名が定着した。

「デーヴァ……」

ヴィルリ王子は嬉しげにデーヴァダッタの方に駆け寄ってきた。

シュラヴァースティの王宮には何度も通っているので、王子はデーヴァダッタに懐いている。

デーヴァダッタは王子を抱きしめて声をかけた。

「ヴィルリ王子、お元気でしたか。馬《アズヴァ》に乗れるようになりましたか」

「馬に乗るなどたやすいことだ。象《ガジャ》にだって乗れる。いますぐにでも戦さの先頭に立って兵を率いることができるぞ」

どうやら生まれながらにして戦さ好きのようだ。

デーヴァダッタはプラセーナジッドの方に振り向いて言った。

「頼もしいお世継ぎでございますね」

プラセーナジッドはにわかにきびしい顔つきになった。

「世継ぎとはいかなることだ。ジェータ王子がおるのを忘れたのか」

デーヴァダッタは上体を傾けるようにして、プラセーナジッドにだけ聞こえる声でささやきかけた。

「ジェータ王子はわたくしにとっても親友でございます。されどもあのお方は、戦さを望んでおられません。それでは王の後継者として不足があるのではありませんか」

プラセーナジッドは唇をゆがめるようなぶきみな笑い方をした。

「そなたは戦さをさせたがっておるのか。わしとて戦さは嫌いではない。戦さのない日々というのは武人《クシャトリヤ》にとっては退屈なものだからな。わが領土の西方には、まつろわぬ小国がいくつもある。一つ一つたいらげていくにも長い時がかかる。ヴィルリ王子の成長が楽しみだな」

デーヴァダッタは改めて、目の前のヴィルリ王子の姿を眺めた。

この幼児が戦さの指揮をとるようになるには、十数年、あるいは二十年ほどの年月が必要だろう。

たとえ時間がかかろうとも、この王子が成長すれば、象部隊を率いてカピラヴァストゥに向かうことになる。デーヴァダッタの胸のうちには、そのような野望があった。

野望の実現のためには、種をまいておかなければならない。

デーヴァダッタには秘策があった。

今夜にでも種をまきに行こうと、デーヴァダッタは考えをめぐらせていた。


王宮を出てもまだ陽は高かった。

デーヴァダッタはスダッタという商人《ヴァニージャ》を訪ねた。

シュラヴァースティ随一の豪商で長者《グリハパティ》と呼ばれていたが、まだ若い男だった。

ヴァイデーヒーの出立を祝う宴に招かれて初めてシュラヴァースティに来た時、ジェータ王子は街のなかを案内してくれたのだが、その時にスダッタの豪邸を訪ねて紹介してくれたので、懇意になっていた。

豪商といっても父親の資産を受け継いだだけで、本人は商売にはそれほど熱心ではなく、むしろ宗教や哲学に興味をもっていた。たいした苦労もせずに長者になってしまったことに、うしろめたさを感じているようでもあって、資産を世のため人のために使う方途を探っていた。

シッダルタとは面識がなかったが、カピラヴァストゥの皇太子が修行の旅に出た話を耳にして大きな期待をもっていた。商売を通じてラージャグリハやヴァーナラシーには多くの知人がいるので、シッダルタの動向についての情報を集めていた。

デーヴァダッタはシュラヴァースティに行くたびに、スダッタを訪ねるようにしていた。シッダルタの動向も気にかかったが、ここに来ると豪華な料理と酒を楽しめた。

スダッタは在宅していた。

ただちに料理が運ばれ宴席《ウトゥサヴァ》になった。

「シッダルタさまの動きについて、何かわかりましたか」

ここへ来ると真っ先にその質問から始めることにしていた。

スダッタはデーヴァダッタに酒を勧めながら話し始めた。

「ヴァーナラシーには六師外道と呼ばれる有名な導師がおられます。外道《ティルティカ》というのは伝統的なバラモン教からすれば道を外れているということですが、見識《ヴィジュニャーナ》の高い哲学者《ターリキカ》の方々だとされております。シッダルタさまが六師外道を訪ねたという話は伝わってきたのですが、その後の消息がまったくつかめなくなっております。あるいはヴァーナラシーを出られたのではないかとも考えられます」

「ヴァーナラシーを出られた……」

デーヴァダッタはいささか驚いて、思わず声を高めた。

「ヴァーナラシーを出られて、どこに行かれたのでしょうか」

スダッタは考え深げな顔つきになって応えた。

「それはわかりませんが、ヴァーナラシーでなすべきことは、すべてなしおえたということかもしれません。だとすれば、シッダルタさまが転輪聖王《チャクラヴァルティン》になられる日も近いのではないでしょうか」

転輪聖王、あるいは覚者《ブッダ》となる……。

それがアシタ《アズラミン》仙人《アグラニルバナ》の予言だった。

シッダルタは何か予感を得て、ヴァーナラシーでの修行を切り上げ、どこかに向かったのか。

考えても仕方がない。スダッタは各地の商人とのつながりがある。また新たな知らせがもたらされることもあるだろう。

デーヴァダッタは改めてスダッタの顔を見つめた。

豪商であるから資産はもっている。食べるものはそれなりに贅沢《ヴィラーサ》なものだが、そのことを楽しんでいるようすはない。

シッダルタの動向をたえず探っている。デーヴァダッタを歓迎してくれるのも、酒を飲みながら、デーヴァダッタが語るシッダルタの思い出話を聞きたいという思いがあるからだ。

スダッタはしきりに酒を勧める。デーヴァダッタも酒を楽しむようになっている。

軽く酔いが回ったことを感じながら、問いかけてみた。

「スダッタさま。あなたはずいぶんシッダルタさまのことを気にかけておいでですね。ブッダの出現を待ち望んでおられるのですか」

スダッタは控えめな笑いをうかべて困惑したような言い方をした。

「さあ、それが……。わたくしもブッダというのがどのようなお方なのか、よくは存じあげません。それでも日ごろからわたくしの胸のうちにあるもやもやとした疑問に、答えをもたらしてくださるお方ではないかと期待をいたしております」

「疑問とは何ですか」

「たとえばの話ですが、わたくしは長者の家に生まれ、自らも長者となりました。それにひきかえ、隷属民《シュードラ》に生まれたものは隷属民として生き、隷属民のままで死ぬしかないのです。これはいかなることでございましょう。人は宿命《カーラ》だなどといってかたづけようとしますが、これではあまりに理不尽ではないでしょうか。わたくしは隷属民や奴隷《ダーサ》の姿を見るたびに気の毒でならず、あの方々が苦しんでおられるのに、自分はなぜ長者として豊かな暮らしをしているのかと、負い目のようなものを感じております。長者の家に生まれるというのは罪悪のごときものです。せめてものつぐないに、わたくしは毎日施しをしておりますが、そんなことで罪がつぐなわれるわけのものでないことは承知いたしております」

スダッタは大きく息をついた。

「わたくしの胸のうちには大きな痛みがございます。一方で、隷属民の方々にはもっと大きな苦しみがあることでしょう。戦さに出ていく兵士にも、苦しみや不安があるはずです。土にまみれて田畑を耕す農民の方々にも、鳥獣をとらえる狩人の方々にも、もちろんわれら商人にも苦労はあります。そうした人々がかかえている苦悩を取り払い、すべての人々に救済をもたらすのが、ブッダというお方ではないかと、わたくしなりに考え、期待をしておるしだいでございます」

何という善良な人物だろうと、すなおに賞賛したい気持はあるものの、長者の家に生まれ、ありあまる資産に恵まれているからこそ、そんなきれいごとを言っていられるのだという気もした。

シッダルタに対しても同じことが言える。

デーヴァダッタの周囲にいるのは、王族や高官、女官、豪商など、すべて恵まれている人々ばかりだった。

ふと、頭のすみのどこかに、舞姫《ナルタキー》の姿がうかびあがった。

娼館《ヴェザヴァーサ》にいる女たちは、奴隷《ダーサ》に等しい境遇なのだろう。

今夜、娼館を訪ねるつもりでいた。

そのことを思い出して、デーヴァダッタはあわてて言った。

「もう夜になっていますね。そろそろおいとましなくてはなりません」

「今夜はこちらにお泊まりになられないのですか」

「行くところがあるので……」

そんなふうに言葉をにごすと、スダッタは何かを悟ったようだった。

善良なように見えても商人だから、そのあたりのことはすばやく察したのだ。

「それならば宿代として、費用の一端をになわせていただきます」

そう言ってスダッタはふところの財布から、銀貨をつまみ出した。

こちらから要求することはないのだが、ブッダになろうとしているお方の親族だということで、スダッタはなにがしかの寄進をしてくれる。

デーヴァダッタはいつも、ありがたく受け取っていた。

デーヴァダッタは街に出た。

シュラヴァースティは大きな街だ。初めて来た時は何もわからず、ジェータ王子の案内に従うしかなかったのだが、いまは街路の交差のようすも熟知している。

道に迷うこともなく、路地裏にあるその店に着いた。

薄暗い室内には人いきれが充ちていた。店は満席のようだ。

酔った男たちの無遠慮な大声が響きわたる。女たちの嬌声が交錯する。

店の主人がデーヴァダッタを迎え入れた。

この店には何度も通っているので、こちらの顔は知られている。

身分は明かしていないが、これまでの遊興で金離れがよいことを主人は知っている。デーヴァダッタはマハーナーマンやスダッタから資金の援助を受けているので、この店ではいつも散財する。

ジェータ王子に連れられてこの店に来た時は、ここが娼館《ヴェザヴァーサ》だとは知らなかった。

マリハムという名の肌の白い舞姫《ナルタキー》がいて、言葉を交わし、踊りを見ているうちに、強くひかれるものを感じた。ジェータ王子とスンダラナンダ王子が、気に入った女とともに別室に姿を消した時、ようやく娼館なのだと気づいた。

二度目にはひとりで来た。まだ街のようすに慣れていなかったので、道に迷い、やっとのことで店を探り当てた。その後もシュラヴァースティに来る度にこの店に来て散財した。店にとっては上客なのでいつも特別の扱いをしてくれる。

店内は満席のようだったが、主人はデーヴァダッタを奥まったところにある個室に案内した。娼館なので寝台のある個室がいくつも用意されていたが、案内されるのはいつも最も広い部屋だった。

部屋の隅に寝台があるが、部屋の中央には食卓があり、椅子が何脚か置かれている。

まずは酒と料理が出された。

デーヴァダッタはふだんは酒も飲まず質素な生活をしているのだが、この店に来れば日常から離れて、酒を飲み、料理を楽しんだ。

マリハムは美人で踊りもうまい。人気があるので独占するのは難しい。しかしここで酒を飲んでいれば、主人が何とか客の調整をして、マリハムをこちらに回してくれる。

スダッタのところで食事をしたので、料理には手をつけず、ひたすら酒を飲んでいるうちに、ようやく女が現れた。

「あら、しばらくぶりね、デーヴァ」

ここでもデーヴァダッタはデーヴァと呼ばれていた。

最初に来た時に名前を聞かれて、神《デーヴァ》だと答えた。

女は冗談だと思ったようで、いつも笑いながら、デーヴァと呼んでくれる。

女はもともと白い顔に化粧をしていて、影絵芝居《トールボンマラータ》の姫《ラージ》ぎみのように、この世のものとも思えない美しさだ。

女も少し酒が入っているようで、乱暴な口調でつぶやいた。

「ああ、下品な酔っぱらいの相手は疲れるわ」

デーヴァダッタの隣の席に座ると、女はもたれかかるようにして口を近づけてきた。

「いままでどこにいたの。あたしはあんたに、毎日来てほしいわ」

デーヴァダッタは冷ややかに言った。

「そういうわけにもいかない」

女は上体をねじって、デーヴァダッタの顔をのぞきこんだ。

「この街の人ではないんだね。あんた、いったい何ものなの」

デーヴァダッタは低い声でひとりごとのように言った。

「何ものなのか、自分でもわからない」

デーヴァダッタは女の肩に手をかけた。

「そんなことより、酒を飲もう。いや、とにかく肩を抱かせてくれ」

デーヴァダッタは女の体を抱きしめた。

肌のぬくもりが伝わってくる。

それから急に女の体を突き放した。

「おまえの顔をよく見せてくれ」

女はけげんな顔つきになった。

「どうしたの。いつものあんたらしくないわ。それにあんた、もう酔っているのね。どこかで飲んできたの」

「ああ。金持の家で食事をしてきた。その金持がこんなことを言うんだ。自分は金持の家に生まれて金持になった。隷属民《シュードラ》に生まれたものは隷属民のままで死ぬ。そのことが負い目となって、苦しくて仕方がない……。愚かな悩みだ」

そう言ってデーヴァダッタは声をたてて笑った。

女もいっしょになって笑い声をたてた。

「ずいぶんばかにした言い方ね。あたしの母は舞姫《ナルタキー》で、あたしも舞姫よ。場末の娼館で生きるしかないのよ」

デーヴァダッタはわざといやな言い方をした。

「舞姫の生活は楽しくないのか」

「奴隷《ダーサ》以下の生活だわ」

デーヴァダッタは女の肩をつかんで、顔を見つめた。

「ここからぬけだしたいとは思わないか」

「出られるのは死ぬか病気になった時だけよ」

女は吐きすてるように言った。

それから、こちらをにらみかえしながら言った。

「あんたはどうなの。あんたは金持じゃないの」

「わたしの母は舞姫だった」

デーヴァダッタはつぶやいた。

女は少し驚いたようすだったが、冷ややかに言った。

「あら、そうなの。男の子はいいわね。舞姫にならなくてすむもの。お金持が舞姫に子をはらませた。それがあんたね」

それには応えずに、デーヴァダッタは言った。

「奴隷の娘でも、王妃になることもできる。すべては宿命《カーラ》なんだ」

そう言ったあとで、相手の肩をつかんだまま、問いかけた。

「いつだったか、わたしの顔を見て、苦労をしそうだと言ったことがあったな。顔を見るだけで人の未来が見えるとも言ったはずだ」

女は低い声でささやきかけた。

「言ったわよ。あたしにはわかったの。あんたは秘密の野心をかかえている。あんたは邪悪なたくらみを隠している」

「ほう……。よくわかったな」

デーヴァダッタは女の肩から手を離し、食卓の上の酒に手を伸ばした。

酒を飲んだ。

女が上体を傾けて、耳もとにささやきかけた。

「ねえ、どんなことをたくらんでいるの」

デーヴァダッタはいきなり女の体を抱きかかえて、寝台に運んだ。

あとはただ何も考えずに、性愛《カーマ》の快楽を感じるだけだ。

影絵芝居《トールボンマラータ》は目で見、耳で聞くばかりだが、快楽は全身で感じるものだ。いま快楽を感じている自分が確かにここにいる。これもまたただの幻影《タマス》にすぎないのだろうか。

全身から汗が流れる。

女のあえぐ声が部屋に響きわたる。

快楽は一瞬の高まりにすぎない。まだ女の息が荒く、余韻が続いているようだが、こちらの気分はすでにさめている。

やがて静寂が訪れる。

個室とはいえ完全に密閉された部屋ではないので、店の方の騒ぎが伝わってくるのだが、それだけにこちらの部屋のなかの静けさが胸にしみる。

虚しさが胸のなかに広がっていく。

この虚しさはここだけのものだ。

ヤショーダラの体を抱いている時は、胸の内に充実感があり、長く余韻にひたることができた。

そのヤショーダラは、自分から遠くに離れていった。

いまは赤子のラーフラの世話で忙しい。給仕《ヴィタラーカ》としてはアーナンダがそばにいる。

デーヴァダッタの手の先には、まだ女の熱した体があった。

この女も自分にとっては大事なものだ。

顔も見たことのない産みの母と、このマリハムという女は、舞姫だというだけでなく、もっと深いところでつながっている。そんな気がする。

それもまた幻想にすぎないのだろうが、いま自分の手の先には、確かに女の体のぬくもりがある。

デーヴァダッタは息をついた。

自分にはもっと大事な、なすべきことがある。

女の体を突き放すようにして、デーヴァダッタは立ち上がった。

食卓の方に行き、残っていた酒を一気に飲み干した。

さめかけていた酔いが、喉の奥から体内にしみとおっていく。

部屋の入口に近いところに棚があり、予備の酒を入れた壺があった。

自分でその壺をとって、水を飲むような勢いで喉の奥に流しこんだ。

女はまだ寝台の上にいたが、眠っているわけではなく、こちらのようすをうかがっていた。

「まだ飲むの。今夜は最初から酔っていたでしょう。どうしたの。いつものあんたとは違う人みたい」

その問いには答えずに、さらに酒をあおった。

それから大きく息をついた。

ひとりごとのようにつぶやいてみる。

「母のことを考えていた」

女が応えた。

「あたしのように肌の色が白い人だったのでしょう」

「ものごころつく前に母は亡くなった。母の顔は知らない。ただ色の白い美しい舞姫だったと聞いたことはある。おまえが踊っている姿を見た時に、心が動いた。べつにおまえのことを母だと思ったわけではない。おまえは娼婦《ルーパージーヴァ》だ。わたしは快楽を求めてこの店に来ただけだ」

女は寝台から下りて、デーヴァダッタの隣の席に座った。

「さっき言ったわね。奴隷の娘でも、王妃になることもできる……と。それはあんたのお母さんのことなのね」

「父は辺境の小さな城の主だったが、母はわたしを産んだ直後に亡くなった。そんな昔の話はどうでもいい。わたしはいまの話をしている。出自に謎があったとしても、王妃に等しい立場になった女がいる」

そこまで聞いていた女が、にわかに目を輝かせた。

「わかったわ。それ、誰のことか、当ててみましょうか」

相手の勢いに、デーヴァダッタは驚きを覚えた。

「待て。それ以上は言うな」

「そのことに関係して、あんたは何かたくらんでいるのね」

相手はおかまいなしに、こちらのふところのなかに入りこんでくる。

デーヴァダッタは困惑したように言葉をにごした。

「わたしは世間の風聞の話をしただけだ。何かをたくらんでいるわけではない」

「あんたはただの人ではないと、最初からそんな気がしていたのよ」

女がデーヴァダッタの肩をつかんで、顔をのぞきこんだ。

「あんたをここに連れてきたのは、この店の常連だけど、身分を隠していた。けれどもわたしにはわかったわ。あのお方は王族でしょう。あんたも王族なのね」

デーヴァダッタはあわてて否定した。

「さっきも言っただろう。辺境の小さな城を守っている城主の落とし子だ。母は行きずりの舞姫《ナルタキー》で、階級《ヴァルナ》には属さない奴隷《ダーサ》のようなものだ。だからわたしも奴隷と同じ境遇だったが、王族の方々と親しいので、秘密の使命をおびて仕事をしている」

こんどはデーヴァダッタが相手の肩をつかんだ。

「マリハム、おまえは秘密を守れるか」

女は微笑をうかべた。

どこか小ずるさを感じさせる表情だった。

目がぎらぎら輝き、好奇心ではちきれそうになっているようすがうかがえる。

「もちろんよ。あんたのたくらみに、あたしも協力するわ。だって、おもしろそうだもの」

「おもしろがるようなことではない。ここには人の命がかかっているし、一つの国の存亡がかかっているのだ」

女の顔がこわばった。

だがその目はますます輝いている。

「あたしが何かすれば、人が死に、国が滅びるのね」

デーヴァダッタはしばらくの間、口を閉ざしていた。

この女は聡明で、ずるがしこくて、そして自分にほれている。

うまく事が運べば、妻にしてやってもいい。

そんなことを一瞬、考えた。

それから何事もなかったように、酒を口にふくんだ。

いまの自分は適度に酔っている。女の目にはかなり酔っているように見えるはずだ。

酔いに任せて、あらぬことを口ばしる。

「これから語ることは、酔っぱらいの出まかせだ。そう思って聞いてくれ」

そのように前置きしてから、一気に語り始めた。

「この店に初めて来た時だからもう何年も前のことだが、わたしは使者としてこの国を訪れ、当時は皇太子だったプラセーナジッドさまから重大な使命を告げられた。隣国のカピラヴァストゥと同盟を結ぶために、王族の娘を側室として迎えたい。その交渉をわたしは任されたのだ。わたしはただちにカピラヴァストゥに向かったのだが、適当な娘はいなかった。カピラヴァストゥの王には王子が二人いるだけで、王女《ラージ》はいない。王には側室もいなかった。ただ王族の一員の大臣に娘がいた。娘の母が奴隷だったという風評があったが、他国に嫁げば問題はない。わたしは娘の母の出自を隠して、大臣の娘をコーサラ国に連れてきた。それが第二王子の母だ。ヴィルリ王子には奴隷の血が流れている。このことをコーサラの人々は誰も知らない」

「その秘密を、こっそりもらせばいいのね」

女はうす笑いをうかべた。

デーヴァダッタは急に声をたてて笑い始めた。

「本気にしたのか。ばかだな。酔っぱらいの出まかせだと言っただろう」

「確かにあんたは酔っている。聞かなかったことにするわ」

「いま聞いたことは、けっして人に言うな。風評が広まれば戦さが起こる。おおぜいの人が死ぬことになる」

「わかったわ。秘密は守るわ」

強い口調で女は言った。

だがその顔に、うす笑いがうかんでいた。

これで確実に、風評は流れていくだろう、とデーヴァダッタは思った。

コーサラ国の皇太子ジェータ王子が、馬を飛ばしてカピラヴァストゥの王宮に駆けつけた。摂政《アディパ》をつとめるスンダラナンダ王子の執務室に入ると、いきなり大声で問いかけた。

「ブッダの話をお聞きになりましたか」

「ブッダ……」

スンダラナンダ王子が驚きの声をもらした。

その場に居合わせたデーヴァダッタが応えた。

「いずこかでブッダが出現したということですか」

ジェータ王子は勢いこんで語り始めた。

「懇意にしている商人《ヴァニージャ》がおりましてね。スダッタ長者《グリハパティ》というのですが、コーサラ国で一番の長者で、恒河《ガンジス》流域全体でも有数の豪商です。スダッタはヴァーナラシーの新興の哲学者《ターリキカ》に興味をもっていまして、取引を通じて連絡をとり、新しい哲学者が現れたら知らせが届くようになっているのです。そのスダッタに、ブッダが現れたという知らせが届きました。自らをブッダと称する若い哲学者が現れて、マガダ国に教団《サンブラダヤ》を開設したそうです。ビンビサーラ王が支援されているので、広大な敷地に拠点を築いて、すでに多くの弟子をかかえているとのこと。そこはカピラヴァストゥの王城の北門の近くで、周囲に竹林《ヴェヌヴァナ》が広がっていることから、竹林精舎《ヴェヌヴァナヴィハーラ》と呼ばれているのですが……」

そこで言葉を切って、ジェータ王子はスンダラナンダ王子とデーヴァダッタの顔を見回した。

そして、声をひそめるようにしてささやきかけた。

「その若い哲学者が、シャーキャー族出身の尊者《ムニ》ということで、釈迦尊者《シャーキャームニ》と呼ばれているそうで……」

「ほんとうですか」

デーヴァダッタは思わず大声を出してしまった。

「そのスダッタ長者はわたくしも親しくつきあっています。信用のできる誠実な人物です。それにシッダルタさまはヴァーナラシーに行かれる前にラージャグリハを訪ね、ビンビサーラ王の信頼を得ていたそうで、王の支援を受けて活動の拠点が整備されたというのも、うなずける話ですね」

　ジェータ王子は真剣な口調で応えた。

「スダッタ長者もブッダが出現したという話に興味をもっていまして、ぜひともシュラヴァースティにお招きしたいと、わたしに土地の提供を申し出ました。街の周囲の土地はすべて王族《ラージャター》の所有になっていますので、スダッタにいくら資産があっても、ブッダの拠点を築くわけにはいかないのです。わたしの領地のなかに街からも近い森《ヴァナ》がありますので、それを提供するつもりです」

「そういえば、アシタ仙人《アズラミン》がそんなことを予言《アグラニルパナ》していましたね」

　デーヴァダッタがつぶやくと、ジェータ王子が身を乗り出すようにして言った。

「わたしもその予言を聞きました。土地を提供した祇陀《ジェータ》というわたしの名をとって、祇園精舎《ジェータヴァナヴィハーラ》と呼ばれるということです」

　デーヴァダッタは大きく息をついた。

「その予言がいよいよ実現されるのですね」

　この時、スンダラナンダ王子が言葉をはさんだ。

「シッダルタさまがブッダとなられたのなら、もはやカピラヴァストゥに戻って政務につかれることはないのでしょうね」

　デーヴァダッタが応えた。

「政務はあなたさまが担当されておりますし、ラーフラさまも育っておられます。シッダルタさまがブッダとなられたというのは、祝福すべきことでしょう。それにしても、ブッダとなられるというのは、どういうことなのでしょうね。これがブッダだという特徴でもあるのでしょうか」

　ジェータ王子は言った。

「昔からブッダの三十二相などということが伝えられています。足が大きく扁平で、指も長くて指の間に水かきがあるなど、ただの伝説《プラータナ》にすぎません。やはり人がらというか、見識《ヴィジュニャーナ》というか、この人の言うことは確かなことだという、信頼感のようなものがあるのではないでしょうか」

　スンダラナンダ王子が口をはさんだ。

「わが兄は若いころから、ふつうの人ではないという感じがしていましたよ」

　ジェータ王子は微笑をうかべた。

「確かにそうですね。アシタ仙人の予言があったということもあるのでしょうが、シッダルタさまは自分でも、いずれはブッダになるという確信をもっておられたのかもしれませんね」

「それにしても、六年に及ぶ修行の旅で、何かが得られたのでしょうかね」

「さあ、それは……」

　ジェータ王子は言葉につまった。

　わずかな沈黙のあとで、自分に言い聞かせるように言った。

「いずれにしても、シッダルタさまが布教活動を始められたのであれば、ぜひともシュラヴァースティにお迎えしたいものです」

　話はそこで終わった。

　スダッタ長者のところに届いた知らせは、ただの風評にすぎない。

　実際にマガダ国のラージャグリハ郊外にある竹林精舎《ヴェヌヴァナヴィハーラ》に出向き、シッダルタのようすを自分の目で確認したものの報告がなければ、真相はわからない。

　だがほどなく、シッダルタに同行して、竹林精舎の開設にも参加した人物が、報告のためにカピラヴァストゥに戻ってきた。

その人物とは、デーヴァダッタとも親しい神官《バラモン》のアシュヴァジットだった。アシュヴァジットの口から、驚くべき真相が語られることになる。

アシュヴァジットはまず病床のシュッドーダナ王と王妃プラジャーパティーの前で、シッダルタがブッダとなり、ビンビサーラ王の支援を受けて教団《サンプラダヤ》を設立し、ラージャグリハ郊外に竹林精舎《ヴェヌヴァナヴィハーラ》を開いたことを報告した。

シッダルタが釈迦尊者《シャーキャームニ》と呼ばれていることも伝えられた。

王と王妃はたいそう喜び、随行したアシュヴァジットの労苦をねぎらった。

アシュヴァジットはスンダラナンダ王子の執務室に入り、より詳しい報告をした。首席大臣のマハーナーマンとデーヴァダッタが同席した。

アシュヴァジットは次のように語った。

カピラヴァストゥを出た一行は、水運の要衝となっているクシナガラから恒河《ガンジス》の支流に沿って南東に進み、商人たちが自治都市を築いているヴァイシャーリーを通過して、無事にラージャグリハに到着した。

マガダ国王ビンビサーラの歓待を受け、将来の支援が約束されたことは、すでに報告が届いている。

ラージャグリハからヴァーナラシーまではわずかな距離だ。

ヴァーナラシーに着いてからは、アシュヴァジット自身が修行を始めたために、報告ができなくなった。まずはそのことを詫びたあと、アシュヴァジットは語り始めた。

「ヴァーナラシーはカーシー国の古都です。恒河流域でも最大とされた神殿《デヴァーラヤ》はいまは廃墟になっておりますが、そこにはこんな伝説が残っております。世界の中心とも考えられた巨大な神殿には、青銅《カームシャ》の基盤の上に金剛石《マニラージャ》でできた巨大な三本の塔《アタカ》が立っていたそうです。そのうちの左側の一本には、中央に穴のあいた黄金《スヴァルナ》の円盤《マンダラ》が何枚も重ねてさされていました。中央と右側の塔には何もありません。左側の円盤は六十四枚あり、それぞれわずかずつ大きさが違っていて、大きいものから順に積み上げられていた。これは宇宙《ブラフマン》そのものである神《デーヴァ》すなわち梵天《ブラフマー》がつくったもので、ブラフマーの塔と呼ばれています。そこで神は神官《バラモン》たちに問題を出された。この六十四枚の円盤を、そっくり右側に移すことができるか。ただし大きい円盤を小さな円盤の上に乗せることはできず、また円盤を金剛石の塔のほかの場所に移すこともできない」

そこで話を切ってアシュヴァジットは聞き手たちの顔を見回した。

それから微笑をうかべて話を続けた。

「いま仮に円盤が三枚だけだとしましょう。左側の塔に三枚の円盤があるとすると、小さな円盤を右側に移す。次に中くらいの円盤を中央に移す。その円盤の上に右側の小さな円盤を乗せる。あいた右側に左側の最も大きな円盤を移す。中央の塔には二枚の円盤が重なっているわけですが、そのうちの小さな円盤を左側に移し、下にあった中くらいの円盤を右側の大きな円盤の上に乗せる。最後に左側にあった小さな円盤を右側の円盤に乗せる。このような手順をふむと、左側に三枚重なっていた円盤を、そっくり右側の塔に移すことができたことになります。さて、円盤が六十四枚の場合、同じようにそのすべてを右側の塔に移すことができるだろうか……。これが神が出された問題です」

デーヴァダッタは即座に答えた。

「できるのではありませんか。三枚の移動が可能なら、四枚でも五枚でも、同じような手順をふめばできるはずです」

アシュヴァジットはデーヴァダッタの顔を見すえた。

「この伝説を聞いたシッダルタさまは、即座にこうお答えになったのです。三枚ならば七回の手順が必要で、四枚なら十五回、五枚なら三十一回と、手順がふえていきます。九枚だと五百十一回、十枚だと千回を超えます。一枚ふえるごとに手順がほぼ倍になり、そのまた倍になっていくのです。六十四枚ということになると、途方もない手順が必要です。おそらく恒河《ガンジス》の砂粒の数よりもはるかに多くなるでしょう。つまりこの作業は恒河の流域のすべての砂粒を数えることよりも難しく、不可能というしかない……。これがシッダルタさまのお答えです」

「おお……」

デーヴァダッタはうめくような声をもらした。

自分の答えとはまったく違う答え方をしたシッダルタの方が、明らかに正しいと思われたからだ。打ちのめされた気がした。

アシュヴァジットはその後も、ヴァーナラシーで出会った数多くの哲学者《ターリキカ》たちの話をした。

途中から、スンダラナンダ王子は気乗りのしないようすになっていた。王子は哲学にはそれほど興味をもっていないようすだ。若いころはそうでもなかったのだが、いまは政務のことしか考えていない。

シッダルタが教団を開いたことで、カピラヴァストゥに戻って王位を継承する可能性がなくなった。摂政《アディパ》という自分の重責がこれからも続く。スンダラナンダ王子にとっては、そのことの方が重大なのだろう。

同行した護衛の神官たちは、シッダルタの弟子になったわけではないので、自分の修行を続けながら、いずれはカピラヴァストゥに戻ってくるのだろうが、自分は報告のためにクシナガラまでは船に乗り、大急ぎで戻ってきたとアシュヴァジットは語った。

首席大臣のマハーナーマンが話をまとめるような言い方をした。

「シッダルタさまが導師《グル》となられ、釈迦尊者《シャーキャームニ》と呼ばれておられるというのは、ありがたいことでございます。シャーキャー族の名が高まれば、このカピラヴァストゥの評価も上がることになります。多くの商人が、われらとの取引を望むことになり、この国はますます発展することになりましょう」

これでアシュヴァジットの報告は終わってしまいそうだった。

シッダルタが戻って来ないと決まった以上、スンダラナンダ王子とマハーナーマンは、カピラヴァストゥの治世を二人で担当しなければならなかった。

シッダルタが修行中に何を体験し、どのような過程を経てブッダとなったかということについて、二人は詳細を聞こうとはしなかった。


報告を終えたアシュヴァジットは、スンダラナンダ王子の執務室から廊下に出た。

デーヴァダッタはそのあとを追った。まだ聞きたいことがたくさんあるような気がした。

とりあえずは横に並んで、アシュヴァジットに問いかけた。

「アシュヴァジットさま。あなたはこれからどうするおつもりですか」

アシュヴァジットは答えた。

「シッダルタさまのことは友人だと思っていますが、弟子になろうとは思いません。わたくしはデーヴァダハの神官《バラモン》の子として生まれました。わたくしには神官としてのつとめがあります。あの懐かしい庵室《アズラーマ》に戻るつもりです。ところでデーヴァダッタ王子、皇太子妃には報告しなくてよいのでしょうか」

「ヤショーダラさまはお世継ぎのラーフラさまのことで頭がいっぱいで、シッダルタさまの話など聞きたくないかもしれません。あとでおりを見てわたくしがお話しすることにいたします」

「あなたと、弟のアーナンダ王子が、いまは皇太子妃の支えになっておられるのでしたね」

「わたくしも旅に出るつもりです」

思わずそんなことを言ってしまった。

「旅に……。どこに行かれるのですか」

旅に出ることなど、考えてもいなかったのだが、言ってしまってから、それは必然のように感じられた。

自分は旅に出なければならないのだ。

アシュヴァジットと並んで歩きながら、デーヴァダッタは勢いこんで語った。

「摂政や首席大臣はシッダルタさまがお帰りにならないとわかって安心したのかもしれません。自分たちでこの国を治めなければならないという責務も感じているのでしょう。それ以上、シッダルタさまの修行の内容について深く問いただすこともないと判断されたのだと思います。わたくしはあの二人とは違います。わたくしは宇宙《ブラフマン》の原理《ダルマ》を知りたい。シッダルタさまが修行の旅で何を学び、どのようにして覚りの境地に到達されたのか。シッダルタさまに随行されたあなたは、すべてをまのあたりにされたのではありませんか。アシュヴァジットさま、どうかわたくしにお教えください」

デーヴァダッタは声を高めて問いかけた。

「ヴァーナラシーで、いったい何があったのですか」

アシュヴァジットはすぐには答えなかった。

二人は王宮の廊下をぬけ、神殿《デヴァーラヤ》の会堂《ザラ》の前に出ていた。

「お答えしましょう」

会堂に入ったところで、アシュヴァジットがささやきかけた。

第九章　アシュヴァジットが伝える導師の言説

神殿の奥には数多くの庵室《アズラーマ》があった。

そこに身を置いている神官《バラモン》の人数も多かったが、修行の旅で訪れる神官も多く、余分に部屋が用意されていた。今夜もアシュヴァジットはここに泊まることになる。

二人は狭い庵室に入って向かい合った。

「ヴァーナラシーで何があったか……とお尋ねですね。だがたやすく語ることはできません。ヴァーナラシーは蛇行する恒河《ガンジス》に接したカーシー国の古都ですが、コーサラ国に滅ぼされたため神殿などは廃墟となっています。コーサラ国は戦さには勝ったものの、そのあたりは商人《ヴァニージャ》たちの勢力が強く、軍事力での制圧を諦めました。神官《バラモン》も武人《クシャトリヤ》もいない商人による自治都市となっているのです。神官の教えを嫌っている商人たちは、新たな原理《ダルマ》を説く哲学者《ターリキカ》を支援しており、そのため恒河流域の各地から沙門《シュラマナ》と呼ばれる哲学者が集まり、郊外に拠点を築いて多くの弟子たちを指導しています。有力な導師《グル》だけでも百人以上いると言われていますが、六師外道《サドグルティイルティカ》と呼ばれる六人の導師は、とびぬけて大きな勢力を有しておりました」

「シッダルタさまはその六師外道の教えを学ばれたのですか」

「六人の導師のもとへは行かれたはずです。ただ残念ながらその詳細をお伝えすることはできないのです。ヴァーナラシーに到着するまでが護衛の役目だと思っておりましたし、シッダルタさまを含めて六人そろって行動するわけにもいかないので、わたくしたちはヴァーナラシーに着いてからは、別行動をとるようになりました」

「あなたはどのような導師のところに行かれたのですか」

「わたくしは六師外道のような大勢の弟子を相手にしている導師ではなく、ひとりで瞑想《サマーディ》にふけりながら、数人の弟子と語らっているようなお方に興味がありましたので、そのようなお方のもとを回っておりました。わたくしはもともと旅に出るのが好きで、ヒマーラヤに近い地域に赴いて山間の庵室《アズラーマ》で瞑想《サマーディ》にふけっておられる長老《スタヴィラ》さまのお話をうかがいましたが、修行者の聖地ヴァーナラシーに来たのは初めてでした。ヴァーナラシーの郊外に点々と精舎《ヴィハーラ》が設けられ、大勢の修行者が導師《グル》の言説《ヴァダティ》を求めて巡回しているさまは、まさに壮観でございました。修行者の多くは神官《バラモン》の家の出身で、伝統的な教えだけでは飽き足りない若者たちが、新たな教えを求めてヴァーナラシーに続々と集まってくるのです。わたくしもこの六年ほどの間、多くの導師の教えを仰ぐと同時に、そこにつどってきた若者たちとも議論を交わしましたが、教えを求める彼らの熱意に圧倒されました。数多くの導師のお言葉を聞けたこともさることながら、若者たちと交流できたことが、何よりの成果だったと思っております」

ヴァーナラシーの郊外の精舎を巡回するアシュヴァジットや若者たちのようすが、目にうかぶようだったが、数人の弟子しかもたないようなささやかな導師には興味がなかった。

デーヴァダッタは意気ごんで問いかけた。

「あなたは六師外道と呼ばれる偉大な導師のもとには行かれなかったのですか」

「六師外道の風評はそれまでにも聞いていました。偉大なお方のもとには大勢の弟子が集まっているので、わたくしなどが出向いても、直接にお言葉を仰ぐことは難しいだろうと思ったのです」

「その方々のお名前だけでも教えていただけませんか」

デーヴァダッタの問いに、アシュヴァジットは微笑をうかべて応えてくれた。

「六師外道は、バラモン教の輪廻《サンサーラ》という世界観を否定します。それゆえに外道《ティルティカ》と呼ばれるのですし、神官《バラモン》の家に生まれ育ったわたくしとしては、どうにも受けいれがたい教えなのですが、シッダルタさまは武人《クシャトリヤ》の生まれですから、外道の教えに興味をもたれたのでしょう。バラモン教では、われらがこの世で善行を重ねていけば、再び人に生まれかわることができ、さらに善行を続ければ、神《デーヴァ》に近づくこともできるとされています。反対に悪をなせば獣や虫になったり、地獄《ナラカ》に落ちるということになります。多くの人は、戦さでもなければ人を殺すことはないでしょうが、生きるために獣を殺すこともありますし、田畑を耕すために土を掘り起こせば、知らぬうちに虫を殺してしまったりします。そういう悪が積み重なると、地獄に落ちるのではないかと、心配でならなくなります」

　ここで語調を変えて、アシュヴァジットは六師外道について語り始めた。

「六師外道で最もわかりやすいのは常住論《ササタヴァーダ》を唱えるプーラナ・カッサパです。カッサパというのは神官《バラモン》の家に多い名字ですが、奴隷《ダーサ》の子だという風評があります。プーラナは人の精神《マナス》のもとになっている霊魂《アートマン》は常住《ササータ》であり、生まれることも滅することもないと説きます。自我《アートマン》というものはつねに存在しているので、善をなして神になることも悪をなして地獄に落ちることもないのです。そもそもこれが善であるとか、これが悪であると考えることがあやまちで、この世に善などというものはなく、悪もないのです。この考え方ですと、善悪もなく、地獄に落ちることもないのですから、人は何をしてもいいということになり、悪がはびこることを抑制することができません。これは世の乱れにつながるのではないかと心配されます。外道として批判されるのはそのためです」

「あなたはプーラナの言説に否定的なのですね」

　デーヴァダッタが問いかけると、アシュヴァジットは静かにうなずいた。

「わたくしは神官《バラモン》の家に生まれました。バラモン教では、輪廻《サンサーラ》というのは動かしがたい原理《ダルマ》なのです。地獄《ナラカ》がないと言われても、実際にあったらどうするのですか。そのような迷妄《モハ》を説いたプーラナは、本人が地獄《ナラカ》に落ちることになるでしょうね」

そう言ったあとで、アシュヴァジットは話題を変えた。

　アシュヴァジットは語り続けた。

「六師外道の二番目はマッカリ・ゴーサーラです。マッカリの教えをアージーヴィカ教と呼ぶのは、弟子たちが有限《アー》の生命《ジーヴィカ》の間、ひたすら禁欲の誓い《ウパヴァーサ》を守りぬき苦行《タパス》に徹するからで、マッカリは人には自分の意思《マティ》などというものはなく、ひたすら定められた宿命《カーラ》のままに生きるしかない。従って悪業《カルマ》などというものはなく、悪業によって地獄《ナラカ》に落ちることもないと説きました。マッカリはあるゆる現象の根本となっている原理《ダルマ》についても考察していますが、原理があるばかりで実体としての霊魂《アートマン》は存在しないとしています。では霊魂をもたぬわれわれはどのようにして生きればよいかというと、苦行《タパス》を極めることによってある到達点に行きつくことを目指します。そこに到達すると、原理によって現象を支配する力、一種の呪術《マントラ》を得ることになるので、そこを目指して修行を重ねればよいということです。こういう考え方は、あとでお話しするマハーヴィーラーにも通じます。マッカリがかつてマハーヴィーラーの弟子だったが、呪術の闘いを導師に挑んで負けたために破門されたという風評もあります。とにかくマッカリは、マハーヴィーラーと同じように苦行を求め、禁欲し、丸裸で生活しているということです」

「あなたはそのアージーヴィカ教というものをどのように見ておられるのですか」

「ひたすら禁欲し苦行に徹するというのは、考え方としてはあまりにも単純で、わたくしなどは物足りなく感じてしまうのですが、わかりやすいということではこれほどわかりやすい教えもないでしょう。実のところ熱狂的に支持する弟子がいるのですが、わたくしは認めません。霊魂《アートマン》が存在せず悪業《カルマ》というものはないというのは、バラモン教が説く輪廻《サンサーラ》を否定することになりますし、地獄《ナラカ》がないということになると、世のなかの秩序が乱れてしまいます。そんなマッカリになぜ多くの弟子が従っているのかというと、どうやらマッカリは自分の呪術《マントラ》の霊力《ザクティ》によって、弟子たちの思考力を奪っているのではと思われます。アージーヴィカ教の弟子たちは、マッカリに対して家畜《パズ》のように従順なのです。こういう話をわたくしは聞いていましたから、マッカリの精舎《ヴィハーラ》に行く気にはなれなかったのです」

「シッダルタさまはそのマッカリの精舎に赴かれたのですか」

「プーラナのところにも、マッカリのところにも行かれたそうです」

デーヴァダッタは大きく息をついた。

アシュヴァジットの話によれば、プーラナもマッカリも何やら怪しい言説《ヴァダティ》を弄して弟子たちをたぶらかす、邪教《パサンダ》の導師《グル》のように感じられた。そのような導師のもとに赴いて、いったいシッダルタは何を学んだというのだろうか。

デーヴァダッタは言った。

「マッカリの話はそれくらいでいいでしょう。六師外道の三番目の導師の話をしてください」

アシュヴァジットは語り始めた。

「アジタ・ケーサカンバリンの話をしましょう。アジタの言説は順世派《ローカーヤタ》と呼ばれ、いま目の前にある現実をありのままに受けいれ、仲間たちとともに生きて在ることを楽しめばよいとするものです。その言説の根拠となっているのは、四元素説です。この世界には地《プリティヴィ》、水《ジャラ》、火《アグニ》、風《ヴァーユ》の四元素だけがあって、すべての現象はこの四元素の組み合わせや組み替えによって起こるものだとしています。四元素とされているものは、すべて単純な物質です。その単純な物質をどのように組み合わせれば、命をもった人や生き物が生まれるのかよくわからないのですが、とにかく四元素しかないと語ることによって、アジタは霊魂《アートマン》などというものの存在を否定しているのですね。もちろん悪業《カルマ》もありませんし、地獄《ナラカ》に落ちるということもないのです。だから善行を積み重ねる必要もなければ、苦しい修行をすることもない。いまを楽しみ、ひたすら享楽にふけっていればいいということですから、多くの支持者を集めています。とにかく輪廻《サンサーラ》を否定しているので、バラモン教とは敵対する勢力です。わたくしとしては認めることはできません」

「順世派《ローカーヤタ》については、亡くなったマガダ国の大王《マハーラージャ》からも話を聞きました。人は塵《ドゥーリ》から生まれ、死ねばまた塵に還る。地獄《ナラカ》などを恐れることはないのだと、そんなふうに語っておられました」

「まさにそれが四元素説です。塵のような小さな物質の集合があらゆる現象のもとになっているので、人が死ねばただ肉体を構成していた物質が分解して四元素に戻ってしまうだけなのです。この考え方だと、霊魂《アートマン》も存在しないので、人を殺しても、ただ四元素に分解しただけで、罪悪ではない。戦さで多くの人を殺した国王にとっては、まことにつごうのよい考え方ですね」

大王の語りはそれなりにおごそかなものであったが、アシュヴァジットの語りようでは、いかにも安易な言説のようにも感じられた。

話を聞いているうちに、デーヴァダッタの心のうちには、六師外道と呼ばれる導師たちに対する疑念がめばえ始めていた。

デーヴァダッタはアシュヴァジットをうながした。

「それでは四番目の導師について聞かせてください」

アシュヴァジットは語り始めた。

「次はパクダ・カッチャーヤナです。この世界には四元素という物質があるだけだと唱えたアジタの言説に似ているのですが、パクダは四元素に苦《ドゥッカ》、楽《サウキャ》、霊魂《アートマン》の三元素を加え、七元素説を提唱しました。ただの物質にすぎない四元素に、その物質を感覚的に受けとめる苦と楽という要素、さらにその感覚の主体となる霊魂《アートマン》すなわち自我というものを要素として加えたのです。パクダは霊魂というものは四元素が分解しても永続的に残る、つまり常住《ササータ》すると考えたので、プーラナと同じ常住論《ササタヴァーダ》といっていいでしょう。この七つの要素は何かから作られるとか、変質して別のものになるといったものではなく、永遠に不変不動のものです。アジタの四元素と同じように、七つの要素が組み合わされ、また分解することによって、さまざまな現象が生じます。人を殺しても罪悪ではないと主張する点もアジタと同じですから、わたくしとしてはこのような言説を認めるわけにはいかないのです」

「シッダルタさまは、アジタやパクダのところにも行かれたのですね。いったいそこで何を学ばれたのでしょうか」

「学ぶべきものは何もない、ということを確認されただけでしょう。五番目の導師の話に移りましょうか」

「そうしてください」

デーヴァダッタがそのように言ってうながすと、アシュヴァジットはにわかに呼吸を整え、改まった口調で語り始めた。

どうやらこれまでの四人とは違って、完全な否定ではなく、語るべき内容があり、それゆえに気を入れて語らねばならないという意気ごみがにじみでていた。

デーヴァダッタも緊張して、アシュヴァジットが語り始めるのを待ち受けていた。

「五番目はサンジャヤ・ベーラッティプッタという導師《グル》です。虚無論者《ナースティカ》と呼ばれることもありますが、ただ存在を否定するだけではありません。サンジャヤは否定することもしないのです。これまでの四人はそれなりに明確な主張をもっていました。一切の道徳を否定する、生命のある限り苦行に徹する、四元素説、七元素説、といったふうに、その言説の中心となる論旨があったのですが、サンジャヤの語るところは、何も語らないというように等しい、奇妙な言説なのです」

「何も語らないというのは、どういうことなのですか」

「何も語らないといっても黙っているわけではないのですよ。何かは語るのです。しかしそれは何も語っていないのと同じことなのです。たとえばある人が、あの世はあるか、と問いかけた場合、サンジャヤはこんなふうに語ります。わたしがもし、あの世があると考えているなら、確かにあの世はありますよとお答えするでしょう。しかしわたしはそのようにお答えすることができないのです。では、あの世など存在しないと考えているのかというと、そういうわけでもないのです。それでは、あるのかないのか、そのことがわかっていないのかというと、それも違います。わたしは自分がその問題についで、わかっていないのだとお答えすることはできないのです。なぜなら、わたしがその問題についてわかっていないのかどうか、わたしにはよくわからないからです。つまりわたしは、自分がわかっているのかいないのかということについても、わかっていないのです。そういうわけですから、わたしはあなたの問いに対して、どのようにお答えすることもできないのです。……サンジャヤの論法はおよそこのようなものです。どんな問いかけをされても、けっして明確には答えない。自分はどんな問いにも答えないと言いきることもしない。そもそも世界の現象について、存在について、生命について、死後の世界について、明確なことは何も語ることができず、それらについて何もわからないのかどうかについても、よくわかっていないというのが、サンジャヤの言説なのですが、何も語れないと語ってしまうこともできず、何やらまわりくどい論理を展開しながら、語ることの不可能性について怪しい問答をくりかえすばかりなのです。わたくしはサンジャヤに直接会ったことはないので、いまお話ししたことは伝聞にすぎないのですが、サンジャヤを慕う弟子は多く大きな勢力を誇っているとのことです。シッダルタさまも、サンジャヤ・ベーラッティプッタはおもしろいやつだったと話しておいででした」

アシュヴァジットの話は、デーヴァダッタの胸のうちにしみこんできた。シッダルタがおもしろいやつだと言ったその導師に興味を覚えた。ヴァーナラシーに出向いて、そのサンジャヤという導師に会ってみたいと思った。

デーヴァダッタはひとりごとのようにつぶやいた。

「どうしてもヴァーナラシーに行かねばならぬという気分になりましたね」

それからアシュヴァジットに向かって声を高めた。

「そのサンジャヤという導師だけでなく、いままでの四人の導師にも会ってみたい。会った上で、その導師がシッダルタさまにどんな教えを授けたのか、聞いてみたいと思います」

アシュヴァジットが応えた。

「あなたもご幼少のころから哲学《タリキカトヴァ》に興味をもっておられましたね。デーヴァダハ城の近くのわたくしの庵室《アズラーマ》によく訪ねて来られました」

「そのデーヴァダハ城からわたくしの弟のアーナンダという少年がカピラヴァストゥに来てくれましてね。ヤショーダラさまやご子息のラーフラさまのお世話は、アーナンダがやってくれるようになりました。政務はスンダラナンダ王子と首席大臣のマハーナーマンが担当していますし、わたくしにはもう何の役目もないのです。そろそろわたくしも修行の旅に出ようかと思っています」

「それはいいですね。あなたはシッダルタさまと似たところがあります。ぜひヴァーナラシーに行かれるとよいと思います」

「ところで、六師外道が、あとひとり残っていましたね」

デーヴァダッタがそう言うと、アシュヴァジットはひどく緊張した表情になって、しばらくの間、黙りこんでいた。

何か不可解で恐ろしいことを話さなければならないとわかっていながら、心の準備が整っていないといったようすだった。

「ジャイナ教の導師、マハーヴィーラーについてはまだ話していませんでしたね。しかしながらこの導師については、語るのが難しいのですよ」

　そう言ってアシュヴァジットは、わずかに息をついた。

「これまでお話しした五人の導師は、それぞれに新たな哲学《タリキカトヴァ》をうちたてた哲学者《ターリキカ》ですが、マハーヴィーラーは恒河《ガンジス》流域に広がっている伝統的な民間信仰の中から現れた導師《グル》です。バラモン教は神官《バラモン》、武人《クシャトリヤ》、庶民《ヴァイシャ》、隷属民《シュードラ》という厳格な四種の階級《ヴァルナ》（カースト）を人々に押しつけています。神官の下位に置かれた武人や庶民には不満がたまります。とくに恒河沿いの地域では庶民階級でありながら王族《ラージャター》をしのぐほどの資産をもった商人《ヴァニージャ》がふえ、バラモン教にかわる新たな宗教《マタ》が求められました。そこから生じたのが、バラモン教が唱える輪廻《サンサーラ》を超越した英雄の出現への期待です。覚者《ブッダ》というのもその一つの理想なのですが、商人たちの間には、そのような英雄が過去にいくたびも出現したという信仰が広まっていたのです。そうした英雄は解脱者《ニルグランタ》と呼ばれ、ニルグランタ派という宗教集団を作っていたのですが、その英雄はまた勝者《ジナ》と呼ばれました。伝説ではすでに二十三人のジナが出現したとされています。ニルグランタ派はジナを信仰することからジナ教、あるいはジャイナ教とも呼ばれます。そして二十四人目の英雄が現れたとして多くの人々に信仰されているのが、偉大《マハー》な英雄《ヴィーラー》と称されるマハーヴィーラーなのです」

　アシュヴァジットの話を聞いているうちに、デーヴァダッタは胸騒ぎのようなものを感じ始めていた。

　ニルグランタ派の話は風評としては耳に入っていた。恒河の中流域ではとくに多くの在家信者《シュラーヴァカ》を集めているという話も聞いていた。だがカピラヴァストゥやシュラヴァースティでは、ニルグランタ派と接する機会はなかった。

　それだけに、マハーヴィーラーという英雄がこの世に出現して多くの支持者を集めているという話に驚きを覚えた。

　勝者《ジナ》という称号は、転輪聖王《チャクラヴァルティン》や覚者《ブッダ》と同様の伝説の英雄だ。そう考えれば、いまブッダとして新たな教団《サンプラダヤ》を作ったシッダルタは、マハーヴィーラーが率いる伝統的なジャイナ教と競っていくことになるのではと思われた。

「そのマハーヴィーラーという導師《グル》は、どのような人物なのですか」

　デーヴァダッタの問いに、アシュヴァジットが答えた。

「カピラヴァストゥからマガダ国首都のラージャグリハに向かう途中の、恒河の支流に接したところに、ヴァイシャーリーという街があります。その名のとおり庶民《ヴァイシャ》の街でして、神官《バラモン》や武人《クシャトリヤ》の支配を受けない商人たちの自治都市となっています。庶民の街とはいえ盗賊の襲撃に備えて、近郊の村に武人たちの集団を雇っており、そこには王《ラージャ》と呼ばれる武人の隊長がおります。マハーヴィーラーは王の子息として生まれたそうですから、シッダルタさまと同じような境遇だったと考えられます。本名は栄えるものという意味のヴァルダマーナというのだそうですが、両親がニルグランタ派であったため、幼少のころから自らが勝者《ジナ》となるための勉学と修行を怠らず、やがて自分がジナであることを宣言してラージャグリハに上り、教団を設立しました。信徒が多く集まったため、弟子たちとともにヴァーナラシーに移動し、多くの沙門の支持を集めていまでは大勢力となっています」

「ジャイナ教の教義というのは、どのようなものなのですか」

「マハーヴィーラーは若くして最愛の両親を失った経験があり、人生のすべては苦《ドゥッカ》であると見て、正しい信念《バクティ》、正しい見識《ヴィジュニャーナ》、正しい行為《カルマンタ》を通じて霊魂《アートマン》の救済を目指し、そして一つの原理《ダルマ》に到達しました。彼はバラモン教の輪廻《サンサーラ》という世界観を受けいれています。この点では六師外道の他の五人とは違って、わたくしにも同意できるところがあると感じています。当然ながら悪業《カルマ》というものも認めて、悪業によって人は来世に獣や虫に生まれかわったり、地獄《ナラカ》に落ちることもあると説きます。この悪業は汚れた食べ物や汚れた思いによって体内に入り、蓄積されていきます。無限に続く輪廻から逃れるためには、徹底した苦行《タパス》によって汚れたものを体内から吐き出すしかない。そうでなければ苦しみに満ちた輪廻は永遠にくりかえされることになります。ただし苦行に徹することができるのは、限られた修行者だけであるので、庶民の在家信者《シュラーヴァカ》は苦行をする必要はなく、人として健全に生き続けるための方途を学べばよいとされています。マハーヴィーラーは入門して日の浅い弟子たちや在家信者のために五戒《パンチャシーラ》という五項目の目標を設定しました。すなわち不殺生《アヒンサー》、真実語《サティヤ》、不偸盗《アスティヤ》、不邪淫《ブラフマチャリア》、無所得《アパリグラハ》の五つです。最後の無所得というのは、禁欲《ウパヴァーサ》し何も所有しないということですから、着ている衣も捨ててしまう。そのためにマハーヴィーラーは裸形です。ただ在家信者は裸になるわけにはいかないので、最も安価な白衣《シュヴェタン》を着用することになっています」

「確かに裸になるのは困りますが、白衣なら庶民も生活できますね」

デーヴァダッタが口を挟むと、アシュヴァジットは大きくうなずいて言った。

「実際にジャイナ教を支援する商人は白衣を着ています。それは自分がジャイナ教徒であることを示しているわけですが、ジャイナ教の商人は禁欲的で質素です。商売をしても利益を考えずに、売り手からは高く買い、買い手には安く売ります。白衣の商人は人々の信用を得ることができ、かえって商売が繁盛することになるのです」

「それではジャイナ教は支援者を増やしているのですね」

「ジャイナ教は恒河の中流域には広く行き渡っています。ただ白衣の商人はふえているのですが、武人は白衣でいるわけにはいきませんし、戦さがあれば不殺生《アヒンサー》というわけにもいきません。農民や狩猟、漁労にたずさわる人々も同様です。とくに裸形となった修行者は町には住めず、森の奥などできびしい苦行を続けることになるので、多くの民衆に支持されているわけではないのです」

「マハーヴィーラーというお方にはぜひとも会って、話を聞いてみたい。他の五人の導師にも会ってみたいですね。わたくしはヴァーナラシーに行こうと思います」

デーヴァダッタは、ヴァーナラシーに向かって旅立つつもりになっていた。

まだアシュヴァジットから聞かなければならないことがある。

「六師外道の話を聞いたあとで、シッダルタさまはどうされたのですか」

デーヴァダッタの問いかけに、アシュヴァジットは答えた。

「わたくしどもはヴァーナラシーに拠点となる小さな庵室《アズラーマ》をもっておりました。主席大臣のマハーナーマンさまが手配をして地元の商人に作らせたものです。食料なども備蓄されていましたので、わたくしたちは托鉢乞食《パインダパーティカ》に出ることもなく修行に専念できたのです。五人の護衛はヴァーナラシーに着いてからは、それぞれに導師を見つけて話を聞きにいっていましたが、導師のもとに泊まりこむ時のほかは、庵室に戻っていました。シッダルタさまも、時々は庵室に戻っておられました。たまたま全員が庵室にそろった時に、シッダルタさまはいきなり、自分はヴァーナラシーから去ると言いだされたのです」

「ヴァーナラシーから去る理由について、何か話されたのですか」

「ここで学ぶべきことはすべて学び尽くしたということでした。それで、あなたたちはこれからどうするのかと、五人に問われたのです。それに応えて最年長のアジュニャータさまが提案をいたしました。沙門《シュラマナ》や導師《グル》から学ぶべきものがないというのであれば、バラモン教の伝統的な修行をしてはどうか。わたくしどもは神官《バラモン》の家の生まれですから、幼いころから伝統的な修行を続けてきました。修行の主なものは断食《ウパヴァーサ》です。シッダルタさまもわれらとともに、断食の修行をされてはいかがか、とアジュニャータさまは言われたのです」

シッダルタは森のなかの庵室《アズラーマ》にこもることが多く、美食とは無縁だったが、断食をしていたわけではない。シッダルタは気ままに生きているだけで、とくに何かの修行をするようなことはなかった。

デーヴァダッタは問いかけた。

「それでシッダルタさまは、断食の修行をする気になられたのですか」

アシュヴァジットは一瞬、困惑したように表情をくもらせた。

「シッダルタさまは同意をされたわけではないのですが、とにかくヴァーナラシーを出ようということになって、とりあえずマガダ国の首都ラージャグリハに向かうことにしたのです」

アシュヴァジットはさらに語り続けた。

「われらはヴァーナラシーに赴く前にラージャグリハに回って、ビンビサーラ王と懇意となりました。そのおりビンビサーラ王はシッダルタさまに、あなたが教団を開かれるのであれば、マガダ国が支援をすると約束されました。しかしわたくしの見るところ、シッダルタさまは六年の年月をヴァーナラシーで過ごされたあとも、とくに変わられたようすはなく、何かを達成されたようには見えませんでした。教団を開くというようなお考えもないようでしたので、このままマガダ国に向かっても何事も起こらないだろうと思っておりました」

アシュヴァジットは大きく息をつき、しばらくの間、黙りこんでいた。

何かしら重要なことが語られる。

予感を覚え、デーヴァダッタは緊張してアシュヴァジットの次の言葉を待ち受けた。

やがてアシュヴァジットは静かな口調で語り始めた。

「ラージャグリハの手前の、尼連禅河《ナイランジャナー》という恒河《ガンジス》の支流に沿ったガヤの町に入ったところで、アジュニャータさまがたまりかねたように、このままではラージャグリハ城に入れないと言われました。その前に、本格的な断食の修行をされてはいかがかと、強い口調で申し上げたのです。するとシッダルタさまは冷ややかな笑い方をされたあとで、断食したところで自分に大きな変化が起こるとは思えない。だがあなたがたが、どう見てもいまのわたしがブッダには見えないと言うのならば、断食でも何でもやってみよう。それであなたがたの気が済むなら、わたしは何でもするつもりだ。ヴァーナラシーでの六年間は有意義だった。わたしは多くのことを学んだ。しかしわたしの心のうちには、何の変化もなかった。アシタ仙人《アズラミン》の予言《アグラニルパナ》によれば、わたしは転輪聖王《チャクラヴァルティン》か覚者《ブッダ》になるはずだが、わたしにはブッダとは何かがわからない。わからないものにはなりようがない。自分がブッダになったと、自分でわかるものでもないだろう……」

　そこまで話して、アシュヴァジットは二度、三度と大きく息をついた。

　ひどく緊張しているようすがうかがえた。

　低い声でつぶやくようにアシュヴァジットは言った。

「これからわたくしがお話しすることは、不可解としか言いようのないことです。わたくしの胸の内でもまだ整理がついておりませんし、うまくお話しできるかもわかりません。とにかく、わたくしが見たまま、知り得たままのことをお話しいたします」

　そのように前置きしてから、アシュヴァジットは語り始めた。

「尼連禅河の川岸に沿って、深い森林《ダーヴァ》が広がっております。われらは森の奥に分け入り、思い思いの場所に座して、断食の修行を始めました。バラモン教には自然と融合するために心を自在に操る鍛錬《サムスカーラ》として、瑜伽《ヨーガ》というものが設定されています。もともとは結合というくらいの意味ですが、自然の中に融けこみ、自然と一体となり、自然そのものとなって無の境地に到達する。多くの神官が晩年は故郷を離れ、仙人となって放浪の旅に出ます。ヒマーラヤの山中の洞窟《カンダラ》などで、この瑜伽を実践し、場合によってはそのまま死を迎えることもあるのでしょうが、われわれが修行として実施する断食は、無の境地を実感したところで、この世に引き返し、神官としての見識を高めて、人々のために尽くすということになります。従って何日間と期間を限定したものではありません。水を断つと急速に死が迫ってきますので、わずかな水は許されますが、それ以外の食べ物はすべて断って、食欲を抑制し、飢餓感と闘い、ひたすら無の境地に近づいていくことになります」

　話しているアシュヴァジットの顔つきは、次第にけわしいものになっていく。

「わたくしどもは森の奥で断食の修行を始めたのですが、シッダルタさまは森の入口に近いところに場所を定めました。そこには街道から近くの村に向かう小道が通っておりまして、これはあとから聞いた話なのですが、その村に住むスジャータという娘が、小道に面したニャグローダ樹という大木の前を通るたびに、樹木に祈りを捧げておりました。大木には神が宿るという伝説《プラータナ》があったからです。シッダルタさまが断食を始めたところがまさにそのニャグローダ樹の根元だったものですから、娘は樹木の神が姿を現したと歓喜して急いで村に戻り、神への献げ物《プラフティ》として乳粥《パーヤーサ》を作って、シッダルタさまに献げたのです。娘が帰ったあとシッダルタさまは立ち上がると、近くの尼連禅河に出向いて浄めの沐浴《サナプラクサラナ》をし、娘の献げ物を食しました。起こったことはそれだけでございます」

「シッダルタさまは断食の途中で献げ物の乳粥を食されたのですか」

　デーヴァダッタは思わず声を張り上げた。

　幼いころからデーヴァダハ城の近くの神殿に出向いて、神官たちが修行をしているさまを見てきたデーヴァダッタにとっては、断食の修行を途中で中断するなどというのは、考えられないことだった。もっとも神官たちの修行は形式的なもので、目標の日数が経過すれば日常の生活に戻るのが通例だった。だがシッダルタとともに旅をした五人は、期限を定めずに断食の修行を始めた。飢餓の極みにまで自分を追いこんで、無の境地に迫るきびしい修行だった。

　シッダルタが途中で断食を中断したというのは、五人にとっても驚くべきことだったはずだ。

「シッダルタさまが断食を中断したことを、アシュヴァジットさまはどのようにしてお知りになったのですか」

「首席大臣マハーナーマンさまの懇意の商人は、街道の要所におります。ガヤにもそういう人がいて、配下のものに命じてわれらの世話をしてくださいました。断食の修行中でも水を飲むことはできますし、意識《ヴィジュニャーナ》を覚醒させる薬草などもとることができます。われらのもとに飲み水や薬草を運んでくるものがおりまして、そのものがシッダルタさまのところに行ってみると、修行の場にはおられず、近くの河のそばで乳粥を食しておられたのを目撃したそうで、あわててわたくしどものところに知らせにきたのです。それを聞いてアジュニャータさまは激怒され、もはやシッダルタさまの護衛の役目は免じていただきたいと言われ、われらにもただちに修行を中断して、われらだけで修行をするために別の場所に行くべしと命じられました。わたくしも立ち上がって、アジュニャータさまに同行するつもりになったのですが、それでもシッダルタさまのことが気にかかってならず、他の四人から離れて、尼連禅河《ナイランジャナー》の方に戻ってみたのです」

「シッダルタさまは見つかったのですか」

「尼連禅河のそばにおられました。ピッパラ樹という別の樹木の根元に座して修行を続けておられました。この樹木の根元でシッダルタさまが菩提《ボーディ》と呼ばれる覚りの境地に到達されたことから、われらはこの樹木を菩提樹《ボーディードゥルマ》と呼ぶことにしたのですが、わたくしは樹木の根元におられるシッダルタさまの姿を見ただけで、いつもとはお姿が違っていると感じ、胸をつかれた思いがいたしました。目を閉じ深い瞑想《サマーディ》に沈みこんでおられるようすなので、声をかけるのがためらわれたのですが、わたくしが来たことが気配でわかったようで、不意に目を開けて、シッダルタさまの方から声をかけていただきました。あなたが来てくれるような気がしてここで待っていたのですよ。そう言ってから、シッダルタさまは微笑を浮かべて言葉を続けられました。アジュニャータたちは怒ってどこかへ行ってしまったのでしょう。とはいえ彼らもすぐに戻ってきます。わたしは急に、世界の全体が果てもなく見えるようになったのです。アシュヴァジットさん、わたしは覚りましたよ……そのようにシッダルタさまは言われました」

「覚りました……、そのように言われたのですね。しかし、覚りとは何でしょうか」

「覚りとは何なのか、わたくしにもわかりません。ただそう言われた時のシッダルタさまは、晴れ晴れとしたお顔つきでした。シッダルタさまはまだお若いころから、デーヴァダハ城に滞在され、わたくしの庵室に通って来られました。そのころからの長いつきあいですが、ふだんのシッダルタさまは、気むずかしい表情で考えこんでおられるか、なげやりといっていいような冷ややかな表情を見せられるか、いずれにしても明るい表情などは見たことがなかったのです。ところがこの時のシッダルタさまは見違えるほどの晴れやかなお顔でした。それだけでわたくしは、シッダルタさまの心のうちで何か重大なことが起こったのではないかと察して、激しく胸が高鳴るのを感じておりました」

「それでアシュヴァジットさまはどのように対応されたのですか」

「シッダルタさまの晴れやかなお顔をまのあたりにしておりますと、もはや言葉をおかけする気にもなれなかったのですが、それでも何か言わないといけないと思い直して、あえて問いかけました。何を覚られたのでございますか……と」

「シッダルタさまは答えられたのですか」

「微笑をうかべてこう言われました。断食《ウパヴァーサ》からは何も得られないですね。そのことがよくわかりました。そして気づいたのです。断食せねばならぬというのも一つのこだわりであり、結局のところそれも欲《アビラーサ》なのです。何としても断食せねばと思いこんでいると、そのこだわりだけが強くなって、無の境地に近づけなくなります。スジャータという娘が、わたしのことを樹木の神だと思って、献げ物《プラフティ》として乳粥《パーヤーサ》を差し出してくれました。それをゆっくり食しているうちに、こだわりが消えて、楽な気分になりました。わたしは乳粥を食べたおかげで、禁欲せねばという思いがすっかり消えてしまいました。すると頭の中にあった霧のようなものがにわかに晴れ渡り、世界の果てまでが見えているような気分になりました。それでこのピッパラ樹の根元に座っていたのですがね……。わたしはもう何の迷いもない状態になっていて、輪廻《サンサーラ》などとは無縁の存在になった気がしました。アシュヴァジットさん、わたしはブッダになったようですね」

そう言ってアシュヴァジットは息をついたのだが、ほとんど同時に、デーヴァダッタも大きく息をついた。

それから二人はしばらくの間、黙りこんでいた。

デーヴァダッタは身動きもできないほどに全身をこわばらせていた。

アシュヴァジットの話はさらに続いた。

シッダルタはブッダになった。そのことをアシュヴァジットは認めないわけにはいかなかった。するとその後のことが気にかかる。

これからどうするのかというアシュヴァジットの問いに、シッダルタは答えた。

ヴァーナラシーに戻る……。

六年間、六師外道《サドグルティルティカ》やその他の導師《グル》の間を回るうちに、多くの沙門《シュラマナ》や神官《バラモン》と知り合いになった。そうした人々との交流を深めたいとシッダルタは語った。

アシュヴァジットはアジュニャータら同僚の四人を追いかけることにした。

シッダルタは別人のような晴れやかな表情をうかべていた。全身から揺るぎのない自信が発散されていた。そのことをアジュニャータらに伝えたかった。

アジュニャータはカピラヴァストゥからヴァーナラシーまでの往路を、托鉢乞食《パインダパーティカ》をしながら逆にたどろうとしていた。

足を急がせたので、ラージャグリハの手前で四人に追いついた。

アシュヴァジットはシッダルタのようすを報告した。四人はまだ半信半疑だったが、アジュニャータもラージャグリハに向かいながら、怒りにかられて護衛の役目を放棄したことを後悔していた。

シッダルタの護衛は、王から命じられた重大な任務だった。

アジュニャータも引き返すことに同意した。

ヴァーナラシーは大きな街で郊外も広い。シッダルタがどこにいるのか、すぐにはわからなかったが、知り合いになった沙門《シュラマナ》に聞いてみると、近くのサールナートという地の鹿《ムルガ》の森林《ダーヴァ》で教えを説き始めたと知らされた。

鹿野園《ムルガダーヴァ》……。

深い森林のなかに芝草におおわれた小さな丘陵があった。

行ってみると、丘陵を取り巻くようにすでに多くの人々が集まっていた。

驚いたことに丘の頂上にいるシッダルタの周囲を取り巻いているのは鹿《ムルガ》の群だった。

シッダルタの頭上には色とりどりの小鳥《パクシーナ》が飛び交っていて、まるで五色の天蓋《ヴィターナ》を掲げているような眺めになっていた。

鹿と小鳥と人々に取り巻かれたシッダルタは、静かに教えを説いていた。

アジュニャータたちもそのシッダルタの姿をまのあたりにして、思わずその場にひざまずき、神《デーヴァ》を仰ぐように祈り始めた。

第十章　六師外道の導師と対決するシッダルタ

デーヴァダッタはヴァーナラシーを目指して旅に出た。

修行をするつもりはない。ただヴァーナラシーという地に行きたかった。

アシュヴァジットの報告では、鹿野園《ムルガダーヴァ》で教えを説き、多くの沙門《シュラマナ》を弟子にしたシッダルタは、弟子たちとともにラージャグリハに向かった。

すでに往路でマガダ国王ビンビサーラを訪ね。支援の約束をとりつけていた。

弟子たちを率いたシッダルタの姿を見たビンビサーラ王は、ただちに竹林精舎《ヴェヌヴァナヴィハーラ》を提供してくれた。

シッダルタはそこを本拠として布教活動を始めていた。

いまヴァーナラシーに出向いてもシッダルタに会えるわけではない。

デーヴァダッタが興味を覚えたのは、六師外道《サドグルティルティカ》だった。

シッダルタは六師外道を訪ね、何かを学んだはずだ。

その何かを知りたかった。

修行者ではないので托鉢乞食《パインダパーティカ》をしながら徒歩で旅をする必要はない。

マハーナーマンに頼んで荷物を運ぶ船に乗る手配をしてもらった。クシナガラから船に乗ったのだが、ヴァーナラシーに直行する便がないので、途中のヴァイシャーリーで船を乗り換えることになった。

庶民《ヴァイシャ》の街というその名のとおり、ヴァイシャーリーは庶民《ヴァイシャ》の商人《ヴァニージャ》たちが支配する都市国家だ。

六師外道のひとり、マハーヴィーラーの出身地でもある。

船着場は都市の中心に位置している。乗り換えの船はすぐに見つかったが、出発までに時間があるということなので、街のなかを歩いてみた。

恒河《ガンジス》の支流のガンダキ河のほかに、荷あげのための水路もあって、市街地は複雑な造りになっている。シュラヴァースティも大都市だが、王城が中心にあり、武人《クシャトリヤ》の街という感じが強かった。

このヴァイシャーリーは、まさに商業だけで成り立っている街だ。豪商の館らしい大きな建物や、穀物倉庫や、天幕《パタグルハ》を張った野外の市場など、街路の到るところににぎわいがあった。

兵士の駐屯所らしきものもあった。商人が支配する国ではあるが、外敵や盗賊に備えて雇い兵を駐屯させているのだろう。マハーヴィーラーの父親というのは、こうした雇い兵を指揮する武人だったのかもしれない。

アシュヴァジットが話していた白衣《シュヴェタン》の商人の姿も目についた。白衣は禁欲的なジャイナ教信徒であることを示すもので、利益を追求しない白衣の商人は人々から信用され、商売も繁盛しているとのことだった。

アシュヴァジットが語った六師外道の話の中で、最も印象的だったのはマハーヴィーラーだった。

マハーヴィーラーの弟子になりたいとさえ思ったほどだ。

だがほかの導師にも会ってみるつもりだった。

ひとわたりヴァイシャーリーの市街を眺めてから、船着場に戻った。

いったん船に乗り込めば、ヴァーナラシーはすぐ先だ。

ヴァーナラシーは蛇行する恒河《ガンジス》に接している。

カーシー国の首都だったのは昔の話で、いまはヴァイシャーリーと同様の商業都市だが、王城があったころの城壁の跡や、神殿の廃墟が残っている。

まず訪れたのは、六師外道のひとり、プーラナ・カッサパだった。

郊外に広がる森林の奥まったところにプーラナの精舎《ヴィハーラ》があった。精舎そのものは質素だったが、周囲には天幕《パタグルハ》が張られ、多くの弟子がプーラナを支えていた。

精舎の近くでデーヴァダッタ《ダーヴァ》は足を止めた。近くにいる弟子に案内を請うつもりだったが、いきなりどこからか声が聞こえた。

「なかに入るがよい」

声はどこか遠くから聞こえたようにも、自分の胸のうちのひそやかなささやきだったようにも思われた。

シッダルタも時々、そんなふうに心のなかにささやきかけてくることがある。

導師《グル》とあおがれるような人物には、不思議な霊力《ザクティ》があるようだ。

精舎のなかは暗かったが、明かりとりの窓から射しこむわずかな光で、中央の座椅子に座っている白ひげの老人の姿が見てとれた。

「おまえは神《デーヴァ》か……」

つぶやきが聞こえた。

デーヴァダッタは黙っていた。こちらはまだ名を告げていない。シッダルタはいつも、語尾を省略してデーヴァと呼びかける。

この老人は人の心のなかを見透すことができるのか。

つぶやきは続いた。

「あやつの弟か」

自分の顔がシッダルタに似ているとは思えなかったが、シャーキャー族とコーリャ族は何代にもわたって婚姻を結んでいたから、似たところがあるのかもしれない。

シッダルタの母のマーヤーは、デーヴァダッタの父スプラブッダの妹にあたる。血のつながりがないわけではない。

「従弟のデーヴァダッタでございます」

低い声で答えると、相手も低い声で応じた。

「ふん。弟も従弟も似たようなものじゃ。何をしにきた」

「プーラナ・カッサパさまのお話をうかがいたいと思いました。シッダルタさまはこちらに見えられたのでございますね」

老人はすぐには答えなかった。

息が荒くなっているのが感じられた。

やがて老人は苦しげな声で言った。

「確かに来た。驚くべき若者であった」

恐ろしい体験を口にするようすで老人はつぶやいた。

デーヴァダッタは問いかけた。

「何に驚かれたのですか」

相手は、ふうっと息をついてから答えた。

「最初は弟子たちが驚いた。あやつがここに近づいてくるのを見た弟子たちが、あれは神《デーヴァ》ではないかと騒ぎ始めた。あまりに騒ぎが大きいので、わしも外に出てあやつの姿を見たのだが、何やらあやつの体から光が発散しているようで、わしも驚いて弟子たちに向かってこう言うたのじゃ。あやつは神か、そうでなければ魔神《パープマン》に違いない」

まるで影絵芝居《トールボンマラータ》の物語《カターナカ》を語るような口ぶりだった。

デーヴァダッタは子どものころから親しくつきあっているので慣れているが、確かにシッダルタの姿には、ふつうの人ではないと感じさせる不思議な感じがつきまとっている。

それにしても神か魔神かというのは、いささか大げさな言い方ではないだろうか。

それともヴァーナラシーに入ったシッダルタは、いつもと違った特別の霊力《ザクティ》のようなものを発散していたのだろうか。

「神か魔神……、なぜそのように見えたのですか」

老人は語った。

「あやつの全身から、揺るぎのない自信があふれだしておった。領地を巡回する王《ラージャ》のような威厳《グルトヴァ》が感じられた。家来もつれず、あやつはひとりきりであった。ただひとりきりであっても、領国に君臨する王のような態度で、あやつはわしの弟子たちを眺めまわし、あわれむようなまなざしを向けておったが、突然、わしの方に目を向けると、わしの心のなかに話しかけた」

あなたがプーラナ・カッサパですね。あなたの肩には身に余るほどの重荷がのしかかっていますね。そしてあなたは激しい胸の痛みにさいなまれている。その重荷を下ろされてはいかがですか。

そのようにシッダルタは語りかけた。

老人はその時のことを回想する。

「何のことを言われているのかわからなかった。肩に重荷だと……。そんなものはない。胸の痛み……。わしの胸のなかには痛みなど、かけらもない。わしは何百人もの弟子を率いる導師《グル》じゃ。わしは意気揚々と教えを伝え、弟子たちの期待に応え、賞賛されていい気分になっておった。そのわしに、いったいどういうつもりでそんなことを言うのか。だがわしの胸のうちにも不安はあった。あやつに言われて自分の心のうちを探った時に、何かひっかかるものを感じたのじゃ。それでわしはあやつを建物のなかに引き入れた。弟子たちの前であやしいことを言われて、導師がうろたえるさまを弟子に見られたくないからな。それでこの場所で、あやつと二人きりで向かい合った」

どういうつもりでそのようなことを言うのか。

老人は、心のなかの声ではなく、実際に声を発して問いかけた。

シッダルタはすぐには言葉を発しなかった。

老人の顔をじっと見つめていた。

相手をいたわるような、悲しげな顔つきだった。

「わしはますます不安になった。わしはもう気持の面であやつに負けておったのやもしれぬ」

老人は不安にかられて、声をあげた。

どうした。なぜ何も言わぬ。おまえはわしのことを哀れんでおるのじゃな。わしにはおまえに哀れみをかけられるようないわれは何もない。もしもわしが、哀れなものだというなら、そのわけを話してくれ。

シッダルタは語り始めた。

あなたは霊魂《アートマン》は常住《ササータ》だと説いていますね。霊魂は不滅であり、従って地獄《ナラカ》に落ちることはない。あなたのこの言葉によって、どれほど多くの人々が救われたことでしょうか。多くの人々は過去のあやまちをかかえています。過去というものは、取り返しがきくものではありません。長く生きればそれだけあやまちが重なって、罪とされる悪業《カルマ》がふえていきます。霊魂は常住だというあなたの言説《ヴァダティ》は多くの人々に救いをもたらしました。それは確かなことで、わたしはあなたのけなげな努力を尊びたいと思います。

老人は語調を変えてつぶやいた。

「あやつはそんなことを言うたのじゃ。言葉だけを聞いておれば、わしはほめられておるはずであった。ところがあやつの顔はますます哀しげになっていった。そんな顔で見つめられると、わしは射すくめられたかのように身動きがとれなくなり、呼吸さえ苦しくなった。なぜそんなことを言うのか。おまえにほめられずとも、何百人もの弟子たちがわしをたたえておるのじゃ。わしはこのヴァーナラシーでも有数の偉大な導師として評判をとっておる。そんなわしが、どんな重荷をかかえておるのか……。そんなことを問いただしたかったのじゃが、わしはもはや声を出すこともできんようになってしもうた」

シッダルタは老人に語りかけた。

あなたはこれまで多くの人々を地獄《ナラカ》の恐怖から救い、さまよえる霊魂《アートマン》に安らぎを与えてきました。その言説はバラモン教が伝える伝統的な教えからは逸脱したものです。あなたは輪廻《サンサーラ》も悪業《カルマ》も地獄《ナラカ》の存在も否定した。バラモン教の神々を認めなかった。その言説《ヴァダティ》によって不安から解放された人々は、いくら悪事を重ねても地獄に落ちることはないと安心して、盗みを働くようになった。人を小刀《ザストリー》で刺し、死体を切り刻んだとしても、霊魂《アートマン》が不滅であれば人を殺したことにはならない。だからこの世に悪などというものはないことになる。あなたは多くの人々を安心させると同時に、世の中に悪をはびこらせる結果になりました。それでもあなたは自分の考えは正しいと信じているのですか。

老人はデーヴァダッタにうったえかけるような口調で言った。

「盗みを働いてもよいとか、人を殺してもよいなどと、わしは言うた覚えはない。だが確かにわしの言説を人から聞いたような、弟子でもないやからが、地獄に落ちぬのであれば何をしてもよいと悪事を働いたことはある。それはわしの責任ではないはずじゃ」

老人は心のなかでそのように思ったのだが、それをシッダルタに伝えることはできなかった。相手の静かで揺るぎのない口調に圧倒されて、ひとことも反論できなかったのだ。

シッダルタはさらに言葉を続けた。

あなたは神の存在を否定した。地獄もないと人には語った。だがあなた自身はどうなのでしょう。

ほんとうに神は存在しないと思っているのですか。地獄は存在しないと心の底から信じきっているのですか。そうではないでしょう。あなたは多くの人々を安心させ、救済するために、自分では信じていない言説を語り続けてきたのです。神々も地獄も存在しないというあなたの言葉には何の根拠もなく、あなたは虚偽《モハ》の言葉で多くの人々をだましているのです。あなたは必ず地獄に落ちることでしょう。

シッダルタは老人の顔をじっと見つめ、同情するような顔つきになって、しばらくの間、黙りこんでいたという。

やがてシッダルタはまた語り始めた。

あなたは自分が虚偽の言葉を語っていることを承知で、導師としての活動を始めたのでしょう。この精舎《ヴィハーラ》の周囲には多くの天幕《パタグルハ》が張られ、あなたを慕う人々が集まっていますね。兵士として人を殺したものもいれば、強盗などの犯罪者もいます。鳥獣を狩ることをなりわいとしたものもいることでしょう。誰もが自分は悪業《カルマ》をなしたと思い、地獄の恐怖におびえてここに集まってきたのです。彼らは地獄は存在しないというあなたの言葉に救われた。あなたに感謝し、あなたを崇拝し、あなたのことを神のごとく信仰しているのです。そして去りがたい思いが強く、あなたの精舎の周囲に天幕を張って、あなたの弟子としてあなたの支えとなっているのです。彼らは地獄の恐怖から解放され、実際に救われてもいるのでしょう。ただ地獄はないと説くあなただけは、自分の説く言葉を信じていない。虚言を重ねたあなたは必ず地獄に落ちる。あなたはそれを承知で教えを説き、地獄こそはわが住処《アーラヤ》だと思っているのです。

シッダルタは相手の老人を、痛々しいものでも見るような目で見つめながら、言葉を続けた。

導師の言説《ヴァダティ》を信じたいと期待をもって集まってきた人々を前にして、自分が信じてもいない虚言を語り続ける苦悩をあなたは負っている。およそ人が体験する苦悩の中で、人に信じられていながら自分だけは信じていないことの苦悩は、生きながら地獄にいるような苦痛だろうと思われます。これも地獄こそはわが住処《アーラヤ》だと思い定めた覚悟があるからこそできることではないでしょうか……。

シッダルタの言葉は老人をうちのめした。

その言葉は老人の胸のうちに強く刻まれ、まるでシッダルタ自身が話しているかのように、次々と言葉があふれだしてきた。

そこまで話して、老人は深く息をついた。

それから目の前のデーヴァダッタに向かって問いかけた。

「これがあんたの兄がわしに語った言葉じゃ。あやつの話を聞くまでのわしは、地獄こそはわが住処《アーラヤ》だなどと、つゆほども思うたことはなかった。だが言われてみれば、そうだったのかもしれぬと思うた。確かにわしは、地獄があるのかないのか、確信をもってはおらぬ。確信がもてぬままに、弟子たちには地獄はないと話して聞かせる。わしのもとに集まってくるのは、人殺しや狩人など、殺生《プラナティパタ》を犯して地獄を恐れるものばかりじゃ。そういうものらに強い口調で、地獄はないと言いきってやれば、聞いているものらは安心して救われた気分になる。集まってきた人々の期待に応えるために、人々に喜んでもらうために、わしは人々の期待どおりのことを語ったまでで、嘘をつくつもりなどはなかったのじゃ」

老人は息をつき、さらに語り続けた。

「地獄があるのかないのか、そんなことはわしは知らぬ。地獄がないと言うてやれば皆が救われるのじゃから、人助けだと思うてそう言うておった。自分の言うておることが嘘だとはっきり考えたこともなかった。それじゃから自分が地獄に落ちるなどと考えたこともなかったのじゃ。しかし確かに、自分が信じてもおらぬことを人に語るのは、嘘をついたことになる。地獄はないというわしの話を信じたものの中から、新たな犯罪をおかすものが出ぬとも限らぬ。そうであるならば、わしは悪業をなしており、いずれは地獄に落ちるのであろう。そのことを承知で、わしは人を救うために嘘をつきつづけてきたのじゃ。そう思えば、まさにわしは偉大なる導師であったということになる。そうではないか」

老人はデーヴァダッタの顔を見つめていた。

「あんたの兄はわしの目を開かせてくれた。だが同時に、わしはうちのめされてしもうた。自分はそれなりに人々の期待に応え、人々を励まし、安心させておったはずであったが、あやつはそれを虚偽だという。あやつはわしの臓腑をつかみ、息の根を止めようとしたのではないか。あやつの言葉を聞いてから、もうわしは昔のように、自分の言葉を信じることができなくなった。わしは導師としての自分に疑問を覚えるようになった。わしは自分が自分でなくなってしもうたような気分じゃ」

老人はさらにデーヴァダッタに向かって身を乗り出すような姿勢になって問いかけた。

「わしはあやつに負けたのじゃ。あやつではなく、あのお方というべきであろうがな。デーヴァどの。あんたは何を求めてわしのところに来られたのか。兄ぎみのあとをたどってあんたも新たな導師《グル》になろうというのか。確かにあんたはあのお方に似ておられるが、あのお方がそなえておられる神のごとき輝きには及んでおられぬようじゃな。あんたはまだお若い。あのお方のあとをたどって学ばれるがよい。ところで、まだ話しておらぬことがあるのじゃ。わしとの話を終えられたあのお方は、精舎《ヴィハーラ》の外に出られた。あのお方が来られる時に弟子たちはあのお方の輝かしい風貌に胸をおどらせ、いかなるお方なのかと建物の前に集まっておった。それらのものらに向かってあのお方は言葉をかけられた」

老人の語るところによれば、その時シッダルタはこのように語ったのだという。

ここにお集まりの皆さんは、プーラナ・カッサパさまを導師《グル》と仰ぐ方々ですね。わたしはこの偉大なる導師のプーラナさまを称賛させていただくためにこちらにまいりました。プーラナさまは人々から地獄《ナラカ》の恐怖を取り除くために、霊魂《アートマン》は常住《ササータ》であり、生まれることも滅することもなく、地獄に落ちることもないという新たな哲学《タリキカトヴァ》を打ち立て、多くの人々を救済されました。この新たな哲学を打ち立てるために、プーラナさまがどれほどきびしい修行をされたか、たやすく推し量ることはできませんが、いまプーラナさまが強い覚悟をもって地獄はないと高らかに宣言されていることを称賛し、この教団《サンプラダヤ》がますます発展されることを切に祈っております。

　老人はそのように語った。

　これまでも老人はシッダルタの言葉として多くの言説を語り続けてきたのだが、確かにシッダルタならばそのようなことも言うかもしれないという気がして、そのまま受け止めることができた。だが、このようなかたちでプーラナを称賛したということについては、老人がシッダルタの言葉だとして語る言葉が、デーヴァダッタの胸のなかに異物のように飛びこんできた。これはほんとうにシッダルタの言葉なのか。

　デーヴァダッタの目の前に、これまでカピラヴァストゥの森《ヴァナ》のなかで、あるいは王宮に接した神殿《デヴァーラヤ》で、何度も目にしたことのあるあのシッダルタの冷ややかな笑いがうかびあがった。

　シッダルタはいつも冷めている。言葉《ヴァチャナ》というものの限界を知っている。目の前に在るものの実在性を信じていない。すべては影絵芝居《トールボンマラータ》の幻影《タマス》なのだとつねづね語っていた。

　そのシッダルタが、いま老人が語っているような言葉を口にすることがあるだろうか。

　老人は虚言を語っているのか。

　この時、老人が語った言葉が、胸のうちをよぎった。

「導師の言説《ヴァダティ》を信じたいと期待をもって集まってきた人々を前にして、自分が信じてもいない虚言を語り続ける苦悩をあなたは負っている。およそ人が体験する苦悩の中で、人に信じられていながら自分だけは信じていないことの苦悩は、生きながら地獄にいるような苦痛だろうと思われます。これも地獄こそはわが住処《アーラヤ》だと思い定めた覚悟があるからこそできることではないでしょうか」

確かにこの言葉は、シッダルタが語ったのだろう。

だがこれは老人に向けられたものではない。

地獄こそはわが住処だと思い定めているのは、シッダルタ自身ではないのか。

シッダルタは新たな領域に進もうとしている。この世界が影絵芝居の幻影なのだとしても、あえてその舞台の上に立って、虚妄の言葉を語り続けようと覚悟を固めて、このヴァーナラシーに乗りこんできたのではないか。

デーヴァダッタは恐怖を覚えた。

何か恐ろしいことが起ころうとしている。

シッダルタは自分の手の届かないところに旅立ってしまった。

あのぶきみな冷笑を捨てて舞台の上に立ち、魔神《パープマン》と闘い勇者《ヴァーガラ》になろうとしている。

いや……。まだ舞台は始まったばかりだ。

次の導師《グル》を訪ねなければならない。

デーヴァダッタは六師外道の二番目、有限《アー》の生命《ジーヴィカ》を通じて禁欲と苦行に徹し、最後には呪術《マントラ》をきわめるという、アージーヴィカ教のマッカリ・ゴーサーラのもとに向かった。


声が聞こえた。

「おぬしは何ものだ」

心のなかに届く声だ。

マッカリ・ゴーサーラは呪術《マントラ》を用いるという。

声に応じて心のなかでつぶやいた。

「デーヴァ……。カピラヴァストゥのデーヴァダッタだ」

アージーヴィカ教の教団《サンプラダヤ》がこの森林《ダーヴァ》の奥にあると聞いていた。

森林に入って奥に進んでみたもののあたりはひっそりと静まりかえり行きかう人の姿もなかった。

下草が刈られているところを見ると未整備の森林《ダーヴァ》ではなく、手入れをされた森《ヴァナ》に近い場所だったが、どこまで行っても建物らしきものが見当たらない。

その時、だしぬけに、声が響いたのだ。

それなりの導師《グル》なら、多少の霊力《ザクティ》をもっているだろう。プーラナ・カッサパも最初は心のなかに話しかけてきた。だがプーラナは目の前の建物のなかにいた。霊力で声を飛ばすにしても、至近距離だった。

いまは建物らしきものも見当たらない森林のなかだ。相手はどこか遠いところにいるはずだった。

相手の姿が見えないのはぶきみであったが、デーヴァダッタは身構えながら自分の名を告げた。

心のなかに相手の声が響きわたる。

「おれの声が聞こえるのか」

「聞こえているから、応えたのだ」

そのように応じると、こんどは目の前にぼんやりとした人の姿がうかびあがった。

これは幻影《タマス》なのか。頭髪からひげまでがつながった毛むくじゃらの男だった。半ばは白髪だったがそれほどの老人とも思えなかった。

男は低い笑い声をもらした。だが顔は少しも笑っていない。相手を見定めようとする鋭い視線がこちらに向けられていた。

「ふふん。おれの声が聞こえ、おぬしの声がこちらに届く。おぬしにも呪術《マントラ》の心得があるようだな。以前にカピラヴァストゥの若者が訪ねてきたことがある。そやつはいきなり心のなかの声でおれに話しかけてきた」

「シッダルタさまですね。わたくしは従弟で義弟です」

「とにかく血のつながりがあるのだな。確かに似たところがあるが、おぬしの霊力《ザクティ》はあやつには及ばぬようだな。おぬしは何をしにきたのだ」

「シッダルタさまの足どりをたどっております。あなたさまはシッダルタさまに会われたのですね」

「呪術《マントラ》を用いれば、人と対面する必要はない。このように遠くからでも思いを伝達できる。相手の目の前に、霊力《ザクティ》によっておのれの姿を映し出すこともできる」

「霊力とは何でしょうか」

　心のなかに幻影としてうかんだ相手の目が、怪しく輝いている。

「真言《マントラ》とは言葉《ヴァチャナ》だ。言葉には霊力がある。どんな言葉にも霊力があるが、とくに強い霊力をもつ言葉がある。神官《バラモン》たちが聖典《ヴェーダ》を朗誦する前に、短い言葉を唱えることを知っておるか」

「わたくしは幼少のころから神殿《デヴァーラヤ》に親しんでおりました。神官は朗誦の前に、オーム、タット、サットあるいはフームという語を唱えます」

「それが真言《マントラ》だ。神《デーヴァ》に呼びかける時はナーモ、願い事をするおりにはスヴァーハーという語を唱える。このように神官たちは神《デーヴァ》とつながろうとする時にだけ、真言《マントラ》を唱えるのだが、おれは違う。おれは呪術《マントラ》によって世界《ローカ》を変えることができる」

「言葉に世界を変える霊力があるというのですか」

「そうだ。おれには神のごとき霊力《ザクティ》がある。おれがそのことを自慢すると、あやつは驚くこともなく、霊力なら自分にもあると言うてのけた」

「シッダルタさまがそのようなことを言われたのですか」

「あやつが言うたのは、小鳥《パクシーナ》や鹿《ムルガ》と話ができるといったことだ。それも霊力には違いない。それでおれは、あやつに勝負を挑んだ。おれの呪術であやつを射すくめてやろうと思うたのだ」

「なぜそのようなことを……」

「おのれの霊力を試してみたかった。おれは以前に、わが師匠《アディアーパカ》であったマハーヴィーラーに勝負を挑んだことがあった。師匠は霊力を育てるのは苦行《タパス》しかないと言うておったが、苦行ならばおれも負けぬ。断食《ウパヴァーサ》し丸裸で野山を疾走し自分の体を鞭で打ったりもした。苦行は楽しいぞ。苦行は快楽そのものだ。おれは日々その快楽にひたった。そしておれはある境地に到達した。それは覚者《ブッダ》であり勝者《ジナ》とも呼ばれる神《デーヴァ》をも超えた領域だ。マハーヴィーラーも勝者であり、その教えはジャイナ教と呼ばれておるが、おれこそはジャイナ教の次の後継者だと自負するようになった。勝者《ジナ》は二人は要らぬ。新たな勝者が現れれば、旧き勝者は去らねばならぬ。おれはマハーヴィーラーと対面して、呪術《マントラ》の勝負で勝者を決めようと申し出たのだ」

デーヴァダッタは思わず話につりこまれて問いかけた。

「どちらが勝ったのですか」

「おれの負けだ」

男は息をついた。

「当時のおれはまだ若く未熟だった。いまのおれなら、もっといい勝負になるはずだが、若いころのおれはおのれの霊力を過信しておったのだな。おれの霊力はマハーヴィーラーには届かず、反対におれが身動きできぬようになって、森林のなかに長い間うちすてられておった。もう少しで命まで失うところであった」

男は荒い息をつきながら、さらに語り続けた。

「おれはジャイナ教から抜けてひとりきりで修行を重ねた。命を削るような苦しい修行だった。やがておれは自分の呪術《マントラ》に自信がもてるようになった。その呪術を用いて病人の治療をした。病になったものは、病魔にとりつかれたと思い、その恐怖から病が悪化する。おれが気合いをこめて真言《マントラ》を唱えてやれば、病人は病魔が払われたと思い、たちどころに元気になる。それが評判を呼んで、弟子たちが集まってきた」

　自慢話になると、男は元気を取り戻し、声が高くなった。

　幻影《タマス》のなかで、男は両手を振り回して自慢話を続けた。

「ヴァーナラシーで導師《グル》と呼ばれておる哲学者《ターリキカ》は、いろいろと理屈をこねて自らの言説《ヴァダティ》を築きあげる。おれには難しい理屈はない。気合いをこめて真言を唱える。それだけだ。しかしおれが病人をなおして見せると、自分もその霊力《ザクティ》を学びたいという若者たちが集まってきた。恒河《ガンジス》の流域には商人やその下で働く荷運びのものらが多い。そやつらは神官《バラモン》でも武人《クシャトリヤ》でもないただの庶民《ヴァイシャ》だ。バラモン教が定めた階級《ヴァルナ》では下位に置かれている。だが呪術《マントラ》が使えれば階級を超えて優位に立てる。恐れるものがなくなる。そのためにおれの弟子になりたいというものが続々と集まってきた」

　男の声はさらに高まっていく。

「呪術を極めるためにはひたすら禁欲《ウパヴァーサ》し苦行《タパス》に耐えなければならぬ。これは苦しい修行だが、目標があればどんな苦しみにも耐えられる。おれが呪術を駆使して病魔を払うさまを弟子たちは見ておる。おれの弟子になっておれば、少なくともおれと同等の領域に到達できると弟子らは思うておるのだろう。まあ、そこが難しいところだ。呪術というのは、学べば習得できるものではない。もって生まれた資質というものがある。おぬしのように、学ばずとも霊力《ザクティ》をもっておるものもおるのだ」

「わたくしは自分に霊力があるとは思っていないのですが……」

「おぬしには資質がある。これまでも心のなかで誰かと話をしたことはないか。未来のようすが目の前をよぎったことはないか。それが資質だ。わずかでも資質があれば修行によって霊力をきたえることができる。残念ながらおれの弟子のほとんどはそんな資質とは無縁のやからばかりだ。いくら修行を重ねても何かが身につくわけではない。それでもやつらは苦行を続けている。むだな努力というべきか。それでもおれはやつらに希望を与えている。考えようによっては、おれはやつらをだましているのかもしれぬな」

そこで男はにわかに声を落とした。

「突然のことで驚いたのだが、あやつは、おれの心のなかにだしぬけに話しかけてきて、おまえは虚偽《モハ》の導師《グル》だ、おまえは弟子たちをだましていると批判を始めた」

「シッダルタさまとそのような会話をされたのですか」

デーヴァダッタの問いに、闇の中の幻影の男が、うす笑いのような表情をうかべた。

「ふふん。呪術《マントラ》を操るものは、凡人たちの会話のようなものは用いぬ。ひらめきのように思いを伝え、ほとんど同時に、ひらめくように思いを返す。われらの会話は一瞬にして終わるのだ。いまこのように言葉を用いて話しているのは、おぬしの霊力《ザクティ》が劣っておるので、おぬしにもわかるように、凡人に向けてさとすような話し方をしておるが、あやつとの会話は高度の霊力によってなされた。ひらめきのようにあやつがおれを批判し、おれもひらめきによって反撃した。するとあやつが、霊力による勝負を望んでおることがわかった。それはこちらも望むところだ。勝負に応じることを告げようとしたその時だった……」

男は苦しげな、うめくような声をもらした。

「何が起こったのかすぐにはわからなかった。気がついた時にはおれは身動きがとれなくなっていた。すでにあやつは霊力によっておれの全身を縛りつけておったのだ。マハーヴィーラーの時と同じだ。だがマハーヴィーラーと勝負した時のおれはまだ若かった。あれから長い年月が経過しておる。その間におれは長く修行を続けてきた。いまのおれの霊力《ザクティ》はマハーヴィーラーなどを上回っているはずだ。不意をつかれたせいもあるが、勝負というのはそういうものだ。おれは負けた。あやつの霊力は、マハーヴィーラーをしのいでおる。おれが保証してやる」

「それで終わりですか」

デーヴァダッタの問いに、相手は力なくつぶやいた。

「あやつはおれを慰めてくれたよ。おまえは多くの人々に希望を与えた。たとえそれが偽りの希望であっても、人々はそれで救われるのだとな」

「そのようにシッダルタさまが言われたのですか」

「言葉にして告げられたのではない。相手の思いが一瞬にしてこちらに届いた。あやつの霊力《ザクティ》は言葉を超えておる」

マッカリ・ゴーサーラの話はそれで終わった。

話を聞いていて、思い当たることがあった。

おぬしにも呪術《マントラ》の心得があるようだな、と男は告げた。

そんなことは考えてもいないかった。神殿《デヴァーラヤ》で神官《バラモン》たちが真言《マントラ》を唱えていることは知っていたが、言葉に霊力《ザクティ》があるとも思っていなかった。

だが男に言われて、改めて気づいた。

自分には資質があるのではないか。

シッダルタの心のなかの声が聞こえるのは、幼少のころから体験してきた。

何かの拍子に未来がほのみえることがある。

シュラヴァースティで王女《ラージ》ヴァイデーヒーの姿を見たとき、その未来が見えたように思った。

自分も修行をすれば、呪術《マントラ》が使えるようになるのかもしれない。いや、自分に資質があるならば、いまこの瞬間に、一挙に霊力《ザクティ》が開花するのかもしれない。

デーヴァダッタは思いを集中した。

自分もこのアージーヴィカ教の教祖と、霊力の勝負をしてみたかった。

声が響いた。

「愚かなことだ」

相手は心のなかに響く声で笑い始めた。

「おれに勝負を挑むつもりか。おぬしのいまの霊力では、おれには勝てぬ。だがおぬしが求めておるのは、おれに勝つことではないようだな。あやつと競うつもりか。おぬしはあやつの霊力に嫉妬し、あやつを憎んでおるのだな。その気持はおれにはわかる。おぬしは身の程もわきまえずにマハーヴィーラーに挑んだ若き日のおれとそっくりだ。おもしろい。やってみるがよい。あやつの唯一の弱点は、おぬしのような邪悪《パーパ》な弟をもったことかもしれぬ」

そこで相手の声が途切れた。

幻影を映し出していた霧のようなものが晴れ渡り、男の姿は消えた。

デーヴァダッタは森林《ダーヴァ》のなかにただひとりでたたずんでいた。


順世派《ローカーヤタ》のアジタ・ケーサカンバリンは弟子たちと共同生活をしていると伝えられていた。

アジタは多くの商人たちの支援を受けていた。

教団は豊かで、人々は食事を楽しみ、音楽を奏で、ソーマと呼ばれる薬草の汁でできた神酒を飲んで、穏やかな快楽の中にひたっているという。

アジタの精舎《ヴィハーラ》は商業地のすぐ近くにあって、人通りも多く、あたりはにぎわっていた。弟子の中には人を集めて音楽を聴かせるものもあり、食器や壺や細工物を作って安く売るものもいて、一般の人々の出入りもあるようだった。

そうしたにぎわいから少し離れた場所に、豪壮な神殿《デヴァーラヤ》のごとき建物があった。それがアジタの住処《アーラヤ》だった。

順世派《ローカーヤタ》とは現実のありようを、ありのままに見つめて楽しむという考え方をもつ集団だった。

ひたすら苦行《タパス》をするアージーヴィカ教とは反対に、順世派の人々は人生を楽しんでいる。享楽をむさぼっているようにも見える弟子たちを、商人が寄進《ダーナ》によって支えているのだという。

敵対する勢力などもないようで、建物の門戸は開かれていた。なかに入り、教団の幹部らしい人がいたので声をかけた。カピラヴァストゥの王子だと名乗ると取り次いでくれた。

アジタ・ケーサカンバリンと対面した。

相応の年輩の人物だったが、老人ではない。

表情がなごんでいて、若々しくおおらかな感じがした。

まずはデーヴァダッタが声を発した。

「カピラヴァストゥのシッダルタというお方のことを憶えておいででしょうか。わたくしはシッダルタさまの従弟で義弟にもあたるデーヴァダッタと申します。兄のシッダルタの修行のあとをたどり、自らの学びにしたいと思っております。こちらであなたさまが、シッダルタさまとどのようなやりとりをなされたか、話していただけないかと思ってうかがいました」

アジタは微笑をうかべて応えた。

「わたしはどなたでも歓迎いたします。他の教団と競い合っているわけではありませんから敵も味方もございません。既存のバラモン教を否定するつもりもありません。ただバラモン教が輪廻《サンサーラ》や地獄《ナラカ》という恐ろしい哲学《タリキカトヴァ》をふりまいて人々を不安におとしいれておるのに対し、この世界《ローカ》をありのままに見つめれば誰もが幸福《スカー》になれるとお話ししているだけでございます」

「あなたは四元素説を唱えておられるそうですね」

「地《プリティヴィ》、水《ジャラ》、風《ヴァーユ》、火《アグニ》の四元素ですね。考えてもごらんなさい。岩や石のような形のある固い物体がある一方で、形がいかようにも変化する水のような液体があり、目では見えぬものの肌で感じ革袋に閉じこめることもできる風があり、さらに燃え盛る火のように激しく揺らぎ光と熱を発する現象があります。固体、液体、気体、それに熱と光を発する火炎。これら四種の元素の組み合わせで世界は構成されているのです。人は姿や形をもっておりますから固体にみえますが、水を飲みますし、尿を出します。小刀《ザストリー》で切れば赤い血が流れ出ます。人というものは袋の中に液体をつめたようなものです。そして人は息を吸い、息を吐き出します。人の体内は風で満たされているのです。さらに人は熱をもっていますし、運動をしたり力で物を動かすことができます。物をこすりあわせて火を起こすこともできるのです。従って人が四種の元素でできていることは明らかですが、しかしその四種の元素も、目に見えぬほどの塵《ドゥーリ》のような小さな粒子でできているのでしょう。霊魂《アートマン》というようなものは存在しません。人が死ねば、四種の元素が分解して、目に見えぬ塵になるだけのことです。人は塵から生まれ塵に還っていくのです」

そう言ってアジタは余裕のある笑い方をしてみせた。

デーヴァダッタが問いかけた。

「元素という考え方はどのようにして思いつかれたのですか」

「元素についてはバラモン教の知識《ヴェーダ》にもいろいろな考え方が語られています。代表的なものは、熱、水、食物の三種の元素ですね。われわれ人の体もこの三元素でできているということで、熱のうちの最も重いものが骨、次が髄、軽いものが言葉《ヴァチャナ》であるということになっています。同じように水については、尿、血、息に対応し、食物は糞、肉、心に対応します。このような分析的な考え方はバラモン教だけでなく、一般の人々にとっても親しいものです。作物は太陽の光と水と土と風によって育ちます。牛乳《クシーラ》を攪拌すると上澄みが乳酪《ナヴァニータ》（バター）となり、沈澱したものを熟成させると乳酥《ダディカ》（チーズ）となり、残った甘い水を煮詰めると醍醐《マンダ》（乳糖）になるということを人々は経験で知っています。つまり物はその物として永続するものではなく、何かによって合成され、もとの何かに分解されうるものだということは、誰もが知る原理《ダルマ》なのです」

アジタは自信にみなぎった口調で原理について語り続けた。

「そして何と言っても水というものがあります。水は器に入れればその器のとおりに形を変える液体ですが、陽に当てておくと風の中にとけて見えなくなる。そしてヒマーラヤに行けば水は雪や氷となって固くなっている。さらに豪雨が降ると雨雲の中で稲妻が光ります。あの熱や光は水の中から発散されている。水という元素だけでも、固体、液体、気体、光と、四とおりに変化するのです。わたしは四元素がそれぞれに四とおりに変化し、組み合わさることで、あらゆる現象が起こるのだと考えました。そこに、霊魂《アートマン》などといったものが入りこむ余地はないのです」

「この教団は豊かなようですね。人々はのんびりと食事を楽しみ、管弦や工芸に興じ、何のうれいもないように見えます。なぜなのでしょうか」

「地獄《ナラカ》の恐怖がないからですよ。恐怖がなければ安心して生きることができます。そのため商人からの寄進《ダーナ》が多く、ここにいる人々もとくに働く必要がないのです。皆が幸福《スカー》で生きることを楽しんでいます。ただ寄進にも限りがありますから、贅沢《ヴィラーサ》はできません。限られた寄進の中で皆が楽しめるように、弟子たちがいろいろと工夫をして、管弦や舞踊の催しを開いたり、皆で工芸を楽しみ手作りの道具を来訪者に売ったりしています。わたしの弟子にならなくても、ここに来た人々は管弦を楽しむことができますし、手作りの道具を安く入手できます。何よりもここにいる人々の楽しげなようすを見て、人生は楽しむものだということを肌で感じていただければと思っています」

デーヴァダッタは静かに息をついた。

ここはなかなかによいところだと思われた。

確かにここにいる人々は穏やかに生きることを楽しんでいるように見える。しかしカピラヴァストゥを始め、繁栄している都市の住人は、王族《ラージャター》だけでなく、商人も庶民も農民も、それなりに生きることを楽しんでいる。

多くの人々は神殿《デヴァーラヤ》で神に祈り、神官《バラモン》たちの教えに従って、心を穏やかにして日々を暮らしている。死への恐れ、地獄に対する恐怖はある。だが多くの人々は自分が死ぬのは先のことだと考え、いまここで生きることを充分に楽しんでいる。

商人は商売にいそしみ、庶民は建築や荷運びに関わり、農民は田畑を耕している。彼らはしっかりと自分の仕事を果たし、そのうえで日々を楽しんでいるのだ。

だがアジタの弟子たちは、そのような労働とは無縁で、豪商からの寄進だけで生き、ひまをもてあますようにして命をながらえているのではないか。一見、幸福《スカー》そうに見える彼らではあるが、ほんとうに心の底からその状況を楽しんでいるのだろうか。

デーヴァダッタの胸のうちに疑念が生じた。

シッダルタはアジタに対して、何か批判めいたことを言ったのではないか。

そのことが気にかかった。

「シッダルタさまはこちらを訪問なさったのですね。そのおりに、どのような会話があったのでしょうか」

デーヴァダッタが問いかけると、アジタは急に恐怖に近い表情を見せた。

「シッダルタさまはとんでもないお方です。いまはラージャグリハで大きな教団《サンプラダヤ》を率いておいでだと聞いておりますが、こちらに来られたころはまだ一介の修行者であったはずです。しかしわたしの目にはすでに偉大な勝者《ジナ》か覚者《ブッダ》になられたような威圧感を感じさせるお方でした。あのお方はいきなりわたしに向かって論争を挑まれました。それもわたしに答えるすきを与えぬ一方的な演説に近いものでした」

アジタは記憶をたどりながら、そのおりのシッダルタの言葉を語り聞かせた。

四元素とは何ですか。塵から生まれ塵に還るとはどういうことでしょう。アジタさん。あなた自身も四元素でできているというのですね。あなたという存在もただの塵の集積なのですか。その塵の集積が言葉《ヴァチャナ》を発している。導師として人々に原理《ダルマ》を説いている。あなたが語っているのは原理などというものではなく、ただの作り話でしょう。虚しい言葉の集積です。あなたが語っているのもただの言葉、塵というのもただの言葉ではないですか。あなたはその元素の粒を実際に見たことがあるのですか。四元素が集合し離散していくさまをその目で確かめたのですか。すべては塵に還るという、その小さな粒子を確認したというのですか。そうではないでしょう……。

アジタはそのおりのシッダルタのようすを語った。

「あのお方の語りようは穏やかそのもので、とくに威圧するようなことはなかったのですが、言葉そのものが容赦のないもので、わたしは反論をさしはさむこともできず、ただあのお方の言説《ヴァダティ》を黙って聞いているばかりでした」

アジタはさらにシッダルタの言葉を続けた。

すべてはただの言葉《ヴァチャナ》にすぎないのです。その言葉はどこから来てどこへ行くのか。言葉はあなたの心《フルダヤ》から生まれて、息《ズヴァーサ》によって声となり、その声にあなたの熱《ダーハ》がこもって、あなたの思い《ヴィチャーラ》が人に伝えられるのでしょう。そこには吐く息の湿りけや、思いがつのってあふれ出す涙があって、言葉を受け取るものの心を打つこともある。あなたの心から生まれた言葉は聞き手の心の奥底に届いていく。その心とは何か。あなたの心とは、あなたの霊魂《アートマン》ではないのですか。それともあなたは心をもたぬただの塵《ドゥーリ》だというのですか。心をもたぬ塵が意味もない言葉をまきちらしているというのですか。意味もない言葉は害悪であり、人の心を惑わせる魔神《パープマン》のごときものです。そのような言葉が塵から生まれてくるのだとしたら、塵は塵に還さねばなりません。わたしがあなたを塵に還してさしあげましょうか……。

語りながらアジタは苦悶の表情をうかべた。

「あのお方が語っている間、わたしはほとんど一言も言葉を返すことができませんでした。それくらいにあのお方の言葉が次から次へとわたしの胸の内に突き刺さってきたのです。そして、わたしがあなたを塵に還してさしあげましょう、という言葉とともに、あのお方の手がわたしの方に迫ってきました。もちろんこれは気のせいなのです。あのお方はただ両手をわきにたらして立っておられるだけでした。それでもわたしには、あのお方の手が伸びて、わたしの方に迫り、いきなりわたしの胸にずぶりと突き刺さって、わたしの胸の奥の心《フルダヤ》のみなもとをぐいとつかんだように思われました。わたしは息が詰まり、これでもうわたしは死ぬのか、わたしはほんとうに塵《ドゥーリ》に還っていくのかと思ったのですが、たぶんわたしは夢でも見ていたのでしょう。気がつくとあのお方は手など伸ばすこともなく、わたしから少し離れたところに立ち、穏やかに笑っておられました。そして次のように言われたのです」

アジタの顔にはまだ苦しげな表情がうかんでいた。心の底からシッダルタを恐れ、おびえていることがうかがえた。

アジタはシッダルタの言葉を伝えた。

あなたは死を恐れていますね。塵《ドゥーリ》に還るのはいやなのでしょう。それでもあなたはあなたの言葉で、多くの人々を地獄の恐怖から救っている。あなたは無能で無害な導師《グル》です。弟子たちに無理な苦行を強いることもないし、呪術《マントラ》で人をおどすこともない。このまま活動を続ければいいでしょう。ただあなたの教えは宗教《マタ》ではない。哲学《タリキカトヴァ》であるとも言いがたい。ただの気休めのようなものです。そのことに気づいた弟子たちは、いずれあなたから離れていくことでしょう……。

それだけのことを言って、シッダルタはアジタ・ケーサカンバリンのもとを去っていったということだ。

話し終えたアジタは、デーヴァダッタに問いかけた。

「あなたはシッダルタさまの従弟とか義弟と言われましたね。幼いころのあのお方はどのような少年だったのでしょうか」

デーヴァダッタは答えた。

「わたくしとは十歳以上の年齢差があります。こちらがものごころついたころには、あのお方はりっぱなおとなに見えましたが、いまから思えば、こちらが五歳くらいの時、シッダルタさまはまだ十代後半の若者にすぎなかったのですね。あのお方は森《ヴァナ》のなかの庵室《アズラーマ》にこもりきりで、仙人《アズラミン》みたいに瞑想《サマーディ》にふけっておられました」

「おお、やはりお若いころから、ふつうの青年とは違っておられたのですね」

「わたくしも幼いながらシッダルタさまとはさまざまなお話をいたしました。わたくしは自分をシッダルタさまの弟であり第一の弟子だと考えております」

「あなたさまも哲学者《ターリキカ》であられるのですね。あなたさまはわたしの四元素説について、どのようにお考えなのでしょうか」

「わたくしはコーサラ国の大王《マハーラージャ》がご存命のころにシュラヴァースティの王宮を訪ねたことがあります。大王は『人は塵から生まれ死ねばまた塵に還る』と語っておられました。まさにあなたさまの教えを学ばれたのでしょう。しかし王《ラージャ》や武人《クシャトリヤ》がそのような思想を抱いて地獄を恐れなくなれば、この世から戦争はなくならないでしょうね」

それだけのことを言い残して、アジタ・ケーサカンバリンのもとを去ろうとした時、背後からアジタが声をかけた。

「わが弟子に、パクダ・カッチャーヤナというものがおります。パクダとは四元素説について長く論争を続けてきました。そやつは四元素説では霊魂《アートマン》について充分には解き明かせないとしつこく反論して、やがてわたしから離れていきました。パクダの精舎《ヴィハーラ》も近くにあります。訪ねてごらなさい」

アジタの方に振り返って、デーヴァダッタは言った。

「わたくしはここにおります。ということはわたくしの霊魂《アートマン》がここにあるということではないですか。あなたはそこにおられる。あなたの霊魂は存在しないのですか。ただあなたの姿をした四元素の集積があるということなのですか。どうやらわたくしは、塵の集積とむだな議論を交わしたようですね」

言い捨てると、デーヴァダッタは足早にアジタの本拠をあとにした。

第十一章　六師外道の導師との対決はさらに続く

パクダ・カッチャーヤナが七元素説を唱えていることは、アシュヴァジットから聞いていた。その精舎《ヴィハーラ》はすぐにわかった。

建物がいくつかあったが、人の住んでいる気配がなく、廃墟のような荒れ果てた感じがした。天幕が張られた形跡があって、かつては多くの弟子がいたと思われるのだが、布が破れた残骸が残っているだけだった。

ここには誰もいないのか……。

デーヴァダッタには生き物の気配を感じる不思議な能力が生まれながらにそなわっている。森林《ダーヴァ》のなかにいる鹿《ムルガ》や小動物の気配は感じられるのに、人の気配が感じられないのは異様だ。パクダの弟子たちは気配を消すすべを知っているのか。

ほとんどの建物は荒れ果てていたが、少しはましなたたずまいの建物があったので、そこで足を止め、なかの気配をうかがった。

だしぬけに声が響いた。心のなかだけに響く声だった。

「シッダルタの弟のデーヴァダッタだな。わしがパクダ・カッチャーヤナだ。おまえはアジタのもとに出向いておったのであろう。つまらぬ教えを聞いておったのか」

どうやらパクダも多少の呪術《マントラ》の心得があるようだ。

デーヴァダッタも心のなかで言葉を返した。

「あなたはアジタ・ケーサカンバリンの弟子だったそうですね」

「あやつがそんなことを言うたのか。それは大嘘だ。あやつがわしの弟子だったのだ。破門にしてやったがな。とにかくなかに入れ」

デーヴァダッタは建物のなかに入った。

やや広い前室があり、その奥に庵室があるようだった。

庵室の扉が開いて、白髪まじりのひげをはやした男が姿を見せた。

「わしはアージーヴィカ教のマッカリほど呪術《マントラ》が得意ではない。呪術は疲れる。面と向かって声を出して話した方が楽だ」

そう言ってパクダは低い声を出して笑ってみせた。

アジタはパクダのことをわが弟子と言っていたが、パクダは逆のことを言った。確かにパクダはアジタよりはずっと年上と思われる人物だった。

目つきが穏やかでやさしげに見えた。

デーヴァダッタも声を出して問いかけた。

「シッダルタさまはこちらに来られたことがあるのですね」

パクダは笑いながら答えた。

「おまえはシッダルタが歩いたあとをたどろうとしておるのだな。そのことで何かを学ぼうというのか。どうもそうではなさそうだ。おまえはシッダルタと競うつもりか。能力の優れた兄をねたんで、いつか兄を超えたいと思うておるのだな。それは難しいぞ。いまのおまえにはあやつの見識《ヴィジュニャーナ》もなければ、あやつの呪術《マントラ》の霊力《ザクティ》にも遠く及ばぬ。おまえはあらゆる点であやつに負けておる。自分の無力をかえりみずに高望みをしておると身を滅ぼすことになるのではないかな」

相手の言葉を無視してデーヴァダッタは声を高めた。

「あなたはアジタ・ケーサカンバリンの弟子ではないのですか。あなたの言説《ヴァダティ》はアジタの言説に似ています。アジタの四元素説に新たに三つの元素を追加しただけのように思われるのですが」

「アジタはそのように弟子たちに語っておるのだろう。あやつは長くわしの弟子であった。優秀な弟子だとわしも認め、側近として身近に置いて二人で議論を重ね、新たな哲学《タリキカトヴァ》の創出を目指しておった。その結果として、ようやく四元素説にたどりついた。四元素説はあやつの独創ではなく、元素についての深い考察の末に二人で到達した結論なのだ。だがわしは四元素説には不満があった。この仮説では霊魂《アートマン》（自我）の存在が欠けておる。わしというものはここにおるではないか。塵《ドゥーリ》のような四元素がいくら集積したところで、このわしというものが生まれるわけはない。わしはわしであってそれ以外の何ものでもない。このことで、あやつとわしとの間に論争が生じ、あやつが口汚くわしをののしるようになったため、やむなく破門することになった。するとあやつは、自分ひとりで考えたかのように四元素説をあちこちで説くようになった。あやつは口先が達者で、人の扱いがうまい。たちまち多くの弟子をかかえ、支援者から寄進《ダーナ》を受けるようになった。そして、昔は大勢いたわしの弟子たちも、ことごとくあやつのもとに逃げてしまったのだ」

「この周囲には廃墟のような建物があり、天幕を張った跡もありましたが、人の気配が感じられませんでした」

「あれは弟子が数多くおったころの残骸だ。いまは誰もおらん。わしはひとりきりになって瞑想《サマーディ》にふけりながら、わしが考えた七元素についてひたすら考えておる」

「なぜ七元素なのですか。四元素は物質です。形のある固体、流動する液体、風のような気体、それに燃える火炎や稲妻の電光のように激しく熱や光を発するもの、これらはただの物質に過ぎず、自我《アートマン》のように喜びを感じたり、恐れを感じたりすることはありません。たしかにわたくしの肉体は物質でできているのでしょうが、感情をもち、意欲をもっているこのわたくしというものは、物質とは別の存在ではないかとわたくしも思っております」

デーヴァダッタが自分なりの考えを述べると、相手は満足そうに大きくうなずいた。

「世界《ローカ》の成り立ちを元素によって解明するということを最初に考えたのはこのわしだ。アジタとの議論によって四元素に落ち着いたのだが、そこで解明できるのは物質の存在だけだ。それとは別に自我《アートマン》というものの根本となる霊的な存在としての霊魂《アートマン》があるはずだとわしは考えた。さらに自我《アートマン》は物質に対して、その物質を好ましいと考えてそれを求める場合と、危険を感じて物質から遠ざかる場合とがある。これは引力と反発力のようなものだ。わしはその引力を楽《サウキャ》と呼び、反発力を苦《ドゥッカ》と呼んだ。霊魂と物質とは、楽と苦という二つの力によって押したり引いたりの関係にある。この七つの要素によって世界を解き明かすことができる」

「その霊魂《アートマン》は永久に常住《ササータ》するのですね。つまりあなたのお考えは、一種の常住論《ササタヴァーダ》ですね」

「すべてのものが塵《ドゥーリ》から生まれやがて塵に還るというのであれば、あまりにも虚しいではないか。四元素説まではアジタとともに考察したのだが、あやつは四元素しかないと強く言い放ち、自我《アートマン》にこだわるわしを罵倒し始めた。そこで見解が分かれたのだ。だが四元素しかないというあやつの学説の方が、わかりやすかったのだろう。霊魂《アートマン》がないと言いきれば、地獄《ナラカ》への恐れもなくなる。あやつの教えは多くの人々に受けいれられた。多くの商人から寄進を受けて、あやつの弟子になれば毎日うまい食事にありつき、神酒《ソーマ》まで飲めるということで、わしの味方であった弟子までが、あやつの方に去っていった」

「するとシッダルタさまが来られた時は、いまと同じように、このあたりには誰もいなかったのですね」

「そうだ。いまと同じだ。わしはひとりきりで瞑想にふけっておった。するとその瞑想のなかに、あのお方の声が響いたのだ」

パクダ・カッチャーヤナ、あなたはどうしてひとりきりなのですか。

そのように声は問いかけたのだという。

それは呪術《マントラ》による心のなかに響く声だった。パクダはたちどころに相手の霊力《ザクティ》が自分をはるかにしのいでいることを察知して、ひれふすような気持で応えた。

「あなたさまはどなたでございますか。確かにわたくしはパクダでございます。すべての弟子がわたくしから離れて、アジタのもとに去っていきました。いまはただひとりで瞑想にふけり、わたくしが創出した七元素説について思いをめぐらせておるのでございます」

するとシッダルタはこのように語った。

わたしはカピラヴァストゥに王城を築いたシャーキャー族出身のシッダルタだ。わが学びのためにヴァーナラシーの導師《グル》を訪ねている。あなたの七元素説による常住論《ササタヴァーダ》についても学びたいと思っている。

そのような語りの声と同時に、パクダの心のうちには、語っているシッダルタの姿が幻影《タマス》のようにうかびあがっていた。

その全身から後光《ダーマン》のような不思議な光が発散されていて、パクダは一瞬にしてこれはただの人ではないと感じた。

神《デーヴァ》が人に姿を変えたのか、あるいは勝者《ジナ》か覚者《ブッダ》の領域に到達した人物に違いないと確信せずにはいられなかった。

パクダはただちに応えて言った。

「おお、あなたさまのようなお方に話を聞いていただけるのは、修行者としてこの上もない光栄でございます。できればこのような霊力《ザクティ》による幻影《タマス》の中ではなく、じかにご尊顔を拝した上でお言葉をたまわり、こちらの存念を申し上げたいと思います。お呼びいただければどこへでもまいります」

「それには及びませんよ」

　そのような声が響くのと同時に、パクダの目の前に、現実のシッダルタの姿があった。

　パクダは庵室《アズラーマ》の中で瞑想していた。いつ庵室の扉が開き、相手が中に入ってきたのか、まったく気づかなかったが、実際にシッダルタは庵室の中にいて、パクダのすぐ前に立っていた。

　パクダはあわてて椅子から立ち上がって、倒れこむようにシッダルタの足もとにひれふした。

　シッダルタは語り始めた。

　お顔をお上げください。あなたはわたしの弟子ではないのですから、そのように身をかがめる必要はないのです。どうか身を起こしてもとの椅子におかけになってください。まずは突然の訪問をお許しいただきたい。わたしは元素説というものに興味をもちました。哲学者《ターリキカ》たちの言説は、古くから伝承された物語《カターナカ》にからめたものや、ただの思いつきのようなものが多いのです。だがあなたがたの元素説は、ずいぶんと考察を重ねた末に生み出されたもののようですね。ただ四元素だけを実在とするか、霊魂《アートマン》などを加えて七元素とするかで、あなたがたは仲たがいをされたのですね。それもお二人の熱心な議論の末に意見がわかれたということですが、そのことは尊重しなければなりません。その意見の相違に哲学の最も重要なところがあると思われます……。

　パクダはデーヴァダッタの顔を見つめながら、弱々しい口調で言った。

「そこまではわしらのことをほめてくれたのだが、そこから厳しい批判が始まったのだ」

　シッダルタの言葉は続く。

　わたしも四元素説には限界があると思っています。地《プリティヴィ》、水《ジャラ》、火《アグニ》、風《ヴァーユ》の四元素に、何かを加えなければなりません。あなたは霊魂《アートマン》は外せないとお考えになったのでしょうが、わたしは自我《アートマン》というものは一種の幻影《タマス》だと考えています。影絵芝居《トールボンマラータ》を映し出す白い布のようなものがあるだけで、一切は影絵にすぎないのです。わたしはその白い布を、空《ジュニャター》と呼んでいます。四元素に空を加えて五元素と言ってもいいのですが、塵のごとき四元素も白い布に映った影なのかもしれない。だとすれば世界にはただ空《ジュニャター》だけがあるということになりますね……。

そこでパクダは意を決して問いかけた。

「空《ジュニャター》だけがあるということは、何もないということではないですか」

シッダルタは答えた。

虚空《アカーシャ》と空《ジュニャター》には違いがあります。虚空はまさに、からっぽということですが、空は何もないということではなく、何かがあるのです。それは幻影《タマス》を映し出す白い布のようなものです。世界にあるのはその白い布だけなのかもしれない。わたしたちが見ているものは、その白い布に映し出された幻影にすぎないのです……。

その言葉を聞いて、パクダは声をあげた。

「おお、それは恐ろしいことではないでしょうか。物質も幻影、自我も幻影ということなのですか。それは結局、何もないということではないのでしょうか」

シッダルタは微笑をうかべてこう言った。

白い布が確かに存在するのですよ。そこに映し出された幻影が楽しければ、それを楽しんでいればいいのです。しかし楽しい幻影はいつかは消えてしまいます。突然に消えてしまうかもしれない。その時に驚いたり悲しんだりしないように、つねにそれが幻影なのだと知っていればいいのです……。

パクダは問いかけた。

「この世界にはただ空《ジュニャター》と呼ばれる白い布があるだけだと言われるのですか。そうすると、霊魂《アートマン》が常住《ササータ》だと主張しているわたしの言説も、誤った見解だということになるのでございますか」

困惑したようすのパクダに向かって、シッダルタはやさしい口調で言った。

そうではありません。わたしが空《ジュニャター》と呼んでいる白い布の上に、幻影《タマス》としての自我《アートマン》は確かに存在しているのです。だから霊魂《アートマン》が常住《ササータ》であると主張することもできるのです。アジタが四元素と言い、あなたが七元素と言い、わたしが五元素だと言ったとしても、何が真実なのかは結局のところはわからないでしょう。わからないことをもっともらしく語るのが哲学者《ターリキカ》の言説《ヴァダティ》です。何が正しく何が誤りであるかは、結局のところ誰にもわからないのです。わからないままに言葉《ヴァチャナ》だけが伝わっていき、ある言葉は尊い教えとして広まり、あるものは忘れ去られてしまう。言葉とはそういうものです。あなたの七元素説は、いまは忘れられているかもしれませんが、あなたはけっして誤りを語ったわけではないのです。あなたは誠実に仮説を提唱し、一時は多くの人々の心をとらえた。あなたの言説は歴史となり、のちの世まで語り継がれることでしょう……。

パクダはそのようにシッダルタの言葉を伝えた。

シッダルタはパクダを批判するのではなく、むしろ励ましの言葉を残して去っていったのだった。

パクダ・カッチャーヤナとの会話は、そこで終わった。

次は五番目の導師、サンジャヤ・ベーラッティプッタを訪ねなければならない。

サンジャヤの精舎《ヴィハーラ》の周囲にも、パクダの時と同様、人の気配が感じられなかった。

パクダは破門したアジタに弟子をさらわれた。サンジャヤの場合はいったい何が起こったのだろうか。

精舎の周囲の土地は広大だった。野営をする天幕などではなく、石を積んだ建物が並んでいるのだが、すべて無人で、あたりは廃墟となっていた。

敷地の中央にひときわ大きな建物があった。そこが導師《グル》が教えを説く会堂《ザラ》だと思われた。

デーヴァダッタは人の気配を感じ取ることができる。そこにサンジャヤ・ベーラッティプッタがいると確信した。

「そなたを待っておった」

建物に入りまだ人の姿を確認する前に声が聞こえた。

心のなかに届く声ではなく、会堂の壁に反射した現実の声だった。

広々とした会堂だった。ただバラモン教の神殿《デヴァーラヤ》のように、中央に神《デーヴァ》の姿を模した像があるわけではなく、ただがらんとした空間が広がるばかりだ。

その空間のはるかな先に、椅子に腰をかけた小さな人の姿が見えた。

「わしはここにおる。いまはただひとり、この場所に取り残されておるのじゃ」

白髪を束ねて結んだ痩せた老人だった。

神官《バラモン》の一族らしい彫りの深い顔だちをしていた。

だがその姿の全体から、寂しげな、いかにも哀れなようすが感じられた。パクダよりももっとうちしおれた、老いさらばえた人物のようだった。

老人の方に近づいていくと声が響いた。

ひとりごとのような、ため息まじりのつぶやきだった。

「わしは誰からも見捨てられ、こうしてひとりきりでこの会堂で生きながらえている。かつては何百人もの弟子がおった。わしは側近となる優秀な弟子に恵まれ、その弟子たちの働きで大きな教団《サンプラダヤ》を創ることができた。だが弟子たちは皆、わしを見捨てて去っていった。寂しくはないぞ。わしはかつてヒマーラヤの山中で、長くひとりきりで修行をしておった。ヒマーラヤは寒い。風もきつい。そのことを思えば、ここは温暖で、やわらかな風が吹いておる。ここには弟子たちの思い出もある。ひとりでおってもけっして寂しい思いをしているわけではない。しかしいまはそなたがおる。わしの話し相手になってくれ。デーヴァダッタ……。確かそのような名であったな」

まだ名乗ってもいないのに、老人は名を呼んだ。

この老人にも、いくばくかの霊力《ザクティ》があるのかもしれない。

「ヒマーラヤにおったころは、山々の白い輝きのなかにうもれておった。白い輝きにひたされ、輝きと一体となり、光に満ちた神《デーヴァ》の領域である天界《デーヴァガティ》に入り込んだ気がしておった。それからわしは人の世界に下りてきた。気がつくとわしには霊力《ザクティ》がそなわっておった。未来を予言《アグラニルパナ》することができるのじゃ。だがそれは、いまわしい霊力であった。シッダルタというシャーキャー族の若者がわしの目の前に現れた時に、瞬時にわしは、そやつと自分自身の、双方の未来を感じ取った。目の前にいるのはやがて覚者《ブッダ》になられるお方だとわかった。そして弟子たちのすべてがあのお方に従い、わしが見捨てられるという未来も見えておった。未来が見えるというのは悲しいものじゃ」

老人は大きく息をついた。

それからデーヴァダッタの顔を、じろりとにらみつけた。

「あんたはシッダルタの弟なのか。そなたが来ることもわかっておった。王族《ラージャター》に生まれ、天性の資質を有し、圧倒的な知力と霊力をもったあのお方に、唯一の弱みがあるとすれば、そなたのような弟がおることじゃ。おもしろい。この世で生きておれば、まことにおもしろきことに出会うものじゃ」

デーヴァダッタは老人に近づき相手の目の前に立った。

老人は語り続けた。

「そなたはあのお方の足どりをたどってここに来たのじゃな。わしの話を聞きたいのであろう。わしはこのヴァーナラシーでは沙門《シュラマナ》と呼ばれ、虚無論者《ナースティカ》とも呼ばれておるが、生まれは高貴な神官《バラモン》の家であった。何代にもわたって長老《スタヴィラ》をつとめた神官《バラモン》の家系で、知識《ヴェーダ》と奥義《ウパニシャド》を学び、修行を積み、若くして長老の地位についた。あまりに早くに長老となったため、心が老いるのも早かったようじゃ。神官としてのつとめに虚しさを覚え、放浪の旅に出ることになった」

老人は遠くを見るような目つきになった。

「多くの神官は死ぬ間際に旅に出て、ヒマーラヤのふもとで哲学《タリキカトヴァ》にふけるのじゃが、わしはまだ若く脚力があったため、ヒマーラヤの奥地まで進んでいった。雪《ヒマ》の住処《アーラヤ》と呼ばれるヒマーラヤはまた神《デーヴァ》の住処《アーラヤ》とされている。雪を冠したヒマーラヤはその全体が神殿《デヴァーラヤ》なのじゃ。わしは足に任せてヒマーラヤの中腹あたりにまで登っていったのじゃが、かなりの高さまで登ってみても、白い神殿は頭上のはるかな高みに広がっておった。そこでわしは考えたのじゃ。ヒマーラヤとは何か。神とは何か。そして神について考えておるこのわしとは何ものかと……」

　老人はさらに語り続けた。

「わしはヒマーラヤの中腹に達しておった。下界から眺めればわしはすでに天界《デーヴァガティ》に入っておると感じられたはずじゃ。しかしヒマーラヤの山中におるわしは、神となったわけではなく、ただわしとして存在しておるだけであった。わしの自我《アートマン》はつねに常住《ササータ》であるのかと考えてみたが、わが命もいずれ尽きるのであろう。死後にもわしの自我《アートマン》は常住するのか。あるいは神もまた有限の命であるならば、神は死後にどこに行くのか。そもそも自我《アートマン》とは何なのか。バラモン教では放浪の旅に出た仙人《アズラミン》は、宇宙《ブラフマン》と自我《アートマン》とが一つのものであるという境地に到達することを目指すとされておる。ヒマーラヤの中腹はまさに宇宙の高みに昇った思いであった。だがその宇宙のなかにあっても自我というものは確かに孤立して存在しておる。わしは改めて自我とは何かという大きな難問をかかえることになったのじゃ」

　老人の語調はしだいに高まっていく。天界の高みに昇ったこの老人は、確かに神に近づいたはずだと思われるほどの、輝きのようなものを全身から発散させていた。

「そこは雪に囲まれた天空の神殿のごとき場所であった。高い山に登ると息が苦しくなることはわしも知っておったが、胸に吸いこむ息が不足すると、半ば眠っておるようなぼんやりとした気分になる。さらに白い雪に囲まれておると、自我が白い光にとけこんで、あるともないとも言えぬ気分になっていく。そうして、あるともないとも言えぬという気分をかかえておるこの何ものかは確かに存在しておるのか、という考えもまた白い光のなかにとけこんでいく。考えが消え、考えている自我が消えたとして、自我が消えたと考えておる何ものかがあるはずであるが、それもまた白い光のなかに消えていく。そうすると何もかもが消えてしまうことになるが、何もかもが消えてしまったと考えておる何ものかは存在として残っているのではないか。その何ものかも含めて一切のものが消えてなくなるというのではあれば、結局のところ、何もないということになり、その何もないという言葉もまた消えてしまうことになり、一切の言説《ヴァダティ》は何も意味しておらぬことになる。この宇宙において、これはある、これはない、あって同時にない、という言説に加えて、あらざることとあらざることの否定とが同時に成立することもない……」

　言葉は無限の迷宮のなかに迷いこむようであったが、だしぬけに老人は高らかに宣言した。

「わしは一切の言説《ヴァダティ》にはいかなる意味もなく、哲学《タリキカトヴァ》というものは成立せぬという考えに到達した。だとすれば知識《ヴェーダ》にも奥義《ウパニシャド》にも意味はなく、バラモン教も虚しい。わしは里に下りて教えを説き始めた。このヴァーナラシーにまで来たころには、弟子と支援者の数は恒河《ガンジス》の流域で最大であるとも言われるほどになった。二人の優れた弟子がわしの支えになってくれた。二人とも名門の神官《バラモン》の家に生まれ知識《ヴェーダ》と奥義《ウパニシャド》を身につけた修行者であったが、一切の言説に意味がなく哲学は成立せぬというわしの教えを瞬時に理解し、わしの代わりに弟子たちに教えを説き始めた」

　過去を回想する老人の顔には幸福《スカー》そうな笑みがうかんでいた。

「ひとりはシャーリプトラ。いくぶん軽薄ではあるが弁舌が巧みで弟子たちを統率する才に恵まれた何かにつけて役に立つ若者であった。もうひとりはマウドガリヤーヤナ。口数が少なく人の前に立って演説することはないが深い見識《ヴィジュニャーナ》と揺るぎのない信念《バクティ》をもった頼もしい若者であった。二人は姿も美しく言葉も巧みであったため、ヴァーナラシーの修行者が続々と集まってきたのじゃ。一切の言説《ヴァダティ》に意味がないという教えを、二人は巧みな言説で語っておった。それは奇妙なことではあった。一切の言説に意味がないのなら、ただ口を閉じておればよいようなものではあるのだが」

そこまで話して、老人はにわかに表情をひきしめた。

「そこにあやつが現れた」

恐怖に近いこわばった顔つきになって、老人は語り始めた。

「あやつはまだ何も語っておらぬうちから、不思議な威厳《グルトヴァ》を全身から発散して、弟子たちをひきつけた。このあたりにおったわしの弟子たちの間に、息をのむような感じが伝わっていき、腰をうかせたものらはざわざわとあやつの方に集まっていった。わしも建物の外に飛び出して、何事が起こったのかと弟子たちの方に目を向けた。すると何ということか、シャーリプトラがあやつの前に駆け寄って、ひざまずいて頭を垂れた。マウドガリヤーヤナがそれに続いた。あやつは一言も言葉を発しなかった。それは語るべきことがないので語らないというのではなく、語るべきことはあるがあえて語らぬと決意しておるような、自信に満ちた態度であった。言葉ではなく、沈黙によって、あやつはシャーリプトラとマウドガリヤーヤナの心をとりこにした。一切の言説に意味がないということを、あやつは言葉で説くのではなく口を閉ざすというそのことで示した。そしてわしの二人の弟子は、その沈黙の重みを充分に理解したのだ。二人はあやつの足もとにとりすがるようにして、弟子にしていただきたいと懇願した。あやつは微笑をうかべ初めて口を開いた」

その時にシッダルタが語った言葉を、老人は伝えてくれた。

あなたがたがそのように思われるのであれば、わたしに従うのもよいでしょう。ただいまではありません。わたしはまだ教団《サンプラダヤ》などを作っていないからです。わたしはあなたがたの導師《グル》に挨拶《ナマス》をするためにここに来たのです。

弟子たちにそう言って、シッダルタはサンジャヤの前に現れた。

「二人の高弟がいきなり弟子入りを申し出たことにも驚いたが、わしの目には、あやつがただならぬ威厳をもっていることはわかった。だがわしにも多くの弟子をかかえた導師《グル》としての誇りがあった。弟子がわしを裏切ったことへの恨みもあった。自分の無力が残念でもあった。さまざまな思いが胸のうちでからまりあって、わしはあやつの前で言葉を失い、黙りこむしかなかった。するとあやつは微笑をうかべてわしに語りかけた」

シッダルタはこのように語ったという。

それでいいのですよ。沈黙は一切の言説にまさるのです。とはいえあなたが黙りこんだままでは、弟子たちはあなたの思いを知ることはできなかったでしょう。あなたは導師として弟子を導くために、あえて言葉《ヴァチャナ》を用いて教えを説かれたのでしょう。言葉というものは、一言発する度に、真理《ダルマ》から離れていってしまうものです。そのことを承知であえて言葉を語り続けたあなたの言説に、わたしは敬意を払っています……。

「わしは気持が揺れ動いておったので、あやつの言葉もろくに耳に入らなかったのじゃが、あやつがわしをほめてくれておることはわかった。しかしそのあとに続いたあやつの言葉に、わしの気持はさらに乱されることになった。あやつはこう言うたのじゃ」

あなたは言葉では真実をとらえることはできないことを承知で、あえて言葉を語り続けたのですね。それにしても、言葉とは何でしょうか。わたしたちはなぜ言葉を用いるのでしょうか。言葉の一つ一つにはその言葉が示すものや事象が対応しています。太陽や、月や、星といえば、その言葉に対応する映像が頭の中にうかびます。言葉を用いることで、心のなかにうかんだ映像を、他の人の心のなかに映し出すことができます。言葉には霊力《ザクティ》があるのです。それでは自我《アートマン》という言葉に対応するものは何でしょうか。人の姿には形がありますが、自我には形がありません。自我という言葉を聞いても、人は形のあるものを想いうかべることはできないのです。それでも自我という言葉に対応して、何かが心のなかにうかびます。それは胸のうちにある心《フルダヤ》といったものでしょうか。あるいは心の奥底にある精神《マナス》といったものでしょうか。自我というものは確かに胸のうちの心のなかに存在するように思われます。自我《アートマン》は死後も存在するのか。死後の霊魂《アートマン》はどのような形をしているのか。それをあなたは、見事な言説で解き明かしましたね。

「そう言うたあとであやつは、ふだんわしが弟子たちに説いている言説を、口調までそっくりに語り始めた」

あなたはいつも弟子の皆さんに、こんなふうに語っていますね。もしもおまえたちが霊魂《アートマン》は死後も存在するのかと問いかけたとして、わしが存在すると考えておるのなら、そのように答えるじゃろう。されどもわしはそのように答えることはない。存在するとは言わず、存在せぬとも言わぬ。存在しかつ存在するとも言わず、そのどちらでもないと答えることもない。……どうですか。これがあなたの言説ですね。しかし結局のところ、あなたは答えないと言っていながら、まわりくどい言説を用いて、結局のところ言葉によって答えてしまっているのです。そこからあなたの過誤が始まります。あなたはそれが過誤だと知っておられる。そうではありませんか。

「そう言うたあやつはわしの顔をじっと見つめ、あなどるような冷ややかな笑いをうかべたのじゃ。あやつはさらに言葉を続けた」

言葉というものは語れば語るほど真実から離れていくものなのです。だからわたしも、霊魂《アートマン》があるともないとも、答えることはありません。世界《ローカ》には言葉では語れないことがあるのです。自我《アートマン》は過去に存在したのか。存在しなかったのか。過去のわたしはどのように生きていたのか。過去のわたしとは何か。過去のわたしはどのように生きていたのか。過去のわたしはどのように変化したのか。未来にわたしは存在するのか。存在しないのか。未来のわたしとは何か。未来のわたしはどのように生きるのか。未来のわたしはどのように変化するのか。自我というものはいま存在しているのか。存在していないのか。いまのわたしとは何なのか。いまのわたしはどのように生きているのか。わたしはどこから来たか。わたしはどこに行くのか。これらはどれも言葉によっては答えられない問いで、問いそのものが無意味なのです。そのような問いは口にすることなく、問われても答えることなく、沈黙していればよいのです……。

　そのように長く話していても、老人の顔からは恐怖の表情は消えなかった。

「あやつが語っておることは、わしがつねづね語っておったことと、さほどの開きがあるわけではない。要するに、言葉では何も語れぬということを言うておるのじゃ。しかしわしの場合は、自分が何も語れぬことを申し訳なく思う気持があって、どことなく弱々しく控えめに語っておった。あやつは何も語れぬということを堂々と宣言していささかも恥じる気配を見せぬ。あやつはわしに哀れむようなまなざしを向けながら、やさしげな笑みをうかべてこう言うたのじゃ」

　あなたはわたしに似ていますね。あなたはわたしにとって父であり、兄であるようなお方です。一切の言説に意味がないという点では、あなたとわたしの間に見解の相違はないのです。ただあなたは何も語るべきではないということを、くどくどと遠回しに語っているだけで、そこから先へ進んでいくことがありません。あなたは自分が誤ったことを述べないと主張しているだけで、輪廻《サンサーラ》を恐れ地獄《ナラカ》の恐怖に苦しんでいる人々をどこへも導いていかない。一言で言えばあなたはひとりよがりの哲学者《ターリキカ》です。わたしたちはその先に一歩進んでいかねばなりません。そうではありませんか、シャーリプトラさん……。

「あやつはだしぬけに背後に振り返った。そこにはわしの側近のシャーリプトラとマウドガリヤーヤナが、まるであやつの側近になったかのように控えておった。問いかけられたシャーリプトラは、このようなことを言うたのじゃ」

　ああ、尊者《ムニ》よ、わが導師《グル》よ。あなたさまのお姿を目にした瞬間に、わたくしは自分が待ち望んでいたのはこのお方であったと確信いたしました。わたくしどもは長年、サンジャヤさまのもとで修行を積んでまいりました。一切の言説を否定するというサンジャヤさまのご指導に当初は感激いたしておりましたが、何年たってもその先への展開がなく、いささか物足りぬものを感じておりました。あなたさまはその先のことを考えておられるのでございますね。お言葉をうかがうのはいまが初めてでございますが、わたくしどももサンジャヤさまの虚無論《ナスティカトヴァ》の先に何かがあるはずだと、わずかながら希望を抱いておりました。その希望は輝かしい確信にかわりました。シャーキャー族の尊者《ムニ》であるシッダルタさまこそ、新たな宗教《マタ》を起こし、万民を救済する偉大な導師《グル》になられるお方でございます。どうかわたくしどもを、あなたさまの弟子に加えてくださいますよう、切にお願い申し上げます……。

これはサンジャヤの口を通して伝えられた、シャーリプトラの弟子入りを願い出た言葉だ。

これに対してシッダルタは次のように語った。

わたしはまだ修行中の身です。弟子などひとりももってはおりません。いずれ教団《サンプラダヤ》を開いて弟子を集め教えを弘めることになるのか、それとも若いころのサンジャヤさまのように、ヒマーラヤの奥地に出向いてひとりで修行を続けるのか、そのことも決まっていないのです。しかしわたしが修行を終え、教団を開くことになれば、真っ先にあなたがたのところにお迎えにまいります。シャーリプトラさん、あなたがわたしの一番弟子ということになりますね。そうして……。

シッダルタはシャーリプトラの隣にいるマウドガリヤーヤナの方に目を向けた。

マウドガリヤーヤナさん。あなたがわたしの二番弟子です……。

サンジャヤ・ベーラッティプッタの長い話が終わった。サンジャヤは大きく息をつき黙りこんでしまった。

シッダルタはサンジャヤを訪ねたあとは、ジャイナ教の導師《グル》、マハーヴィーラーを訪ねたはずだ。

その後、五人の護衛の神官《プラフティ》とともにヴァーナラシーを去った。尼連禅河《ナイランジャナー》に沿ったガヤの町に入り、村娘のスジャータの献げ物を受けて覚りの境地に到達した。

シッダルタはただちにヴァーナラシーに引き返し、鹿《ムルガ》の森林《ダーヴァ》で最初の教えを説いた。

そこにはシャーリプトラもマウドガリヤーヤナもいて、二人は一番弟子と二番弟子になった。それだけでなく、二人に従っていたサンジャヤの弟子たちは、全員がシッダルタの弟子となり、初期の仏教教団の中心となった。

サンジャヤはひとりきりでこの石造りの会堂《ザラ》に取り残されることになった。

デーヴァダッタはシッダルタとのやりとりを語ってくれたサンジャヤに感謝すると同時に、この孤独な老人に親しみを覚えた。

思わず老人の方に顔を近づけて、ささやきかけた。

「あなたさまはこれからどうされるおつもりでございましょう」

サンジャヤは一瞬、天を仰ぐような動作を見せた。

「どうされると問われるか。わしはどうもせん。長くヒマーラヤの山中で修行を重ねた。つねにひとりきりであった。いまは語る相手もおらぬゆえ、わしが瞑想《サマーディ》のなかで考えたことは、自分だけのためのひとりきりの哲学《タリキカトヴァ》にすぎぬ。それでよいのじゃ。もともとわしは人々に教えを説くつもりはなかった。たまたま神官《バラモン》をつとめておったころの若い仲間であったシャーリプトラにヒマーラヤで考えたことの一端を伝えると、あやつは心を動かされたようで、その言説《ヴァダティ》を恒河《ガンジス》流域の各地に伝えねばならぬと言い出した。あのシャーリプトラというのはいささか軽薄で、調子のよすぎるところがある。わしは弟子に乗せられて導師《グル》となったのじゃが、シャーキャー族のシッダルタが現れると、シャーリプトラはあっさりとあやつの弟子になってしもうた」

そう言って老人は寂しげに笑った。

「シャーリプトラは口先だけの軽薄なやからじゃが、同僚のマウドガリヤーヤナは深い見識《ヴィジュニャーナ》をもった哲学者《ターリキカ》じゃ。いまはシャーリプトラの陰に隠れておるが、いずれはあのお方の教えを最も深く理解する優れた弟子となるはずじゃ。ところで、デーヴァダッタどの。そなたはこれからどうするつもりなのじゃ」

デーヴァダッタは答えた。

「わたくしはこのヴァーナラシーで兄の足どりをたどり、多くの導師から教えを学びました。次にはジャイナ教のマハーヴィーラーさまを訪ねるつもりです」

「そうしていずれは、シッダルタどのの教団に入り、兄を支えることになるのじゃな」

デーヴァダッタは微笑をうかべた。

「そこまでは考えておりません。わたくしは、自分というものが何なのか、よくわかっていないのです。それでヴァーナラシーの導師を訪ねながら、これからの自分がどこに向かって歩いていけばよいのか、考えを深めていきたいと思っているのです」

老人は大きくうなずいて言った。

「そうであったか。確かにあのお方の教団に入るのなら、マガダ国に出向いて兄の教えを受ければよいだけのことじゃな。それをせぬのは、デーヴァダッタどの、そなたの胸のうちには、兄と競い、兄を超えたいという野心があるのではないか」

デーヴァダッタは老人の問いには答えず、静かに笑ってみせた。

あとには長い沈黙が続くばかりだった。

第十二章　ジャイナ教のマハーヴィーラーと対決

偉大な勇者《マハーヴィーラー》。

ジャイナ教の導師《グル》。

確実に知っていることはそれだけだ。

カピラヴァストゥを出立する前にアシュヴァジットから説明を受けた。船を乗り換えたヴァイシャーリーでも到るところで白衣派《シュヴェタンバラ》の商人《ヴァニージャ》の姿を見かけた。ジャイナ教は多くの弟子や信者に支えられているようだ。

なだらかな丘の全体が精舎《ヴィハーラ》の敷地になっていた。丘の先には深い森林《ダーヴァ》が広がっている。在家信者《シュラーヴァカ》の白衣派とは別に、裸形派《ディガンバラ》と呼ばれる高弟たちがいるようで、おそらくは森林の奥で修行をしているのだろう。

デーヴァダッタは人や動物の気配を感じとることができる。森林の奥からは鹿《ムルガ》などの動物の気配とは別の、不思議な強い気配が伝わってきた。

精舎の周囲には弟子か支援者らしい人の姿が見えたが、いずれも白い衣を着ていた。下級の弟子を相手にしても仕方がない。裸形派の高弟を見つけ、導師マハーヴィーラーの居所を尋ねたいと思っていた。

デーヴァダッタは丘を大きく迂回して、森林のなかに入っていった。

プーラナ・カッサパやマッカリ・ゴーサーラは、近づいていくだけで、デーヴァダッタの心のなかに語りかけてきた。

マハーヴィーラーもその種の霊力《ザクティ》を有しているはずだ。

デーヴァダッタは心のなかで、導師に向かって声を発した。

「マハーヴィーラーよ。わたくしはシャーキャー族のシッダルタさまの弟でございます。あのお方がたどられた道筋をわたくしもたどり、わが学びとしたいと思うております。わたくしの声が届いておれば、お応えいただくわけにはいかぬでしょうか」

応えは返ってこなかった。

デーヴァダッタは同じ言葉をくりかえした。先ほどよりも集中力を強めたつもりだった。デーヴァダッタは呪術《マントラ》の修行を積んだわけではないが、少年のころからシッダルタとは心のなかで会話を交わすことができた。それは考えてみれば生まれながらにそなわった霊力《ザクティ》なのかもしれない。ならば集中力を高めれば、相手に届くのではないかと思われた。

だが、応えは返ってこない。

デーヴァダッタはさらに集中力を高めて、心のなかで大声で叫んだ。

「マハーヴィーラー、この森林のなかのどこかにおられるのであれば、わたくしにお応えいただきたい。ジャイナ教の導師《グル》、マハーヴィーラーよ」

応えは返ってこなかった。

思いを集中させていたので、デーヴァダッタは疲れを覚えた。

大きく息をつき、デーヴァダッタは胸のうちでつぶやいた。

マハーヴィーラー……。

おまえはどこにいるのだ。

するとその胸のうちのつぶやきに反応があった。

「うるさく声をかけるのは誰だ」

低い声だったが、語調にきびしさが感じられた。

「わしの修行をさまたげて声をかけるからには、それなりの覚悟があるのであろうな」

「あなたさまがマハーヴィーラーであられますか。わたくしはカピラヴァストゥのデーヴァダッタと申します」

「デーヴァ……。おまえは神《デーヴァ》だというのだな。待っておったぞ。あやつはいずれ弟のデーヴァがやってくるはずだと言うておった」

「シッダルタさまとお会いになったのですね」

「会ってはおらん。われらは高い霊力《ザクティ》を有しておるゆえ、顔を合わせて言葉を交わす必要はない。呪術《マントラ》で思いを伝え合っただけだ。だがあやつはほとんど何も語らなかった。ひたすらわしに語らせただけだ」

「あなたさまは何を語られたのでございますか」

「最初はあやつの方が問いを投げかけた。いきなりあやつは、あなたはなぜ裸形なのかと聞いてきたので、わしはジャイナ教の教えを説いてやった」

「ジャイナ教の五戒《パンチャシーラ》の教えは、不殺生《アヒンサー》、真実語《サティア》、不偸盗《アスティヤ》、不邪淫《ブラフマチャリア》、無所得《アパリグラハ》と聞いております。そのどこにも、裸形になることは定められていないではありませんか」

「五戒は在家信者《シュラーヴァカ》の白衣派のためのものだ。在家信者には生活があり、人々との関わりがある。町や村に住んでおれば裸で過ごすわけにもいかぬ。だから日々の生活のなかで、殺さず、嘘をつかず、ものを盗まず、不倫を犯さず、欲を断てと教える。それだけを守っておれば地獄を恐れることはない」

「あなたさまの教えはそれだけなのですか」

「まあ、ほかにもいろいろあるが、話を聞きたいか。ならばデーヴァよ。わしの弟子になれ」

「わたくしは裸形派《ディガンバラ》になるつもりはありません」

「わしの姿を見れば、その考えも変わるだろう。おまえはわずかだが呪術《マントラ》の霊力《ザクティ》があるようだな。わしの姿を見せてやろう」

デーヴァダッタの目の前に幻影《タマス》がうかんだ。

いくぶんもやがかかったような、ぼやけた映像ではあったが、こちらを向いて立っている人物の姿がはっきりと確認できた。

痩せ細った全裸の男だった。白髪まじりの頭髪やひげが伸び放題に伸びて腰のあたりまでが隠れていた。下半身も体毛でおおわれているため、裸ではあっても体の皮膚はほとんど見えず、毛むくじゃらの野獣《パズ》のようだった。

顔をおおった頭髪やひげのあいまから、彫りの深い目のくぼみがあり、射すくめるような鋭い眼光が放たれていた。

男が声を発した。

人の声というよりも野獣のうなりのようだったが、そのうなりを通じて男の思いがデーヴァダッタの胸のうちに飛びこんできた。

「五戒は初心者向けの仮のおきてにすぎぬ。わしの弟子になるためには、わしのまことの教えを学ばねばならぬ。わしの教えはごく簡単なものだ。一切は苦《ドゥッカ》である。それだけだ。生きるというのは苦を負うことにほかならぬ。若いものもいずれは老いる。元気なものもやがては病む。誰も死から逃れることはできぬ。だとすれば結局のところ、人は苦をかかえて生きるしかないのだ。苦をかかえて生き、輪廻《サンサーラ》して次の世でも苦を負い、最後に地獄《ナラカ》に落ちるのだとすれば、われわれの生に救いはない。おまえもそう思うておるのではないか、デーヴァよ」

デーヴァダッタは答えなかった。声に出して答えなくても、相手は呪力《マントラ》によってこちらの心のなかを察知しているはずだ。

一切は苦であるという言い方には疑問を覚えた。

苦《ドゥッカ》もあれば楽《サウキャ》もあるのではないか。七元素説のパクダ・カッチャーヤナは四元素説に苦と楽と霊魂《アートマン》を加えて七元素説とした。

シッダルタは一切の現象は影絵芝居《トールボンマラータ》の幻影《タマス》にすぎないとつねづね語っていたが、シッダルタ自身は女官たちとの宴《ウトゥサヴァ》を楽しんでいるように見えた。

そこまで考えたところで、相手の思いが声のように響いた。

「一切は苦《ドゥッカ》であるというわしの原理《ダルマ》をあやつは認めたぞ」

「シッダルタさまが……、あのお方がそのようなことを言われたのですか」

「言葉で同意したわけではない。わしが原理を述べた時に、あやつは黙って聞いておるばかりであった。反論せぬということは同意したも同じだ」

「一切が苦であるとして、その苦から逃れるためには、どうすればよいのでしょうか」

「むさぼらぬことだ。戦さで多くの人の命を奪い、その結果として広大な領土を支配する大王《マハーラージャ》がおるとしよう。そやつは必ず地獄《ナラカ》に落ちる。欲にかられて殺生《プラナティパタ》をなせばそれはいずれ苦《ドゥッカ》を招く。嘘をついて金を儲け、盗みをして人を悲しませ、不倫をして快楽を求め、欲にとらわれて資産を増やす。わしが五戒を定めたのも、苦を招く五つの欲をいましめたものだ。だがわしの高弟になるためには、五戒だけでなく、一切の欲を断たねばならぬ。すべてを捨てる。これこそが勝者《ジナ》になるための唯一の方法なのだ。人の心は弱い。目の前の欲望《アビラーサ》にとらわれておのれを失うこともある。きびしい努力を怠って安楽《サスタター》を求めがちだ。すべてを捨てるというのはたやすいことではない。その決意を示すために、われらは裸になる。在家信者《シュラーヴァカ》は白い衣を着ておるが、わしの高弟たちは一切の衣を脱ぎ捨てる。よってわれらは裸形派《ディガンバラ》と呼ばれる。デーヴァよ。おまえもその衣を脱ぎ捨てたらどうだ」

マハーヴィーラーの弟子になるつもりはない。だが六師外道《サドグルティイルティカ》のこれまでの五人の言説よりは、この導師の教えには説得力があると思われた。

何よりも禁欲《ウパヴァーサ》を教えの中心に据えているところに好感がもてた。

デーヴァダッタ自身は、神官《バラモン》の生まれでも修行者でもなかったので、禁欲をこころがけたことはない。ただ王族《ラージャター》の一員でありながら、母の生まれがいやしく、その母も病没していて、支えてくれるもののいない弱い立場だった。養母のアミターはやさしかったが、デーヴァダッタの側に遠慮があった。つねに自分をおさえていた。

自分は生まれながらに禁欲を強いられていたのではなかったか。

それでも裸形派になろうとは思わないし、すべてを捨てたいとも思わなかった。

自分は確かに恵まれた場所にいた。始めは異母姉ヤショーダラの給仕《ヴィタラーカ》としてカピラヴァストゥに来たのだが、その後は王族《ラージャター》の一員として騎馬隊《アズヴァニーカ》に入り、シッダルタもスンダラナンダ王子も、自分を弟として遇してくれた。王族の宴《ウトウサヴァ》に加わったこともあるし、スンダラナンダ王子の側近としてシュラヴァースティの王宮を訪ねたこともある。

うまい料理を食べた。酒の味も、女の味も知っている。

それでも、酒も女も、むさぼるように求めることはない。禁欲せよと言われれば、いつでも禁欲できる気がした。

マハーヴィーラーの声が響いた。

「わかったぞ。おまえはすでに勝者《ジナ》の境地に近づいておる。だがおまえの心のうちには強い執着《ドラグラハ》がある。その執着がある限り、おまえは勝者にはなれぬ。執着を捨てよ。衣服を脱ぎ捨てるように心のなかのこだわりを捨てるがよい」

「わたくしは何を捨てればよろしいのでしょうか」

「シッダルタへのこだわりだ。それは渇愛《トルシュナー》というべきであろう」

渇愛。

その言葉が胸にしみた。

梵語《サンスクリット》と呼ばれる神官《バラモン》たちが伝える言葉には意味が微妙に異なった多様な響きをもつものがある。

性愛《カーマ》、渇愛《トルシュナー》、慈愛《マイトリー》。

自分のシッダルタへの思いは、友愛であり、慈愛だと思っていた。

「シッダルタさまはわたくしにとって、偉大な兄であり、超えることのできないお方だと思うております」

言葉にして言ってしまうと、少し違う気もした。

仇敵《ザトル》、という言葉が近いのかもしれない。

そのいまの自分の気持を相手は察しているはずだ。

相手の思いが届いた。

「デーヴァよ、おまえは大きな重荷を背負うて生きておるのだな。その重荷ごと衣服を脱ぎ捨ててわしの弟子になれば、おまえは勝者《ジナ》になれる。二十五代目のニルグラント派の導師として教団を率いる重責をになうこともできるのだぞ」

この言葉にもデーヴァダッタは動じなかった。

「あなたさまはほんとうに教団を率いておられるのですか。ただ森林《ダーヴァ》のなかで裸になり野獣のように生きておられるだけではないのですか」

「そうだ。わしは野獣として生きておる。それはわしが導師として教団を率いておるからだ。導師であるからには範を示さねばならぬ。一切は苦《ドゥッカ》であることを原理《ダルマ》とし、すべてを捨てることを教えとしているのであるから、自らがすべてを捨てなければならぬ。衣を脱ぎ捨てるのは当然のことだ。食欲も断たねばならぬ。米飯《オダーナ》や乳粥《パーヤーサ》などは食さず、水とわずかな木の実だけを糧《アハーラ》として、痩せ細って生きながらえる。森林のなかを野獣のごとく駆け回り、いばらで傷を負うこともいとわぬ。その姿を見て高弟たちがわしのようすを在家信者《シュラーヴァカ》に伝える。そのようにしてわしは教団を率いておるのだ」

「あなたは導師として、野獣になるしかないのですね。あなたはそのことを、シッダルタさまに伝えられたのですか」

デーヴァダッタの目の前にうかんだ初老の男の幻影が、影絵芝居の灯火《ディーパ》の炎が燃え盛るように、にわかに輝きを増したように思われた。

「われらの会話は言葉を必要とせぬ。わしの思いはあやつの胸のうちに伝わったはずだ。あやつは心のなかで冷ややかに笑っておった。わしのことを愚かな導師だと思うたのであろう。どのような修行をしたのか、あるいは生まれながらの霊力《ザクティ》なのか、あやつはすでに勝者《ジナ》の境地に到達しておった。あやつの心にはいささかの揺るぎもなかった。揺るぎがないということは、教団を率いて導師として教えを説くつもりもないようであった。導師となるにはそれなりの覚悟が要る。自分が導師となると思いを定めるまでに、迷いが生じることもあるはずだ。だがあやつにはいささかの動揺もなかった。あやつがわしのところに来たのは、弟子を率いるために野獣《パズ》となり苦行《タパス》を続けているわしの姿を見て、あざわらうためであったのか。導師《グル》とは苦しいものだ。人が人生のなかで直面せねばならぬ苦《ドゥッカ》のうちで最も耐えがたいものが、導師であることの苦しみなのだ。わしは苦しんでおる。あやつは始めは笑っておったが、そのうちに哀しげなようすをして、長い間、黙りこむばかりであった」

時にシッダルタは冷ややかな笑いをうかべることがある。その時のシッダルタの姿が目にうかぶようだった。

デーヴァダッタは問いかけた。

「その時あなたは、シッダルタさまのことを、どのようにお考えになったのですか」

答えが返ってきた。

「あやつはまだ若い。まだ何も知らぬ。ただ恐れも不安も感じておらぬことは確かだ。あやつはいずれ間を置かずに、教えを説き始めるだろうと思われた。実際にそのあとすぐに、あやつは自らを覚者《ブッダ》だと宣言して、教団《サンプラダヤ》を興したようだな」

「勝者《ジナ》と覚者《ブッダ》は違うのですか。違うとすればどこが違うのですか」

「同じだ。わしはあやつのことを勝者《ジナ》だと認める。だがそれではもう一つのジャイナ教ができてしまうので、あやつは覚者《ブッダ》と自称しておるのであろう。勝者についてはニルグラント派の長い伝承があって、身体的な特徴やその霊力《ザクティ》についても定めがある。ブッダについても広く伝えられた民間信仰があって、身体的特徴などが語られてきた。それらは伝承に過ぎぬのだが、人々はその種の伝承を大事にする。民間伝承によって定められた勝者や覚者の称号を、われらはただ借りておるだけかもしれぬ。わしはあやつと競うつもりはない」

そこまで話してから、相手はわずかに語調を変えた。

「わしはかつてラージャグリハに精舎《ヴィハーラ》を置いておったが、支援者であったマガダ国王ビンビサーラがわしの予言を不満として、支援を打ち切ってしまった。それでいまは白衣派《シュヴェタンバラ》の商人《ヴァニージャ》が多いヴァーナラシーに移ってきた。われらは教えを弘めて人々を救う。神官《バラモン》のように伝統にとらわれることもなく、武人《クシャトリヤ》のように戦さで領土を拡げることもない。あやつはいまではビンビサーラ王の支援を受けてラージャグリハに精舎を築いておるという。おそらくわしが築いた精舎をそのまま借用しておるのだろう。それでよい。われらは互いに自らの教えを弘めていけばよいのだ」

この時、デーヴァダッタの心のうちに一つの疑問が生じた。黙っていようかとも思ったのだが、相手はこちらの心のうちを見透している。

思いきって尋ねてみた。

「ジナとブッダはどちらが偉大《マハー》な導師《グル》なのでしょうか」

目の前にうかんだ映像がさらに輝きを増したようだった。

「伝承の長さと重さからすれば、ジナの偉大さには揺るぎがない。デーヴァよ。弟子になるのならわしの弟子になった方がよいぞ。そもそもおまえはあやつを憎んでおるのだろう。あやつの弟子になるつもりもないはずだ」

「わたくしは苦行《タパス》をするつもりはありません。といってシッダルタさまの弟子になりたいとも思っておりません」

「弟子にならぬというなら、なぜあやつの足どりを追いかけるのだ」

そのように問われれば答えようがなかった。

なぜシッダルタにこだわるのか、自分でもうまく説明できなかった。

まだ幼かったころ、シッダルタはたびたびデーヴァダハ城に訪ねてきた。王宮の庭で、あるいは森のなかで、シッダルタと言葉を交わした。

シッダルタの言葉の一つ一つが心《フルダヤ》の奥底にしみこんできた。

いまの自分が何かを考え、いかに生きるべきかを考えている、その考え方の土台には、幼いころのシッダルタとの会話があった。

その後、給仕《ヴィタラーカ》としてヤショーダラとともにカピラヴァストゥ城に入った。

王宮の森のなかでも、何度もシッダルタと話し合った。

ルンビニー園で開かれた宴のことは、いまも目の奥にやきついている。まるで自分に見せるためにシッダルタが仕組んだのではないかと思われるようなことさらに華やかな宴だった。その華やかさが自分の胸のうちに、傷のように刻まれている。

あの園地で、自分はシッダルタを憎み、呪った。

山の向こうにいる騎馬民族の盗賊が襲いかかってきてすべてを破壊してくれたら、といった幻想を頭の中に想い描いていた。

まだ目の前にうかんでいるマハーヴィーラーの幻影を見つめた。

いま考えをめぐらせている自分の心のうちを、マハーヴィーラーは見ているのだろう。

そう思った時、声が響いた。

「見ておるぞ。おまえはシッダルタのあとを追いながら、いずれはシッダルタを乗り越えるつもりなのであろう」

デーヴァダッタは声を発した。

「シッダルタさまはわが兄です。あのお方と競うつもりはありません」

「そうかな。あやつはわしのことをただ冷ややかに笑っておった。愚かな導師《グル》とさげすんでおったやもしれぬ。確かにあやつには勝者《ジナ》に匹敵する霊力《ザクティ》がそなわっておる。だが、あやつには大事なものが欠けておる」

「その欠けているものとは何ですか」

わずかな間のあとで、ひらめきのような声が届いた。

「あやつは心の奥底に、無明《アヴィドヤ》の闇をかかえておる」

「無明の闇……」

デーヴァダッタは思わず同じ言葉で問い返した。

無明とは何か。

無知であるとか、愚かであるという意味だが、マハーヴィーラーはその言葉に深い意味をもたせているのだろう。

再び声が届いた。

「無明とは根本的な過ちのことだ。この世に生まれ出た瞬間から、あやつは常人とは異なった道を歩み始めたのだろう。気の毒なやからではあるが、困った存在でもある。あやつは何も信じてはおらぬ。あやつの心のなかはからっぽなのだ。何も信じておらぬものには、意欲も野心も生じてはこぬ。あやつに欠けておるものは野心《ラージャロブハ》だ。魔神《パープマン》のごとき邪悪《パーパ》などの強い野心がなければ、大きな教団《サンプラダヤ》の導師《グル》はつとまらぬ。あやつは静かで、大らかで、揺るぎのない境地に達してはおるが、心のなかはからっぽで、すべてをただ眺めておるだけだ。デーヴァよ。おまえには邪悪な野心がある。いずれはおまえがあやつを倒し、あやつを乗り越える日が来ることであろう」

「あなたさまには未来が見えるのですか」

「わしには霊力《ザクティ》がある。未来が見えておる。しかし未来が見えるというのは必ずしもよいことばかりではないのだ。わしがマガダ国王ビンビサーラといさかいを起こしたのも、わしが国王の未来を予言《アグラニルパナ》したからだ。不吉な予言であったが、予言に従って災いを避けることもできると思い、あえてそのことを国王に伝えたのだが、その親切心があだになった。予言などはせぬ方がよいのかもしれぬ」

相手はここでいちだんと強い口調になった。

「デーヴァよ。おまえはわしの弟子ではないのだから、わしの予言を信じる必要はない。わしに未来が見えるというのは、嘘《モハ》であるやもしれぬからな。考えようによっては、わしはただおまえをそそのかし、あやつの教団を破壊させようとしておるだけなのかもしれぬ。おまえがわしの予言を信じれば、わしの言葉にあやつられ、わしの思いどおりにあやつの教団を破壊することになる。用心することだな。だがこのことだけは言うておこう。あやつの教団を壊すことができるのは、デーヴァよ、おまえだけなのだ」

目の前の幻影《タマス》が、笑ったように見えた。

六師外道《サドグルティルティカ》の導師《グル》のすべてを訪ねて、言葉を交わした。

もはやヴァーナラシーでなすべきことはなかった。

デーヴァダッタは来た時と同じように船に乗りこんで恒河《ガンジス》を下った。

河の流れはゆるやかで、ほとんど流れが感じられなかった。船頭は急ぐこともなく流れに任せて船を進めた。

やがて見事な城壁が前方に現れた。

ラージャグリハ（王舎城《おうしゃじょう》）。

まさに王の館《ラージャグリハ》と呼ばれるにふさわしい大帝国マガダの首都だった。

デーヴァダッタは西の大国コーサラの首都シュラヴァースティ（舎衛城《しゃえいじょう》）に何度も出向いた。広大な都市の全体を包みこむ長い城壁が築かれてはいたが、石の積み方は乱雑で技術の未熟さが感じられた。

それに比べれば、シッダルタの父シュッドーダナ王が築いたカピラヴァストゥの城壁は、規模は小さいものの、切石の技術や積み方の緻密さ、美しさという点では、はるかにシュラヴァースティをしのいでいた。

一方、ラージャグリハの城壁は、遠くから眺めただけでも、その美しさ、技術の高さがはっきりとわかるものだった。しかも、城壁の長さは長大で、マガダ国の隆盛を示していた。

その城壁が目の前に迫ってきた。

運河のような細い支流に入り城壁にさらに近づいていく。

城門に近い場所に船着場があった。

城門はつねに開かれている。

デーヴァダッタは城門をくぐり都市の中央にある王宮《ラージャプラサダ》を目指した。

王宮の衛兵にカピラヴァストゥ国の王族《ラージャター》だと告げると、マガダ国の王《ラージャ》ビンビサーラと面会することができた。王妃《サムラージ》ヴァイデーヒーが同席していた。

かつてシュラヴァースティの王宮の広間で、マガダ国に嫁ぐ直前のヴァイデーヒーの姿を見たことがあった。その圧倒的な美貌に驚くとともに、いかにも聡明そうな話しぶりに心を動かされた。

何年ぶりかで再会したヴァイデーヒーの美貌はいささかも衰えていなかったが、娘らしい輝きは失せて、哀しみの陰がまとわりついているように感じられた。

初対面の時に、親しく言葉を交わしたわけではない。ヴァイデーヒーと言葉を交わしたのはスンダラナンダ王子で、デーヴァダッタはそばで話を聞いていただけだった。

それでもヴァイデーヒーはデーヴァダッタのことを憶えていた。

「シッダルタさまの弟ぎみのデーヴァダッタさまですね。コーサラ国を出立する前の別れの宴席に参加していただきました。どういうわけかあなたはとても哀しそうな顔つきをしておられました。そのことが記憶に刻まれております」

そんなことがあったかと思ったが、記憶は定かではない。

ただ何か未来の予感のようなものを覚えて、胸騒ぎに似た不安を覚えていた。

胸騒ぎとは、王女《ラージ》の未来に不吉な陰がさしているということで、そのことをヴァイデーヒー自身が感じとっていたのかもしれない。

デーヴァダッタはあわてて言い訳めいたことを口にした。

「遠い国に嫁がれる姫ぎみのことを思い、長旅の苦労や見知らぬ土地での生活など、自分なりに心を痛めていたのかもしれません」

「ご配慮に感謝いたします。旅に出るのは不安でしたが、船の旅は思いのほか楽しく、ラージャグリハの見事な城壁を目にした時は、すばらしいところに来たものだと心が躍りました。こちらに嫁がせていただいたことを、ありがたいと思うております」

そう言ってヴァイデーヒーは微笑をうかべたのだが、その微笑にも暗い陰りが感じられた。

国王ビンビサーラは背が高く堂々とした体格の人物だった。シッダルタとほぼ同世代と思われたが、さすがに大国の王だけあって威厳《グルトヴァ》と風格を感じさせた。

ビンビサーラ王が語り始めた。

「娘を嫁がせたいという申し出がコーサラ国の大王《マハーラージャ》からもたらされた時、わたしはそれほど期待をもってはいなかった。西の帝国コーサラと縁戚関係になれば、戦さをせずともすむ。ありがたい申し出ではあったが、十五歳で即位してから長い年月、正室を置かずに来たのは、側室とした女たちを分けへだてなく愛したいという思いがあったからだ。大国の王女《ラージ》というだけで王妃《サムラージ》とすることには迷いがあった。だがヴァイデーヒーを一目見れば、迷いは晴れ渡り、大いなる喜びに満たされた。その美しさもさることながら、全身からあふれだす高貴な品格があって、まさに女神《デヴァター》のまえにひれふしたくなるような気分であった。コーサラ国からの申し出に応じただけであったが、この上もない縁組であったといまは思っている」

それからビンビサーラ王は改まった口調で問いかけた。

「そなたは兄ぎみに会いに来られたのであろう。もう竹林精舎《ヴェヌヴァナヴィハーラ》には出向かれたのか」

「わたくしはまずヴァーナラシーに赴き、シッダルタさまが教えを求められた六師外道《サドグルティルティカ》と呼ばれる導師《グル》たちを訪ねておりました。その後、ヴァーナラシーから船でこちらにまいりました。城門前の船着場からまっすぐに王宮に向かいましたので、まだ兄とは会っておりません」

「それならば早く兄ぎみに会いたいであろうが、せっかく王宮においでになったのだから、兄ぎみの話をしておきたい。兄ぎみは修行の場のヴァーナラシーに向かう前に、このラージャグリハに来られた。出入りの商人《ヴァニージャ》から噂《ジャナヴァーダ》は届いておったので、わたしは王宮の楼閣《プラサダプルスタ》の上から城門前の道を眺めておった。兄ぎみのお姿を遠くから眺めただけで、通常のお方ではないとたちどころにわかった。実際に対面してみると、その高貴な風貌や落ち着いたものごしに圧倒される思いであった。カピラヴァストゥの皇太子であられたお方とは聞いておったので、思わず余計な提言をしてしまった。宗教《マタ》や哲学《タリキカトヴァ》の修行などなさらずに、王《ラージャ》となってコーサラ国と闘われてはいかがかと……。及ばずながら象《ガジャ》部隊などの援軍を差し向けましょうとも申し出たのだが、いまから思えばまことに愚かな提言であった」

ビンビサーラ王は苦笑のような笑い方をした。

「わたしはあのお方をそそのかしてコーサラ国を攻めさせ、そのすきにこちらがコーサラ国の領土を侵略することを狙ったわけではない。そのようなことをせずとも王妃となったヴァイデーヒーが嫁入りの時に、持参金がわりにかつてのカーシー国の支配地であった地域を、マガダ国に献上してくれた。かの地はもともとヴァイデーヒーが生まれた時に王女に与えられたもので、ヴァイデーヒーという名はその地域の地名なのだ。もっともヴァイシャーリーやヴァーナラシーなど商人が支配する都市が多く、高い租税《カラ》を取ることもままならぬゆえ、わたしが得るものは多くはないのだがな。それでもヴァイデーヒーが嫁いでくれたおかげで、大国コーサラと同盟を結ぶことができた。おそらくコーサラ国の狙いは、マガダ国との戦さが避けられれば、安心して周辺諸国を攻められるということではないか。カピラヴァストゥもいずれコーサラに侵略されるのではないかとわたしは見ておった」

ビンビサーラ王は試すようなまなざしでデーヴァダッタの顔色をうかがっていた。

「そなたもカピラヴァストゥの王族《ラージャター》であろう。大国コーサラの動向を気にかけておるのではないか」

デーヴァダッタは答えた。

「シッダルタさまの弟ぎみでいまは摂政《アディパ》をつとめておられるスンダラナンダ王子と、コーサラ国のジエータ王子は、親友といってよいほどの懇意な間がらでございます。お二人の間で戦さが起こるとは思えませぬ」

デーヴァダッタが語ったことは事実だった。ジェータ王子がカピラヴァストゥに遊学していたころは、三人でさまざまなところに出向き楽しく語らっていた。

だがジェータ王子に万一のことがあれば、異母弟のヴィルリ王子が跡を継ぐことになる。ヴィルリ王子の母方の祖父はカピラヴァストゥの首席大臣のマハーナーマンであるから、コーサラ国とカピラヴァストゥは縁戚で結ばれていると考えることもできるのだが、そこには危うい罠がしかけられている。

その罠をしかけているのは自分なのだが。

いずれカピラヴァストゥは滅びることになるだろう。

そんな思いを抱きながら、デーヴァダッタは王妃ヴァイデーヒーの方に顔を向けた。

「大王《マハーラージャ》が亡くなられ、いまはヴァイデーヒーさまの兄ぎみのプラセーナジッドさまが王位を継いでおられます。わたくしはプラセーナジッド王とは懇意にさせていただいておりまして、コーサラ国とカピラヴァストゥの間の橋渡しのような役目をになっております。両国の間には末永く友好関係が保たれることでございましょう」

ヴァイデーヒーは儀礼のような感情のこもらない口調で応じた。

「スンダラナンダさまもあなたさまも、ご聡明で穏やかな方でございます。シッダルタさまはよい弟ぎみをおもちですね。だからこそ安心して教団《サンプラダヤ》を率いることができるのでございましょう」

デーヴァダッタはヴァイデーヒーに向けてうなずいてみせてから、ビンビサーラ王の方に向き直った。

「シッダルタさまの修行に同行したアシュヴァジットという修行者から、このラージャグリハの郊外にブッダの教えを弘める教団が設立されたと聞いております。ビンビサーラ王のご支援にわたくしからもお礼を申し上げます。これからただちに竹林精舎《ヴェヌヴァナヴィハーラ》に赴くつもりですが、王や王妃はすでにわが兄の教えを受けられたのでしょうか」

ビンビサーラ王は目を輝かせて答えた。

「シッダルタさまはこちらでは釈迦尊者《シャーキャームニ》と呼ばれておる。尊者の教えはきわめて簡素でわかりやすいものだ。教えというものはそうでなければならぬ。ジャイナ教のようにきびしく禁欲《ウパヴァーサ》を強いられても俗世間に生きるわれらは受けいれがたい。それに比べてあのお方の教えは誰もが従うことのできる穏やかなもので、信者が続々と竹林精舎に押しかけているようだ」

「わたくしは長く兄と言葉を交わしておりません。これから竹林精舎に出向き、改めて教えを受けたいと思うておりますが、あのお方の教えとはどのようなものなのでございましょうか」

デーヴァダッタの問いに、ビンビサーラ王は一瞬、間を置いてから、力強い口調で答えた。

「四つの要諦《チャトル　サテイヤ》。これに尽きる」

そう言ってビンビサーラ王は、満足そうな笑みをうかべた。

マガダ国の首都ラージャグリハの王宮《ラージャプラサダ》。

アシュヴァジットからシッダルタが覚りの境地に到達した経緯は聞いたものの、ブッダとなり教団の導師となったシッダルタがどのような教えを説いているのか、デーヴァダッタはまだ何も知らなかった。

そのシッダルタの教えをビンビサーラ王から聞くことになった。

「四つの要諦《チャトル　サテイヤ》……」

デーヴァダッタは相手の言葉を口の中でくりかえした。

ビンビサーラ王は声を高めて言った。

「そうだ。教団では四聖諦《チャトルアーリヤサティヤ》と呼んでいるようだが」

ビンビサーラ王は得意げに説明を始めた。

「四つの要諦の第一は苦諦《ドゥッカサティヤ》。一切は苦《ドゥッカ》であるという要諦《サティヤ》だ」

一切は苦である。それはマハーヴィーラーの教えそのものではないか。

デーヴァダッタの胸のうちに、ざらついた違和感のようなものが広がっていく。

「第二は集諦《サムダヤサティヤ》。その苦は何によってもたらされるか」

またもやマハーヴィーラーの言葉が思い起こされた。一切は苦であるとして、そこから逃れるために何をなすべきかと問いかけたデーヴァダッタに、マハーヴィーラーは答えた。むさぼらぬことだ。すべてを捨てよ。衣服を脱ぎ捨てて裸になれ。

デーヴァダッタは身構えるような気持でビンビサーラ王の次の言葉を待ち受けた。

「第三は滅諦《ニローダサティヤ》。苦の元となるものは煩悩《クレーシャ》だ。従って煩悩を断てば苦から逃れることができる」

マハーヴィーラーもすべての欲望《アビラーサ》を断つために裸になって森林《ダーヴァ》のなかで野獣《パズ》のように生きている。

だがシッダルタはそのようなことは説かないだろう。

その次の最後の要諦が重要だ。

「第四は道諦《マルガサティヤ》。煩悩を断つためには正統《アーリヤ》な八種《アスタンガ》の道《マルガ》がある」

ビンビサーラ王はそこで言葉を切った。

デーヴァダッタは身を乗り出すようにして問いかけた。

「正統な八種の道とは何でしょうか」

ビンビサーラ王は答えた。

「正しき見解《サミャクドルスティ》、正しき思考《サンカルパ》、正しき言葉《ヴァチャナ》、正しき行為《カルマンタ》、正しき人生《アジヴァ》、正しき訓練《ヴィヤヤマ》、正しき記憶《スムルティ》、正しき瞑想《サマーディ》……この八種だ」

「正統《アーリヤ》なとか、正しさ《サミャク》とか、それはどういうことですか」

「中央の入口《マディヤマ　プラティパド》であるとあのお方はお説きになった」

「中央の入口……」

意味不明の言葉だと思われた。

デーヴァダッタはあわてて聞きかえした。

「それは何ですか」

「中央の入口から入ってなかほどの道を進む。中道《マディヤマープラティパド》を歩むというのが尊者《ムニ》の教えだ。欲望《アビラーサ》に溺れるのではなく、かといって禁欲《ウパヴァーサ》にこだわりすぎるのでもなく、なかほどの安定した生き方をするということに尽きる。これは世俗のものにとっては何ともありがたい教えだ。ジャイナ教のように禁欲を強いられ、白衣を着よとか裸になれと言われても、われらは困惑するしかない。ブッダの教えはふつうに生きておればよいということだから、われらは生活を楽しみながら生きることができるのだ」

生活を楽しみながらふつうに生きる……、そんなことをシッダルタが教えとして説いたのか。にわかには信じられなかった。

デーヴァダッタはマハーヴィーラーの話を聞いて、自分が弟子になろうとは思わなかったが、禁欲《ウパヴァーサ》や苦行《タパス》にある程度の共感を覚えていた。

中道を歩むというのがブッダの教えだとすれば、それは宗教《マタ》ともいえない安易な生き方を推奨することになりはしないか。

ビンビサーラ王は沙門《シュラマナ》でも哲学者《ターリキカ》でもない世俗の人だ。シッダルタの教えをすべて学んだわけではないだろう。

シッダルタはわかりやすい教えだけではなく、哲学《タリキカトヴァ》にまつわる原理《ダルマ》を説いたのではと思われた。

デーヴァダッタは問いかけた。

「あのお方はほかに何か教えを説かれたのでしょうか。たとえば人というものはいったい何なのか。自我《アートマン》とは何か。ヴァーナラシーには六師外道と呼ばれる導師《グル》がおりまして、わたくしも直接に教えを受けました。わが兄はそうした導師たちと語らいながら、自らの教えを深めたのだと思います。あのお方は何か原理《ダルマ》のようなものをお説きにはならなかったのですか」

熱意のこもったデーヴァダッタの問いに、ビンビサーラ王は大きくうなずき、表情をひきしめて答えた。

「さすがに弟ぎみだけのことはある。そなたはヴァーナラシーであのお方の足どりをたどり、導師《グル》たちの話を聞いたのだな。ヴァーナラシーではさぞや難解な議論が交わされておるのであろうな。ブッダも人が存在することの原理《ダルマ》を説かれておる。たとえば十二《ドゥヴァダ》の因縁連鎖《プラティティヤサムトパーダ》ということを説かれておるのだが、これはわたしには難解すぎて、そなたに説明することはできぬ。これから竹林精舎《ヴェヌヴァナヴィハーラ》に赴くのであれば、あのお方から直接に学ばれればよいだろう。竹林精舎はいまや大きな僧団《サンガ》になっておる。比丘《ビクシュ》と呼ばれる出家者だけでなく、在家信者《シュラーヴァカ》も大挙して押しかけているようだ。かつてラージャグリハの郊外にはジャイナ教の精舎《ヴィハーラ》があったのだが、弟子たちは裸になって野獣のような生活をしておった。それでは教えは弘まっていかぬ。何よりもブッダは難解な原理《ダルマ》だけでなく、世俗のものにもわかりやすい要諦《サテイヤ》を説かれる。教団《サンプラダヤ》はますます発展していくことであろう」

ビンビサーラ王との会見はそこで終わった。

別れ際に、デーヴァダッタはこの王宮《ラージャプラサダ》に来る前から気にかかっていたことを口にした。

「ジャイナ教の導師《グル》マハーヴィーラーは、不吉な予言《アグラニルバナ》をしたために王の不興を招き、ラージャグリハを去ったと聞いております。それはいかなる予言だったのでしょうか」

ビンビサーラ王は表情をくもらせた。

「その予言のことだが……」

王はちらりと王妃の方に目をやった。どうやらマハーヴィーラーの予言は王妃ヴァイデーヒーに関するものらしい。

この王宮に来てヴァイデーヒーと再会した時、王妃の姿に陰がまとわりついているように感じたのだが、もしかしたらそれは予言のせいなのかもしれなかった。

ビンビサーラ王が語り始めた。

「あやつの予言とはこういうものだ」

王妃の方に目をやりながら、ビンビサーラ王は言葉を続けた。

「王妃が生んだ王子にわたしは殺されるというのだ。幸か不幸かヴァイデーヒーはまだみごもっておらぬ。王として跡継がほしいという思いはあるが、この不吉な予言のために王子の誕生を素直に喜べぬことになった。ヴァイデーヒーも予言を気にかけて心を痛めておる。わたしは予言をしたマハーヴィーラーに悪意を感じて、ラージャグリハから追放した。いずれにしてもヴァイデーヒーはまだ一度も懐妊したことがないので、わたしの命も安泰であることは確かだがな」

デーヴァダッタはうす笑いをうかべた。

何やらおもしろいことになってきた。

この予言をうまく使えば、何事かをなせるかもしれない。

デーヴァダッタはやさしげな微笑をうかべて言った。

「予言など気になさいますな。わたくしはヴァーナラシーでマハーヴィーラーと言葉を交わしました。あやつの言うことはすべてまやかしでございます」

「おおっ」

ビンビサーラ王は驚きの声を発した。

そして嬉しげな表情になった。

「デーヴァダッタどの。そなたもヴァーナラシーでは哲学《タリキカトヴァ》の修行をしたのであったな。そなたの申すことを信じたい。しかし念を押すようだが、そなたはまことにマハーヴィーラーと会ったのか。あやつは丸裸であったか」

「確かに裸で修行をしておりました。きびしい禁欲《ウパヴァーサ》を説くマハーヴィーラーの教えに共感する弟子も多く、また在家信者《シュラーヴァカ》の白衣の商人は利益をむさぼることがないので信用があるようですが、予言《アグラニルパナ》の霊力《ザクティ》については、ただのまやかしだと、マハーヴィーラー本人が語っておりました」

「何と。まことにあやつがそのようなことを申したのか」

「確かに、この胸の奥に、あやつの言葉が飛びこんでまいりました」

ビンビサーラ王は大きくうなずきながら、王妃の顔をうかがった。

デーヴァダッタもヴァイデーヒーの方に向き直って声を高めた。

「マハーヴィーラーの予言など気にかけることはございません。安心して健やかな男児が生まれますことをわたくしも祈りたいと思います」

ヴァイデーヒーはにわかに元気づいて応えた。

「お話をうかがって、わたくしも心が軽くなりました。嫁いでから長い年月がたっていながら、いまだに懐妊することがなかったのは、わたくしの気持が定まっていなかったのでしょう。いまは一刻も早く懐妊したいという思いになりました。何だかよい男児が生まれそうな気がいたします」

そう言ってヴァイデーヒーは花がほころぶような晴れやかな笑顔を見せた。

先ほどまでの哀しげな陰を宿したようすはきれいに拭い去られ、別人になったように思われた。

これでヴァイデーヒーは男児を産むことになるのだろう……。

デーヴァダッタは胸のうちでつぶやいた。

第十三章　ラージャグリハ郊外に広がる竹林精舎

恒河《ガンジス》流域でも最大の都市とされるラージャグリハを取り囲んだ城壁の、北門から出ると目の前に園地が広がっていた。

大きな樹木は少なく、丈の低い篠竹《ヴェヌ》が密生しているばかりだった。

そのゆえに竹林精舎《ヴェヌヴァナヴィハーラ》と呼ばれる。

右手の方に、先端のとがった岩山が見えている。そのとがった部分が禿鷲《グリドラ》の頭部に見えるところから、霊鷲山《グリドラクータ》と呼ばれている。

のちにはここにも教団の修行の場所が開かれることになる。

園地は広大で果てが見えないほどだったが、霊鷲山の手前には低い崖があった。洞窟《カンダラ》がありそうな地形で、瞑想の修行をするには適した場所《ダーヴァ》だと思われた。

少し先には樹木が生い茂った深い森林が迫っていた。かつてここはジャイナ教の本拠だった。マハーヴィーラーや高弟たちは、あの森林のなかで裸体《ディガンバラ》になって修行を続けていたのだろう。

園地の中央に池があった。

バラモン教でもジャイナ教でも、水によって体を浄める沐浴《サンプラクサラナ》という儀式が重視されていた。マハーヴィーラーは恒河の支流から水を引き、園地の中央に沐浴のための池を造った。

シッダルタも菩提樹《ボーディードゥルマ》のもとで覚りの境地に到達する直前に、尼連禅河《ナイランジャナー》に入って沐浴したと伝えられる。ブッダの教団《サンプラダヤ》や僧団《サンガ》でも、沐浴の儀式が採り入れられていた。

その池の前に出たところで、デーヴァダッタの心のなかに、声が響いた。

「デーヴァ……。来ましたね。あなたを待っていたのですよ」

霊力《ザクティ》による声が届くということは、シッダルタはすぐ近くにいるのか。

「どこにいらっしゃるのですか」

胸のうちでつぶやくと再び声が聞こえた。

「あなたの前に池があるでしょう。その反対側になだらかな草地の丘があります。その丘の上にわたしの庵室《アズラーマ》があります」

言われたとおり池の向こうに丘があった。

小さな建物があった。カピラヴァストゥの王宮《ラージャプラサダ》の森のなかにあったシッダルタの庵室と同じくらいのもので、大きな教団《サンフラダヤ》の導師《グル》の住処《アーラヤ》とは思えなかった。

なかに入るとシッダルタの姿があった。

狭い庵室のなかで向かい合った。シッダルタは低い寝台に腰をかけ、デーヴァダッタは壁のそばにあった椅子に座った。明かり取りの小さな窓があるだけで、部屋のなかはうす暗かったが、それでもシッダルタの顔はくっきりと見てとれた。

久方ぶりの再会だった。

五人の護衛の神官《バラモン》とともにカピラヴァストゥを出立したのは、何年も前のことだ。

シッダルタの姿は、カピラヴァストゥにいたころと少しも変わっていなかった。だが奇妙な違和感のようなものが胸のなかに入りこんできて、息苦しさを覚えた。

「シッダルタさま。あなたは変わられましたね」

デーヴァダッタは声を発した。

自分でも思いがけない言葉だったが、言ってしまったあとで、自分はこの言葉を言うためにここに来たのだという気がした。

シッダルタは微笑をうかべた。余裕のある笑い方だった。そこには教団《サンプラダヤ》の導師《グル》らしい威厳《グルトヴァ》が感じられた。それが違和感となり、息苦しさをもたらしたのか。

デーヴァダッタの胸のうちに、鈍い不快感が持続していた。

シッダルタは落ち着いた声で応えた。

「わたしは何も変わっていません。なぜそう思うのですか」

「四つ《チャトル》の要諦《サティヤ》とは何ですか。正統《アーリヤ》な八種《アスタンガ》の道《マルガ》とは……。言葉《ヴァチャナ》とは虚しいものだと、あなたはお話しになっていましたね。それなのに、なぜこのように言葉を重ねて教えを説かれるのですか」

「ああ、そのことですね」

シッダルタは微笑を絶やさなかった。

「わたしたちがまだ少年だったころ、デーヴァダハ城で影絵芝居《トールボンマラータ》を見ましたね。憶えていますか」

「わたくしたちが見ているものはすべて幻影《タマス》にすぎないということでしょう」

「そうです。あらゆる現象《サンスカーラ》は無常《アニチャム》なのです。わたしたちの目の前にあるのは、影絵芝居《トールボンマラータ》を映し出す白い布にすぎません。そこに映し出されているものはただの幻影で、存在しているのは白い布だけなのです。わたしはその白い布のようなものを、空《ジュニャター》と呼んでいます。一切は空なのです。ただし、これも言葉です。一切は空なりと言葉で言ってしまっても何の意味もないのです。必要なのは一切は空であることを、自らの身体と思いのすべてによって感じとることです。そのためには瞑想《サマーディ》が必要です。ですからわたしは、ふだんは庵室《アズラーマ》に閉じこもっています。言葉を口にする必要はないのです。それでもね、デーヴァ、言葉というものは不思議な霊力《ザクティ》をもっているのですよ」

「呪術《マントラ》ですか」

「あなたはここに来る前に、ヴァーナラシーの導師《グル》たちを訪ねたのですね。アージーヴィカ教のマッカリ・ゴーサーラの呪術《マントラ》をどう思いましたか」

「霊力《ザクティ》をもたらす精神《マナス》の集中のための真言《マントラ》というものは確かにあるかもしれません。何かしら声を発して思いを集中する。そのために声を発すればいいので、唵《オーム》とか吽《フーム》とか僧莎訶《スヴァーハ》といった言葉そのものに意味はないのです」

「確かに言葉には意味はないのです。それでも影絵芝居《トールボンマラータ》の幻影《タマス》は言葉を発しますね。白い布の向こうで人形師が登場人物のせりふを発声し、それで物語《カターナカ》が進行していきます。哲学《タリキカトヴァ》にも物語が必要なのです」

「その物語が、四つ《チャトル》の要諦《サティヤ》や正統《アーリヤ》な八種《アスタンガ》の道《マルガ》なのですか」

「一つ一つの言葉は無意味でも、言葉の糸をよりあわせて物語をつむいでいけば、人の心に届くのです」

「四つ《チャトル》の要諦《サティヤ》とは何ですか。要諦を四つ並べることで、何か伝わるものがあるのですか」

「物語には順序というものがあります。いきなり原理《ダルマ》を押しつけるのではなく、苦《ドゥッカ》の要諦、集《サムダヤ》の要諦、滅《ニローダ》の要諦、道《マルガ》の要諦と、順序を追って語っていけば、聞いている人々は物語の筋道をたどって原理に到達できるのです」

「四つの要諦の最後の道諦《マルガサティヤ》の具体的な方法として、正統《アーリヤ》な道《マルガ》が八種《アスタンガ》あるのですね。ビンビサーラ王は、中央の入口《マディヤマ・プラティパド》ということを話しておいでした」

「デーヴァ、あなたはここへ来る前に、ビンビサーラ王を訪ねたのですね。王はわたしの教団《サンプラダヤ》を全面的に支援してくださっています。王族《ラージャター》や商人《ヴァニージャ》の支援を得るためには、ジャイナ教のような極端な禁欲を強いるわけにはいかないのです。何もかもを禁じてしまった方が、教団の統率のためにはわかりやすくていいのですが、在家信者《シュラーヴァカ》のためにはなかほどの道という考え方が必要なのです」

「禁欲《ウパヴァーサ》を強いるのではなく、ある程度の欲望《アビラーサ》は認めるということですか」

「そうですよ、デーヴァ。わたしは尼連禅河《ナイランジャナー》のほとりで断食《ウパヴァーサ》の修行をしていた時に、そのことに気づいたのです」

シッダルタは遠くを見るような目つきになった。

「六師外道《サドグルティルティカ》やその他の沙門《シュラマナ》を訪ね歩いたあとは、もはやヴァーナラシーに滞在する必要がなくなったので、ラージャグリハの方にでも行こうかと同行していたアシュヴァジットたちに相談したところ、最年長のアジュニャータが断食《ウパヴァーサ》を提案したのです。わたしたちはヴァーナラシーまでの旅路で、托鉢乞食《パインダパーティカ》をしながら先に進んだのですが、実際のところは首席大臣のマハーナーマンが手を回して、各地の裕福な商人の招待を受けていました。だからわたしたちは空腹を覚えることもなく旅ができたのです。アジュニャータにとっては不本意なことだったのでしょうね。それでラージャグリハの手前のガヤという町で断食の修行を始めたのですが、そこで思いがけないことが起こったのですよ」

シッダルタはいかにも楽しくてたまらないといった笑顔を見せた。

「わたしはたまたまニャグローダ樹という大木の根元で瞑想にふけっていたのですが、近くの村に住むスジャータという娘が、わたしを樹木の神《デーヴァ》だと思いこんで、神への献げ物《プラフティ》として乳粥《パーヤーサ》を献げてくれたのです。わたしは空腹の極みにありましたので、その献げ物を少しだけいただいたのです。すると空腹と満腹のちょうど中間くらいの感じになって、とても気分がよくなりました。そこでわたしは覚ったのです。中央《マディヤマ》の入口《プラティパド》……すなわち禁欲にとらわれるのではなく、欲望に溺れるのでもない、中央の道をたどるようにという教えを弘めれば、教団《サンプラダヤ》を育てることができる……」

「乳粥《パーヤーサ》を食して、突然、ブッダになったというわけではないのですか」

シッダルタは急にきびしい表情になった。

「ブッダねえ……。わたしはいまだに、ブッダとは何なのか、よくわからないのですよ。確かにわたしには霊力《ザクティ》みたいなものがあります。デーヴァ、あなただって、わかっているでしょう。わたしたちは声を出さずに思いを伝えることができます。しかし呪術《マントラ》の霊力など、アージーヴィカ教のマッカリ・ゴーサーラやジャイナ教のマハーヴィーラーだってもっていました。わたしはアシタ仙人《アズラミン》の予言を受けて、自分の将来は転輪聖王《チャクラヴァルティン》か覚者《ブッダ》だと自分でも思っていました。しかしどんな状態になったらブッダというものになるのか、よくわかっていなかったのです。それにたとえブッダとなったとしても、教団《サンプラダヤ》などを率いるのは、めんどうなことだと思っていました。ヴァーナラシーの導師《グル》たちを訪ねて、導師というものがいかに苦労の多いものかということもよくわかりましたからね。ブッタになったとしたら、ひとり静かに覚りの境地を楽しんでいるだけでいいと、そんな気がしないでもなかったのです」

デーヴァダッタは声を強めて問いかけた。

「それでもあなたは、ブッダとして教団を率いる決意を固めたのですね」

「中道です。まんなかの道です。それだけではあまりに簡単すぎるので、正統《アーリヤ》な八種《アスタンガ》の道《マルガ》（八正道）ということにして、さらにそこに到る過程として、四つ《チャトル》の要諦《サティヤ》（四聖諦）という物語《カターナカ》を創ったのです。虚無論者《ナースティカ》のサンジャヤ・ベーラッティプッタが語っていたように、言葉《ヴァチャナ》で真理を言い表すことはできないのです。言葉は語れば語るほど、真理からは遠ざかってしまう。しかし言葉を重ねて物語を創っていけば、影絵芝居《トールボンマラータ》のなかで真理を語るブッダの物語を創出することができるのです」

デーヴァダッタは息をついた。

確かにいまのシッダルタは、カピラヴァストゥにいたころとは違っている。それがブッダになったということなのか。それとも、影絵芝居の人形師のように、まやかしの物語を創っているだけなのか。

デーヴァダッタはさらに問いかけた。

「すべては創られた物語で、四つとか八つとかいった数字に、とくに意味があるわけではないというのですか。しかし十二《ドゥヴァダ》の因縁連鎖《プラティティヤサムトパーダ》というのもあるそうですね。この十二という数字にも意味はないのですか」

「わたしの教えをよく知っていますね」

シッダルタは冷ややかな笑いを見せた。

その笑い方に懐かしさを感じた。

だがいまはまじめな議論をしている時なので、その冷笑には反発を覚えずにはいられなかった。

デーヴァダッタは早口に言った。

「これもビンビサーラ王からうかがったのですよ。ただこの教えは、王には難しすぎたようですね。充分な説明はしてくださいませんでした」

「王には哲学《タリキカトヴァ》は不要です。ただまんなかの道を進んでいただければいいのです。教えにはいろいろあるのですよ。十二因縁は哲学者《ターリキカ》を目指す修行者たちのために考えた物語です。ヴァーナラシーでさまざまな導師の話を聞いて、わたしなりに哲学を試みてみました。アジタ・ケーサカンバリンの四元素説やパクダ・カッチャーヤナの七元素説も、考え方としてはおもしろいのですがね。わたしはサンジャヤ・ベーラッティプッタの何もわからないという言説《ヴァダティ》にも少しひかれました。世界《ローカ》がどうなっているのか、自我《アートマン》とは何なのか、ほんとうのところは何もわからないのです。しかし、わからないと言っているだけでは、先に進むことはできない。物語が必要なのです。哲学にも順を追って進んでいく物語のような展開があれば、何もわからないという状態から一歩先に踏み出すことができます。十二の連鎖《サムトパーダ》。鎖のようにつながった因縁《プラティティヤ》を一つ一つたどっていくところに意味があるのです。十二という数字に意味はありません。数を多くした方が、ありがたみが増すということもあるのですよ。こんなものはまやかしです。十二も連鎖を並べる必要はない。一切は空《ジュニャター》である。それで充分なのです」

確かにシッダルタは変わってしまった。

そう思わずにはいられなかった。

デーヴァダッタは荒く息をついていた。

幼いころからデーヴァダッタはシッダルタに強くひかれていた。同時に激しい反発も覚えていた。それでもシッダルタのそばにいたいという強い思いがあった。

いま目の前にいるシッダルタには、ひかれるものは何もなかった。ただ反発だけが強くなっていく。

デーヴァダッタは挑むような強い口調で問いただした。

「その十二の因縁とやらを聞かせてもらいたいものですね」

目の前のシッダルタは、いつもの冷笑ではなく、子どものような嬉しげな表情をうかべた。

シッダルタは十二因縁の説明を始めた。

「十二因縁とは、十二の要素が原因と結果によって鎖のようにつながっているということです。これを因縁の連鎖というのですね。一切は空《ジュニャター》であると言葉で説くことはたやすいのですが、人はそれぞれに煩悩《クレーシャ》をかかえて生きています。だから空であると言われても、すぐにそうだと覚ることはできないのです。その覚りきれない迷妄《モハ》を、無明《アヴィドヤ》と呼んでおきましょう」

無明……。

その言葉はマハーヴィーラーも語っていた。

「あやつは心の奥底に、無明《アヴィドヤ》の闇をかかえておる」

確かにジャイナ教の導師はそのように告げたのだった。あやつとはむろんシッダルタのことだ。

シッダルタは説明を続けた。

「因縁の連鎖は無明から始まります。目の前にただ白い布だけがある。そのことがわかっていればいいのですが、その白い布が見えなくなってしまうと、そこから迷妄《モハ》が始まるのです。白い布が見えなくなると、もはや何も見えていないということです。これを無明と呼んでおきます」

シッダルタの表情が、明るく輝き始めた。

「その無明と呼ばれる迷妄によって、影絵芝居《トールボンマラータ》の観客たちは、白い布に映った幻影《タマス》から何かを受け取ってしまう。そこに何かがあると感じてしまう。その何かがあるということを、現象《サンスカーラ》と呼ぶとすると、これが二番目の連鎖になります。その現象は見識《ヴィジュニャーナ》をもたらし、見識によって見えているものの形《ルーパ》を認識したり、その形から名称《ナーマ》を判別することになります。これが名称形態《ナーマルーパ》ですね。その名称形態はそれに応じた感覚《サダヤタナ》をもたらし、感覚は感触《スパルサ》をもたらし、感触は感知《ヴェダナー》をもたらし、感知したものに対してそれを求める渇愛《トルシュナー》をもたらし、渇愛は獲得《ウパダナ》したいというこだわりをもたらし、獲得へのこだわりは強い感情《ブハヴァ》をもたらし、自分が生きているという感情が生誕《ジャティ》そのものをもたらし、生誕は老死《ジャラマラナ》につながります……、何もないところから自我《アートマン》が生まれ、死の苦しみにさらされる。十二の段階に分けてみても原理《ダルマ》そのものはいささかも変わらないのですが、順番に説いていって一つの物語《カターナカ》の流れとすれば、何もないところから何かが生まれるということが、少しは伝わるのかなと思ったのですがね」

シッダルタの説明の声が耳に入らなかった。

十二因縁の何番目かに出てきた渇愛《トルシュナー》という言葉が、デーヴァダッタの胸の奥に突き刺さった。

これもまたマハーヴィーラーが告げた言葉だった。

自分はシッダルタを渇愛している……。

「執着《ドラグラハ》を捨てよ。衣服を脱ぎ捨てるように心のなかのこだわりを捨てるがよい」

マハーヴィーラーがそのように語ったので、デーヴァダッタは問い返した。

「わたくしは何を捨てればよろしいのでしょうか」

「シッダルタへのこだわりだ。それは渇愛《トルシュナー》というべきであろう」

渇愛。

確かに自分はシッダルタに強くひかれていた。

しかしこの渇愛というものも、無明から出発した連鎖によるものなのか。

目の前のシッダルタという存在も、影絵芝居《トールボンマラータ》の白い布に映った幻影《タマス》にすぎないのか。

ここにいる自分も、無明から渇愛をへて、十二の連鎖の果てに生じた幻影にすぎないのか。

デーヴァダッタは声をふるわせて問いかけた。

「ここにいるあなたも、わたくし自身も、白い布の上にうかんだ幻影なのだとしたら、わたくしたちは何のために、何を求めて生きていけばいいのでしょうか」

シッダルタは低い声で応えた。

「白い布の上では、物語《カターナカ》が展開されているのですよ」

その声は穏やかで、自信に満ちていた。

「布の上に影絵としてうかびあがった勇者《ヴァーガラ》にも、姫《ラージ》にも、魔神《パープマン》にも、役割があります。その役割を果たしていれば、物語が先に進んでいきます。デーヴァ、あなたにはあなたの役割があるのです。そして、わたしにはわたしの役割があります。わたしはね、ブッダという役割を演じることに決めたのです」

「役割ですか。あなたは影絵芝居のなかで、ブッダという役割を演じるというのですね」

シッダルタは微笑をうかべた。

そこにはいつもの冷笑がよみがえったように思われた。

「わたしはブッダという物語の主役を演じ、自ら物語をつむいでいるのです。それでね、デーヴァ、まだいくつも、物語を用意しているのですよ。主なものを挙げれば五《パンチャ》つの集合《スカンダ》（五蘊）、六《サド》つの方法《パーラミター》（六波羅蜜）ですね。それから五戒《パンチャシーラ》というのもあるのですが……」

そう言ってシッダルタは苦笑のような笑みを見せた。

一切は空《ジュニャター》であると言いきっておきながら、次から次へと、こみいった論理をつむぎだす。あきれはてたような気持になって、敵意も反発も消えてしまった。

デーヴァダッタは問いかけた。

「五つの集合とは何ですか」

シッダルタは得意げな顔つきになって語り始めた。

「自我《アートマン》というものを考えてみると、多くの人々は、自分が自我の支配者であり、思いどおりに自我を操ることができると考えているのでしょう。わたしはその自我を、五つの集合によって構成されていると考えてみました。まずは肉体《ルーパ》（色）です。あなたは自分の肉体を意のままに操ることができるでしょうか。肉体は病むこともありますし、やがては老いていきます。それから道で突然、毒蛇《ナーガ》と出会った時など、驚きのあまり身動きできなくなることもあるでしょう。肉体はけっして自分の思いどおりに支配できるものではないのです。すなわち肉体は自分ではないということになります。わたしたちは影絵芝居の白い布に映った自分という幻影をただ眺めていることしかできないのです」

「肉体《ルーパ》（色）は自分ではない。すなわち空《ジュニャター》（色即是空）だということですね」

シッダルタは大きくうなずいて次に進んだ。

「次が感受《ヴェダナー》（受）です。わたしたちは目、耳、鼻、舌、身体、および心によって、外界から刺激を受けます。その刺激を受け止める機能が感受です。どんな刺激を受けるか、その刺激をどのように感じるか、これも思いどおりにはいかないですね。感受したものを、それが何であるかを認識し、心のなかで言葉なり形なりにして把握することになりますが、これが構想《サムジュニャー》（想）です。さらにその構想によって、それが好ましいものであれば近づいていき、恐ろしいものであれば遠ざかろうとします。これが印象《サンスカーラ》（行）です。そしてこうした連鎖を陰で支配している自分の中心にある機能のごときものを意識《ヴィジュニャーナ》（識）と呼びます。これら五つの集合はすべて自分の思いどおりにならないものであり、すなわち空《ジュニャター》だということになります。結局のところ自我《アートマン》というものは存在しないのですね」

「だとしたら、自分というものは空《ジュニャター》だと言いきってしまえば、一言ですむことではないですか」

デーヴァダッタがそう言うと、シッダルタは小さく息をつき、わざとらしい困惑の表情をうかべてみせた。

「そうなのですよ。導師《グル》というのはいろいろとたいへんなのです」

ここまで来れば、シッダルタがどれほどのたいへんな物語を創ったのか、とことん確認したいという気持になった。

デーヴァダッタは問いを重ねた。

「それで、六つ《サド》の方法《パーラミター》（六波羅蜜）というのは何ですか」

シッダルタは嬉しげな微笑をうかべた。デーヴァダッタが批判をせずに質問したことを喜んでいるようだった。

「これは修行者や在家信者が覚りの境地に到達するための方法を六種並べたものです。とくに順序があるわけではないのですが、やりやすいものから並んでいると考えてもらっていいと思います。まずは布施《ダーナ》ですね。人に与えるという意味で、所有欲をおさえ、余った財産があったら教団に寄進《ダーナ》し、多く学んだものは初心のものに教えを伝授するということです。ジャイナ教のように、一切を捨てよということではありません。ある程度の富をもっているものは、それ以上の富を求めないということです。ビンビサーラ王のような資産家に、すべての財産を捨てよということはできません。ただ王族《ラージャター》も商人《ヴァニージャ》も、資産を増やすことにとらわれてしまうと、戦さをして領土を拡げたり、不正な取引をして暴利をむさぼることになってしまいます。戦さをせず、正直な商売をしていればよいということで、余ったものだけを寄進していただければよいのです」

自分が考えた教えを語るシッダルタのようすを見ていれば、揺るぎのない自信が感じられるのだが、言葉だけを受け止めた限りでは、中途半端な妥協ではないかと感じられた。

一切を捨てよというマハーヴィーラーの言説の方が、胸にしみこんでくる気がした。

シッダルタは説明を続けた。

「二番目は持戒《シーラ》です。自発的に自分自身が守るべき戒律を定めてその戒律を守るということです。三番目が忍辱《クシャンティ》。あなたもヴァーナラシーに行かれたのでおわかりと思いますが、さまざまな導師《グル》が多様な教えを説いています。時にはわたしの弟子たちが別の言説の支持者から批判を受けることもあるでしょう。そうした時に、屈辱に耐えて、過激な論争には加わらない、心の強さをもつことですね。四番目が精進《ヴィーリヤ》。努力して持続的に修行することです。五番目が禅定《ディヤーナ》。座禅《プラティサムラーナ》を組んで意識を集中し静かに瞑想《サマーディ》にふけることです。そして六番目が般若《プラジュニャー》です。言葉にならない深い知恵です」

「言葉にならない知恵とは何ですか」

すかさずデーヴァダッタが質問すると、シッダルタはいかにも楽しそうな表情になった。

「言葉にならないわけですから、言葉では説明できないのです」

冗談とも本気ともつかぬ言い方だった。

デーヴァダッタは強い口調で問いただした。

「それでは何もわからないではないですか。虚無論者《ナースティカ》のサンジャヤ・ベーラッティプッタの言説《ヴァダティ》から一歩も先に行っていないのではないですか」

シッダルタは笑いながら言った。

「まあ、そうですね。般若《プラジュニャー》というのは菩提《ボーディ》と呼ばれる覚りの境地を解き明かす秘密の教えのようなものです。これがたやすくわかってしまうのであれば、誰もがブッダになってしまいますよ。とはいえ、サンジャヤのように、言葉では説明できないという先に、何もないというわけではないのです。秘策があります」

「秘策とは何ですか。それも言葉では語れないのでしょう」

「あなたにはお伝えできます」

そこでシッダルタは口を閉じた。

口を閉じたまま、デーヴァダッタの心のなかに語りかけた。

「真言《マントラ》です」

デーヴァダッタはわざと声を出して問いかけた。

「真言が秘策だというのですか。あの唵《オーム》とか吽《フーム》とか僧莎訶《スヴァーハ》といった、かけ声みたいなものに、何か意味があるのですか。これらはただの呪文です。意味などないでしょう」

「意味はないのです。しかし霊力《ザクティ》はあります。呪術《マントラ》によって意識を集中すれば、限界を突破して菩提《ボーディ》に迫っていく。真言《マントラ》を唱えることで誰もが覚りをめざすもの、すなわち菩提薩埵《ボーディサトヴァ》になれるのです。わたしもスジャータの献げ物《プラフティ》を食してピッパラ樹の根元に座した時、菩薩《ボーディサトヴァ》だったのです。わたしの教えに従うものは、誰もが菩薩です」

シッダルタの語っているのは、夢のような物語《カターナカ》だった。

アージーヴィカ教のマッカリ・ゴーサーラも、ジャイナ教のマハーヴィーラーも、導師には霊力があったが、弟子たちが霊力を使えるようになったという話は聞かない。特定の呪文《マントラ》を唱えるだけで霊力を発揮できるというのは、魔術《インドラジャーラ》のようなものではないか。

おそらくシッダルタは、デーヴァダッタの心のうちの思いを見抜いたのだろう。

きびしい表情になってシッダルタはささやきかけた。

「わたしは弟子たちに希望を与えたいと思っています。修行をすれば誰もがブッダになれる。これは夢です。わたしたちの物語には夢が必要なのです」

シッダルタはデーヴァダッタの顔を見すえていた。

その視線にさらされると、身動きができず、息もつけなかった。

しばしの沈黙があった。

あるいはその間、自分はアージーヴィカ教のマッカリ・ゴーサーラのようにシッダルタの霊力《ザクティ》によって射すくめられていたのかもしれないと、あとになって思った。

デーヴァダッタは息苦しさを覚え、大きく息をついた。

シッダルタは何事もなかったかのように低い声で語り始めた。

「わたしの弟子たちは十二因縁を暗記しています。暗記し、人にも語ることで、何事かをなした気分になるのでしょう。何かそういうものがないと、確かに教えを学んだという満足感が得られないのかもしれません。空《ジャニャター》から苦《ドウッカ》が生じるというそのことを、十二の連鎖でつないだのが十二因縁です。わたしはこういう言葉による物語のことを、方便《ウパーヤ》と呼んでいます。言葉によって弟子たちを覚りに近づけるということです。導師《グル》というものは、それが仕事なのですね。わずらわしいことではあるのですが、たえず弟子たちを相手に何か話していないと、導師というものはつとめが果たせないのですよ」

デーヴァダッタはシッダルタの姿を見つめた。

年月が経過し、三十歳代の後半に入っているはずだが、まだ年老いる気配は感じられない。ただ教団の導師となったことが、重荷となっているようでもあり、以前のような謎めいた輝きが色あせているようでもあった。

デーヴァダッタは急に思いついて、問いかけた。

「先ほど五戒《パンチャシーラ》ということを言われましたね。確かジャイナ教のマハーヴィーラーも五戒ということを教えにしていたのではなかったですか」

シッダルタはとくに言い訳をすることもなく答えた。

「確かにマハーヴィーラーも五戒を定めていますね。優れた哲学者《ターリキカ》だと思いますよ。ただ自分の正しさに自信をもちすぎて、どこまでも突き進んでしまったのでしょう。裸になり野獣になってしまうというのでは、誰もついていけませんよ」

「六波羅蜜《シャドパーラミター》の二番目に持戒《シーラ》というのがありましたね。それと五戒とはどこが違うのでしょうか」

「修行者は自分の修行の段階に応じて、次の目標として、自分なりの持戒を定めればいいのですよ。ただまったくの初心者は、どんな持戒を定めればよいか途惑うことでしょう。それでマハーヴィーラーの非殺生《アヒンサー》、真実語《サティヤ》、不偸盗《アスティヤ》、不邪淫《ブラフマチャリア》、無所得《アパリグラハ》という五戒を参考にしたのですが、文言を少し変更しました。わたしたちの五戒は、殺生《プラナティパタ》、偸盗《アダタダナ》、邪淫《カーマミチャチャラ》、妄語《ムルサヴァダ》、飲酒《マディヤプラマダ》を禁じたものです。こちらの方が実際に必要な戒律だと思っています」

「言い方を変えただけで、内容は同じではないですか」

「たとえばジャイナ教の非殺生《アヒンサー》は暴力による争いごとを禁じているだけですが、わたしたちはあらゆる生き物を殺すことを禁じています。ただしマハーヴィーラーも暴力だけでなくきびしく殺生《プラナティパタ》を禁じていますので、内容は同じですね」

「マハーヴィーラーが五番目に置いた無所得《アパリグラハ》というのがないですね。これで裸にならなくてすみますね。その代わりにここでは飲酒を禁じているのですね」

「この五戒は僧団《サンガ》の場合はきびしいおきてですが、在家信者《シュラーヴァカ》の場合は、目標みたいなものにすぎません。ビンビサーラ王にお酒を飲むなとは言えませんからね。少し控えるというくらいに考えてもらえばいいのですが、いずれ在家信者のための新たな戒律も定めたいと思っています」

　そう言ったシッダルタの表情に、疲労の陰がつきまとっているように感じられた。

「教団《サンプラダヤ》の導師《グル》になるというのは、たいへんなのですね」

　そう言ったあとで、デーヴァダッタは語調を強めて言葉を続けた。

「そのことはわかりますが、言葉《ヴァチャナ》を重ねて物語《カターナカ》をつむいでいくと、結局は、どこまでも真理《ダルマ》から遠ざかってしまうのではないですか。ビンビサーラ王なら酒を飲んでいいなどということを言いだしたら、妥協を重ねることになってしまうのではないでしょうか」

シッダルタは穏やかな口調で答えた。

「妥協も時には必要です。中くらいの道を歩むというのは、どこを中くらいと考えるか、時に応じて基準が上下することもあるでしょうが、細かいことにとらわれず、きびしすぎず……ということで、妥協と言われても仕方がないと思っています。わたしはもっと大きな夢をもっているのですよ。マガダ国の王族《ラージャター》も武人《クシャトリヤ》も商人《ヴァニージャ》も農民《クルサカ》も、すべてがブッダの教えを学べば、世の中から争いごとがなくなります。将来はコーサラ国にも、さらにその周辺国にも教えを弘めていけば、恒河の流域の広大な地域に、戦争のない平和な世を築くことができるのです」

屈託のない微笑をうかべて、シッダルタは語り続けた。

ほんとうにそんな世が実現するのだろうか……。

あまりに楽観的すぎる。そんな広大な教団が実現するとは、とても思えない。デーヴァダッタはそんな気持で、上機嫌で語るシッダルタの顔を眺めていた。

デーヴァダッタの胸のうちに、突如として、マハーヴィーラーの声が響いたように思われた。

「あやつが築いた教団を壊すことができるのは、デーヴァよ、おまえだけなのだ」

デーヴァダッタは全身をこわばらせて、シッダルタの顔を見た。

いま心のなかに思いうかべたマハーヴィーラーの言葉が、相手の心のうちにも届いているのではないか。

シッダルタは、静かな微笑をうかべているばかりだった。

あたりは静寂に包まれていた。

デーヴァダッタは大きく息をついた。その呼吸の音だけが響いている。

微笑をうかべたシッダルタが、ささやきかけた。

「あなたと初めて会ったのは、デーヴァダハ城でしたね。あなたといろいろな話をしました。それからあなたがヤショーダラに随行してカピラヴァストゥに来てからは、話をする機会がふえました。あのころのことを懐かしく想い起こします。わたしはまだ自分が何ものになるのか、見きわめがついていませんでした。庵室《アズラーマ》に閉じこもって瞑想《サマーディ》にふけるだけでは見えてこないことがあります。あなたと話していると、不思議に未来が見えてくる気がしました。デーヴァ、あなたはわたしの弟です。実際には父方の従弟であり、ヤショーダラの弟ですから義弟でもあるのですが、そんなことはどうでもいいのです。あなたはわたしにとって、魂の兄弟です。あなたとわたしとは、似たところがあるのです。あなたはわたしの鏡です。とてもよく似ている。まるで自分自身を見るようです。それでも、あなたはわたしのことを、仇敵《ザトル》だと思っているのでしょう。わたしはそれは喜ばしいことだと思っています。デーヴァ……」

だしぬけに語調を変えて、シッダルタは問いかけた。

「あなたはしばらく、この教団にいてくれますね」

考えるよりも先に、言葉が口をついて出た。

「わたくしはあなたの弟子になるつもりはありませんよ」

シッダルタは間を置かずに応えた。

「あなたは弟子ではありません。わたしの弟であり、わたしの分身のようなものです。なぜかと言いますとね、あなたもわたしも、生まれた直後に産みの母を亡くしました。そして二人とも、あの輝かしいアミターさまに育てられたのですよ。だからわたしはあなたのことを、年の離れた双子の兄弟だと感じています。あなたがいてくれると、わたしは思いきったことができそうな気がします。わたしが誤った方向に踏み出したと思ったら、遠慮なく批判してください。わたしを仇敵だと思って、攻撃してください。そのためにも、あなたはここにいる必要があります。あなたの宿舎も用意してあるのですよ。いま、案内を呼びます」

シッダルタはにわかに声を高めた。

「シャーリプトラ、そこにいますね」

庵室《アズラーマ》の外で声がした。

「先ほどから、こちらに控えておりました」

庵室の扉が開いた。

高貴な生まれらしい整った顔だちの人物が姿を見せた。

どうやらこれがサンジャヤ・ベーラッティプッタの高弟だったシャーリプトラのようだ。

シッダルタよりはかなり年上で、初老といっていい年輩だった。

シャーリプトラは無言で、品定めをするような目つきでデーヴァダッタを眺めていた。

シッダルタが紹介した。

「わたしはいつも庵室に閉じこもっています。教団を実際に運営しているのは、このシャーリプトラなのです」

デーヴァダッタはシャーリプトラの方に向き直って言った。

「あなたはサンジャヤさまのお弟子だったそうですね。わたくしはヴァーナラシーでサンジャヤさまを訪ねて話をうかがいました。弟子がひとりもいなくなったということで、嘆いておられました」

批判するつもりはなかったが、事実をありのままに伝えた。

シャーリプトラは表情を変えずに言った。

「ご案内いたします。どうぞこちらへ」

シャーリプトラのあとに従って庵室の外に出た。

前方に霊鷲山《グリドラクータ》の岩山が見えた。

その左の方には深い森林《ダーヴァ》が広がっていた。

森林に接して、大きな建物があった。ここが竹林精舎《ヴェヌヴァナヴィハーラ》の本拠なのか。

かなり古びた建物なので、あるいはジャイナ教の本拠をそのまま流用しているのかもしれない。

先を行くシャーリプトラはずっと無言だった。

建物のなかに入った。広い部屋があった。

「こちらへ」

シャーリプトラがようやく声を発した。部屋の奥には庵室のような小部屋がいくつか並んでいた。

その小部屋に案内されるのかと思ったのだが、そうではなかった。

「こちらがあなたさまの寝室でございます」

シャーリプトラが告げたのだが、寝室とは思えなかった。

確かに部屋の隅に寝台があった。だが部屋の中央には卓の周囲に椅子が並び、会議ができるようになっている。

もしかしたらここは、マハーヴィーラーの居室であったのかもしれない。だとしてもマハーヴィーラーは森林のなかで野獣のように生きていたはずだから、このような居室はほとんど使われなかったはずだ。

高弟たちと会議をする時だけ、ここに戻っていたのかもしれない。

部屋の奥には戸外に出られる裏口があってすぐ先は森林になっている。確かにここならば、すぐに森林のなかに出向くことができる。

案内しただけで部屋から出ていこうとしたシャーリプトラを、デーヴァダッタは呼び止めた。

「少しあなたとお話がしたいのですが……」

シャーリプトラは足を止め、椅子に座ってデーヴァダッタと対面した。

ヴァーナラシーで会ったサンジャヤは、シャーリプトラは軽薄なところがあるが弁舌は巧みだと話していた。多弁な人物のはずだが、ここへ来るまでほとんど口をきかず、対面したいまも不機嫌そうに黙りこんでいる。

デーヴァダッタはわざとらしく笑みをうかべて問いかけた。

「ここは広い部屋ですね。シッダルタさまの居室ではないのですか」

シャーリプトラは低い声で答えた。

「尊者《ムニ》は池のそばの丘の上で教えを説かれますので、その近くの庵室におられます。この部屋は弟のために空けておくようにというご指示を受けておりましたので、この精舎が開設されてから長い間、空き部屋になっておりました」

まるでデーヴァダッタに責任があるかのような言い方だった。

このような部屋をこちらから要求したわけではない。奥にある庵室の一部屋でも充分だと思っていた。

あまりいい気分ではなかったので、デーヴァダッタもしばらくの間、黙りこんでいた。

するとシャーリプトラの方が問いかけた。

「あなたさまは教団に入られるのでございますか」

シッダルタの弟だということになっているから、シャーリプトラがそう考えるのも無理はない。

デーヴァダッタはすぐに答えた。

「わたしはあのお方の弟子ではありませんし、弟子になるつもりもありません。こんな広い部屋は不要なのですがね」

シャーリプトラは、何やらほっとしたような表情を見せた。

「さようですか。それではご親族のあなたさまは、客人の扱いということでよいのですね。客人でしたら遠慮されることはございません。どうぞここを、あなたさまの居室としてお使いください。尊者《ムニ》は時々はこちらに来て、あなたさまとお話をされるおつもりなのでございましょう」

どうやらこの男は、尊者の弟が教団に入って導師に次ぐ立場となり、一番弟子としての自分の地位がおびやかされるのではと恐れていたようだ。

デーヴァダッタが弟子にはならず、ただの客人だとわかって、シャーリプトラは安心したようで、急にぺらぺらとしゃべり始めた。

「カピラヴァストゥはコーサラ国に隣接した小国とうかがっておりますが、古い伝統があり、文化が発展したところだと聞いております。尊者も見ただけで高貴なお方だとわかる威厳《グルトヴァ》をおもちですが、弟ぎみのあなたさまもなかなか整った顔立ちで、ラージャグリハの街に出れば、女たちが振り返るようなお方でございますな」

確かにサンジャヤが言っていたとおり、軽薄なやからだとデーヴァダッタは思った。

とにかく相手の気持がなごんだようなので、デーヴァダッタは問いかけた。

「一つだけうかがいたいことがあるのです。あなたはなぜサンジャヤさまのもとを離れ、ブッダの教団に入られたのですか」

シャーリプトラはただちに答えた。

「わたくしは神官《バラモン》の生まれでして、サンジャヤさまはいろいろとお世話になった先輩でございました。あのお方が修行の旅に出られ、仙人《アズラミン》となられて帰還されたおりは同僚のマウドガリヤーヤナとともに、ただちに神官の職をなげうって弟子となりました。われらはサンジャヤさまを、神《デーヴァ》のごときお方だと信じておりました」

「それなのに、なぜサンジャヤさまを裏切るようなことになったのですか」

シャーリプトラはいくぶん困惑したようすを見せて、しばらくの間、考えこんでいたが、意を決したように語り始めた。

「いまお話しいたしましたように、お世話になった先輩でございますので、サンジャヤさまのもとを去るのは、たいへんに心苦しいことでございました。しかし尊者《ムニ》にお目にかかって、そのお姿から発散される揺るぎのない威厳と、語られるお言葉から感じられる見識《ヴィジュニャーナ》に接しますと、導師としての優劣は明らかでございます。哲学《タリキカトヴァ》というのはなかなかにきびしいものでございまして、言葉によって語られる内容によって、哲学の正しさ、深さ、未来への期待といったものは、おのずと明らかになります。恩義のある導師といえども、より優れた見解を示す新たな哲学者《ターリキカ》が出現すれば、そのお方に従うのが、修行者としての誠実な態度であると考えます。そうでなければ、哲学そのものを裏切ることになりましょう」

デーヴァダッタはさらに問いかけた。

「わたくしもサンジャヤさまから教えを受けました。なかなかの哲学者《ターリキカ》であるとお見受けしましたが、サンジャヤさまの哲学の、どこに問題があったのでしょうか」

「すべてでございます」

シャーリプトラの語り口には迷うようすはなかった。

「サンジャヤさまはすべてが劣っていたということですか」

「あなたもサンジャヤさまの教えを受けられたのであれば、ご承知だと思いますが、あのお方の言説《ヴァダティ》は、同じことのくりかえしでございました。何もわからないし、言葉で真理を述べることはできないというのが、サンジャヤさまの哲学でございますが、言葉で真理を述べることができないというのであれば、何も語っていないのと同じことでございます。釈迦尊者《シャーキャームニ》は違います。一言で申し上げて、尊者はお姿の全体が輝いておられます。そして次から次へと、新しい言説、新しい物語《カターナカ》が、泉から水がわきだすように、果てもなく言葉があふれだしてくるのでございます。あのお方はまぎれもなく、伝説で語られたブッダそのものであると、わたくしは確信いたしております」

デーヴァダッタは語調を変えて問いかけた。

「シャーリプトラさん。この教団はこれからどうなっていくとお考えですか」

「どうなっていくか……」

シャーリプトラは意表をつかれたように、しばらくの間、黙りこんでいた。

教団の活動は始まったばかりだ。

将来のことなど、考える余裕がなかったのかもしれない。

やがてシャーリプトラは、考え深そうな顔つきになって、低い声で言った。

「尊者の教えは恒河《ガンジス》の流域のすべての国を支配し、バラモン教に代わって世界を支配することになりましょう」

デーヴァダッタの胸の内に、またもやマハーヴィーラーの声が響いた。

「あやつが築いた教団を壊すことができるのは、デーヴァよ、おまえだけなのだ」

マハーヴィーラーの予言《アグラニルパナ》が、自分の肩に、重くのしかかってくる気がした。

第十四章　マハーヴィーラーの声が聞こえてくる

デーヴァダッタの居室はおそらく、かつてマハーヴィーラーが使っていた部屋だろう。

最初に部屋に入った時に、そう思った。

そんな思いこみのせいか、その夜、寝台に横たわると、どこからともなく、マハーヴィーラーの声が聞こえてきた。

「デーヴァ……、そこにおるのだな。部屋の居心地はどうだ。落ち着かぬ気分だろう。修行者には広い部屋など必要ない。庵室《アズラーマ》なども要らぬ。森林《ダーヴァ》のなかで夜露にぬれながら浅く眠る。修行とはそういうものだ。デーヴァ、おまえも修行者だろう」

デーヴァダッタは応えない。

マハーヴィーラーはヴァーナラシーの森林のなかにいる。呪術《マントラ》の霊力《ザクティ》もここまでは届かないはずだ。

いまの声は白日夢のごときものか。あるいは自分の頭のなかに映し出された幻影《タマス》のなかで、影絵芝居《トールボンマラータ》の人形師が声を発しているのか。

声はまだ響いている。

「あやつがまことのブッダなのか、怪しいものだ。あやつの言葉《ヴァチャナ》はすべてまやかしだ。言葉で人は救えぬ。ただきびしい禁欲《ウパヴァーサ》だけが、人を煩悩《クレーシャ》の泥沼から引き上げてくれるのだ。中道《マディヤマープラティパド》などというのは、きびしい修行からの逃避でしかない。教団を発展させるために在家信者に歩み寄っただけのことだ。方便《ウパーヤ》とは口先だけのごまかしだ。おまえもそのことがわかっておるのだろう。デーヴァ、そんなところからは一刻も早く離れて、わしの弟子にならぬか」

マハーヴィーラーの声を聞きながら、デーヴァダッタは眠りに落ちこんでいった。


ブッダの教団は急速な発展を遂げていた。

釈迦尊者《シャーキャームニ》の教えは難解な哲学ではなく、日常生活を送りながらわずかな配慮をしていれば、誰もが地獄の恐怖から解放されるというありがたいものだった。

ブッダとは菩提《ボーディ》と呼ばれる安定した境地に到達し、煩悩《クレーシャ》の灯火《ディーパ》を吹き消した涅槃《ニルヴァーナ》という永遠の死を獲得することによって、輪廻転生《サンサーラ》の無限の連鎖から霊魂《アートマン》を解き放った特別の存在だと伝えられる。

ブッダは自分が菩提に到達しただけでなく、教えを説くことで人々を菩提の境地に導く導師《グル》でもある。

在家信者《シュラーヴァカ》にとっては、地獄の恐怖から解放されることが何よりも重要なのだが、教団の僧団《サンガ》に所属する比丘《ビクシュ》と呼ばれる修行者は、修行によって自らが菩提に到達することを目指す。

その僧団での修行も、禁欲《ウパヴァーサ》や苦行《タパス》に傾くのではなく、中　道《マディヤマープラティパド》を歩めばいいということなので、修行者も急速にふえていった。

ブッダというのは、シッダルタが創出した理念ではない。伝説《プラータナ》によって語り伝えられた民間の信仰で、過去に何人ものブッダが出現しているとされる。釈迦尊者もそういう伝統的な英雄であるブッダのひとりにすぎない。

シッダルタは過去仏だけでなく、この同じ時代にも、われわれが生きている娑婆《サハー》と呼ばれる世界《ローカ》のはるかな外界には、数多くのブッダが同時に存在していると説いた。

この時期にシッダルタが説いた教えは、のちに妙法蓮華経《サッダルマプンダリーカスートラ》（法華経）という経典《スートラ》にまとめられることになるのだが、そのなかの一節では、世界の四方八方の彼方に、十六のブッダがそれぞれの仏国土《ブッダクシェトラ》を有していると説かれている。

あまたのブッダが存在するだけではなく、シッダルタは数多くの菩薩《ボーディサトヴァ》が存在することも語った。菩薩とは菩提《ボーディ》を求める人という意味で、菩提樹のもとでブッダとなる前のシッダルタのことを指すが、ブッダになることを目指して修行をしている人はすべて菩薩だとシッダルタは説いた。遠い世界にあまたのブッダがいるように、この世界にも多くの菩薩がいて人々の救済に尽力している。

菩薩の多くはいますぐにでもブッダになれるだけの修行を積んでいるのだが、人々を救済し覚りに導くためにあえてブッダにならずにこの世界にとどまり人々の前に現れる。

慈《マイトリー》と悲《カルナー》の心で世界を包む普賢《サマンタバドラ》菩薩。

奥深い知恵と配慮で人々を導く文殊《マンジュシュリー》菩薩。

化身《アヴァターラ》となって人々を苦難から救済する観音《アヴァロキテシュヴァラ》菩薩。

真言《マントラ》の霊力《ザクティ》をもたらす虚空蔵《アーカーシャガルバ》菩薩。

輪廻《サンサーラ》から人々を救済する地蔵《クシティガルバ》菩薩。

はるかな未来に現れて人々を導く弥勒《マイトレーヤ》菩薩。

シッダルタは次から次へと新たな菩薩を創出し、物語《カターナカ》の登場人物をふやしていく。言葉によってつむぎだされる壮大な物語のなかに、さまざまなブッダや菩薩の姿が描かれて、幻影の物語は果てもなく増長していく。

デーヴァダッタはそうした数多くの物語やたとえ話《ウトプレクサ》を聞きながら、シッダルタの話づくりの巧みさに驚きはするものの、すべては虚偽の物語ではないかと、ため息をつかずにはいられなかった。

そのように次々と菩薩を登場させることにどんな意味があるのかと、シッダルタの庵室《アズラーマ》に押しかけて問い詰めようかとも思っていた。

そんな時、シッダルタの方がデーヴァダッタの部屋にやってきた。

「あなたがそろそろ来るころだと思ったので、こちらから訪ねてみることにしたのです」

部屋に入るなり上機嫌でシッダルタは言った。

デーヴァダッタは黙りこんでいた。

黙っていても、こちらが何を言いたいのか、シッダルタにはわかっているはずだ。

「菩薩《ボーディサトヴァ》とは何でしょうかね」

シッダルタはとぼけたような問いを発した。

それはこちらが聞きたい疑問だ。

シッダルタは続けて言った。

「覚りの境地に到達したいと願っているものは皆、菩薩なのですね。わたしもあなたも菩薩ですし、僧団《サンガ》の修行者も、在家信者《シュラーヴァカ》も、すべてが菩薩だということにしてあります。とはいえそうした菩薩の多くは、自分のことしか考えていないようです。自分が覚りの境地に到達したいと思っているだけなのですね。わたしは新たな影絵芝居《トールボンマラータ》の物語《カターナカ》を創作しなければならないと考えました。そこに登場する菩薩は、神《デーヴァ》に近い存在です。空を飛ぶことができるし、姿を変身させ人々の前に化身《アヴァターラ》として出現することもできる。とんでもない神通力《デーヴァキーヤザクティ》をもっているのです。この教団を創って以来、わたしは多くの人々と言葉を交わしました。彼らの悩みを聞き、願望を聞き、未来への期待を聞きました。そのなかから彼らが求めている勇者《ヴァーガラ》とはどのようなものか考えてみたのです。そうするとさまざまな菩薩の姿が頭のなかにうかんできました。わたしが語る菩薩は、わたしが創ったのではなく、人々の願望と期待によって創られたものです。この神のごとき菩薩たちは、自分の仏国土《ブッダクシェトラ》をもつ偉大なブッダになるだけの修行を積んでいるのですが、ある煩悩《クレーシャ》をかかえている。それは人々を救いたいという欲望《アビラーサ》です。この煩悩のゆえに、あえてブッダになることなくこの世界にとどまって、神のごとく空を飛んで現れ、人々を救済してくれるのです」

「それはただの幻想《タマス》にすぎないのでしょう」

デーヴァダッタは思わず声を発して問いかけた。

シッダルタは満足そうな笑みをうかべた。

「ただの幻想にすぎません。しかし話を聞いた人々は、まるで目の前に神のごとき菩薩が現れたかのような気持になって、それだけで希望をもつことができるのです。言葉《ヴァチャナ》には、霊力《ザクティ》があるのですよ。言葉によって、人は救われるのです」

デーヴァダッタは息をついた。

いまやブッダの教団は、多くの弟子と、多くの在家信者をかかえていた。

その勢いはマガダ国を完全に支配し、さらに恒河の流域全体に広がっていきそうな気配を見せていた。

シッダルタの言葉が、実際に多くの人々に希望を与え、悩める人々を救済しているのだった。

「確かに、あなたは、言葉の魔術師《インドラジャリカ》ですね」

シッダルタの目が怪しく輝き始めた。

「わたしは影絵芝居の白い布に映った魔神《パープマン》のようなものかもしれませんね」

そこまでは実際の声だった。

続いて心のなかに響く声で、シッダルタは付け加えた。

「白い布の向こうで、誰かが影絵の人形をあやつっているのですよ」

「あなたをあやつっている人形師がいるというのですか。それは何ものですか」

「原理《ダルマ》です」

「ダルマ……」

「宇宙の原理がわたしに言葉を語らせているのです」

「ダルマが人形師となってあなたをあやつっているというのですか」

シッダルタの目がさらに輝きを増したようだった。

「このことはまだ誰にも話していないのですがね。いずれは教えとして語りたいと思っています。ここにいる釈迦尊者《シャーキャムニ》という存在は、白い布の上に映った影絵にすぎないのです。白い布の向こうにいるのは、ダルマです。そのダルマには慈《マイトリー》と悲《カルナー》の心があります。その慈悲の心のゆえに、ダルマは自らの化身《アヴァターラ》としてわたしをこの世界に出現させたのです。宇宙の全体が、意思をもった巨大なブッダなのです。ダルマそのものには姿や形がありません。それを法身《ダルマカーヤ》のブッダと呼んでおきましょう。姿や形がないゆえに誰にも見えないお方なのですが、そのお方の慈悲の心を、化身《アヴァターラ》として現れたわたしが代弁して語っているのです。それゆえにわたしが語る言葉は、わたしの言葉であってわたしの言葉ではない。すべてはダルマから生み出された言葉なのです」

確かにこの人は、自分が子どものころからよく知っているシッダルタではない。

何かがとりついている。

シッダルタはわけのわからないダルマというものに、とりつかれてしまったのだ。

そんなふうに思わずにはいられなかった。

シッダルタは精舎《ヴィハーラ》で教えを説くだけでなく、人々の求めに応じて各地に出向いた。

そしてこのような物語《カターナカ》を語った。

遺骸となった赤子を抱いた女がいた。赤子が死んだ悲しみで気が狂い、遺骸を手放すことができなくなったようだった。

乾季が長く続いていたため、遺骸は魚の干物のようなものに変わり果てていた。

村人の語るところによれば、女はキサーゴータミーという名で、貧しい生まれであったが、裕福な商人《ヴァニージャ》にみそめられて妻となった。商人の母親や親族たちは、女の家がいやしいと言って妻を軽く扱い、いじめることもあった。

苦しい立場であった女に希望がめばえた。男児を出産したのだ。跡継の男児の母となったことで、親族たちの態度も変わった。つかのまの幸福《スカー》な日々が続いた。

だが生まれたばかりの赤子は、病にかかって死んでしまった。女は赤子が死んだということを認めることができず、ひからびた遺骸をかかえたまま村の中をさまよい歩いた。

何とかしてほしいという村人の要望に応じて、シッダルタは女と対面した。

女はシッダルタを医者だと思ったようで、赤子が元気になる薬を求めた。

シッダルタは次のように語りかけた。

「ここは大きな村なので、家がたくさんあります。一軒ずつ訪ねて、その家で死人が出たことがあるか尋ねなさい。もしも死人を出したことのない家があったならば、芥子粒《サルサパ》を求めて、赤子に与えなさい。赤子は必ず元気になります」

女は喜んで、村の家を一軒ずつ訪ねていった。この地方は香辛料の入った辛いものを好み、芥子粒はどの家にもあるはずだった。大きな村なので家の数は多い。女は次から次へ芥子粒を求めて訪ね歩いた。

古くからある村で、そこでは何代にもわたって人々が暮らしている。どの家に出向いても、必ず死人が出ていた。村のすべての家を訪ね尽くした時に、女は覚った。

人にとって死は宿命《カーラ》なのだ。

必ず人は死ぬ。誰も死から逃れることはできない。

そのことを覚った女は、穏やかな諦念とともに、赤子の死を受けいれた。

キサーゴータミーというその女は、シッダルタの弟子たちも及ばぬ、静かな境地に到達していた。

これは物語《カターナカ》であり、たとえ話《ウトプレクサ》にすぎないのだが、各地に出向いてこのような話をすると、多くの女たちが心を動かされた。

この時代の社会は男が中心となっていて、王妃《サムラージ》や王女《ラージ》など限られた場合を除けば、女性はおおむね困難な立場にあり、しいたげられていた。

そんな女たちにも救いがあるという物語は、多くの人々の胸を打った。

故郷に近いシュラヴァースティの郊外に祇園精舎《ジェータヴァナヴィハーラ》という新たな拠点が開かれたあとのことになるが、ブッダの教団は女性の弟子をうけいれるようになった。

そのことで教団はさらに発展していくことになる。


デーヴァダッタは自分の部屋にいた。

かつてここは、ジャイナ教の導師マハーヴィーラーの居室だった。

この部屋にはマハーヴィーラーの気配がしみついている。

初めてこの部屋に入り、夜となった時、どこからか、マハーヴィーラーの声が聞こえてきた。

「デーヴァ……、そこにおるのだな。部屋の居心地はどうだ」

その後も何度か、声が聞こえてきたことがある。

自分の心のなかに迷いがある時に、その声は響くようだ。

デーヴァダッタの方から、問いかけることもある。

「導師よ。そこにおられるならお答えください。あなたさまは禁欲《ウパヴァーサ》を説かれる。ブッダは中道《マディヤマープラティパド》を説かれる。断食《ウパヴァーサ》の途中で乳粥《パーヤーサ》を食したお方でございます。それは修行からの逃避《ダーヴァ》であり欲望《アビラーサ》に負けたということではないのでしょうか。あなたは禁欲に徹し裸形《ディガンバラ》になって森林のなかで修行を続けておられる。あなたが正しく、ブッダの教えはまやかしなのか。それとも、ブッダの教えはジャイナ教を超えているのか。あなたさまのお考えを聞かせていただきたい」

自分の方から問いかけても、言葉は返ってこない。

一方で、マハーヴィーラーのことなどまったく考えていないのに、声が突然響くことがある。

「デーヴァ、あやつはおまえの仇敵《ザトル》なのだろう。いつ裏切るつもりだ。ブッダの教団など滅びてしまえばよいのだ。そうではないか、デーヴァ。あるいはおまえが教団《サンブラダヤ》を乗っ取り、新たなブッダとなるのか。それもおもしろい。禁欲《ウパヴァーサ》に徹する新たな教団をおまえが導くのだ」

ふだん戸外にいるような時に、声が聞こえることはない。

寝るために自分の部屋に戻った時にだけ、声が聞こえてくる。

やはりこの部屋には、マハーヴィーラーの気配がしみついているようだ。

「導師よ……」

いまも、デーヴァダッタは自分の方から、マハーヴィーラーの気配に向けて、声をかけた。

「わたくしはこれから、どのように生きていけばよいのでございましょうか」

自分から声をかけても、導師の声は返ってこない。

結局のところ、時に響いてくる怪しい声は、自分の心が生み出した幻影《タマス》の一種なのだろうと思うしかなかった。

シッダルタは池に面した丘の上で教えを説く。

丘の上に座したシッダルタの左右には、側近《ブルタカ》のシャーリプトラとマウドガリヤーヤナが控えていた。

客人の扱いを受けているデーヴァダッタは、少し離れた位置にいるのだが、尊者《ムニ》の親族だということは誰もが知っている。

デーヴァダッタは美しい容貌であったし、物腰にも気品があった。デーヴァダハ城の王宮《ラージャプラサダ》で育ったので、王族《ラージャター》としてのふるまいが身についている。

教団の序列からは外れているし、比丘《ビクシュ》たちが着る黄色い僧衣《カーシャーヤ》もまとっていないのだが、いつもシッダルタのそばにいるということで、特別の立場にいる人物だということは誰もが認めていた。

初心の弟子たちを相手に教えを説く時は、シッダルタはあまり多くを語らず、既存の教えをシャーリプトラが代弁するようになった。

シャーリプトラは口先が達者で、流れるような弁舌で教えを説くのだが、どこか心がこもっていない感じで迫力は感じられなかった。

シッダルタもシャーリプトラが話している時は、不機嫌そうな顔つきになっていた。

この地方には雨期というものがある。初夏の熱暑は木陰にでもいればまだ耐えられるのだが、そのあとに続く雨期は、身動きがとれなくなる。

僧団《サンガ》の修行者たちは、ふだんはラージャグリハの街に出て、托鉢乞食《パインダパーティカ》の活動をするのだが、安居《ヴァルシャ》と呼ばれるその時期には活動を停止する。

それでもその時期に新たに入門するものがあるので、会堂《ザラ》と呼ばれる大きな建物が設置された。かなりの人数を相手に教えを説くことができる。語るのはシャーリプトラだが、シッダルタも同席していた。

雨期になるとシッダルタは丘の上の庵室ではなく、会堂の隅にある部屋に居住して、会堂での集会に備えていた。

商人からの寄進があるので、米や麦の備蓄は充分にあった。雨期には会堂が食事の場を兼ねるようになった。

デーヴァダッタは修行者たちとともに食事をする気になれず、自分の部屋に備蓄してある干した米を少しだけ口にした。断食《ウパヴァーサ》の修行をしたことはないが、空腹でも苦にならず、食に対する欲望《アビラーサ》もなかった。

雨期でなければラージャグリハの街に出向いて、豪商の家を訪ねることもある。スダッタやマハーナーマンから紹介された商家が何軒かあって、定期的に訪ねて、世の中のようすなどを聞くことにしていた。

そういう席では豪華な食事と酒が出た。

たまには酒を飲むのもよいものだ。

その日は雨期の始まりで、朝から豪雨が降り注いでいた。

デーヴァダッタは自分の部屋にいた。

「デーヴァ……、そこにいましたね」

心のなかに声が響いたので、驚いて戸口に向かった。

降りしきる雨をついて、シッダルタが訪ねてきたのだった。

「どうしたのですか。この雨のなかを」

「たまにはあなたの顔が見たかったのですよ」

シッダルタはぬれた衣のままで、椅子に腰を下ろした。

弟子たちの前では、シッダルタは導師《グル》としていの威厳《グルトヴァ》を保っていたが、デーヴァダッタと二人きりの時は、くつろいだようすを見せていた。

「シャーリプトラは実直でよく働く人物なのですが、言葉のとらえ方が浅いので、話をしていても時々うんざりした気分になるのですよ。もっと聡明な側近が必要ですね」

「マウドガリヤーヤナはどうなのですか。あのお方は口数が少ないようですが」

「シャーリプトラとは幼なじみだそうですが、二人は仲がよいのかどうか。シャーリプトラはよくしやべります。マウドガリヤーヤナはほとんどしゃべらない。それでもマウドガリヤーヤナはそれなりに深い哲学《タリキカトヴァ》をもっているようなのですがね。彼は洞窟《カンダラ》にこもって瞑想《サマーディ》にふけっているようです」

「洞窟なんかが近くにあるのですか」

「ありますよ。すぐ先に崖地があるでしょう。その崖の下に、いくつも洞窟があるのです。マウドガリヤーヤナは洞窟のすぐそばに自分の庵室を建てて、そこに引きこもっているのです」

「二人は元はサンジャヤ・ベーラッティプッタの弟子だったのですね。二人ともかなりの年輩ですし、もっと若い側近がいればいいですね」

何げなくそんなことを言うと、シッダルタはデーヴァダッタの顔を探るように見つめてつぶやいた。

「弟子たちのなかには、デーヴァ、あなたがわたしの後継者だと思っているものもいるようですよ」

デーヴァダッタは不意をつかれ、思わず声を高めた。

「後継者とは何ですか。あなたは引退されるおつもりなのですか」

「時々こんなことを思うのです。教団など創らず、アシタ仙人《アズラミン》のようにヒマーラヤの洞窟で余生をすごした方がよかったのではないか……」

シッダルタは遠くを見るような目つきになった。

デーヴァダッタの目の前にも、故郷で毎日のように見上げていたヒマーラヤの白い峰がうかんでいた。王宮《ラージャプラサダ》の奥の森《ヴァナ》のなかで、シッダルタと言葉を交わしたことが、懐かしく思い起こされた。

デーヴァダッタは低い声でささやきかけた。

「あなたは導師《グル》であることに疲れたのですか」

シッダルタは答えなかった。

デーヴァダッタもそれ以上、問いを重ねることはなかった。

シッダルタは急に笑顔をうかべて言った。

「まあ、いずれわたしの側近《ブルタカ》となる若者がこちらに来ますよ」

どうやらシッダルタには、未来が見えるようだ。

「デーヴァ、すぐに、新たな物語《カターナカ》が始まります。あなたが主役となるような物語がね。充分に楽しんでください」

そんな謎めいた言葉を残して、シッダルタは去っていった。


遠来の来客があった。

思いがけない来訪だった。

戸口の向こうからシャーリプトラの声が聞こえた。

「カピラヴァストゥから親族の方がお見えになりました。尊者《ムニ》を訪ねて来られたのですが、いまは庵室《アズラーマ》にこもっておられますので、こちらにお連れいたしました」

自分の部屋の椅子にかけていたデーヴァダッタは、立ち上がって戸口に向かった。

親族の方といわれても心当たりがなかった。

外に出てみると、驚くほどに美しい青年の姿が見えた。

一瞬、途惑いを覚えた。それが誰なのかすぐにはわからなかった。

だが、そばにいる随行らしい中年の男の顔に見覚えがあった。

「ウパーリではないか」

幼いころのシッダルタの執事をつとめ、王宮《ラージャプラサダ》の理髪師《ナーピタ》を兼ねていたウパーリだった。デーヴァダッタは自分で髪を整えていたのでウパーリの世話になったことはないのだが、シッダルタが修行の旅に出立する直前にウパーリが髪を切ったので、そのことで顔を憶えていた。

ウパーリは意気こんだようすで答えた。

「はい。理髪師のウパーリでございます。幼いころのシッダルタさまのお世話をいたしました。シッダルタさまがブッダとなられ、教団を率いておられるとお聞きして、そのごりっぱなお姿を一目見たいと思いまして、アーナンダさまに随行させていただきたいと願い出たのでございます」

「アーナンダ……」

デーヴァダッタは息をのんで、目の前にいる青年の顔を見つめた。

これがデーヴァダハ城で赤子のころから親しんだ異母弟のアーナンダなのか。

母は正室のアミターなので、ヤショーダラにとっては同母弟となる。

ヤショーダラの給仕《ヴィタラーカ》をつとめることになって、デーヴァダッタ自身がデーヴァダハ城まで迎えにいったのだった。

そのころはまだ少年だった。

デーヴァダッタがヴァーナラシーに向けて出立したのは数年後だったが、その時でもまだ少年の面影を残していた。背も低かった。

いまは背丈が伸びて、たくましい勇者《ヴァーガラ》のような姿になっている。それでいて母のアミターに生き写しの少女のような美しい顔立ちはそのまま残っていた。

デーヴァダッタはアーナンダとウパーリを部屋に招き入れた。

椅子に座るとアーナンダはすぐに語り始めた。

いかにも聡明そうな静かな口調だった。

「わたくしは幼いころから宗教《マタ》に興味をもっておりました。カピラヴァストゥの神殿《デヴァーラヤ》に出向いてバラモン教の奥義《ウパニシャド》を学び、奥深い哲学《タリキカトヴァ》にあこがれておりました。シッダルタさまがブッダとなられ新たな教団を興されたと聞いて、すぐにでも弟子にしていただきたいと思いましたが、給仕《ヴィタラーカ》という職務がありましたので旅立つわけにはいかなかったのですが、このたびは王妃《サムラージ》プラジャーパティーさまからの大事な使命を受けまして、こちらにまいることができました」

「大事な使命とは何ですか」

デーヴァダッタの問いに、アーナンダは声を落として答えた。

「シュッドーダナ王のご容態が、思わしくないのです。何とかしてシッダルタさまを連れ戻し、王のご最期をみとっていただきたいというのが王妃のご要望でございます」

「そうですか。それはすぐにでも出立しないといけないですね」

そんなふうに応じたものの、心のうちでは、それは無理な要望だと考えていた。

シッダルタが修行の旅に出た時、すでにシュッドーダナ王は高齢で、スンダラナンダ王子が政務を代行していた。

シッダルタはもはや故郷には戻らないという覚悟をもって修行の旅に出たはずだった。

理髪師ウパーリに頭髪を切らせた。頭髪を切るというのは、王冠をつけないことを意味する。そのことで、シッダルタは家族と縁を切ったはずだった。父母も、妻も、そして生まれてくる子まで捨てて、シッダルタは沙門《シュラマナ》として出立したのだ。

父の病が重いという理由で故郷に帰るとは思えなかった。

しかし王が生きている間に、息子のシッダルタに会わせたいというのは、王妃プラジャーパティーの強い願いなのだろう。

シッダルタとヤショーダラの婚礼のあと、給仕《ヴィタラーカ》という職務を失ったデーヴァダッタを、騎馬隊《アズヴァニーカ》に配属させてくれたのは、王妃プラジャーパティーだった。

世話になった王妃の願いを無視することもできない。

デーヴァダッタはアーナンダに向かって言った。

「シッダルタさまには霊力《ザクティ》があります。すでにあなたがたが到着されたことは知っておいでてでしょう。

すぐにこちらに来られますよ」

デーヴァダッタはそう言ってみたが、瞑想《サマーディ》にふけっているはずのシッダルタが、すぐに来るとも思えなかった。

だしぬけに戸口で声が響いた。

「来ましたよ」

シッダルタの声だった。

すぐにこちらに来られますよ、とデーヴァダッタが言った直後だった。まるでこちらの話が聞こえていたような感じだった。

「アーナンダとウパーリですね。よく来られましたね」

入ってくるなり元気のよい声でそう言うと、あいている椅子に座った。

この部屋に来ると、いつもシッダルタは上機嫌だった。

「ウパーリさん、あなたに髪を切ってもらったことが、つい昨日のことのように思われます。あなたは髪を切ることでわたしの旅立ちを祝福してくれたのです。五人の仲間とともに旅立ったのですが、彼らはわたしのもとを去って故郷に戻りました。彼らは元気でしょうか」

ウパーリが答えた。

「アシュヴァジットさまは先にひとりでお戻りになり、あなたさまが教団を起こされたことを、王と王妃に報告されました。デーヴァダッタさまもその時にはまだカピラヴァストゥにおられましたね。アシュヴァジットさまはそのあと、デーヴァダハ城にお戻りになり、神官《バラモン》としてのつとめを果たしておられます。アジュニャータさまら四人の神官は、托鉢乞食《パインダパーティカ》をしながら修行の旅を続けておられましたが、いまはお戻りになり、カピラヴァストゥの神殿《デヴァーラヤ》におられます。皆さんお元気でございます」

「それはよかった。ウパーリさん、あなたは自分で志願してこちらに来られたのでしょう。わたしの弟子になっていただけますね」

　ウパーリは声をはずませた。

「弟子にしていただけるのですか。あなたさまが幼いころに、わたくしは執事としておつかえいたしておりましたが、このお方は必ずや偉大な転輪聖王《チャクラヴァルティン》になられると確信いたしておりました。もしもこのお方が世に出られたら、ただちに出向いておつかえするつもりでおりました」

　シッダルタはウパーリの顔を見つめ、心のこもった口調で語りかけた。

「ウパーリさん。わたしはあなたに感謝しています。皇太子として生まれたわたしに、質素に生きることの大事さを教えてくれたのは、あなたなのですよ。あなたは王宮での暮らしのなかでも禁欲《ウパヴァーサ》を実践しておられた。そのあなたの姿を見て、子どものわたしも、質素に生きることの大事さを学んだのです。それは誰かから教えられたことでもなく、戒律《シーラ》のようなものにしばられたのでもありません。ごくふつうの暮らしのなかであたりまえのように質素に生きる。それが何より大事なことなのです。あなたのような実直で質素な暮らしが身についた人が教団に来られることを、わたしは待ち望んでいました。わたしはこの教団を創設するにあたって、五戒《パンチャシーラ》というものを定め、殺生《プラナティパタ》、偸盗《アダタダナ》、邪淫《カーマミチャチャラ》、妄語《ムルサヴァダ》、飲酒《マディヤプラマダ》を禁じたのですが、これは僧団《サンガ》の比丘《ビクシュ》のためのものです。ビンビサーラ王を始めとする在家信者の方々には、これは少し厳しすぎるようです。武人の方々は戦さに赴くこともあるでしょうし、酒を飲むなと言っても難しいでしょうからね。あなたがカピラヴァストゥの王宮のなかで、きわめて質素な生き方をされていたのを、わたしはよく知っています。あなたをこの教団の戒律《シーラ》の責任者に任じたいと思います。在家信者のための新たな戒律を作ってください」

　ウパーリは驚いたようすで声をふるわせた。

「思いがけないお申しつけでございます。わたくしにそのような重責がになえましょうや」

「できますよ」

軽い口調でシッダルタは言った。

実際にウパーリは教団に入って、やがて戒律の権威となっていく。

ウパーリは修行者ではない世俗の世界を生きてきたものの立場から、在家信者のために、新たに八戒《アスタンガシーラ》を定めた。

これまでの僧団の弟子たちに課せられていた五戒《パンチャシーラ》に、午後の食事の禁止、歌舞音曲や華美な装飾の禁止、寝台や寝椅子の禁止を追加した。

五戒が八戒になったので、きびしくなったように感じられるのだが、これは在家信者のためのもので、毎日この戒律を守らなければならぬというものではない。月のうちの数日、満月《プルニマ》や新月《プラタマ》およびその中間の日を忌み日として、その日だけこの八戒を守るというものだ。

ふだんの日は歌舞音曲を楽しんでもいいし、酒を飲んでもいいというのだから、在家信者にとってはゆるい規制だが、月に数日は酒を控えるなど、厳しい戒律を守ることで、自分はブッダの教えを守っているという実感を得ることができた。

決められた忌み日の数日だけ八戒を守っていれば、地獄に落ちることはないということだから、人々は安心して日々の生活を楽しむことができる。

八戒の制定で、在家信者が一挙にふえることになった。

シッダルタはアーナンダの方に向き直った。

「アーナンダ。あなたがわたしに会うのはいまが初めてだと思うのですが、わたしの方は、デーヴァダハ城で赤子のあなたにお目にかかりました。赤子のころから、すでにあなたは母親のアミターさまにそっくりで、光り輝いていました。ほんとうに全身から後光《ダーマン》が発散されているみたいに、赤子のあなたは輝いていたのですよ。あなたはご存じないと思いますが、わたしも、デーヴァも、生まれた直後に生母を失い、アミターさまに育てられたのです。だからわれらは三人兄弟といってもいいのです。

わたしはカピラヴァストゥを出立する前に、使いを出してあなたを離宮の給仕《ヴィタラーカ》としてカピラヴァストゥに招きました。デーヴァが迎えに行ってくれたようですね。すでにわたしは出立していましたから、あなたと会うことはできませんでした。それでもアミターさまに似た、輝くばかりに美しい青年になっているだろうと思っていたのですが、まさに思っていたとおりの美青年になりましたね」

ブッダに話しかけられて始めは緊張していたアーナンダも、話の途中から、歓喜に満ちた表情になった。それにつれて、ただでさえ輝くばかりに美しいその姿から、まさに後光《ダーマン》がさすように、光があふれ出してくるような感じがした。

そこまで話して、少し間を置いてから、シッダルタはアーナンダの顔を見すえて、強い口調で言った。

「わたしの側近《ブルタカ》は、シャーリプトラとマウドガリヤーヤナという弟子なのですが、二人ともわたしより年上です。わたしの教えを後世に伝えてくれる若い側近がいてくれればと、ずっと以前から願っていました。いまその念願がかないました。アーナンダ、あなたはわたしの側近になってくれますね」

アーナンダの顔が、ますます輝いた。

「それではわたくしも弟子にしていただけるのですか。望むところです。わたくしは迎えに来られたデーヴァダッタさまとデーヴァダハ城を出立した時から、あなたさまのことは聞いておりましたので、いずれは必ずあなたさまの弟子になりたいと念願いたしておりました。こんなに嬉しいことはありません。あなたさまのおそばにいて、あなたさまのお言葉を一言も聞きもらすことなく、暗記したいと思っています」

横合いからデーヴァダッタが口を出した。

「アーナンダは驚くべき記憶力のもちぬしなのですよ。カピラヴァストゥの神殿で神官《バラモン》から聞いた知識《ヴェーダ》や奥義《ウパニシャド》を、一度聞いただけですべて暗誦できるほどなのです」

それを聞いてシッダルタは満面の笑みをうかべた。

「それはありがたいですね。わたしが一度、物語《カターナカ》を語るだけで、あとはアーナンダがその話を人々に伝えてくれるのですね」

それからふと真顔になって、つぶやいた。

「父が危篤だというのですね」

シッダルタはまるでこの部屋にいて話を聞いていたかのような言い方をした。

霊力《ザクティ》のあるシッダルタのことだから、この部屋での会話はすべて伝わっていたのかもしれない。

「いまから帰ったのでは、臨終に間に合わないかもしれませんね」

そう言ってから、シッダルタはデーヴァダッタの方に向き直った。

「あなたはシュラヴァースティの長者《グリハパティ》でスダッタというお方をご存じではないですか」

懐かしい名前を聞いた。

デーヴァダッタは意気込んで応えた。

「知っていますよ。スダッタとは親しい間がらです。シュラヴァースティに出向いた時は、必ず寄っていました。スダッタは宗教《マタ》に関心をもっており、シッダルタさまのこともよく知っておりました。商売の仲間を通じて、シッダルタさまの動向を探っていて、ブッダとなって教団を開設されたということも、ジェータ王子を通じていち早くわたしたちに知らせてくれたのです」

「スダッタ長者もあなたのことを話していました。デーヴァ、あなたがこちらに来られる前に、スダッタ長者が訪ねてきましてね。シュラヴァースティ随一の豪商だと言っていましたが、確かに大勢の従者《ブルタカ》を引き連れ、僧衣《カーシャーヤ》などの布施《ダーナ》の品を持参してくれました。そのスダッタ長者が言うには、ジェータ王子がわたしたちの来訪を強く願っているということで、われわれの宿舎として、ジェータ王子が郊外に所有している森《ヴァナ》を切りひらき、スダッタが資金を投じて、精舎《ヴィハーラ》を建てる準備をしているということです。もう何年も前のことですから、いまは精舎も整備されていると思います。ビンビサーラ王のご支援を受けているので、ラージャグリハを離れるのは難しいと思っていたのですが、病気の父を見舞うということであれば、ビンビサーラ王もお認めになるでしょう。まずはシュラヴァースティに向かい、精舎のようすを確認してからカピラヴァストゥに戻ることにしましょう」

シュラヴァースティ。

懐かしい場所だ。

いまはマガダ国の王妃《サムラージ》となっているヴァイデーヒー王女《ラージ》の出立を祝う席に招かれ、病床の大王《マハーラージャ》のお言葉を聞くこともできた。

マリハムとの出会いもあった。

酔った勢いということにして、ヴィルリ王子の出自に関する秘密をマリハムに伝えた。

いまごろはその風評が街中に広がり、ヴィルリ王子自身の耳にも届いているはずだった。

そこから新たな物語《カターナカ》が始まる。

いよいよその時が来たのだとデーヴァダッタは思った。

シュラヴァースティに向けて出立するためには準備が必要だった。

デーヴァダッタの部屋が少人数の会議にちょうどよい広さなので、関係者が集まってきた。

シッダルタと二人の高弟。新たに側近となったアーナンダ。戒律《シーラ》の責任者となったウパーリ、他にもうひとり、シャーリプトラの配下の若者が加わっていた。

マハーカーシャパという名で、神官《バラモン》出身の整った顔だちではあったが、目つきが陰気そうで、どういうわけかデーヴァダッタに対しては、ふだんから敵意のこもったまなざしを向けていた。

教団の運営を任されているシャーリプトラの直属で、運営の実務を担当していた。僧団《サンガ》の若い比丘《ビクシュ》たちを指導する重責をになっているのだが、かたくななまでに厳格さを求める人がらで、周囲の人々も対応に苦慮することがあった。

マハーカーシャパには遠くから見ただけでもわかる大きな特徴があった。

着ている僧衣《カーシャーヤ》が汚らしいのだ。

汚れを拭く布のなかでも便所などに用いる汚い布を糞掃《パーンス》と呼ぶ。それに近いボロ布をつぎはぎして僧衣にした糞掃衣《パンスカシャヤ》は、教団の初期のころには、多くの修行者が身にまとっていた。ジャイナ教の弟子たちが裸形になったり白衣をまとうのと同じで、欲望を断ち質素に徹することが大事な修行とされていた。

しかしそれは昔のことで、ビンビサーラ王や豊かな商人《ヴァニージャ》たちから多大の寄進《ダーナ》を受けるいまは、誰もそのようなものを着ていない。

マハーカーシャパだけは、いまだに汚れた糞掃衣を身にまとっていた。

禁欲《ウパヴァーサ》ということにこだわっているのかもしれない。

設立当初の修行者たちは、毎朝ラージャグリハや周囲の村を回って、托鉢乞食《パインダパーティカ》で食料の寄進を受けていた。教団が大きくなり、支援者がふえたいまは、裕福な商人《ヴァニージャ》に招かれて豪華な食事をいただくことが多くなった。同様に新品の布の寄進を受けることも多く、僧団の修行者は色鮮やかな黄色の僧衣《カーシャーヤ》を身につけている。

そういう風潮を批判して、マハーカーシャパはわざと汚らしい布を身につけているのだろう。

いやなやつだとデーヴァダッタは思っていた。

マハーカーシャパがデーヴァダッタを敵視しているのも、導師の親族ということで広い部屋を占有したり、修行など何もしていないのにシャーリプトラらと同等の扱いを受けていることへの反発があるのかもしれなかった。

デーヴァダッタは修行僧ではないので、僧衣ではなくふつうの衣服を身につけていた。ラージャグリハの豪商と交遊があり、邸宅に招かれることもあるし、王宮《ラージャプラサダ》に招かれることも多いので、それなりの礼装をつねに身につけている。マハーカーシャパにとっては何とも目ざわりな存在なのだろう。

シッダルタは部屋に集まった人々の顔を見回してから、いきなり本題に入った。

「わたしはコーサラ国を訪ねることにしました。すでに宿舎などは完成しているとのことです。ジェータ(祇陀《ジェータ》)王子が敷地として森《ヴァナ》を提供してくださったので、祇園精舎《ジェータヴァナヴィハーラ》と呼ぶことにしましょう」

シャーリプトラが問いかけた。

「弟子はいかほど連れていかれますか」

「長い旅になります。あちらに着いてからの準備もあるでしょうから、若い人々を連れていきたいと思います。国王プラセーナジッドさまやジェータ王子、スダッタ長者《グリハパティ》にお礼の言葉を述べにいく必要がありますし、布教活動も始めなければなりません。わたしの故郷のカピラヴァストゥを訪ねたいとも思っています。アーナンダはわたしの側近《ブルタカ》ですから同行してもらいます。ウパーリは戒律《シーラ》の責任者なのでここに残ってください。シャーリプトラ、あなたはどうされますか」

シャーリプトラは強い口調で答えた。

「わたくしは尊者《ムニ》の第一の弟子でございます。どこへでもついてまいります」

「シャーリプトラが同行するとなると、教団の運営に支障がないように、マハーカーシャパにはここに残っていただかなくてはなりませんね。マウドガリヤーヤナ、あなたにも残っていただきたいと思います。弟子たちに教えを伝える長老《スタヴィラ》が必要ですからね」

サンジャヤ・ベーラッティプッタの弟子だったシャーリプトラとマウドガリヤーヤナは、シッダルタよりもかなり年上で、弟子たちの中では最高齢だった。

シャーリプトラは弁舌が巧みで、弟子たちの扱いも巧みだったから、シュラヴァースティでの布教にも欠かせない人物だった。マウドガリヤーヤナは口数の少ない地味な人物だったが、きびしい修行をしていて、真言《マントラ》の霊力《ザクティ》をもっているとされ、若い弟子たちからも尊敬されていた。

最後にシッダルタはデーヴァダッタの方に顔を向けた。

「デーヴァ、あなたはどうされますか」

デーヴァダッタは即座に応えた。

「わたくしはコーサラ国の王族《ラージャター》と親しく交流させていただいております。シュラヴァースティには行くつもりですが、僧団の比丘ではありませんので別行動をとらせていただきます」

シッダルタは笑いながら言った。

「いいでしょう。あなたはプラセーナジッド王とも親しかったのですね。それではシュラヴァースティでまた会いましょう」

そこで話は終わった。

別行動をとることにしたのは、僧団《サンガ》の移動は徒歩で、各地で托鉢乞食《パインダパーティカ》をしながらの旅となる。乞食《パーティカ》をするつもりはないし、旅に時間がかかりすぎる。

懇意の商人《ヴァニージャ》に頼めば船に乗せてもらえる。

ラージャグリハとシュラヴァースティは恒河流域の二大都市で、物流も盛んだから、船はいくらでもあるはずだった。

僧団《サンガ》の出立の準備には時間がかかる。

デーヴァダッタは先行してシュラヴァースティに入るために、ひとりで竹林精舎《ヴェヌヴァナヴィハーラ》を出ることにした。

これで竹林精舎をしばらく留守にするという最後の夜に、デーヴァダッタは部屋にしみついているマハーヴィーラーの気配に向かって語りかけた。

「導師《グル》よ。しばらくここを離れることにしました。コーサラ国のシュラヴァースティに向かいます。恒河《ガンジス》の支流をさかのぼることになりますので、ヴァーナラシーの近くを通ることはありません。あなたさまともしばしお別れでございます」

こちらから話しかけても、相手の声が聞こえることはなかった。

だがいまは、声が返ってきた。

「デーヴァよ、いよいよ始まるのだな」

「カピラヴァストゥの城壁は、ラージャグリハに負けぬ見事なものでございます。その城壁を崩壊させてみせましょう」

「それは愚かな試みではないか、デーヴァよ。国が滅びても、ブッダの教団を崩壊させることはできぬぞ」

「教団の存続などに興味はありません。わたくしは故郷の崩壊を見たあのお方が、どのような顔つきになり、何を話されるか、それを確認したいだけでございます」

「渇愛《トルシュナー》だな……」

渇愛。

その言葉が胸に残った。

第三部

第十五章　宿命を負ったアジャータシャトル王子

船に乗る前に王宮《ラージャプラサダ》を訪ねた。

王と王妃はデーヴァダッタに対して好意的だった。絶大な信頼を寄せているといってもいい。

今日も王妃の方からデーヴァダッタに声をかけてくれた。

「あなたのお顔を見るたびに同じことを申し上げることになりますが、ほんとうにあなたさまには感謝いたしております。あのマハーヴィーラーの不吉な予言《アグラニルパナ》のために、わたくしたちは子を産むことができずにおりました。あの怪しい導師《グル》と対面されたあなたが、予言はまやかしだと言いきってくださったおかげで、わたくしは子を産む決意を固めることができました。生まれてきた王子は、姿もうるわしく、まだ子どもではありますが、聡明さが際立つ男児でございます。これでマガダ国の将来も安泰でございます」

王妃はいかにも嬉しげに語りかけた。

このラージャグリハの王宮で再会した時のヴァイデーヒーは、美しくはあったが哀しみの陰がまとわりついていた。

だがいまは、その目には希望が満ちあふれ、顔だちもふっくらとして、豊かな成熟した女性の魅力を発散していた。姿全体から母親としての自信が感じられた。

かたわらのビンビサーラ王も微笑をうかべて言った。

「まだ少年だが王子の聡明さは誰もがほめそやしておる。女官たちだけでなく、文官や警備の兵までもが、口をそろえて高く評価してくれておる。まだ体は小さいが自ら進んで兵を相手に武術の訓練などもしておるようだ。文字の憶えも早く頭もよさそうで頼もしい限りだ。誰に対してもやさしい気づかいをしてくれると女官たちの評判もよい。まさに転輪聖王《チャクラヴァルティン》になりそうなお方だと宮中でも評判なのだ。ブッダが現れたこの地で、息子が転輪聖王になってくれれば、ラージャグリハの評判は恒河《ガンジス》流域のすみずみにまでとどろきわたることであろう」

王子の評判が高いことは、デーヴァダッタも知っていた。

デーヴァダッタはそこに、疑念を抱いていた。

王子がまだ言葉も話せないころから、いっしょに遊んだり、話しかけたりしていた。王子のことは誰よりもよく知っているつもりだ。

王子はデーヴァダッタに懐いているだけではなく、異様なほどに信頼を寄せてくれていた。そして時に、女官や護衛の兵には見せぬ表情で、鋭く周囲を見回したあと、デーヴァダッタに向けて目配せのような目つきをすることがあった。

邪悪なまなざしだ……。

やはりマハーヴィーラーの予言は正しいのではないか。

デーヴァダッタはひそかにそう思っていたが、それにしては王子の評判がよすぎる気がしていた。あるいは王も王妃も女官や兵たちも、王子にだまされているのではないか。

そうした思いを、デーヴァダッタは自分の胸のうちにとどめている。

デーヴァダッタは用件を切り出した。

「お聞き及びのことと思いますが、ブッダの教団《サンブラダヤ》はコーサラ国にも新たな拠点を築くことになりました。僧団《サンガ》は旅立ちの準備をしております。わたくしはシュラヴァースティに知り合いがおりますので、ひとあし先に出発することにいたしました」

王妃ヴァイデーヒーが懐かしげに声をはずませた。

「まあ、シュラヴァースティに行かれるのですか。兄のプラセーナジッド王やジェータ王子にも会われるのですね」

ヴァイデーヒーがシュラヴァースティを離れてから何年になるだろうか。父である大王《マハーラージャ》の葬儀にもヴァイデーヒーが参列することはなかった。

デーヴァダッタ自身、ヴァーナラシーで六師外道を訪ねてから、直接にラージャグリハに来たので、恒河《ガンジス》の上流の方には長らく出向いていなかった。

デーヴァダッタは笑いながら言った。

「ジェータ王子はカピラヴァストゥにご遊学されていたことがあり、親友といっていい仲になりました。カピラヴァストゥ周辺の小さな神殿《デヴァーラヤ》を訪ねて哲学《タリキカトヴァ》の話などもしましたが、ジェータ王子の案内でシュラヴァースティの路地裏にある怪しい店にも連れていってもらいました」

「そんなところがあるのですか」

「ジェータ王子はなじみ客のようでしたがね。ジェータ王子がカピラヴァストゥにおられたころは、シッダルタさまとも交流がありました。いまは摂政《アディパ》をつとめておられるスンダラナンダ王子とともに、馬に乗ってあちこちを駆け回りました」

「そのお話はジェータ王子からも聞きました。あなたがたはほんとうに仲のよいお友だちなのですね」

「ジェータ王子はブッダの教団に土地を提供されたそうです。それで王子の名をとって祇園精舎《ジェータヴァナヴィハーラ》という名称になりました」

王妃は嬉しげにいちだんと声を高めた。

「まあ、祇園精舎ですか。ジェータ王子の名が、後世にまで伝わることになるでしょうね」

ビンビサーラ王も満足そうな笑みをうかべて言った。

「コーサラ国に拠点を築くことは、わたしのところにも報せがあった。わたしも大歓迎だ。コーサラ国にブッダの教えが弘まれば、恒河《ガンジス》流域の二大強国が同じ教えで結ばれることになる」

そこまで話して、ビンビサーラ王はわずかに顔をくもらせた。

「とはいえ尊者《ムニ》がラージャグリハから離れられるというのは残念なことだ。尊者のご要望に応えて、いま霊鷲山《グリドラクータ》の頂上までの道を開いている。尊者はあの山の頂上で教えを説かれるおつもりらしい。道が完成すれば、尊者はまた戻って来られるのであろうな」

デーヴァダッタは力強い口調で応えた。

「もちろんのことです。シッダルタさまはコーサラ国に出向いたのち、故郷のカピラヴァストゥに戻って、病床にあるお父ぎみのお見舞いをなさるのでしょう。それが終われば、すぐにこちらにお戻りになります。今回はわずかな僧団《サンガ》を率いて旅に出られますが、弟子たちの大半は竹林精舎《ヴェヌヴァナヴィハーラ》に残っております。教団の本拠はラージャグリハでございます」

ビンビサーラは言った。

「それを聞いて安心いたした。すでにコーサラ国から王妃を迎えて同盟関係は保たれているが、宗教《マタ》によっても両国が一つに結ばれれば、この地域に恒久の平和が訪れることになるだろう」

王の楽観的な見解を聞きながら、デーヴァダッタは胸のうちで思いをめぐらせた。

この世界から戦争がなくなることはない。

確かに二大強国が衝突することはないだろう。だが西のコーサラ国は周辺諸国の併合を狙っている。東のマガダ国が狙うとすれば、かつてカーシー国の領土だった地域だ。ヴァイデーヒーの嫁入りとともにいまはマガダ国に属しているはずのその地域には、ヴァイシャーリーやヴァーナラシーなど、商人《ヴァニージャ》たちが築いた都市国家があって、国王の権威が届いていない。

王妃が言った。

「あなたはしばらくの間、ラージャグリハから離れるのですね。それならぜひともアジャータシャトル王子に会ってやってください。あの子はあなたのことを、兄のように慕っているのですから」

王妃に言われずとも、王子には会うつもりでいた。

そのためにここに来たのだ。


何度も訪ねているので王宮内のようすはわかっている。

デーヴァダッタは王子の居室に向かった。

強い陽ざしをさえぎるために、建物の窓は上部に突き出した日よけの屋根で守られている。室内は昼間でも暗い感じなのだが、王子の部屋の窓にはさらに幕がかけられ、ひどく暗かった。

王子の姿もよく見えない。

「アジャータシャトル王子、こちらにおられるのですか」

応えはなかった。

うす暗がりのなかに気配が感じられた。

「わたくしは旅に出ます。しばらくお目にかかることができないので、そのことをお伝えにまいりました」

「デーヴァ……、わたしは見捨てられるのか」

少年とも思えない低い声が聞こえた。

「わたしは誰も信じることができぬ。信用できるのは、デーヴァ、おまえだけだ」

「そこにいらっしゃるのですね。ここはひどく暗い。明かりを入れましょう」

「待て。開けるな。わたしは光が怖いのだ」

王子の制止を無視して、デーヴァダッタは窓にかけられた幕に手をかけ横に引いた。

部屋のなかが明るくなった。

奥に王座のような豪華な椅子があり、そこにまだ背丈の低い少年が座していた。

シュラヴァースティのヴィルリ王子も、デーヴァダッタのことをデーヴァと呼んでいたが、こちらの王子も同様だった。少年にとっては短い名の方が呼びやすいということだろう。

デーヴァダッタは少年の前に進み出て問いかけた。

「なぜ光を恐れられるのですか。あなたはマガダ国の世継ぎの王子ではありませんか」

「わたしは呪われた王子だ。光が怖い」

「おつきの女官はどうしたのですか。このようなところにひとりで閉じこもっておられては不審がられるでしょう」

「女官たちには気分がよくないと言ってある。気分がひどく落ちこむことがあるのだ。わたしはいずれ殺される。わたしはそのような宿命《カーラ》のもとに生まれたのだ」

「殺されるとは、どういうことですか」

「デーヴァ、わたしを助けてくれ。おまえだけが頼りだ」

「誰があなたを殺すのですか」

「王と王妃がわたしを殺そうとしている。デーヴァ、おまえにはわかっているのだろう。おれは呪われた王子なのだ」

王子の声はふるえていた。

心の底からおびえきっているようすだった。

デーヴァダッタは励ますように言った。

「王も王妃もあなたさまのことを誇りに思っておられます。王子は聡明でおやさしいお方だと評判です。将来が楽しみなお世継ぎだと、お二人は満足しておられます。あなたさまを殺すなど、とんでもないことでございます」

「そうかな。誰もがあの呪いのことを話しておる。デーヴァ、おまえも知っているのだろう。わたしは父を殺すと予言された王子なのだ」

「そんな風評はいまはきれいに消えております。女官も文官もあなたのことをほめそやしております。あなたの評判が高いので、王も王妃も喜んでおられます」

「ふふん……」

王子は鼻先で笑ってみせた。

「皆がだまされている。わたしは女官や護衛の兵たちの前で、やさしく聡明な王子を演じているのだ。そうでないとわたしは父親からうとまれ、命の危険にさらされる。わたしは重苦しい宿命を負って生まれてきた。幼い子どもでも人の風評は耳に入る。風評が聞こえてくるたびにわたしは傷つき、気持が暗くなっていく。それでもわたしは明るい少年を装い続けてきた。自分を偽るのは疲れる。時には耐えられなくなって女官たちを遠ざけ、ひとりきりになりたくもなる。こうして暗い部屋に閉じこもって、自分の出生を呪っているのだ」

「そのようなことを口にされては、王子の評判が落ちてしまいますよ」

「こんなことを話すのは、デーヴァ、おまえが相手の時だけだ。何しろおまえのおかげで、わたしはこの世に誕生できたのだからな。わたしが生まれる前に偉い予言者《デーヴァデュータ》が、生まれてくる王子が父の王を殺すだろうと告げたそうだな。それで母は子を産むのを控えておったところを、おまえの助言を受けてわたしを産んだということだ。デーヴァ、そうであろう」

「そういうこともありましたね。わたしは王からも王妃からも、感謝されていますよ。あなたがやさしく聡明で、評判のよいお方だからです」

王子はふくみ笑いをしながらつぶやいた。

「皆がわたしの装いにだまされておるのだ。わたしは毎日、びくびくしながら暮らしている。デーヴァ、おまえは旅に出ると言ったな。もう帰ってこないのか。わたしはおまえだけが頼りなのだ」

デーヴァダッタは微笑をうかべた。

「わたくしはしばらくコーサラ国にまいります。半年になるか、一年になるかはわかりませんが、それほど長い期間ではありません。必ずこちらにもどってまいります」

「デーヴァ、おまえがいないと、わたしは殺されてしまう」

「恐れることはありません。あなたはまだ少年です。お父ぎみがあなたを恐れるようになるとすれば、それはあなたが成人されて、王位を奪いかねないと不安になった時です。だからあと何年かは、あなたは安心できます。アジャータシャトル王子、お約束します。わたくしは必ずこちらに戻り、あなたさまをお守りいたします」

「ほんとうだな。必ずわたしを守ってくれるのだな」

デーヴァダッタは無言でうなずいた。

自分はこの少年を守らなければならないと心のなかで誓った。

それがシッダルタに対する挑戦になるはずだった。


シュラヴァースティに着いたのは夕刻だった。

プラセーナジッド王やジェータ王子のもとに出向くのは翌日として、その夜はスダッタ長者《グリハパティ》の邸宅を訪ねた。

スダッタは歓迎の宴《ウトゥサヴァ》を催してくれた。

「いよいよブッダの一行がこちらに来られることになったようですね」

スダッタは嬉しげに言った。

デーヴァダッタは応えて言った。

「もう伝わっていることでしょうが、こちらの拠点は祇園精舎《ジェータヴァナヴィハーラ》と呼ぶことになりましたよ。ジェータ王子が土地を提供してくれたようですね」

「われら商人は資産はもっておりますが、シュラヴァースティ周辺の土地はすべて王族の方々の領地です。ジェータ王子に森《ヴァナ》を寄進していただいたおかげで、ブッダをお迎えすることができました」

スダッタは父から受け継いだ仕事を守りながらも、余分の財産を世のため人のために役立てたいという願いをもって、独居老人や孤児に食を提供する事業を進めていた。

そのため給孤独《アナータピンディカ》長者とも呼ばれていた。

「竹林精舎《ヴェヌヴァナヴィハーラ》をお訪ねして尊者《ムニ》にお目にかかった時に、デーヴァダッタさまと親しくさせていただいていると申し上げましたら、話がはずみました。尊者は弟ぎみのあなたさまのことを、大事にしておられるようですね」

「わたしは僧団《サンガ》に所属していない微妙な立場にあるのですがね」

スダッタは大きな壺に入った薬草酒《スラマイレア》を勧めながら言った。

「あなたさまは比丘《ビクシュ》ではないので、酒は飲まれるのですね。わたくしも八戒《オスタンガシーラ》は守っておりますが、幸い今日は禁酒をすべき忌み日ではありませんので、こうして酒を飲むことができます」

ウパーリが定めた八戒はすでに多くの在家信者《シュラーヴァカ》に伝えられ歓迎されていた。

デーヴァダッタ自身は在家信者でもないので八戒を守るつもりもなかったが、こうしてスダッタとともに酒が飲めるのはありがたかった。

酒の酔いが少し回ったところで、デーヴァダッタは問いかけた。

「ジェータ王子は大王から相続した土地を提供しただけでしょう。あなたは精舎を作るのに多大の資産を費やされたはずです。スダッタ長者、あなたはなぜそれほどまでにブッダの教団を支援なさるのですか」

スダッタはその問いを待ち望んでいたかのように、勢いこんで語り始めた。

「もてる資産を世のため人のために費やすことを、わたくしは自分の義務と考えておりましたが、もっとほかにやりようがないのかと不安でございました。わたくしの生き方に指針を与えてくださる導師が現れれば、そのお方のために尽くしたいと以前から考えておったのですが、ブッダの教えはわたくしの想像を超えたすばらしいものでございました。ご承知のように、神官《バラモン》たちが説く伝統的な教えでは、神官《バラモン》、武人《クシャトリヤ》、庶民《ヴァイシャ》、隷属民《シュードラ》という厳格な四種の階級《ヴァルナ》を定めております。われら商人《ヴァニージャ》は第三の階級ということになっておりますが、恒河《ガンジス》の支流を利用した水運で、多くの人々の暮らしを豊かで楽しいものにしていると自負いたしております。尊者《ムニ》はバラモン教に代わる新たな教えを説かれております。それもジャイナ教のような極度に禁欲《ウパヴァーサ》を推し進めるものではなく、在家信者は節度をもって生活をしておれば地獄《ナラカ》の恐怖から解放されるという、ありがたい教えでございます。ラージャグリハだけでなく、このシュラヴァースティ周辺にも教えが弘まりますれば、恒河流域の広い地域が一つの宗教《マタ》で結ばれることになります。この地域に恒久の平和が訪れることになるでしょう」

ビンビサーラ王も同じようなことを言っていた。

果たしてほんとうに、宗教によって平和が保たれることになるのか。

デーヴァダッタは意地のわるい質問をした。

「あなたさまは平和を望まれるのですか。商人のなかには剣《カドゥガ》や鎧《カヴァカ》の売買で儲けるものもいると聞いております」

「国には守りの兵がおりますし、盗賊から財産を守るために商人も兵を雇います。戦争がなくとも、武器の商売は成り立ちます。いったん戦争が起これば、物流が途絶えますし、田畑が荒れて穀物も減産となります。多くの商人が困惑することになります。戦さに出れば武人は命の危険にさらされます。

敵を傷つけたり殺したりすれば罪を負うことになります。農民も仕事ができなくなります。戦争で得るものなど何もないのです」

そうだろうか、とデーヴァダッタは胸のうちで考えていた。

それではなぜ人々は戦争を起こすのか。王は領土を拡大し武人は名誉を得る。国が栄えれば商人たちもうるおうはずだ。身動きできない支配体制が長く続くよりも、時々は政権の交代があって、世のなかが新しくなった方が、産業も発展するのではないか。

心のうちの疑念をデーヴァダッタは口にはしなかった。

スダッタを相手になごやかに酒を飲んだ。


夕食を終えると、デーヴァダッタは夜の街に出た。

大国の首都だけに街路の要所に灯火《ディーパ》があり、街はにぎわっていた。

ジェータ王子に連れられて初めてその店に行った時には、街に不案内でどの道を通ったかわからず、二度目にひとりで行った時にはかなり迷った。その後は通い慣れて、迷うようなことはなかったが、もう何年もこの街に来ていなかったのでいくぶんかこころもとない気がした。

だがその店は、昔と変わらないたたずまいで、路地裏の暗がりのなかにあった。

店の主人はデーヴァダッタの顔を覚えていた。店は混んでいたが奥の席に案内された。夕食のあとだったので料理は不要だと告げ、酒だけを求めた。

「マリハムには客がついております。しばらくお待ちいただけますか」

主人がささやきかけた。

デーヴァダッタも低い声で尋ねた。

「金持の客か」

「そのあたりのごろつきでございます。いま話をつけてまいります」

主人はこちらが上客だと知っている。

女のいる席に行って、別の女と交替させようとしているようだ。

しばらくすると、酔客のどなり声が響いた。

「何だと。おれはこの女が気に入っているんだ」

酔客は主人に対して抗議しているようだが、女はさっさとデーヴァダッタの隣の席に移動した。

「デーヴァ、久しぶりだわね」

何年もここには来ていないのだが、女はひと月ぶりくらいの感じで声をかけた。

五年ぶりなのか、十年なのか、デーヴァダッタもよく思い出せなかった。

店の照明はそれほど明るくないし、女は化粧をしているので、格別に容色が衰えたようにも見えなかった。

「ラージャグリハにいた」

「なぜ戻ってきたの。また何かたくらんでいるのね」

「何をしようとしているのか、自分でもよくわからない」

そんなふうにつぶやいた時、再び酔客の大声が耳に入った。

「マリハム、マリハム、どこに行った。今夜はおれがおまえを買い切ったはずだ」

デーヴァダッタは立ち上がって声をかけた。

「マリハムはこっちだ。わたしも今夜はマリハムを買い切ったのだ」

酔漢は足をよろめかせて、こちらに近づいてきた。

「何だと。おれの方が先に店に来て、この女を呼んだのだぞ」

「まあ、いいからここに座れ」

デーヴァダッタは酔漢を同じ卓の席に座らせた。

「おまえの名は何だ」

「おれはガンダルヴァ。おまえは何だ」

「デーヴァ……」

「何。神《デーヴァ》だと。おもしろい」

ガンダルヴァと名乗った男は声をたてて笑った。

バラモン教には八部衆という世界観がある。人ではない生き物が八種あるという考え方だ。その八種とは天神《デーヴァ》、龍神《ナーガ》、鬼神《ヤクシャ》、酒神《ガンダルヴァ》、軍神《アシュラ》、鳥神《ガルーダ》、楽神《キンナラ》、蛇神《マホラガ》で、いずれも空を飛ぶ鬼神や怪物のような存在だ。

デーヴァダッタは天神と名乗り、酔漢は酒神と名乗った。

「われらは人にあらざるものなのだな」

ガンダルヴァは上機嫌で言った。

妙に気が合った感じがして、マリハムをはさんで飲み始めた。

「おまえはシュラヴァースティのものか」

「生まれも育ちもシュラヴァースティだ」

「若いのに飲んだくれているようだが、どのようにして金を稼いでいるのだ」

「親が商人《ヴァニージャ》だ。いまも父親の金をくすねて飲んでいる。だから親の商売《ヴァニージュ》に文句を言うわけにもいかんが、おれは商売というものがどうにもなじめない。地方に出向いて安く買ったものを、シュラヴァースティで高い値で売りつける。人をだまして金を稼ぐのが商人だ。おれはそういうのはきらいなんだ」

「商売がきらいなら、何かしたいことがあるのか」

「ああ、何か大きなことがしたい」

「大きなこととは何だ」

「わからん。世の人々を救済する勇者《ヴァーガラ》か、そうでなければ何もかもをぶちこわす魔神《パープマン》のような存在になってみたい」

「無理だな。おまえにできるのは、せいぜい勇者の従者《ブルタカ》くらいだな」

「従者でもいいが、勇者はどこにいるんだ」

「ここにいる。わたしが勇者だ」

デーヴァダッタは静かに言いきった。


酔いつぶれたガンダルヴァが、いびきをかいて寝入っていた。

デーヴァダッタはマリハムに声をかけた。

「起きているか」

「寝るわけはないわ。これから別室に行くのでしょう」

「ああ、そうだな。わたしも少し酒を飲みすぎたようだ。酒を飲むのは久しぶりだったから、酔ってしまった」

「ラージャグリハで何をしていたの」

「何もしていない。ただ眺めていただけだ」

「何を……」

「何かが起こるのを待っていたが、何も起こらなかった。何かを起こすためには、自分が動かなければならないのだ」

「何かを起こそうというのね。それでシュラヴァースティに来たの」

「以前、おまえに秘密を打ち明けたことがあっただろう。憶えているか」

ろもある女だ。

「さあね。忘れたかもしれない」

マリハムはしばらくの間、黙りこんでいた。

それから、ぽつりとつぶやいた。

「ヴィルリ王子のことかしら。あたしは秘密を守ったわよ」

「それを聞いて安心した」

そう言ったものの、マリハムの言葉を信じたわけではない。マリハムは聡明で、ずるがしこいところもある女だ。

さらに長い沈黙のあとで、再びマリハムはつぶやいた。

「でもなぜかしら。ヴィルリ王子の噂《ジャナヴァーダ》は、この店のお客さんはみんな知っているのよ。いまでは街じゅうに噂が広がっているのではないかしら」

そう言って、女は謎めいた笑い方をした。

したたかな女だ。この女を妻にしてもいいと、一瞬だけ考えた。

デーヴァダッタは微笑をうかべた。

「噂というものはそんなものだ。いくら秘密にしていても、いつの間にか知れわたってしまう。マリハム、おまえのせいではない」

デーヴァダッタはマリハムの肩に手をかけた。

マリハムの体がもたれかかってきた。

デーヴァダッタはその体を引き寄せた。

別室に入って二人で夜を明かした。

あたりが明るくなってから店の方に出てみると、まだガンダルヴァがいて、椅子にもたれたまま眠りこんでいた。

起こさないように静かに店を出た。

細い路地を歩いていると、うしろから声がかかった。

「デーヴァ親方《ブラブフ》。おれはあんたの従者《ブルタカ》になったんだ。どこへでもついていくぜ」

「よく眠っていたようだったから、起こさずに店を出た。わたしには従者は不要だ。これから行くところがある。従者は連れていけない」

「そう言わずに仲間にしてくれよ。あんたはこれから、大きなことをなしとげるつもりなんだろう」

「確かに大きなことを始めようとは思っているが、それは自分の利益のためではない。むしろわが身を破滅に追い立てるような試みだ。わたしのそばにくっついていても、得られるものはないぞ」

「おれは利益など求めていない。ただおもしろいことに立ち合いたいだけだ。あんたは何かをたくらんでいるのだろう」

「何もたくらではいない。わが身の破滅を求めているだけだ」

「それもおもしろそうだ」

「ジャイナ教というものを知っているか」

だしぬけにそんなことを尋ねてみた。

この男のことは何も知らない。だが言葉を交わしていれば、そのうち何かがわかるだろう。

ガンダルヴァは答えた。

「知らんな。バラモン教をきらっているものは多い。とくに商人《ヴァニージャ》はそうだ。どんな金持でも階級《ヴァルナ》は農民《クルサカ》と同じ庶民《ヴァイシャ》だからな。ヴァーナラシーあたりに行けば、いろいろな教えを説く導師《グル》がいるそうだな」

「ジャイナ教の高弟たちは、裸になって森林《ダーヴァ》のなかに住み、野獣のように生きている。禁欲《ウパヴァーサ》のためだ。

わたしは裸にはならないし、野獣になるつもりもないが、禁欲というものには心を動かされる。裸にはならないが心は修行者だ。だからわたしは自分の利益を求めない。わかるか」

「わかるぜ。デーヴァ親方、あんたは清浄《サテイヤ》な生き方を求めているのだろう。おれだって、何かそういったものを求めていたんだ。利益をむさぼる商売みたいなものは、うんざりだった」

しばらくは黙って道を進んだ。

スダッタの邸宅の近くまで来た時にだしぬけにガンダルヴァがささやきかけた。

「ヴィルリ王子がどうしたとか、女が話していたな」

デーヴァダッタは思わず、かたわらのガンダルヴァの顔を見つめた。

ガンダルヴァはずるそうなうす笑いをうかべていた。

「おまえ、寝たふりをしていたな」

そう言って、デーヴァダッタもうす笑いをうかべた。


スダッタに頼んで、ガンダルヴァにふさわしい衣服を調達した。

デーヴァダッタは僧団に属していないので僧衣《カーシャーヤ》を着ていない。王宮に出入りすることも多いので、王族《ラージャター》にふさわしい上等の衣服を身につけていた。

ガンダルヴァにも王族の従者らしい衣服を与えて着替えさせた。

王宮《ラージャプラサダ》に向かう。

かたわらにはガンダルヴァがいる。

門衛に来意を告げた。カピラヴァストゥの王族だと名乗った。

ガンダルヴァがひどく驚いたようすを見せていた。

王宮の廊下を歩きながら、デーヴァダッタはガンダルヴァにささやきかけた。

「従者《ブルタカ》になると言うから連れてきたのだ。それらしくふるまってもらう。おまえにもそれなりの覚悟があるはずだ。わたしはいま一つの国を滅ぼそうとしている。従者のおまえも同じ罪を犯すことになる。ここまで来たからには、もはや引き返すことはできない」

デーヴァダッタは横目でちらりとガンダルヴァの顔を見た。

「覚悟はある」

ガンダルヴァは表情を変えずに短く答えた。その姿の全体から、喜びが伝わってきた。

そうだ、これは禁欲《ウパヴァーサ》のための苦行《タパス》ではなく、歓喜《アーナンダ》をもたらす試みなのだ。

デーヴァダッタは再びささやきかけた。

「おまえはまだ従者のつとめに慣れていない。だからただ一つのことだけを教えておく。これからわたしたちは国王のお目どおりをたまわる。従者はひたすら黙っていろ。何か尋ねられても沈黙を守るのだ。わたしが代わりに答えてやる。それが従者のあるべき姿だ。わかったか」

最後は強い口調で念を押した。

ガンダルヴァは黙ったままだった。

デーヴァダッタは静かにうなずいて言った。

「それでいい。わかったようだな」

こいつはよき従者《ブルタカ》となる、と心のうちで思った。


コーサラ国王プラセーナジッド、王妃《サムラージ》マッリカー、ジェータ王子と対面した。

デーヴァダッタの顔を見るなり、国王が語り始めた。

「おお、デーヴァダッタ。まことに久方ぶりじゃな。そなたのおかげでよき側室を得ることができた。気立てのよい控え目な女で王妃も満足しておる。跡継がジェータ王子しかおらぬことにわしは不安を覚えておった。王子はいまだに妃をめとっておらぬ。それでは跡継の孫も期待できぬ。それにジェータ王子はやさしすぎて、戦さの指揮をとるのには向いておらぬ。側室のナーガムンダーが第二王子を産んでくれた。ヴィルリ王子は幼いころから乱暴者で、勇気があった。まだ少年といっていい年齢ではあるが、本人の希望で軍隊に入り、いまでは兵を率いる軍事大臣をつとめておる。これでコーサラ国は安泰じゃ」

何年も会わずにいるうちに、プラセーナジッド王はすっかり髪が白くなり、老いが目立つようになっていた。どことなく沈んだようすを見せている。

「わしは長く生きてきた。父の大王《マハーラージャ》が途方もなく長く生きたために、わしが即位した時はすでに高齢になっておった。王として何ごともなせなかったが、いまはそれでよかったと思うておる。若いころは父の命令で各地に転戦し、武勇をふるったものじゃが、コーサラ国の象部隊に恐れをなした周辺諸国が降伏を申し出て、闘わずして領土を拡げることができた。わしが王になってからは、大きな戦さは起こらなかった。妹がマガダ国に嫁いだので、大国同士の戦さも起こらぬであろう。ジェータ王子がブッダを招いてくれたので、武人も商人もブッダの教えによって一つにまとまり、恒河の流域に恒久の平和が訪れることであろう。わしももう戦さなどせずともすむ。そのことをブッダに感謝したい」

かたわらの王妃もそれなりに年齢を重ねていたが、上品な美貌は衰えていなかった。

その王妃マッリカーが問いかけた。

「あなたはラージャグリハからおいでになったのですね。王の妹ぎみのヴァイデーヒーは元気ですか」

デーヴァダッタは答えた。

「お元気でございます。とくに王子がお生まれになってから、いちだんと元気になられました。跡継の王子の誕生で、ビンビサーラ王も満足しておられます」

それからラージャグリハにおけるシッダルタの活躍の話になった。大富豪のスダッタ長者は王宮にも出入りしているはずだから、王も王妃も竹林精舎《ヴェヌヴァナヴィハーラ》のようすについては詳しく話を聞いたようだ。

デーヴァダッタは多くを語らず、ただ祇園精舎《ジェータヴァナヴィハーラ》の開設に土地を提供したジェータ王子に、感謝の言葉を捧げた。

話をするのは王と王妃で、同席しているジェータ王子はほぼ無言だった。

気分を害しているようにも見えなかったが、体調がよくないのか、表情が暗く、気持が沈んでいるようすで、黙りこんだままだった。

この日は、シュラヴァースティに到着したことを告げるだけの儀礼的な訪問だったので、すぐに退出することにしたのだが、別れ際に王妃マッリカーが声をかけた。

「デーヴァダッタさま。ヴィルリ王子にも会ってやってください。母親のナーガムンダーはあなたさまのご紹介でカピラヴァストゥから嫁いできたのですから」

するとジェータ王子が横合いから言った。

「わたしが案内しますよ」

ジェータ王子と並んで、廊下に出た。

従者《ブルタカ》のガンダルヴァがあとからついてきた。とくに聞かれることもなかったので、従者の紹介はしなかった。従者というのはそういうものなのだ。

廊下に出たところで、ジェータ王子がささやきかけた。

「従者がいるようですね」

「昨日知り合ったばかりです。竹林精舎にいれば僧団《サンガ》の若者たちがいて世話をしてくれるのですが、旅に出ると荷物などもあるので、従者がいてもいいかなと思いました。無口な男です。気にしないでください」

「秘密を守れるならば話しましょう。ヴィルリ王子のことなのですがね……」

そこまで言ってジェータ王子は声を落とした。

廊下の隅に護衛の兵が立っていた。

ジェータ王子は兵の方を気にしながらささやきかけた。

「年の離れた弟で、幼いころはかわいかったのですがね。まだ少年なのですが、並の兵よりも背が高くなって、剣術も馬術も巧みだということです。父がすっかり気に入って、軍事大臣に任命してしまいました。体は大きくなっていても、心はまだ子どもです。むじゃきに戦争をしたがっていて、困ったものだと思っています。父も昔は闘いを好んでいましたが、いまは年老いて、西域にまで遠征するのがつらくなったようで、このところコーサラ国は平和を維持しているのですが、ヴィルリ王子は元気いっぱいで、遠征に出させてくれと父にせがんでいるようなのです」

プラセーナジッド王が沈んだようすを見せていたのは、そのせいだったのかもしれない。

ジェータ王子は言葉を続けた。

「スダッタ長者がブッダのための精舎を開きたいと申し出たので、わたしは土地を提供しました。そのことに弟は腹を立てていましてね。ブッダの教えが弘まって、世の中から戦争がなくなったりすると、自分の活躍の場がなくなると、わたしを批判しています。わたしは子どものころに、まだお元気だった大王《マハーラージャ》の遠征に随行したことがあって、戦争の悲惨さを胸の奥に刻みました。このところ遠征がないので、ヴィルリ王子は戦争というものを知らないのですよ」

どうやら二人の王子の仲はよくないようだった。

ヴィルリ王子の部屋の前まで案内すると、ジェータ王子は自分はなかに入らず、足早に去っていった。

ヴィルリ王子と対面した。

背が高く筋肉が盛り上がった、影絵芝居《トールボンマラータ》に登場する勇者《ヴァーガラ》のような人物がそこにいた。

この前に顔を合わせた時は幼児だった。だがヴィルリ王子はデーヴァダッタのことを憶えていた。

「デーヴァだな。そなたに会いたかった。ずっと以前から、聞きたいことがあったのだ。そちらの従者は信用できるのだろうな」

「口の固い人物です。ご安心ください」

「それならば聞こう。王宮のあちこちで陰口をきくものがいる。このわたしが隷属民《シュードラ》の血をひいているというのだ。そのようなことを母に聞くわけにもいかない。父親のマハーナーマンはよく訪ねてくるのだが、あいつに聞いても答えないだろう。どうなんだ。おまえもカピラヴァストゥの王子だ。事情はよく知っているのではないか」

いよいよ始まった、とデーヴァダッタは心のうちで思った。

慎重に言葉を選びながら語り始めた。

「あなたさまのお母ぎみは、カピラヴァストゥの王宮で女官をつとめておられました。お父ぎみのマハーナーマンさまにとっては、最愛のご息女でございます。風評などというものは根も葉もないものでございますから、気になさることはありません」

ヴィルリ王子は大きく息をついた。

「そうか。おまえがそう言うなら、信用するしかないな。母の出自に疑いをもった自分を恥じるばかりだ」

デーヴァダッタはすかさず話題を変えた。

「ジェータ王子とスダッタ長者が新たに開設された祇園精舎《ジェータヴァナヴィハーラ》にブッダの教団をお招きになりました。わたくしはその先がけとして当地にまいりましたが、半月もすれば僧団《サンガ》が到着いたします。ご承知のようにブッダはカピラヴァストゥの皇太子であられた方でございます。これを機に、コーサラ国とカピラヴァストゥの友好はますます深まるものと思われます」

　ヴィルリ王子の目が、怪しく輝き始めた。

「両国の友好を深め平和を保つ。それがブッダの狙いか。ブッダというやつは、存外にずるがしこいところがあるのかもしれぬな」

　デーヴァダッタは無言でヴィルリ王子のようすをうかがっていた。

　ヴィルリ王子はデーヴァダッタの顔をにらみつけた。

「兄のジェータ王子が若いころにカピラヴァストゥに遊学していたと聞いていたので、わたしも母の生まれ故郷に興味をもって、訪ねてみたことがある。カピラヴァストゥの城壁の見事さに驚いた。このシュラヴァースティの城壁よりも見事な、美しい石の壁であった。それでわたしは疑問を覚えた。隣国にこのような豊かな国があるのに、なぜ攻めて属国としないのか。なぜカピラヴァストゥの王族から嫁をもらって姻戚関係を結び、いままたカピラヴァストゥの皇太子だった導師を迎えようとしているのか。デーヴァ、どう思うか聞かせてくれ。カピラヴァストゥはそなたの故郷なのだろう」

「わたくしは摂政《アディパ》のスンダラナンダ王子とも親しくさせていただいておりますが、兄弟ではなく従弟にあたります。姉が隣国から嫁いだ時に給仕《ヴィタラーカ》として同行し、そのまま王族の一員に加えていただいただけで、カピラヴァストゥはわたくしの生まれ故郷ではありません」

「そうであったか。ならばあの見事な城壁が崩壊することにも、胸の痛みを覚えることないのではないか」

「カピラヴァストゥの城壁を、あなたさまが崩壊させるおつもりでございますか」

「デーヴァ……」

　ヴィルリ王子は前屈みになった。その顔が目の前に迫ってきた。

「ほんとうのことを言ってくれ」

息がかかるほどの間近から、ヴィルリ王子の声が響いた。

第十六章　シュラヴァースティに祇園精舎を開く

デーヴァダッタは困惑の表情をうかべた。

困惑していることが相手に伝わるように、わざとらしく困惑したようすを装ってはいるが、心のうちでは期待どおりの展開になったと思っている。

いかにも追いつめられたといったようすで、二度、三度と、息をついてから、デーヴァダッタは語り始めた。

「申しわけのないことですが、王子にお話ししていないことがございます。わたくしも当初は何も知らず、あとになって疑いをもつようになったことなのですが……。プラセーナジッド王から側室のお話をいただき、わたくしはシャーキャー族の王族の娘を探しました。カピラヴァストゥ周辺の村には、遠縁の小領主が支城を構えておりますが、ロンヒニー河の対岸のコーリャ族と同盟を結ぶために何代にもわたって縁戚を結んできた結果、王族の範囲が限られたものになっておりました。シュッドーダナ王には王女《ラージ》がおりませんので、わたくしは途方にくれておりました。すると大臣のマハーナーマンが、自分の娘ではどうかと申し出てくれたのです」

デーヴァダッタが話している間、ヴィルリ王子は聞き耳を立てて話に集中していた。王子がこちらの話に乗ってきたことが手にとるようにわかった。

デーヴァダッタは言葉を続けた。

「マハーナーマンはシュッドーダナ王の遠い親戚ですが、いちおうは王族です。カピラヴァストゥの高官なので、支城の小領主よりも信頼できます。女官をつとめている娘がいるというので、わたくしは人がらを確かめるためにその娘と対面して、教養が高くしっかりとした女性だと感じました。それがあなたさまのお母ぎみです。その時はとくに不審にも思わず、これでプラセーナジッド王の期待に応えることができると、わたくしも喜んで縁組を進めたのですが、いまから思えばわたくしの思慮が不足していたのかもしれません。マハーナーマンは首席大臣です。その娘ともなれば周囲の武官や裕福な商人からの縁談は数多くあったはずです。にもかかわらず大臣は娘を女官にしました。娘の出自に何か問題があって、縁談がまとまったあとでそのことが明るみに出るのを恐れていたのでしょう。そこまで推しはかることができなかったわたくしの落ち度と申すほかはないでしょう」

　デーヴァダッタはわざとらしく声を低めた。

「娘はカピラヴァストゥで生まれ育ったようで、その母親のことを知っているものが何人かはいたはずです。そこでマハーナーマンは嫁がせることを諦め、女官にしたのでしょうが、異国での縁組となれば話は別です。ましてシュラヴァースティの王宮のなかに入ってしまえば、過去についてあれこれ言い立てるものもないとマハーナーマンは考えたのでしょう。娘の母親が隷属民《シュードラ》であったかどうかわたくしは知りません。側室であったことは確かで、身分もそれほど高くはなかったのでしょう。わたくしが知っているのはそれだけですが、マハーナーマンは野心家です。コーサラ国と縁戚を結べば自分の利益になると考えて、縁組を進めたのだと思われます」

　確かなことは何も告げず、ただ疑いがあることだけを話す。王子にとってはかえって疑念がどこまでもふくらんでいくことになる。

　ヴィルリ王子の顔がこわばっている。

「ヴィルリ王子……」

　デーヴァダッタは声をかけた。

「あなたさまの心中のお苦しみがいかばかりのものか、お察し申し上げます。わたくしにも責任のあることでございますので、ともに苦しみをになっていきたいと思います。しかしながら、あなたさまがこの世に誕生し、コーサラ国の未来を支える軍事大臣の重責をになっておられることは、国の将来にとっても大事なことでございます。過去のことは不問にして、国のためにお尽くしになることが、あなたさまの名誉を高め、また国の繁栄をもたらすことになるのではないでしょうか」

ヴィルリ王子はまだ衝撃が収まっていないのか、荒い息をついていた。

怒りを静めようとするように、何度も息をついてから、ヴィルリ王子は語り始めた。

「わたしは年少であるにもかかわらず軍事大臣に任じられた。この国を支えていくだけの見識《ヴィジュニャーナ》と統率力があると自負している。王宮内のここかしこで怪しい風評が流れておることも承知しておるが、生まれがどうであろうと批判を受けるいわれはない。風評など気にかけてはおらぬ。ただ許しがたいのは、カピラヴァストゥのシュッドーダナ王やスンダラナンダ王子だ。あやつらは小国でありながら、伝統と文化においては新興のコーサラ国など野蛮な一族だと見下しておったのではないか。マハーナーマンの野望などは最初からわかっておった。わが祖父にあたるあやつを責めるつもりもない。わが母の出自についての風評を流したのは、カピラヴァストゥのやつらに違いない。そうでなければそんな風評が流れるわけがない。わたしはカピラヴァストゥを許すことはできない」

デーヴァダッタは上体を傾けて、王子にささやきかけた。

「ならばいっそのこと、カピラヴァストゥを滅ぼされてはいかがでしょうか」

一瞬、息をのむような沈黙があった。

ヴィルリ王子はデーヴァダッタの顔を見すえた。

「おまえはコーリャ族の出身だと言ったな。だがカピラヴァストゥの王子として遇されているのだろう」

「シャーキャー族の王族など滅びてしまえばよいのです。あなたさまは軍事大臣でありながら、いまだに軍を動かして遠征した経験をもっておられない。それでは軍事大臣としての実績もなく権威も不足しているというしかないでしょう。実際に軍を動かして、あなたさまの権威を世に示されるよい機会です。カピラヴァストゥのあの見事な城壁が破壊されれば、誰もがあなたさまの権威に恐れいることでございましょう」

ヴィルリ王子は荒い息が収まらなかった。

カピラヴァストゥを制覇する。

それは軍事大臣をになうヴィルリ王子にとって、最大の武功になるはずだ。西域の野蛮な小国を滅ぼしたところで大した手がらにはならない。

コーサラ国の隣国でありながら、長い伝統と豊かな文化をもち、見事な城壁を構えて独立を保っているカピラヴァストゥを併合することは、コーサラ国の長い歴史のなかでも宿願の実現といえる大きな達成になるはずだった。

何度も大きく息をついて、ヴィルリ王子は呼吸を整えた。

ヴィルリ王子はうす笑いをうかべた。

「デーヴァ。そなたの労苦がなければ、わが母がコーサラ国に嫁ぐこともなかった。わたしがこの世にあるのは、そなたのおかげだ。わたしはそなたを、もうひとりの父のようなものだと思っている。実際の父のプラセーナジッド王は年老いた。若いころは西域に遠征して小国を次々に制覇し、コーサラ国の領土を拡げたと聞いているが、いまはすっかり年老いて戦さをする気力を失っている。兄のジェータ王子も子どものころに遠征につれていかれて戦さぎらいになった腰ぬけだ。戦さが起こらぬように平和な世を実現すると評判のブッダを招いたのだろう。何が平和だ。わが叔母をマガダ国に嫁入りさせ、強国が自らの領土を守るために同盟を結んだ、まやかしの約束ごとではないか。力のあるものが力を発揮する。それが本来のありようだ。わたしは軍事大臣に任じられ、コーサラ国の強大な軍団をわが手に収めている。わたしの前に立ちはだかる敵は、カピラヴァストゥの城壁でも、最果ての小国の軍隊でもない。わが敵はわが父と兄だ。デーヴァダッタ、見ておるがいい。わたしはいずれコーサラ国の王となる。そしてこの国の領土を力の限り拡げていく。わが祖父の大王《マハーラージャ》の再来と言われるほどの覇王となってみせる」

ヴィルリ王子は力強い口調で語り終えた。

ヴィルリ王子を訪ねた目的は、これで果たせた。

デーヴァダッタは王宮を辞した。

王宮の城門を出たところで、かたわらのガンダルヴァがささやきかけた。

「親方《ブラブフ》。これは大変なことになったな。あの王子は戦争を起こす気だぜ」

デーヴァダッタは笑いながら問い返した。

「嬉しそうだな。おまえ戦争が好きか」

ガンダルヴァも声をたてて笑った。

「戦さに出るつもりはないが、見物だけならおもしろい」

「おもしろがるのはいいが、戦さが起これば人が傷つき、建物は破壊され、田畑は荒らされる」

「カピラヴァストゥを滅ぼせと王子をそそのかしたのはあんたじゃないか」

「わたしはただヴィルリ王子の心の奥底の願望を言い当てただけだ」

「とにかくあいつは戦争を起こす気だ。こいつは楽しみだ」

デーヴァダッタはたしなめるように言った。

「冷静になれ。戦さがいますぐ起こるわけではない」

「なぜだ。軍事大臣がその気になっているんだぜ」

「大臣がいくら勇んでも、プラセーナジッド王が決断しなければ、何事も起こらない。それに長男のジェータ王子も若いころはカピラヴァストゥに遊学していた。摂政《アディパ》のスンダラナンダ王子とは親友だ。カピラヴァストゥを攻めるなどとんでもないと反対されるだろう」

「そうだな。王子も、わが敵はわが父と兄だ、と言っていたな」

「しばらくはようすを見守っていればいい。国を支配しているのは王だが、ヴィルリ王子は軍団を支配している。父と子が争うことになる。おまえの言うように、見物するにはおもしろいかもしれない」

そう言ってデーヴァダッタは、声をたてて笑った。

自分の笑い声が、胸に響いて、痛みに似たものを感じた。自分はもう引き返せないところに来てしまった……。

ふと目の前に、ひとりの人物の姿がうかんだ。

まるで目の前にその人物が実在しているような気がして、デーヴァダッタは息をのみ、思わず足を止めた。

「デーヴァ親方《ブラブフ》、どうしたんですかい」

デーヴァダッタは大きく息をついた。

目の前のシッダルタの姿は、いまは消えていた。

ジェータ王子の森《ヴァナ》。

祇園精舎《ジェータヴァナヴィハーラ》は森のなかに広がっている。

ラージャグリハ郊外の竹林精舎《ヴェヌヴァナヴィハーラ》は丈の低い笹竹がここかしこにあるだけで、青空のもとに広がっている。これに対して祇園精舎は、森の樹木の深い陰のなかに建物が点在していた。

初めてこの場所に来た時、デーヴァダッタはカピラヴァストゥの王宮《ラージャプラサダ》の森のなかにあったシッダルタの庵室《アズラーマ》を思い出した。竹林精舎とは趣の違う場所だった。シッダルタはこの精舎が気に入ったはずだとデーヴァダッタは思った。

デーヴァダッタが祇園精舎を訪ねたのは、ブッダの僧団《サンガ》が到着した翌日だった。

一行がシュラヴァースティに近づいているという噂《ジャナヴァーダ》はとびかっていたが、迎えに行く気にはならなかった。

従者《ブルタカ》のガンダルヴァにようすを見にいかせた。スダッタ長者《グリハパティ》がおおぜいの配下とともに街の城門前で出迎えているということだった。

翌日には、黄色い僧衣《カーシャーヤ》をつけた僧団《サンガ》の人々が托鉢乞食《パインダパーティカ》のために街を回っているという噂が届いた。

托鉢が終わるころに、ガンダルヴァをつれて街に出た。

僧団の人々はすぐに見つかった。シャーリプトラを先頭に、精舎に帰るために城門に向かっているところだった。

声をかけると、めったにないことだが、シャーリプトラは嬉しげな笑顔を見せた。

「デーヴァダッタさま。お久しぶりでございますな。あなたさまをお連れするように尊者《ムニ》に命じられていたのですが、どこにおいでになるかわからず、困惑しておったのですよ」

「僧団の人々が街に出ていると聞いたので、わたくしもあなたを捜していたのです」

穏やかに言葉を交わしたあと、僧団の人々とともに祇園精舎に向かった。

シュラヴァースティは通い慣れた土地なので、街から少し離れたところにあるジェータ王子の森についても、およその位置はわかっていたが、精舎に赴くのはその時が初めてだった。

目の前に森が迫ってきた。森の入口のあたりに大きな建物が見えた。安居《ヴァルシャ》と呼ばれる雨期に屋内で勉学するための会堂《ザラ》だった。この建物だけは敷地が必要なので、樹木が生い茂った森林の手前に建てられていたが、他の建物は森のなかにあった。

会堂のほかには大きな建物はなく、庵室がいくつかつながったような小さな建物がここかしこに見えるだけで、どこまでも深い森が続いている。

デーヴァダッタにも建物が割り当てられていた。なかに入ってみると意外に広さがあって、竹林精舎の居室と同じくらいの部屋のほかに、廊下の先に庵室がいくつかあった。ガンダルヴァにはその一室が与えられた。

ガンダルヴァは荷物を置くとすぐにデーヴァダッタの部屋に来た。

「広い森だな。これをすべてジェータ王子が寄進《ダーナ》したのか。王子はまだブッダの教えを聞いてもいなかったのだろう」

「シッダルタさまが修行の旅に出られる前に、ジェータ王子はカピラヴァストゥに遊学されていた。だから旧友というわけだ。教えなど聞かずとも、シッダルタさまのお人がらを信じて、全面的に支援してくださったのだろう」

「ジェータ王子は哲学《タリキカトウヴァ》とやらに傾倒しているのだな。弟のヴィルリ王子は戦さ好きだ。同じ兄弟なのに、まったく違うのだな」

「戦さはすぐには起こらない。ジェータ王子がおられれば、コーサラ軍がカピラヴァストゥを攻めることはないだろう」

「おれがヴィルリ王子なら、まずジェータ王子を攻めるだろうな」

軽い口調でガンダルヴァは言ったのだが、デーヴァダッタは聞きとがめた。

「わたしの前ならいいが、余人のいるところでそのようなことを言ってはならんぞ」

そこまで言ってデーヴァダッタは口を閉じたが、心のうちではその先を考えていた。

わが敵はわが父と兄だとヴィルリ王子は言っていた。

いずれ時が来れば、ヴィルリ王子は敵を倒すことになるだろう。

その時、不意に、心のなかで誰かの声が響いた。

「それも宿命《カーラ》でしょうね」

心のなかの思いを見破られた。そして心のなかに声を響かせる。

そんなことができるのはシッダルタしかいない。

デーヴァダッタはびくっとして、椅子から立ち上がり、戸口に向かった。

そこには誰もいなかった。しかしやがて、外廊下の床板を踏む足音が聞こえた。

シッダルタが姿を見せた。

いきなり現実の声が聞こえた。

「かつて給仕《ヴィタラーカ》だったあなたが、いまは従者《ブルタカ》を雇っているのですね」

思いがけない言葉だったので、どう応えていいかわからなかった。

あわてて部屋の奥の方に目を向け、口ごもりながら言った。

「……そこにいるのが従者です。ガンダルヴァと呼んでください」

シッダルタはガンダルヴァの方には目を向けず、デーヴァダッタの顔を見つめていた。

「あなたがヤショーダラの給仕だったころを、懐かしく想い起こします」

「昔のことですよ。あれからずいぶん時が流れたのです」

「あらゆる現象《サンスカーラ》は無常《アニチャム》（諸行無常）なのです。すべては影絵芝居《トールボンマラータ》の幻想《タマス》にすぎないのです」

「すべては幻想なのですか。カピラヴァストゥの見事な城壁……、あれも幻想だと言われるのですか」

「昨日、ジェータ王子に会いましたよ」

シッダルタは突然、話題を変えた。

そう思ったのだが、話の脈絡はまだ続いていた。

「わたしたちが到着して、それぞれの宿舎に入ったところを見に来られたのです。この森を寄進してくださったのはジェータ王子ですから、お礼を申し上げました。ジェータ王子は、顔色がよくなかったですね。あれは病気です。そうでなければ、毒でも盛られたのでしょうか」

そう言ったあとで、シッダルタは部屋の中央にある椅子に座った。

従者とは話をしないと決めているのか、ガンダルヴァの方には見向きもしなかった。

シュラヴァースティの王宮《ラージャプラサダ》で王《ラージャ》や王妃《サムラージ》と会った時も、ガンダルヴァは無言を貫いていた。それが従者のあるべき姿だと、事前に教えたからだ。いまも、ガンダルヴァは黙ったままだった。

「ジェータ王子が寄進してくださったこの森は、すばらしいところです。樹木の種類がカピラヴァストゥと同じなのでしょう。故郷に帰ってきた気がしました。デーヴァ、あなたの故郷の森とも同じでしょう。デーヴァダハ城という名称ですが、神の樹木《デーヴァダルー》（ヒマラヤ杉）などは一本もはえていないはずです」

「神の樹木《デーヴァダルー》は、ヒマラヤのふもとの高山に行かないと見られない樹木です。わたくしの名前もそこからとられたのでしょう」

「あなたはただのデーヴァですよ。神《デーヴァ》のごとき少年です。でももしかしたら、魔神《パープマン》かもしれない」

そう言ってシッダルタは微笑をうかべた。

部屋のなかからも、森の木々の緑が見渡せた。木の葉が直射日光をさえぎり、柔らかな光があたりを満たしていた。

シッダルタは語り始めた。

「この精舎《ヴィハーラ》に一年か二年、とどまるつもりです。その後は竹林精舎《ヴェヌヴァナヴィハーラ》との間を行ったり来たりということになるでしょう。竹林精舎から見えている霊鷲山《グリドラクータ》の頂上のあたりにも、教えを説く場を開きたいと思い、そこまでの道路の開削をビンビサーラ王にお願いしてあります。ヴァイシャーリーの長者《グリハパティ》からも、園地を提供したいという申し出がありました。アームラパーリーというその長者は女性で、もとは娼婦《ルーパージーヴァ》だったのですが、自らが娼館《ヴェザヴァーサ》を経営して巨万の富を築いたといわれています。ヴァイシャーリーはヴァーナラシーと同様、商人の街《ヴァニージャ》です。哲学《タリキカトヴァ》も盛んなところです。新たな拠点を開いて各地を巡回しながら、さらに教えを弘めたいと思っています」

そこでシッダルタはわずかに語調を変えた。

「ここに来たのはジェータ王子とスダッタ長者の布施《ダーナ》に応えるためですが、もう一つ目的がありました。父の病が重篤だということですから、見舞いに行こうと思っています。教団の設営はシャーリプトラに任せて、アーナンダを連れてカピラヴァストゥに向かいます。デーヴァ、あなたも同行してくれますね。従者《ブルタカ》を連れていってもいいですよ」

「カピラヴァストゥまでは山道になります。僧団を同行させないなら、馬《アズヴァ》で行かれてはいかがですか。馬はスダッタに頼めば用意してくれるでしょう。あなたもカピラヴァストゥにいたころは、馬に乗ってデーヴァダハ城に来られていましたね」

「馬は友です」

シッダルタは短く言いきった。

弟のスンダラナンダ王子は軍隊に所属していたが、シッダルタは軍事訓練とは無縁だった。だがシッダルタは乗馬の訓練などしなくても、自在に馬に乗れるはずだった。

シッダルタの周囲には、森の動物たちが集まってきた。

兎《ザザカ》や栗鼠《シクロダ》や野鼠《ムシカ》など。ときには鹿《ムルガ》も来ていた。

それから小鳥《パクシーナ》たち。シッダルタの頭上には色とりどりの小鳥が飛び交っていて、まるで虹色の天蓋《ヴィターナ》のように見えていた。

動物はすべてシッダルタの友なのだ。だから馬も同様なのだろう。

アーナンダはデーヴァダッタの異母弟だ。コーリャ族の子どもは幼いころから乗馬の訓練を受ける。

デーヴァダッタはガンダルヴァに向かって問いかけた。

「おまえは馬に乗れるのか。答えていいぞ」

黙っているのが従者のつとめだが、親方《プラブフ》からの命令なので、ガンダルヴァは声を発した。

「馬は得意だ。武術は苦手だがな」

それで話は決まった。


シッダルタ、アーナンダ、デーヴァダッタ、ガンダルヴァ。

隣国ではあるが、コーサラとカピラヴァストゥの間には、けわしい山道がある。

四人とも乗馬は巧みで、山道を一気に駆け抜けた。

峠を越えると、眼下にタライ盆地が見渡せた。

その中央に、カピラヴァストゥの美しい城壁が見えた。

ラージャグリハの城壁に比べれば小ぶりではあるが、その美しさはけっしてひけをとるものではない。大国コーサラの不ぞろいな石垣など、及びもつかない見事な石組みだった。

かたわらで、大きく息を吸いこむ気配があった。

「どうした」

声をかけると、ガンダルヴァが応えた。

「見事な城壁だな。あんなものがこの世にあるとは……」

ガンダルヴァは感きわまったような言い方をした。

美しいものは人を感動させる。そして人をどこかへ導いていく。

デーヴァダッタはシッダルタが語った幻影《タマス》の城の話を思い出した。

シッダルタはのちに妙法蓮華経《サッダルマプンダリーカスートラ》（法華経）にまとめられる、数多くのたとえ話《ウトプレクサ》や物語《カターナカ》を語ってきたが、そのなかにこんな話があった。

菩提《ボーディ》すなわち覚りの境地は、輝かしい宝の城にたとえらる。覚りの境地を求めて修行する人々は、宝の城を求めて広大な荒野を進む旅人のようなものだ。荒野はあまりにも広く、道のりはあまりにも遠い。人々は疲れて立ち止まり、宝の城を目指そうという気持も尽き果てそうになってしまう。すると宇宙《ブラフマン》そのものであるような法身《ダルマカーヤ》のブッダは人々の前に幻影《タマス》の城を出現《サンカーラ》させる。人々はその城のあまりの美しさに勇気づけられて、再び彼方を目指して歩み始める。そのように偉大なブッダはたえず人々を見守りながら、時に応じて幻影の城を見せてくださる……。

カピラヴァストゥはまさに、ブッダが見せてくれる宝の城ではないのか。

シッダルタはその宝の城で生まれたのに、城を捨てて旅に出た。そしていま、ブッダとなってその城に帰還しようとしている。

その宝の城は、いずれ崩壊することになる……。

あらゆる現象《サンスカーラ》は無常《アニチャム》（諸行無常）、と言ったのはシッダルタだった。そのことがやがて現実のものとなる。

心のなかでそんなことを思っていた。

シッダルタに霊力《ザクティ》があるのなら、その思いは伝わっているはずだ。

シッダルタは無言だった。

心のなかだけに伝わる声も聞こえてこなかった。

カピラヴァストゥの王宮《ラージャプラサダ》に入った。

従者《ブルタカ》のガンダルヴァにとっては初めての場所だが、他の三人にとっては慣れ親しんだ懐かしい場所だった。

摂政《アディパ》のスンダラナンダ王子が出迎えた。

そばには首席大臣のマハーナーマンもいた。

シュッドーダナ王を見舞う前に、まずは王妃《サムラージ》プラジャーパティーと対面した。

プラジャーパティーは年老いてはいたが、その美貌と気品はいささかも失われてはいなかった。

シッダルタの姿を見ると、王妃は身を乗り出すようにして語り始めた。

「シッダルタ……、あなたはシッダルタさまなのですね。ブッダとなられたということは聞いております。ブッダというのはただの人ではなくなったということですから、お姿がすっかり変わられているかと思っておりましたが、こうしてみるとわたくしどもがよく知っている、あのシッダルタさまでございます。ああ……、あなたさまは、カピラヴァストゥに帰って来られたのですね」

シッダルタは王妃の前に進み出てひざまずき、台座の上にいる王妃をあおぎみるような姿勢になった。

「母ぎみ。わたくしは以前と同じシッダルタです。沙門《シュラマナ》となって旅立つことをよくぞお許しいただいたと、いまではひたすらに感謝しております。スンダラナンダ王子が摂政として国を支えていると聞いております。わたくしは生まれた直後に生母を失いました。しばらくは叔母のアミターさまのおそばにおりましたが、あなたさまがコーリヤ国から嫁いでこられて、わたくしは母を得ることができました。わたくしはいまでもあなたさまのことを、わが母だと思っております」

シッダルタの言葉に、王妃の目からは涙が果てもないほどに流れ落ちた。

スンダラナンダ王子がかたわらから声をかけた。

「このように兄ぎみと再会できることを、わたくしたちはどれほど待ち望んでおりましたことか。ブッダと呼ばれるお方が出現して、ラージャグリハで新たな教団《サンプラダヤ》を興されたことは、風評としては伝わっておりましたが、そのブッダがまぎれもなく兄ぎみであり、兄ぎみがいかにヴァーナラシーで修行されたか、その詳細については、兄ぎみに同行した神官《バラモン》のアシュヴァジットが伝えてくれました。それを聞いて病床にあった父も、涙を流して喜んでおりました。またアシュヴァジットから兄ぎみのようすを伝えられたデーヴァダッタが、兄ぎみの足どりをたどるためにヴァーナラシーに向けて旅立ちました。そのデーヴァダッタが兄ぎみとともに戻ってきたことは、わたくしにとっては大きな喜びでございます。デーヴァダッタ、そなたもヴァーナラシーで修行をして、いまは兄ぎみの弟子になっているのですね」

自分はシッダルタの弟子ではないし、僧団《サンガ》にも所属していない、とデーヴァダッタは思ったが、そのことは言わずに、短く応えた。

「釈迦尊者《シャーキャームニ》の側近の役目は、いまは弟のアーナンダがつとめてくれております」

スンダラナンダ王子はアーナンダの方に目を向けた。

「父の病が重篤であることを兄ぎみに伝えるためにそなたを派遣したのは、おそらくそなたがそのまま兄ぎみの弟子になると思ったからです。そのとおりになりましたね。いっしょに出立した理髪師《ナーピタ》のウパーリはどうしていますか」

アーナンダが答えた。

「ウパーリさまはその誠実な人がらが評価されて、戒律《シーラ》の責任者となり、ラージャグリハの竹林精舎《ヴェヌヴァナヴィハーラ》に残っておられます」

「ああ、ウパーリも兄ぎみの弟子にしていただいたのですね」

スンダラナンダ王子は満足そうな笑みをうかべてから、さらにアーナンダに向かって言った。

「アーナンダ、そなたはヤショーダラさまの給仕《ヴィタラーカ》をしておりました。ヤショーダラさまやラーフラに早く会いたいでしょう」

ラーフラという名を聞いて、デーヴァダッタはわずかに身を固くした。

ラーフラはヤショーダラが産んだ赤子だった。

シッダルタは出立の前に、障害《ラーフラ》というその名を決めていた。赤子の顔を見る前に、シッダルタは旅立っていった。

皇太子妃であったヤショーダラが産んだのであるから、ラーフラはシッダルタの子ということになっている。

だがほんとうの父が誰であるかは、デーヴァダッタとヤショーダラだけが知っている。

デーヴァダッタはちらりとシッダルタの方に目を向けた。シッダルタもこちらを見ていて、意味ありげな笑いをうかべた。

シッダルタはすべてを知っている。いま自分が動揺して身を固くしたことも、シッダルタは見抜いている。

アーナンダが答えた。

「わたくしが旅に出ましてから、それほど月日がたったわけではありません。シッダルタさまは長い期間、旅に出ておられましたし、ラーフラさまのお顔をまだ見ておられないと存じます。されども、今回は王《ラージャ》のお見舞いというのが第一の目的でございます。すぐにでも王のお部屋にご案内せねばなりません」

王妃は表情をくもらせた。

「王の見舞いにおいでいただいたことに感謝いたします。シッダルタさまのご帰還まで、王が生存されていたこともありがたいと思うております。されども、シッダルタさま。王はもはや深い眠りの底におられます。呼吸はしておられますが、目を開けて言葉を交わすというようなことは、久しくないのです。それでもせっかく来られたのですから、王の寝顔なりともご覧いただければと思います」

ただちに王の病室に移動することになった。

寝台の上に王が横たわっていた。

デーヴァダッタが出立した時には、王はすでに病で寝こむことが多くなっていた。しかしシッダルタがいたころは、王はまだ元気だった。

初めて見る王の姿に、シッダルタは動揺しただろうか。

デーヴァダッタは注意深くシッダルタのようすをうかがっていた。

シッダルタはただ無言で、眠っている王の姿を見つめていた。まるで動かぬ物を見るような静けさだったが、そのまなざしには慈愛《マイトリー》が感じられた。

「父よ……」

不意に、デーヴァダッタの心のなかに声が響いた。

シッダルタが心のなかの声で、眠っている王に語りかけているのだった。

「あなたはいまこの世から去っていかれます。あなたは戦さを好まず、国の民を慈愛で包まれました。あなたの生涯はまさに菩薩行《ボーディサッタチャリヤー》でした。それゆえにあなたは天の高みに昇り、天界《デーヴァガティ》の神々の座に生まれかわることでしょう。そしていずれはブッダとなり、永遠の静寂《ニルヴァーナ》のなかで宇宙《ブラフマン》と、あるいは宇宙の原理《ダルマ》と一体となるのです」

するとどこからか、別の声が響いた。

「シッダルタよ。わが子よ……」

それは眠っているように見えるシュッドーダナ王の心のなかの声であったのかもしれない。

あるいはただ影絵芝居《トールボンマラータ》の幻影《タマス》とともに人形師の声が聞こえてきたのかもしれないが、確かにそれはよく知っているシュッドーダナ王の声だった。

「そなたはわが子であり、王位を継ぐものであったが、皇太子の地位を捨てて沙門《シュラマナ》として修行の旅に出ることをわしは許した。王や皇太子はこのカピラヴァストゥだけのものであるが、転輪聖王《チャクラヴァルティン》やブッダは、恒河の流れの全域の人々を救うものだからだ。わしはカピラヴァストゥという一国の繁栄のために生涯をついやしたが、わが子がさらに偉大なものとなることをわしは確信しておった。シッダルタよ。そなたはブッダとなってカピラヴァストゥに帰還した。だがそなたはすでに世界《ローカ》を支配するブッダになられた。そなたはブッダとなって原理《ダルマ》と一つのものになり、それゆえにそなたは世界の王となったのだ。わしは誇らしく思うておる。世界を動かす原理と一つのものになり、それゆえにそなたは世界の王となったのだ。わしにとって何よりの喜びであった。それゆえにこそわが生涯でそなたという息子と出会えたことは、わしにとって何よりの喜びであった。それゆえにこそわが生涯は類例のないほどに輝かしいものとなった。シッダルタよ、わが子よ……。そなたに感謝したい」

王の声を聞きながら、デーヴァダッタは胸のうちで考えをめぐらせていた。

これは確かにシュッドーダナ王の声だが、すでに王はこの世とあの世の境目に達している。呼吸はしているが、言葉を聞くことも発することもできないはずだ。心のなかだけに届くこの声を聞いているのは自分だけではないのか。

王はまるで影絵芝居の登場人物のように言葉を語っている。だがこの言葉を語っているのは、白い布の向こう側で影絵人形を操っている人形師のシッダルタではないのか。

シッダルタよ……。

王が語っている言葉も、あなたがつむぎだしている幻影の物語《カターナカ》の一部なのではないですか。

何のために、何を求めて、あなたはそのような物語を語り続けるのか……。

デーヴァダッタは心のなかで問いかけた。

答えは帰ってこなかった。

その代わりに鋭い叫びのようなものが聞こえた。

「おおっ……」

王妃が悲鳴のような声をもらしていた。

「王が、微笑んでおられます」

その場にいる人々がいっせいに身を乗り出すようにして寝台の上のシュッドーダナ王の顔をのぞきこんだ。

シュッドーダナ王は穏やかな微笑をうかべていた。

第十七章　障害と名づけられたわが子と対面する

王の見舞いを終えた四人は後宮に向かった。

後宮は王妃や王妃づきの女官たちの寝室がつらなる領域だが、王妃プラジャーパティーは介護のためにシュッドーダナ王の隣室で寝泊まりしていた。

従って後宮に住んでいるのは女官だけなのだが、渡り廊下でつながった離宮《クティーラ》には、いまもヤショーダラが居住していた。

離宮は皇太子のために増築されたものだ。シッダルタにとっても懐かしい場所のはずだった。デーヴァダッタはカピラヴァストゥに到着した当初はヤショーダラの給仕としてここに入った。アーナンダもここで給仕をしていたことがある。ただガンダルヴァだけは、ものめずらしげに周囲のようすを見回していた。

シッダルタが到着したということは、離宮にも伝えられているはずだった。一刻も早くシッダルタに会いたいということであれば、王妃の部屋に出向くこともできたのだが、ヤショーダラは離宮から出なかった。シッダルタは自分を捨てて旅に出た。それから長い年月が経過している。ヤショーダラの気持はすでにシッダルタから離れているのかもしれない。

離宮への渡り廊下を進みながら、デーヴァダッタは息苦しさを覚えていた。

ヤショーダラを捨てて旅に出たのは自分も同様だった。

もっともデーヴァダッタが出立した時にはヤショーダラのそばには弟のアーナンダがいた。ラーフラも言葉を話し聡明さを感じさせるほどに成長していた。ヤショーダラはもはやデーヴァダッタを必要としていなかった。

ラーフラ……。

シッダルタがヴァーナラシーで修行をしていた数年間、デーヴァダッタはラーフラの成長を見守っていた。

給仕《ヴィタラーカ》のアーナンダがついていたから、ラーフラと親しく接したわけではない。それでも王宮内で見かけるたびに声をかけ、ラーフラもデーヴァダッタの顔を見ると嬉しげな笑顔で応えてくれた。

ラーフラにとって、デーヴァダッタは叔父にあたる。父親にあたるシッダルタは不在だった。

ラーフラは父親の代わりとして、自分に懐いていた。

この自分がほんとうの父親だとは知らないはずだったが、血の通った親子だから、何か通じるものがあるのだろう。

そうは思ったが、ラーフラとの間には長い年月の空白が横たわっている。言葉を交わそうにも会話のいとぐちが見つからない気がした。

離宮にはヤショーダラとともにラーフラが暮らしているはずだ。

ラーフラと対面することに、デーヴァダッタは恐怖に近い緊張感を覚えていた。

離宮への廊下を進んでいく。

先頭にいるのはシッダルタだ。

側近となっているアーナンダがすぐあとに続く。

デーヴァダッタは少し離れた後方にいた。ガンダルヴァはさらにそのうしろにいる。

シッダルタは廊下を抜けて離宮に入ろうとしていた。

デーヴァダッタは足取りが重くなった。

「恐れているのですか」

心のなかに声が響いた。

心のなかで言葉を返した。

「あなたには恐れというものがないのですか。あなたは妃を捨てて旅に出たのですよ。あなたはヤショーダラさまに対して、慈愛《マイトリー》もなく、性愛《カーマ》もなく、憐《ダヤー》れみさえなかったのではないですか。そのことを謝罪しようとは思わないのですか」

「謝罪ですか。わたしがどんな罪を犯したというのです」

「あなたはヤショーダラさまを傷つけ悲しませました」

「確かに、悲しませましたね」

前方にいるシッダルタの表情は見えない。この声を聞いているのは自分だけだ。

再び声が響いた。

「わたしはあなたにヤショーダラを慰めるように頼みましたね。あなたは実際にヤショーダラを慰めてくれたのでしょう。あなたはラーフラとの対面を恐れているのですか」

その声が響いている間に、すでにシッダルタは離宮のなかに入っていた。

ヤショーダラのかんだかい声が聞こえた。

「まあ、シッダルタさま……」

デーヴァダッタは足を急がせて離宮の入口に向かった。

二人は息がかかりそうなほどの間近で向かい合っていた。

わざとらしいほどのよそよそしさでヤショーダラは早口にまくしたてた。

「あなたさまがお帰りになるという話は聞いておりましたが、わざわざお出迎えするほどのことはないと思っておりました。あなたさまはわたくしを捨てて旅に出られたので、戻って来られてもわたくしに会いたいとは思っていらっしゃらないだろうと考えたのです。違っていますか、シッダルタさま」

ヤショーダラの姿を最後に見てから年月が経過していた。

可憐で薄幸なようすを見せていたかつてのヤショーダラの姿はそこにはなかった。年齢を重ねて、強さとふてぶてしさをたたえた中年の女になっていた。

感情のこもらない口調でシッダルタは答えた。

「あなたのお考えは正しいですね」

ヤショーダラは気分を害したように声を高めた。

「それならばなぜあなたさまはここにいらっしゃったのかしら」

シッダルタは即座に応えた。

「ラーフラに会うために。そしてラーフラを産み育ててくれたあなたに感謝の言葉をお伝えするためです」

だしぬけにヤショーダラは声をたてて笑い始めた。まるで泣いているかのような激しい笑い方だった。その笑い声は、デーヴァダッタの胸の奥に痛みをもたらした。

シッダルタは表情を変えずに、笑い続けるヤショーダラの姿を見守っていた。

笑いが収まると、ヤショーダラは挑むような目つきになった。

「あなた、ラーフラの父親のつもりでいるの。確かにあなたの子ということになっているけれど……」

話しながら、ヤショーダラはちらりとデーヴァダッタの方に目を向けた。

部屋に入ってからヤショーダラがデーヴァダッタの方に目を向けたのは、その時が初めてだった。

ヤショーダラはたかぶった声で言った。

「ラーフラは奥にいます。あの子はあなたのことを父親だと思っています。会うのを楽しみにしているわ。それでも最初はわたくしとあなたが話し合えるように、遠慮して奥に控えているのですよ。いま呼びますわ。ラーフラ……、でも変な名前ね、障害《ラーフラ》なんて」

奥の方から、足音が近づいてきた。

人々の前に、ラーフラが現れた。

シッダルタにとっては初対面、デーヴァダッタにとっても久々の対面だった。

デーヴァダッタが出立した時、ラーフラはまだ幼い少年だった。年月が経過して、いまは青年といっていい年齢になっている。

ラーフラとヴィルリ王子は同じころに生まれた。

シュラヴァースティで再会したヴィルリ王子は、背が伸び、勇者《ヴァーガラ》の体つきになっていた。しかしその内面は、子どもぽいところがあって、危うさを覚えた。

目の前のラーフラは小がらで、まだ少年の面影を残していたが、表情には冷めたようなおとなびたところがあった。

顔だちの美しさは目をみはるほどだが、何よりも肌の白さが際立っていた。

デーヴァダッタ自身、整った顔だちと肌の白さで、女官たちが振り返ったり、あとを追いかけてきたりした体験をもっている。

その特質がラーフラにも受け継がれている。

ラーフラの前には、シッダルタが立っていた。

「父よ……」

シッダルタの顔を見すえて、ラーフラが声を発した。

「わたくしがあなたの息子のラーフラでございます」

シッダルタもラーフラの顔を見つめていた。

「あなたの父でありながら、長く不在であったことをお詫びします。重ねてお詫びしなければならないのですが、わたしはいまブッダと呼ばれ、教団《サンプラダヤ》を率いております。わたしにとって教団に所属する僧団《サンガ》の弟子たちはすべてわが子です。従ってわたしはあなたひとりの父になることはできないのです。それでも今日、ここであなたと対面できたことは、わたしにとって大きな喜びです。その喜びをお伝えすることが、父としてあなたにできることのすべてではないかと思っております」

ラーフラが応えて言った。

「あなたを父とお呼びすることもこれからは控えなければならないのですね。あなたが長い修行の末にブッダとなられたことは、アーナンダから聞いておりました。アーナンダはいずれブッダのもとに赴き、弟子にしていただく所存だということをつねづね語っておりましたが、こうして黄色い僧衣《カーシャーヤ》を着てあなたさまのおそばにつかえているようすを見ますと、念願がかなったようですね。わたくしもずっと以前から、同じ望みを抱いておりました。父よ、わたくしがあなたを父と呼ぶのは、これが最後です。どうかわたくしを弟子のひとりに加えていただきたく、切にお願い申し上げます」

シッダルタは微笑をうかべた。

「あなたを特別扱いすることはできませんが、どのような人であろうと、弟子になりたいというお方をわたしが拒むことはありません。ただわたしの子であるということが、あなたにとっては重荷になるかもしれません。わたしがいくら特別扱いしないようにつとめたとしても、そのように見ないものもいることでしょう。人々の目がわたしとあなたに注がれ、結果としてあなたのことをねたんだり、批判するものが出てくるかもしれません。そのぶんだけあなたは重荷を負うことになるのです。覚悟してください。そしてあなたは、誰よりも謙虚に、身を低くしていることをこころがけてください」

ラーフラは歓喜の表情をうかべた。

「それでは弟子になることを許していただけるのですね。おおせのとおり、わたくしは誰よりも謙虚に、身を低くして教団のために尽くす覚悟でございます」

その時、悲鳴のような声が響いた。

「お待ちなさい。あなたたちはいったい何を話しているの」

ヤショーダラだった。

「シッダルタさま。あなたはわたくしを捨てて勝手に出ていかれました。それだけでもずいぶんひどい仕打ちでしたのに、帰ってくるといきなりわが子を取りあげようとなさるのですか。あなたに捨てられたわたくしにとって、ラーフラはただ一つの生きがいなのです。そのただ一つの生きがいを、あなたは奪っていくつもりなのですか。ああ……、何てひどい……」

ヤショーダラは急にデーヴァダッタの方に顔を向けた。

「ヴィタラーカ、何とかして」

まるでカピラヴァストゥに来たばかりのころの花嫁と給仕《ヴィタラーカ》に戻ったような口ぶりで、ヤショーダラはデーヴァダッタに命令した。

「お願いだからあたしを助けて。あの男はあたしから命よりも大切なものを奪おうとしているのよ。あなたは黄色い僧衣を着ていない。教団に所属していないのなら、あたしの味方になりなさい。あたしとラーフラを守って。あいつをここからつまみだしてちょうだい」

デーヴァダッタは静かな口調でさとすように言った。

「ラーフラさまご自身がそれをお望みなら、誰もお止めすることはできないでしょう」

　この時、初めてラーフラはデーヴァダッタの方に目を向けた。

「あなたもわが導師《グル》の弟子になられたのですか」

　デーヴァダッタは冷ややかに言い放った。

「弟子ではありません。わたくしはシッダルタさまの年の離れた友のようなものです。もしかしたら仇敵《ザトル》になるのかもしれませんが……」

　すると静かな声が響いた。

「それがあなたの宿命《カーラ》なのです」

　それはシッダルタが語りかける心のなかの声だったのか。それとも実際に発された声で、この場にいる誰もに届いたのか。

　その時、ヤショーダラが素早く動いて、ラーフラの体を抱きしめた。

　ヤショーダラは叫んだ。

「この子はあたしのもの。あたしが産んだのよ。あたしが育てたのよ。ラーフラは誰にも渡さないわ」

「母ぎみ……」

　ヤショーダラに抱きしめられたラーフラがささやきかけた。

「お許しください。わたくしはすでに弟子入りを許され、僧団《サンガ》の一員になったのです」

　シッダルタがヤショーダラに近づいて語りかけた。

「生きがいを失ったというあなたのお気持はわたしにもわかります。されども子というものは母親の所有物ではないのですよ。母親の胸に抱かれていた赤子もいずれは成長して、ひとりの人間として自分の人生を歩み始めるのです。生きがいなどというのは幻想《タマス》にすぎません。あなたはあなたの人生を歩むしかない。あなたは自分の力で、覚りの境地に向かって進んでいくしかないのです。わたしが手助けをします。ブッダの教団にお入りなさい。わたしはあなたを、わが弟子と認めます。わたしとともに、教団のなかで手を取り合って生きていきましょう」

デーヴァダッタが口を挟んだ。

「ヤショーダラさまを弟子にするというのですか。バラモン教も、ジャイナ教も、アージーヴィカ教も、修行者はすべて男です。女を修行者とする宗教《マタ》など、聞いたことがありません」

シッダルタは柔和なまなざしでデーヴァダッタの顔を見た。

「その誰も聞いたことのない新たな宗教をこれから創るのですよ」

一瞬、沈黙が周囲を包んだ。

だしぬけにヤショーダラが叫んだ。

「何の話をしているの。あたしを弟子にするってどういうこと。あたしは宗教なんかに興味はないわ。せっかくのお誘いだけど、お断りします」

「いまというわけではありませんよ。しかし時が来れば、あなたも宗教を求める気持がわいてくるでしょう」

ヤショーダラに向かってそう言ったあとで、シッダルタは再びデーヴァダッタの方に顔を向けた。

その顔に、何かをそそのかすような、意味ありげな微笑がうかんでいた。

新たに弟子となったラーフラを祇園精舎《ジェータヴァナヴィハーラ》に連れていくために、馬が一頭、必要になった。

デーヴァダッタは幼いラーフラに乗馬を教えた。カピラヴァストゥ生まれとはいえ、コーリャ族の血をひくラーフラは馬にはすぐに慣れた。デーヴァダッタが旅に出たあとも、コーリャ族出身のアーナンダが訓練を続けてくれたはずだ。

デーヴァダッタは馬の調達を頼むためにスンダラナンダ王子のもとに出向いた。

話を聞いた王子は驚きの声をあげた。

「ほんとうですか。ラーフラさまが弟子になったのですか」

「ご本人が望まれたことですので、お止めするわけにはいきませんでした」

「ラーフラ王子は王位継承者ですよ」

直系の子孫が王位を継ぐのは慣例だ。これまではラーフラが幼少だったため、スンダラナンダ王子が摂政《アディパ》として政務を代行していた。

デーヴァダッタは笑いながら言った。

「王位は摂政のあなたがお継ぎになるものと思っていました」

「王が病床につかれた時、ラーフラ王子はまだご幼少でしたので、わたしが政務を代行したまでです。あなたもご承知のように、王のお命は半月ももたないでしょう。それを機にわたしも辞任して、ラーフラさまに即位していただこうと思っていたのです」

「あなたは結婚なさらないのですか」

「婚約者はいますがね。カピラヴァストゥ随一の美女と評判の女性です。ただ正妃をめとって男児が生まれたりすると、紛争のもとになるのではと配慮して、ラーフラさまのご即位までは婚姻を先延ばしにしていたのです」

「ラーフラさまが出家されたことで、もう紛争が起こることもなくなりました。よかったではないですか」

「王位は直系に受け渡されるものです。次男のわたしが継ぐのは、心苦しいですね」

「気になさることはありませんよ。摂政として長く政務にあたられたあなたの方が、国の支えになると思います。これからカピラヴァストゥは困難な事態に遭遇することになるかもしれませんからね」

「困難な事態……」

スンダラナンダ王子は表情をくもらせた。

相手の途惑いを楽しむように、少し間を置いてからデーヴァダッタは話し始めた。

「コーサラ国のヴィルリ王子が軍事大臣をつとめておられることはご承知でしょう」

「知っています。あのお方はまだ少年といっていい年齢です。軍事大臣をお任せするのは危険ではないかと思っておりました」

「子どもっぽい野心をおもちですからね。ヴィルリ王子は戦争をしたがっています」

「王位継承者はジェータ王子でしょう。あのお方は温和な方です。ジェータ王子がカピラヴァストゥに来られた時、あなたも親しくつきあっておられたではないですか。それにヴィルリ王子の母方の祖父はカピラヴァストゥの首席大臣ですよ」

「だから危険なのです。マハーナーマンには用心してください」

話はそこで終わった。

馬を借りて、祇園精舎を目指した。

国境の山地は急斜面もあったが、荷馬車が通れるほどの道が整備されていた。シッダルタとアーナンダが先頭を並んで駆け、デーヴァダッタはラーフラと並走した。そのうしろにガンダルヴァが従っていた。

ラーフラと並走しているので声が届く。

かつては親しく会話していたラーフラと、まだ言葉を交わしていなかった。

「ラーフラ……」

声をかけた。

「ブッダの弟子になるというのは、以前から決意していたのですか」

声が返ってきた。

「わたくしはブッダのただひとりの嫡子です。弟子入りするのは当然のことです」

それは違う、とデーヴァダッタは心のなかでつぶやいた。

おまえはわたしの子だ……。

ラーフラは生まれてからずっと、皇太子の嫡男として育てられ、周囲の女官たちもそのように対応してきた。自分と親しく接してくれたのは叔父と思っていたからだ。

わが子をシッダルタに奪われた気がした。

目の前にシッダルタの背中があった。

おまえは仇敵《ザトル》だ。いつか滅ぼしてやる。

まずはおまえの故郷を壊滅させてやらねばならない。

デーヴァダッタはシッダルタの背中に向かって、心のなかで怒声を発していた。

その思いは確実に、シッダルタの胸のうちに届いているはずだった。


一行は祇園精舎《ジェータヴァナヴィハーラ》に入った。

デーヴァダッタも自分の部屋で休息をとった。するとその宿舎を訪ねて来たものがいる。

シッダルタの一番弟子とされるシャーリプトラだった。

シャーリプトラは弟子たちのなかでは最年長だったので、長老《スタヴィラ》と呼ばれていた。

「ご相談があります」

長老は低い声で言った。奥の庵室《アズラーマ》に従者《ブルタカ》のガンダルヴァがいるので、聞こえないようにという配慮のようだった。何かしら秘密の相談のようだ。

「教団に所属しているわけでもないわたくしに、何のご相談ですか」

「あなたさまは尊者《ムニ》の親族であり、近しいお方だとお見受けいたしております。カピラヴァストゥへも同行されましたので、事情をご存じだと推察いたしました。カピラヴァストゥで、いったい何があったのでしょうか」

「何があったかというのはどういうことですか。シッダルタさまはお父ぎみの病気見舞いに行かれただけですよ。弟ぎみのスンダラナンダ王子や、妃であったヤショーダラさまと再会されました。それからご子息のラーフラさまとは、初めて対面されました。そのラーフラさまは弟子になられるということで、こちらに同行されました」

「それは承知いたしております。新参の弟子とはいえ、尊者のご嫡男でございますから、特別の待遇をせねばならぬと思うております」

「特別待遇などということは避けるべきでしょう。ラーフラさまご自身がそのようなことは望んでおられません。他の弟子たちと平等の扱いをしてさしあげた方がよろしいかと思います」

「尊者からもそのようなご指示を受けております。それはよいのですが、カピラヴァストゥから帰ってくるなり、尊者は思いもかけぬことを指示されました」

　シャーリプトラは困惑しきった顔つきで、大きく息をついた。

「そのご指示とはどのようなものですか」

　デーヴァダッタにうながされて、シャーリプトラは語り始めた。

「この祇園精舎は広大でございますので、その一部に特別の領域を設定せよとのことでございます。柵を作る必要はないが、弟子たちが相互に行き来できぬように、目印となる標識を立てるようにとのことでございます。さらにその領域には、女人の弟子を住まわせるのだそうです。これはどういうことでございましょう。教団のなかに女人を引き入れるなどということがあってもよろしいのでしょうか」

　いぶかしげにシャーリプトラは声をひそめた。

　シャーリプトラはもとは神官《バラモン》だった。バラモン教の神官はすべて男だ。シャーリプトラは先輩の神官だったサンジャヤ・ベーラッティプッタの弟子となった。サンジャヤの教団はもとより、六師外道の教団の弟子たちや、独自に活動している多くの沙門たちも、男ばかりだった。

女人を教団に加えたり、女人が修行するなどということは、想像を絶した奇異なことと思えたのだろう。

デーヴァダッタは微笑をうかべて言った。

「尊者が決断されたことですから、ご指示に従わぬわけにはいかないでしょう。カピラヴァストゥには王妃《サムラージ》や皇太子妃、それに多くの女官たちがおります。シッダルタさまのお父ぎみのシュッドーダナ王は重篤な病で、数日のうちには亡くなられるものと思われます。コーサラ国で軍事大臣の重職についておられるヴィルリ王子は、血気盛んな若者です。シュッドーダナ王が亡くなられるのを好機ととらえ、カピラヴァストゥを攻める準備をしておられます。戦さとなると多くの死者が出ます。そうした事態を避けるために、シッダルタさまは王族《ラージャター》がカピラヴァストゥを去って、闘わずして王城を明け渡すことをお考えなのでしょう。そうなると王妃や女官たちの居場所がなくなります。女人だけの領域を設定するというのは、そうした女人たちを救う手立てだと思われます」

「それにしても、女人を教団に加えるなど、聞いたこともない異例のことでございます」

「その誰も聞いたことのないような新たな宗教《マタ》をこれから創るのだと、シッダルタさまは話しておいででした」

「新たな宗教……」

シャーリプトラは絶句した。

デーヴァダッタはガンダルヴァを従えて、シュラヴァースティの王宮《ラージャプラサダ》に向かった。

王宮に入ると何やらあわただしい気配があった。

顔見知りの女官に尋ねると、何日か前にジェータ王子が急病で倒れ、王族や出入りの商人が見舞いに訪れているのだという。

デーヴァダッタもジェータ王子の病室に駆けつけた。

部屋に入ると、気づいたジェータ王子の方から声がかかった。

「見舞いに来てくれたのですか。あなたはブッダとともにカピラヴァストゥに行かれたと聞いていましたが」

「たったいま戻ったところです。倒れられたと聞いてあわててここに来たのですが、お元気そうではないですか」

そんな言い方をしたのだが、実際のジェータ王子の顔は血の気を失っていて、病が重いことをうかがわせていた。

ジェータ王子はしっかりとした口調で話し始めた。

「体は元気なのですよ。立ち上がるとめまいがするので、こうして横になっているのです。せっかくブッダに来ていただいたのに、教えをうかがいに出向くこともできず残念ですが、すでに多くの人々が弟子や在家信者《シュラーヴァカ》になったようですね。精舎にわたしの名を冠していただいたことは、嬉しくありがたいことです。教団《サンプラダヤ》の発展をわたしも見守っていたいと思います」

ジェータ王子との間には、貴重な思い出がたくさんある。

デーヴァダハ城の近くの神殿《デヴァーラヤ》の庵室《アズラーマ》で、神官《バラモン》のアシュヴァジットから知識《ヴェーダ》や奥義《ウパニシャド》の話を聞いた。旅から帰還したアシタ仙人《アズラミン》の予言《アグラニルパナ》をいっしょに聞いた。シュラヴァースティの怪しい料理屋に連れていってくれたのもジェータ王子だった。

そういう思い出をジェータ王子とじっくり語り合いたいと思ったのだが、その時、戸口の方で人の気配がした。

振り向くと、美しい女人の姿が見えた。

見たこともない美女だった。

最初はそう思った。ヤショーダラよりも、ヴァイデーヒーよりも美しい、天女《デヴァター》のような女人だと思った。

だがその女人とは初対面ではなかったのだ。

そのことがすぐにわかった。

「お兄さま……」

女人はそんなふうに病床のジェータ王子に声をかけた。

ジェータ王子の妹のシュリーマーラーだった。

ヴァイデーヒーがマガダ国へ嫁いでいく前日の宴席に、デーヴァダッタはスンダラナンダ王子とともに招かれた。その宴席の前に紹介され、宴席でも同じ卓を囲んでいたのだ。

当時はまだ少女だったが、その美しさはすでに際立っていた。コーサラ国の属国アヨーディヤー国の王子と婚約しているとのことだった。

その後、実際にアヨーディヤー国に嫁ぎ、年月を重ねて、その美貌にみがきがかかったのだろう。

シュリーマーラーは兄が病に倒れたと聞いて、アヨーディヤー国から駆けつけてきた。

アヨーディヤー国はカピラヴァストゥの西方にある国で、かなりの距離を移動してきたはずだった。

シュリーマーラーはジェータ王子の寝台に駆け寄った。寝台のそばにいたデーヴァダッタの姿も目に入らなかったようだ。

ジェータ王子は微笑をうかべて妹を迎えた。

「シュリーマーラー。わざわざ来てくれたのか。よほど重態だと伝わったようだな。べつにいますぐ死ぬというわけではない。軽いめまいを起こして倒れただけだ。こうして横になっていればまったく元気で、言葉も話せる。だから心配しないでくれ」

心配しないでくれと言われても、ジェータ王子の顔色を見れば、病が重篤だということはわかる。

シュリーマーラーは目に涙をうかべていた。

「兄ぎみのそのお言葉を聞いて安心しました。アヨーディヤー国は騎馬武者《アズヴァニーカ》が支配する野蛮な国でございます。乱暴な男たちが国を支配しており、女は牛馬のごとくに扱われます。毎日わたくしはシュラヴァースティのことや、兄ぎみのことを思って暮らしておりました。兄ぎみがご病気と聞き、周囲の反対の声を振り切って、逃げるようにこちらに戻ってまいりました。もうアヨーディヤー国には戻らぬ覚悟を固めております」

ジェータ王子の目にも涙がうかんでいた。

「シュリーマーラー。おまえは嫁ぎ先で苦労をしたのであろうな。アヨーディヤー国は強大な騎馬軍団をもっておって、わが祖父の大王《マハーラージャ》も武力では制圧できなかった。それでそなたを嫁がせて同盟を結んだのだろうが、わが弟で軍事大臣に任じられたヴィルリ王子は、いずれは同盟を結んだ諸国をも制圧して領土を拡げるという野望をもっている。わたしが元気なうちはよいが、このように病で倒れるようなことがあると、先のことが心配になる。いずれアヨーディヤー国とも戦さになるかもしれぬ。帰りたくなければここにとどまっておってもよいが、一度嫁いでしまった王女《ラージ》を長くここに置くのも難しいかもしれぬな」

「わたくしはアヨーディヤー国の王宮にいても、身の置き所がないような思いでおりましたが、シュラヴァースティに戻っても、もはやわたくしの居場所はないのですね」

シュリーマーラーは声をつまらせた。

話を聞いていたデーヴァダッタが、思わず声を発した。

「行き場を失った女人に救いの手を差し伸べる教団《サンプラダヤ》がございます。ジェータ王子の寄進によって、このシュラヴァースティの郊外に祇園精舎《ジェータヴァナヴィハーラ》が開設されました。ブッダの慈愛《マイトリー》のお心は、女人にまで及んでいるのでございます」

　ここで初めて、シュリーマーラーはデーヴァダッタがそこにいることに気づいたようだった。

　デーヴァダッタの顔をまじまじと見たシュリーマーラーは声を高めた。

「あなたさまはカピラヴァストゥのデーヴァダッタさまでございますね。叔母のヴァイデーヒーさまがマガダ国へ旅立たれる前日の宴席《ウトゥサヴァ》で、ごいっしょさせていただきました。兄ぎみとは親友であられるそうでございますね」

　シュリーマーラーが自分のことを憶えていてくれたことが嬉しかった。

　ジェータ王子がとりなすように説明した。

「デーヴァダッタやスンダラナンダ王子の兄ぎみのシッダルタさまが、ブッダとなられ、ラージャグリハに教団の拠点を開かれた。ところでデーヴァダッタ、ブッダの慈愛が女人にまで及ぶというのは、どういうことなのですか」

「わたくしはヴィルリ王子とも親しくつきあわせていただいておりますが、あのお方は戦さがお好きのようで、カピラヴァストゥを制圧する野望をおもちです。シッダルタさまはそのことを予知されているようで、妃であったヤショーダラさまを弟子にしようと申し出られました。ジェータ王子が寄進された祇園精舎は広大で、施設も整っております。その一部に、女人だけの尼僧《ビクシュニー》の僧団《サンガ》を開設しようと考えておられるのです」

　それを聞いてジェータ王子は声を高めた。

「それは画期的なことですね。バラモン教の神官《バラモン》も、バラモン教に反発する沙門《シュラマナ》も、男に限られていますからね。わたしが寄進した森《ヴァナ》がそのような新たな試みに使われるのであれば、わたしとしても喜ばしい限りです」

ジェータ王子は目を輝かせていた。その顔にわずかながら赤みが差したように見えた。

シュリーマーラーも息をはずませて言った。

「そのブッダというお方が女人の弟子入りを許されるなら、わたくしもお弟子にしていただきたいと思います。デーヴァダッタさま、どうかおとりなしをお願いいたします」

「宿舎などの整備が必要ですが、すべてが整いましたら、わたくしがお迎えにまいります」

シュリーマーラーは兄のジェータ王子と二人きりで話したいこともあるだろうと思い、デーヴァダッタは病室を辞して廊下に出た。ガンダルヴァがあとに続く。

勝手知った王宮の廊下を進んで、ヴィルリ王子の部屋に入った。

「来たな。おまえを待っておったのだ」

ヴィルリ王子が言った。

ぶきみなうす笑いをうかべていた。


何かしら異様な気配がヴィルリ王子の姿からあふれだしていた。

「ブッダは故郷のカピラヴァストゥに出向いたそうだな。おまえも随行したのだろう。シュッドーダナ王はまだ生きておったか」

いきなりヴィルリ王子はそんなことを問いかけてきた。

「死んだように眠っておられました。半月はもたないでしょう」

「王が死ねば、王宮内にもめごとが起こるのではないか」

「そういうことはないでしょう。政務は摂政《アディパ》のスンダラナンダ王子が代行されています。そのまま王位を継承されることになるでしょう」

「あやつは次男だろう。長男のシッダルタには息子があったはずだ。王位継承をめぐって対立が起きる。王宮内に紛争が起これば防備が手薄になる。そこを急襲すれば、一挙にカピラヴァストゥを落とせるはずだ」

「ご子息のラーフラさまは、ブッダの弟子として僧団《サンガ》に入られました」

「それはまずいな。すんなりと摂政に王位が継承されるのか。スンダラナンダ王子はわが兄と仲がよいと聞いている」

「ジェータ王子はカピラヴァストゥに遊学されていました。そのおり、わたくしも親しくさせていただきました」

ジェータ王子の話題になったので、相手の顔色をうかがいながら、こんなことを言ってみた。

「ジェータ王子が病で倒れられたと聞きましたので、先ほど見舞いに行ってみました。重篤なごようすでしたよ。あなたが毒を盛られたのですか」

ヴィルリ王子の顔がこわばった。

答えはなかった。デーヴァダッタは言葉を続けた。

「お父ぎみのプラセーナジッド王は、かつては戦さがお好きであったそうですが、いまはすっかり穏やかになられて、もはや戦さなどしたくないと語っておられました」

「父は老いたのだ」

吐き捨てるようにつぶやいてから、ヴィルリ王子は声を高めた。

「実は困ったことがある。コーサラ国は長く戦さをしていない。わたしは軍団を再編成し、兵たちの訓練を強化してきた。いよいよカピラヴァストゥを攻める時が来たと思って、指揮官たちを集めて会議を開いた。秘密の会議であったが、そのなかに裏切り者がおったようだ。わたしは父に呼ばれて、不穏な動きがあれば軍事大臣を解任すると言い渡された」

「裏切り者はひとりや二人ではないでしょう。軍団の最高指揮官は王です。王のご意向に反する動きがあれば、あなたの配下の指揮官も、たやすくは従わないのではないですか」

「ジェータ王子がブッダを招いたのも、戒律によって争いを禁じるブッダの教えを味方につけて、わたしの野望を封じこめるつもりなのだろう」

「そのジェータ王子が亡くなれば、あなたの敵は、プラセーナジッド王だけだということになりますね」

　ヴィルリ王子は息をのんだように黙りこんでいた。

　長い間のあとで、ヴィルリ王子は低い声でささやきかけた。

「デーヴァ。おまえは何を考えておるのだ」

　ヴィルリ王子はいぶかるようなまなざしでデーヴァダッタの顔を見すえていた。

　デーヴァダッタは笑いながら言った。

「わたくしが考えているのではなく、あなたさまが考えておられるのでしょう。あなたさまは軍事大臣として、軍団を動かしてみたくてしょうがないのです。狙いは手近なカピラヴァストゥです。しかしながら、カピラヴァストゥの城壁は強固です。王宮だけではなく、街の全体が城壁で守られている。とはいえその城壁はコーサラ国と闘うためのものではありません。タライ盆地でとれる米を狙っている山賊の襲撃に備えたものです。コーサラの大軍が押し寄せれば、城壁など何の役にも立たないでしょう」

　ヴィルリ王子は疑わしげにデーヴァダッタの顔を見すえた。

「カピラヴァストゥの街を囲んだ城壁の強固さはわたしも実際に確認している。コーサラ国の象《ガジャ》部隊をもってしても、容易に破壊することはできぬだろう」

　デーヴァダッタは穏やかな微笑をうかべた。

「確かに象がいくら押したところであの城壁は壊すことはできないでしょう。しかし象部隊の迫力は人の心を壊します。象部隊が城門に迫れば、カピラヴァストゥの高官や兵は、闘う気力を失うことになります。カピラヴァストゥでは長く平和な世が続いてきました。兵たちは実際の戦争を知らないのです。できれば戦闘を避けたいと誰もが思っているはずです」

「しかし象部隊が城門の前で止まってしまっては、コーサラ軍の強大さを示すことができぬではないか」

「わたくしが使者に立ちましょう。スンダラナンダ王子はわが友です。城門を開いて和睦するように、わたくしが説得いたします」

「たやすく和睦してしまっては、戦さにならぬではないか。わたしは戦争がしたいのだ。わたしが軍団の先頭に立って奮戦するところを世に示さねばならぬ」

デーヴァダッタは王子の表情の動きを注意深く見守っていた。

体つきは勇者《ヴァーガラ》だが、心はまだ子どもだ。

勇んで戦争をしたがっているが、実際の戦争を見たこともないし、人が傷つき死んでいくさまを見たこともない。ただ兵を動かして遊んでみたいだけなのだ。

デーヴァダッタは相手を励ますような口調で言った。

「まずは初戦に勝つことが大事でございます。カピラヴァストゥの城門まで象部隊を進める。それで充分です。あとはわたくしにお任せください。和睦をした上で、城壁を撤去すればよいのです。カピラヴァストゥの城壁の見事さは、辺境の地にまで伝えられています。その城壁を崩壊させたということであれば、あなたさまの名は一挙に知れわたることになりましょう。象の一頭も失うことなく、一兵たりと傷つけることなく、カピラヴァストゥの城壁を崩壊させれば、あなたさまの名声は恒河流域のすみずみにまでとどろきわたることでございましょう」

王子はむじゃきなほどの嬉しげな顔つきになった。

「デーヴァ、すべてを任せておけばよいのだな。しかしそのことで、おまえにはどのような利益があるというのだ」

デーヴァダッタは低い笑い声をもらした。

「わたくしもあの城壁が崩壊するところを見たいと思っているのですよ。わたくしは利益も名誉も求めてはおりません。名誉はすべてヴィルリ王子のものです。ただお願いがあります。カピラヴァストゥの先のローヒニー河を越えたところに、コーリャ族の小国があります。そこがわたくしの生まれ故郷です。領土も少なく米もろくに採れぬ貧しい国でございます。どうかコーサラの軍団がローヒニー河を越えることがないように、ご配慮のほど、よろしくお願いいたします」

ヴィルリ王子はいくぶん不満そうなようすを見せた。

「そんな小国はどうでもよい。カピラヴァストゥの城壁を崩壊させ、商業都市の利権を押さえることができれば、戦さは大勝利だ。しかし、デーヴァ、それだけでは何かが不足しておるな。わたしは兵を率いて闘いたかったのだ。象部隊を動かしただけでは、戦争に勝った気分にはなれぬ気がする」

デーヴァダッタは静かに語りかけた。

「初戦に勝つのが何よりでございます。カピラヴァストゥのような長い伝統と文化をもつ国を征圧したことが西域の諸国に伝われば、辺境の小国は恐れをなして、どの国もあなたさまの軍門に下り、コーサラ国は西の果てまで領土を拡げることができます。次の狙いは、アヨーディヤー国でしょうね」

デーヴァダッタの言葉に、ヴィルリ王子は驚いたようすを見せた。

「アヨーディヤー国……。あそこには最強の騎馬軍団がいるのだぞ。しかも姉のシュリーマーラーさまを人質にとられているのだ」

「そのシュリーマーラーさまはジェータ王子の病室におられます。急な病と聞いてアヨーディヤー国から駆けつけてこられたのです。もうアヨーディヤー国には戻らないご決意だそうで、わたくしはブッダの教団に入られるようにお勧めいたしました」

ヴィルリ王子は声を高めた。

「何だと。ブッダの教団は女人を弟子にとるというのか」

「シッダルタさまはカピラヴァストゥがいずれ滅びることになると予知されているようで、ご子息のラーフラさまを弟子にしただけでなく、妃のヤショーダラさまにも教団に入るように勧めておられました」

ヴィルリ王子は大きく息をついた。

「そのブッダというお方には、未来が見えておるようだな。戦さを起こす前に、まずはブッダを訪ねてみたい」

「わたくしがご案内いたします」

ヴィルリ王子の部屋を辞して廊下に出ると、従者《ブルタカ》のガンダルヴァがささやきかけた。

「デーヴァ親方《プラブフ》。いよいよ戦さが始まりそうですな」

「戦さが起こることを、喜んでいるようだな」

「まあ、見物するだけならおもしろそうですからね」

「戦さは起こしたくない。ただあのカピラヴァストゥの城壁を崩壊させるだけでよいのだ」

城壁の石組みが一つ一つ壊されていく。

そのありさまを見て、シッダルタはどのような思いを抱くだろうか。

これは自分の復讐《プラティカラ》なのだ、とデーヴァダッタは思った。

祇園精舎《ジェータヴァナヴィハーラ》は静寂に包まれていた。

従者《ブルタカ》のガンダルヴァを先に派遣してヴィルリ王子の来訪は伝えてあった。

広い会堂《ザラ》でブッダと対面した。

ヴィルリ王子は尊大な態度で相手を見すえた。

「あんたがブッダか」

王子が問いかけた。

シッダルタは柔和な微笑をうかべていた。

ただ黙って相手の顔を眺めていた。

王子は、ふうっと息をついた。

肩をいからせて挑むような姿勢をとっているが、経験の浅い少年にすぎない。ブッダの全身からあふれだす威厳《グルトヴァ》に圧倒されて、次の言葉が出てこない。

デーヴァダッタはかたわらから二人のようすを見守っている。

長い沈黙の果てに、ついにブッダが口を開いた。

「あなたは宿命《カーラ》を負っておられる。されどもあなたの決断で、宿命を避けることもできるのではないか。そのことによって多くの人々が救われるのであれば、誰からも感謝されることになります。いまは正しい決断が必要な時です」

「正しい決断とは何だ」

ヴィルリ王子はやっとのことで声を発した。

シッダルタは黙っている。

王子は、ふん、といった声を吐き出した。

「戦さをせずに恒河《ガンジス》の流域に平和をもたらすということか」

シッダルタはヴィルリ王子のようすをじっと眺めている。その顔に、哀しげな表情がうかんだ。

「あなたはのがれがたい悪業《カルマ》にとりつかれておられるようですね」

ヴィルリ王子は表情をこわばらせた。

「わたしが地獄《ナラカ》に落ちるというのか」

シッダルタは無言で王子の顔を見つめ続けている。

この時、シッダルタの背後に控えていた側近のアーナンダが、後方に振り返った。

それが合図だったようで、さらに後方に控えていた若い弟子が、奥の庵室に向かい、美しい衣を身にまとった女人を連れて戻ってきた。

デーヴァダッタは喉の奥で、うめくような声を発した。

自分がカピラヴァストゥから連れてきた、ヴィルリ王子の生母のナーガムンダーだ。自分が教育して、プラセーナジッド王の側室とした女だった。

王子を見すえて、ナーガムンダーがきびしい声を発した。

「ヴィルーダカ……」

ヴィルリ王子というのは通称で、ヴィルーダカというのが王子の本名だった。

「そなたはカピラヴァストゥを滅ぼそうとしているのですね」

ヴィルリ王子はしばらくの間、無言で母親の顔を見すえていた。

やがて苦しげな声を喉の奥からしぼりだした。

「あなたの出自について、よくない風評が流れております」

「それが何だというのですか。わたくしはそなたの母であり、そなたはわが胎内《ガルブハザヤ》から産みおとされたのですよ。そのことをそなたは恥じているのですか」

「ああ……」

ヴィルリ王子は言い淀んだ。

「恥じているわけではありません。しかし風評が広がっていることは、わたしにとっては屈辱です。その屈辱を晴らすためには、わたし自身が偉大な王《マハーラージャ》になるしかない。その手始めに、カピラヴァストゥを滅ぼすのです」

「カピラヴァストゥはわたくしの故郷であり、わが父の故郷であり、何よりもここにおられるブッダの故郷なのですよ」

ヴィルリ王子はブッダに向かって深々と頭を下げた。

「わたしは地獄に落ちることをいといません」

シッダルタがわずかに声を高めた。

「ヴィルリ王子。あなたは死ぬというのがどういうことなのか、わかっておられぬようですね。生きるということもわかっておられぬ。まして地獄のことなど、何もご存じないのでしょう」

ヴィルリ王子は息をはずませて言い返した。

「地獄がどんなところか、行ってみねばわからぬではないか。わたしは恐れるものなど何もないのだ」

シッダルタは静かに言葉を返した。

「何もわからずに蛮勇をふるうのは偉大な王《マハーラージャ》のなすべきことではありません。偉大な王になるためには徳を重ねることが大事です。戦さの勝敗は象や馬の数で決まります。戦さに勝ったところで誰もあなたをほめることはないでしょう」

ヴィルリ王子は悲痛とも思えるかすれた声をもらした。

「愚かな大王《マハーラージャ》というものもあるはずだ。わたしは先のことは何も考えてはおらぬ。考えるのはいま何をなすべきかということだけだ。いまこの時に、わたしは戦さをせねばならぬのだ」

シッダルタは無言で、ヴィルリ王子の顔を見すえた。三度にわたって王子をいさめたが、若い王子は聞く耳をもたなかった。

その目に悲しげな光が宿っていた。

シッダルタは口を閉ざし、それ以上は言葉を発しなかった。

ヴィルリ王子は身をひるがえして会堂の戸口に向かった。

あとを追おうとしたデーヴァダッタに、うしろからシッダルタが声をかけた。心のなかに届くひそかな声だった。

「カピラヴァストゥは商業都市です。商人《ヴァニージャ》たちが戦さに巻きこまれることがないように、あなたが王子に進言してください。それから王妃や女官たちが無事に祇園精舎まで退避できるように尽力してください」

静かな落ち着いた口調だった。


数日後、ジェータ王子が亡くなった。

葬儀をするいとまもなく、ヴィルリ王子の指示で精鋭部隊がプラセーナジッド王を捕らえようとした。

動きを察したプラセーナジッド王は、わずかな護衛とともに王宮を脱出した。

逃げる途中で負傷した王は、妹のヴァイデーヒーを頼ってラージャグリハを目指したが、その途上で傷が悪化して亡くなったと伝えられる。

第十八章　カピラヴァストゥ城の城壁が崩壊する

ヴィルリ王子が率いる象《ガジャ》部隊を中心とする軍団は、山岳地帯を避け、恒河《ガンジス》の支流に沿って大きく迂回をしてカピラヴァストゥに向かった。

街を囲った城壁の城門は閉ざされている。

商業都市のカピラヴァストゥは、いつでも自由に出入りできることが特色だった。街の城門が閉ざされるのは、この城壁が築かれてから初めてのことだった。

デーヴァダッタとガンダルヴァが軍団から離れて、ただ二騎だけで城門に近づいていった。

城門を守る衛兵は、デーヴァダッタの顔を見知っていて、わずかに城門を開いてくれた。デーヴァダッタとガンダルヴァが門のすきまを通ると、背後で大きな音を立てて城門が閉じられた。

王宮のなかに入ることができた。

スンダラナンダ王子とマハーナーマンが待ち受けていた。

王子が声を高めて詰問した。

「デーヴァダッタ。あなたはいつからコーサラ軍の味方になったのですか」

その問いには答えずに、デーヴァダッタはおごそかに言い渡した。

「即位されていまは国王となられたヴィルーダカ王のご意向をお伝えいたします。カピラヴァストゥの周囲はコーサラ軍に包囲されております。カピラヴァストゥに勝ち目はございません。摂政《アディパ》のスンダラナンダさまが降伏を宣言され、一切の抵抗を放棄されるのであれば、カピラヴァストゥの王族や兵に危害を加えることはないとのことでございます。またコーサラ国の管理のもとに商人《ヴァニージャ》はいとなみを続けることができます。農民もそのまま耕作を続けることができます。降伏していただければ戦闘は起こらず、人の血が流れることもございません。ただちに城門を開きコーサラ軍を迎え入れていただきたい」

スンダラナンダ王子は激しい口調で言った。

「カピラヴァストゥがコーサラ国の支配下に置かれるということですか。われわれは長く隣国と友好関係を保ってきました。われわれからコーサラ国を攻める意思はまったくなかった。こちらの側にまったく落ち度がないのに、なぜ一方的に攻撃を受けなければならないのか。その理由を教えていただきたい」

「ヴィルーダカ王のご意向です。そうとしか言いようがありません」

「それは大国の横暴ではないですか」

「大国とはそのようなものです」

スンダラナンダ王子は荒く息をついていた。

「われわれはどうなるのですか」

デーヴァダッタは首席大臣の方に顔を向けた。

「マハーナーマンさま、あなたには臨時の総督《クサトラパ》となっていただきたい。城壁はすべて撤去します。山賊の襲撃に備えて、コーサラ国の兵をここに常駐させます。王族や文官、女官たちのうち希望するものはブッダの教団が保護いたします。祇園精舎《ジェータヴァナヴィハーラ》までの安全な移動をお約束いたします」

「ブッダの弟子になれと言われるのですか。わたしには婚約者がいるのですよ。シュッドーダナ王の喪が開けたら結婚するつもりでいました。ブッダが女人を弟子として教団に受けいれていただけるのはありがたいことです。プラジャーパティーさまやヤショーダラさまの身の安全はそれで守られることでしょう。わたしはどうすればよいのか。祇園精舎では男と女は別々の場所で暮らすことになるのでしょう。わたしは婚約者といっしょに暮らしたい。ブッダの弟子になどなりたくはないのです」

「王族の身の安全のためです。とりあえず祇園精舎に入って、その後の身の振り方はそれから考えられればよいでしょう。わたくしにお任せください。あなたのご意向を尊重して対処いたします」

コーサラ国の大軍に取り囲まれたいま、戦さを避けるためには、ヴィルーダカ王の意向を受けいれるしかなかった。

すべての城門が開け放たれ、コーサラの大軍が市街地に入った。


王妃プラジャーパティーと皇太子妃ヤショーダラ、それに女官たちの多くが祇園精舎に入った。

ブッダの教団はシュラヴァースティはもとより周辺の地域の豊かな商人から寄進を受けていて、食料は充分に確保されていたが、僧団《サンガ》の修行者たちは修行として、市街地に出向いて托鉢乞食《パインダパーティカ》をした。このような修行者は従来、比丘《ビクシュ》と呼ばれていた。

新たに教団に入った女人も托鉢乞食の修行をしたので、比丘尼《ビクシュニー》と呼ばれた。

とくに王妃のプラジャーパティーが先頭に立って街の家々を回ると、気品のある老女が乞食する姿に人々が集まってきて、王妃に向かってわが母《アンマー》と呼びかけ、手を合わせて拝むようになった。

そういうことがあったので、のちには若い比丘尼も尼《アンマー》と呼ばれるようになった。

カピラヴァストゥに常駐する部隊を残して、コーサラ国の軍団はシュラヴァースティに引きあげた。

かわりに各地から職人が集められ、城壁の石組みが破壊された。

まるで影絵芝居《トールボンマラータ》が終わって、光源となっていた灯火《ディーパ》の炎が吹き消されたかのように、恒河の流域にその見事さが伝わっていたカピラヴァストゥの城壁は、わずかな間に消え失せてしまった。石造りの王宮も、穀物倉庫などを残して大半が破壊された。

街の周辺のここかしこに城壁の残骸が積み上げられていた。

市街地は無防備になったが、常駐しているコーサラの兵が巡回していた。

カピラヴァストゥという国は消滅したが、コーサラ国の領土となった街は平穏を取り戻した。

そうしたさまを見届けてから、デーヴァダッタはガンダルヴァとともにシュラヴァースティに向かった。

山道を登り峠に出たところで馬を止めて、背後を振り返った。

城壁を失ったカピラヴァストゥの全景が見えた。

かたわらのガンダルヴァがささやきかけた。

「親方《ブラブフ》。これがあんたの望みだったのかね。おれにはわからんことだな」

「わからなくていい。わたしにはまだなさねばならぬことがあるのだ」

そう言ってデーヴァダッタは息をついた。


デーヴァダッタはシュラヴァースティの王宮に向かった。

すでに王宮はヴィルーダカ王の支配下にあったが、デーヴァダッタは自由に出入りできた。

シュリーマーラーのもとに出向いて声をかけた。

「祇園精舎《ヴェヌヴァナヴィハーラ》に比丘尼《ビクシュニー》の僧団《サンガ》が設置されました。準備が整いましたのでお迎えに参上いたしました」

「ああ、デーヴァダッタさま。あなたがおいでになるのを、いまかいまかとお待ちしておりました。一刻も早くブッダのもとに赴きたいと思います」

シュリーマーラーは立ち上がって、駆け出しそうな勢いだったが、デーヴァダッタが制した。

「お待ちください。ジェータ王子の森《ヴァナ》は少し離れた場所にあります。いまヴィルーダカ王にかけあって、輿《ズイビカー》を用意させます」

「輿など必要ありません。わたくしはもはや王妃でも王女でもありません。ブッダの弟子となり比丘尼《ビクシュニー》として修行するのですから、徒歩でまいります」

シュリーマーラーの強い意思には逆らえなかった。

デーヴァダッタはシュリーマーラーとともに徒歩で祇園精舎《ジェータヴァナヴィハーラ》に向かった。

先にガンダルヴァを派遣して、シュリーマーラーがそちらに向かっていると報告させた。

シッダルタはシュリーマーラーを会堂《ザラ》に迎えて対面した。

「プラセーナジッド王もジェータ王子も亡くなられた。あなたはヴィルーダカ王のただひとりの親族ですね」

「コーサラ王となった弟はわたくしが嫁いだアヨーディヤー国を滅ぼすつもりです。父と兄が亡くなり、嫁いだ国も滅亡すれば、わたくしにはもはや居場所がありません。どうかわたくしを弟子にしてくださいませ」

そう言ったシュリーマーラーの顔をシッダルタはじっと見つめていた。

シュリーマーラーは類例のないほどの美女であった。シッダルタにも美醜の見分けはつくはずだが、哲学《タリキカトヴァ》のほかにはいかなるものにも関心をもたない鈍感ともいえる人物だから、その美しさに心を動かされたようすは見せなかった。

「あなたは居場所がないという理由だけでここに来られたのですか」

冷ややかな問いだった。

デーヴァダッタはシッダルタに対して怒りを覚えた。王族の女人に対して失礼だし、野蛮な男たちの国に嫁がされたシュリーマーラーへの心づかいが感じられない。

シュリーマーラーは気分を害したようすはなく、微笑をうかべた。

「それではここへ来た理由にはなりませんね。わたくしは兄のジェータ王子がブッダの教団に広大な土地を寄進したという話を聞いて、ブッダとはどのようなお方かと強い興味を覚えました。とはいえアヨーディヤー国は騎馬武者《アズヴァニーカ》に支配される野蛮な地で、教養のある神官《バラモン》はおりませんし、旅の商人などに尋ねても詳しい話は聞けませんでした。それでわたくしなりに、ブッダとは何かと考えてみたのです」

「ほう。ブッダとは何か、自分で考えてみたのですか」

シッダルタは心を動かされたようで、身を乗り出すようにして問いかけた。

シュリーマーラーは勢いこんで答えた。

「まだ嫁ぐ前、シュラヴァースティにおりましたころに、カピラヴァストゥへの遊学から帰った兄から、いろいろな話を聞きました。デーヴァダッタさまとともにデーヴァダハ城に赴き、アシュヴァジットという若い神官から、知識《ヴェーダ》や奥義《ウパニシャド》の教えを学んだことや、修行の旅から帰還したアシタ仙人《アズラミン》の予言《アグラニルバナ》を聞いたことなど、難しくて幼いわたくしには理解できないこともありましたが、熱意のこもった兄の言葉の一つ一つが胸の奥に刻みこまれております。何でもアシタ仙人はまだカピラヴァストゥの長老《スタヴィラ》であられたころに、生まれたばかりのシッダルタさまの未来を予言されたそうですね。その予言によれば、転輪聖王《チャクラヴァルティン》になられるか、そうでなければ覚者《ブッダ》になられるということでした」

そこまで話して、シュリーマーラーは同意を求めるようにシッダルタの顔を見た。

シッダルタは大きくうなずいて言った。

「わたしが生まれた直後のことですから、直接に予言を聞いたわけではないのですが、あとから周囲の人々に予言の内容を聞かされました。それでも幼いころは、予言の意味がよくわかっていなかったのですがね。あなたは兄ぎみから話を聞いて、どのように感じられたのですか」

シュリーマーラーは答えた。

「わたくしも王族の生まれですから、転輪聖王というのはすぐにわかりました。義によって世を治める優れた王というようなことでございましょう。けれどもブッダというのは何のことなのかわかりませんでした。転輪聖王と並び称されるお方ですし、輪廻《サンサーラ》を超えるお方だと聞きましたので、通常の人とは違った神《デーヴァ》のごときお方なのかなと思っておりました。それだけでなく、そのお方の教えに従って努力すれば、通常の人にすぎない弟子でも、ブッダの境地に近づけると聞きました。それはまことのことでございますか」

シッダルタは嬉しげな笑いをうかべた。

「あなたはすでにブッダの教えの最も大事なことを学びとっておられるようですね。あとはいくつかの約束事を学んで、その約束事を実際に果たしていけばいいだけなのです。手始めに初心のお方に心得としてお話ししている誓いの言葉というものを、あなたにお伝えしましょう」

シュリーマーラーは真剣な表情でシッダルタの話に聞き入っていた。

シッダルタは誓いの言葉を語り始めた。

「第一に、教団で学んだ戒律《シーラ》を必ず守ること。第二に、導師《グル》や高弟の教えを尊重すること。第三に、教団を批判する人々に対して怒ったり争ったりしないこと。第四に、世の人々の豊かさをうらやむことがないように。第五に、骨身を惜しまずに努力すること。第六に、自分のためにひそかにたくわえをもつことがないように。第七に、世の人々のためにひたすら尽くすこと。第八に、困っている人や苦しんでいる人を見たら必ず助けること。第九に、導師から学んだ教えを多くの人々に伝えること。第十に、多くの人々を救いに導く菩薩行《ボーディサッタチャリヤー》を励行すること。これが初心のものに求められる誓いの言葉です」

シッダルタが語り終えると、シュリーマーラーはただちに声を高めて言った。

「わかりました。その誓いの言葉を必ず実行すればよいのですね。念のために復誦いたします。違っていたらおっしゃってください」

シュリーマーラーは聞いたばかりの誓いの言葉を、第一から第十まで、次々に復誦していった。これにはかたわらにいたアーナンダが驚いたようすで言った。

「すばらしい記憶力でございます。尊者《ムニ》が語られたお言葉そのものです。一字一句違ったところはありませんでした」

弟子のなかで最も記憶力が優れていると評判のアーナンダが驚嘆するほどの正確さだった。

こうしてシュリーマーラーは比丘尼《ビクシュニー》になった。

のちにシュリーマーラーは初心のものたちに尊者が説いた長大な教えをことごとく暗誦してみせた。そのおりにシュリーマーラーが語った言葉は、勝鬘夫人《シュリーマーラーデヴィ》の獅子《シンハ》の咆吼《ナーダ》のごとき経典《スートラ》（勝鬘経）としてのちの世に伝えられた。

祇園精舎《ジェータヴァナヴィハーラ》は比丘《ビクシュ》と比丘尼《ビクシュニー》の領域に分けられ、行き来は原則として禁じられていたが、比丘の領域にある会堂《ザラ》でブッダが教えを説く時には尼《アンマー》と呼ばれた比丘尼たちも集まってくる。またシャーリプトラなどの高弟が教えを説くために比丘尼の領域に入ることもあった。

デーヴァダッタも特別の扱いを受けていて、自由に比丘尼の領域に出入りすることができた。

デーヴァダッタは王妃《サムラージ》プラジャーパティーを訪ねた。

プラジャーパティーはデーヴァダハ城の王女として育ち、シュッドーダナ王のもとに嫁いで王妃となった。王族として陽の当たる場所で生きてきたプラジャーパティーにとって、王宮からの退出は哀しい出来事であったろう。

王妃と対面すると、まずは頭を下げ、謝罪の言葉を述べた。

「このたびのことが王妃にとっていかばかりの傷手であったことかと、わたくしも心を傷めております。わたくしにも一端の責任があるものと痛感しております。もとはといえばわたくしがコーサラ国のプラセーナジッドさまのご依頼を受けて、マハーナーマンさまの娘で女官をつとめていたナーガムンダーさまを側室としてシュラヴァースティに送りこんだことが発端です。わたくしとしては、両国の橋渡しとなるのではという思いがありました。そのナーガムンダーさまがヴィルリ王子、いまのヴィルーダカ王をお産みになり、結果としてはマハーナーマンが外戚となりました。いまやカピラヴァストゥの総督《クサトラパ》となったあやつを見ておりますと、娘を嫁がせたのもよこしまな野望があったからだとの疑念が生じます。カピラヴァストゥを攻めるようにヴィルリ王子をそそのかしたのもあやつでございましょう。その野望に気づかなかったわたくしが愚かでございました。とりかえしのつかぬことをいたしたと、いまは激しくおのれを責めております」

それだけのことを言って、デーヴァダッタは深々と頭を下げた。

黙って話を聞いていた王妃は寂しげな微笑をうかべた。

「いまとなってはすべてが夢か幻のように感じられます。カピラヴァストゥに嫁いだ姉が亡くなり、思いがけずわたくしが継室として嫁ぐことになりました。それまでシッダルタさまのお世話をしておられたアミターさまが入れかわりにわが兄に嫁がれ、わたくしは王の嫡男のシッダルタさまをお育てするという重責を負うことになりました。シッダルタさまは幼少のころから、ふうがわりなお方でした。アシタ長老の予言のことは皆が口にしておりまして、将来、とんでもないほどの偉大なお方になられるのだと思うと、少し怖いような気持にもなりました。この先あのお方がどうなっていくのかと不安でならなかったのですが、いまやあのお方はブッダとなられ、ラージャグリハとシュラヴァースティに拠点をもたれる教団《サンプラダヤ》の導師《グル》となられました。国が滅びて行き場所を失ったわたくしどもに、こうして新たな居場所が与えられたのも、あのお方のおかげでございます。カピラヴァストゥは大国コーサラに隣接しており、いずれは滅ぼされる宿命であったのでしょう。あなたさまに感謝いたしております。わが子スンダラナンダが新たな人生を歩むために、あなたさまに手を尽くしていただきました。ほんとうにありがとうございました」

そう言って王妃は頭を下げた。

スンダラナンダ王子は婚約者とともにいったん祇園精舎《ジェータヴァナヴィハーラ》に入ったのだが、教団内は男と女の領域に分かれている。ここにいたのでは結婚することもできない。

王族がカピラヴァストゥの王宮を出る時、資産として保有している貯蔵米や、大きな調度品は持ち出すことができなかったが、金銀や宝石を掠奪されることはなかった。比丘尼となった王妃には宝石は不要だ。そこで資産のすべてがスンダラナンダ王子に托された。

デーヴァダッタはスダッタ長者《グリハパティ》に依頼して各地の情報を集め、ヴァーナラシーの近くの小さな町に拠点を確保した。手持ちの金銀で穀物や商品を買い、船を手配して物流で利益を出せば、商人として生きていける。長く摂政《アディパ》をつとめた王子は、経済に関する見識《ヴィジュニャーナ》をもっているはずだった。

王妃が言葉を続けた。

「心配なのはヤショーダラさまです。シッダルタさまは偉大な導師《グル》となられました。妻だけを特別扱いするわけにはいかぬのでしょう。女官たちもそれぞれに修行しておりますので、ヤショーダラさまは取り残された気分でいるのではないでしょうか。ここまで来られたのですから、ヤショーダラさまのところに寄ってください。あなたはこれまで長い期間にわたってヤショーダラさまを支えてこられた。ヤショーダラさまもあなたの顔を見ればほっとすることでしょう」

そうだろうか、とデーヴァダッタは心のうちで思った。

シッダルタとともにカピラヴァストゥに帰還してヤショーダラと再会した時、ヤショーダラはデーヴァダッタの方には見向きもしなかった。

だが王妃から頼まれたことでもあるので、デーヴァダッタは王妃の住居に隣接して建てられたヤショーダラのいる建物に入っていった。

「まあ、ヴィタラーカじゃないの」

　ヤショーダラはいきなり高圧的な言い方をした。

　デーヴァダッタは自分が給仕《ヴィタラーカ》の少年に戻ってしまった気がした。

「わたくしが来たことであなたさまをお慰めできるとも思えませんが、王妃のご指示ですので、あなたさまのごようすを見にうかがいました」

「慰めなんていらないわ。あたしは元気よ。もう王族でも妃でもないのだから、誰のためでもなく自分のために自由に生きていけるようになったのよ」

「いままでは自由ではなかったのですか」

「あたしはまだ少女にすぎなかったのにカピラヴァストゥに送りこまれた。知らない土地で、知らない人たちを相手に生きるしかなかった」

「わたくしがいたではないですか」

「あんたはただの子どもだったじゃないの」

　どうやらヤショーダラの頭のなかには、いまでも給仕の少年という幻影《タマス》がしみついているようだ。影絵芝居《トールボンマラータ》のなかでいったん給仕という役を割り当てられると、そこから逃れることはできないのかもしれない。

「それでは、いまは自由なのですね」

　そう言った自分の声が冷ややかな感じがした。

　まるでシッダルタの冷ややかさが自分にも乗り移ってきたようだった。

　ヤショーダラは急に暗い顔つきになった。

「比丘尼《ビクシュニー》って何なの。あたしの人生はいつもそんなふうだった。自分では望んでいないのに、結婚させられ、結婚の相手はいなくなり、息子まで取られて、住むところまでなくなってしまった。あんたはどうなの。あんたは自分の望みどおりに生きているの」

すぐには答えられなかった。

自分は望みどおりに生きているのか。

自分がいまここにこうして生きているのは、自分の望みだったのか。

自分の人生はシッダルタに引っぱられ、シッダルタのあとを追いかけてもがき苦しむことの連続だった。

そこから逃れるために、あえてシッダルタを突き放そうとした。

カピラヴァストゥの城壁を崩壊させた。

だがいまから思い返せば、自分以外の何か別のものに突き動かされていた気がする。

宿命《カーラ》としかいいようがない。

言葉がひとりでにあふれ出してきた。

「自分が望みどおりに生きてきたかどうかはわかりません。自分に何か望みのようなものがあるのかも、よくわからないのですよ」

そこで言葉を切って、相手の顔を見すえた。

ヤショーダラは挑むような鋭い目つきでこちらをにらんでいた。

デーヴァダッタは言葉を続けた。

「はっきり言えることがあります。あなたの給仕《ヴィタラーカ》をしていたころのわたくしは充実した気分でおりました。あなたのために尽くすことがわたくしの喜びであり、あなたを支えて生きることがわたくしの生きがいだと、そんな気がしていたのです。しかしそのように感じていたのはわたくしが子どもだったからなのでしょうね。給仕の仕事はアミターさまから与えられたものです。生母を早くに亡くしたわたくしはアミターさまを母と思って生きておりました。その母から役目を与えられたのですから、そのこともありがたかったのですが、ヤショーダラさま、何よりもわたくしはあなたが好きでした。あなたのそばにいるだけでわたくしは幸福《スカー》だったのです」

そのような告白をしたのはいまが初めてだった。ヤショーダラを喜ばせようと思って言ったわけではない。そのころのことを思い出しているうちに、おのずと言葉が口をついて出ていった。

相手は心を動かされたようすもなく、冷ややかにこちらを見ていた。

そのヤショーダラの表情を見ていると、過去を追想し懐かしい思い出にひたっていた自分の気持が、急速に冷えて、落胆に変わっていった。

デーヴァダッタの声はしだいに小さくなり、つぶやきに近くなった。

「わたくしの幸福な日々はすぐに終わりました。あなたさまが皇太子妃となったことで、給仕としてのわたくしの役目は終わりました。いまのわたくしは、ブッダの弟子でもないのに教団に居場所を与えられ、シッダルタさまと行動をともにしております。わたくしはまだデーヴァダハ城におりましたころから、シッダルタさまと言葉を交わすようになりました。シッダルタさまはわたくしよりはるかに年上なのですが、なぜかわたくしに目をかけてくだり、まるで友人のように親しく話しかけてくださいました。しかしシッダルタさまはブッダとなられ、わたくしはいまだに自分が何ものなのかわからず、さまよいつづけております。わたくしはあのお方にあこがれる一方、あのお方が高みに昇っていかれることをうらやんで、足を引っぱってでもあのお方を高みから引きずりおろそうと、卑劣な算段をめぐらせるようになりました。そのころからわたくしは、自分が何をやっているのか、何をやりたがっているのか、まったくわからなくなってしまったのです」

デーヴァダッタの声はさらに低くなり、まるでひとりごとを言いながら、自分の胸のうちの思いに沈みこむような感じになっていった。

もはやこの声は、ヤショーダラの耳には届いていないのだろう。

ヤショーダラはこちらを見つめていた。

憎悪に満ちた挑むようなまなざしだった。そのまなざしにさらされることで、デーヴァダッタの胸のうちには、重苦しいものがめばえ、しだいに胸いっぱいに広がっていくように思われた。

これは逃れがたい悪業《カルマ》だ……。

自分は影絵芝居の観客であると同時に、登場人物のひとりでもある。自分の姿をした影絵人形が、人形師にあやつられて動いていくのを、自分はただ眺めていることしかできない。

この先、自分はどう生きていくのか。

そのことがわかっているのは、影絵人形をあやつる人形師だけだ。

ただ物語《カターナカ》の筋書きはわかっている。

もう一つの父殺しの物語が始まろうとしている。

その物語のなかで自分はまた罪を犯すことになるのだろう。

ヤショーダラの顔を見つめながら、デーヴァダッタは胸のうちで静かに、決意を固めていた。

新しい物語を始めるためには、先行する物語の結末を見届けなければならない。

デーヴァダッタは従者《ブルタカ》のガンダルヴァを連れて、シュラヴァースティの王宮《ラージャプラサダ》に出向いた。

ヴィルーダカ王のようすを見なければならない。

先日まではヴィルリ王子という愛称で呼ばれていたのだが、即位にあたって正式の名を用いて王《ラージャ》となった。

とはいえまだ少年といってもいい年齢の若者にすぎない。

カピラヴァストゥを征圧して以後、ヴィルーダカ王と会うのはこれが初めてだった。

父のプラセーナジッド王が襲われた王の居室は閉鎖されたままになっていた。王となったヴィルーダカは以前と同じ居室にいた。

通い慣れたヴィルリ王子の居室に近づいていくと、何かようすがおかしかった。

部屋のなかが異様に暗い。

ラージャグリハを出立する前に訪ねたアジャータシャトル王子の部屋を思い出した。

王子は光を恐れ、窓に幕を引いていた。

ヴィルーダカ王も光を恐れるようになったのか。

デーヴァダッタは声をかけた。

「偉大な王《マハーラージャ》よ。こちらにおられるのですか。どうして部屋を暗くしておられるのです。いま幕を開けましょう」

「デーヴァか……」

うめくような声が聞こえた。

窓をおおった幕を横に引くと、部屋のなかが明るくなった。

「おお、光が……、いまは光がつらいのだ」

苦しげなつぶやきが聞こえた。

寝台の上にヴィルーダカ王が横たわっていた。

「いかがなされたのです。体調がよくないのでございますか」

「なぜかはわからぬが、気分が落ちこんでいる。デーヴァよ、おまえのおかげで初戦には勝った。しかしどうにも勝った気がせんのだ。というよりも、大敗したような気分だ。わたしは象部隊を動かしただけだ。カピラヴァストゥの王族は去り、城壁は破壊された。だがわたしは何のためにあの見事な城壁を壊したのか、よくわからなくなった。シャーキャー族の王が築き上げた城壁を壊して、何が得られるというのだ。この虚しさは何だ。わたしは何のために父を討って王となったのか……」

デーヴァダッタは寝台のそばに歩み寄って、王に語りかけた。

「あなたは戦さをしたかったではありませんか。初戦は大勝利でございました。激しい闘いがなかったことはご不満でしょうが、それは次の機会の楽しみにとっておかれればよいのです。次の戦さはきたえられた騎馬軍団を擁するアヨーディヤー国です。激しい闘いになることでございましょう」

ヴィルーダカ王は寝台の上に身を起こして、寂しげな笑いをうかべた。

「そうであったな。次はアヨーディヤー国を攻めるのであった。そのようにわたしは考え、楽しみにしておったのだ。姉ぎみのシュリーマーラーさまもブッダの教団に入られたのだな。人質であった姉ぎみがおらぬのであれば、アヨーディヤー国を征服する好機だ。ただカピラヴァストゥへの進軍と退却で象《ガジャ》どもが疲れておる。少しはやすませてやらねばならぬ。だがそのこととは別に、わたしにも考えておることがあるのだ」

「何を考えておいでですか」

「いや……。それがよくわからんのだ」

王は荒い息をつきながら言った。

「憶えておるか。祇園精舎《ジェータヴァナヴィハーラ》でブッダと対面したおり、わが母のナーガムンダーがわたしをいさめた。わたしは母の言うことを聞かずに、自分は地獄《ナラカ》に落ちることもいとわぬと言った。ブッダは三度にわたってわたしを批判し、戦さを思いとどまらせようとされた。三度目にわたしが、戦さを起こすと言った時、ブッダは無言であったが、悲しげな目でわたしを見ておられた。あの時のブッダのまなざしが、目の奥にやきついておって、思い出すと息が苦しくなってくる。わたしはブッダに見放されたのだ」

ヴィルーダカ王は大きく息をついた。

「わたしにはしばしの休息が必要だ。象部隊の象が疲れたのと同じように、わたしもいささか疲れた。もう一度ブッダを訪ねて、奥深い言葉でも聞かせてもらいたいものだ。なあ、デーヴァよ」

ヴィルーダカ王の目に、光るものがあった。

「わたしには王としての器量が不足しているのかもしれぬ。象部隊を動かしただけで疲れ果てた。ブッダの教団に入られた姉ぎみを訪ねて、わたしのこれからの生き方について教えを請いたいと思う。わたしを見放したブッダには顔向けができぬ。姉ぎみのおとりなしでもう一度ブッダにお目にかかることができれば、偉大な導師の前にひれふして、おのれのあやまちを認め、悔い改めたい。そのことでもしや地獄の苦しみから救われることはないのかと、お尋ねしたいと思う。デーヴァ、おまえもブッダとは親しいのだろう。わたしを助けてくれ。わたしのような愚かなものにも、救いの道はあるのかと聞いてみてくれ。ああ……」

ヴィルーダカ王は両手で自らの顔をおおった。

デーヴァダッタは寝台の上の王に身を寄せるようにしてささやきかけた。

「あなたさまをシュリーマーラーさまのもとにご案内いたします。あのお方はいまでは比丘尼のなかでも一番弟子といえるほどに、ブッダの高い評価を得ておられます。比丘尼の指導にあたられるだけでなく、会堂で男の比丘たちを相手に教えを説かれております。まずはそこに行かれて、教えを学ばれるとよろしいでしょう。いずれわたくしがあなたさまをブッダに引き合わせて、重い罪を犯したものにも救いの道があるのか、お尋ねいたしたいと思います」

そのように声をかけながら、デーヴァダッタは心のうちでべつのことを考えていた。

ヴィルーダカ王は悔い改めてブッダの弟子になるのかもしれない。

この自分はどうなのか。

ブッダの弟子にもならず、悔い改めることもない自分には、どのような救いの道があるのか。

そんなことを考えながら、目に涙をうかべたヴィルーダカ王の姿を、デーヴァダッタは無言で見つめていた。

祇園精舎《ジェータヴァナヴィハーラ》はラージャグリハの竹林精舎《ヴェヌヴァナヴィハーラ》に並ぶブッダの教団《サンプラダヤ》の本拠で、そこで数多くの教えが説かれた。

後世に伝えられた経典のなかで最も有名なものの一つに、極楽《スカーヴァティー》の荘厳《ヴューハ》（無量寿経・阿弥陀経）と呼ばれる経典がある。

阿弥陀《アミターバ》ブッダの仏国土《ブッダクシェトラ》のようすが説かれている。

教えが説かれる前に、すでに前評判が高まっていた。

ブッダがこれまでにないほどの壮大な教えを説き、それを聞いたものは過去にどんな悪事を働いていようと、たちどころに救済されるのだという。

その日は僧団《サンガ》の比丘《ビクシュ》や比丘尼《ビクシュニー》たちはもとより、多くの在家信者《シュラーヴァカ》がシュラヴァースティの街から集まってきた。

何やら途方もなくありがたい教えが説かれるという前評判を聞いて、デーヴァダッタはうんざりした気分になった。

シッダルタは方便《ウパーヤ》という言葉を用いて、数多くの物語《カターナカ》を語る。それらの言葉は真理《ダルマ》そのものではない。むしろ言葉《ヴァチャナ》を語れば語るほど真理からは遠ざかってしまうのだが、弟子たちを覚りに導くためには、方便を用いなければならないと、シッダルタは語ったことがあった。

そんなものを聞く気にはなれない。

その日は祇園精舎にいたくない気がして、従者《ブルタカ》のガンダルヴァをつれて、シュラヴァースティの街に出ることにした。

森《ヴァナ》を出たところで、こちらに向かって来るヴィルーダカ王とばったり出会った。従者もつれずにただひとり、徒歩で王宮《ラージャプラサダ》からこちらに来たようだ。

王は姉のシュリーマーラーのもとに通って、教えを受けるようになっていた。今日のブッダの教えについても姉から話を聞いて、期待をもって駆けつけたのだろう。

王は上機嫌で声をかけてきた。

「ブッダがかつてないほどの尊い教えを説くという評判だが、おまえは話を聞かないのか」

デーヴァダッタは答えた。

「ブッダとは長いつきあいですからね。あのお方が語りそうなことは察しがつきます。わたしはもうブッダの話は聞き飽きているので、ここから逃げ出して街に出ようと思っているのですよ」

ヴィルーダカ王は笑いながら言った。

「確かにおまえは聞き飽きているだろうが、わたしにとっては姉から聞くブッダのお言葉は何ともありがたいものだ。毎日心が洗われるような気持になっておる。とくに今日のお話は、大いに期待しておるのだ。何しろ過去にどんな悪事を働いていようと、たちどころに救済されるというのだからな。わたしはブッダの弟子になろうかと思っておるのだ」

デーヴァダッタも笑いながら言った。

「弟子になることはないですよ。弟子になると酒が飲めなくなりますよ。いくらか寄進《ダーナ》をされて在家信者《シュラーヴァカ》になられればよいのです。在家信者にも八戒《アスタンガシーラ》というものがありますが、これは月に数日だけ、酒を控えればいいのです」

「おお、そうか。それならば在家信者になって八戒を守ることにしよう」

そう言ってヴィルーダカ王は子どものような屈託のない笑い方をした。

第十九章　祇園精舎で聞いた阿弥陀ブッダの物語

シュラヴァースティの街に入った。

まだ陽は高い。

王宮《ラージャプラサダ》を訪ねても王は不在だし、スダッタ長者も祇園精舎《グリハパティジェータヴァナヴィハーラ》でブッダの教えを聞いているはずだ。

まだ時間は早いのだがいつもの料理屋に向かった。

娼館《ヴェザヴァーサ》となるのは夜がふけてからで、いまはまだ女たちもいない。それでも店主と料理人はいるので酒は飲める。

ガンダルヴァを相手に酒を飲んだ。

いまごろは多くの人々がシッダルタの話を聞いて胸を打たれているのだろうと思った。

過去にどんな悪事をはたらいていようと、たちどころに救済される……。

話の内容が気にかかった。

だが物語《カターナカ》を語っている時のシッダルタの得意げな顔を見たくなかった。明日にでもアーナンダを呼んで、話の内容を聞くつもりだった。アーナンダはシッダルタの話した内容を正確に記憶している。

「ラージャグリハに戻ろうと思っている」

少し酒の酔いが回ったところで、そんなことを言ってみた。

一つの物語が終わり、もう一つの物語が始まる。

舞台はシュラヴァースティからラージャグリハに移る。すべては白い幕の上に映し出される幻影《タマス》にすぎないのだが、重苦しい悲劇が展開されることだろう。

ガンダルヴァが陽気な口調で応えた。

「マガダ国の首都だね。シュラヴァースティより大きな街だろう。おれも行ってみたいな」

「ついてくるか。おまえはこの街の生まれだろう。故郷を離れるのはつらくないか」

「親には見放されている。この街に未練はない」

「それでは従者《ブルタカ》としてついてくるがいい」

「何が始まるんですかい」

「ラージャグリハの王宮にも王子がいる。不幸な王子だ」

「また親殺しがあって、戦さが始まるのかい。こんどはどの国を攻めるのかな」

「戦さが始まるとは限らない。何が起こるかは予想できない。われわれは影絵芝居が始まるのを待っていればよいのだ」

「親方《プラブフ》はこんども、何かをたくらんでいるのでやしょう」

「仕かけはしてあるが、どうなるかはわからない」

「親方も地獄に落ちるのかね。それなら今日のブッダの話を聞いた方がよかったんじゃないのかね」

「わたしは地獄を恐れていない。地獄はわたしの住処《アーラヤ》だ」

そんな話をしているうちに夜になったようで、女たちが店に現れた。

デーヴァダッタもガンダルヴァも、かなり酔いが回っている。

二人の姿を見たマリハムが驚いたように言った。

「二人そろって、どうしたの」

この前に来た時には、初対面のガンダルヴァと、ここでマリハムをめぐって争ったのだった。

それがきっかけで、いまでは親方《プラブフ》と従者《ブルタカ》という間がらになっている。

マリハムの問いにガンダルヴァが先に答えた。

「おれはこの街を出る。生まれ育った街だがな。親方がラージャグリハに戻るというのでおともすることにした。親方の行くところなら、どこへでも行くつもりだ」

マリハムは声を高めた。

「まあ、よかったこと。あんたはやっと自分の居場所を見つけたんだね」

「マリハムのおかげだ。ここでおまえを奪い合っているうちに、親方と親しくなったのだからな。さあ、酒をもってきてくれ。ずっと教団《サンプラダヤ》にいたので、酒の味をすっかり忘れてしまった」

「あんたたち、かなり酔っているじゃないの」

マリハムはデーヴァダッタの隣に座った。

ガンダルヴァの隣にはべつの女がついたのだが、なかなかの美人で、ガンダルヴァはすっかり気に入ったようすだ。

椅子に座るとただちにデーヴァダッタの体にもたれかかりながら、マリハムが向かいの席のガンダルヴァに尋ねた。

「教団って……。あんた、ブッダの教団に入ったの。でも髪の毛はそのままよ」

僧団《サンガ》の比丘《ビクシュ》は髪を短く刈っている。デーヴァダッタもガンダルヴァも、比丘になったわけではないので、僧衣《カーシャーヤ》も着ていないし、髪も長いままだ。

ガンダルヴァが答えた。

「おれたちは弟子入りしたわけではない。まあ、客分みたいなもんだ。とにかく教団のなかにいれば、食うのに困ることはない」

「尼《アンマー》さんたちがこのあたりにも托鉢乞食《パインダパーティカ》に来るわ。この店の余りものをたくさんあげるのだけれど。お上品な方々ばかりよ。ブッダの教団って、すてきだと思う。どうやったら教団に入れてもらえるのかしら」

「尼さんたちは皆、カピラヴァストゥの王族《ラージャター》だったり、女官だったりした方々だ。おまえのような娼婦《ルーパージーヴァ》が教団に入れるわけはない」

店に入ってから、マリハムと言葉を交わすのはガンダルヴァばかりだった。

従者は無口であらねばならぬと日ごろは命じてあったが、この店は別だ。だからガンダルヴァを制することはなかったのだが、この言い方は聞き捨てならなかった。

デーヴァダッタは声を発してガンダルヴァをたしなめた。

「その言い方は違う。ブッダの教団は階級《ヴァルナ》や仕事で人を差別することはない。いまはカピラヴァストゥの王国が滅びた直後なので、女官たちが比丘尼《ビクシュニー》になっているのだが、望むものは誰でも迎え入れるのがブッダの教団だ」

ガンダルヴァは困惑したように頭を下げた。

「余計なことを言ってしまったな。とにかくおれの親方《プラブフ》はあの偉大なブッダの親族で、教団ではブッダの次に偉いお方だ。何しろ親方はあの偉大なブッダを批判することもあるんだ。とにかくブッダはうちの親方を大事にされている。つまり親方はブッダにとって、かわいい弟だってことだ」

それも余計なことだと思ったが、黙っていた。

シッダルタと自分の間がらを、短く説明するのは難しいし、説明できるかどうかもわからない。

ガンダルヴァが大声で言った。

「おい、酒の追加だ。料理の追加も頼む。今日は朝まで飲むんだ」

その声は奥にいる店の主人に届いたようだ。声が聞こえた。

「へえ。いま準備いたしております」

やがて新たに酒と料理が運ばれてきた。

マリハムがデーヴァダッタにささやきかけた。

「教団を率いておられるブッダというお方は、カピラヴァストゥの王族だそうじゃないの。そうするとあなたも王族なの。このまえは流れものの舞姫《ナルタキー》の子だと言っていたけど」

「どうでもよいことだ。カピラヴァストゥは滅びたのだ」

「あんたが初めてこの店に来た時、コーサラ国の王族の方といっしょだったでしょ。お名乗りになることはなかったけど、気品があるお方だからわかったわ。だからあんたもただの人ではないと思っていた。あんたはいまの王さまとも親しいんでしょ」

「それもどうでもいい。もうわたしがこの街でなすべきことは何もない。ラージャグリハに戻るつもりだ。マリハム、おまえの顔を見るのも、今夜が最後になるだろう」

「ラージャグリハに行って何をするの。あんたはやさしい人だけど、でも悪い人ね。ラージャグリハでも、何かをたくらんでいるのでしょう」

デーヴァダッタはマリハムの問いには答えずに、話題を変えた。

「マリハム、今日はおまえの踊りを見にきた。最後にもう一度、おまえの踊りを見たい」

「いいわよ」

マリハムが店の奥に姿を消した。

楽器の演奏者が琵琶《ヴィーナ》、笛《ブンギ》、太鼓《タブラ》をもって舞台の隅に陣取った。

衣装を着替えたマリハムが現れた。

太鼓の音が響き始めた。続いて琵琶が鳴らされた。最後に笛が旋律を奏で始める。

マリハムが舞台に一歩進み出ると、にわかに音楽が高まった。マリハムの踊りは何度も見たはずだが、見るたびに、初めて見るような新鮮さがあった。

マリハムは異国の空気をまとっている。踊るうちに何かが乗り移ったようになって、人ではなく、天龍八部衆の一つの楽神《キンナラ》が目の前に降臨したような眺めになる。

マリハムの踊りを見ていると、母のことが思い出される。物心つく前に死んだ母の記憶は何もない。ただ母が異国の舞姫だったということは誰かから聞いた。

いつの間にか涙が流れて前が見えなくなってしまう。

何も見えなくなった頭のなかでは、子どものころから眺めたさまざまな場面が、幻影《タマス》のようにうかんでいた。

母代わりとなってくれたデーヴァダハ城の王妃《サムラージ》アミター、給仕としてつかえたヤショーダラ、世話になったカピラヴァストゥの王妃プラジャーパティー。さらにはこれまでに出会った美女たち。マガダ国に嫁いだヴァイデーヒー、ブッダの教団に入ったシュリーマーラー、そしていま目の前で踊っているマリハム……。

自分のこれまでの人生とは何だったのか。

故郷のデーヴァダハ城でシッダルタと出会った。

王宮《ラージャプラサダ》の中庭で影絵芝居《トールボンマラータ》が上演されるのをいっしょに見ていた。

思えば自分の人生の大半は、シッダルタとともにあったといっていい。

しばらくの間、シッダルタから離れていたい。

できればシッダルタのことを忘れてしまいたい。

そんなことを考えながら、デーヴァダッタはマリハムの踊りを眺めていた。

翌日、祇園精舎《ジェータヴァナヴィハーラ》に戻ると、デーヴァダッタはガンダルヴァをアーナンダのもとに派遣した。

アーナンダはシッダルタの側近をつとめている。すぐに呼び出せるものではないだろうと思っていたのだが、ガンダルヴァは苦もなくアーナンダをデーヴァダッタの居室に連れてきた。

るので、距離がある。

アーナンダはデーヴァダッタにとって弟ではあるのだが、いまはシッダルタの側近として接してい

デーヴァダッタはていねいな言葉づかいで言った。

「昨日の尊者《ムニ》の教えがどのようなものであったのか、あなたから話してもらいたくてガンダルヴァを呼びにやらせたのですが、あなたは尊者の側近という大事なお役目があります。すぐには来てもらえないかと思っておりました」

アーナンダは微笑をうかべて応えた。

「ガンダルヴァさまが来られるよりも前に、尊者はそのことを予見されていたのですよ。デーヴァが昨日の教えの内容を知りたがっているので、すぐに行って話して聞かせるようにと、シッダルタさまがわたくしに命じられたのです。尊者はあなたのことをいつも神《デーヴァ》とお呼びになります。それだけ親しみを感じておられるのでしょう。ですからガンダルヴァさまが訪ねてこられる前に、もうわたくしはこちらにうかがう準備ができていたのです」

霊力《ザクティ》を用いて未来を予言するシッダルタの姿が目にうかぶようだった。

デーヴァダッタは改めてアーナンダの姿を眺めた。

アーナンダはデーヴァダハ城で生まれた弟だ。赤子のころから知っている。アーナンダの顔は母親のアミターに似ている。とくに少年のころは女の子のように髪を長く伸ばしていたので、アミターにそっくりの少女のような姿だった。

いつも不思議に感じていたことだが、アミターの姿はまるで後光《ダーマン》がさしているかのようにいつも輝いていた。

いま青年になったアーナンダの姿からも、同じ輝きが感じられる。

「昨日の尊者の教えは、多くの人々を感動させたようですね」

話のいとぐちとしてそのようなことを尋ねてみた。

アーナンダは顔を輝かせた。

「尊者がこれまでになかった特別の教えを説かれるということは、少し前から伝えられておりましたので、昨日は朝から多くの聴衆が集まってきました。僧団《サンガ》の比丘《ビクシュ》や比丘尼《ヒクシュニー》、あるいは在家信者《シュラーヴァカ》の方々だけでなく、これまで教団に足を運んだことのなかった人々まで集まってきました。会堂《ザラ》には入りきれないので尊者はその前の広場に出て教えを説かれたのですが、その話のあまりのすばらしさに、誰もが涙を流し、尊者のお姿にみとれておりました」

シッダルタが語る物語《カターナカ》は人の胸を打つ。

そのことはわかっているのだが、どうやら昨日の話は、これまでのものとは違った特別のものだったようだ。

「その話の内容を聞かせてくれますか」

「その前にどうしてもお話ししたいことがあるのですよ」

そのように前置きして、アーナンダは語り始めた。

「昨日の朝のことでございますが、尊者のごようすがいつもとは違っておりました。何やらわたくしがいままでお見かけしたことがないほどの爽やかなごようすで、姿全体が活気に満ち、満面の笑みをたたえておられました。このような晴れやかなごようすの尊者の姿は、わたくしとしては初めて見るものでございました。それでわたくしは、驚いて尊者に問いかけました」

わが導師よ。本日はこれまで見たことのないような喜びに包まれたごようすですね。いかがなされたのでございますか。

シッダルタは答えた。

今日はこれから、長い教えを説くことにしているのですが、その内容は、かつてないほどにすばらしいものなのですよ。その話をこれから語るのだと思っただけで、心がはずみ、晴れやかな顔になったのでしょう。よい話を語るというのは、わたしにとって何より嬉しいことなのです。

「尊者はそのように言われました。これを聞いてわたくしは、これからかつて誰も聞いたことのない驚くべき教えが語られるのだと思い、胸の動悸が高まって息苦しさを覚えるほどでしたが、その大事な教えをわたくしが後世に伝えなければならないのだと思って、緊張で胸がはりさけそうになるのを感じました。いまからお話しするのは、その驚くべき教えの全容でございます」

そしてまず新たに語られた物語の題名と主人公の名をアーナンダは告げた。

「昨日語られた教えはわたくしがすべて暗誦しております。それはいずれ、極楽《スカーヴァティー》の荘厳《ヴューハ》と呼ばれる経典《スートラ》にまとめられることになるでしょう。経典の中心となるのは、阿弥陀《アミターバ》ブッダと呼ばれるお方でございます」

阿弥陀《アミターバ》ブッダ……。

その名を聞いた時、すぐに頭にうかんだのは、アーナンダの母のアミターだった。

ヤショーダラの母でもあり、デーヴァダッタにとっても育ての母だ。

さらにシッダルタ自身も、王妃プラジャーパティーが嫁入りするまでは、叔母のアミターに育てられていたのだった。

無限《アミター》という名をもつアミターは、無限の慈愛によって子どもたちを包みこんでいた。

アミターバは、無限の光という意味をもつ。

アーナンダはその阿弥陀ブッダについて語り始めた。

これまでにもシッダルタは、われわれが生きているこの娑婆世界《サハーローカ》の四方八方に、さまざまなブッダが仏国土《ブッダクシェトラ》と呼ばれる世界を築いているという広大な世界観を示していた。

西方のはるかかなたに極楽《スカーヴァティー》の荘厳《ヴューハ》（極楽浄土）と呼ばれる仏国土をもつのが阿弥陀《アミターバ》ブッダだ。阿弥陀ブッダはまだ法蔵《ダルマカーラ》と呼ばれる菩薩《ボーディサトヴァ》であられた修行時代に、すべての人々を救済するという本願《プールヴァプラニダーナ》をもって修行に励み、途方もなく長い修行の末にブッダとなられた。

阿弥陀ブッダは無限の光というその名のとおり、全身からまばゆい光が放たれており、その輝きは無限の時間（無量寿《アミターユス》）ののちにも尽きることがなく、宇宙の全体をあまねく照らし出している。

阿弥陀ブッダの仏国土は、世界全体がまばゆいばかりに光り輝き、あたりには芳香が満ち、天からは美しい花々が降り注ぎ、ブッダの霊力《ザクティ》によって幻影の色鮮やかな鳥が飛び交っている。建物はすべて金や銀や宝玉で造られていて、世界に満ちた光を反映して七色に輝いている。

そこに住む人々は衣服にしても食べ物にしても思うだけで得られるので一切の煩悩《クレーシャ》から解放されている。気候は温暖で、空気は澄み、心地好い音楽に包まれている。人々は煩悩がないため生きながらすでに覚りの境地にあり、輪廻《サンサーラ》することもない。

娑婆《サハーローカ》世界の人々が、この阿弥陀ブッダの極楽世界に生まれるためには、心のなかに阿弥陀ブッダのお姿を念じ、阿弥陀ブッダの名を唱えるだけでいい。

阿弥陀ブッダはすべての人々を救済するという本願《プールヴァプラニダーナ》をもってブッダになられた。従ってブッダを念じその名を唱えるだけで、誰もが極楽世界に生まれることができるのだという。

アーナンダが語った極楽世界とは、そのようなものであった。

この話を語る前に、シッダルタはこれから話す教えについて、かつてないほどにすばらしいものだと告げ、アーナンダがそれまで見たこともないほどに喜びに満ちたようすを見せていたということだ。

おそらくは得意満面で自信たっぷりに語ったのだろう。

実際にその姿を見、声を聞いていたら、それだけで反発を感じ、話の内容などろくに耳に入らなかっただろうとデーヴァダッタは思った。

だがいまは、その教えをアーナンダが語った。少年のころから光り輝くような美しい姿をしていた弟のアーナンダが、声をはずませて語るさまを目にしていると、思わずこちらも心をおどらせ、身を乗り出すようにして話に聴きいっていた。

阿弥陀《アミターバ》ブッダの話は、デーヴァダッタの胸の奥に届いた。

全身からまばゆい光を放ち、その輝きは無限の時間ののちにも尽きることがなく、宇宙の全体をあまねく照らし出す……。

極楽《スカーヴァティー》の荘厳《ヴューハ》と呼ばれる阿弥陀ブッダの仏国土《ブッダクシェトラ》の美しさにも驚いた。アーナンダの語り口の巧みさに惹きこまれて、まるで目の前にその荘厳な世界がひらけているような思いに胸を打たれた。

しかもそのお姿を心に念じ、お名前を唱えるだけで、すべての人々がその極楽の世界に生まれ替わることができるのだという。

かつてシッダルタは法身《ダルマカーヤ》のブッダについて語ったことがあった。

宇宙の原理《ダルマ》そのものが人格のごときものを有して、慈《マイトリー》と悲《カルナー》の心で世界全体を包みこんで、人々を救済しようと手を差し伸べる。

すべてのブッダや菩薩《ボーディサトヴァ》は法身のブッダの化身《アヴァターラ》とされる。

阿弥陀ブッダの菩薩であったころの名称は法蔵《ダルマカーラ》菩薩であった。この菩薩も原理《ダルマ》という名で呼ばれるところから、阿弥陀ブッダは法身《ダルマカーヤ》のブッダそのものであると考えることもできる。

話を聞いてデーヴァダッタは感動した。

アーナンダが去ったあとも、ひとりきりでその感動にひたっていた。

だが当初の気持のたかぶりが少しずつ冷えていくにつれて、疑念が生じた。

確かに美しい話だ。そこには壮大にして想像を絶した荘厳な世界が語られている。

だが結局のところ、これはシッダルタが語った架空の物語《カターナカ》にすぎない。

影絵芝居《トールボンマラータ》の新しい物語が一つ語られただけのことだ。

アーナンダの話を聞いた直後の感動が大きかっただけに、気持が冷えたあとの落胆は、収拾がつかぬほどに大きかった。

誰も阿弥陀ブッダのお姿を見たことがない。声を聞いたこともない。その名を唱えただけで極楽《スカーヴァティー》に行けるのかもわからないし、そもそも極楽などという仏国土《ブッダクシェトラ》が存在しているのかどうか。

何もわからないというしかない。

そこまで考えると、自分が虚無論者《ナースティカ》のサンジャヤ・ベーラッティプッタに近づいていく気がした。


一番弟子で長老《スタヴィラ》と呼ばれているシャーリプトラが、サンジャヤの弟子だったことを思い出した。

デーヴァダッタは長老の庵室《アズラーマ》を訪ねた。

「阿弥陀ブッダの話を聞かれましたか」

いきなり問いかけた。

シャーリプトラは途惑ったような顔つきになった。

「側近のアーナンダさまがおられるので、わたくしはつねに尊者《ムニ》のおそばに控えているわけではありませんが、阿弥陀ブッダの話を語られた時は、最前列の中央の席で聞いておりましたから、尊者のお言葉、お声だけでなく、語られているお顔のようすまで、すべてを記憶いたしております」

「それでどう思われましたか」

「どう思われたかというのは、いかなることでございますか。尊者のお言葉をありがたく拝聴したということ、そのことに尽きるように思うのですが」

「胸を打たれたとか、目を開かされたとか、その種の感動はなかったのですか」

「尊者のお言葉は毎日聞いておりますから、そのつど感動するということはございません。昨日も今日も、尊者のお言葉を聞くことができた。まことにありがたいことだと、そのように思うだけでございます」

「阿弥陀ブッダの仏国土って、どこにあるのでしょうね」

「西方の、はるかかなたであると聞いております」

「誰も行ったことはないし、見てきた人もいないのでしょう」

「極楽世界の人々は輪廻することはないということですから、極楽を見たものがこの娑婆世界にいるはずもございません」

「それはそうなのですがね……」

シャーリプトラの話は、聞く前から答えがわかってしまうようなものだった。シッダルタの一番弟子としては、模範の解答のようであったが、デーヴァダッタが聞きたかったのは、人としてのシャーリプトラの心のうちだった。

「極楽世界って、ほんとうに存在するのでしょうかね」

「尊者の語られることに嘘いつわりはございません。尊者が語られたことですから、確かに極楽世界は存在するのです」

「途方もない遠くにあるそうですね。どうやってそこに行くのですか」

「ブッダを念じ、その名を唱える。それだけでよいのでございます」

「名を呼んでも、ブッダが応えてくれないということはないのでしょうか」

「ないでしょう。ブッダの慈悲の心は果てもないほどに広いのですから、われわれはその慈悲の心に包まれております。阿弥陀ブッダはわたくしどものすぐそばにおられるのでございます。ささやいただけでも声は届きます。安心しておればよいのです」

シャーリプトラはシッダルタの言説《ヴァダティ》をひたすら信じている。シャーリプトラもともとはヴァーナラシーの沙門《シュラマナ》だったはずだ。奥深い哲学《タリキカトヴァ》の原理《ダルマ》を自分で探究しようと思ったことはないのだろうか。

　デーヴァダッタは声を強めて問いかけた。

「阿弥陀ブッタの極楽世界があるかどうか、あなたにはわからないのでしょう。何もわからないというなら、サンジャヤ・ベーラッティプッタの言説の方が正しかったのではないですか。サンジャヤはすべての言説に疑いをもつことで、独自の哲学を確立していました。あなたはサンジャヤの弟子だったのでしょう。なぜサンジャヤを捨てて、尊者の弟子になったのですか。なぜ尊者の言葉に、サンジャヤのように疑いをもたないのですか」

　シャーリプトラは表情を固くして、大きく息をついた。

　それから低い声で語り始めた。

「あなたはわたくしを問いつめて、わたくしの信心を批判されるのですか。わたくしが信じられるものは何もないというサンジャヤさまの言説に胸を動かされたことは確かでございます。わたくしは神官《バラモン》の生まれです。バラモン教の教えを学びました。知識《ヴェーダ》や奥義《ウパニシャド》も学んでおります。バラモン教には数多くの神《デーヴァ》があります。けれども神と出会ったという人はそれほど多くはありません。神を見たというものもおりますが、おそらくは幻影《タマス》を見たのでしょう。もしもこの宇宙に、神は存在せず、輪廻《サンサーラ》も地獄《ナラカ》もないのだとしたら、バラモン教とはいったい何なのでしょうか。わたくしは神官の家に生まれましたから、神の存在を信じておりました。バラモン教が伝える神話や伝説をすべて信じておりました。しかし修行の旅から戻られた先輩の神官であったサンジャヤさまから、あらゆることを疑わねばならぬという教えを受けて目を開かされました。神などというものは存在しないのかもしれない……」

　デーヴァダッタは相手の言葉をさえぎって問いかけた。

「バラモン教の神が存在しないのなら、ブッダも菩薩も、存在しないのではないですか」

　シャーリプトラはしばらく言い淀んでいたが、じっくりと考えてから、低い声で語り始めた。

「尊者が語られるブッダや菩薩のお話は、どれもが壮大で、美しく、心を動かされます。わたくしが心を動かされるだけでなく、多くの人々が心を動かされ、身を投げ出すようにして弟子や在家信者になるさまを、まのあたりにしてまいりました。わたくしは尊者のおそばにはべらせていただけることを喜びといたしております」

デーヴァダッタはシャーリプトラの顔を見つめていた。

尊者の一番弟子であることを誇りに思っているこの初老の男には、時には弁舌が巧みすぎて軽薄に感じることもあり、一番弟子であることを誇りに思う尊大なところもあるのだが、シッダルタの教えに感動し、シッダルタの教えを信じきっている。

迷いがなく、実直で、教団の運営に関してはシッダルタの支えになっていた。

だがこのような人物が一番弟子として他の弟子たちを率いる立場にいると、教団の全体が導師の言葉をすべて丸のみにして、ひたすら信じこんでしまうことになる。

自分で考え、自分で真理を探るというのが哲学《タリキカトヴァ》なのだ。ひたすら信じるということは、哲学の放棄でしかない。

教団の全体が導師の教えを信じこんでいるというのは危険なことではないか。

存在するはずもない阿弥陀ブッダなどというものをひたすら信じ、その名を唱えるだけで救われると、教団の全員が考えるのだとすれば、恐ろしい事態が起こりそうな気がする。

たとえば阿弥陀ブッダの名を唱えていれば、ただちに極楽世界に行けるという集団に、導師が集団自殺を命じたらどうだろう。そうでなければその集団を戦さに駆り立てれば、死を恐れない最強の軍団になるのではないか。

デーヴァダッタは深い懐疑の底に沈みこんでいった。

新しい自分の物語を始めなければならない。

すでにマリハムにもガンダルヴァにも、シュラヴァースティを去ることを告げていた。

これ以上、シッダルタのそばにいて、架空の物語につきあうつもりはなかった。

別れを告げるつもりで、ガンダルヴァとともにシッダルタのもとに出向いた。

建物に近づいていくと、心の中に声が響いた。

「デーヴァ。来ましたね……」

いつものことだった。

デーヴァダッタは声には応えずに、歩みを進めた。

「あなたを待っていたのですよ」

自分が別れを告げることを予知して待っていたというのか。

デーヴァダッタも心のなかでつぶやいた。

「わたくしがシュラヴァースティを去ると、知っておられたのですか」

心のなかの声が応えた。

「おや、あなたもここを去るつもりだったのですか。わたしもそろそろラージャグリハに戻りたいと思っていたのですよ。それで先触れとして、あなたにビンビサーラ王のところに行っていただきたいと思っていたのです。これは大事なお役目ですよ」

「大事な役目……」

思わず声が出てしまった。

かたわらのガンダルヴァが不審げに問いかけた。

「親方《ブラブフ》、どうしたんでやすか。ようすが変ですぜ」

デーヴァダッタはあわてて言った。

「いや、少し考え事をしていただけだ」

シッダルタは雨期には会堂に隣接した部屋で寝泊まりしていたが、ふだんは少し離れた小さな建物を本拠としていた。

デーヴァダッタの居室とかわりがないほどの建物で、少人数で会議ができる部屋のほかには、シッダルタとアーナンダの寝室があるだけだった。

部屋に入ってシッダルタと対面した。そのわきにはアーナンダが控えていたが、話に口を挟むことはなかった。デーヴァダッタのそばに控えているガンダルヴァは、もとより従者《ブルタカ》に徹している。

「阿弥陀ブッダの物語《カターナカ》はなかなかおもしろかったです」

とりあえずそんなことを言ってみたのだが、シッダルタは満足そうな笑みをうかべた。

「アーナンダから話を聞いたのですね。アーナンダの記憶力は驚異的です。わたしが話したことを、口調までそっくり同じに再現できるのです」

確かにそのとおりなのだが、話の内容ではなく、アーナンダが語ったことで自分は胸を打たれたのだとデーヴァダッタは思っていた。

阿弥陀ブッダの話そのものは、架空の物語《カターナカ》にすぎない。

とがめるような口調で言った。

「なぜあのような話をされるのですか。極楽《スカーヴァティー》の荘厳《ヴューハ》などというものは、ただの幻影《タマス》にすぎないのでは……」

まだデーヴァダッタが話しているうちに、シッダルタが言葉を挟んだ。

「ここにいるわたしの存在も、幻影にすぎないのですよ」

「すべてが影絵芝居《トールボンマラータ》だということは承知していますよ。だとしても、果てもないほどの遠くにある世界というのは、わたくしにはあまりにも遠い世界だと感じられます」

「そうなのでしょうね。けれども聞いている人々は、熱心に耳を傾けてくれましたよ。多くの人々は魂《アートマン》の救いを求めているのです。厳しい修行をしてブッダの境地にたどりつくという目標よりも、念仏を唱えるだけで極楽《スカーヴァティー》に往生《プナルジャンマン》できるというのは、嬉しい話ではないでしょうか」

シッダルタの隣にいるアーナンダが、嬉しげな顔つきで大きくうなずいた。

デーヴァダッタは小さく息をついてから、詰問するように問いかけた。

「確かに極楽というのは美しい話です。多くの人々の胸を打つことでしょう。いったいあなたの頭のなかはどうなっているのでしょうね。どうしたらそんなふうに、次から次へと新たな言葉《ヴァチャナ》があなたの口をついて出てくるのでしょうか」

「それはね……」

シッダルタはいかにも楽しそうに笑ってみせた。

「自分でも不思議に思っているのですよ」

シッダルタは天を仰ぐようなしぐさを見せた。

それからデーヴァダッタの顔を見て、笑いながら語り始めた。

「いつか法身《ダルマカーヤ》のブッダについて話したことがありました。この宇宙には、目に見えない原理《ダルマ》があります。その原理によって世界は動いているのです。考えてみると、青い空があり、ヒマーラヤのような美しい山があり、恒河《ガンジス》のような大河があり、稲や麦の稔りがあるというのは、すばらしいことではありませんか。それらがすべて原理によって生み出されたのだとしたら、わたしは原理というものに、人がもっているような慈《マイトリー》と悲《カルナー》の心があるような気がするのです。それをわたしは法身《ダルマカーヤ》のブッダと呼んでいます」

シッダルタの語調にはしだいに力がこめられていった。

「法身《ダルマカーヤ》というのは、原理《ダルマ》そのものという意味です。しかし原理には心があって、美しい風景を人に見せてくれるだけではなく、困っている人、苦しんでいる人がいると、慈愛《マイトリー》の心をもったり、悲嘆《カルナー》の気持をくみとったりします。そして言葉によって人を励まし救いたいという心ももっているのですね。しかし原理には姿や形がありません。そこで人の姿をしたブッダを派遣して、教えを語らせたのです。それがすなわち釈迦尊者《シャーキャームニ》と呼ばれているわたしです。わたしという存在は、法身のブッダの化身《アヴァターラ》した姿なのです。わたしの背後には、わたしをあやつっている原理があります。ねえ、これはわたしたちがデーヴァダハ城の中庭で見た影絵芝居《トールボンマラータ》のようなものではありませんか」

シッダルタはデーヴァダッタの目を見つめながら、ささやきかけた。

「原理《ダルマ》が人形師で、わたしは人形師にあやつられた影絵にすぎない。すなわち幻影《タマス》です。わたしが語る言葉のすべては、わたしという人の形となった化身《アヴァターラ》の姿を借りて、原理が語らせているのです。デーヴァ、あなたはわたしに、どうしたらそんなふうに次から次へと新たな言葉が口をついて出てくるのかと問いましたね。答えがこれです。わたしは語っているふりをしているだけで、実際は原理がわたしに物語を語らせているのです。デーヴァ、憶えていますか。王宮の森のなかで、よくあなたと話をしましたね。あのころのわたしは、自分がいまのわたしのように多くの言葉を語り、物語をつむぐようになるとは、思ってもいませんでした。スジャータの献げ物《プラフティ》の乳粥《パーヤーサ》を食した時でさえ、わたしは自分がこれほどに多くの言葉を語るとは思っていなかったのです。しかしブッダとなって多くの人々が集まってくると、ひとりでに言葉が口をついて出るようになりました。自分で考えてもいないような言葉が次から次へと出てくるのです。わたしはただの影絵です。わたしが語る言葉のすべては、原理が語らせているのです」

わずかな沈黙があった。

アーナンダは心の底から感動したようすで、仰ぎ見るようにシッダルタの姿を眺めていた。

デーヴァダッタは冷ややかに言った。

「法身《ダルマカーヤ》のブッダすなわち原理《ダルマ》そのものが、化身《アヴァターラ》のあなたの姿を借りて、人々に向かって言葉を語らせている……なかなかにおもしろいお話ですが、それもあなたが作った物語なのですね」

シッダルタは急に声を立てて笑い始めた。

アーナンダは驚いたようにデーヴァダッタの顔を見つめた。

デーヴァダッタの少し後方にいるガンダルヴァが、息を詰めているようすが伝わってきた。

「さすがはデーヴァです。あなたはわたしの話の弱点を見抜いている。語れば語るほど、真理《ダルマ》からは遠ざかってしまうものだと、いつもわたしはあなたに語ってきました。その自分の言葉が、いまは自分自身にはねかえってくるのですね。デーヴァ、あなたは鏡のような人ですね。わたしの言葉を反射して、わたしを窮地に追い込もうとする。あなたの心のうちは、わかっています。あなたはもう、わたしの言葉など聞きたくない。だからシュラヴァースティから出ていきたいとお考えなのですね」

デーヴァダッタは黙っていた。

シッダルタは霊力《ザクティ》で人の心のなかを透視している。

だからこちらから言葉を発する必要はない。

シッダルタも口を閉ざしている。気分を害したわけではない。穏やかな微笑をうかべてデーヴァダッタの顔を見つめていた。

やがて、シッダルタは感嘆したようにつぶやいた。

「デーヴァ、あなたとは長いつきあいですね」

デーヴァダッタも微笑をうかべた。

「わたくしがほんの子どもであったころから、あなたさまとは言葉を交わしておりました」

「わたしを批判できるのは、デーヴァ、あなただけですよ」

シッダルタはいかにも嬉しげに目を輝かせてデーヴァダッタを見つめていた。

デーヴァダッタの胸のうちには、シッダルタに対する批判の言葉があった。声に出さなくても、その言葉は届いているはずであったが、アーナンダが困惑しきった顔でこちらを見つめていた。

弟に聞かせるために、デーヴァダッタは声を出して言った。

「尊者《ムニ》よ。あなたさまは多くの人々に虚構《アパニアサ》の、つまりは虚偽《アンルタ》の物語を聞かせて、だましているのです」

シッダルタも声を出して応えた。

「わたしが人々にお伝えしているのは、言葉だけでつむいだ影絵芝居《トールボンマラータ》のようなものです。影絵芝居とはすべてが幻影《タマス》であり、虚構の物語《カターナカ》です」

「虚構の物語には終わりがあって、虚偽であることがあばかれます。影絵芝居は最後に光源となっている灯火《ディーパ》の炎が吹き消され、観客は現実の世界に戻ることができます。そして観客はいままで見てきたものが虚構であったと気づくのです」

「現実の世界に戻ったとあなたは言いましたね。しかし現実の世界などというものは存在しないのですよ。われわれが現実だと思っているものも、幻影《タマス》にすぎないのです」

「この現実の世界も、いつか灯火《ディーパ》が吹き消されて、消えてなくなると言われるのですか」

シッダルタはいかにも嬉しげな微笑をうかべた。

「そのとおりです。炎を吹き消すことを涅槃《ニルヴァーナ》と言います。それが覚りの境地なのです」

「炎が消えるというのは、命が尽きて死ぬことではないのですか」

「それも涅槃《ニルヴァーナ》ですね。ニルヴァーナというのは何もないという状態になることです。永遠の死と言ってもいい。つまり死後の世界もなければ輪廻《サンサーラ》もない。地獄《ナラカ》に落ちる心配もないということです」

デーヴァダッタは静かに言いきった。

「永遠の死で救われるのなら、あなたの物語《カターナカ》など必要ないですよ。ただバラモン教が語る輪廻とか地獄といった物語を無視すればいいだけのことしょう」

「バラモン教をあなどってはいけませんよ。長い伝統がありますから、ただの宗教《マタ》ではなく人々の生活習慣にまでかかわっています。知識《ヴェーダ》で伝えられる伝統の物語には説得力があるのです。ですからただ地獄は存在しないと言っただけでは、誰も信じてはくれません。過去の物語を振り払うには、新たな物語が必要なのです」

「それが阿弥陀ブッダの物語ですか」

デーヴァダッタはなじるように語調を強めた。

シッダルタは子どものような無邪気な表情になって問いかけた。

「それではいけませんか」

デーヴァダッタはアーナンダの方に向き直った。

「アーナンダ、いままでの話をあなたも聞いていたでしょう。どうですか。あなたは阿弥陀ブッダなどというものが、ほんとうに存在していると思っているのですか」

アーナンダは表情を変えずに言った。

「わたくしは尊者の側近で、尊者の語られることをすべて記憶することをつとめとしております。尊者のお言葉を正確に記憶することに集中しておりますので、自分の考えなどというものはもちあわせておりません」

デーヴァダッタはむきになったように鋭い語調で問いかけた。

「話を聞いていて何かを感じたり考えることもあるはずです。阿弥陀ブッダの話をわたくしに聞かせてくれたのはあなたです。絵空事のような美しすぎる極楽世界の話を語りながら、あなたはいささかの疑問も感じなかったのですか」

アーナンダは静かな微笑をたたえていた。

「わたくしも迷いの多い修行者でございます。まだ涅槃《ニルヴァーナ》の境地には遠く及びません。迷いもあれば疑いもあります。しかし尊者のお言葉を記憶し人々に語り伝えるのがわたくしのつとめでございますので、ひたすら尊者のお言葉を記憶にとどめるだけでございます」

赤子のころから知っている弟が、いまはブッダの側近となり、穏やかに言葉を語っている。それがアーナンダだ。アーナンダの口から語られることによって、言葉は輝きを放つ。ブッダのお言葉を暗誦するだけではない。アーナンダが教えの言葉を輝かせているのだ。

いまアーナンダは、自分の言葉を語っている。

デーヴァダッタは久し振りにカピラヴァストゥを訪ねたその帰り道で、わが子ラーフラと言葉を交わしたことを思い起こした。

馬に乗って並走しているので、声が届く。

ラーフラに声をかけた。

「ブッダの弟子になるというのは、以前から決意していたのですか」

声が返ってきた。

「わたくしはブッダのただひとりの嫡子です。弟子入りするのは当然のことです」

それは違う、とその時、デーヴァダッタは心のなかでつぶやいた。

おまえはわたしの子だ……。

わが子をシッダルタに奪われた気がした。

そしていま改めて思った。弟のアーナンダもまた、シッダルタに取りこまれてしまった。

仇敵《ザトル》という言葉が、心のなかをよぎった。

シッダルタはこちらの心のなかを見透している。この言葉も、シッダルタに伝わったはずだ。

「あなたはシュラヴァースティから離れると言われましたね。ラージャグリハに戻られるのでしょう。デーヴァ、あなたにお願いしたいことがあるのですよ」

シッダルタはだしぬけに、話題を変えた。

デーヴァダッタもシッダルタの顔を見つめながら、心のなかの声で言った。

そうですよ。わたしはラージャグリハに戻ります。

わたしは自分の新たな物語を始めなければならないのです。

シッダルタの声が聞こえた。

それなら真っ先に王宮《ラージャプラサダ》に行かれますね。

デーヴァダッタは黙っていた。心のなかの声でも応じなかった。

シッダルタはなぜか顔を輝かせて嬉しげに声を出して言った。

「ラージャグリハを出立する前にビンビサーラ王に願い出たことがあります。竹林精舎《ヴェヌヴァナヴィハーラ》から見える山の上に、教えを説く広場《アスターナ》を造るとともに、そこに到る道路を開いてほしいと頼んでおいたのですが、それが出来ているかどうかを確認してください。それからこれもお願いできますか。この祇園精舎《ジェータヴァナヴィハーラ》はジェータ王子が寄進してくださった森《ヴァナ》が広大で、宿舎にもゆとりがあったのですが、いまは比丘尼《ビクシュニー》の僧団《サンガ》も率いていますので、このまま僧団を移動させると、竹林精舎は手狭になります。園地の拡張や、宿舎の増設をビンビサーラ王に頼んでおいてください」

デーヴァダッタは不機嫌そうに言い返した。

「わたくしはあなたの弟子でも側近でもないのですよ。そんな重要なことを、わたくしが王にお伝えするのですか」

「だから大事なお役目だと言っているのです。あなたは王族とは親しくつきあっているでしょう。あなたは先のプラセーナジッド王にも、新たなヴィルーダカ王にも、巧みにとりいりましたね。あなたには不思議な才能がある。ラージャグリハの王や王妃とも親しく語り合うことができるはずです」

確かにそのとおりだった。

仕方なく頼みを受けいれると、シッダルタはさらに追い打ちをかけた。

「留守をになっているマウドガリヤーヤナやマハーカーシャパにも、そのうちわたしが帰還すると伝えておいてください。比丘尼たちも連れて帰りますので、竹林精舎の整備が必要ですね。どのように整備すればいいかは、あなたが指示してください」

「わかりましたよ」

デーヴァダッタは従者のガンダルヴァとともに、シッダルタの前を辞した。

これから自分がしようとしていることを、シッダルタはすでに知っている。知っていながら、たくらみを止めようとはしない。

それはなぜなのか。

考えようとして、デーヴァダッタは息をついた。

自分もまた、法身《ダルマカーヤ》のブッダという人形師にあやつられている影絵なのかもしれない。だとすれば、影絵芝居《トールボンマラータ》の魔神《パーブマン》の役割を果たすまでだ。

恒河《ガンジス》はどこまでもゆるやかに流れていく。

船旅には慣れている。

これまではひとり旅だった。船べりでぼんやりともの思いにふけることができた。

今回は従者《ブルタカ》のガンダルヴァがいる。

船の上ではほかにすることもないので、ひまつぶしにガンダルヴァが話しかけてくる。

「親方《プラブフ》、ラージャグリハはまだ遠いのかい」

「出発したばかりだ。この船は穀物をマガダ国に運ぶのが目的だが、途中の町でも土地の産物を積みこんでいく。いつラージャグリハに着くのか、わたしにもわからない」

「ラージャグリハには、ブッダの教団《サンプラダヤ》の本拠があるんだね」

「祇園精舎《ジェータヴァナヴィハーラ》も広大だが森《ヴァナ》のなかにあるので見通しがよくない。竹林精舎《ヴェヌヴァナヴィハーラ》は広々とした平地にあるので広く感じるはずだ。近くにある霊鷲山《グリドラクータ》の山頂にも教えを説く広場《アスターナ》が開かれているはずだ」

「ところで、デーヴァ親方」

改まった口調でガンダルヴァが問いかけた。

「ブッダって、何なのかね」

突然の質問に、デーヴァダッタは低い笑いをもらした。

それから冗談の口調で言った。

「とにかく偉大なお方だ。おまえも間近でお話を聞いたから、ふつうの人ではないということはわかるだろう」

ガンダルヴァは大きくうなずいた。

「何だか威厳《グルトヴァ》のあるお方だということはわかるよ。側近のアーナンダという青年のブッダに対する思い入れもなかなかのものだった。しかし雲の上のお方という感じで、どうにも親しみがもてなかった。おれはデーヴァ親方の方が好きですぜ」

そんなふうに言われると、悪い気はしなかった。

ガンダルヴァはさらに問いかけた。

「デーヴァ親方は、これから何をされるのでやすか」

「さて、何をするのかな」

デーヴァダッタは空を見上げた。

空は晴れているが、湿気が多く、抜けるような青空というわけではない。あちこちに雲があって、息苦しさを覚える。

故郷のタライ盆地は空気が澄んでいて、空が青かった。

ヒマーラヤの白い峰が、いつも輝いていた。

「まだ何も考えてはいない。しかし何かが起こることは確かだ。カピラヴァストゥの城壁を壊すようなことを、もう一度やってみたいとは思っている」

ガンダルヴァの声が高まった。

「あれはすごかったね。あの見事な城壁が、またたくまに崩壊した。しかし親方……」

急に声をひそめてガンダルヴァがささやきかけた。

「あれは何だったのでやすか。あれで喜んだのは、コーサラ国の王さまだけでやしょう。それで親方は何の褒賞《アパダ》も受け取らなかった。親方の考えていることが、おれにはよくわからないでやす」

デーヴァダッタは笑いながら言った。

「何を考えているのか、自分でもよくわからない。ただはるかな西のかなたにある極楽《スカーヴァティー》などといった絵空事の物語《カターナカ》を、わたしは認めない。わたしは目の前の現実の世界に目をすえている。カピラヴァストゥの城壁は確かに崩壊した。それに続けて、コーサラ国の軍勢がアヨーディヤー国へ遠征していくようであれば、物語はさらに続いていくところだったのだがな……」

わずかに息をついて、デーヴァダッタはつぶやいた。

「シュラヴァースティを舞台にした一つの物語はもう終わってしまった。新たな物語はラージャグリハで始まる。だからわたしはラージャグリハに行くのだ」

かたわらのガンダルヴァが同じようにつぶやいた。

「わかりやした。何かが始まるんでやしょう」

わずかに間を置いてから、ガンダルヴァが続けて言った。

「おれは親方の行くところなら、どこへでもついていきやす」

そう言ってガンダルヴァは笑ってみせた。

第二十章　霊鷲山の頂上に新たな教えの場を開く

恒河《ガンジス》から支流に入り細い運河を進んだ。

運河のはるか先に、ラージャグリハの城壁が見えたきた。

「おおっ」

ガンダルヴァが驚きの声をあげた。

「あれがラージャグリハの城壁でやすかい」

「見事なものだろう。石の積み方が違うんだ。あれを見れば、シュラヴァースティの城壁がみすぼらしく見える」

「くやしいが、すごいもんでやすな。街の全体があの城壁で囲まれたいるのかね。マガダ国の国力が一目でわかりやす」

「しかしビンビサーラ王の威力をもってしても、制覇できない地域がある。ヴァーナラシーやヴァイシャーリーなど、商人《ヴァニージャ》たちが独立した商業都市を築いている地域には支配が及ばない。戦さが起こるとすればそういうところだな」

船が城壁に近づいていく。

城壁の向こうに先端のとがった山が見えた。周囲は平地だがそこだけが盛り上がった岩山になっていた。

「あれが霊鷲山《グリドラクータ》だ」

「あの山の上で教えを説くのかい。弟子たちも登っていくのがたいへんだな」

「頂上までの道路が整備されているはずだが、王《ラージャ》に会って確認しないといけない」

「親方《プラブフ》はマガダ国の王さまとも知り合いなのかい。たいしたもんでやすな」

城門の近くに船着場がある。

下船するとただちに街のなかに入り、王宮《ラージャプラサダ》に向かった。

ビンビサーラ王と対面する。王妃《サムラージ》ヴァイデーヒーも同席していた。

王が語り始めた。

「ブッダがコーサラ国に行かれて、ラージャグリハもすっかり寂しくなっておる。当初は半年か一年という話であったが、もう何年もが経過した。そなたが帰ってきたところを見ると、ブッダも近々お帰りになるおつもりであろうな」

　デーヴァダッタが応える。

「王もご承知かと存じますが、尊者《ムニ》の故郷のカピラヴァストゥは、コーサラ国に滅ぼされました。摂政《アディパ》であられたスンダラナンダ王子のご決断で、戦さになることはなく、王族は静かに城外に退去されました。行きどころを失った王妃、皇太子妃、女官らを収容するために、尊者は祇園精舎《ジェータヴァナヴィハーラ》のなかに女人だけの僧団《サンガ》を創られました。そうした新たな試みのために時を要したのでございますが、比丘尼《ビクシュニー》と呼ばれる僧団の活動も順調に進行しておりますので、尊者も近々こちらにお戻りになります。ただ女人たちを受けいれるためには、竹林精舎《ヴェヌヴァナヴィハーラ》にも比丘尼の宿舎が必要でございます」

　デーヴァダッタの言葉をさえぎるようにして、王妃が声を発した。

「カピラヴァストゥが滅びたことに、わたくしも胸を痛めております。新たにコーサラの支配者となったヴィルーダカ王は、わが兄プラセーナジッド王の息子ではありますが、わたくしがこちらに嫁いだおりにはまだ生まれておりませんでした。嫡男のジェータ王子が病没されたことは、まことに残念なことでございます。わが甥による無謀な侵略は許されるものではないと思っておりますが、女官の方々の宿舎のご心配は無用でございます。すでに王にお願いして新たな寄進《ダーナ》をいたしております。留守を預かるマハーカーシャパさまをお呼びして、ご要望をお聞きし、すでに宿舎の建設も完了いたしております」

続けて王が言った。

「教団に女人を入れるというのは、かつてない新たな試みではあるが、ヴァイデーヒーはその試みを高く評価しておる。わたしもブッダを支援したいと思う。また以前にブッダから依頼されておった霊鷲山の整備はとっくに終わっておる。ブッダがお帰りになれば、わたしも霊鷲山に登って、皆といっしょに教えを拝聴したいと思うておる」

デーヴァダッタは深々と一礼してから言った。

「まことにありがたきご配慮でございます。わたくしが先行してこちらにまいりましたのも、そのことを確認するためでございました。すでに宿舎の建設も霊鷲山の整備も終わっていると聞いて安心いたしました。それではわたくしの役目もこれで終わりでございます」

「役目が終わったのであれば、ゆっくりしていけ。アジャータシャトル王子もそなたに会いたがっておった」

王妃も大きくうなずきながら言った。

「あの子はデーヴァダッタさまのことを兄のように慕っておりました。あなたさまが長くご不在でございましたので、王子はずいぶん寂しい思いをしたことでしょう」

「わたくしもアジャータシャトル王子に会いたいと思っておりました。いまからお訪ねするつもりです。なお、こちらに控えておりますのは、わたくしの従者《ブルタカ》のガンダルヴァでございます」

ガンダルヴァが無言で頭を下げた。

王がガンダルヴァの方に目を向けた。ガンダルヴァはこざっぱりした衣服を身につけている。顔だちも上品なので、黙っていれば実直そうな従者に見える。

「めずらしい名だな。ガンダルヴァといえば酒の神だ。そなたは酒が好きか」

ガンダルヴァはとまどったようすを見せた。従者は無口でいろと指示されているからだ。だが、酒は好きなので、無言のままで大きくうなずいてみせた。

王は上機嫌になって言った。

「デーヴァダッタ。王子と会ったら、またこちらに戻ってこい。今宵は宴席《ウトゥサヴァ》を設けよう。従者も同席して酒を飲むがよい。シュラヴァースティや祇園精舎《ジェータヴァナヴィハーラ》の話を聞きたい。王妃もいまの故郷のようすを聞きたいであろう。今夜は王宮に泊まっていくがよい」

王の命令では拒否するわけにはいかない。

デーヴァダッタはすぐに戻ることを約束してその場を辞した。

アジャータシャトル王子の部屋に向かう。

廊下に出たところで、かたわらのガンダルヴァがささやきかけた。

「親方《プラブフ》はたいしたものだな。親方のために王が宴席を設けるとは、おそれいりやした」

「酒を飲みすぎるなよ。それから余計なことはしゃべるな」

話しているうちに王子の部屋の前に来た。

アジャータシャトル王子と対面した。

最後に会ってから何年が経過しているのか。

あの時はまだ幼い少年だった。

いまもまだ少年だが、背丈はかなり伸びている。

「デーヴァ。待ちかねておったぞ。わたしはおまえだけが頼りなのだ」

デーヴァダッタは応えて言った。

「お久しぶりでございます。シュラヴァースティでは政変がありました。ヴィルリ王子が父のプラセーナジッド王を襲撃して王位を奪いました。王となったヴィルリ王子は隣国のカピラヴァストゥを攻め、王族を追放してコーサラ国の領土としました。カピラヴァストゥはブッダの故郷です。行き場を失った王族の女人や女官らが、ブッダの教団《サンプラダヤ》に入りました。女人の修行者を迎えた宗教《マタ》の出現は空前のことと思われます」

話を聞いていた王子は吐き捨てるように言った。

「ブッダの教団のことなどどうでもよい」

王子は急に声をひそめた。

「コーサラ国の王子が父の王を討ったというのはまことか」

「プラセーナジッド王はあなたさまの母ぎみであらせられるヴァイデーヒーさまの兄ぎみにあたります。その王がまだ若い王子によって討たれたのです」

王子は少年とも思えぬぶきみな笑いをうかべた。

デーヴァダッタは無言で王子のようすを眺めていた。

少し離れたところに控えていたガンダルヴァが、わずかにうめくような声をもらした。

従者は言葉を発してはならぬと言い渡してあったのだが、王子の表情を目にして、思わず声をあげてしまったのだろう。

王子がガンダルヴァの方に目を向けた。

「そいつは何だ。おまえの従者か」

「口の固い男でございます」

「ここにつれてくるぐらいだから、こやつを信頼しておるのだろうな」

王子はデーヴァダッタの顔を見つめて強い口調で言った。

「この従者を譲ってくれぬか」

「ガンダルヴァを……」

言葉が続かなかった。

あまりにも唐突な申し出で、相手の意図が知れなかった。

「なぜ従者が必要なのですか。王子のお世話をする文官や女官はおそばにいくらでもいるでしょう」

そんなふうに問いかけると、王子は苦しげにぽつりとつぶやいた。

「信頼できるものがおらぬのだ」

アジャータシャトル王子は大きく息をつき、寂しげに言った。

「ここにいる文官や女官はすべて王の配下だ。皆がわたしのことを見張っている。いつわたしが父を殺すたくらみを始めるか、かたときも気を許さずに見張っている。そんなやつらの疑惑のまなざしにさらされていると、息がつまってしまう。ひとりでもいいから信頼できるものがそばにいてくれたら、少しは気が安まるだろう」

「王子にとってガンダルヴァは今日会ったばかりです。そのようなものを信頼なさるのですか」

「おまえの従者なら信頼できる」

王子の答えに、デーヴァダッタは思わず笑い声をたてた。

「ガンダルヴァはわたくしのことを親方と呼び、慕ってくれております。されども王子がどうしても従者が必要だと言われるなら、お貸ししてもいいのですが、時にはわたくしのもとに使いに出していただけないでしょうか。王子のご意向をわたくしに伝え、わたくしの助言をお伝えする、伝令のような共通の従者にしてはいかがでしょうか」

「それはよい考えだ。こやつがおれば、いつでもおまえの助言が聞けるのだな」

アジャータシャトル王子の顔に、ほっとしたような笑みがうかんだ。

夕刻、王と王妃、それにデーヴァダッタとガンダルヴァの四人で、宴席となった。

酒を飲みながら、王や王妃の質問に応じて、シュラヴァースティで起こったことを順次話していく。カピラヴァストゥが滅んで行き場を失った王妃、皇太子妃、女官らがブッダの教団に入り、さらにシュリーマーラー王女が弟子入りしたことに話が及ぶと、王妃ヴァイデーヒーが声を高めて話し始めた。

「シュリーマーラー王女《ラージ》は赤子のころから知っています。わたくしに懐いてくれて、女官たちとともによくいっしょに遊んだものです。幼いころから聡明で、まるで天女《デヴァター》のごときお美しさでございました。わたくしがマガダ国に嫁ぐ直前にアヨーディヤー国の王子との縁談がまとまりました。まだ大王《マハーラージャ》がご存命であったころで、すべては大王のお計らいであったかと思います。東のマガダ国と西のアヨーディヤー国との間に縁戚関係を作って同盟を結ぶということなのでしょう。とはいえわたくしが嫁いだマガダ国は、このような豊かで文化の発達した国で幸せでございましたが、シュリーマーラーさまが行かれたアヨーディヤー国は気の荒い騎馬民族が住む野蛮な地だと聞いており、お気の毒でなりませんでした。さぞやご苦労が多かったことと心を痛めておりましたが、ブッダのお弟子になられたと聞いてほっといたしました。ただそれでアヨーディヤー国との同盟関係が失われることになると、戦さが起こるのではないかと心配でございます」

デーヴァダッタは静かにうなずき、低い声で王妃に向かって語りかけた。

「ヴィルーダカ王は、即位される前はヴィルリ王子とお呼びしておりましたが、いまもまだ少年といってもいいお若い方でございます。王子であったころから軍事大臣に任じられ、軍団を率いていながら、長く平和が続いていたために活躍の機会もなく、はやる気持をおさえるのに困惑しておられました。血気盛んな若者を軍事大臣に任じたプラセーナジッド王にも落ち度があったかと思われますが、王もご長男のジェータ王子が宗教《マタ》にも哲学《タリキカトゥヴァ》にも通じておられることから、見識《ヴィジュニャーナ》をおもちのご長男に王位を継承すれば、平和な世が続くと気を許しておられたのでしょう。残念ながらジェータ王子がにわかな病で亡くなられ、若いヴィルリ王子の胸のうちに邪悪な野心がめばえたことに、誰も気づかなかったのでございます」

　話を聞いていたビンビサーラ王が大きく息をついた。

　王は低い声で途切れがちに話し始めた。

「若い王子が血気にはやるというのは、ありがちなことであろうな。わたしもかつては、マガダ国に隣接するカーシー国の領地に攻め入り、わが支配地を拡げたいという野心をもっておった。何度も戦さを仕かけたのだが、あの地域は商人《ヴァニージャ》たちの勢力が強い。あやつらは財力があるので大量の雇い兵をかきあつめて応戦した。わたしが攻めあぐねておる時に、西側からコーサラ国が攻め入ってきた。もう少しでコーサラ国との戦さになりそうだった。大国同士の戦闘となれば、恒河流域の広大な地域が戦乱にまきこまれる。敵を恐れたわけではないが、戦さを避けるのも王としての見識だ。わたしは軍を引いた」

　そのように説明した王には、わずかな悔恨の気配が感じられた。

　王は言葉を続けた。

「カーシー国は滅びコーサラ国の領土となったが、大王《マハーラージャ》とあおがれたコーサラ王も商人たちの反乱を鎮めることができず、名目だけコーサラ国のものとした領土を、ヴァイデーヒーの嫁入りとともにわたしに押しつけてきた。そのあたりはいまだに商人たちの自治による商業都市となっておる。その後もマガダ国は発展を続け、東方の小国を属国とすることができた。そこから兵を集めれば強大な軍事力となる。わたしがもう少し若ければ、商人たちの雇い兵と再び闘いたいと思ったであろうが、いまはブッダの教えが商人たちの間にも広まっておるので、コーサラ国からマガダ国にかけての広大な地域が、ブッダの教えによって統一され、平和が維持されておる。ブッダはまことに偉大なお方だ。ブッダがおられる限り、この平和が長く続いていくことであろうが、それでもわたしは時として不安でならなくなる。何やらよくない予感がする。このところわたしは夜も眠れぬような不安にとりつかれることがあるのだ」

ビンビサーラ王は酔いの回ったうつろなまなざしで、天を仰ぐような動きを見せた。

「アジャータシャトル王子がもう少し成長すれば、コーサラ国のヴィルリ王子のように、戦さを起こして自分の手で国の支配地を拡げたいという野望をもつかもしれぬ。デーヴァダッタ、そなたもマハーヴィーラーの予言《アグラニルバナ》を憶えておろう。そなたの助言によって、わたしは跡継の王子を得たが、いまごろになってあの予言が頭のなかをよぎるようになった。プラセーナジッド王がヴィルリ王子によって討たれたという話を聞くと、異国の遠い世界の出来事とは思われぬ。明日にでもわが身に起こることではないかと恐れを覚えてしまう」

「王はアジャータシャトル王子に対して警戒心をおもちなのですか」

「マハーヴィーラーの予言など信じてはおらぬ。されどもアジャータシャトル王子がヴィルリ王子のようにならぬとも限らぬ。警戒だけはしておかぬとな」

「王は文官や女官に、王子のようすを見張れとお命じになったのですか」

「王子がどのようなことを言っておるのか、王子に気づかれぬように、それとなく見張れと命じたのだがな」

「アジャータシャトル王子が文官や女官の怪しい動きを察知して、王に対して不審の念をもつようなことがあれば、かえって墓穴を掘ることになりましょう。王子は王と王妃を尊敬されています。王子のことを信じてあげてはいかがですか。そうではありませんか、王妃」

デーヴァダッタはヴァイデーヒーの方に目を向けた。

王妃はきびしい顔つきになり、ビンビサーラ王に向かって言った。

「あなたさまは文官や女官にそのようなことをお命じになったのですか。わたくしは王子を信じております。わが胎内《ガルブハザヤ》から産み落とした子です。もしもあなたさまと王子とが敵対するようなことになれば、わたくしは王子の味方になります」

ビンビサーラ王はひどく驚いたようすで、王妃の顔を見すえた。

夫婦の間に溝ができたような、危うい感じになりかけていたが、デーヴァダッタが言葉をはさんだ。

「わたくしに妙案がございます」

王と王妃は同時にデーヴァダッタの顔を見た。

デーヴァダッタは微笑をうかべた。

「こちらにおりますガンダルヴァはわが従者《ブルタカ》であり、気心の知れた友でございます。このものがわたくしを裏切ることはございません。実は先ほど、王子をお訪ねした時に、このものを王子の側近として譲り受けたいという申し出を受けました。王子は近くにいる文官や女官に疑念をもっておられ、信頼できる側近がほしいということでございました。わたくしとしても、このものを手放すわけにはいきませんので、とりあえずはこのものを王子の側近として身近に置いていただき、必要があれば伝令としてわたくしのもとに使いに出していただくという、共通の従者とすることになりました。そういうわけで、このものは王子の側近となりましたので、王子の言動を時々、わたくしのもとに伝えにまいります。そこで何か怪しいことがありましたら、わたくしがただちに王にお伝えいたします。それでしたら王もご安心いただけるのではないでしょうか」

「そうしてくれるか。ならば文官や女官に見張りを命じる必要もない。王子も気を許してくれるだろう」

王も王妃も、デーヴァダッタの提案に感謝して、その後はなごやかな宴が進んだ。ガンダルヴァは無言でひたすら酒を飲み続けていたが、酔いが回って暴言をはくようなこともなく、最後まで口を開くことはなかった。

宴席が終わり、廊下に出たところで、ガンダルヴァがささやきかけた。

「親方《ブラブフ》は王子の味方をしているようでいて、王の味方でもあるような口ぶりでやしたな。いったいあんたはどちらの味方なんだ」

「どちらの味方でもない。ラージャグリハの王宮で動乱が起これば、ブッダの教団も動揺することだろう。わたしはブッダの仇敵《ザトル》なのだ」

そう言ってデーヴァダッタは、低い笑い声をもらした。

翌朝、デーヴァダッタは従者《ブルタカ》のガンダルヴァを王宮に残して、ひとりで竹林精舎《ヴェヌヴァナヴィハーラ》に向かった。何年ぶりかで訪れる竹林精舎は、広大な園地は変わらなかったが、建物がふえていた。ビンビサーラ王の寄進によって、留守を預かっているマハーカーシャパが必要な建物を増設したのだろう。園地の入口に近いところに、新たな会堂《ザラ》と思われる大きな建物があった。

そこに行ってみると、昔と変わらぬ汚ならしい糞掃衣《パンスカシャヤ》をつけたマハーカーシャパの姿が見えた。

「尊者《ムニ》は近々こちらにお戻りになります。わたしは先行して竹林精舎のようすを見てくるように指示されました。昨夜はビンビサーラ王にお目にかかり、夕食をともにして歓談いたしました。王は教団に多大の寄進をされたようですね」

マハーカーシャパは警戒するような目つきでデーヴァダッタを見すえた。

それでもデーヴァダッタが尊者の指示を受けていることがわかったので、気の進まないようすで語り始めた。

「シュラヴァースティの祇園精舎《ジェータヴァナヴィハーラ》にも多くの弟子が集まり、僧団《サンガ》ができておるようでございますね。新たに比丘尼《ビクシュニー》の僧団もできたようで、それらの人々がブッダとともにこちらに来られるのであれば、宿舎の増設が必要でございます。そのことをビンビサーラ王に申し上げましたらば、多大の寄進をいただきました。この会堂も、新たに整備したものでございます。雨期の安居《ヴァルシャ》の期間は、こちらで教えを説かれることと思います。わたくしや教団の運営にたずさわるものの宿舎も併設いたしました」

「こちらでも新たな弟子がふえたようですね」

「尊者はお留守でございましたが、マウドガリヤーヤナさまが教えを、もとは理髪師《ナーピタ》であったウパーリさまが戒律《シーラ》を指導しておられますので、多くの弟子たちが熱心に修行をいたしております。とはいえ弟子たちは誰もが、尊者のご帰還を心待ちにいたしております」

「霊鷲山《グリドラクータ》への道路も開かれたそうですね」

「ご案内しましょうか」

表情を変えずにマハーカーシャパは言った。案内する気などなく、ただ儀礼として言っただけのようだ。

早朝に王宮《ラージャプラサダ》を出たので、まだ陽は高かった。

ひとりでのんびりと山に登るのもいい。

「ひとりで行きますよ。山は目の前に見えていますから、そっちの方に歩いていけばいいのでしょう」

「いえ、わたくしがご案内いたします」

マハーカーシャパはかたくなな口調でそう言って立ち上がり、建物の外に出ていく。汚らしい糞掃衣《パンスカシャヤ》のあとについていくのは気が進まなかったが、仕方なくあとに従った。

空はもやがかかったような晴天で、まだ猛暑の季節ではない。

マハーカーシャパと肩を並べて山を目指した。

この人物とは、それほど親しくはない。

こうして二人きりで言葉を交わしたことも、すぐには思い出せないくらいだ。

山の上まで歩いていく間、無言でいるわけにもいかない。

マハーカーシャパは不機嫌そうに黙りこんでいる。仕方がないので、デーヴァダッタの方から話しかけた。

「あなたは神官《バラモン》の家の生まれですね」

着ている僧衣《カーシャーヤ》はみすぼらしいものだったが、彫りの深い高貴な顔だちをしていた。

遠い昔、ヒマーラヤの西方から南下した遊牧民族が恒河《ガンジス》の流域に侵入した。彼らは土着の人々を征圧し、広大な地域を支配した。

自らを高貴な人《アーリアン》と呼んだ支配層が世襲制の神官《バラモン》となり、宗教《マタ》と厳格な階級《ヴァルナ》を定めることで長く支配を続けた。

武人の王《クシャトリヤ・ラージャ》や庶民《ヴァイシャ》の長者《グリハパティ》の出現で、神官の地位は低くなったが、世襲制で血筋を守っている彼らは、美しい顔だちをしている。

マハーカーシャパが答えた。

「神官の家の長男として生まれました。神官の職を継ぐ立場ではあったのですが、わたくしは家を出て、ブッダの弟子となりました」

「なぜ神官の職を捨てたのですか」

マハーカーシャパはすぐには答えなかった。会話を拒否しているようにも感じられたのだが、しばらく無言で歩みを進めたあとで、マハーカーシャパは語り始めた。

「バラモン教には長い伝統があります。知識《ヴェーダ》や奥義《ウパニシャド》では美しい物語《カターナカ》や奥深い哲学《タリキカトヴァ》が語られています。

しかし神官はその伝統を世襲で受け継ぐだけです。北方のヒマーラヤに近いところでは、神官の職を捨てて山中に入り、独自の哲学を求める修行者も少なくないと聞いておりますが、ラージャグリハ周辺の神官は、職があることに満足してただ儀式をつとめるだけの、無能で無気力なものばかりです。ブッダは新たな物語、新たな哲学を語られます。これこそがわたくしの望むものでした。わたくしはブッダの教えを弘めるために少しでもお役に立てればと思っております」

「あなたがかたくなに糞掃衣を着ておられるのも、ブッダの教えを守ろうとしているからですか」

「教団が設立された当初は、僧団《サンガ》の比丘《ビクシュ》たちは皆が粗末な衣を着ていたのですよ。ブッダの教えが弘まり、在家信者《シュラーヴァカ》がふえましたので、多くの寄進をいただくようになりました。大量の新品の布を納めてくださる方も多く、ご厚意に応えるためには、いただい布を用いぬわけにはいかぬので、比丘たちは真新しい布を身につけておりますが、わたくしは教団設立当初の、質素な比丘の姿をとどめておきたいと思っております」

「それも苦行の一種なのですか。ジャイナ教の高弟は、裸体になって修行をしていますね」

「自分ひとりが修行をするのであれば、裸体になることもいといませぬ。されどもわたくしには、ブッダの教えを弘めるという使命があります。そのためには、王宮に出向くこともあり、長者の方々とお話しする機会もあります。裸体では失礼であろうと思い、できるかぎり質素な布を身にまとっているのでございます」

マハーカーシャパの言葉は理にかなっていると感じられた。実直で聡明な人物だが、その実直さに危険なものを感じて、デーヴァダッタは問いかけた。

「あなたは尊者の語る言葉はすべて正しいとお考えですか」

「あのお方は偉大なブッダです。ブッダの語られるお言葉に、誤りなどあろうはずがございません」

「それではブッダがこう言われたらどうしますか。教えを弘めるためには戦さをせねばならぬ。戦さの先頭に立って敵を殺しなさいと……」

「ブッダは忍辱《クシャンティ》ということを説かれています。教団を批判する人々の声がいかに激しくとも、争うことなくひたすら耐え忍ばねばならぬという教えでございます。ブッダが人を殺せなどとお命じになることはございません」

「しかしあなたにも、尊者に対する批判めいたお考えがあるのではないですか」

「批判などといったものは一切ございません」

強く言いきったマハーカーシャパの語りように、デーヴァダッタは疑念を覚えた。

「それではなぜあなたは、そのような汚らしい衣をつけているのですか。それは僧団に対する批判ではないのですか」

マハーカーシャパは言い淀んだ。

しばらくの間、二人は黙ったまま歩みを進めた。

霊鷲山が目の前に迫っていた。

不意に、マハーカーシャパが問いかけた。

「あなたさまはなぜ、僧衣《カーシャーヤ》をつけられないのでございますか」

デーヴァダッタもしばらくの間、無言だった。

小さく息をついてから、デーヴァダッタは答えた。

「わたしは尊者の弟です。正確に言うと義弟で従弟なのですが、幼少のころから兄として慕っていました。しかし同時に、あのお方はわたしにとって、どのようにしても追いつけない、偉大な兄でした。そのくやしさが、いまのわたしの心に、敵意のようなものを抱かせているのかもしれません。わたしはつねに、兄を批判し、兄に敵対することばかり考えています。そのようなものが兄のそばに、ひとりくらいいてもいいのではないでしょうか」

「尊者のどのようなところを批判されているのでしょうか」

「ブッダの教団は大きくなりすぎたようですね。寄進がいくらでも集まってくる。托鉢乞食《パインダパーティカ》に出ても、上等な料理を差し出すものがいる。比丘たちは寄進された新品の布をまとい、うまい料理を食べている。それが修行だといえるでしょうか。あなたは教団のそういうところを批判しているのではないですか」

マハーカーシャパはまた黙りこんでしまった。

山道を登り始めたところで、ようやくぽつりとつぶやいた。

「それも批判になるのでしょうか」

すかさずデーヴァダッタは言った。

「わたしはヴァーナラシーで六師外道と呼ばれる導師《グル》たちを訪ね歩きました。どの導師も弟子たちをきびしく指導していましたよ。なかでもマハーヴィーラーのジャイナ教は、弟子にも在家信者にもきびしい戒律を課していました。高弟たちは丸裸《ディガンバラ》になって野獣のように森のなかを走り回っているということです。ブッダの教団にも戒律はありますが、ゆるやかなものです。戒律が守りやすいということで、弟子も在家信者もふえているのでしょうが、それでいいのでしょうか。あなたはどう思いますか。あなただけは教団設立当初の、汚れた布の僧衣を身につけている。あなたはいまの教団のありかたに疑問を感じているのではありませんか」

マハーカーシャパは山道を登りながら、しばらくの間、考えこんでいた。

すぐにいいかげんな答えを返すのではなく、じっくりと考えようとするところに、この男の実直さが感じとれた。

かなり急な斜面で、道も細く、馬や馬車が通るのは無理だが、道の表面はしっかりと踏み固められていて、修行者が登るのはそれほど難しくはなかった。

それでも上り続けていると、息が荒くなる。

何度も大きく息をついたあとで、マハーカーシャパは語り始めた。

「ジャイナ教の裸体の修行者の話はわたくしも聞いております。裸になって自らの体を傷つけ、禁欲《ウパヴァーサ》と苦行《タパス》によって自分を追いつめる。そのようなきびしい修行に、わたくしもあこがれの気持をもっております。とはいえ、禁欲や苦行というのは、自分だけが覚りの境地に近づくという修行です。それでは多くの人々は救われません。自分ひとりが救われればいいというのは、よこしまな欲望《アビラーサ》であり、煩悩《クレーシャ》に負けることになるのではないですか。尊者《ムニ》の教えは違います。尊者の教えは、多くの人々の胸の奥に届くのです。そしてわたくしたち弟子には、尊者の教えをより多くの人々に伝えるという使命があるのです。弟子を増やさねばなりません。在家信者ももっと増やす必要があります。そのために戒律がいくぶん甘くなるのは承知のうえです。ただわたくし自身は、戒律の甘さに自分自身が惑わされぬように、自らへのいましめとして、この糞掃衣《パンスカシャヤ》を身につけているのです」

デーヴァダッタも息を切らしながら、マハーカーシャパにささやきかけた。

「わたしはあなたの質素ないでたちを評価していますが、汚れた衣を着るくらいなら、ジャイナ教の高弟たちのように、裸体で修行をしてもいいのではないですか」

「森林《ダーヴァ》のなかで裸体で修行しているだけでは、教えは伝わりませんよ。野獣のような修行者の言うことなど、誰も聞きません。ジャイナ教が宗教として弘まっているのは、在家信者《シュラーヴァカ》の白衣派《シュヴェタンバラ》の商人たちがいるからです。彼らが着ているのは真新しい衣なのですが、色で染めていないぶんだけ質素だということなのでしょう。質素であることは大事です。あなたはブッダの教団を批判しながら、ご自分は僧衣でもない清潔な衣服を着用されているではありませんか」

「わたしは僧団《サンガ》の比丘《ビクシュ》ではありませんからね。わたしは王宮に出向いて王や王妃にも面会します。だからそれなりの衣服を身につけていますが、気持としては質素でありたいと思っています」

「確かにあなたのようなお方が、ブッダの使者として王族との交渉にあたられるのは、必要なことだとは思っていますが……」

そう言ったマハーカーシャパの口ぶりには、まだ批判めいた感じが残っていた。

話しているうちに、二人は坂道を登りきって、頂上の近くの平地に出た。

霊鷲山《グリドラクータ》の頂上には巨岩があり、先端が二つに分かれて、禿鷲《グリドラ》の鋭いくちばしのように見える。それが山の名にもなっているのだが、その巨岩がいま、目の前にあった。

その手前のあたりは整地されて、弟子たちが集まる広場《アスターナ》のようになっている。

巨岩を背景にしてシッダルタが教えを説くさまが目にうかぶようだった。

あの荘厳な感じの巨岩を背景にすれば、どんな教えでも奥深く感じられるはずだ。シッダルタの狙いもそこにあるのではと思われた。

「ここは見るからに厳粛な場所ですね。尊者がここに教えの場を築こうとされたのも、うなずける気がします」

「ビンビサーラ王が費用を惜しまずに、大勢の人手をかけて道を開き、頂上を整地されたのでございます」

平地の上に出た。一方は岩山だが、反対側はきりたった崖になっている。崖の縁まで行って、下方を見下ろしてみる。

竹林精舎の園地が見えた。

広大な園地の先にラージャグリハの市街地があった。

市街地を囲んだ城壁や、中央にある王城が、陽を浴びて白く輝いていた。

二人は息をのんだように黙りこんで、その見事な眺めに見入っていた。

第二十一章　マウドガリヤーヤナが語るアーラヤ識

山から下りて園地に入ったところでマハーカーシャパと別れた。

奥まったところにある自分の居室に向かう。

何年もこの地を離れていたのだが、住居はそのまま残されているとマハーカーシャパが話していた。

かつてここにジャイナ教の本拠があった時にマハーヴィーラーが居室としていた広い建物だ。

いつもはラージャグリハの市街地から行くのだが、いまは山から下りてきたので、反対側から建物に近づいていくことになった。

あまり通ったことのない経路で、霊鷲山のふもとから続いている丘陵地が目の前にのびていた。丘陵の根元に洞窟《カンダラ》があって、そのすぐ横に小さな庵室《アズラーマ》のような建物が見えた。

そんなものがここにあったかといぶかりながら、その建物を眺めていると、不意に、どこからか声が聞こえた。

心のなかに入りこんでくる霊力《ザクティ》による声だ。

「帰ってこられたのですね」

霊力の使えるものは限られている。まさかシッダルタの声がここまで届くわけもない。

どうやら声は前方の洞窟か、その横の庵室から発せられているようだ。

弟子たちの宿舎は小さな庵室がずらりと並んだ共同の建物になっている。

ぽつんと離れたところにある庵室は、高弟のための特別の住居だ。

一番弟子のシャーリプトラはまだ祇園精舎《ジェータヴァナヴィハーラ》にいる。

もしかしたら二番弟子のマウドガリヤーヤナかもしれないと思った。

「マウドガリヤーヤナさまですか」

相手が霊力で話しかけてきたので、デーヴァダッタも心のなかの声で問いかけた。

一番弟子を自称しているシャーリプトラとともにシッダルタの弟子になったマウドガリヤーヤナは、多弁なシャーリプトラに比べれば目立たない人物だった。姿を見かけたことはあったが、二人だけで言葉を交わしたことはない。

それでもシャーリプトラとともにシッダルタの両脇にいることが多く、弟子たちに教えを説く姿を見かけたこともある。

多弁ではないが思慮深い言説《ヴァダティ》には威厳《グルトヴァ》があって、シャーリプトラと並ぶ高弟として、若い弟子たちの信望を集めていた。

口先の達者なシャーリプトラと違って、マウドガリヤーヤナは地味な人物ではあるが、独自の哲学《タリキカトヴァ》を求めて修行に取り組んでいる。マウドガリヤーヤナならばそれなりの霊力《ザクティ》を身につけているかもしれない。

デーヴァダッタの心のなかの声に、相手が応えた。

「さようでございます。あなたさまがお戻りになることは聞いておりました」

確かにそれはマウドガリヤーヤナの声だった。

自分がここに戻ることを誰に聞いたのかと疑問に思ったのだが、それよりも、マウドガリヤーヤナに心のなかに語りかける霊力があったことに驚かされた。

「お話ししたいことがございます。こちらにおいでいただけないでしょうか」

「目の前に洞窟がありますが、そこにおられるのですか」

「洞窟もわたくしの修行の場ですが、いまは庵室におります」

デーヴァダッタは庵室の方に進んでいった。

園地の奥まった場所だった。こんなところにマウドガリヤーヤナの庵室があるというのは、いま初めて知ったことだった。

小さな庵室だった。寝台と椅子が一脚あるだけだ。

マウドガリヤーヤナは寝台に腰をかけ、デーヴァダッタは椅子に座った。

目の前に相手の顔があった。

マウドガリヤーヤナはこちらの顔を鋭い目つきで見つめ、声を出して語りかけた。

「あなたさまも真言《マントラ》の霊力《ザクティ》をおもちなのですね。そんなことができるのは、わが教団では尊者《ムニ》とわたくしだけかと思っておりました」

「わたくしは子どものころから、兄のように慕っていたシッダルタさまと、心のなかで会話ができました。これは生まれつきのものです。あなたも子どものころから霊力がそなわっていたのですか」

「そうではありません。ブッダの弟子にしていただいたあとで、洞窟にこもって修行をしたのです。シャーリプトラとは出身の村が隣接しており、二人とも神官の息子だったので交流がありました。すぐに親友となり、ともにサンジャヤさまの弟子になったのですが、シャーリプトラが尊者の一番弟子になりましたので、わたくしが二番弟子ということになりました。シャーリプトラはあのとおり実務の才があり、尊者のお役に立っております。わたくしは哲学《タリキカトヴァ》の修行をしたいという思いがあるだけで、教団のお役に立つようなことは何一つできません。それですぐそこにある洞窟にこもって修行をしておったのでございます。まことに恐れ多い願望でございますが、わたくしも少しでもブッダの覚りの境地に近づきたいと念じておりました」

「アージーヴィカ教でもジャイナ教でも、呪術《マントラ》の修行をしているようですが……」

「わたくしはヴァーナラシーにおりましたころは、さまざまな導師《グル》のもとに出向いて教えをたまわりました。呪術についても教えを受けて試みてはみたのですが、成果は得られませんでした。しかしブッダの教団に入り、少しでもブッダに近づきたいという思いをもって洞窟で修行をするうちに、だしぬけに尊者のお声が、わたくしの心のなかに響いたのでございます。そのおりの喜びはいかばかりでございましたか。いまではわたくしは、ブッダに最も近い弟子であると自認いたしております」

「いまのあなたは、釈迦尊者《シャーキャームニ》と自在にお話ができるのですね」

デーヴァダッタの問いに、マウドガリヤーヤナは嬉しげにうなずいた。

「どれほど遠くに離れていても、わたくしの胸のうちには尊者《ムニ》のお声が届きます。尊者が祇園精舎《ジェータヴァナヴィハーラ》に滞在されるようになってからも、わたくしは日々、尊者のお声を聞いておりました」

「シュラヴァースティにおられる尊者の声が聞こえてくるというのですか」

「洞窟にこもって禅定《ディヤーナ》にふけっておりますと、尊者のお声が聞こえてまいります」

にわかには信じられなかった。

距離が離れるとシッダルタの声はデーヴァダッタには届かない。

マウドガリヤーヤナの心のなかには何かが伝わってくるのか。

デーヴァダッタは問いかけた。

「祇園精舎におられる尊者から、何かご指示が届いたのですか」

「あなたさまにアーラヤ　識《ヴィジュニャーナ》　の話をお聞かせせよとのことでございます」

「アーラヤ識……。それは何ですか。何でわたしがそのアーラヤ識というものを学ばねばならないのですか」

アーラヤとは存在する場所とか家という意味で、雪《ヒマ》のある場所《アーラヤ》がヒマーラヤ、神《デーヴァ》の住まう家《アーラヤ》が神殿《デヴァーラヤ》ということになる。

だがアーラヤという語に付随している識《ヴィジュニャーナ》というのがわからない。ヴィジュニャーナとは発見とか見識といった意味だが、アーラヤを発見するとはどういうことなのか。

「そのヴィジュニャーナという言葉には、特別な意味があるのですか」

問いかけると、マウドガリヤーヤナは嬉しそうな顔つきになった。こちらが話に興味をもったと思いこんだのかもしれない。

「あなたさまは尊者が経《スートラ》と呼ばれる物語《カターナカ》ばかりを語られることを批判なされたそうですね」

「批判など……」

否定しようと思ったのだが、考えてみると確かにシッダルタと論争をした。戒律《シーラ》の甘さを指摘したし、阿弥陀ブッダの話は絵空事の幻想《タマス》にすぎないと批判した。

しかしそのことがどうしてここに伝わったのだろう。

もしかしたらこのマウドガリヤーヤナにはほんとうに不思議な霊力《ザクティ》があって、祇園精舎《ジェータヴァナヴィハーラ》で起こったこともすべて熟知しているのかもしれない。

とにかく言われたことは事実なので、応じないわけにはいかなかった。

「確かに批判めいたことを申し上げたかもしれません。ジャイナ教のマハーヴィーラーのきびしい戒律に比べれば、ブッダの教団の戒律はゆるやかで甘いと思いますし、尊者が語られる菩薩やブッダのお話は夢のような物語《カターナカ》にすぎません。そんなことではいくら弟子がふえても、誰もブッダの境地には到達できないでしょう……というようなことは申し上げました」

ふだんはきびしい表情を崩さないマウドガリヤーヤナが、嬉しくてならないようすで、勢いこんで言った。

「まさにわたくしも同感でございます。わたくしもつねづね教団の戒律は甘すぎると感じておりました。初心のものにはゆるやかな戒律を定めるのも必要なことでございましょう。しかしながら、尊者は戒《シーラ》と律《ヴィナーヤ》を定められ、経《スートラ》を説かれるだけでなく、わたくしのような限られた高弟には論《アビダルマ》を伝えられます。律蔵《ヴィナーヤピタカ》、経蔵《スートラピタカ》、論蔵《アビダルマピタカ》の三つを合わせた三蔵《トリピタカ》は教団には不可欠のものでございます」

そこまで話して、マウドガリヤーヤナはわずかに息をついた。

「ただ論《アビダルマ》というものは、初心のものには難しすぎます。論を説く場合、その内容が伝わるためには、受ける側に哲学《タリキカトヴァ》の見識《ヴィジュニャーナ》や、つねに哲学する習慣がなくてはなりません。すなわち聞き手は哲学者《ターリキカ》に限られるのです。尊者はあなたさまに論をお説きになったことはないのですか」

そんなふうに言われると、自分は哲学者ではないと指摘されているようで不快だった。しかし確かにシッダルタがデーヴァダッタに向かって、論《アビダルマ》といったものを説いたことはなかった。

デーヴァダッタは言い訳めいたことを口にした。

「わたしは尊者の弟子ではないですからね。それに論を説かれても、わたしはそういう理屈っぽいことは好きではないのです」

マウドガリヤーヤナは微笑をうかべながら言った。

「とにかく尊者のご指示を受けましたので、アーラヤ識の話をさせていただきたいのですが、よろしいでしょうか」

「話を聞くだけなら、いくらでも拝聴いたしますよ」

デーヴァダッタが答えると、マウドガリヤーヤナは意気ごんだようすで問いかけた。

「五蘊《パンチャスカンダ》（五つの集合）というのをご存じですか」

初心者を相手にするようないくぶん高圧的な問いだったので、デーヴァダッタはあわてて口をはさんだ。

「その種の数字は苦手なのですがね。四つの要諦《サティヤ》に六つの波羅蜜《パーラミター》、それから十二の因縁連鎖《プラティティヤサムトパーダ》というのもありましたね」

「まあ、話を聞いてください。自我《アートマン》という存在を肉体《ルーパ》（色）、感受《ヴェダナー》（受）、構想《サムジュニャー》（想）、印象《サンスカーラ》（行）、意識《ヴィジュニャーナ》（識）という五つ《パンチャ》の集合《スカンダ》に分けて、これらがすべて空《ジュニャター》であるというのが、ブッダの教えの基本の原理《ダルマ》です。この五番目の識《ヴィジュニャーナ》なのですが、これには六種あるのです。おや、また数字が出てきましたね」

「かまいません。話を進めてください」

「識が六種あるのは、人が外界の事物を感じ取るのに、感覚器官が六つあるからです。これを六根《サドインドリーヤ》といいます。目《カクシュス》、耳《スロトラ》、鼻《グラーナ》、舌《ジーヴァー》、身《カーヤー》、および意《マノ》ですね。この六根によって感じとれるものを六境《サドヴィシャーヤ》といいます。色《ルーパ》、声《シャブダ》、香《ガンダ》、味《ラサ》、触《スパルシャ》、法《ダルマ》ですね。六根の六番目の意識《マノヴィジュニャーナ》は五蘊の五番目にあたるもので、要するにわたくしたちの心《フルダヤ》ということなのですが、心によって、わたくしたちは世界《ローカ》の原理《ダルマ》をつかむことができるのです。だがそれだけではないのです」

　マウドガリヤーヤナはいかにも楽しげに、意味ありげに笑って見せた。

　デーヴァダッタはうんざりした気分になりかかっていて、冷ややかな口調で言った。

「まだ何かあるのですか」

「わたくしたちは眠っている時には、意識がなくなっているでしょう」

「確かに、眠っている間は、何もないですね。しかし呼吸はしていますし、大きな音がしたら目が覚めたりしますから、体のどこかはまだ働いているのでしょうね」

「眠っている時に働いているその何かは、起きているうちにもひそかに働いています。こういうことを考えてみてください。わたくしたちは意識《マノヴィジュニャーナ》によって外界を把握しているのですが、その意識は主体であるわたくしが動かしているのではなく、ひとりでに動いていくように感じられます。しかしその動きのもとになっている何かはあるはずなのですね。意識の表層の下方に、表層を動かしている何かがひそんでいるのです。その何かは感知されることがないので、多くの人々は気づいていないのですが、確かに感知されない何かがあって、意識の表層を動かしているのです」

「はあ、そんなものですか」

「このたやすくは感知されないけれどもつねに働いている、意識の下のもう一つの意識を、マナス識と呼ぶことにします。意識《マノ》が心の表層だとすると、精神《マナス》は心の奥底といった意味合いがあります。しかしそれだけではないのです」

「心の奥底のさらに底の部分に、何かあるというのですか」

「それがアーラヤ識です」

アーラヤ識というものの位置づけはわかったが、それだけでは何もわからない。

デーヴァダッタは強い口調で問いかけた。

「で、アーラヤ識とは何なのですか」

「それが何だと説明することはできないのです。だから何か存在《アーラヤ》するとしか言いようがないのです」

「わからないと言いながらも、何かは存在するということなのですか。それにしても、いったい何が存在するのでしょうね」

マウドガリヤーヤナが表情をひきしめて語り始めた。

「これはわたくしの考えでございますが、ふつうの人はどんなに努力を重ねても、ブッダの菩提《ボーディ》と呼ばれる覚りの境地にはなかなか近づけません。それはなぜかと考えてみるに、わたくしどもの意識やマナス識とブッダの領域とのあわいに、このアーラヤ識というものがあって、わたくしたちの領域とブッダの領域を隔てているのだと思うのです。尊者は時々、自分はどこか遠くから来たと言われることがあります。それはアーラヤ識の向こう側から来たということではないでしょうか。わたくしはしつこいくらいに何度も重ねて問いかけました。アーラヤ識の先にある世界とはどのようなものなのでございましょう……と。始めはなかなかお答えにならなかったのですが、ある時、尊者は決意されたかのように、はっきりとお答えになりました」

一瞬、間を置いてから、マウドガリヤーヤナは尊者の言葉を伝えた。

「それはあるがままの世界だ……と。自分はあるがままの世界から来て、あるがままの世界に去っていく。そのようにあるがままの世界から来たりて、あるがままの世界に去っていくものを、尊者は如来《タターガタ》と呼んでおられます。すなわち如来とは、ブッダの別名なのでございます」

如来《タターガタ》……。

初めて聞く称号だった。

覚者《ブッダ》や勝者《ジナ》というのは民間伝承で語り継がれてきた称号だ。

だが如来というのは、まったく新しい言葉であり、新しい概念だと思われた。

アーラヤ識の向こうからやってくる如来。

あるがままの世界から来たりて、あるがままの世界に去っていく存在……。そのあるがままの世界とは、宇宙《ブラフマン》の原理《ダルマ》そのもののということではないか。

かつてシッダルタは語った。自分は法身《ダルマカーヤ》のブッダの化身《アヴァターラ》である……と。

宇宙《ブラフマン》の原理《ダルマ》そのものが、慈《マイトリー》と悲《カルナー》の心をもって、人々を救済しようと手を差し伸べる。だが原理には姿や形がない。そのような存在《アーラヤ》が、アーラヤ識を超えてこちら側に如来《タターガタ》した時に、その存在は人の姿をした化身《アヴァターラ》となって人々の前に現れる。

時にそれは極楽《スカーヴァティー》の荘厳《ヴューハ》で語られる阿弥陀如来《アミターバタターガタ》の姿をしているのかもしれない。

そうした如来《タターガタ》がこの娑婆《サハー》と呼ばれるわれわれの世界《ローカ》に現れたのが釈迦尊者《シャーキャームニ》であり、釈迦如来《シャーキャータターガタ》なのだ。

何という美しい幻影《タマス》だろう……。

それもまた影絵芝居《トールボンマラータ》の白い布の上に映し出された幻影《タマス》なのかもしれないが、その幻影の世界を言葉で語っているのは、デーヴァダッタが幼いころから知っているあのシッダルタなのだ。

デーヴァダッタは息をはずませてマウドガリヤーヤナに語りかけた。

「尊者の偉大さがわかりましたよ。尊者は初心のものにはたとえ話《ウトプレクサ》や物語《カターナカ》をつらねた経《スートラ》を説かれ、あなたのような高弟には論《アビダルマ》を伝えられる。そして論《アビダルマ》のきわみにあるのが、アーラヤ識ということですね。アーラヤ識というのは、ブッダの境地に近づくための目標であり、ブッダの領域に踏みこむ入口だといっていいでしょう。禅定《ディヤーナ》や瞑想《サマディ》は心をむなしくして、心の奥底のさらにその先にあるアーラヤ識に到達する大事な修行なのです。これが尊者の論《アビダルマ》であり哲学《タリキカトヴァ》なのですね」

「実にわかりが早いですね。さすがはブッダの弟ぎみです。あなたさまはやはり天性の哲学者《ターリキカ》なのですね」

そう言ってマウドガリヤーヤナは満足そうな微笑をうかべた。


自分の居室に戻ってきた。

何年ぶりかで建物のなかに入る。

かつてここがジャイナ教の本拠であったころにマハーヴィーラーが居室にしていた建物だと思われる。

時々、マハーヴィーラーの声が聞こえてきた。

シュラヴァースティの祇園精舎《ジェータヴァナヴィハーラ》では、声が聞こえてくることはなかった。

この建物にマハーヴィーラーの霊魂《アートマン》のなごりがしみついているのかもしれない。

マハーヴィーラーはヴァーナラシーにいる。シュラヴァースティは遠く離れているが、ラージャグリハからはわずかな距離だ。

ここに戻ってくれば、また声が聞こえてくるのか。

そんな期待と不安を抱きながら、ひとまず椅子に腰を下ろした。

すぐには何も起こらなかった。

マウドガリヤーヤナから教えられたアーラヤ識のことを考えていた。

目、耳、鼻、舌、身の五感と、心が何かを感じることによって生じる意識《マノヴィジュニャーナ》。

その根底に人が眠っている時にも働いているマナス識があり、さらに奥深いところにアーラヤ識がある。

宇宙《ブラフマン》は原理《ダルマ》で動いている。宇宙には原理が満ちている。

自我《アートマン》の奥底にあるアーラヤ識というものは、自我を超えた宇宙との接点に広がっているのかもしれない。

だとすればアーラヤ識は、影絵芝居《トールボンマラータ》の白い布のようなものだ。

芝居に登場する登場人物は、勇者《ヴァーガラ》も、姫《ラージ》も、魔神《パープマン》も、布の上に影となってうかびあがる。それぞれの自我をもっているはずの人物たちは、実は一枚の布の上に映し出された影にすぎない。

恒河《ガンジス》の流域には、何万、何十万という人々が生きている。それらの人の存在も、一枚の布の上に映し出された影なのだとしたら、すべての人々はその一枚しかない布でつながっている一つのものなのだ。

その布がアーラヤ識なのだとしたら、何万、何十万の自我《アートマン》があったとしても、アーラヤ識は広大な海のように、すべての自我を包みこんでいる。

自分という存在は、大海の海面にうかんだ小さな波のようなものだ。

もしかしたら、心のなかに伝わってくる声というのは、アーラヤ識という広大な一枚の布の表面を伝わってくるのではないか。

だとすれば、それは他者の声といえるだろうか。

すべての自我がアーラヤ識という白い布の表面に映し出された幻影《タマス》なのだとしたら、声もまた幻影にすぎない。その声は他者から伝わってくるものではなく、白い布に映し出された幻影を見ている自我が、ひとりで自問自答しているだけのことなのかもしれない。

　居室の椅子に座りこんで、デーヴァダッタはそんなことを考えていた。


　長旅で疲れていた。

　昨夜は王宮《ラージャプラサダ》に泊まったのだが、酒を飲んだせいか浅い眠りが続いただけで、早朝に目が覚めてしまった。

　疲れがとれないまま椅子に座って休んでいるうちに、まどろんでいたのかもしれない。

　目の前に人の姿があった。

　裸形のマハーヴィーラーだった。

「おまえを待っておった」

　声が響いた。

　これは夢だ、とデーヴァダッタは自分に言い聞かせた。

「おまえは迷いのなかにおる。そうではないか、デーヴァ」

　自分を神《デーヴァ》と呼ぶのは誰だ。

　ブッダと呼ばれるシッダルタか。あるいは自分の従者《ブルタカ》となったガンダルヴァか。それとも子どものころからつきあってきた二人の王子たちか……。

　自分は影絵芝居《トールボンマラータ》を見ているのだ。これは自分の心のなかに映し出された幻影《タマス》にすぎない。

　デーヴァダッタは黙ったまま、幻影をやりすごそうとした。

「どうした。なぜ黙っておる。おまえの胸のうちには、やりばのない思いがあふれそうになっておるのではないか。それともおまえは、負けを認めるのか。偉大なブッダの前にひれふすのか。それともわしの弟子になるか。ならば衣を脱ぎ捨てよ。衣というのは虚飾であり煩悩《クレーシャ》にすぎぬ。裸形になれ。野獣となって苦行を重ねるがよい。傷つき、苦しみ、その苦しみの果てに何かを見つけるのだ。おまえの進む道はそれしかない」

デーヴァダッタは黙っている。

これは夢だ。早く覚めてほしい……。

マハーヴィーラーは語り続ける。

「おまえはコーサラ国の王子をそそのかし、カピラヴァストゥを滅亡させた。それでおまえは何をなしたのだ。シッダルタに勝つつもりだったのか。シッダルタは自らの教団に王族《ラージャター》を迎え入れた。シッダルタはいささかの動揺もしておらぬ。カピラヴァストゥの城壁を破壊しても、何ごとも起こらなかった。デーヴァ、おまえは負けたのだ」

デーヴァダッタは黙っている。

声は続いた。

「おまえはなぜラージャグリハに戻ってきたのだ。同じことをくりかえすつもりか。マガダ国の王子をそそのかして父を殺させ、国を破滅させようというのか。だがたとえマガダ国に大きな混乱が起こったとしても、恒河《ガンジス》の流域の商人《ヴァニージャ》たちに支えられたブッダの教団が揺らぐことはないだろう。デーヴァ、どんなにあがいたところで、おまえには勝ち目はないのだ」

マハーヴィーラーの言葉は、デーヴァダッタの胸のうちに突き刺さった。

これは夢だと思いながらも、その夢のなかで、デーヴァダッタは口を開いた。

「シッダルタはわたくしの仇敵《ザトル》でございます。その思いに変わりはありませんが、その仇敵に勝つとか負けるとか、そんなことは考えておりません。争うつもりはないのです。ただブッダという大きな存在のそばで、わたくしはささやかな挑戦を続けるつもりです。虫けらのように踏みつぶされるかもしれませんが……。ジャイナ教もブッダの教団も、殺生《プラナティパタ》を戒め、虫を殺さぬように指導しています。シッダルタさまもわたくしを踏みつぶすようなことはなく、いつも温かく見守ってくださるのですが、そのことがまたわたくしの負担となり、敵意をかきたてるのです。わたくしはこの命がある限り、シッダルタさまに挑戦しつづけるつもりでございます」

デーヴァダッタが口を閉じると、静けさがあった。

目の前の裸形の老人の姿は消えていた。

デーヴァダッタは何度も大きく息をついた。

自分は負けたわけではない……。

ほんとうの闘いはこれから始まるのだ。

ガンダルヴァが竹林精舎《ヴエヌヴァナヴィハーラ》に訪ねてきた。

「いやあ、広いところだな。歩いていた僧衣《カーシャーヤ》の若者に道案内を頼んだのだが、入門したての初心者のようで、とりあえずマハーカーシャパのところへ行けと言われた。そのマハーカーシャパというのが、ここの責任者のようだが、ひどく汚れた衣を着ていて驚いた。へんなやつだったな。とにかく親方《プラブフ》の名前を出すと、ていねいにここの場所を教えてくれた。それにしてもここはりっぱな建物でやすね。親方、あんたは偉いお方だったんだね」

ガンダルヴァは上機嫌でひとりでしゃべっている。

「この園地は広大だな。祇園精舎《ジェータヴァナヴィハーラ》は森《ヴァナ》のなかにあって見通しがきかなかったから広さがわからなかった。ここは平地なのですみずみまで見透せる。ここから見えているあの先っぽがとんがった岩山までが教団の敷地だというじゃないですか。ブッダというのはまったく偉大なお方でやすな。マガダ国のビンビサーラ王もブッダを尊敬しているようだし、教団は安泰だ。問題はあの王子だがな」

ガンダルヴァは教養のない男だが、勘はいい。世間のこともよくわかっている。ビンビサーラ王の跡継となるべき王子の将来に、危ういものがあることを感じとっている。

問題を急ぎすぎてはいけない。

デーヴァダッタはさりげないようすで応えた。

「王子はまだ少年だ。何かが起こるとしても何年も先のことだろう。そのためにおまえを側近と称する見張り役につけたのだ。どうだ、王子の言動に危険なきざしのようなものはあったか」

「ああ、それなんだがな」

ガンダルヴァは満足そうな笑みをうかべて話を続けた。

「王子はまだ子どもだが、夕食の時に毎晩、酒を飲む。それまではひとりで飲んでいたのだが、おれが従者になってからは、おれもいっしょに飲むことになった。命令だから仕方がない。おれも酒はきらいではないからな。毎晩、うまい料理を食べ、たらふく酒が飲める。こんないい仕事はないぜ」

王子が酒を飲むとは意外だった。

「料理を運んでくる女官たちの目の前で飲んでいるのか」

「王子につかえている文官や女官は、いまも王子のようすを見張っている。だから逆に、王子は無能なようすを見せるようになった。酒びたりの無能な王子であれば、誰も王位につけようと応援することはないだろう。ビンビサーラ王も安心していられる」

「なるほど。わたしも時々は王のところに出向いて報告しなければならない。いまのところ王子には危険なきざしはないと話しておこう。王子は酒を飲むほかは、何をしておられるのだ」

「体を動かすのは好きだな。馬に乗って遠出をすることもあるし、軍隊に入って馬術と剣術をきたえている。強い戦士になりそうだ」

「戦さが好きでは困るな。勉学はどうだ。学問の教師《アディアーパカ》はついていないのか」

「王宮内の神殿《デヴァーラヤ》には神官《バラモン》がいるが、王がブッダの教えに傾いておられるので、王子に神官をつけて勉学させるつもりはないようだ。だから王子は学問の勉強など何もしていないのじゃないかな」

「戦さが好きなだけの跡継では国の将来が思いやられる。教師をつけるように王に進言しよう。ところで、おまえは日々、何をしているのだ」

ガンダルヴァはにこやかな顔つきになって言った。

「毎日、酒が飲める。王子が馬で遠出する時はおれもついていきやすが、軍隊で訓練している間は、おれはひまでやす。王宮の女官たちをからかっておりやすよ」

「おまえは王子の側近だ。自分の立場をわきまえておけ」

「わかってるよ。おれもこの仕事を失いたくないからな。話をするだけでやす。女官たちもひまをもてあましてやしてね。おれの話に乗ってくるんでやす。親しくしていると、いろいろと話をしてくれる。それでわかったんでやすが、王宮内の女官も文官も、誰もがジャイナ教の予言者《デーヴァデュータ》の不吉な予言を知っておりやす」

「そうか、わかった。これからも王子のようすや、女官たちの話を伝えてくれ」

このガンダルヴァという男は役に立つ、とデーヴァダッタは思った。


後日、デーヴァダッタは王宮に出向いた。

王と王妃とに対面する。

「ガンダルヴァの報告によれば、王子はいまのところ健やかにお育ちのようでございます。毎日、ガンダルヴァとともに夕食を召し上がり、お酒も飲んでおられるようですが、それで気晴らしになっているのであれば、問題はないでしょう。ただ気になることがございます。武術の訓練はされているようですが、歴史や文化や宗教の勉学が不足しているのではと思われます。ブッダの教えは、人々の安心と融和を求めるものでございまして、戦さを未然に防ぎ恒河《ガンジス》の流域に平和をもたらすものでございます。教団から教師《アディアーパカ》を派遣して、ブッダの教えを王子に学んでいただければと思いますが、いかがでございましょう」

デーヴァダッタが進言すると、ビンビサーラ王も大きくうなずいて言った。

「わたしもそのことを考えておった。ブッダの教えは世界に平和をもたらすものだ。ブッダがこちらに戻られれば王宮に招き、王子にも話を聞かせてもらいたいと思うておったが、いつお帰りになるかはわからぬ。竹林精舎における高弟で、王子の教師となるのにふさわしいものはおるであろうか」

「一番弟子のシャーリプトラは尊者とともにシュラヴァースティにおりますが、二番弟子のマウドガリヤーヤナが留守をあずかっております。このものはシャーリプトラと同様、ラージャグリハ近郊の神官《バラモン》の家に生まれたものですから、バラモン教の知識《ヴェーダ》や奥義《ウパニシャド》に精通しておりますし、ヴァーナラシーで修行しておりましたので、さまざまな哲学《タリキカトヴァ》についても見識を有しております。もちろんブッダの教えの奥深いところまで理解しておりますので、王子の教師としては最適のものかと存じます」

「ただちにそのものを王宮に招いて、王子の教育を始めたい。だが王子がそれを受けいれてくれるものであろうか」

「わたくしがアジャータシャトル王子のもとに出向いて、勉学が必要であることをお話しし、またマウドガリヤーヤナが偉大な哲学者であることもお伝えして、説得することにいたします。王子はわたくしの勧めることであれば、喜んでお受けになることでしょう」

「おお、それはありがたい。デーヴァダッタ、そなたにはいつも感謝いたしておるが、改めて感謝したい。よろしく頼むぞ」

そばにいた王妃ヴァイデーヒーも、嬉しげに言った。

「王子がブッダの教えを学んでくれれば、コーサラ国のような恐ろしい事態は起こらぬでしょう。わたくしからも、よろしくお願いいたします」

王と王妃に感謝されるのは、わるい気分ではなかった。

デーヴァダッタはアジャータシャトル王子の部屋に向かった。


ガンダルヴァが部屋の入口で待ち受けていた。

「そろそろ親方が来るころだと思ってやした。ビンビサーラ王とは話をつけたのでやしょう」

奥からアジャータシャトル王子の声が聞こえた。

「デーヴァ、おまえの来るのを待っていたぞ。おまえの顔を見るとわたしは安心できる。まったくおまえだけが頼りなのだ」

「王と王妃と面会いたしまして、王子についてはまったく問題がないということをお伝えいたしました。ただビンビサーラ王は、王子が武術の訓練ばかりに打ちこんでおられることに、ご不満のようすでしたので、わたくしから進言をさせていただいて、ブッダの教えを学ばれてはいかがと申し上げたところ、ご承諾を得ました。ブッダの側近の高弟で、マウドガリヤーヤナと申すものがおります。このものをこちらに派遣したいと思います」

王子はうす笑いをうかべて言った。

「ブッダの教えなど聞きたくもないが、わたしが勉学することで王が安心するのであれば、学んでいるふりをするくらいは何でもないことだ。そのマウドガリヤーヤナという高弟は、いやなやつではないだろうな」

「謹厳実直の哲学者《ターリキカ》です。さらに真言《マントラ》の霊力《ザクティ》を有しておられます」

「霊力とは何だ。人を呪い殺すことができるのか」

「たやすいことでございましょう」

デーヴァダッタは笑いながら言った。

正直のところ、マウドガリヤーヤナが心のなかの声を発することは身をもって体験したが、他にどんな能力があるかは知らなかった。

もしかしたら未来を見透すことができたり、空を飛べたり、誰かの夢のなかに現れたりといったこともできるのかもしれない。

影絵芝居《トールボンマラータ》の物語のなかには、空を飛ぶ仙人《アズラミン》が出てきたり、未来を見透す予言者《デーヴァデュータ》が出てきたりする。

アジャータシャトル王子は真剣な表情でつぶやいた。

「それならば、味方につけておきたい人物だな」

デーヴァダッタは声をひそめた。

「空を飛んだところは見たことがありませんが、人の心のなかを見抜くことはできるようです。実はわたくしも心のなかの思いを言い当てられたことがございます」

「それでは、わたしが父殺しの野望を抱いていたとしたら、すぐに見抜かれてしまうではないか」

「王子にうかがいますが、いまそのような野望をおもちではないでしょうね」

王子は早口に言った。

「ジャイナ教の予言者《デーヴァデュータ》がどんなつもりで予言したのかは知らぬが、わたしは潔白だ。どんな邪心も抱いてはおらぬ」

「ならばよいではありませんか。王子の心のうちを、マウドガリヤーヤナに見せておあげになればよいのです」

「ふうん。しかし、やっかいな人物だな」

王子は考えこむようなようすを見せたが、すでに王が認めたことであるので、教師の派遣をこばむことはなかった。

竹林精舎《ヴェヌヴァナヴィハーラ》に入り、自分の居室を目指した。

まだ園地の入口のあたりにいる時に、不意に、声が聞こえた。

「お待ちいたしておりました」

心のなかの声だ。

こんな霊力《ザクティ》をもっているのはマウドガリヤーヤナだけだ。

声は続けて言った。

「わたくしにご用でございましょう」

確かに、王子の教師《アディアーパカ》の役をつとめてもらいたいと、洞窟《カンダラ》のそばの庵室《アズラーマ》に出向いて頼むつもりでいた。

デーヴァダッタも心のなかの声で応えた。

「あなたのところにうかがうつもりだったのですよ」

「わたくしの庵室は園地の奥まったところにあります。わざわざおいでいただくこともないと思いまして、わたくしの方から出向いてまいりました。あなたさまのところでお待ちいたしております」

「それはありがたい。すぐに行きます」

そう言ったものの、自分の居室はまだ先の方にあった。

声は一瞬で届くが、自分の体を運んでいくには時間がかかる。

自分も空を飛びたいものだ。

王子の部屋で、影絵芝居に出てくる空飛ぶ仙人《アズラミン》のことを思い出したりしたものだから、そんなことを考え、さらに次のような言葉が思いうかんだ。

マウドガリヤーヤナ、あなたは空を飛べるのではないですか。

声には出していない。心のなかの声も発していないつもりだった。

だが、マウドガリヤーヤナはこちらの心のうちを見透しているようだ。

「さすがのわたくしも、空は飛べません」

マウドガリヤーヤナの声が心のうちで響いた。

「空は飛べませんが、一瞬にして、別の場所に移動することはできます。一種の幻術なのですが」

そういえば、居室にいる時に、裸形のマハーヴィーラーが姿を現したことがあった。

マウドガリヤーヤナもジャイナ教の導師と同じような術が使えるというのか。

「声が聞こえるだけでなく、姿が見えた方が話しやすいでしょう」

一瞬、デーヴァダッタの居室で話をしているマウドガリヤーヤナの姿が、目の前にうかんだようだった。

歩いているうちに、夢のなかの世界に迷いこんだ気がした。


居室で、マウドガリヤーヤナと向かい合った。

デーヴァダッタの心のうちに相手に対する恐れのようなものがめばえていた。

この居室からかなり離れた、園地の入口のあたりにいる時に、声が聞こえてきた。相手の霊力《ザクティ》が自分をはるかに上回っているように感じられた。

シュラヴァースティにいる尊者《ムニ》と話ができるというのもほんとうなのかもしれない。

デーヴァダッタは問いかけた。

対面しているいまは実際の声を発している。

「あなたにお頼みしたいことがあるのは確かなのですが、どうしてそのことがわかったのですか」

マウドガリヤーヤナは自慢するような嬉しげな顔つきになった。

「尊者のお声が聞こえてきたのですよ。デーヴァがいま王宮に出向いて王子と話をしている……。尊者はあなたさまのことを、短くデーヴァと呼んでおられるのですね。あなたさまはブッダから神《デーヴァ》と呼ばれておられる。おそれおおいことでございます」

マウドガリヤーヤナはそう言って、へりくだるようなまなざしをこちらに向けたのだが、その表情にはどことなくあなどっているようなようすも感じられた。

自分がアジャータシャトル王子と話しているところを、シッダルタは見ていたというのか。そのことにも驚かされた。

デーヴァダッタは動揺を隠しきれない口調で言った。

「確かにわたくしは王子と話しましたよ。ブッダは霊力《ザクティ》によってその光景を見ておられたのですね。さすがはブッダです。話の内容もご承知であったのですね」

「そのようですね。わたくしが王子の教師《アディアーパカ》になると尊者は告げられました。すぐにデーヴァがそちらに向かうので、話を受けるようにとのことでございました」

「それでは、教師の役目は、引き受けていただけるのですね」

「承知いたしました。わたくしがブッダの教えを王子にお伝えして、マガダ国の未来に平和が訪れることを念じております。ただ未来に目を向けると、いささか暗雲がたちこめているようにも思われますが……」

「マウドガリヤーヤナさん。あなたは未来も透視されるのですか」

マウドガリヤーヤナは事もなげに言った。

「わたくしは尊者から、神通《ジャーナ》第一というおほめの言葉をいただきました」

ジャーナというのは神のごとき知恵を意味する言葉だ。

「あなたは何でも知っていて、すべてをお見通しだということですか」

マウドガリヤーヤナは余裕のある笑い方をした。

「そういったことですね。わたくしは洞窟で修行をしているうちに、いろいろなことがわかり、さまざまなものが見えるようになったのです。あまりに見えすぎで、心が痛むことも少なくないのですがね」

「それでは教師としておそばにはべることになれば、アジャータシャトル王子の心のうちも見透すことができるのですね」

「王子の心のうちは、離れておっても、見えておりますよ。いまのところ邪心はありません。ただご自分の未来に、恐れを感じておられますね。お気の毒なお方だと思うております」

「あなたには、王子の未来も見えているのですか」

デーヴァダッタの問いに、マウドガリヤーヤナは答えなかった。

ただ静かに笑って見せるだけだった。

第四部

第二十二章　ヴァイシャーリーの商人に教えを説く

長らくシュラヴァースティの祇園精舎《ジェータヴァナヴィハーラ》にとどまっていたブッダの一行が、ラージャグリハの竹林精舎《ヴェヌヴァナヴィハーラ》に帰還した。

高齢のプラジャーパティーや女官たちは祇園精舎にとどまることになったが、多くの比丘や比丘尼が、ブッダとともに竹林精舎に入った。

すでに園地の拡張や宿舎の整備は終わっていたので、一行は整然と竹林精舎に入った。ラージャグリハの市街地に托鉢乞食《パインダパーティカ》に出る修行者の人数が急にふえたので、街の人々も驚きをもって接することになった。ブッダの教団の隆盛を見る思いがして、寄進《ダーナ》はさらにふえることになった。

いまやブッダの教団は、恒河《ガンジス》の流域の全体に広がっていた。

新たにコーサラ国の支配者となったヴィルーダカ王も、ブッダのもとに教えを受けに通うようになっていたため、群臣たちも在家信者《シュラーヴァカ》となった。

ヴィルーダカ王がブッダの平和の教えを受けいれ、西方への遠征を中止したため、戦さを覚悟していた西方の小国も、ブッダを支援することになった。

シュリーマーラーが嫁いだアヨーディヤー国もブッダを支援することになった。シュリーマーラーは祇園精舎に残り、西方の小国から訪ねてきた数多くの在家信者たちに教えを説いた。

比丘尼と呼ばれる女性が教えを説くことに、多くの人々は驚くと同時に、深い感銘を受けて、信者はますますふえていった。

数年が経過した。

ブッダの教団は、二大弟子と称されるシャーリプトラとマウドガリヤーヤナ、実務を担当するマハーカーシャパ、尊者《ムニ》の側近のアーナンダを中心に、結束を固めていた。

デーヴァダッタは以前と同じ居室で生活していた。教団の弟子ではないので、表立った活動はしていないのだが、足しげく王宮《ラージャプラサダ》に通って、ビンビサーラ王とブッダの連絡役となっていた。

教団が大きくなったため、シッダルタが竹林精舎を離れることができなくなった。それでもデーヴァダッタとマウドガリヤーヤナが頻繁に王宮を訪ねていたし、ビンビサーラ王と王妃ヴァイデーヒーが竹林精舎を訪ねることもあって、教団とマガダ国とは密接につながっていた。

王宮に出向くと、デーヴァダッタは必ずアジャータシャトル王子を訪ねた。

教師《アディアーパカ》のマウドガリヤーヤナがそばにいる時は、三人で語り合うこともあった。

ブッダの教えを学んだアジャータシャトル王子は、見違えるほどに穏やかな人物となっていた。マウドガリヤーヤナはブッダの教えだけでなく、バラモン経の教えや、恒河流域の歴史や、人が生きる指針となる道徳についても、細かく教えを説き、アジャータシャトル王子は充分に理解して、弟子としてマウドガリヤーヤナを尊敬していた。

その気持が生活の態度にもあらわれ、周囲の文官や女官にやさしく接するようになったため、王子に対する評価は一挙に高まることになった。

その評判がビンビサーラ王に伝わり、王は大いに満足して、後継者の王子に信頼を置くようになった。群臣たちもこれでマガダ国の将来は明るいと安心し、アジャータシャトル王子のもとに出向いて親交を結ぶように心がけた。

ビンビサーラ王は壮健で、いますぐに王位を譲るということは考えられなかったが、アジャータシャトル王子が将来の王であることは揺るぎのない事実として受け止められていた。群臣たちの多くは、将来に備えて、アジャータシャトル王子の配下として動くようになっていた。

ビンビサーラ王が軽い病で病床につくという出来事があった。重篤ではないので、病床から配下に指示を出すことはできたが、王室の儀式や、軍隊の閲兵などには、アジャータシャトル王子が代理で出席した。

王子は背が高く、整った風貌で、演説も巧みだった。

誰もが王子の姿に見とれ、マガダ国の未来に希望をもった。


王が病と聞いて、シッダルタは見舞いに訪れた。

教団は隆盛で連日多くの在家信者が押しかけていたので、シャーリプトラとマハーカーシャパが竹林精舎に残り、デーヴァダッタ、マウドガリヤーヤナ、アーナンダが随行した。

王は寝台の上にあったが元気そのもので、シッダルタに向かってしっかりとした口調で語りかけた。

「わざわざ見舞いにきていただき感謝しておる。ブッダの教団も弟子がふえ、在家信者もふえて、喜ばしい限りだ。恒河の河口からこのラージャグリハまでの地域だけでなく、コーサラ国からさらに西方の小国に到るまでが、ブッダの教えを学び、ブッダを崇拝することで人々の心が一つにまとまった。もはや戦さが起こることはないであろう」

シッダルタは穏やかな微笑をうかべて王を励ました。

「王のご支援を得まして教団も発展いたしました。平和な世の実現は、王のような深い見識をおもちの為政者によって初めて実現するものでございます。王は見事にそれを成し遂げられました」

ビンビサーラ王は満足そうな笑みをうかべた。

「わしひとりの力で成し遂げたわけではない。妃の協力もあった。群臣たちもよく尽くしてくれた。また商人たちの支援もあった。今日のラージャグリハの繁栄は多くの人々のおかげによるものだと思うておる。さらに嬉しいのは跡継のアジャータシャトル王子の評判がよいことだ。デーヴァダッタがよい教師《アディアーパカ》を紹介してくれた。幼いころの王子にはいろいろと問題があったのだがな。マウドガリヤーヤナが教師についてくれて、王子はすっかり別人になった。武人としての訓練だけでなく、学識があり、ブッダの教えに精通した教養人として評価されるようになった。何よりも人に対するやさしさを身につけておる。次代の王としての資質をあらゆる面でそなえておって、群臣の信頼もあつい。デーヴァダッタとマウドガリヤーヤナには、いくら感謝してもしきれないくらいだ」

　王の寝台のかたわらにいた王妃ヴァイデーヒーが、続けて言った。

「わたくしは王子を信じておりました。何と言ってもわが胎内《ガルブハザヤ》から産み落とした赤子でございます。どんなことがあろうと、わたくしは王子の味方でございます。ジャイナ教の導師《グル》の不吉な予言《アグラニルバナ》があり、子どもを作ることをためらっていたわたくしを励ましてくださったのは、ここにおられるデーヴァダッタさまです。生まれてからも予言を気にかける文官や女官たちのきびしい目にさらされながら、あの子が健やかに育ったのは、つねにかたわらにあってあの子を励ましてくださったデーヴァダッタさまのおかげでございます。そのデーヴァダッタさまやマウドガリヤーヤナさまを率いておられるのがブッダでございますから、わたくしはひたすらブッダに感謝し、自らをブッダの弟子であると考えております」

　病床の王が意外に元気そうだったので、シッダルタの一行は安心して病室を退去した。

　廊下に出たところで、シッダルタが言った。

「デーヴァ、あなたは王子のところに行かれますね」

　デーヴァダッタは答えた。

「ええ。マウドガリヤーヤナさんも行かれるでしょう」

「少し心配なことがありますので、わたくしも王子のようすを見に行きたいと思っております」

シッダルタが問いかけた。

「心配なこととは何ですか」

「アジャータシャトル王子は今回、王の病気によって、王のつとめを代行されました。王になったような気分でおられることと思います。そのことで、新たな野心を起こされるのではないかと心配いたしております」

シッダルタがデーヴァダッタの方に向き直って言った。

「デーヴァ、あなたはこの時が来るのを待っていたのでしょう」

「いずれこういう時が来るとは思っていましたがね」

デーヴァダッタが応えると、そのようすを見守っていたアーナンダが問いかけた。

「こういう時とは何でしょうか」

デーヴァダッタが応えた。

「コーサラ国のプラセーナジッド王は、ご子息のヴィルリ王子に軍事大臣を任されました。軍を統率するようになると、王子に野心が生まれました。それがプラセーナジッド王の命取りになりました。ビンビサーラ王は慎重に、王子をいかなる役職にもつけず、王子のようすを見守っておられました。今回は病床につかれて、いたしかたなく儀式の主催や閲兵の役目を王子に代行させましたが、そのことで王子の心のうちに、早く王になりたいという気持がわきおこってくるということもあるかもしれません」

アーナンダは緊張したおももちで、シッダルタの顔を見た。

「尊者《グル》はどのようにお考えでしょうか」

シッダルタは微笑をうかべた。

それからデーヴァダッタにささやきかけた。

「ようすを見守るしかないでしょうね。そうではありませんか、デーヴァ」

「そのようですね」

デーヴァダッタは静かに答えた。

シッダルタとアーナンダは去った。

デーヴァダッタとマウドガリヤーヤナはアジャータシャトル王子の部屋に向かった。


王子は自分の部屋にいた。

王の代行をつとめているので、必要があれば玉座のある王の執務室に出向くのだが、公式の行事でもなければそのような仕事もないので、いつものように自分の部屋でくつろいでいた。

かたわらには側近のガンダルヴァがいた。

あいかわらず側近をつとめていたが、正式な文官となり、王子につかえる特別職として高い地位が与えられていた。

ガンダルヴァは王子の身辺を警護するために、若い武官を集めて親衛隊を組織し、隊長をつとめていた。

ガンダルヴァはいまや王子の配下のなかでも重要な位置にいた。

ものごしや言動も、それらしいものに変わっていた。

「親方《プラブフ》、王さまの見舞いに来られたのでやすか」

昔と変わらない言い方にデーヴァダッタは苦笑をうかべた。

「そうだよ、ガンダルヴァ。病床につかれたというので、尊者《ムニ》がお見舞いに来られたのだが、思ったよりもお元気そうで、尊者もご安心のようだ」

「王が倒れたと聞いたので、いよいよ王子の出番だと思ったのだがな……」

ガンダルヴァの不用意な発言は聞かなかったことにして、教師《アディアーパカ》のマウドガリヤーヤナが教え子の王子に語りかけた。

「王子よ。おわかりでしょうな。いまが何より大事な時でございますぞ」

アジャータシャトル王子は穏やかな口調で応えた。

「わかっておりますよ、先生《アディアーパカ》。父が病気になったといって喜んだ顔つきを見せれば、群臣たちの信用を失います。いまは父の病気の心配をして、深刻な顔つきをしていなければなりません」

「さようでございます。あなたさまはよく勉学され、誰もが尊敬し次の王にと期待する皇太子となられました。されども不用意に王位を求めるようなそぶりを見せられると、あなたさまに期待する若い群臣と、王に味方する高齢の旧臣との間に溝が生じ、国が二つに割れる争いが起こらぬとも限りませぬ。くれぐれも言動にお気をつけなさいますように、お願い申し上げます」

「先生のご助言を胸に叩きこんでおきましょう。そして静かに、王が老いさらばえていくのを待つことにいたしましょう」

その言い方には危険なものが感じられたが、王子の心のうちを見透すことのできるマウドガリヤーヤナは、身内のものだけに通じる冗談と受け止めたようだ。

微笑をうかべてマウドガリヤーヤナは言った。

「本日、お見舞いにうかがいましたが、王はお元気で、これからも長くご壮健であられると思われます」

「先生は霊力《ザクティ》をおもちだとうかがいました。未来が見透せるのでしょう。わが父は長生きするというのですか」

マウドガリヤーヤナの顔から笑いが消えた。

「わたくしは予言《アグラニルパナ》はいたしません。予言は時に人心を乱すことがあり、紛争をもたらすことがあるからでございます。とくにあなたさまはすでに王の代行となられ、群臣を指揮する立場におられます。いまは自重なさるべきだと、そのことしか申し上げることはできません」

「先生のお言葉ですから、従いましょう。しかし長くは待てないですよ。父が長生きしたのでは、わたしの方が先に寿命が来てしまうかもしれませんからね」

そう言ってアジャータシャトル王子は笑い声をたてたが、マウドガリヤーヤナは笑わなかった。代わりにガンダルヴァが笑い声をたてた。

「確かにそうでやすな。コーサラ国の大王《マハーラージャ》はとんでもなく長生きでやした。皇太子のプラセーナジッドさまが王位を継承した時には、すでにご老人でやした。そして短い在位の後に、王子の反乱にあって命を落とされやした」

そう言ってから、ガンダルヴァはデーヴァダッタの方に目を向けた。

「ねえ、親方。そこのところを王さまによく話しておいてくださいやし。生きているうちに息子に王位を継承させることもできるんでやしょう」

デーヴァダッタはちらっとマウドガリヤーヤナの顔を見てから小声で言った。

「群臣たちの王子に寄せる期待は高まっているようですね。譲位を望む声が多くなれば、王もお考えになるのではないでしょうか」

その言葉に、マウドガリヤーヤナがどのように反応するか、ようすをうかがっていたのだが、マウドガリヤーヤナはまったく表情を変えなかった。

デーヴァダッタはアジャータシャトル王子の方に向き直って言った。

「今後のことは充分に時間をかけて対応を考えていきましょう。とりあえずいまは慎重に事を運ぶ必要があります。何かありましたらガンダルヴァをわたくしのところに寄越してください」

「わかった。デーヴァと先生の助言には従うつもりだ。わたしも父を相手に争いを起こすつもりはない。しばらくは自重をして、ようすを見守ることにしよう」

王子の口調は落ち着いていて深い思慮が感じられた。

いまの王子は、昔の王子ではない。

教師のマウドガリヤーヤナの功績だ。

デーヴァダッタは少し安心して、王宮を辞することにした。

王宮の門から市街地に出た。その先に街を取り囲んだ城壁の出口がある。そこまでの間、肩を並べて歩いているマウドガリヤーヤナは、一言も言葉を発しなかった。

周囲には人の流れがあった。声を出せば人に聞かれるかもしれない。マウドガリヤーヤナは心のなかに話しかけることもできるはずだが、無言をつらぬいている。

城外に出て、しばらく進み、竹林精舎《ヴェヌヴァナヴィハーラ》の園地のなかに入った。

突然、声が響いた。

「これから恐ろしいことが起こります」

心のなかに響く声だった。

「わたくしには未来が見えておりますが、その未来を変えることはできません。ただ眺めていることしかできないのです」

デーヴァダッタは息をのんだまま、言葉を返すことができなかった。


マウドガリヤーヤナの助言に従ってアジャータシャトル王子は自重した。

ビンビサーラ王は快復し、何事も起こらずに、マガダ国は平穏なままでさらに時が流れた。

ブッダの教団は勢いを増していた。

ある時、恒河流域でも最大ともいえる商業都市ヴァイシャーリーの商人たちが、大挙して竹林精舎《ヴェヌヴァナヴィハーラ》を訪れたことがあった。

それより以前、ヴァイシャーリーの郊外に広大なマンゴー園をもつアームラパーリーという女人の富豪が、園地の寄進を申し出たことがあった。ブッダの教団にとっては第三の拠点ができることになる。

シッダルタはシャーリプトラを派遣して園地の整備にあたらせた。

多くの弟子を連れて当地に赴いたシャーリプトラは、僧団《サンガ》の弟子たちの宿舎や、会堂《ザラ》などの建設にあたった。さらに街に出て托鉢乞食《パインダパーティカ》をするとともに、街頭に立って教えを説くなど布教活動につとめていた。

そのおりシャーリプトラは苦い体験をした。

人通りの多い街路のわきの樹下で、蓮華座《パドマアーサナ》という姿勢で禅定《ディヤーナ》の修行をしていた。

バラモン教でも結合《ヨーガ》と呼ばれる精神集中の鍛錬《サムスカーラ》があって、足を組んで座して瞑想《サマーディ》にふける。ブッダの教団でもその姿勢を踏襲していた。

シャーリプトラは教団の修行の一端を人々に見せるために、わざと人通りの多いところで座禅を組んでいたのだ。

通りがかりの人々はシャーリプトラの微動もしない姿勢を見て、その集中力を評価したり、頭を下げて拝んだりしていた。

たまたまそこにヴィマラキールティという長老《スタヴィラ》が通りかかった。

ヴァイシャーリーはマガダ国の支配が及ばない独立した商業都市で、集団《ガナ》と呼ばれる商人の組合が治めている。その組合の代表がヴィマラキールティ長老で、いわば小国の王にあたる人物だった。

ヴィマラキールティはシャーリプトラの姿を見ると立ち止まり、いきなり話しかけた。

「ブッダの一番弟子と自慢しておるシャーリプトラだな。いったいあんたはそこで何をしておるのだ」

シャーリプトラは禅定に集中しようとしていたので、その声は迷惑だったし、相手のぞんざいな言い方にいらだちをつのらせて、思わず目を見開き、声を荒らげて言い返した。

「見てわからぬのですか。わたしは禅定の修行をしているのです。こうして座禅を組んで思いを集中しているのですよ」

相手は笑いながら言った。

「シャーリプトラさんよ。あんたはずいぶん無理をして、体をこわばらせているようだね。姿勢を正すことに気をとられて、思いが乱れておるのではないかな。形にとらわれておっては、いつまでたっても覚りの境地には近づけぬぞ」

「足を組んだこの姿勢は、ブッダの教団だけでなく、バラモン教でも伝えられた伝統的なものでございます。それのどこがいけないのでございますか」

「初心者がまず形から入るというのは必要なことかもしれぬ。されどもあんたはブッダの一番弟子ではないか。あんたのような高弟なら、寝っ転がっておっても覚りに到達できるだろう。無理をして姿勢を正しておるところに、あんたのわざとらしさが感じられる。それは邪心というべきであろう。一番弟子がそんなありさまなら、ブッダの教団というものも大したことはないようだな」

シャーリプトラはあわてて反論を試みようとしたのだが、何を言っても相手の批判の方が的確な感じがして、どんなにがんばっても言い負けてしまう。結局のところ、相手に言いたいことばかり言われて、シャーリプトラは黙りこむしかなかった。

シャーリプトラは園地に戻って、同行した若い弟子たちにその話をした。すると若い弟子たちも、托鉢乞食《パインダパーティカ》の途中でヴィマラキールティと出会い、さんざんにやりこめられた体験をもっていた。

ヴァイシャーリーは恐ろしいところだ。

シャーリプトラや同行した若い弟子たちの胸には、恐怖の体験が深く刻まれていた。

そういうわけで、ヴァイシャーリーから商人たちが来たと聞くと、シャーリプトラは恐れをなして、対応にあたったシッダルタとアーナンダからは遠く離れて、取り巻きの人々の後ろからようすをうかがうことになった。

商人たちの集団の先頭に、そのヴィマラキールティがいた。

裕福な商人らしい美麗な衣装をつけ、頭には頭巾をかぶっていたが、その頭巾から白髪がのぞいていた。ひげも真っ白で、かなりの高齢と感じられたが、足取りはしっかりとしていた。胸を張ってブッダを見つめる姿勢にも壮年の人物のような覇気が感じられた。

長老はブッダの前に進み出ると、威厳《グルトヴァ》のある話しぶりで語りかけた。

「ブッダどの。あんたはなかなかの導師《グル》だと聞いておる。われらはヴァイシャーリーで集団《ガナ》と呼ばれる組合を作っておるのだが、集団のなかにはラージャグリハまで出向いて竹林精舎を訪ね、あんたの教えを直接に聞いたものもおるのだ。驚くべきことに、誰もがあんたをほめそやす。誰ひとりとして悪口を言うものがおらぬ。それは不思議なことではないか。ヴァイシャーリーにはジャイナ教の在家信者《シュラーヴァカ》もおって、そやつらは白い衣を着て質素な生活をこころがけておるが、ジャイナ教の戒律はきびしすぎると苦情を言うものも少なくないのだ。ところがブッダどのの教えは、誰もが喜んで受けいれているようだな。その評判が他のものにも伝わって、近ごろでは白衣を着ておったものたちが、少しはましなものを着るようになった。ヴァイシャーリーの郊外にあるアームラパーリーのマンゴー園には、ブッダどののお弟子がおられるとのことで、教えを受けたものもふえてきた。あんたの弟子が語ることは、よくわからぬことも多いのだが、それはそやつらの修行が足りぬからであろう。そやつらも口をそろえて、あんたの教えは何よりも尊いと語る。何がどう尊いのかはわからぬながら、あんたの評判がよいことは確かだ。そこでわしは集団のものらを引き連れて、こちらに参ったというわけだ。一度じっくりと、あんたの教えとやらを聞いてみたいと思うたのでな」

そう言いながら、ヴィマラキールティは鋭い目つきで、シッダルタの顔をにらみつけた。評判がよいと口では言いながら、心のなかでは疑いをもっていて、ブッダの言説《ヴァダティ》を試してやる気でいるようだ。

シッダルタは穏やかな微笑をうかべて相手の次の言葉を待っていた。

「それでは一つ二つ、問いをなげかけてみたいと思うのだがな……。ブッダどの、答えられよ。ブッダの教えの心髄《フルダヤ》とは何かな」

シッダルタは微笑をうかべたまま、すぐには答えなかった。

長い沈黙があった。

相手もかたい表情をくずさずにじっと答えを待ち受けている。どれほど長い沈黙でも覚悟をもって待っているという感じだった。

不意に声が響いた。

「どのような答えを期待しておられるのですか」

側近のアーナンダのすぐそばにいたデーヴァダッタは、思わずうめき声をもらしそうになった。

心のなかにだけ伝わってくる霊力《ザクティ》による声だった。

この声を聞きとれたのは、自分と、マウドガリヤーヤナだけではないか。

「ふふん」

鼻先で笑うような声が響いた。

ヴィマラキールティが笑っていた。

ただ笑っているだけだったが、霊力の声が届いた。

「こちらが問いかけておるのに、反対に問われてしもうたな。これはわしの負けだ」

それから実際に誰の耳にも聞こえる声で言った。

「あんたはさまざまな教えを説いておられる。そのなかから、心髄となるものを一つだけ答えよと言われても、すぐには答えられないであろうな。それでは、このわしに対して、真っ先に説いておきたい教えがあるのであれば、お聞かせ願いたい」

シッダルタはただちに答えた。これも実際の声だ。

「あなたがわたしから聞きたいこと。それがいまわたしが説くべき教えだと思っております」

ヴィマラキールティはまた声を立てて笑った。

「さすがはブッダだ。つねにわしの先を読んで答えを用意されるのだな。わしは商人たちの長老をつとめておる。商人にとって大事なのは、商人はいかに生きるべきかということだ。ジャイナ教は利益を捨てて白衣をまとえと教える。しかし利益がなければ、商売をやる楽しみがないではないか。利益を得れば少しくらいは上等の衣服を着たい。美しく染められた布を妻や娘にも与えたい。商人たちはそう考えておるはずだ。ブッダはどのように思われるのか。商人は何を求めて生きればよいのであろうか」

シッダルタは静かに語り始めた。

「わたしの教団にも戒律はありますが、ジャイナ教に比べればゆるやかなものです。白衣を着よとか、裸になれとか、無理なことを強いることはありません。断食《ウパヴァーサ》や苦行《タパス》は、苦痛に耐えることで少しでも覚りの境地に近づけるのではないかという欲望《アビラーサ》にかられてのもので、それもまた煩悩《クレーシャ》なのです。むさぼるように利益を求めるのはよろしくないのですが、何もかもを捨ててしまうというのもやりすぎでしょう。そのどちらでもない中　道《マディヤマープラティパド》を進むのが最も安楽《サスタター》な生き方です。商人の場合も同様です。利益を求めすぎてはいけないが、利益をすべて捨ててしまうこともないのです。皆さまがたは商人であるということに、誇りと喜びをおもちでしょう。遠くの土地で採れる珍しい産物を手に入れることができれば、お金を払う客には喜びがもたらされ、商人にはお金が得られます。産物を作った人もそれでお金が得られれば喜ぶことでしょう。売り手も喜び、買い手も喜び、間に入った商人にも喜びが得られる。これはすばらしいお仕事です。しかしむさぼるように利益を求めてしまうと、産物の作り手は値切られ、客は高値で買わされ、どちらも不満をもつことになります。売り手も買い手も不満をもつということでは、間に入った商人も、いくら利益が得られても、人のために役に立ち、人に尽くしているという喜びは得られません。利益をすべて捨て去るのではなく、欲ばりすぎぬほどのわずかな利益を得て、それで皆さんのご家族や下働きの人が喜ぶのであれば、それが正しい生き方なのです」

シッダルタの話にヴィマラキールティ長老は耳を傾けていた。周囲の商人たちも熱心に話に聴き入っていた。多くの聴衆が、時おりうなずくような動きを見せたり、隣のものと目を見合わせて賛同の思いを確認したりしていた。

ヴィマラキールティ長老も何度かうなずくようなようすを見せていたのだが、シッダルタの話が終わると、疑うような目つきでさらに問いかけた。

「それではもう一つ、問わせてもらいたい。あんたはブッダの教えという新たな教えを説かれておるが、われらはバラモン教のなかで育った。大きな街はもとより、どのような辺境の地にも神殿《デヴァーラヤ》があり、神官《バラモン》が教えを説いている。あんたは神官が語り伝えるさまざまな神《デーヴァ》や女神《デーヴァター》について、どのように考えておられるのか」

シッダルタはただちに語り始めた。

「わたしはカピラヴァストゥという辺境の国の王族《ラージャター》として生を受けました。王宮《ラージャプラサダ》には神殿が併設されており、わたしは神官《バラモン》から知識《ヴェーダ》の物語《カターナカ》や奥義《ウパニシャド》の哲学《タリキカトヴァ》を学びました。そこで語られる神や女神の物語は恒河《ガンジス》流域に住む人々の心のなかで生きております。覚りの境地を求めて修行するものをわたしどもは菩薩《ボーディサトヴァ》と呼んでおりますが、まだ菩薩であったころのわたしが、尼連禅河《ナイランジャナー》の近くの街道から分かれた小道に沿ったニャグローダ樹の根元で断食《ウパヴァーサ》の鍛錬《サムスカーラ》をしておりますと、スジャータという娘がわたしの前に乳粥《パーヤーサ》を差し出してくれました。娘はわたしのことを樹木の神と思いこんでおったようで、神への献げ物《ブラフティ》としての乳粥を作ってもってきたのです。わたしはその献げ物をありがたくいただきました。その途端に、わたしは断食せねばならぬという煩悩から解放されたのです。それがきっかけで、わたしは覚りの境地に到達しました。娘が献げ物として差し出した乳粥はわが生涯で食した食べ物のなかで、最も貴重なものであったといまは考えております。娘がそのように献げ物を差し出してくれたのも、山や河や樹木に神が宿るという伝統的な物語を信じていたからです。わたしはそうした伝統を否定するものではありません。バラモン教が伝える多くの物語に、わたしはほんの少しだけ、新たな物語を付け加えただけのことです。ただバラモン教は、神官《バラモン》、武人《クシャトリヤ》、庶民《ヴァイシャ》、隷属民《シュードラ》という厳格な四種の階級《ヴァルナ》を人々に押しつけています。あなたがた商人《ヴァニージャ》も庶民の階級とされていますが、ヴァイシャーリーが庶民《ヴァイシャ》の街だということは、その街の名を聞いただけで明らかです。わたしは神や女神は否定しませんが、階級は否定します。人というものはすべて同じです。どの家に生まれたかということにかかわらず、どんな人も、平等であらねばならぬと考えています」

聞いている商人たちは、歓喜の表情をうかべ、新たな神の出現を見るようなまなざしで、語っているシッダルタの姿を見つめていた。

ヴィマラキールティも満足そうな笑みをうかべていたが、その目は笑っていなかった。

相手を射すくめるような鋭いまなざしで、ヴィマラキールティは問いかけた。

「では最後に、もう一つだけ問わせていただきたい。簡単な問いだ。よろしいかな」

シッダルタは応えた。

「何なりとお尋ねください」

ヴィマラキールティはわずかな間、試すようにシッダルタの顔を眺めていた。

「これは答えるのが困難な問いだ」

心のなかの声が響いた。

シッダルタは表情を変えなかった。

ヴィマラキールティは誰にも聞こえるような大声で問いかけた。

「それでは問おう。ブッダとは、いったい何なのか。さあ、答えられよ」

デーヴァダッタは息をのんで二人のやりとりを見つめていた。

しばらくの間、シッダルタは黙りこんでいた。

聞いていたデーヴァダッタは、先ほどと同じように、長い沈黙が続くのではないかと心配していた。

だがそれほど間を置かずに、シッダルタは語り始めた。

「わたしたちが生きているこの世界《ローカ》は広大でございます。世界はその背後にひそんでいる目に見えない原理《ダルマ》によって動かされておりますが、この世界が美しく稔り豊かな人が暮らしやすい場所になっているのは、原理そのもののなかに人に対する大いなる慈《マイトリー》と悲《カルナー》の心が宿っているからではないでしょうか。心があるならばそれは人に似た存在でありましょう。この目に見えない原理《ダルマ》そのものを法身《ダルマカーヤ》のブッダと呼んでおきましょう。法身のブッダはその慈悲の心のゆえに、さまざまな世界に数多くのブッダを化身《アヴァターラ》として出現させ、多種多様なそれぞれの仏国土《ブッダクシェトラ》が宇宙全体に広がっております。またわたしたちが生きている世界のさまざまな場所に、ブッダになりかわって人々を救済する菩薩《ボーディサトヴァ》を派遣してくださいます。数多くのブッダにはさまざまな特性があり、人々を導く教えの方法も多様です。あるブッダは光によって人々を導きます。光そのものがブッダなのです。別のブッダは芳香によって、あるいは妙なる楽の音によって人々を導きます。またあるブッダは影絵芝居の人形をあやつるように幻影を出現させます。その世界では幻影こそがブッダなのです。同じように、一本の樹木がブッダそのものであるということもあるでしょう。ブッダの衣や、寝具や、宝座や、遺骨や、遺骨を納める塔《ストゥーパ》が、ブッダとしてあがめられることもあります。ブッダの姿を描いた仏画や、仏像、さらに仏像を収める建物や楼閣が、また園地や高台、高峰、河、池、大きな石などにもブッダが宿ります。虹や、彩雲、かげろう、火焔、滝、稲妻、あるいは何もない虚空、意味不明の文字、呪文、そして永遠の静寂がブッダであるといってもいいのです。法身《ダルマカーヤ》のブッダである原理《ダルマ》のもとで生き、日々努力している人々は、限りなくブッダに近い菩薩《ボーディサトヴァ》だということができます。ここにいるすべての人々はブッダに等しい菩薩なのです」

シッダルタが話を終えるとしばしの沈黙があった。

風のそよぎが聞こえた。少し離れたところにある森林のなかから、鳥のさえずりが響いてくる。

息を詰めるようにして話に聴き入っていた商人たちの間から、ふうっという溜め息の音がわきおこった。

やがてヴィマラキールティが口を開いた。

「見事な教えであった。ここへ来るまではブッダというのはいかばかりのものかと疑う気持があり、相手の見識《ヴィジュニャーナ》を試すつもりであったが、いまの教えを聞いて、このお方はまぎれもなくブッダであると確信した。皆のものも同じ思いであったろう。とくに感銘を受けたのは、ここにいるすべての人々が菩薩《ボーディサトヴァ》であるというお言葉だ。これを聞いて誰もがここに来てよかったと思うたのではないか。いまここでわしはヴァイシャーリーの長老として宣言をする。ここにおるものだけでなく、組合《ガナ》の商人のすべてがブッダの弟子となり、在家信者《シュラーヴァカ》となることを誓わせていただく。ブッダよ。われらのすべてが菩薩であるならば、今日ただいまから、われらは商人組合《ヴァニージャガナ》ではなく、菩薩団《ボーディサトヴァガナ》と名乗ることにしようぞ」

このようにして、ヴァイシャーリーの商人のすべてがブッダの教団の支援者となった。

長老は立ち上がり、その場から去ろうとするようすを見せた。だが一歩も進まぬうちにブッダの方に向き直った。

「危うく忘れてしまうところであったが、わしの最初の問いに、ブッダはまだお答えになっていなかったのではないかな」

シッダルタは何事もなかったかのように、知らぬふりをして問いかけた。

「はて、どのような問いでしたかな」

長老はシッダルタの顔をわざとらしくにらみつけたが、その顔には微笑がうかんでいた。

「それではもう一度、問い直すことにいたそう。ブッダどの、答えていただこう。ブッダの教えの心髄《フルダヤ》とは何かな。言いかえれば、あなたさまの教えのなかで、最も奥深き真理とは、いかなるものでございますかな」

シッダルタも微笑をうかべていた。

なごやかな表情ではあったが、固く口を閉ざして答えようとしない。

長老もシッダルタの顔を見つめたまま、沈黙を守っている。

果てもないほどの時が流れた。

そばにいる糞掃衣のマハーカーシャパも、少し離れたところから怖いものでも見るようにようすをうかがっている一番弟子のシャーリプトラも、どうしたことかと顔をこわばらせている。

この時、シッダルタの近くにいた二番弟子のマウドガリヤーヤナが口を開いた。

「その問いの答えは、長老さまもよくご存じでございましょう。ここにおります教団の弟子たちや、新たに支援者となられた菩薩団のみなさまのために、どうかお答えください」

長老は沈黙を守ったままだったが、急に、低い声で笑い始めた。

笑いながら、言葉を発した。

「さすがはブッダどのだ。お弟子までが哲学《タリキカトヴァ》の高みに昇っておられる。ああ、今日はよい日であった。わが生涯でも最良の日であったやもしれぬ」

そのように言い残して、ヴィマラキールティは仲間の商人たちとともに去っていった。

商人たちがいなくなったあとで、シッダルタのおそばにいたアーナンダが、どうにも理解しがたいといった口調で問いかけた。

「尊者はなぜ長老の問いにお答えにならなかったのですか。そしてまたあの長老は、なぜあれほど長く、沈黙を守っておったのでございましょう」

シッダルタは笑いながら答えた。

「今日この竹林精舎で、かつてないほどの奥深い問答が交わされました。アーナンダよ、語られた言葉のすべてをそのままに記憶しておきなさい。わたしも長老も、かたくなに沈黙を守ったのは、われらが言葉《ヴァチャナ》の限界というものを承知しておったからです。最も奥深い真理などというものは、言葉で示すことなどできるはずもないのです。しかしながらそのことを言葉にして、最も奥深い真理は言葉で示すことができない、と言葉を用いて言ってしまっては、真理から遠ざかることになってしまいます。言葉というものは、語れば語るほど、真理から遠ざかってしまうものなのです。長老もそのことをわかっておられた。それでわたしも長老も長く沈黙を守っておったのです。最後に長老が声を立てて笑ったのは、そのことを見抜いておったマウドガリヤーヤナが、わざと長老に答えをうながしたので、長老としては笑うしかなかったのでしょう。この奥深い真理をマウドガリヤーヤナもよくわかっておったので、弟子も哲学の高みに昇っておられると賛嘆されたというわけです」

「おおっ……」

アーナンダは驚きの声をあげて絶句するしかなかった。

これはのちのことになるが、ヴィマラキールティのような高い見識をもった在家信者の長老《スタヴィラ》を主人公とした新たな物語《カターナカ》が作られることになる。

維摩経《ヴィマラキールティスートラ》と呼ばれた。

デーヴァダッタの居室は、ひとりで住むには広すぎるほどの建物だった。

以前にはここにシッダルタが来て、シャーリプトラやマハーカーシャパも集まって会議をすることもあった。しかしいまは会議のための建物が新たに建設されたので、シッダルタがここに来ることもなくなっていた。

ひとりで住んでいるデーヴァダッタのもとに、若者たちが集まってくるようになった。

最初に現れたのは、のちにガルーダと呼ばれるようになる若者だった。

鋭い目つきをした大柄の若者で、部屋に入って来るなり、乱暴な口調で話しかけてきた。

「あんたはブッダを批判しているそうだな。この教団で尊者《ムニ》と対等に議論できるのはあんただけだ。しかしなぜあんたは僧衣《カーシャーヤ》を着ていないんだい」

「わたしは弟子ではありませんからね。尊者の親族で、いまは王族や商人たちとの橋渡しのような役目をつとめております」

初対面の相手なのでデーヴァダッタはていねいな言葉づかいで対応した。

若者はデーヴァダッタの顔をじろじろと眺めていた。

「おれは何か深い教えでも聞けるのかと思ってこの教団に入った。けれども尊者《ムニ》の話は、とんでもない絵空事ばかりで、とてもついていけない。こんなことなら、ヴァーナラシーに行ってジャイナ教に入ればよかったと後悔しているんだ」

「断食《ウパヴァーサ》や苦行《タパス》は過度に試みると体をわるくしますよ。マハーヴィーラーの高弟たちは森林のなかで裸体で修行をしています。野獣になるというのがジャイナ教の教えですが、それでは覚りの境地には到達できないですよ」

「あんたはジャイナ教にも詳しいのかい」

「マハーヴィーラーに会ったこともありますよ。弟子になれと言われましたが断りました。わたしは野獣になりたくはないですからね」

「あんたも苦行はきらいなのかい」

「確かに少しくらいつらい思いをした方が修行に取り組んでいるという実感が得られると思います。尊者は中道《マディヤマープラティパド》を説かれる。欲望《アビラーサ》に負けるのではなく、かといって禁欲《ウパヴァーサ》にとらわれることもない、中ほどの道を行くということですが、どこを中ほどと考えるかは難しいところです。尊者は初心のものや在家信者に寄りそいすぎて、少し戒律がゆるんでいるのではという気がしますね」

「あんたが気に入った。おれをあんたの弟子《シュラーヴァカ》にしてくれ」

どうやらこの若者は、僧団での修行にものたりなさを感じているようなので、デーヴァダッタはマウドガリヤーヤナのところに連れていった。

マウドガリヤーヤナは喜んでアーラヤ識などの話をしてくれた。

それだけでなく、洞窟《カンダラ》での修行を勧め瞑想《サマーディ》の方法などについても指導をしてくれた。

マウドガリヤーヤナの庵室は、小さな丘のふもとにあった。恒河の支流が形成した河岸段丘で、崖地の根元には、マウドガリヤーヤナが瞑想の場としている洞窟のほかに、いくつも洞窟があった。若者はそうした洞窟にこもって修行をするようになった。

若者はその体験を仲間にも伝えた。洞窟での修行に取り組む若者がふえ、彼らは修行を終えると、デーヴァダッタの居室に集まるようになった。

そこには時々、ガンダルヴァが訪ねてきた。

いまは皇太子アジャータシャトルの側近として高い地位につき、それらしい威厳《グルトヴァ》もそなえるようになったガンダルヴァだが、定期的な報告を怠ることはなかった。

王宮内ではていねいな話し方を心得るようになったガンダルヴァも、ここに来れば昔のような乱暴な言葉づかいで、肩の力を抜くことになった。

「親方《プラブフ》のところには、若い衆が集まるようになったね。教団のなかに別の分派でも作るつもりかね」

その日も何人かの若者がデーヴァダッタの居室に集まっていた。

デーヴァダッタは笑いながら言った。

「尊者《ムニ》は偉大なお方だが、在家信者《シュラーヴァカ》や初心の弟子たちを大事にされる。寄進《ダーナ》がふえ教団が大きくなっていくのはけっこうなことだが、そのことで大事なものが失われていくのではないか。修行者は奥深いものを求める。瞑想にふけり、難解な哲学《タリキカトヴァ》を学び、時には苦行《タパス》にうちこみたい。ここにはそういう奥深さを求める若者たちが集まっている」

「こいつらは親方の弟子なのだな」

ガンダルヴァは若者たちの方に向き直って言った。

「おまえらはデーヴァさまの弟子のようだが、おれはデーヴァさまの一番弟子だ。ガンダルヴァという名を憶えておけ」

その時、ふと思いついたことがあった。

若者たちはそれぞれ固有の名前をもっていたが、ナンダとかプトラとか、平凡な名が多く、区別がつきにくいとふだんから感じていた。

デーヴァダッタは若者たちに向かって言った。

「われわれの結束を固めるために、あなたがたに新しい名前を差し上げましょう。わたしは天神《デーヴァ》、一番弟子は酒神《ガンダルヴァ》と、八部衆にちなんだ呼び名があります。あなたがたもそれぞれ、八部衆の呼称を割り当てることにしましょう」

八部衆とは、伝説《プラータナ》で語られる人にあらざるものらのことだ。

天神《デーヴァ》、龍神《ナーガ》、鬼神《ヤクシャ》、酒神《ガンダルヴァ》、軍神《アシュラ》、鳥神《ガルーダ》、楽神《キンナラ》、蛇神《マホラガ》の八種で、そこにいる若者たちには、それぞれに名前が与えられた。

最初にデーヴァダッタの居室を訪ねた若者は、ガルーダと呼ばれることになる。マウドガリヤーヤナの哲学を深く理解し、巧みな弁舌で仲間の若者たちに教えを伝えることもできるガルーダは、若者たちの指導者となっていた。

「ガルーダ。いい名前だな」

新しい名前を聞いた若者は、息をはずませながら語った。

「おれはガルーダのように天空を飛んでいくぜ。マウドガリヤーヤナは空を飛べるらしいからな。いずれおれもその霊力《ザクティ》を学ぶつもりだ。おれたちの人数はまだ少ないが、比丘《ビクシュ》のなかには、尊者《ムニ》に不満をもっているやつらがまだたくさんいるはずだ。あのお方が偉大すぎて近寄りがたいということもあるのだが、わかりやすい話ばかりで深さが感じられない。尊者は街の商人《ヴァニージャ》たちが毎日寄進する贅沢《ヴィラーサ》な料理を食べているし、教えを説くにも長者《グリハパティ》と呼ばれる豊かな商人を相手にすることが多い。若い比丘たちへの指導がおろそかになっている。デーヴァさまのおかげで、マウドガリヤーヤナさまの指導をあおぐことができて、ここにいるやつらは洞窟での修行を重ねてきた。アーラヤ識という難解な哲学も学んだ。おれはもっと多くの若者たちに声をかけ、仲間をふやすつもりだ。デーヴァさまを導師《グル》として、新たな教団《サンプラダヤ》を作ってみたい」

その時は夢のような話だと思っていたのだが、ガルーダは短期間に多くの若者たちを集めた。デーヴァダッタのもとに集まる若者の数が、急速にふくらんでいった。

配下の若者たちは、ブッダの教団のなかでも無視できない大きな勢力になろうとしていた。

第二十三章　若者たちを集めデーヴァ団を結成する

ビンビサーラ王から使いが来て、マウドガリヤーヤナとともに王宮に呼ばれた。

マウドガリヤーヤナはアジャータシャトル王子の教師《アディアーパカ》として貢献したことで、王は絶大な信頼を寄せていた。

王のような在家信者《シュラーヴァカ》は定められた日に八戒《アスタンガシーラ》を守るだけでいいのだが、確実に八戒が守られていることを教団の高弟に確認してもらえば、これで地獄に落ちずにすむと安心できる。そのために王はマウドガリヤーヤナを、八戒を授ける導師《グル》として忌み日には必ず招くようになっていた。

「デーヴァダッタ、わしはこの国の未来が見えなくなった」

デーヴァダッタの顔を見るなり王は語りかけた。

かたわらの王妃ヴァイデーヒーが心配そうに王のようすを見守っている。

デーヴァダッタは問いかけた。

「何か問題が起こったのでございましょうか」

王は思い惑うような表情になった。

「まだ何も起こってはおらぬ。だがわしにはわかるのだ。何かしら危うい気配が迫っておるようだ」

「何か前兆のようなものを感じられたのですか」

王はすぐには答えなかった。

その時、王妃ヴァイデーヒーが口を開いた。

「ヴァイシャーリーの商人《ヴァニージャ》たちのことでございましょう。あのあたりは昔のカーシー国の領土でございましたが、コーサラ国の勢力が強くなったのと、各地の商人たちが独立都市を作るなどしたため、カーシーの王朝は滅びました。領土はそのままコーサラ国のものとなったのですが、ヴァイシャーリーやヴァーナラシーなどは商人たちの自治による支配が続いておりました。わが父の大王も高齢となり、戦さをする気力がなくなったため、カーシー国の旧領は、わたくしが嫁いだ時にマガダ国領となったのです。商人たちは自治の権利をもつ見返りに、わずかな租税《カラ》を払ってきたのですが、このたびその租税を払わぬと通告してきたのです。わたくしの婚姻とも関わることですので心を痛めております」

ビンビサーラ王は大きく息をつき、デーヴァダッタの顔を見すえた。

「ヴァイシャーリーの商人どもが竹林精舎《ヴェヌヴァナヴィハーラ》を訪ねたであろう」

デーヴァダッタが答えた。

「商人の組合《ガナ》が大挙してやってきて、全員が教団の支援者となりました」

「寄進《ダーナ》もしたであろうな」

「豊かな商人たちがこぞって支援者となったのですから、多くの寄進をいただいたと聞いております」

王は再び大きく息をついた。

「ヴァイシャーリーの商人組合が、今後は租税《カラ》を払わぬと通告してきた。それがどういうことかわかるか。確かにヴァイシャーリーは自治都市だ。商人たちが兵を雇って街を自警しておる。商人どもはマガダ国からの恩恵は何も受けておらぬ。とはいえ街の敷地はマガダ国の領土なのだ。あやつらもいままではわずかな租税を払って友好関係を保ってきた。ところがいまになって、租税は一切払わぬと言い出した。ブッダの教団を味方につけたので、マガダ国とは縁を切るということか。ブッダの教えはマガダ国ばかりかコーサラ国やその属国にまで弘まっておる」

王は微笑をうかべた。

「このわしもブッダの弟子だ。商人どもはブッダに寄進したので、国への租税は払わぬと言いたいらしい。わしだとて教団に寄進がふえるのは喜ばしいことだと思うておる。租税が減ることなどを惜しむつもりはない」

王は急に表情をくもらせて、苦しげにつぶやいた。

「だが、それではすまぬであろうな」

デーヴァダッタは王を励ますように言った。

「マガダ国の領土は広大です。穀物の収入だけで国は充分にうるおっているはずです。それに比べれば、商人の組合が納める租税などは、わずかなものでしょう」

王はいらだったように声を高めた。

「だから惜しむつもりなどないと言うたであろう」

デーヴァダッタは低い声で応じた。

「群臣の方々のご意見は違うのですね」

この時、王妃ヴァイデーヒーが声を発した。

「群臣がどのように考えようと、王のご判断が揺らぐことはございません」

王は大きくうなずいて語り始めた。

「わが配下は武人《クシャトリヤ》ばかりだ。とくに首席大臣のチャンドラプラディーパはわしが若かったころ、ともに戦さの先頭に立って闘った戦友だ。武人は戦さを好む。このところマガダ国は平穏で、兵を動かすことはなかった。それゆえに商人たちに甘く見られたのかもしれぬ。チャンドラプラディーパはただちに軍を派遣して、商人たちに納税させるべきだと主張する。商人の申し出は不義であり、これを武力によってたださねばならぬというチャンドラプラディーパの考えに多くの群臣も同調している。わしの味方をしてくれるのは、古くからの側近でわしの主治医でもある次席大臣のジーヴァカだけだ。しかしながら、この国の支配者は王であるわしだ。群臣がどのような意見を述べようと、わしが国を統治しておるのだから、わしの思いどおりに政務をとればよいだけのことだ。商人組合がこぞってブッダの弟子となったヴァイシャーリーを攻めるわけにはいかぬ。わしもブッダの弟子だ。むさぼってはならぬというのがブッダの教えだ。この教えが世界に弘まれば、この世から戦さがなくなる。商人どもが納める租税など、惜しくはない。商人どももそれがわかっておるから納税を拒否したのであろう」

　デーヴァダッタは声をひそめるようにして言った。

「王のご心配はよくわかります。王は群臣たちがアジャータシャトル王子を擁立して戦さを起こそうとするのではないかと考えておられるのですね」

　この時、これまで一言も言葉を発しなかったマウドガリヤーヤナが、静かな口調で言った。

「ご心配には及びません。わたくしが教師《アディアーパカ》としておそばにはべるようになった当初の王子は血気盛んで、群臣たちにけしかけられれば、何をするかわからぬところがありましたが、わたくしが国の歴史や、バラモン教の哲学《タリキカトヴァ》や、ブッダの教えを語っていきますと、王子はすべてを理解され、いまでは僧団《サンガ》の比丘《ビクシュ》よりも深く、ブッダの教えに従っておられます。戦さを避けようとされる王のご配慮は、王子の思いと同じでございます。王子もまたブッダの教団の信者なのです。どうかご安心いただきますように。わたくしには王子の心のなかがよく見えております。いまの王子の心は一点のくもりもなく晴れ渡っております」

　マウドガリヤーヤナがそのように申し述べると、ビンビサーラ王は満面の笑みをうかべて言った。

「それを聞いて安心した。マウドガリヤーヤナどのはブッダの高弟で深い見識《ヴィジュニャーナ》を有するだけでなく、未来を予見し、人の心のうちを見抜く霊力《ザクティ》をおもちだと聞いておる。王子の心のなかが一点のくもりもなく晴れ渡っていることが、マウドガリヤーヤナどのには見えておるのであろう。いや、よかった、よかった」

王妃ヴァイデーヒーも嬉しげに声をはずませた。

「わたくしが嫁入りの時にもたらした領地のことで戦さが起こるのは、わたくしとしても心苦しいことでございました。またそのことで夫とわが子の間に、いさかいが生じるのではと恐れておりましたが、マウドガリヤーヤナさまの優れた霊力で、王子の心に邪念がないことを保証していただけました。そのように王子が広い見識をもった穏やかな人がらに育ちましたのも、デーヴァダッタさまとマウドガリヤーヤナさまのおかげでございます。これで戦さが起こるおそれもなくなり、マガダ国は末永く栄えることでございましょう」

王と王妃はすっかり安心したようすだった。

そのようすをデーヴァダッタは笑みをうかべて見守っていたが、心のなかは冷えきっていた。

王と王妃の安心はそれほど長く続かないだろうとデーヴァダッタは考えていたが、自分がそう考えていることを、マウドガリヤーヤナは見抜いているはずだった。

マウドガリヤーヤナは王子の教師をつとめるだけでなく、最近は王の導師をつとめていた。多忙なシッダルタの代わりに王宮に通い、教えを説くとともに、王が八戒《アスタンガシーラ》を守っているかを確認していた。せっかく来たのだから今日も教えを説いてくれという王の要望で、マウドガリヤーヤナはその場に残り、デーヴァダッタはひとりで退出した。

廊下に出たところで、デーヴァダッタの心のなかに、マウドガリヤーヤナの声が響いた。

「これから王子のところに行かれるのですね」

デーヴァダッタは心のなかの声で応えた。

「離れたところにいても、あなたには王子の心のなかが見透せるのでしょう。一点のくもりもないとあなたは言われました。それはまことのことでしょうか」

「わたくしは偽りは申しません。王子の心のなかは晴れ渡っております。ただし、いまのところということですが……」

　そこで声は途切れた。

　デーヴァダッタは王子の部屋に向かった。


「ガンダルヴァ、いるか」

部屋の入口で声をかけた。

ガンダルヴァが跳びはねるような勢いで駆け寄ってきた。

「待っておりやした。親方《プラブフ》とマウドガリヤーヤナ先生《アディアーパカ》が王さまに呼ばれたということを、女官が教えてくれやしたのでね」

「王子はどうだ。お元気か」

ガンダルヴァはすぐには答えなかった。この男にしてはめずらしく小さくため息をついた。

デーヴァダッタは奥に進んだ。長椅子に横たわっていた王子が身を起こした。

「わが父に呼ばれたそうだな。何か言われたか」

「群臣たちが戦さをしたがっていると話しておられました。あなたさまが群臣にかつぎあげられるのではと心配しておられましたが、マウドガリヤーヤナさまがその心配はないと明言され、いまの王子の心のうちは一点のくもりもないと語られましたので、王も安心されたようです」

「父はわたしが反乱を起こすとでも思ったのか」

「ヴァイシャーリーの商人が納税を拒否したことについて、王と群臣の意見が対立しているようですね」

「どうでもいいことだ」

王子は吐きすてるような言い方をした。

「父は王だ。王は何でも好き勝手なことができる。それだけのことではないか」

「王が好き勝手なことをやっていては、群臣たちの気持が収まらないでしょう。あなたさまへの期待が高まることになりますが、それは危険なことです。国が二つに割れるようなことにならぬとも限りませぬ」

「群臣たちの考えをすべて聞いたわけではないが、首席大臣のチャンドラプラディーパはわたしに期待をかけてくれている。あやつは根っからの武人だ。戦さをしたがっているのだ。わたしは戦さに出たこともないし、戦場に出て闘うことにあこがれているわけでもない。だがわたしに期待をかけてくれる群臣の要望に応えたいという気持はある。どうすればいいのだ、デーヴァ。教えてくれ。いまのわたしに何ができるというのだ」

「あなたこそ、王にふさわしいお方だとわたくしは信じております。しかしいま王と王子が対立して、群臣らが二つに分かれて争うようなことになれば国に混乱が生じます。首席大臣のチャンドラプラディーパはあなたさまのお味方となりましょうが、次席大臣のジーヴァカは王の側近でございます。おそらく群臣たちの気持は揺れ動いていることでしょう。王として即位するためには、群臣の全員の支持が必要でございます。いまあなたが不用意に父王に対して反抗すれば、そのことだけでお父ぎみを支持するものも出てくるでしょう。王にはブッダの教団がついています。群臣たちも教団の支援者です。いまは自重していただきたい。時機が来るのを待つのです」

「いつまで待てばよいのだ、デーヴァ」

「わたくしに策がございます」

「いかなる策だ」

「これはわたくしがとるべき策でございます。あなたさまはただ待っておられればよいのです」

「待っておればよいことがあるのか」

「ブッダの教団が王と群臣をつなぎとめている限り、あなたさまは困難な立場にあるというしかありません。されども教団のなかに混乱が生じれば、群臣の思いも一つにはまとまらぬことになりましょう。教団が分裂しかねないほどの危機が訪れればとわたしはひそかに考えております。そのためにお願いがございます。従者《ブルタカ》のガンダルヴァをしばらくお貸し願えませんでしょうか」

「もとはおまえの従者であったが、いまではわたしの側近だ。役職にもつかせている」

「数日のことでございます。ガンダルヴァには仲間がおりますので、そやつらに指示を出せば、あとは仲間が動き始めます。すぐにガンダルヴァは王宮に戻しますが、これまでと同じように、時に応じて教団に派遣してください。そのうちに、王子の耳にも成果のほどが届くことでございましょう」

「待っておるぞ。いまは自重すべき時だな。これまでも待ってきたのだ。あとわずかならば、耐えて待っておられるが、いつまで待てることか……。父が老いさらばえるまで待っているわけにはいかぬぞ」

「長くはお待たせいたしませぬ」

デーヴァダッタが強く言いきると、アジャータシャトル王子の顔に、ずるがしこそうな笑みがうかんだ。

「期待しておるぞ、デーヴァ。おまえだけが頼りなのだ」

「あなたさまを必ず、王にしてみせます」

そう言ってデーヴァダッタも、不敵な笑みをうかべた。

「親方《プラブフ》、これからいったい何が始まるのかね」

廊下に出たところでガンダルヴァがささやきかけた。

ここはまだ宮殿の内部だ。誰かが聞き耳を立てているかもしれない。

「黙ってついてくるんだ」

デーヴァダッタは足早に宮殿の外に出た。

竹林精舎《ヴェヌヴァナヴィハーラ》に入り、自分の居室に着くまで、ずっと無言だった。

居室には何人かの若者たちがいた。

八部衆の名称で呼ばれる若者たちだ。

ガンダルヴァが声をかけた。

「おう、おまえたち、ここにいたのか。洞窟《カンダラ》での修行は終わったのか」

ガルーダが応えて言った。

「おれは奥深い真理を求めてブッダの教団に入った。しかしブッダというお方は、寄進をしてくれる在家信者《シュラーヴァカ》に向けて、わかりやすいたとえ話《ウトプレクサ》や夢のような遠い国のブッダの物語《カターナカ》を聞かせてくれるだけで、覚りの境地に向けてのきびしい指導といったものには思いが向いていないようで、おれは教団に不満をもっていた。ところがデーヴァさまのご指導で、教団のなかにも学ぶべきものがあることを教えられた。マウドガリヤーヤナさまは洞窟にこもってアーラヤ識を究めようとされている。マハーカーシャパさまは教団の運営責任者でありながら、自らは糞掃衣《パンスカシャヤ》を着て質素な生き方を求めておられる。ブッダに欠けているものをデーヴァさまはしっかりとつかんでおられるのだ。そこでおれは仲間と話し合って、自分たちが何をなすべきかを考えてみた」

ガルーダはデーヴァダッタとガンダルヴァの顔を見回しながら、声を高めた。

「おれたちは教団の戒律《シーラ》とは別の、自分たちだけのきびしい戒律を作ってみた。それをデーヴァさまに聞いてもらいたくて集まっている」

「ほう、新しい戒律か。言ってみろよ」

ガルーダはデーヴァダッタの顔を見た。

静かにうなずいてみせると、ガルーダは語り始めた。

「教団の五戒《パンチャシーラ》は、生き物を殺さない、盗みをしない、淫らな行為をしない、嘘をつかない、酒を飲まない、というものだが、新しい五戒はまったく違う。人里離れた森林に住すること、托鉢乞食《パインダパーティカ》のおりに招かれても家のなかで食事をしないこと、つねに糞掃衣《パンスカシャヤ》を身にまとうこと、樹下に坐して瞑想すること、獣肉、魚肉、乳酪《ナヴァニータ》、乳酥《ダディカ》および塩《ラヴァナ》を食さないこと……。これがおれたちの五戒だ」

ガンダルヴァは驚いたように声を高めた。

「塩で味つけしないと、飯がまずくなるぜ。それに糞掃衣《パンスカシャヤ》か。あのマハーカーシャパさんが着ている汚れた衣だろう。おまえたちはいま、きれいな衣を着ているじゃないか」

ガルーダは笑いながら言った。

「汚れた衣なんて、すぐには見つからない。とりあえず目標として五つを挙げてみただけだ」

デーヴァダッタも笑顔になって応じた。

「同じ衣をずっと着ていれば汚れてくるだろうが、時間がかかりすぎる。ガンダルヴァ、アジャータシャトル王子に資金を出してもらって、大量の白い布をここへ届けてくれ。泥か何かをつけて白い布を汚すんだ。若者というのはむきになって何かに取り組みたいと思うものだ。糞掃衣を着せればその気になって苦行にも取り組むだろう。入門してから日の浅い若者を集めて、洞窟《カンダラ》で修行をさせよう。糞掃衣を着た若者たちがふえていけば、教団内に波乱が起こる。できれば教団を二分するくらいの人数を集めたい」

横合いからガンダルヴァが口を挟んだ。

「教団を二分だって、そいつは無理だろう」

デーヴァダッタは笑いながら言った。

「これは目標だ。糞掃衣は目立つ。マハーカーシャパひとりが着ているだけでも評判になるくらいだ。多くの若者がマハーカーシャパと同じ姿になれば、それだけでも来訪した支援者は驚くだろう。これは教団への抗議の行動なのだ。支援者をおだてて寄進を集めるだけの教団に不満をもっている若者は少なくない。糞掃衣の集団がふえていけば、何事かと注目を集める。この新たな五戒《パンチャシーラ》を皆に弘めるのだ。支援者向けの八戒《アスタンガシーラ》に比べればきびしい項目ばかりだが、やりとげたあとの達成感は大きい。大量の糞掃衣が必要だぞ。教団に対して抗議をする糞掃衣の集団には、それらしい名称が必要だな」

ガンダルヴァが声を高めた。

「おれも名称が必要だと思っていた。もう考えてあるんだ。デーヴァさまの仲間だから、デーヴァ団《ガナ》。それで決まりだ」

「神の集団《デーヴァガナ》か……。それもいいだろう」

デーヴァダッタはつぶやいた。

ガンダルヴァはただちに王宮に引き返し、アジャータシャトル王子に頼んで大量の白い布を調達した。ガルーダらは竹林精舎の入口近くにある池の泥をぬって、糞掃衣を作る作業を急いだ。

ガルーダ配下の若者たちは、入門直後の初心者に呼びかけて、急速に賛同者を増やしていった。

マウドガリヤーヤナの庵室のある洞窟の近くには、同じ崖にうがたれた洞窟がいくつもあった。そうした洞窟が、いまはたいへんなにぎわいになっている。

竹林精舎は低い灌木があるだけの園地だが、それでも崖の周辺には森林が広がっていた。樹下で瞑想《サマーディ》にふける若者たちが集まってきた。

彼らはまたマウドガリヤーヤナの庵室に押しかけた。アーラヤ識に関する哲学《タリキカトヴァ》は難解であって、すぐに理解できるものではなかったが、そうした難解なものに出会うことも、修行者にとっては苦行と同じような大きな喜びになるようだった。

百人をはるかに超える若者たちが、崖の近くの広場《アスターナ》に集まった。

全員が糞掃衣《パンスカシャヤ》を身につけている。

その前で、自身は美麗な衣服を着たデーヴァダッタが教えを説いている。

「尊者《ムニ》が偉大なお方であることは、皆もよく知っているだろう。わたしはそのことは否定しない。しかしいまの教団は八戒などという月に数日だけ戒律を守ればよいという安易な方針を立てて、在家信者《シュラーヴァカ》を集めることだけを考えているように見える。確かに在家信者がふえれば寄進もふえ、りっぱな宿舎に、新しい僧衣《カーシャーヤ》、豪華な食事など、僧団《サンガ》の比丘《ビクシュ》もおおいにうるおうことになる。だが、そのような豊かさは、修行者にとってはむしろ害悪だ。われらは断食《ウパヴァーサ》も苦行《タパス》もいとわぬ。屋根のある住居ではなく、洞窟《カンダラ》や樹下で修行をする。それこそが修行者の本来あるべき姿ではないか」

そう言ってデーヴァダッタは若者たちを見回した。

数えきれないほどの若者たちが、デーヴァダッタの姿に見入っていた。

デーヴァダッタは胸を張り大教団の導師《グル》のような威厳《グルトヴァ》のある語り口で言葉を続けた。

「尊者は大挙して訪れたヴァイシャーリーの商人たちを教団の支援者とし多大の寄進を受けた。そのおり商人たちとの間に、密約があったのではないか。商人たちは教団と協定を結ぶことで、マガダ国への納税を拒否することとなった。商人たちとビンビサーラ王との間に、緊張状態が生じ、戦さが起こりそうな状勢になっている。これというのも尊者が商人たちの寄進を求めるために、教団に入れば租税《カラ》を納めなくてよいとでも告げたのであろう。恒河《ガンジス》の流域に恒久の平和をもたらすはずのブッダの教団が、紛争の火種をもたらすことになった。われらは団結して尊者に抗議しようではないか」

デーヴァダッタはかたわらにいるガルーダに指示を出した。

ガルーダは新たな五戒についての説明を始めた。

第一、人里離れた森林に住すること。

第二、托鉢乞食《パインダパーティカ》のおりに招かれても家のなかで食事をしないこと。

第三、つねに糞掃衣《パンスカシャヤ》を身にまとうこと。

第四、樹下に座して瞑想すること。

第五、獣肉、魚肉、乳酪《ナヴァニータ》、乳酥《ダディカ》および塩《ラヴァナ》を食さないこと。

このうち第一の戒《シーラ》は、将来は奥深い森林《ダーヴァ》のなかで修行をすべきであるが、当面は竹林精舎を人里離れた聖地だと解釈することとした。あとは糞掃衣を着ればいいということになる。

ここにいる若者たちは全員が糞掃衣を身にまとっているが、新たに参加するもののために、大量の糞掃衣が用意されていた。

デーヴァダッタはさらに語り続けた。

「われらは苦行をいとわない。瞑想によって意識《マノヴィジュニャーナ》の奥底のマナス識のさらにその奥底にあるアーラヤ識の境地を目指している。それこそがブッダの覚りの境地に到る入口なのだ。われらは洞窟のそばの庵室におられるマウドガリヤーヤナ導師からアーラヤ識についに学んだ。まだその哲学《タリキカトヴァ》を学んでいないものは、ただちに導師のもとに赴いて教えを受けてほしい。また糞掃衣の意義については、マハーカーシャパ導師に習ってもらいたい」

そろいの糞掃衣を身にまとった若者たちに向かって、デーヴァダッタは果てもないほどに語り続けた。

このような教えは園内の各所で何度もくりかえされた。糞掃衣を着た集団が園内を歩いているさまは、在家信者などの来訪者の目にとまった。

ブッダの教団で何ごとかが起こっている。そうした風評が広がっていった。

居室にマハーカーシャパが訪ねてきた。

そこには糞掃衣《パンスカシャヤ》を着た若者たちが集まっていた。

糞掃衣を着たマハーカーシャパが現れると、同じような汚れた衣を身につけた若者たちの指導者のように見えた。

マハーカーシャパは困惑した表情で語りかけた。

「デーヴァダッタさま、これはどういうことでございましょうか。このように糞掃衣を着た若者たちが竹林精舎《ヴェヌヴァナヴィハーラ》のなかに数多く見られます。これらの若者たちはあなたさまの配下なのですか。彼らは何やら、尊者《ムニ》に対する批判をもっておるとのことでございますが、それもあなたさまのご指導によるものでございますか」

デーヴァダッタは静かな口調で言った。

「糞掃衣を着るものがいなくなったとあなたは嘆いておられたではありませんか。初心に戻って多くの若者たちが糞掃衣を着るようになったことは、あなたも望まれたことではないですか。彼らは洞窟《カンダラ》で修行をし、マウドガリヤーヤナ導師のもとでアーラヤ識について学んでおります。これはブッダの教えに従ったものでございます。ただこのところヴァイシャーリーの商人たちが支援者になり、寄進がふえたことから、教団のなかに贅沢《ヴィラーサ》をするものが出てくるのではないかと心配いたしております。そのためにわれらは教団の初心にかえって糞掃衣を着ることにしたのです。そもそもあなたさまが長年にわたって糞掃衣を身にまとっておられるのは、教団に対する抗議の気持のあらわれでしょう。われらもあなたさまと同じ気持なのですよ」

教団の重鎮ともいえるマウドガリヤーヤナとマハーカーシャパを味方につけているような話しぶりに、マハーカーシャパは表情をこわばらせた。

「あなたさまは何をなさるおつもりなのですか。尊者に抗議をする集団を作って、教団そのものを分裂させるおつもりなのですか」

「分裂させるなど、とんでもないことですよ。われらはただあなたさまと同じように、批判の気持をこめて糞掃衣を着ているだけのことです。尊者はあなたさまに、糞掃衣を脱げとは言われないでしょう。だとすれば若者たちが糞掃衣を着るのを、尊者がとがめられることはないはずです」

デーヴァダッタの落ち着いた話しぶりに、マハーカーシャパは反論する言葉を失ったようで、表情をこわばらせたまま去っていった。

デーヴァダッタの居室には小さな庵室がいくつも併設されていて、若者たちが宿泊することが多かった。

ひとりきりでいると、真夜中に、マハーヴィーラーの声が聞こえてくることがあったが、最近は若者たちがいるので、そのような声が聞こえることもなかった。

だが勧誘活動が盛んになって若者たちも多忙になった。

その夜は、デーヴァダッタひとりだけが居室にいた。

何かの気配が迫ってきた。

そろそろマハーヴィーラーが現れるころだ。

デーヴァダッタは部屋の灯火《ディーパ》を消し、暗闇のなかで、声が聞こえてくるのを待ち受けていた。

目の前に何かの影が揺れ動いていた。

幻影《タマス》がうかびあがる前兆だった。

声だけのこともあったが、幻影が見えることも何度か体験していた。

裸形の修行者が現れるのを、静かに待っていた。

だが目の前に現れた人物は、僧衣《カーシャーヤ》を身にまとっていた。

「シッダルタさま……」

デーヴァダッタはうめくような声をもらした。

「デーヴァ、あなたのことを考えていました」

声が響いた。

心のなかの声なのか、現実の声なのか、わからなくなっている。

あるいはいま自分がここにいて、シッダルタの姿を眺めていることも含めて、何もかもがただの幻影なのかもしれない。

「糞掃衣《パンスカシャヤ》を着た若者たちが目立つようになりました。マハーカーシャパが困惑していますよ。これはあなたがくわだてたことですね」

デーヴァダッタは黙っていた。

幻影を相手に議論をしても仕方がない。

シッダルタは語り続けた。

「デーヴァ、あなたとは長いつきあいですね。憶えていますか。デーヴァダハ城の中庭で、影絵芝居《トールボンマラータ》をいっしょに見ましたね。芝居が終わり、光源となっている灯火《ディーパ》が消されたあとも、わたしは自分がずっと芝居の続きを見ているような気がしていました。あなたも、ここにいる自分も、影絵芝居の登場人物なのだと考えることもできるでしょう。そうしてずいぶん長く物語《カターナカ》が続き、いまは最後の大きな物語が始まろうとしているのですね」

相手の言葉に誘われて、デーヴァダッタの胸のうちにも、記憶がよみがえってきた。自分はまだほんの幼児にすぎなかったが、確かにシッダルタといっしょに、影絵芝居を見たのだった。シッダルタもまだ少年といっていい年齢だったはずだ。

デーヴァダッタは思わず声を発した。

「あなたさまはブッダになられました。それもまた影絵芝居の物語なのでしょうか。ブッダという存在もまた、幻影なのでしょうか」

しばらくは沈黙が続いた。

やがて再び、声が聞こえてきた。

「尼連禅河《ナイランジャナー》の近くのニャグローダ樹の根元でスジャータという娘から乳粥《パーヤーサ》の献げ物《プラフティ》を受けました。わたしは断食《ウパヴァーサ》の修行を続けていたのですが、乳粥を食して満ち足りた気分になりました。空腹が満たされると、断食をしなければならないという煩悩《クレーシャ》も消えていったのです。その時にわたしは新たな境地に到達したと感じました。その気持を正直にいえば、この境地は快適でよい、ずっとこのままでよい、といったものでした。もちろん食をとってもやがては空腹になるのですが、空腹は新たな食で満たせばよいので、煩悩からは解放されます。ずっとこのままでよいというのは、修行を続ける必要もないし、誰かにその境地を伝える必要もないということです。乳粥によって満たされたこの状態を、言葉《ヴァチャナ》で説明するのも難しいと思われました。まして教団《サンプラダヤ》を起こして教えを説くなどといったことも、自分がブッダだと宣言するのも、どうでもよい、めんどうなことだと感じていました」

「それでもあなたは、自分はブッダだと宣言して、教団を起こされたのですね」

「新たな物語が始まったのですね。この物語を始めたのが自分なのか、いまとなってはよくわかりません。わたしは影絵芝居の白い布の上で、ブッダという役を演じているだけの、ただの幻影なのかもしれません。それでもその物語はいまも続いているのです」

「教団は大きくなりましたね。大きくなりすぎたのではないですか」

「それも物語の一部なのですよ。けれども、デーヴァ、あなたはわたしの兄弟であり、分身であり、影のような存在なのに、わたしの物語からは去ろうとしているのですね。あなたも憶えているはずです。デーヴァダハ城の中庭で、確かにわたしたちは身を寄せ合うようにして影絵芝居を見ていたのです。あれからずいぶん時間がたちました。ずいぶん長く物語が続いていきました。その間にわたしが見ていた夢と、あなたが見ていた夢は、どこかで分かれ道があって、あなたは違う道を進み始め、違う夢を見るようになったのです。それでもあなたは、ヴァーナラシーで六師外道を訪ね、わたしがたどった道を自分でも確認しようとしたのですね。けれども、あなたはわたしではないし、わたしはあなたではないのです。わたしたちは兄弟です。分身なのです。しかしわたしはあなたの影ではないし、あなたはわたしの影ではない。それでもわたしはずっと、あなたのことを考え続けてきたのです。あなたのことを考えないわけにはいかなかったのです。デーヴァ……」

目の前にうかんでいる幻影は、おぼろな影にすぎない。表情もよくうかがえない影絵のようなものだが、声ははっきりと聞こえてくる。

「もしかしたらカピラヴァストゥの城壁を壊したのは、このわたしだったのかもしれない。あるいはこれから起こる悲しい物語も、わたしが語ろうとしている物語の一部なのかもしれない。そう思いながら、あなたのことを考えているのです」

これは夢だ。

デーヴァダッタは胸のうちでつぶやいた。

あるいは夢を見ているような気分のなかで、自分自身が自問自答しているだけのことなのだ。

夢のなかで、デーヴァダッタは問いかけた。

「わたくしは教団を破壊しようとしています。そのこともご存じなのですね」

「糞掃衣《パンスカシャヤ》の若者がふえています。僧団《サンガ》のすべての比丘《ビクシュ》が糞掃衣を着るようになったら、あなたが新たなブッダとなることでしょう」

「わたくしはブッダになるつもりはありません。わたくしはすみやかに、教団を去るつもりでいます」

「その前に、悲しい物語が始まるのですね。いいでしょう。あなたが思っていることを、いますぐにお始めなさい」

そこで声が途切れた。

幻影は消え失せていた。

デーヴァダッタは身動きもせずに、幻影が消えた目の前の暗闇を、見つめ続けていた。

第二十四章　アジャータシャトル王子の不安と苦悩

デーヴァダッタの居室に、マウドガリヤーヤナが訪ねてきた。

マウドガリヤーヤナには霊力《ザクティ》がある。

心のなかの声で話し合うこともできるはずだが、顔を見て話がしたかったのだろう。

「糞掃衣《パンスカシャヤ》を着た若者の姿がふえましたね。わたくしの庵室の近くの洞窟《カンダラ》もにぎわっています。けっこうなことだと思っていますが、そのようすを見た在家信者《シュラーヴァカ》の皆さまが、ブッダの教団《サンプラダヤ》に異変が起きているのではと心配されているようです。ビンビサーラ王もそのことを気にかけておられます。わたくしは八戒の導師をつとめさせていただいておりますので、月に数回は王宮に出向くのですが、このところ王は悩みをかかえておられるようでございます」

落ち着いた口調でマウドガリヤーヤナは語った。

かなりの高齢と思われるこの人物は、シッダルタの二番弟子で、教団の高弟ではあるのだが、一番弟子のシャーリプトラと教団運営を担当するマハーカーシャパがいるので、教団からは少し離れた立場で自らの修行に打ちこんでいる。

糞掃衣を身にまとったデーヴァ団の若者たちは、全員がマウドガリヤーヤナのもとで学んでいる。

デーヴァダッタに対しては、敵でも味方でもないという立場をとっていた。

「王のお悩みとはどのようなものでしょうか」

「王宮内での孤立が深まっていくということですね。王は最高権力者であり、独裁者でもあるのですが、武人である群臣たちに支えられております。ヴァイシャーリーの商人たちが納税を拒否したことについて、王はブッダの教団の支援者であることから、同じく支援者となった商人たちと争いたくないと考えておられました。群臣の多くも教団を支援しておりますので、当初は王にお味方をする群臣も少なくなかったのです。しかし群臣たちは武人でありますから、納税を拒否した商人たちをこらしめるために、軍隊を派遣すべきだと主張するものもおりました。とくに首席大臣のチャンドラプラディーパさまを中心に群臣たちが談合して、アジャータシャトル王子に期待をかけ、王位の継承を早めるべきだと声をあげるようになりました」

王宮内でそのような動きがあることは承知していた。

ブッダの教団がある限り、恒河周辺の平和は揺るぎがないと、多くの人々が信じていた。

ただそのブッダの教団の内部に異変が生じたとなれば、教団に対する信頼が揺らぐこともあるだろう。

デーヴァダッタは息を詰めるようにして相手の顔を見すえた。

マウドガリヤーヤナは人の心のなかを見透すことができる。

こちらの意図を見抜いているはずだった。

「すべてがあなたさまの思いどおりになっているようでございますね」

とがめるような口調でそう言ったマウドガリヤーヤナに対し、デーヴァダッタは低い声でささやきかけた。

「王は何を悩んでおられるのですか。王子が反乱を起こすとでも考えておられるのですか」

「わたくしは教師でございますから、王子の心のうちがわかります。王子にはそのようなお考えはありません。王子はブッダの教えを信仰しておられます。王もそのことはご承知です。されども群臣たちの動きがこれからどうなっていくのか、王は心配しておられます。王はあなたさまの意見を聞きたいとのことでございました。そのことをお伝えするためにこちらにまいったのです。ビンビサーラ王は誰よりもあなたさまのことを信頼しておられます」

「マウドガリヤーヤナさま……」

デーヴァダッタは相手の顔をじっと見つめた。

「あなたには未来が見えているのではないですか」

マウドガリヤーヤナは応えなかった。

長い沈黙があった。

その沈黙の果てに、デーヴァダッタは低い声で言った。

「わかりました。これから王宮に出向いて、王のお心を励ましてさしあげたいと思います」

「これでわたくしの役目が果たせました」

そう言ってマウドガリヤーヤナは微笑をうかべた。

悲しげな笑いだった。


王宮を訪ね、王と対面した。

王は心労のためかひどくやつれた感じがした。かたわらの王妃も目に涙をうかべ、思い惑っているようすがうかがえた。デーヴァダッタは声を高めて問いかけた。

「いかがなさいました。お顔の色がすぐれないようでございます」

王は大きく息をついた。

「ああ、デーヴァダッタ、よく来てくれた。わしは新月《プラタマ》の日も満月《プルニマ》の日も八戒を守り、そのことをマウドガリヤーヤナに確認してもらっている。それゆえにわしは地獄に落ちることはないはずだ。とはいえ若いころのわしは、戦さに次ぐ戦さの連続で、多くの人の命を奪った。そのままでは地獄に落ちると恐れておったのだ。ブッダの教えのおかげでわしは安心できた。だが群臣のなかには、かつての日のように戦さに出たいと思うておるものも少なくないようだ。首席大臣のチャンドラプラディーパをはじめ、いまの大臣や高官は、若いころにわしとともに闘った勇者たちだ。年をとったいまも、戦さの思い出が忘れられないのだろう。あるいは死ぬ前にもう一度、戦場で闘いたいという思いがあるのやもしれぬ」

「王は戦さを避けたいとお考えでございましょう」

「それがブッダの教えだ。われらはむさぼってはいけないのだ。群臣たちは少しでも国の領土を増やしたいという欲にとらわれておる。煩悩《クレーシャ》は捨てねばならぬ。ヴァイシャーリーには商人どもがかかえておる雇い兵がおる。いざとなれば恒河の流域の各地から雇い兵を集めるであろう。こちらが攻めれば大きな戦さとなる。多くの人が命を失う。どんなことがあろうと戦さは避けねばならぬ」

そのように語るビンビサーラ王であったが、口調は弱々しい感じで、追いつめられているようすがうかがえた。

デーヴァダッタはひとりごとのようにつぶやいた。

「群臣たちの動きが気にかかりますね。王子を擁立しようと考えているものがどれほどいるのか……」

「首席大臣のチャンドラプラディーパは、王子を擁立しようとしておる。だがわしは心配していない。マウドガリヤーヤナ先生《アディアーパカ》のおかげで王子は聡明で高い見識《ヴィジュニャーナ》をもつ人物になった。群臣たちの甘言に乗せられて王位を望むようなことはないと信じておる」

横合いから王妃ヴァイデーヒーが口を挟んだ。

「わたくしも王子を信じております。親が子を信じなくてどうするのですか。あの子が父の王に反抗するようなことはけっしてないと信じてやりたいと思います」

王も王妃も王子を信じると口では言いながら、不安をぬぐえないようすを見せている。

王は孤立している。

デーヴァダッタは初めてビンビサーラ王と会った時のことを思い起こしていた。

マガダ国の支配者で独裁的な権威をもったビンビサーラ王の全身からは、揺るぎのない威厳《グルトヴァ》と自信があふれだしていた。

だがいま目の前にしている王の姿からは、威厳も自信も感じられなかった。

ビンビサーラ王の時代は終わったのかもしれない……。

マウドガリヤーヤナの言葉を思い出した。

ビンビサーラ王は誰よりもあなたさまのことを信頼しておられます……。

その信頼にひとまず応えなければならない。

デーヴァダッタは語り始めた。

「王が群臣の心のうちを思いやり、不安な気持になられているのは、思いやり深き王のご人徳でございます。群臣が揺れ動いているのも、ブッダの教団のなかに混乱が生じているのではという風評が立ったことが原因でしょう。これにはわたくしにも責任がございます。ご承知のようにブッダの一番弟子はシャーリプトラと申すもので、この人物は多弁で如才なく立ちふるまい側近の地位を得ておりますが、在家信者の支援者を増やして教団をより豊かにすることに目が向いている俗物でございます。これに対し、マウドガリヤーヤナさまは洞窟にこもって修行し、哲学を深く掘り下げるなど、修行者としての道を極めようとされております」

王はマウドガリヤーヤナの人となりに感服して、八戒の導師を任せているほどだから、デーヴァダッタの話に大きくうなずきながら聴き入っている。

デーヴァダッタは言葉を続けた。

「教団運営を担当されているマハーカーシャパさまは、僧団の比丘たちが美麗な僧衣《カーシャーヤ》をまとうことに批判的で、自らは糞掃衣《パンスカシャヤ》と呼ばれる粗末で汚れた衣をまとっておられます。わたくしも教団が華美で贅沢《ヴィラーサ》になることを心配いたしておりまして、わたくしのもとに集まってきた若者たちに、マウドガリヤーヤナさまやマハーカーシャパさまを見習うようにと申し伝えました。その結果、若者たちは洞窟で修行し、また率先して糞掃衣を身につけるようになり、このところ汚れた衣を身にまとうものが急速にふえることになったのでございます。これを見た訪問者が、ブッダの教団が分裂しそうになっているとと風評を流したのでございましょう。むさぼることを慎み質素な生活を心がけるというのは、ブッダの教えの根本でございますから、けっして教団が分裂するようなことはございません。このことを支援者の皆さまにお伝えすれば、風評はすぐに収束するものと思われます。王も王妃も、どうかご安心ください。同じことを王子にもお伝えして、群臣の動揺はすぐに収まるはずであるから、不用意に事を起こすことがないようにと、重ねてお願いを申し上げます。王子は聡明なお方でございます。理をもって説けばすぐにご理解いただけることでしょう」

熱のこもったデーヴァダッタの話に、王と王妃は涙をうかべながら耳を傾けていた。

少しでも希望のもてる話を聞きたいという思いが二人にはあったのだろう。デーヴァダッタの誠実な話しぶりに、王も王妃も勇気づけられたようすで、ほっとしたような笑みをうかべた。

ビンビサーラ王は声をふるわせた。

「いつもながらそなたの言葉は、われらを励ましてくれる。デーヴァダッタ、そなたに感謝したい」

王妃も涙声になって言った。

「これから王子のところに行ってくださるのですね。いまのお話を伝えてくだされば、あの子も安心することでございましょう」

二人に感謝されたので、デーヴァダッタは深々と礼をした。

王と王妃の前を去ろうとした時、やつれおとろえた王妃の顔が目に入った。

記憶がよみがえった。

シュラヴァースティの王宮を嫁入りのために出立する前日の宴の席での、王女《ラージ》ヴァイデーヒーの姿が目の奥にやきついていた。

あれほど美しかった王女が、いまは年老い、このようにやつれているのだ。

廊下に出たところで、デーヴァダッタは大きく息をついた。

あらゆる現象《サンスカーラ》は無常《アニチャム》なのです……。シッダルタの言葉がよみがえった。すべては影絵芝居《トールボンマラータ》の幻影《タマス》なのか。

悲しい物語《カターナカ》が始まる。

ラージャグリハの王宮に悲劇が訪れるのだ。


王子の部屋の方に向かうと廊下に人の姿があった。

ガンダルヴァだった。廊下で待ち構えていたようだ。

「親方《プラブフ》、いよいよだな」

低い声でガンダルヴァがささやきかけた。

デーヴァダッタは無言で部屋のなかに入った。

うしろからガンダルヴァが声を張りあげた。

「デーヴァダッタさまがおいでになりやした」

アジャータシャトル王子は緊張したおももちでデーヴァダッタを待ち受けていた。

「父のところに行ったのだろう。どんなようすだった」

ガンダルヴァが言ったように、いよいよその時が来た。もはやあとに引き返すことはできない。

デーヴァダッタはいくぶん緊迫した感じの口調を装って語り始めた。

「ブッダの教団に乱れが生じております。これはわたくしが画策したことでして、王子から資金をいただき、これまでの黄色い美麗な僧衣《カーシャーヤ》ではなく、汚れた白い衣を身にまとう若者が急速にふえました。汚れた僧衣を着ている人数は教団全体からすれば限られているのですが、白い衣はよく目立つので、来訪者の目には教団に乱れが生じたと感じられることでしょう。ブッダの教団は信用を失い、王のご意向に賛同を示していた群臣にも迷いが生じます」

自分の口からすらすら言葉が流れていくことを、デーヴァダッタは奇異なことのように感じながら、勢いに乗って言葉を続けた。

「首席大臣のチャンドラプラディーパさまだけでなく、ほとんどの群臣はいまや王子に期待をかけております。時を置かず群臣がこぞって王子の背中を押し、即位を要請することと思われます。ただそのことを王も予感しておられ、追いつめられたような表情となり、思い余って何をするかわからないという混乱したごようすに見えました。そして、あの予言《アグラニルバナ》……、とっくに過去に葬り去られたと思われたマハーヴィーラーの予言のことを口にされておりました」

王子はうめくような声をもらした。

「わたしが生まれる前の予言か。なぜそんなものがいまごろになって取りざたされるのだ」

「正妃が産んだ王子が反逆して王を殺す。それが予言です。王は自分が殺されるのではないかと恐れておられます」

自分は虚偽を語っている。

デーヴァダッタは心のうちで自分自身にささやきかけていた。

これは自分が新たな影絵芝居のために語る虚構の物語だ。

「危険が迫っております。このまま何もせずにいると、王の指示であなたさまは捕縛され、あるいは殺されることになるかもしれません」

王子の目に険悪そうな怪しい光が宿った。

「殺されるだと。父がわたしを殺すというのか。それもいいだろう。父にうとまれるくらいなら死んだ方がましだ」

「あなたさまが殺されれば、群臣の期待を裏切ることになります。王子は王の跡継としてこの世に生まれてきたのです。王になることはあなたさまの宿命《カーラ》なのです」

王子は息をはずませて言った。

「わたしはいずれ王になるはずであった。王になることは当然であり、早く王になりたいと思ったこともある。デーヴァ、おまえは自重しろと進言した。時機が来るのを待てとも言った。いまがその時機なのか。教えてくれ、デーヴァ。わたしはどうすればいいのだ」

デーヴァダッタは落ち着いた声で言った。

「いまがその時でございます。いまを逃すと、もはや機会はやってこないでしょう。先手を打つのです。殺される前に、こちらから攻撃を仕かける。それしかありません。あなたさまには身辺警護の親衛隊がありましたね。それだけの兵で充分です。いますぐに兵を出して、王を拘束し、牢獄に幽閉するのです」

デーヴァダッタはガンダルヴァの方に目を向けた。

ガンダルヴァがうす笑いをうかべて言った。

「親衛隊はおれが率いている。こんなこともあろうかと、牢獄の番人も手懐けてある。親方が行けと言われれば、ただちに出動できやす」

王子が大声でさえぎった。

「待て。待つのだ」

声がふるえていた。

「父を幽閉してどうするのだ。殺すのか。それはできぬぞ。わたしはマウドガリヤーヤナ先生からブッダの教えを伝授されたのだ。どんな悪人でも救ってくださるという慈悲深い阿弥陀ブッダというお方でも、救いがたい五逆と呼ばれる重罪があるとのことだ。その五種の罪をわたしは憶えておるぞ。父殺し、母殺し、高僧の殺害、ブッダの傷害、教団の破壊……。その五種の罪の第一が父殺しだ。死ぬことはいとわぬが、地獄には落ちたくない」

デーヴァダッタは冷ややかな笑いを見せた。

「王子よ。あなたが罪を犯すわけではないのですよ。牢獄に幽閉するだけです。あとは牢番に命じて食を与えなければ、間を置かずに命は失われます。あなたさまが手を下すわけではないのです。ただの餓死なのです」

王子はおびえたような顔になって言った。

「牢番に命じるのはわたしではないか。だとすればわたしが殺したことになる」

王子は混乱し、理性を失っているように見えた。

デーヴァダッタは相手を落ち着かせるために、わざとらしいほど穏やかな声で言った。

「あなたさまはブッダの教えをよく学ばれました。あなたさまのおやさしいお心づかいも承知いたしております。ご心配には及びません。牢番に命じるのはガンダルヴァです。そしてガンダルヴァに命じるのは、このわたくしです。この神《デーヴァ》が、王を殺すのです」

王子は身をふるわせていた。

言葉を失ったようすだ。

デーヴァダッタはガンダルヴァに目で合図を送った。

ガンダルヴァは大きくうなずいた。

止めるならいまのうちだぞ……。

デーヴァダッタは心のうちでアジャータシャトル王子にささやきかけた。

ガンダルヴァはあわてるようすもなく、ゆっくりと廊下の方に出ていった。廊下の先に身辺警護の兵がいるのだが、それだけではなく、ガンダルヴァ配下の兵がどこかに待機しているはずだった。

おまえは止めなかったな……。

デーヴァダッタは王子を見すえた。

王子はその場に立ち尽くしていた。まだ全身のふるえが収まらなかった。その顔は、死人のようにあおざめていた。

止めなかった……。おまえが父を殺すのだ。

王子に向かって、デーヴァダッタは心のなかでささやきかけた。


王が幽閉されたという知らせは竹林精舎《ヴェヌヴァナヴィハーラ》にも伝えられた。

マウドガリヤーヤナが王宮に出向いたのだが、城門が閉ざされていて入ることはできなかった。八戒の導師が拒絶されるという事態は深刻なものだった。

八戒とは月のうちの定められた忌み日に戒律を守り、そのことを導師に確認してもらうという、在家信者《シュラーヴァカ》の定例の儀式だ。新月および満月、さらにその中間日などが忌み日で、マウドガリヤーヤナは月に最低四度は王宮に赴いていた。

しかし新月が過ぎ、満月が過ぎても、王城の門は閉ざされたままだった。

ラージャグリハの街は平穏でいつものようににぎわっていた。商人たちは自由に街の城門のなかに入れたし商売ができた。買い物をする近郊からの客もふだんと変わらなかった。

王宮についても来客が拒まれているだけで、通いの使用人や食料などを運ぶ業者は裏口から出入りができた。そうしたものの口から、王宮内のようすが伝えられ、さまざまな風評が広がっているようだった。

僧団《サンガ》の比丘《ビクシュ》や比丘尼《ビクシュニー》は、街に出て托鉢乞食《パインダパーティカ》を続けていた。教団《サンプラダヤ》の人々の生活に支障はなかったが、王宮が閉ざされている緊張感からか、訪れる在家信者《シュラーヴァカ》の数は目に見えて少なくなっていた。

ガルーダが率いる若者たちは活動を続けていた。

シッダルタは静観している。

シャーリプトラやマハーカーシャパにも動きはなかった。

街の商人からの寄進は激減した。寄進に頼らない断食《ウパヴァーサ》や苦行《タパス》によるきびしい修行を求めようというガルーダたちの主張は、多くの若者たちの賛同を得ていた。

デーヴァ団《ガナ》に入ったものには、糞掃衣《パンスカシャヤ》が与えられた。糞掃衣を身にまとった修行者がふえていった。白い布の予備はまだ充分にあったから、この勢いでいくと、教団の半ばが糞掃衣に占められる日も近いのではと思われた。

以前から糞掃衣を着ていたマハーカーシャパがとがめられなかったように、糞掃衣そのものは禁止されていない。ただ托鉢乞食に出たものらは、街の風評を耳にする。

反乱を起こそうとするものらがいて、教団は分裂寸前だという風評が伝わってきた。

実際に、従来の美麗な黄色い僧衣のものと、糞掃衣のものとの間に、対立が起こりそうな気配になっていた。

そんな日々に、デーヴァダッタの居室を訪ねてきたものがいる。

ヤショーダラの子のラーフラだった。

ラーフラが生まれた時、シッダルタはすでに修行の旅に出ていた。

デーヴァダッタはまだカピラヴァストゥにいた。赤子のころから少年になるまで、たえずそばにいて、父親がわりをつとめていた。

母親のヤショーダラの弟という立場だったから、叔父として接していたのだが、自分がほんとうの父親だという思いがあって、心をこめて父親代わりをつとめていたつもりだった。

だがシッダルタとともにカピラヴァストゥに帰還した時には、ラーフラは会ったこともないシッダルタを父と慕い、弟子になることを申し出た。デーヴァダッタに対しては、冷たい対応しかしなかった。

そのことでデーヴァダッタは落胆し、ラーフラへの気持が冷めてしまった。

その後は思い出すこともほとんどなかったのだが、ラーフラも竹林精舎《ヴェヌヴァナヴィハーラ》にいるので、姿を見かけることはあった。ラーフラはアーナンダの配下にあって、高弟のひとりとされていた。のちには密行第一と称されて十大弟子に数えられることになる。

居室に入ってきたラーフラは、思いつめたような鋭いまなざしでこちらを見ていた。

「どうしたのですか。わたしに何か用があるのですか。それとも、昔に戻って、叔父と甥として、親交を深めようということですか」

「教団に入れば、親も子も、兄も弟もありません」

強い口調でラーフラは応えた。

ラーフラというその名には、障害という意味がある。出立の前にシッダルタが命名したのだが、どういうつもりでそんな名を言い残したかはわからない。

デーヴァダッタは問いかけた。

「なぜここへ来たのですか。わたしに言いたいことがあるのですか。ご批判があるのなら承りましょう」

自分をおさえようとしているような、ことさらに低い声でラーフラは問いかけた。

「あなたは誰なんですか」

「誰……」

意外な問いだった。これまでにそんなことを問われたことはなかった。

「わたしはデーヴァダッタ。もっとも尊者《ムニ》はわたしのことを省略して神《デーヴァ》と呼びますが」

「あなたは自分が神《デーヴァ》になったつもりでいるのですか」

「わたしが見ている影絵芝居《トールボンマラータ》のなかでは、わたしは主役の勇者《ヴァーガラ》なのですよ」

「あなたのどこが勇者なのですか。あなたはカピラヴァストゥを壊滅させたのでしょう。そしてこんどは、ブッダの教団を壊そうとしている」

デーヴァダッタはうす笑いをうかべた。

「ブッダの教団はたやすくは壊れないですよ。壊れるものなら壊してみたいですがね」

「あなたは何ものなのですか。教団を壊して新たな教団の導師《グル》になるつもりですか」

「何ものかと問われればこう答えるしかないですね。あなたの母ぎみの弟です。そして、あなたの父親です」

しばらくの間、ラーフラは黙りこんでいた。

沈黙のあとで、低くつぶやいた。

「知っていますよ」

ラーフラは小さく息をついてから付け加えた。

「子どものころに、女官たちが話していました。幼い子どもでもそういうことは耳に入ります。それにあなたは、父親として、やさしくわたくしに接してくれました。ですからわたくしはあなたのことを、父親だと思っていました」

そのように面と向かって言われると返す言葉がなかった。

わずかな間のあとで、デーヴァダッタは声をしぼりだした。

「そうですか。しかしそのことを言いにきたわけではないでしょう」

ラーフラの息づかいが荒くなっていた。

「あなたは若者たちに糞掃衣《パンスカシャヤ》を着せて、教団を分裂させようとしていますね」

デーヴァダッタは笑い声をたてた。

「糞掃衣はいいですよ。質素であることは修行者の基本です。マハーカーシャパは大昔からただひとりだけ糞掃衣を着ていましたね。あれは尊者に対する無言の抗議なのです。教団は寄進がふえて豊かになりました。食事にしても僧衣《カーシャーヤ》にしても、修行者が贅沢《ヴィラーサ》をするようになりました。それを批判してマハーカーシャパは糞掃衣をまとい続けているのです」

「あなたは糞掃衣を着ていないですね。なぜあなたは着ないのですか」

「わたしですか。わたしは僧団《サンガ》の比丘《ビクシュ》ではありません。宗教《マタ》や哲学《タリキカトヴァ》には興味をもっているのですがね。わたしは尊者のあとをたどって、六師外道の導師たちを訪ね、議論をしました。尊者と同じ道をたどったはずなのに、気がつくと別の道に出てしまったのです。どうしてこうなったのでしょうね。シッダルタさまとわたしとは幼なじみでしてね。年は十歳以上違いますが、お互いに子どもだったころに、わたしが住んでいたデーヴァダハ城で、影絵芝居《トールボンマラータ》をいっしょに見たのですよ」

デーヴァダッタの目の前に、遠い昔のその時の光景がうかびあがっていた。

「影絵芝居が終わったあとで、シッダルタさまがぽつりとつぶやいた言葉が、いまも頭のなかに刻まれています。影絵芝居の終わりというのは寂しいものですね……、シッダルタさまはそう言われたのです」

デーヴァダッタは言葉を続けた。

「シッダルタさまはまたこんなふうに言われました。影絵の人形はよくできています。物語の筋書きも考え抜かれている。だからおとなも子どもも、われを忘れて物語の世界にひたりきっているのです。

けれども終わってみれば、すべてはただの影絵だったことに気づかされてしまう。そこで演じられたのは、虚しい影による架空の物語にすぎないのです……」

デーヴァダッタは語調を強めた。

「わたしはこの時すでに、シッダルタさまは空《ジュニャター》ということを考えておられたのだと思います。つまり影絵芝居の影が映る白い布が、空なのですね。ただ白い布があるだけで、その上で展開される物語は幻影《タマス》にすぎないのです。けれどもわたしはまだ子どもだったので、シッダルタさまの言われたことがよくわかっていなかったのだと思います。わたしは涙をうかべながらこんなふうに言い返したことを憶えています。たとえすべては幻影なのだとしても、芝居が続いている間は、そこに本物の勇者や魔神《パーブマン》がいるように感じて、人々は一喜一憂するのです。その喜びや憂いは、虚しいものではありません。ほんとうに心が揺れ動いて、楽しんだり、恐怖におののいたり、涙を流して喜んだりするのです……と」

デーヴァダッタは目の前のラーフラの顔を見つめていた。

美しい顔だちは母親に似ていた。肌の色が白いのは自分に似ている。

ラーフラの血のなかにも、異国の舞姫《ナルタキー》の血が流れているのではないか。

確かにこれはわが子なのだと思うと同時に、胸の奥底から痛みを伴った激流のようなものがわきあがってきた。

デーヴァダッタはさらに語り続けた。

「皇太子であられたシッダルタさまは、わたしの姉を妃としてめとりました。わたしは姉の給仕《ヴィタラーカ》としてカピラヴァストゥの王宮に入ったのです。姉といっても母が違います。姉の母は王妃のアミターさまで、わたしの母はどこの誰とも知れぬ女です。だから姉とわたしとでは身分が違うし、母が違えば姉と弟という関係でもないのですね。わたしはそこで、シッダルタさまと姉とが、幸せそうな夫婦になっているさまを、給仕として遠くから眺めていたのです。わかりますか、ラーフラさま。その時にわたしがどれほど傷ついたか。あまりに苦しくて、シッダルタさまと姉とを憎み、呪うような気持になりました。そしてカピラヴァストゥの美麗な王宮など、この手で破壊したいとさえ思ったのです」

「ああ……」

ラーフラはうめくような声をもらした。

息をあえがせながらラーフラは語り始めた。

「確かに尊者は空《ジャニュター》を説かれます。わたくしたちが見ている目の前の世界はすべて幻影《タマス》なのかもしれない。幼いあなたとシッダルタさまが影絵芝居を見た時に、白い布のこちら側で、シッダルタさまとあなたとの物語が始まったのですね。それもまた影絵芝居なのでしょう。しかし魂の双児のようなあなた方は、別々の道を歩み始めた。シッダルタさまはブッダとなられ多くの人々を救われた。あなたは何をしたのですか。ヴィルリ王子をけしかけて父の王を殺させ、いままたアジャータシャトル王子をそそのかして父の王を幽閉させた。あなたは地獄に落ちますよ。父殺しをそそのかしただけでなく、あなたはいま教団を破壊しようとしています」

ラーフラは目に涙をうかべて言葉を続けた。

「シッダルタさまがわたくしに、デーヴァはわたしの分身なのだ、と言われたことがあったのです。その時は何のことかわからなかったのですが、いまやっとわかりました。あなたがたは確かに年は違っても双児の兄弟のようによく似ていて、同じ魂をもった分身といってもいい存在なのです。一つの魂には公正な部分と邪悪な部分とがあります。その魂が二つに裂けて、シッダルタさまが公正な部分を、あなたが邪悪な部分を受け取ったのです。あなたは邪悪な魂だけをもった魔神のようなお方です。わたくしはあなたを父としていることが恥ずかしくてならない。わたくしはいますぐに、剣をとってあなたを刺し殺したいと思っています」

ラーフラの言葉が、デーヴァダッタの胸を貫いた。

まるで目の前の若者がアジャータシャトル王子で、自分が幽閉されたビンビサーラ王になった気がした。

デーヴァダッタは小さく息をついた。

「あなたにそのように思われているのは、致し方のないこととはいえ、少し悲しい気がします。わたしはあなたが思っているほど邪悪ではありませんよ。確かにシッダルタさまが絵空事のような美しい物語をお説きになることを批判しました。若者たちを説得して糞掃衣《パンスカシャヤ》を着させ、ブッダの教団に乱れがあるように見せかけたのもわたしがしむけたことです。しかしそんなことで教団が揺らぐはずもありません。わたしはつねに、ささやかな反抗をくわだてているだけで、ブッダとなられたあのお方にいかなる痛みをもたらすこともできはしないのです。あのお方はただ冷ややかに笑って、わたしがもがき苦しむさまを眺めているだけなのです。ラーフラさま、ご心配には及びません。わたしには教団を分裂させようなどという意図はまったくありません。もしも教団に混乱が生じ、在家信者の来訪が減ったということがあるのならば、謝罪をいたします。わたしはもうこの教団にいてはいけないのでしょう。いずれわたしは教団を去るつもりです」

デーヴァダッタが教団の分裂をさせる意図はないと話したことで、ラーフラは少しは安心したようすだった。

ラーフラはなごんだ目つきになってこちらを見ていた。

「父よ……」

ラーフラはそのように呼びかけてくれた。

「わが父に向かって失礼なことを申し上げたことをお許しください。教団に危機が迫っていると訴える人々が教団の内部にも外部にもおりました。あなたさまは尊者の弟ぎみで、教団にとって特別なお方だと誰もが認めておりますので、問いただすことができず、皆が困惑しておるのを見て、息子のわたくしならば腹を割って話すことができると思い、こちらにうかがったしだいでございます。お話をうかがって、少しは安心いたしました。それでもマガダ国の王が幽閉されているのは動かしがたい事実です。あなたさまはそのことを、どのようにお考えでございましょうか」

デーヴァダッタは考えをめぐらせた。

虚偽を語るつもりはなかった。

息子を相手に意図的に虚偽を語ることはできない。ただこれ以上、教団に波乱を起こしたくないという思いがあって、なるべく穏やかに話を終えたいと考えていた。

「このたびの問題は、ヴァイシャーリーの商人たちの納税拒否が発端になっております。王子が政権をとられれば、軍隊がヴァイシャーリーの近くまで進軍するものと思われますが、そのあたりでブッダに出向いていただき、仲裁をしていただければ戦さは避けられます」

「それで戦さは避けられるのでしょうか」

「軍隊を進める前に、わたしが王宮に出向いて説得を試みます。わたしも戦さは避けねばならぬと思っております。戦さを防ぐために全力を尽くすとお約束いたします」

ラーフラの顔に、ほっとしたような微笑がうかんだ。

別れ際に、ラーフラはもう一度、こちらをじっと見て言った。

「父ぎみ。あなたさまとお話ができてよかったです」

デーヴァダッタは喉が詰まったようになって、言葉を返すことができず、無言で大きく頭を下げただけだった。

第二十五章　夢のなかではたえず同じことが起こる

いつも同じ夢を見る。

夢のなかでは、これが夢だとわかっている。

前に似た夢を見た。同じことのくりかえしだ。

わかっていても、その夢から逃れることはできない。

そこには前世の自分がいる。悪い仲間とともに盗みを働き、奪った富の配分をめぐって仲間割れが起こった。自分は傷を負い、河に突き落とされた。

河はどこまでも流れていく。

森林《ダーヴァ》のなかの浅瀬に流れついた。

誰かが自分を見つめていた。

全身から金色の光芒を放つ鹿《ムルガ》の王《ラージャ》だった。

鹿の王は悲しげな目で自分を見ていた。

かたわらに予言者《デーヴァデュータ》の黒い鳥がいて王に告げた。

「これは恩義知らずの邪悪な男だ。こやつを救ったりすれば、王は身を滅ぼすことになろうぞ」

鹿の王は慈愛《マイトリー》に満ち、慈愛のために生きていた。

「苦難にあっているものは救わねばならぬ。そのようにわたしは生きてきた。これからもそうあらねばならない」

鹿の王は霊力《ザクティ》を有していた。

全身に傷を負っていた男はたちまち回復して、歩けるようになった。

その男に、王は告げた。

「わたしはこの森林《ダーヴァ》のなかで、森林の生き物たちを守りながら、ひそやかに暮らしている。この森でわたしと会ったことを誰にも告げぬと誓えるか」

男は何度も誓った。

夢を見ているデーヴァダッタは、その男が前世の自分だとわかっている。しかしその男の行動をこちらからあやつることはできない。ただ前世の自分が何をするのかと眺めているだけだ。

男は鹿の王の前で誓い、森林の外に出ていった。

そこには大きな街があり、人の王が支配していた。

人の王にはわがままな王妃があった。夢のなかにはどういうわけか、よくマリハムが出てくる。シュラヴァースティで出会った娼婦《ルーパージーヴァ》のマリハムだ。ふだんは思い出すこともないのだが、夢のなかではマリハムの姿を見ることが多い。

悪女はたいてい、マリハムの役割だ。

前世のマリハムは、夢のなかで金色に輝く鹿の王を見た。

夢のなかで見た鹿の王の威厳《グルトヴァ》と見識《ヴィジュニャーナ》と慈愛の深さは、人の王をしのいでいた。そのさまに王妃は怒りを覚えた。

王妃は夢の話を王に告げ、金色の鹿を捜して射殺してほしいと嘆願した。

王も心のうちで思った。鹿の王が人の王よりすぐれているというのは、許しておけぬ。

とはいえ王妃の夢だけでは、鹿の王がどこにいるのかわからなかった。

街の周囲にはどの方向にも深い森林があったからだ。

王は街に触れを出した。

金色の鹿を見たことがあるものは名乗り出てその場所を告げれば富を与えようと。

これを知った男はただちに名乗り出た。鹿の王との約束は忘れていた。

人の王は大軍を率いて男が告げた森林に向かった。

予言者の黒い鳥が鹿の王に告げた。

「わたしが予言《アグラニルパナ》したとおりに、邪悪な男は誓いを破った。人の王は大軍を率いて森林に迫っている。いまは森林の奥に逃げるべきであろう」

鹿の王は同意しなかった。

「わたしが逃げれば、人の王は森林の中を探索する。何百もの鹿と小動物が命を失うことになる。ここはわが身ひとつを犠牲にして、動物たちを救わねばならぬ」

鹿の王は静かな足どりで、弓を構えた人の王の前に進み出た。

矢が放たれた。

そこで目が覚める。

鹿の王とは、前世のシッダルタだ。


夢はくりかえし現れシッダルタと自分が出てくる前世の夢を何度も見ることになる。

べつの夢では、男が虎《ヴィアーグラ》に追われている。男は自分だ。

男は大きな樹木によじのぼって難を避けようとする。だが樹上には熊《バルーカ》がいる。男は身動きがとれなくなった。

だがそれは慈愛に満ちた熊だった。前世のシッダルタだからだ。

熊はやさしく男に声をかけた。

「わたしはあなたには危害を加えない。あなたを助けたいと思っている。さあ、こちらに登ってきなさい」

男は喜んだが、恐怖のために身動きできずにいる。

「熊よ。わたしを助けてくれ。わたしはもはや身動きできず、これ以上、登ることができない。このままでは虎にとびつかれてしまう。お願いだ。助けてくれ」

「待っていろ。すぐに助けてやる」

熊は樹木の幹をつたって男のいるところまで下りてきた。

男の体をかかえあげ、上方に登っていこうとする。

樹木の下から虎が熊に声をかけた。

「そいつを助けるつもりか。やめておけ。恩知らずの邪悪なやつだぞ。こんな男を救ってやれば、おまえが身を滅ぼすことになる」

熊は虎に向かって言った。

「この男はわたしに助けを求めた。求められれば助けなければならない。たとえわが身が滅びようとも、わたしはこの男を助けなければならぬのだ」

虎は笑いながら言った。

「ならばやりたいようにやれ。何と愚かな熊だろうか。そんな男を助けて何になるというのだ」

熊は男をかかえて樹木の幹を登り始めた。それほど大きな熊ではなく、男の体は重かったので、熊は息をあえがせていた。

ようやく安全な場所まで登って、男を樹木の太い枝の上に横たえると、熊は疲れきったように樹木の幹にもたれかかった。

「わたしは少し休むことにする。何か異変が起こったらわたしを揺り起こしてくれ」

そう言うと熊は安らかな寝息をたてはじめた。

虎の声が聞こえた。

「熊は眠ったようだな。いまならそいつを突き落とすことができるぞ。熊を食ったらおれは満腹になる。おまえを食ったりはしない。おまえは無事に下におりて、自分の家に帰ることができる。さあ、いましかない。熊を突き落とすのだ」

言われるままに、男は熊を突き落とした。

同じことのくりかえしだ。

夢から覚めたあとも、自分のずるさと、シッダルタのやさしさが胸に残った。


意味のわからないつまらない夢を見ることもある。

前世の自分は亀《クルマ》だった。亀には妻があった。

わがままな女で、あれこれと夫に要求する。その妻もマリハムだった。

マリハムが病になった。苦しいようすを見せながら、マリハムが嘆願した。

「わたしは重い病にかかりました。これを直すためには、猿《カナナウカス》の肝《ヤクルト》を食さねばなりません。どうか猿の肝をとってきてください」

わがままな女だが、自分にとっては大事な妻だ。

妻の願いはかなえなければならない。

猿のいる島に向かった。

海岸から猿に声をかけた。

「海の底にいけばすばらしい音楽が聞こえる。聞きたいとは思わないか」

猿は身を乗り出して言った。

「それはめずらしい。聞きたいものだな」

「わたしの背中に乗りなさい。つれていってあげましょう」

猿は喜んで亀の背中に乗った。

亀は海のなかを進んでいったが、途中で急に不安になった。

妻が言った猿の肝というのがどういうものか、知らなかったのだ。

亀は背中にいる猿に問いかけた。

「あんたは確かに猿なのだね」

猿は答えた。

「ああ、確かにわたしは猿だ」

亀は問いかけた。

「それではきくが、肝はおもちかね」

猿はききかえした。

「あんたは猿の肝が大事なのかね」

亀は答えた。

「ああ、大事なのだよ。わたしの妻がほしがっているのでね」

猿はあわてたように言った。

「それを先に言ってほしかったな。じつはわたしの肝は木の枝にかけて干してあってね。そいつを忘れてきてしまった。どうしてもほしいのであれば、いまからひきかえしてとってこようか」

「ああ、そうしてくれ」

亀は海岸に引き返した。

猿は亀の背中から跳び降り、陸の奥の方まで行ってから大声で言った。

「危ないところだった。猿の肝が薬になるという噂《ジャナヴァーダ》が広がっているからね。危うく肝をとられるところだった。あんたはおれをだまして背中に乗せたが、肝が腹のなかにあることを知らなかったのは、残念なことだったね」

そう言って猿は冷ややかに笑った。

その笑い方に見覚えがあった。


また別の夢を見た。

前世のシッダルタが大国の王《ラージャ》であり、慈愛に満ちた徳の高い善政を長く続けたために、その名声が天界《デーヴァガティ》にまで伝わった。

天界を支配する帝釈天《インドラ》も地上の王の徳を認めた。

地上の王のあまりの名声に、帝釈天の側近の天神《デーヴァ》が恐れをいだいた。地上の王のために自分の地位がおびやかされるのではと考えたのだ。

天神《デーヴァ》は地上に下りて老いた神官《バラモン》に姿を変え地上の王を訪ねた。

老人はこんなふうに話した。

「わしは人生の最後に奥深い真理《ダルマ》を求めて諸国を訪ね歩いておるが、高齢となったために托鉢乞食《パインダパーティカ》ができなくなった。そこで徳の高い王に、旅費を負担してもらいたい。できれば銀貨で一千枚ほど調達してもらえまいか」

銀貨一千枚は大金であった。

王城の蔵のなかから、一千枚の銀貨をもちだすと、蔵がからっぽになってしまう。

それでも王は、銀貨一千枚の寄進を申し出た。

すると老人は言った。

「わしはもう高齢じゃ。このように大量の銀貨をもっておると盗賊におそわれる。この銀貨はしばらく王のところで預かってもらえまいか。旅費がなくなればこちらに戻って少しずつ引き出すことにしよう」

王は応えて言った。

「わたしの国には盗賊などいませんよ」

老人はあわてて言った。

「まあ、遠くの国に行くこともある。とにかく銀貨は重いので、こちらで預かっておいてほしい。ただしこの銀貨はすでにもらいうけたものじゃから、わしのものじゃということを忘れんようにな」

老人は銀貨を預けたまま去っていった。

天神《デーヴァ》は別の修行者に姿を変えて王を訪ねた。

「わたくしは奥深い真理を求めて旅をしている修行者でございます。まだ修行中の身でありますので、教えを説くことはできませんし、教団に所属しているわけではないので、托鉢乞食《パインダパーティカ》をするわけにもいきません。そこで徳の高い王にお願いがございます。わたくしのために旅費を負担していただけないでしょうか。できれば銀貨で一千枚ほど調達していただくとありがたいのですが」

王はいささか当惑しながら言った。

「いま王宮の蔵には一千枚の銀貨があるのですが、これはある神官のお方に寄進したものをこちらで預かっているので、わたしのものではないのです。そういうわけで、わたしはもう、寄進できる富をもっていないのですよ」

修行者に身を変えた天神《デーヴァ》は提案した。

「わたくしはいまは貧しい修行者でありますが、もとは大国の王子でした。父を助けて国政になったこともあります。もしも寄進いただける富がないというのなら、わたくしにこの国をいただけないでしょうか。王にならって善政を続け、民を喜ばせながら富を築きたいと思います。そうして富が得られたら、再び修行の旅に出ることにいたします」

修行者にそのように言われれば、徳を重んじる王としては、断ることができなかった。

王はその修行者に国を任せることにした。

王は国の領地と王宮とを修行者に任せて、王妃と王子をつれて、そまつな車に乗って王宮を出た。資産といえるものは何ももっていなかった。

だが途中で新たな修行者と出会ったので、ただ一つ残っていた資産の車まで寄進してしまった。もちろんその新たな修行者も天神《デーヴァ》が姿を変えたものだった。

王は妻と子とともに徒歩で先へ進んだ。

かつては自らの資産であった豊かな農地を通り過ぎて、山のなかに入った。

野宿をしていると、仙人《アズラミン》が現れた。

この仙人は帝釈天《インドラ》が姿を変えたもので、天神《デーヴァ》の悪業《カルマ》をすべて見透していたのだが、王がどのように対応するかを空の上から眺めていたのだ。

王の前に現れた仙人は、王に問いかけた。

「あなたはたいへんな苦労をされていますね。何のためにこれほどに苦しんでいるのですか」

王は答えた。

「あなたは見識をおもちのお方とお見受けします。わたしは大いなる志をもっております。それがどういう志であるかは、あなたにはおわかりのことでしょう」

そこで帝釈天は神通力《デーヴァキーヤザクティ》によって、大きな車を出現させ、これを王に与えた。

しかし天神《デーヴァ》は帝釈天の目を盗んで、再び別の修行者となって王の前に現れ、その車を寄進するように求めた。

王は迷うこともなくその修行者に車を与え、再び妻子とともに徒歩で旅を続けた。

天神《デーヴァ》はあらかじめ、ずるい戦略を立てていた。

その戦略を実施に移す時が来た。

天神《デーヴァ》は最初に王の前に現れた老いた神官《バラモン》となって、再び王の前に現れた。

「あなたは偉大なる王ではないか。どうしてこんなところにおられるのか。そんなことより、あなたにお貸ししておいた一千枚の銀貨はどうなったのか。見たところあなたは王宮を追われ、いかなる資産も有しておられないようじゃ。わしの一千枚の銀貨をどうしてくれるというのじゃ」

王はたいへんに困惑して、とにかく事情を説明した。

「わたしは訪ねて来た修行者に国のすべての土地と王宮を寄進して、身一つで王宮を出たのです。そのおりに王宮には、あなたさまからお預かりした一千枚の銀貨があったはずなのですが、とにかく身一つで王宮を出たので、銀貨もそのままになってしまいました。まことに申し訳ないことでございます」

そういう事態になるのは最初からわかっていたことで、天神《デーヴァ》は鋭い語調で王を追い詰めた。

「そうじゃから念を押してお頼みしたではないか。あの銀貨はすでにもらいうけたもので、わしのものじゃと、はっきり言うておいたはずじゃ」

いますぐに一千枚の銀貨を出せと老人は詰め寄った。

王は老人にしばしの猶予を求め、妻子を連れて次の町でいくばくかの銀貨を得た。

妻と子を奴隷《ダーサ》として売ったのだ。

そうして得た銀貨を王は天神《デーヴァ》が姿を変えた老人に手渡した。

天神《デーヴァ》は次の行動に移った。

奴隷として商人の家の下女となった王妃は、その家の娘につかえた。娘は庭で水浴するために、衣服だけでなく身につけていた宝飾品を庭先に置いていた。天神《デーヴァ》は霊力《ザクティ》によって鷹《ザザグニー》に変身し、娘の宝飾品をすべて奪い取った。

その家の人々は、下女が宝飾品を奪ったとして、王妃を牢獄に送った。

王子はべつの家の子どもの遊び相手をつとめていたのだが、天神《デーヴァ》は夜中に忍びこんで子どもを殺した。家の人々は王子が殺したとして牢獄に送った。

牢獄に入った二人は鞭で打たれ、食は与えられず、苦しみもだえながら死んでいった。

そうとは知らず、王は商家の雇い人となって命がけで働き、銀貨をためた。長い年月ののち、ようやく奴隷を買い戻すだけの銀貨を手にした王は、王妃と王子の消息をたずねたのだが、そこで二人とも牢獄で苦しみながら死んでいったことを知った。

王は大いに涙を流し、自分はなぜこのような悲しみにさいなまれるのか、前世でよほど悪業《カルマ》を犯したのかと嘆いた。

目を覚ましたあとも、嘆き悲しむ王の姿が目の前から消えなかった。

すべての悪事をたくらんだのは天神《デーヴァ》だった。

夢のなかでそれを見ているデーヴァダッタは、まるで自分が嘆きの王になった気がしていたが、それは実は前世のシッダルタで、悪事を働いた天神《デーヴァ》が自分の前世なのだった。

それにしても、天界を支配する帝釈天《インドラ》は、天神《デーヴァ》の悪事をすべて見ていたはずであった。それなのに天神《デーヴァ》を止めようともせず、王を助けようともしなかった。

それはなぜなのか……。

べつの夢でも、帝釈天《インドラ》と側近の天神《デーヴァ》が登場した。

この夢でも、シッダルタは徳の高い王《ラージャ》ということになっていた。

帝釈天《インドラ》はこの世界《ローカ》にブッダが出現することを期待していた。そしてブッダになりそうな人物はいないかと、空の高みから下界を見下ろしていた。

そして、前世のシッダルタに注目した。

帝釈天は側近の天神《デーヴァ》に言った。

「見よ。あそこに徳の高い王がいる。かの王はいずれは必ずブッダに生まれかわるはずだ」

天神《デーヴァ》は異を唱えた。

「わたしの目には、それほど徳の高い人物には見えません。天界《デーヴァガティ》の大王《マハーラージャ》であるあなたさまなら、かの王を試すことができましょう。わたくしがお手伝いをいたします」

そこで帝釈天と天神《デーヴァ》は話し合って、帝釈天が鷹《ザグニー》に、天神《デーヴァ》が鳩《カポタ》に変身することにした。

徳の高い王が丘の上を散歩している。

鳩はまっすぐに王の方に飛んでいく。それを鷹が追いかける。

鳩はいきなり王のふところに飛びこんだ。

わざと恐怖にかられたように身をふるわせる。

鷹は近くの樹木の枝にとまって、王に語りかけた。

「その鳩はおれが見つけた獲物《プラサハパクシン》だ。おれのものだ。返してくれ」

王は答えた。

「鳩はわたしに助けを求めて、ふところに飛びこんだのだ。助けを求めたものは、救わねばならぬ」

鷹の帝釈天は不満を述べた。

「おれは飢えているんだ。そいつを食わないと死んでしまうかもしれぬ。あんたは徳の高い王さまで、生きとし生けるものをすべて救ってくれると評判だ。王さまよ、おれだって生きものなんだぜ。おれから食べ物をとりあげて、それであんたは平気なのかい」

「確かにおまえも生き物だ。おまえから食べ物を奪うことはできぬ。しかし鳩の命も救わねばならぬ。かわりにおまえに食べ物を与えたいが、おまえはふだん何を食しておるのだ」

「おれは肉を食うが、古い肉は食わぬ。殺したての獲物の、まだぬくもりをもった血のしたたる肉でなけばならぬ」

「そういうものはすぐには見つからない」

「だからその鳩を食わせろ」

帝釈天の鷹が詰め寄る。

鳩の天神《デーヴァ》はシッダルタのふところのなかで、おびえたように身をふるわせた。

王は決意したように言った。

「いたしかたない。おまえに血のしたたる肉を与えよう」

王はかたわらにいた従者《ブルタカ》に、小刀《ザストリー》をもってくるように命じた。

警護の兵が小刀をもっていた。

王はその小刀で、自らの片足のふとももの肉をそぎおとして鷹に与えようとした。

すると鷹は抗議した。

「その肉は小さい。その鳩と同じだけの肉がほしい」

王は天秤《トゥラー》をもってこさせて、一方に切りとったばかりの肉、もう一方にふところから出した鳩を乗せた。

天神《デーヴァ》が変身した鳩は、霊力《ザクティ》によって、自分の体重を重くした。

鳩を乗せた天秤が大きく傾いた。

王は仕方なく、従者に命じて自らの体からべつの肉を切り取らせた。

しかしいくら新たな肉を追加しても、鳩の方がずっと重かった。

体のさまざまな部分から肉を切り落とした王は、血まみれになりながら、最後には自らの体全体を天秤に乗せようとしたのだが、すでにすべての肉がそぎおとされていたので、天秤に乗る力が残っていなかった。

王は天秤の前で、何とかその上に乗ろうとして、もがき苦しんだ。

そのありさまを見て、同行した群臣たちは涙を流した。

その時、鳩もまた、苦しむ王の姿に心をうたれた。

鳩は大声で鷹に向かって言った。

「天界《デーヴァガティ》の大王《マハーラージャ》、帝釈天《インドラ》よ。あなたには神通力《デーヴァキーヤザクティ》がある。どうかこのけなげな王を救い五体をもとに戻してください」

すると天神《デーヴァ》の心のなかに、帝釈天の声が響いた。

「このお方はいずれブッダになられるお方だ。そういうお方はその前世において、あまたの苦しみを受けねばならぬ。苦しみ、苦しみ、苦しみぬいて、生きとし生けるもののすべての苦しみを知りぬいた時に、初めてそのものはブッダになることができる。それゆえに、わたしはいまこの王を助けることはできないのだ」

そのようにして肉を切り裂かれ血まみれになったシッダルタはうめき声をあげて苦しみ続けるばかりだ。

「いま、あなたは苦しんでいますね」

どこからか声が聞こえた。

シッダルタが心のなかの声で話しかけている。

これも夢のなかの出来事なのか。

「あなたの役割は鳩のはずです。けれどもいまのあなたは、王になりかわって、王の痛みと苦しみを身に引き受けている。そうではありませんか」

　確かに夢のなかの鳩は自分の前世であるはずなのに、夢を見ているデーヴァダッタは少し離れたところから全体の光景を眺めている。そして血みどろになって苦しんでいるシッダルタを見ているうちに、シッダルタになったような気分で、自分自身が苦しみもだえている。

　シッダルタの声がさらに語りかける。

「あなたの前世の夢には、いつもわたしが出てきますね。それは実際にわたしの前世であり、わたしも同じ夢を見ているのですよ。あなたとわたしは双児のようなもので、あなたはわたしであり、わたしはあなたなのです。夢のなかでは、あなたはわたしを苦しめる側に回っています。けれども、苦しんでいるわたしを見ていると、あなたも苦しむことになります。前世の夢で苦しんでいるのは、あなた自身なのですよ。わたしも同じ夢を見ていますが、これは夢だと思っていますし、苦しめられている側には心の痛みなどはありませんから、さほど苦しくはないのです。あなたの方がずっと多くの苦しみを味わっているのですよ」

　そこで目が覚めたような気がした。

　しかし夢の最後に見たシッダルタの声も、夢だったのか。

　あるいはいまシッダルタが、心のなかの声で自分に話しかけているのか。

　そんなふうに考えているいまの自分自身も、実はまだ夢のなかにいるのかもしれない。


　また夢を見た。

　偉大な仙人《アスラミン》がいた。

　あまたの弟子をかかえていた。

　来客があった。その人物もまた仙人だった。

来客の仙人は弟子たちに向かって言った。

「あなたがたの導師《グル》はいまだ修行が未熟で、多くの弟子をもつほどの哲学《タリキカトヴァ》も霊力《ザクティ》も有しておらぬ。あなたがたはわたしの弟子になりなさい」

来客の仙人は話がうまく奥深い哲学を果てもなく語り、あれこれと霊力を見せびらかした。弟子たちはすっかり魅了されて、その仙人の弟子になろうとした。

そのことを知った偉大な仙人が、来客の仙人に言った。

「弟子を横取りするなどというのは、仙人のすることではありませんよ」

しかし来客の仙人はさらに哲学を語り続け、弟子たちを横取りしようとした。

この夢のなかの世界《ローカ》では、すでにブッダが現れていた。

二人の仙人の争いの場に、ブッダが現れた。

偉大な仙人はブッダの偉大さに驚いて、弟子を横取りされることを恐れている自分の愚かさを恥じ、ブッダの前にひざまずいて言った。

「偉大なブッダのお姿をまのあたりにして、わたくしは自分の修行がまだ浅いことを思い知りました。願わくはこれからも修行を重ねて、いつの日かわたくしもブッダになりたいと存じます」

するとかたわらにいた来客の仙人も、同じようにブッダの前にひざまずいた。

「わたくしも修行を重ねて、いつの日かブッダになりたいと思っています。願わくはより苦しみの多い修行を重ねることによって、ここにいる仙人よりも先にブッダになりたいと存じます」

来客の仙人がそのようなことを言ったので、偉大な仙人は自分の偉大さも忘れ、弟子を横取りされたくやしさに血をたぎらせて、声を高めた。

「わたくしの弟子を横取りしようとしたその仙人が、先にブッダとなったならば、わたしはそのブッダの世界に生まれかわって、そのブッダの弟子を横取りしてやらずにはおきません」

その時に、シッダルタの声が聞こえた。

霊鷲山《グリドラクータ》の頂上で、釈迦尊者《シャーキャームニ》が弟子たちに教えを説いているのだった。

「わたしは皆さんに多くの教えを自分の前世の物語《カターナカ》として語ってきました。いまお話ししたのも、わたしの前世の物語です。しかしここに出てくる偉大な仙人というのは、わたしではありません。弟子を横取りしようとした来客の仙人がわたしなのです。弟子を横取りされた偉大な仙人の方がデーヴァダッタです。ですからこの物語にあるように、デーヴァダッタはわたしの弟子を横どりする宿命《カーラ》を負っているのですよ」

この霊鷲山の光景もまた、夢なのだろう。

わたしも同じ夢を見ているのですよ。あなたとわたしは双児のようなもので、あなたはわたしであり、わたしはあなたなのです……。

シッダルタの言葉が、頭のなかに響き続けていた。

第二十六章　素肌に食を塗った王妃ヴァイデーヒー

居室にいると何かの気配があった。

心のなかに声が聞こえる前兆だ。

マハーヴィーラーか。それともシッダルタか。

身構える気持でいると、声が聞こえた。

聞きおぼえのある声だ。

マウドガリヤーヤナの声のようだった。

「牢獄におられるビンビサーラ王の声がわたくしのもとに届いてまいりました。わが友、マウドガリヤーヤナよ、慈悲の心をもってわれに八戒《オスタンガシーラ》を授けよ。そのように王は祈っておられました。思うに、王は死を覚悟して、地獄に落ちぬようにわたくしに八戒の導師となることを望んでおられるのでございましょう」

王を幽閉せよと進言したのはデーヴァダッタだった。食を与えるなとも進言した。

マウドガリヤーヤナは人の心のうちを透視することができる。相手はこちらの考えを知っているはずだった。

デーヴァダッタは黙っていた。

マウドガリヤーヤナは言葉を続けた。

「アジャータシャトル王子は牢番に、王には食を与えてはならぬと命じられました。このままでは王は餓死されることになりましょう。牢獄に幽閉された王は群臣たちとの面会は許されておりません。王妃との面会のみは許されておりますが、食の持ちこみは禁じられております。これをご覧ください。わたくしには遠方の光景を透視する霊力《ザクティ》がございます。わたくしが見た光景を、あなたさまにお伝えいたします」

　デーヴァダッタの目の前に幻影《タマス》がうかびあがった。マウドガリヤーヤナが見ている光景が霊力《ザクティ》によってこちらに伝えられたのだろう。

　鮮明な画像ではない。しかし人の姿らしいということはすぐにわかった。

　女人だ。

　裸になって沐浴《サナプラクサラナ》している。

　顔の判別はつかないが、水を浴びる動作に上品さが感じられて、一目で王妃ヴァイデーヒーだとわかった。

　この地方の女人は大きな布を身にまとっているだけで、肩から胸のあたりまでを露出させていることが多い。暑い日などは乳房までむきだしにすることをいとわない。

　従って裸体に驚くことはないが、このところの父子の対立でやつれて見えた王妃の裸身の美しさに、息をのむ思いがした。

　沐浴を終えた王妃は、胸や腹、さらに太腿のあたりまで、何かを塗り始めた。

　肌のつやをよくするために油を塗ったり、香料をふりかけたりすることはあるはずだが、その動作に異様なほどの緊張感が感じられた。

　マウドガリヤーヤナの声が響いた。

「王妃が全身に塗っているのは、干し米を砕いて乳酥《ダディカ》と蜂蜜《マカランダ》を加えて練り固めたものでございます。さらに手首や足首につける装飾品のなかに葡萄汁《ドラクサラサ》を入れて、王にお届けするのでございます」

持ちこみを禁じられている食を、王妃は全身に塗り、衣服で隠して面会に赴くというのか。王は牢獄で王妃の全身をなめて命を長らえているのだろう。

マウドガリヤーヤナの霊力によって、幻影の場面が変わった。

のちにシッダルタが語り、アーナンダが暗誦して、観無量寿経としてまとめられる経典《スートラ》の冒頭部分には、王妃の肌をなめて食をとったビンビサーラ王が、霊鷲山《グリドラクータ》の方向に合唱礼拝して、導師のマウドガリヤーヤナに呼びかけるくだりが語られることになる。

「わが友、マウドガリヤーヤナよ、慈悲の心をもってわれに八戒《アスタンガシーラ》を授けよ」

するとマウドガリヤーヤナが鷹や隼のごとく空を飛んで王のもとに到ったと、伝説は語っている。

だが実際のマウドガリヤーヤナは、空を飛べるわけではない。

できるのはビンビサーラ王の眼前に自らの姿を幻影《タマス》として映じさせるくらいのことだ。

王はその幻影のマウドガリヤーヤナに向かって語りかけた。

「おお、わが導師マウドガリヤーヤナよ。そなたの姿が見えて安心いたした。わたしは日々、八戒を守ることを心がけてきた。わたしは地獄に落ちぬであろうな」

マウドガリヤーヤナは呪文《マントラ》のようなものを唱えて、ビンビサーラ王の全身をきよめた。そしておごそかななかにもやさしさのこもった口調でささやきかけた。

「あなたさまはきびしく八戒を守っておいででした。導師のわたくしが保証いたします。あなたさまは地獄に落ちることなく、何代かの輪廻《サンサーラ》ののちに必ずや成仏《ブッダトヴァ》(ブッダとなること)されることでございましょう」

ビンビサーラ王は歓喜の表情をうかべた。

そこで映像が消えた。

マウドガリヤーヤナの声だけが聞こえた。

「ビンビサーラ王はいまだ存命でありますが、すでに死を覚悟しておいでです。あなたさまは王とも王子とも親しくされておりました。こたびの父子の争いも、あなたさまはすぐそばで見ておられたことと思います。尊者《ムニ》はすべてをご承知のうえで、なすがままにさせよとのご指示でございました。これからのことについても、あなたさまにお任せするとのことでございます」

そこでマウドガリヤーヤナの声は途絶えた。

尊者はすべてをご承知のうえで……。

その言葉が頭のなかにしみついて離れなかった。

居室のなかで、そのことを考えていた。

半ばまどろんでいたのかもしれない。

突然、声が響いた。

マウドガリヤーヤナが言い忘れたことがあるのか。あるいはすべてを承知しているシッダルタが何かを伝えようというのか。

どちらでもなかった。

聞こえてきたのは、マハーヴィーラーの声だった。

マハーヴィーラーの声が言った。

「わしの予言《アグラニルパナ》がようやく実現するのだな」

デーヴァダッタは応えなかった。

マハーヴィーラーの声が届くのは久方ぶりのことだ。これも幻影《タマス》にすぎないのだろう。

「デーヴァ、おまえは何をしたのだ」

声が問いかけた。

黙っていると声はさらに問いかけた。

「何かをなしたつもりでいるのか」

応えたわけではないが、心のなかで思った。

予言などただのたわごとだ。

実際に動いて予言を実現させたのは自分なのだ。

「それは違うぞ」

声が言った。

「すべては宿命《カーラ》だったのだ。なるようにしかならぬ。わしはそのなるようにしかならぬものを言葉で示しただけだ。予言は実現された。おまえはその言葉にあやつられて動いただけにすぎぬ」

声に言われるまでもなく、デーヴァダッタは自分の無力を悟っていた。

シッダルタに反抗するつもりでいたが、相手はすべてを承知していたのだ。

声が語り続けた。

「王は死ぬべき定めであった。誰が殺すということはない。王子も、おまえも、王を殺すことはできぬ。ただ宿命が、王を死に到らしめるのだ。わしの予言が、王の命を奪うのだ」

デーヴァダッタは荒く息をついていた。

声が聞こえなくなっても、目の前にマハーヴィーラーがいるような気がしていた。


デーヴァダッタの居室にガンダルヴァが訪ねてきた。

「親方《ブラブフ》、教団《サンブラダヤ》の方はどうなっておりやすかね」

「ガルーダたちの働きで糞掃衣《パンスカシャヤ》の若者はふえた。わたしが指示を出せば教団は分裂するだろう。だが分裂するだけでは、教団は揺るがない。われわれがどこかに去っていくだけのことだ」

「親方が新たな教団を率いることになるのでやすか」

「王宮内はどうなっている。王宮の門が閉ざされて、マウドガリヤーヤナも入れてもらえないそうだな」

「王宮は混乱しておりやす。誰もがおびえている。群臣たちも王子を支援してはおりやすが、王を幽閉したことに動揺しているようでしてね。王を牢獄に閉じこめるなど、おそれおおいことでやす。王が生き延びて復帰されるようなことがあれば、群臣たちがとがめを受けることになりやしょう」

「王の復帰はありえない。牢獄は厳重に固められているのだろう」

「牢獄に到達するためには何重もの扉がある。牢番たちは忠実だ。誰も王を救うことはできない。だが王子は何かを恐れている。誰よりも動揺しているのは王子だ。牢番《デーヴァ》たちに命じて王には食を与えていないはずでやすが、それなのに王はまだ生きておられる。王には神の加護があるのか。それともブッダの霊力《ザクティ》でやしょうか」

「王が亡くなるのは宿命《カーラ》なのだ。誰もはばむことはできない」

「そんなものでやすか」

「王妃の面会を禁止するだけでいい」

「王子も母親の嘆願にはあらがえず、面会を許されたのでやすが……」

「王妃は衣の下に食を隠している。だから王は生きながらえているのだ」

ガンダルヴァは驚いたような、うめき声をもらした。

「そいつは知らなかったな。衣の下までは調べられない」

「王が亡くなれば、王子の気持も落ち着くだろう。群臣たちも王子を支持するしかない。ただちに即位の儀式をして、王子が王位につくことになる」

「わかりやした。そのように進めやす。群臣たちがおびえているので、いまではおれが首席大臣になったみたいで、王宮内を仕切っておりやす」

ガンダルヴァは去っていった。

デーヴァダッタも居室を出た。ガンダルヴァが去った方向とは反対の、園地の奥に向かう。どこといってあてはなかったのだが、歩いているうちに、洞窟《カンダラ》のそばのマウドガリヤーヤナの庵室《アズラーマ》の前に出ていた。

庵室にはマウドガリヤーヤナの気配が感じられなかった。

デーヴァダッタは洞窟《カンダラ》のなかに入った。洞窟にも人の気配はない。修行をする若者たちの姿もなかった。

ひとりきりで洞窟の奥に進んだ。

暗闇のなかに座して、静かに呼吸を整えた。

ガンダルヴァが王宮に戻れば、王妃の面会は禁止される。王は死に向かうだろう。

心が静かに澄み渡っていった。

目の前に幻影《タマス》がうかんだ。

いつか見たことのある風景だった。

カピラヴァストゥとデーヴァダハ城の中間を流れているローヒニー河。そのすぐそばにあるルンビニー園は、シッダルタが生まれた場所であり、生母マーヤーが亡くなった地でもあった。そこで宴《ウトウサヴァ》が催された。

遠い昔の記憶だ。

デーヴァダッタは警備の兵を引きつれていたので、宴からは少し離れた場所で兵たちとともにいた。遠くから、女官たちに囲まれたシッダルタの姿を眺めていた。

空は晴れ渡っていて、陽ざしが園地を照らしていた。明るい色調で染められた敷物の照り返しのせいか、シッダルタの周囲だけがひときわ明るく輝いているようだった。シッダルタの頭上には色とりどりの小鳥《パクシーナ》たちが集まって、虹のような天蓋《ヴィターナ》を作っていた。

風に乗って、女官たちのかんだかい声がこちらまで届き、園地が笑い声で包まれているのがわかった。女官たちのなかには楽器を演奏できるものもおり、歌が得意なものもいた。青空のもとで、妙なる楽の調べが、風とともに周囲に広がっていった。

美しい光景だった。

あの輝かしい光に満ちた宴もまた、つかのまの幻影《タマス》だったのだろうか。

カピラヴァストゥは滅びた。

あの日、ルンビニー園にいた女官たちも、いまは比丘尼《ビクシュニー》となって、祇園精舎《ジェータヴァナヴィハーラ》で修行をしているのだろう。

すべてのものは移ろいゆく。あらゆる現象《サンスカーラ》は無常《アニチャム》なのだ。

目に見えるものはすべて白い布の上にうかんだ幻影にすぎず、一切は空《ジュニャター》だ。

長い夢を見ていた気がする。

幻影が消えると、闇のなかにとりのこされた。

闇のなかに、自分の思いが広がっていく。

ブッダよ……。

胸の奥底でうめくようにつぶやいた。

その心のなかのうめきは、シッダルタに届いただろうか。

応えは返ってこなかった。

デーヴァダッタは闇にとざされた静寂のなかで、息をひそめていた。

ビンビサーラ王が亡くなり、王宮ではアジャータシャトルの即位が実施された。緊急のことなので、即位を祝うような晴れがましい行事はなく、王宮内もひっそりと静まり返っていた。

王宮の城門が開かれたので、デーヴァダッタはマウドガリヤーヤナとともにアジャータシャトル王を訪ねた。

新たな王はひどく疲れて、やつれはてていた。

父の王を殺したという罪の恐ろしさに、心が折れてしまったのかもしれない。

その姿を見て、デーヴァダッタは言葉を失っていた。

どのように励ませば王が元気になるのか、見当がつかなかった。

マウドガリヤーヤナは何事もなかったかのように、王の前に進み出て声をかけた。

「王よ。あなたさまのご苦労は胸にしみます。ずいぶんと思い悩まれたことでございましょう。されどもマガダ国のような大国の治世が乱れますと、恒河《ガンジス》の全域が不穏な状態となるおそれがございます。ここは万民のために気力をふりしぼって、政務に励んでいただきたい。これはわれらが導師《グル》のブッダの望みでもございます」

「おお、ブッダ……」

アジャータシャトル王は苦しげな声をもらした。

「わが悪業《カルマ》をブッダはどのように見ておられるのか」

「ブッダはどのようなお方にも救いの手を差し伸べてくださいます。あなたさまはこのままでは地獄に落ちることになりましょう。どうかブッダの教えにおすがりください。王がブッダの教団の支援者となることが、国の平安をもたらします」

「群臣たちは戦さを望んでおるのだ。そのためにわたしを支援をしてくれた。彼らの期待に応えなければならない」

「彼らの多くはかつて先王とともに闘った勇者《ヴァーガラ》たちです。彼らは先王を敬愛し、先王を尊び、先王とともに闘うことを望んでいたはずです。先王を失ったいま、彼らは激しく動揺しており、とても戦さに出る気分ではないでしょう。王よ。あなたさまもいまは戦さをひかえたいとお思いではありませぬか」

マウドガリヤーヤナは人の心のうちを見透すことができる。アジャータシャトルや群臣たちの動揺を見抜いていた。

ここでようやく、デーヴァダッタが口を開いた。

「多くの群臣が先王ビンビサーラさまを失った悲しみにひたっております。いまは軍隊を進める時ではありません。しばらくは喪に服し、まずは国内をまとめる時でございましょう」

アジャータシャトル王は急に意気消沈したようすでデーヴァダッタの方に顔を向けた。

「確かに父を死なせたことで、わたしは群臣の信頼を失った。わたしを支援していたはずの主席大臣チャンドラプラディーパと、父の側近であった次席大臣のジーヴァカがそろってここに来て、こんなことを言った。恒河の周辺の諸国では昔から何度も政変があり、父と子が対立することもめずらしくはなかったが、子が母を責めるようなことはなかった。群臣の心はあなたから離れている……。彼らはそのように語りわたしを責めた。確かにわたしは、母が食を隠して父に面会したことに憤慨して、一時は母も幽閉しておったのだ。どうすればよいのだ、デーヴァ。これまでもそなたの言うとおりにしておればよかった。わたしは王となったが、群臣の支持を失っている。わたしは父殺しという五逆の罪を犯した。わたしは地獄に落ちるのであろうな」

ふだんは穏健なマウドガリヤーヤナが、めずらしく声をあらだてて言った。

「いまになってもあなたさまは、自分が地獄に落ちることなどを恐れておられるのですか。王となったいまも、自分のことしか考えておられぬとは、嘆かわしいことでございます。あなたは明白な罪を犯された。それだけの覚悟がおありだったのではないですか。あなたは自らの罪もいとわずに、王となってこの国の治世にあたろうとされた。王となったからには、国の行く末や民の暮らしのことを考えねばならぬはずです。何よりも大事なのは、人として尊敬されるようなお方にならねばならぬということでございます。群臣も国民も、先王の死を嘆き悲しんでおります。さらにいま、誰よりも悲嘆のどん底に沈みこんでいるお方がおられるのではありませんか」

「おお、それは……」

「おわかりでございましょう。ヴァイデーヒー夫人でございます。愛する夫を失ったばかりか、わが子が父殺しの罪を負った。いま夫人は二重の悲しみに沈んでおられるのです。いまは母ぎみをお慰めすることが、子としてのつとめではありませんか」

王の目から涙がこぼれ落ちた。

「確かにそうであった。わたしは自分のことしか考えていなかった。考えてみればわが母は夫を失い、さらにわが子が父を殺すという恐ろしい罪を犯したことにうちのめされているはずだ。だが母に悲しみをもたらしたのはこのわたしだ。わたしには母を慰めることなどできそうにない」

ここでデーヴァダッタが口をはさんだ。

「案じられますな。わたくしが出向いてお慰めいたします。王はいまは喪に服し、父王のすみやかな輪廻《サンサーラ》と将来の成仏《ブッダトヴァ》をお祈りください」

マウドガリヤーヤナを王のもとに残して、デーヴァダッタは夫人のもとに向かった。

夫に与える食を肌に塗りこんで面会するなどの努力もむなしく夫を失った夫人は、悲しみに沈みこんでいた。

デーヴァダッタが部屋に入っていくと、夫人は涙にぬれた顔をあげて、声を発した。

「デーヴァダッタさま。あなたさまにはいろいろとお世話になりました。けれども結局のところ、あのいまわしい導師《グル》の予言《アグラニルパナ》が実現することになってしまいました」

ヴァイデーヒー夫人は息もたえだえのようすで、長椅子に寄りかかり、かぼそい声でそれだけのことを言うと、顔を伏せてすすりなきを始めた。

この夫人をどんな言葉で慰めることができるのか。

自分がこれから何を話すかもわからぬままに、デーヴァダッタは語り始めた。

「わたくしはヴァーナラシーでマハーヴィーラーと会ったことがあります。マハーヴィーラーはけっして邪悪な人物ではありません。こたびの悲劇もマハーヴィーラーの予言がもたらしたものではなく、逃れられぬ宿命《カーラ》によって起こったことでございましょう。ただわたくし自身は、自分があなたさまを励まして王子の誕生をうながしたことに、責任を痛感いたしております。それでも起こった事態については、もはや時をさかのぼることはできぬのですから、静かに受けいれるしかないでしょう。いまは王子がりっぱな王となられ、マガダ国の繁栄をもたらすことを期待したいと思っております」

穏やかな口調で話すデーヴァダッタの声に、ヴァイデーヒー夫人も耳を傾けていた。

涙は収まらなかったものの、ヴァイデーヒー夫人は顔をあげて、デーヴァダッタにささやきかけた。

「わが夫はマウドガリヤーヤナ導師のご指示に従って八戒を守っておりました。従って地獄に落ちることはなく、いつの日にか成仏《ブッダトヴァ》できるものと思うております。心配なのはわが子のことでございます。父王を幽閉し、餓死などという恐ろしいことを起こしてしまったのは、あの子のなしたことです。わが胎内《ガルブハザヤ》から産み落とした息子でございますから、わたくしはあの子をかばい、あの子が救われるようにと祈っておりますが、父殺しというのは重い悪業《カルマ》でございますゆえ、あの子が地獄に落ちるのではないかと心配でなりませぬ。夫を失った悲しみに加えて、あの子のことが気にかかって、涙が止まらず、わたくし自身の命も危ういのではと思うております」

デーヴァダッタはさらに語りかけた。

「せめて輿《ズイピカー》に乗って城外に出るくらいの気力をふりしぼっていただければと思います。ラージャグリハの市街地のすぐ外には竹林精舎《ヴェヌヴァナヴィハーラ》の園地が広がっております。あまたの比丘《ビクシュ》や比丘尼《ビクシュニー》にブッダが教えを説かれております。ブッダが語るさまざまな経典《スートラ》の物語《カターナカ》に接すれば、夫人の心のうちもなごまれるのではと思います。ブッダは偉大なお方です。どのような悩みをもったお方も、ブッダの言葉によって励まされ、目を見開かされ、生きていく気力をかきたてられることになります。わたくしは長年、ブッダのおそばにつかえております。多くの人々がブッダのお話を聞いただけで、見違えるほどに元気になられるところを、数多く見てまいりました。わたくしがご案内いたしますので、どうか竹林精舎においで願いたいと思います」

そのように語ると、ヴァイデーヒー夫人の心のなかに、わずかな希望がめばえたように感じられた。

夫人は身を起こし、目を輝かせながら言った。

「わたくしは若いころは、何度か竹林精舎に赴いたことがあります。その後、夫が資金を出して、霊鷲山《グリドラクータ》と呼ばれる岩山の頂上を整備したと聞いております。残念なことに、わたくしはまだ一度も霊鷲山に登ったことがありません。死ぬ前に一度でも、霊鷲山に登り、多くの聴衆とともにブッダのお話を聞けたらと、いまは未来に望みがもてるようになりました。一日も早く元気になって、ブッダのもとに出向きたいと思います」

ブッダという言葉の響きが、まるで呪文《マントラ》のように、ヴァイデーヒー夫人を元気づけたように思われた。

そのことに驚くと同時に、ブッダという存在の偉大さに気づかされた思いがした。

シュラヴァースティに赴いて嫁入り前の王女《ラージ》ヴァイデーヒーと会って以来、夫人とは長く交際してきたはずだったが、自分の励ましの言葉よりも、ブッダという言葉を口にしただけで、夫人は見違えるほどに元気になった。

そして竹林精舎に赴くだけでなく、霊鷲山に登りたいとまで言うようになった。

仇敵《ザトル》と思い、競い合うような気持でいたのだが、結局のところ、自分はブッダに負けたのだと思った。

デーヴァダッタは目の前の笑顔をうかべたヴァイデーヒー夫人の姿を眺めながら、胸の奥底からしぼりだすように、大きく息をついた。

デーヴァダッタは竹林精舎《ヴェヌヴァナヴィハーラ》に入ると、シッダルタの居室に向かった。かつては弟子たちとは離れた場所に庵室《アズラーマ》を構えていたのだが、訪問客が多くなったため、教えを説く広い会堂《ザラ》の片隅に居室を設けていた。

運営責任者のマハーカーシャパや側近のアーナンダも会堂に待機している。

会堂のなかに入ろうとすると、胸のうちに声が響いた。

「デーヴァ、来ましたね。あなたを待っていたのですよ」

いつものシッダルタの声だった。

「あなたが来られることは皆に伝えてあります。まっすぐにわたしのところに来てください」

実際に会堂のなかに入ってみると、糞掃衣《パンスカシャヤ》のマハーカーシャパや、異母弟にあたるアーナンダの姿が見えたが、軽く一礼するだけで言葉を交わすこともなく奥に通してくれた。

シッダルタの居室に入って対面した。

庵室《アズラーマ》をかねた狭い部屋だ。

しばらくの間は無言で向かい合っていた。

父殺しという大事件が起こった直後ではあったが、シッダルタは死者を悼むようすはなく、むしろ晴ればれとした顔つきをしていた。

「ヴァイデーヒー夫人がわたしの話を聴きたいというのですね」

デーヴァダッタは応えた。

「霊鷲山《グリドラクータ》の頂上で教えを受けたいとのご要望でございます」

「いいでしょう。人を集めましょう。わたしが霊鷲山で、かつて誰も聴いたことがないような新たな教えを説くと触れて回れば、ラージャグリハの在家信者《シュラーヴァカ》が大挙して集まってくるでしょう。夫人も多くの聴衆といっしょに話を聴けば気持が高まって、元気が出るはずです」

シッダルタは上機嫌だった。ヴァイデーヒー夫人や多くの聴衆の前で新しい話ができるのが、嬉しくてならないようすだった。

デーヴァダッタは自分の気持が滅入ってくるのを感じていた。

「また新しい物語《カターナカ》を話されるのですか。いったい何の話をするつもりですか」

批判の思いをこめて言ったつもりだったが、シッダルタは満面の笑みで、自信たっぷりの口調で応えた。

「祇園精舎《ジェータヴァナヴィハーラ》で一度、話をして、あなたに批判されたあの話を、もう一度語ろうと思っているのですよ」

「極楽《スカーヴァティー》の荘厳《ヴューハ》……。阿弥陀《アミターバ》ブッダの仏国土《ブッダクシェトラ》の物語ですか」

デーヴァダッタは冷ややかな口調で言った。

阿弥陀ブッダの話などただの絵空事にすぎないと、かつてデーヴァダッタは批判をした。またあの話なのかと思った。

シッダルタは楽しげに語り続けた。

「あの物語は、この世においていかようにも救いがたい人にも、来世に希望がもてるようにと考えて語ったのです。まさにいまのヴァイデーヒー夫人のための物語だといえるのではないでしょうか」

デーヴァダッタは言った。

「同じ話をするのですか。いかに慈悲深い阿弥陀ブッダでも、父殺しの罪をしたものは救われないのではないですか。それではヴァイデーヒー夫人も救われませんよ」

「そこなのですがね……」

いかにも自慢げなようすでシッダルタは言葉を続けた。

「阿弥陀《アミターバ》ブッダの極楽《スカーヴァティー》という仏国土《ブッダクシエトラ》の美しさを語り、限りなく深い慈《マイトリー》と悲《カルナー》の思いをおもちの阿弥陀ブッダを心のなかで見つめ、その名を唱えるだけで、極楽に往生《アナルジャンマン》できるというお話をしたのですが、それでも往生できない人はいるのですね。五逆という重い罪を犯したものだけでなく、自分は罪などまったく犯していないという思いあがった人など、阿弥陀ブッダの慈悲の心が届かない人は少なくないのです。そこで物語の先に新たな物語を追加したのです。そういうわけですから、こんど霊鷲山でお話しするのは、まったく新しい物語なのですよ」

「どんな話を追加したのですか」

語気鋭く問いかけたデーヴァダッタに、笑いながらシッダルタは応えた。

「それは当日、夫人といっしょにあなたも話を聞いてください。これまで霊鷲山では、さまざまなお話をしましたが、そのなかでもこれからヴァイデーヒー夫人に語るお話は、最も尊いものになるはずです」

シッダルタは新しい話の内容を教えてくれなかった。

兵がかつぐ輿《ズィビカー》に乗ればと提案したのだが、ヴァイデーヒー夫人は自らの足で歩いていくと言ってきかなかった。

しかも夫人が向かうのは竹林精舎《ヴェヌヴァナヴィハーラ》の会堂《ザラ》ではなく、園地の奥からさらに急坂を登っていく霊鷲山《グリドラクータ》の頂上なのだ。

心配なのでデーヴァダッタは王宮まで迎えにいった。

ヴァイデーヒー夫人のためにブッダがいまだかつて誰も聴いたことのない尊い教えを説かれる……。

そのことを伝えられただけで、夫人はもう教えを聞いたかのように元気をとり戻していた。

新たな教えを説くという話は、托鉢乞食《パインダパーティカ》に出た比丘《ビクシュ》や比丘尼《ビクシュニー》から、街の人々にも伝えられていた。

すでに霊鷲山の頂上には多くの人々がつめかけているはずだった。

若い男でも息が切れる急坂を、夫人は自分の足で登っていった。いざとなれば夫人を抱きかかえるつもりだったデーヴァダッタだが、夫人は最後まで坂を登り切った。ブッダの教えが聞けるという喜びが、夫人に力を与えたのだろう。

鳥のくちばしに似た大岩がある頂上の広場《アスターナ》には、聴衆があふれかえっていた。壁のようにきりたった大岩の前に、すでにシッダルタが座して待ち構えていた。かたわらにはアーナンダが控えている。

ヴァイデーヒー夫人は聴衆の最前列の特別の座席に案内された。

デーヴァダッタはアーナンダのやや後方に控えることにした。

シッダルタが語り始めた。

「わたしたちが暮らしている娑婆《サハー》と呼ばれる世界《ローカ》からはるか西方に、阿弥陀《アミターバ》ブッダの仏国土《ブッダクシェトラ》があります。その国は極楽《スカーヴァティー》の荘厳《ヴューハ》と呼ばれ、世界全体がまばゆいばかりに光り輝き、あたりには芳香が満ち、天からは美しい花々が降り注ぎ、ブッダの霊力《ザクティ》によって幻影の色鮮やかな鳥が飛び交っています。建物はすべて金や銀や宝玉で造られていて、世界に満ちた光を反映して七色に輝いています。そこに住む人々は衣服にしても食べ物にしても思うだけで得られるので一切の煩悩《クレーシャ》から解放されているのです。気候は温暖で、空気は澄み、心地好い音楽に包まれています。人々は煩悩がないため生きながらすでに覚りの境地にあり、輪廻《サンサーラ》することもないのです」

阿弥陀ブッダの話はすでに一度、シュラヴァースティの祇園精舎《ジェータヴァナヴィハーラ》で説かれている。しかしこの場にいるのはヴァイデーヒー夫人も含めて、ラージャグリハに住む人々なので、初めて聴く極楽《スカーヴァティー》という世界の荘厳《ヴューハ》に、胸をうたれ、息をのむようにしてシッダルタの話に聴きいっている。

「阿弥陀ブッダはまだ法蔵《ダルマカーラ》と呼ばれる菩薩《ボーディサトヴァ》であった修行時代に、すべての人々を救済するという本願《プールヴァプラニダーナ》をもって修行に励み、途方もなく長い修行の末にブッダとなられました。従って限りのないほどの慈《マイトリー》と悲《カルナー》をもって、すべての人々を自らの極楽世界に往生《プナルジャルマン》させてくださいます。われらはこの世で苦しい修行をする必要はありません。むしろ禁欲《ウパヴァーサ》や苦行《タパス》などはとてもできないという弱い心をもった人々を、阿弥陀ブッダはお救いくださるのです」

シッダルタの語る口調は淀みがなく、表情にはこの話をするのが楽しくてたまらないという、あふれるような歓喜が感じられた。その口調を耳にし、お顔を目にしただけで、誰もがすでに救われた気分になり、目の前にいるのが阿弥陀ブッダそのものだという気さえするようだった。

シッダルタは最前列に座しているヴァイデーヒー夫人に語りかけた。

「いまあなたは、阿弥陀ブッダの極楽世界という輝かしい仏国土があるならば、その極楽世界に生まれかわりたい。どうしたらその仏国土に往生《プナルジャンマン》することができるのか、と心のなかで念じていましたね。ご安心ください。特別なことは何もないのです。阿弥陀ブッダはすべての人々を救済するという本願をもって修行をされブッダとなられました。ですから、どんな人でも阿弥陀さまへの感謝の気持さえあれば、極楽世界に往生できるのです」

シッダルタはヴァイデーヒー夫人の背後にいる聴衆の顔を見回しながら言葉を続けた。

「皆さん、これからお話しするのは大事なことです。阿弥陀さまへの感謝の気持をもっているなら、そのことを自分にも示し、人にも伝え、阿弥陀さまにも知っていただきたいと、皆さんもお思いになるのではないでしょうか。そのために何が必要か。まずは阿弥陀さまの極楽世界へのあこがれの気持を示しましょう。極楽世界は西の方にあると最初に言いましたね。陽が沈む時に西の方を眺めてみましょう。できれば正座して、陽が沈む西の方を見てください。美しい太陽が山や大地に沈んでいく。その先に極楽世界があるのだと思えば、その極楽世界の一端が見えたように思えるのではありませんか」

聴衆のなかにシッダルタの言葉にうながされて、大きくうなずくものがあった。ヴァイデーヒー夫人も目を大きく見開いて同意するようにシッダルタの姿を眺めている。

シッダルタはさらに語り続けた。

「極楽世界は西の方にあるだけではありません。実は皆さんの身近なところ、目の前にも極楽世界はあるのです。きれいな清水のわくさまを見つめてみましょう。澄みきった水の美しさや、晴れ渡った日にはるかなたに幻のようにうかびあがるヒマーラヤの白い峰、水の表面の波紋に光があたる時のきらめき、静かな朝にたちこめた川霧の美しさ、雨上がりの空に現れる七色の虹……。そうしたものすべてが極楽世界の美しさにつながっているのです。日々の生活に追われていると、そうした美しさをじっくりと眺め、心が洗われるような思いになるということがありません。けれども、目の前にあるものをしっかり見つめることができれば、わたしたちは極楽世界を身近に感じることができるのです」

聴衆はさらに大きくうなずきながらシッダルタの話に聴き入っていた。

「さあ、皆さん、目を閉じてみてください。沈んでいく夕陽が見えますか。澄みきった水が見えますか。ヒマーラヤの白い雪、水の表面の波紋、朝霧の美しさ、そして虹が見えますか。見えてきたならば、すでに皆さんは極楽世界に一歩近づいているのです。実際に沈んでいく陽が目の前になくても、水の波紋や朝霧や虹がなくても、目を閉じるだけで、皆さんはそれらのものを想いうかべることができるでしょう。そうして目を閉じていつでも美しいもの、美しい風景、美しい光の輝きを目にすることができるようになれば、皆さんの目の前には、いつでも極楽世界が広がっていることがわかるはずです」

聴衆のなかには実際に目を閉じているものもいたが、そうでないものも、目の前にさまざまな美しいものや、美しい光景を目にしているような、晴れやかな顔つきになっていた。

シッダルタは微笑をうかべ、かたわらにいる側近のアーナンダに告げた。

「あなたはいま話しているわたしの言葉を記憶し、のちの世に伝える責務を負っています。きびしい修行に耐えられないものも、五戒《パンチャシーラ》や八戒《アスタンガシーラ》を守れないものも、犯した罪を悔いているものも、極楽世界のありさまを観想するだけで、極楽世界に近づけるのだということを、この場にいなかった弟子や在家信者、これから教団に新たに加わる人々、さらにのちの世の人々にも、わたしの言葉のすべてを伝えていただきたいと思います」

それからシッダルタはヴァイデーヒー夫人の方に向き直った。

「いまからお話しすることを心して聴いてください。極楽世界の一端を観想することができるようになれば、その極楽世界の中心におられる阿弥陀《アミターバ》ブッダのお姿を観想できるようになるはずなのですが、阿弥陀ブッダはその名のアミターバが示すように、無限の光、無限の時間という意味をもっておられます。すなわちブッダはその全身から無限の光を発散させておられますので、お姿を目にすることもたやすいことであありません。そこであなたはまず、心のなかに、無限の光というものを観想してください。目の前に無限の光の輝きが見えてきたなら、その光に向かって、アミターバと、その名をお呼びしてください。そしてあなたさまの本願を信じ帰依《ナモ》いたしますという気持をこめて、親しみを示すナモという語を唱えるとよいでしょう。すなわち、南無阿弥陀仏《ナモアミターバブッダ》と唱える。それだけでよいのです。これを称名念仏といいますが、それだけであなたは必ず、極楽世界に往生することができます」

ヴァイデーヒー夫人は思わず声を出して問いかけた。

「南無阿弥陀仏と唱えるだけでよろしいのですか」

「声を出さず心のなかで唱えるだけでよろしいのですし、毎日唱えるとか、何回唱えるとか、お名をお呼びする回数が多い方がよいとか、そういうことではありません。慈悲深い阿弥陀ブッダにおすがりする気持があり、阿弥陀ブッダに感謝するという意味で、心からその名をお呼びするということが大事です。そのおすがりしたいという気持と感謝の思いさえあれば、必ずあなたは極楽に往生することができるのです」

この時、ヴァイデーヒーは急に悲しげな顔つきになり、涙をこぼしながら問いかけた。

「阿弥陀ブッダさまはすべての人をお救いくださるということなのですが、阿弥陀ブッダさまのお慈悲をもってしても、どうにも救いがたいというようなものもおるのではないでしょうか」

ヴァイデーヒー夫人がわが子のことを言っているのは明らかだった。

シッダルタは満面に笑みをたたえ、大きくうなずいた。

「この阿弥陀ブッダのお話は、シュラヴァースティの祇園精舎《ジェータヴァナヴィハーラ》でもお話ししたことがあるのですが、いまからお話しすることはまったく新たなお話です。ヴァイデーヒー夫人、よくお聴きなさい。これから先はあなただけのために語りかける新たな物語です」

そのように前置きしてから、シッダルタはその新たな物語を語り始めた。

「慈悲深い阿弥陀ブッダの本願によってもたやすくは救われない人々がいるのはまぎれもないことでございます。許しがたいほどの大きな罪を犯したもの、罪は微細であっても悔恨や反省のないもの、また自分は戒律を守り努力をしてきたので必ず救われるはずだと慢心しきっているもの、このような人々はそもそも阿弥陀ブッダにおすがりするとか、感謝をするという気持をもっておりませんので、いきなり極楽世界に往生するのは難しいのです」

シッダルタがそこまで話すと、ヴァイデーヒー夫人はますます不安げな顔つきになり、涙が止まらなくなった。

その夫人に向かって、シッダルタはやさしく微笑みかけた。

「ご安心ください。阿弥陀ブッダはすぐには極楽世界に往生できないものたちのために、極楽世界の周囲に、九つの化身土《アヴァターラクシェトラ》という仏国土《ブッダクシェトラ》を造られました。そこにはそれぞれ九体の化身《アヴァターラ》の阿弥陀ブッダがおられて、その仏国土に生まれたものたちに教えを説き、まことの極楽世界に往生できるように導いてくださいます。なぜ化身土が九つあるかというと、罪には上の上から下の下まで九段階の罪深さがございます。それに応じて、どこかの化身土に生まれかわるということです。どのような大罪を犯したものも、九つの化身土のうちのどこかに往生することができますし、そこには必ず化身の阿弥陀ブッダがおられますので、そのブッダのお導きによって、どの化身土に生まれましても必ずまことの極楽世界に到ることができるのです」

シッダルタの言葉によって、聴いている人々は誰もが、自分の周囲に九体の光り輝くブッダがおられて、誰もがいずれの日にか必ずまことの極楽浄土に往生できることを確信した。

人々は歓喜の表情をうかべて、涙をこぼし、これですべての人々が救われるのだと、周囲の人々と目を見かわしながら、安心したように何度もうなずきあった。

ヴァイデーヒー夫人が皆を代表して、ブッダに感謝の言葉をささげた。

「このようなありがたいお言葉をいただいて、わたくしの心はすでに自分が極楽世界に往生したかのように晴れやかになり、心のなかに何一つうれいがなくなり、ここまで生きてきてほんとうによかったという気持になりました。感謝の言葉もございませんが、今日この日に、この霊鷲山《グリドラクータ》で、皆さまとごいっしょにこの輝かしい言葉を聴けたことを、まことにありがたいことと思うております。そしてそちらにおられる側近のアーナンダさまが、この大切なお言葉をのちの世の人々にお伝えになり、果てのない未来の世においても、すべての人々が救われることをお祈りいたしたいと存じます」

そう言ってヴァイデーヒー夫人はシッダルタに向かって深々と礼拝した。

周囲の人々も同じように目の前の釈迦尊者《シャーキャームニ》に頭を下げ、それから口のなかで、どこか遠くにおられる阿弥陀ブッダの名を唱え始めた。

霊鷲山の全体に、念仏の声が広がっていった。

第二十七章　犀の角のようにただひとり歩いていく

その日霊鷲山《グリドラクータ》で説かれた教えは、語っている尊者《ムニ》にもあふれるほどの喜びが感じられ、その喜びが聴衆にも伝わって、会場となった頂上の広場《アスターナ》には、類例のないほどの熱気が満ちていた。

説かれた教えのすべてはアーナンダが記憶し、のちに観無量寿経《アヴァロキタアミターバスートラ》にまとめられることになる。

その長い教えが語られたあと、アーナンダは疲労を覚えて、その場に倒れこみそうになっていた。

話しているのは尊者《ムニ》だが、聴いているアーナンダはそのすべてを記憶しなければならないので、緊張が長く続くことになる。

話し終えた尊者が気持よさそうに笑顔をうかべているのに対し、アーナンダは側近としての役目も果たせないほどに弱りきっていた。

そのアーナンダに、尊者がささやきかけた。

「今日の話はよかったでしょう。わたしはいま天にも昇るような心地でいます。アーナンダ、あなたにとっても今日は、記念すべき一日になったことでしょう。わたしがいままでに説いた教えのなかで、今日の話がいちばんに盛り上がったのではありませんか。ヴァイデーヒー夫人が最前列で聴いておられたので、わたしも少し緊張して話していました。その緊張のせいでいつもより話に熱がこもったかもしれませんね」

アーナンダはどう応えていいかわからなかった。

シッダルタは言葉を続けた。

「今日、このような話ができたのは、すべてデーヴァのおかげです。今日もデーヴァは王宮に赴いて、ヴァイデーヒー夫人をここまで連れてきてくれました。デーヴァはわが友であり、教団にとっての最大の功労者です」

その言葉はアーナンダにとっては意外なものだった。

デーヴァダッタは王、王妃、王子のいずれとも親しく、今回の悲劇を間近で見ていたはずだ。やりようによっては悲劇を防げたかもしれない。さらに王が餓死するという異様な事態を引き起こしたのは、デーヴァダッタではないかという風評が広がっていた。

そのデーヴァダッタはまだ山頂に残っていた。

山頂の広場をぎっしりと埋めていた聴衆はすでに山を下り、あたりは静寂に包まれていた。

園地から山頂への道は急坂で道幅も狭かったので、聴衆の移動には時間がかかった。下りの急坂は危険なので、足腰の弱い高齢者のために教団はいくつも輿《ズイビカー》を用意していた。若い比丘たちが輿をかついでゆっくりと坂を下りていった。

往路はデーヴァダッタに励まされながら自分の足で登ったヴァイデーヒー夫人も、長く座して話を聞いていたので疲れが出たのか、拒否せずに輿に乗って王宮に戻った。

夫人が輿に乗ったので、デーヴァダッタは随行せず、頂上の巨岩の前に残っていた。

疲れを覚えたアーナンダがシッダルタから少し離れた場所に座りこんで休んでいると、デーヴァダッタが近づいてきて声をかけた。

「すばらしい話でしたね。今日の話はまさにヴァイデーヒー夫人のための物語《カターナカ》ですが、誰が聴いても感動しますよ。歴史に残る物語です。アーナンダ、あなたがまとめて経典《スートラ》にするのでしょう」

アーナンダは応えて言った。

「お話はすべてわたくしがまとめておりますが、とくに今日のお話は異例のものでございました。話す前から尊者には気持のたかぶりがありました。そんなごようすの尊者をお見かけするのは初めてのことでございます。そして尊者は、この話は特別の経典であるから、序文をつけるようにとお命じになりました。確かに今回のお話はヴァイデーヒー夫人だけに語られたところがありますので、ヴァイデーヒー夫人とはどのようなお方であったか、そのお方の身に何が起こったのかを、最初に語っておかなければならないでしょうね」

デーヴァダッタは笑いながら声をひそめてささやきかけた。

「アジャータシャトル王子が悪友のデーヴァダッタにそそのかされて、父のビンビサーラ王を幽閉し餓死させた。ヴァイデーヒー夫人は夫を失ったばかりか、子息が犯した罪の大きさにおののいて、ブッダに救いを求めた。そんな前置きをつけたらよいのではないですか」

「それではあなたさまの悪名が永遠に経典のなかに残ることになりますよ」

「マウドガリヤーヤナが空を飛んで王のもとに赴き八戒《アスタンガシーラ》を授けた、といった話も入れてください。空を飛ぶというのはいささか誇張がありますが、それに等しい霊力《ザクティ》をマウドガリヤーヤナ先生《アディアーパカ》はおもちなのですよ」

自分が王子をそそのかしたと、悪びれることもなく語るデーヴァダッタに対して、アーナンダは驚きとともに、この人物は何をたくらんでいたのか、そもそもこの人物がなぜ教団にいて、尊者から特別の扱いを受けているのか疑問を感じた。

デーヴァダッタはアーナンダの兄だ。カピラヴァストゥに来てからも親しく接していた。

親しい親族ではあったが、いまのアーナンダにとってデーヴァダッタは、少し距離を置きたい人物だった。教団に住居を与えられているのに僧衣《カーシャーヤ》を着ることもなく、いつも批判ばかりしている。王宮に出入りし豪商たちともつきあって、何やら陰で暗躍しているという風評も耳にしたことがある。

それでいて尊者は誰よりもデーヴァダッタを大事にしていた。

考えてみれば不思議な人物だった。

アーナンダは恐れに近いものを感じて、思わず声を高めて問いかけた。

「デーヴァダッタさま。あなたさまはいったいどのようなお方なのですか」

デーヴァダッタは微笑をうかべて答えた。

「皇太子妃ヤショーダラさまの弟で、あなたの兄ですよ。アーナンダ、あなたのことは、赤子のころから知っています」

デーヴァダッタの答えに、アーナンダの胸のうちにも幼いころの記憶がよみがえった。

「わたくしも憶えておりますよ。ものごころついた時からすでにあなたさまはわたくしのそばにおいででしたね。可愛がってもらったことをはっきりと憶えています。わたくしはとても幼かったのですが、いま尊者が話されているような、哲学《タリキカトヴァ》の初歩的なお話を、わたくしは兄であるあなたさまから伝えられたように思っております」

「わたしが幼少だったころ、シッダルタさまは何度もデーヴァダハ城においでになっていました。近くにある庵室《アズラーマ》にアシュヴァジットという若い修行者がおられて、そこで哲学の話をされていたようです。わたしもいつしかそういうものに興味をもつようになりました。わたしはそのことを、まだ幼いあなたにも伝えようとしたのかもしれません」

「あなたさまを通じて、尊者とわたくしとはつながっていたのですね」

いつの間にか、尊者がすぐ近くまで歩み寄っていた。

「アーナンダ、わたしがふだん説いているたとえ話《ウトプレクサ》やさまざまな菩薩《ボーディサトヴァ》の話を、あなたは一つにまとめようとしていますね」

「いずれは妙法蓮華経《サッダルマプンダリーカスートラ》（法華経）という経典にまとめようと思っております」

「そのなかにデーヴァダッタの章というのを加えてください。こんな話です。遠い過去の世に王がいた。王は哲学を求めて修行の旅に出て、生きとし生けるもののすべてに救いをもたらす聖者が現れれば、わたしはそのお方の奴隷《ダーサ》となると誓った。するとひとりの仙人《アズラミン》が現れ、わたしは妙法蓮華経を知っていると告げた。王は歓喜してその仙人の弟子となり、長く修行したのちについにブッダとなった。遠い過去の物語だが、その王とは他でもない、このわたしなのだ。そして王を指導したその仙人こそ誰あろう、ここにいるデーヴァなのだ……と、そんな話です」

シッダルタはこれまでもさまざまな物語《カターナカ》を語ってきた。なかには一度聞いただけでは何を意味するのか、よくわからない話も少なくなかった。

いま聞いた話も、どのようなたとえ話《ウトプレクサ》なのかわからなかった。

アーナンダは問いかけた。

「それはたとえ話なのでしょうか。たとえ話であるなら、そこにどのような意味がこめられているのでしょう」

尊者はデーヴァダッタに向かって、親しげな笑い方をしてみせた。

「デーヴァ、あなたにはいろいろと悪い風評があります。わたしが語る物語に対してきびしく批判をするということもありますし、弟子として僧衣を着ているわけではないのに、いつも教団にいて、シャーリプトラやマウドガリヤーヤナと同列の地位に置かれているということで、そのことをねたんだり、疑問を抱くものも少なくないのです。今回の事件も、デーヴァが裏に回って引き起こしたのではと疑うものもいるでしょう。それから若者たちに糞掃衣《パンスカシャヤ》を着せて教団を分裂させようとしたと言うものもいるかもしれません。そういう風評が尾をひくと、何年もたってから、教団をひっくりかえそうとした大悪人ということになってしまうかもしれません。そういうことがありますので、デーヴァはわたしの先生《アディアーパカ》であったという話を、経典に入れておいてほしいのです」

するとデーヴァダッタが笑いながら言った。

「わたしはあなたのことをずっと仇敵《ザトル》だと思っていたのですよ。あなたにとっても、わたしは仇敵なのではありませんか」

尊者はにわかに表情をひきしめた。

「仇敵と親友《アヌサギン》とは、似たようなものですよ」

そう言ったあとで、尊者はアーナンダにささやきかけた。

「わたしたちは双児のようなものでしてね。気質も考え方も似ているのです。年齢は離れていますが、同じ風景を見て育ちました。生い立ちはわたしの方が恵まれていましたが、わたしには皇太子としての責務があり、デーヴァには自由があった。そして二人でいっしょに影絵芝居《トールボンマラータ》を見たのです」

尊者はそこで改めてデーヴァダッタの顔を見すえて言葉を続けた。

「確かにわたしたちは双児なのですよ。わたしがあなたであり、あなたがわたしであってもよかったのです。わたしがヴァーナラシーで出会った六師外道を、わたしの足どりを確かめるようにあなたも訪ねたのですね。同じ道を、時間の間隔をおいて、あなたもたどったのです。けれどもいま、わたしはあなたではないし、あなたはわたしではない。どこでわたしたちは、違う道に踏み出してしまったのでしょうか。一つだけ、思い当たることがあるのですよ」

尊者の声がわずかに高まった。

「尼連禅河《ナイランジャナー》の近くのニャグローダ樹の根元でスジャータという娘から乳粥《パーヤーサ》の献げ物《プラフティ》を受け、満ち足りた気分になった時、わたしの前には二つの道がありました。一つはブッダとなって教団を開き多くの人々に教えを説くことです。もう一つは、何もせずに、このままひとりきりで、満ち足りた気分にひたっているということです。ブッダとなって人々から尊敬されたいとか、多くの人々を救いたいというのも、煩悩《クレーシャ》ですからね。すべての煩悩から離れて犀《カドゥガ》の角《ヴィサーナ》のようにひとりで歩むというのが、ブッダとしての本来の道ではないかという思いがありました。それでもわたしは教えを説く道を選んだのです。なぜなのか……。デーヴァ、わたしはあなたのことを思いうかべたのです。あなたは根っからの哲学者《ターリキカ》です。考えにふけるばかりで何もしない。あなたこそ、犀の角のようにただひとりで生きているのです。あなたは自分のことしか考えない。人を救おうなどとは思わないでしょう。そこでわたしはあなたとは違う道を選んだのです。そしてわたしはブッダとなりました。あなたはわたしが数多くの物語《カターナカ》を語ることを批判しましたね。わたしのなかにはもうひとりのわたしがいて、あなたと同じように自分が語る物語を否定しているのです。自分が語る物語はただの方便《ウパーヤ》にすぎないという思いを、わたしはつねに抱いていました。しかし、今日ばかりは違います。今日語った阿弥陀ブッダの教えは、揺るぎのない物語です。わたしはいまあなたに感謝しています。あなたがヴァイデーヒー夫人を絶望のどん底に追いこんだのですね。そのおかげでわたしは、ヴァイデーヒー夫人に向けて、九体の化身《アヴァターラ》のブッダがおられる化身土の話ができました。阿弥陀《アミターバ》ブッダの教えは新たな領域に入り、さらに広がっていくのです」

尊者の顔に微笑がうかんだ。

何かこのうえもなく美しいものを眺めるかのような、透き通った笑みだった。

「わたしはいまでもデーヴァダハ城で初めてあなたと出会った時のことを鮮やかに憶えています。わたしは幼児だったころに育ての母となってくださったアミターさまに会うためにデーヴァダハ城に出向いたのですが、そこでアミターさまが引き取ったばかりの幼児を紹介されました。デーヴァ、あなたはまだやっと歩き始めたくらいでしたから、その時の記憶はないでしょう。あなたは美しい子どもでした。色が白くて、頰がほんのり赤く、つぶらな目をしていました。けれどもその目には、邪悪なほどの鋭さがありました。まるで世界を呪っているかのような、敵意をむきだしにしたまなざしです。その時にわたしは感じたのです。この幼児はわたしの魂の双児なのだと。なぜならわたしは自分の心のなかにも、世界を呪いたくなるような邪悪なものがあることを知っていたからです。それ以来、わたしとあなたとは、魂の親友《アヌサギン》となりました。そうして二人で、あの影絵芝居《トールボンマラータ》を見たのです」

話はそこで終わった。

尊者《ムニ》とデーヴァダッタはしばらくの間、向かい合ったまま、互いの顔を見つめていた。

あるいは心のなかで、会話を交わしていたのかもしれない。

すでにシャーリプトラやマウドガリヤーヤナらの高弟たちも山を下り、巨岩の前にいるのは、尊者とデーヴァダッタとアーナンダだけになっていた。

デーヴァダッタは教団から姿を消した。

糞掃衣《パンスカシャヤ》の若者たちは、元から糞掃衣をつけていたマハーカーシャパの配下となった。

ただ若者たちの指導者だったガルーダと呼ばれる若者は、数人の仲間とともに教団を去った。

はるかのちのことになるのだが、ヒマーラヤのかなたにある支那《チーナ》と呼ばれる国の高僧が、ブッダの教団の遺蹟を訪ねた時、恒河《ガンジス》の河口に近い地域で、デーヴァ団と呼ばれる宗教集団があることを確認したと伝えられる。

すっかり元気になった母親の姿を見て、アジャータシャトル王もブッダの教団を支援し、多大の寄進を申し出た。

アジャータシャトル王の側近となったガンダルヴァは、いまでは大臣のひとりとなっていた。

首席大臣のチャンドラプラディーパや群臣たちは、国内の平安が保たれているいまこそ、ヴァイシャーリーに軍隊を出動させて、失われた租税《カラ》を取り戻すべきだと提案した。

尊者はマウドガリヤーヤナをヴァイシャーリーに派遣して、商人の長老ヴィマラキールティと話し合い、納税を拒否するのではなく、減額するということでの和解を提案した。

商人たちがこれを受けいれたので、アジャータシャトル王も群臣たちも、この和解を歓迎した。

軍隊の派遣は中止され、恒河の流域に長く平和が保たれることになった。

教団はさらに発展した。

尊者《ムニ》は何度も高弟たちを連れてシュラヴァースティの祇園精舎《ジェータヴァナヴィハーラ》に赴いた。シュラヴァースティ出身の弟子たちがこの地の教団を管理していたが、比丘尼《ビクシュニー》たちの活躍が教団の支えとなっていた。

尊者の養母のプラジャーパティーは亡くなっていたが、コーサラ国の王族《ラージャター》のシュリーマーラーと、尊者の妃であったヤショーダラが、比丘尼たちを率いていた。

シュラヴァースティまで来れば、隣国のカピラヴァストゥのことが思い起こされた。城壁は崩壊し、王族の女人や女官は祇園精舎に移り住んでいるのだが、カピラヴァストゥから眺めたヒマーラヤの山脈の眺めが忘れられない。

その日は祇園精舎の会堂《ザラ》に比丘尼たちが集まって、尊者の話を聞く予定だったが、それに先立って、ヤショーダラが訪ねてくることになっていた。子息のラーフラも呼び寄せ、尊者の部屋で四人で対面した。

教団に入れば、夫婦も親子も、世俗のころの関係は切り離されて、ただの比丘と比丘尼になって対面している。

とはいえ血のつながった親族が、こうして一堂に会しているのは、同族のアーナンダにとっても心があたたまる眺めだった。

ヤショーダラは年齢を重ねて、落ち着いた女人になっていた。とくに王妃プラジャーパティーが亡くなってからは、元は女官だった年輩の比丘尼たちを率いる立場となったので、それなりの責任を負っている。

ただ尊者に対しては、相手がブッダという神聖なお方だという遠慮があるのか、とくに親しく語りかけるようなことはなく、尊者が不在の間の祇園精舎のようすなどを、むしろよそよそしい感じで語るだけだった。

隣にいるアーナンダに対しては、笑顔をうかべて親しげに語りかけた。

「アーナンダさまも昔は美少年でしたのに、いまは年輩のお方の風貌となって、側近としての重みが感じられるようになりましたね」

アーナンダはまだ少年だったころに、ヤショーダラの給仕《ヴィタラーカ》としておそばにつかえていた。いまだに軽くからかわれているような感じがした。

ヤショーダラはアーナンダにばかり話しかけて、ラーフラの方は見ないようにしていた。わが子でありと懐かしいはずだが、それだけに自分をおさえようとしているのかもしれなかった。

アーナンダが給仕をしていたころに話が及ぶと、同じく給仕としてつかえていたデーヴァダッタのことが思い出された。

デーヴァダッタが教団を離れたことは、祇園精舎には伝わっていなかったのかもしれない。

ふと何かの拍子に、ヤショーダラが何気なくアーナンダに問いかけた。

「デーヴァダッタさまは、ここにはおいでにならないのですか」

アーナンダは答えた。

「あのお方は教団を離れられたのです」

「まあ、どうしてですの。どこに行かれたのですか」

デーヴァダッタの行方は、誰も知らなかった。

答えにとまどっていると、横合いから尊者が言葉をかけた。

「あなたもわたしも、デーヴァにはずいぶん世話になりましたね。わたしはデーヴァとは古いつきあいなのですよ。デーヴァがまだ幼児だったころから、わたしはデーヴァダハ城に通っていました。神殿《デヴァーラヤ》にいる神官《バラモン》のアシュヴァジットの話を聞きにいったのですが、デーヴァとはいろいろな話をしました。あなたとともにデーヴァがカピラヴァストゥに来てくれたので、つきあいが深くなりました。デーヴァはわたしにとって第一の親友であり、シャーリプトラよりも古い一番弟子だといっていいでしょう。もっともデーヴァがここにいれば、弟子になったつもりはないと言うでしょうがね。デーヴァは教団の比丘《ビクシュ》にはならず、ひとりで修行の旅に出たのです。彼はいつだってひとりきりです。まるで犀の角《カドゥガヴィサーナ》のようにひとりきりで生きているのです」

「犀の角……」

ヤショーダラは驚いたようにその言葉をくりかえした。

恒河《ガンジス》の流域の水辺には、犀が出没する。

灌木の葉や草を食べる犀は人を襲うことはないのだが、何かに驚いて暴走することがあり、そうなると大きな動物なので危険でもある。皮膚は灰色だが水辺で泥浴びをするので黒っぽくなり、夜の闇にとけこんでしまう。ただ鼻の上にある角だけは闇のなかでも白く光って目立つので、角だけが動いているようにも感じられる。

この犀の角という言葉は、尊者にとっても大事なものになった。

晩年の尊者は長い物語を語ることはなく、必要な教えだけを説くようになった。

物語のような架空の設定のない教えは、のちに南伝仏教の経集《スッタニパータ》としてまとめられることになる。

犀の角という言葉はこんなふうに語られた。

生きとし生けるものに暴力をふるってはなりません。生きものを悩ませてはなりません。生きものに関わることなく、自分の道を進まねばなりません。妻や子どもや友に何かを求めることもなく、犀の角のようにただひとりで歩いていきなさい。

人と交わると渇愛《トルシュナー》が生じます。その渇愛から苦しみが起こるのです。異性や友と親しくすることには大きな危険があるということをわきまえ、犀の角のようにただひとりで歩いていきなさい。仲間とともにあれば、休むことも、立つことも、歩みを進めることも、旅することも、つねに人に呼びかけられ、言葉を交わし、誘い誘われて生きていくことになります。誰にも従属しない心の自由をめざして、犀の角のようにただひとりで歩いていきなさい。

寒さと暑さ、飢えと喉の渇き、風の冷たさや陽照りの熱気、うるさくつきまとう虻《トライラータ》や毒をもった蛇《ナーガ》、これらのものにとりかこまれていても、強い気持をもって、犀の角のようにただひとりで歩いていきなさい。

ひとりきりでいると寂しさを覚え、人に頼りたい気持を起こすものだが、それこそが苦しみの始まりなのだと心しておかねばならない。まわりにいる人のすべては煩悩《クレーシャ》のもとであり、魔神《パープマン》の誘惑だと思いなして、犀の角のようにただひとりで歩いていきなさい。

犀の角《カドゥガ　ヴィサーナ》……。

その言葉を口にしながら、あるいは尊者は、遠くに去った友のことを思い出していたのかもしれない。

それでも時には、尊者はかたわらにいるアーナンダの方に目を向けることがあった。

そして、尊者は微笑をうかべ、再び聴衆の方に向かって、こんな言葉をなげかけるのだった。

もしもあなたが、聡明で鋭利な、またとない同伴者を得たならば、あらゆる障害をうちはらい、心に大いなる喜びをもって、その人とともに歩いていきなさい。

尊者の教えが終わって、聴衆が園地の比丘尼《ビクシュニー》の領域に帰っていったあとで、ひとりだけその場に残っている比丘尼があった。

肌の白い美しい顔だちの女人だったが、かなりの年輩だと見てとれた。

何かしらもの問いたげなようすを見せていたので、アーナンダが問いかけた。

「何かご用ですか。尊者にご質問でもあるのでしょうか」

女は頭を下げ、控え目な口調で言った。

「あの……。こんなことをおうかがいしてよいのか、迷っているのですが、もしや尊者さまは、デーヴァというお方をご存じないでしょうか。尊者さまよりはかなり年下で、アーナンダさまよりは年上のお方なのですが」

尊者が答えた。

「デーヴァはわたしの弟です。アーナンダにとっては兄にあたります」

「デーヴァさまはこちらにはおいでにならないのですか」

「デーヴァは僧団《サンガ》の比丘《ビクシュ》ではありませんが、わたしの大事な側近であり、長く教団におりました。いまはひとりで修行の旅に出ております」

「ああ、さようですか。ひとりで旅に……」

女は微笑をうかべた。

「デーヴァさまはわたくしにとって大切なお方でございます。とはいえあのお方のことを、わたくしは何も存じあげないのです。正体の知れない、不思議なお方でした。何を求め、何のためにそこにおられるのか、よくわからない、謎のようなお方でございました」

尊者は興味をもったようすで、女に近づいてささやきかけた。

「どこでデーヴァと出会ったのですか」

「シュラヴァースティの料理屋です。わたくしは店の女給《ヴィタリカー》で、舞姫《ナルタキー》で、娼婦《ルーパージーヴァ》でもありました」

「デーヴァは客としてその店に行ったのですか」

「常連の若いお客さまがおりまして、その当時はどなたか存じあげなかったのですが、あとで亡くなられたジェータ王子さまだとわかりました。そのお方が新しいお客さまを二人同伴されていまして、同じくらいの年齢のお方と、それから年下の、まだ少年のようなお方でした。それがデーヴァさまだったのです」

「もう一人はわたしの弟のスンダラナンダ王子だったのでしょうね」

「さようでございましょう。そのような高貴なお方とは存じあげなかったものですから、失礼なことを申し上げたかもしれませんが、お客さまですから丁重におもてなしをしました。そのあとで、デーヴァさまはひとりで店に何度かおいでになったのです。どのようなお方なのかも、よく知らなかったのですが、あのお方は自分の母は舞姫だったというお話をされて、それでにわかに親しみを覚え、ただのお客さまではなく、わたくしにとっては特別のお方になったのでございます」

　尊者はいかにも楽しげなようすでさらに問いかけた。

「あなたにとってデーヴァは、どのような人だったのですか」

「いまでもよくわからないのですが、まことに不思議なお方で、とても気まぐれであるように見えて、もの静かに深く考えを進めているようでもあり、年が若いので子どもっぽく見えることもあり、一方では何か秘密をおもちで、何をするかわからない恐ろしさを感じさせるお方でした。何やら天神《デーヴァ》のようでもあり、魔神《パープマン》でもあるようなお方だったのです。もしもあのお方が悪い魔神であっても、二人でいっしょに地獄に落ちようと、心に決めておりました」

　尊者はしみじみとしたようすで女の顔を見ていた。

「デーヴァにはあなたのようなお相手がいたのですね。まったく不思議な人物ですよ。わたしの弟ですから、幼児のころから知っているのですが、いまあなたが言われたような、恐ろしいところもある人物でしてね」

「それでもわたくしにとっては、大事なお方でございました。わたくしは行き場所を失った場末の娼婦でした。自分などこの世にいてもしようがないと、すさんだ気持でおりましたが、あのお方と出会えて、生きていてよかったと思うようになりました。あのお方はわたくしにとって、まさに神《デーヴァ》のようなお方だったのです」

尊者は女の顔をじって見ていた。

まるで女人の姿をした菩薩《ボーディサトヴァ》でも見るかのような、嬉しげな顔つきだった。

女が問いかけた。

「あのお方はいまはどこにいらっしゃるのでしょう」

「それはわかりません。あなたの言われるように気まぐれな人物でありながら、静かに深く考えを進めているようなところもあり、まさに神《デーヴァ》と魔神《パープマン》が同居していたのです。ところで、あなたはなぜ教団に入られたのですか」

「デーヴァさまが教えてくださいました。ブッダの教団は、階級《ヴァルナ》や仕事で人を差別することはなく、望むものは誰でも迎え入れてくれる……。それで祇園精舎をお訪ねしたのですが、まさに言われたとおりのところでございました」

そう言って女は、遠くを見るようなまなざしになった。

女の目には、どこかの山野を、犀の角《カドゥガヴィサーナ》のようにただひとり歩いているデーヴァダッタの姿が、見えているのかもしれなかった。

長い年月が経過した。

ブッダの教団はさらに発展し、竹林精舎《ヴェヌヴァナヴィハーラ》、祇園精舎《ジェータヴァナヴィハーラ》、ヴァイシャーリーのマンゴー園の拠点だけでなく、遠方の国からもブッダの訪問を求める声が届いた。

釈迦尊者《シャーキャームニ》は旅の苦労をいとわずに、弟子たちとともに各地を巡回していたが、高齢のために旅が難しくなると、竹林精舎にとどまるようになった。

尊者は八十歳になっていた。

すでにシャーリプトラやマウドガリヤーヤナは亡くなり、マハーカーシャパが教団を率いていた。

尊者は足腰が弱り、身動きもとれないようすだったが、アーナンダを呼び寄せて、かすれた声でささやきかけた。

「最後の旅に出ましょう」

「旅に……」

アーナンダは驚いてききかえした。

「旅に出られるのですか」

「もはや長くは歩けません。若い比丘《ビクシュ》たちにお願いして、輿《ズイビカー》で運んでもらいましょう。わたしはこのところ食をほとんどとっていないので、体が軽くなっていますから、さほどの負担にはならないでしょう」

そう言って尊者は、楽しげな笑みをうかべた。

「どちらへ行かれるのですか」

「まずはヴァイシャーリーのマンゴー園へ。それから恒河《ガンジス》の支流をさかのぼって、ローヒニー河の方に行きたいですね。王城が壊されたカピラヴァストゥに行くつもりはありませんが、生地のルンビニー園の近くまで行ければと思います」

「長い旅になりますよ。輿の上に乗っているだけでも疲れます。いまの尊者のお体では、長旅は難しいのではありませんか」

「命が尽きる前に、あのヒマーラヤの美しい山脈をあおいでみたい。それだけがいまのわたしの望みです。ルンビニーまで行かなくてもいいのです。クシナガラのあたりまで行けば、ヒマーラヤの白い山々が見えるでしょう」

尊者は顔をあげて、目を細めた。

その目には、すでにヒマーラヤの白い山脈が見えているかのようだった。

教団を運営するマハーカーシャパは竹林精舎《ヴェヌヴァナヴィハーラ》に残ることになった。

アーナンダは輿《ズィビカー》に乗った尊者《ムニ》に随行して、わずかな弟子たちとともにラージャグリハを出発した。

修行者の旅であるから船などは使わず、徒歩でヴァイシャーリーを目指した。尊者は痩せ細っていたが、輿そのものの重さがあるので、弟子たちが交替でかついだ。

商人の長老ヴィマラキールティはすでに没していたが、商人たちは都市国家の自治権を守り抜いていた。

郊外に広大な園地があった。

アームラパーリーのマンゴー園。

園を開いたのは女人の豪商だった。

アームラパーリーは元は豊かな商人たちを相手とする娼婦《ルーパージーヴァ》だったと伝えられる。絶世の美女と評判ではあったが、才気があり、話術が巧みで、商人たちのあこがれの的になっていた。

多くの人々に愛され金品をみつがれて資産を得ると、自ら娼館を経営して莫大な富を築いた。その富で広大な園地を購入して教団に寄進をした。

教団にとっては第三の拠点となった。

当初はシャーリプトラが弟子たちを連れて出向き、ここを拠点としてヴァイシャーリーの市街地で托鉢乞食《パインダパーティカ》をし、教えを説いていたのだが、のちには尊者も何度か訪問することになった。

アーナンダも随行したので、まだ若々しい美貌をたたえていたころのアームラパーリーの姿を記憶している。

このマンゴー園に来ると、若い娼婦たちも教えを聞きにやってきた。

どういうわけか女たちは、尊者のわきに控えているアーナンダに興味をもって、しつこく追い回されたことがあった。

そのようすを見た尊者は、笑いながらささやきかけた。

「アーナンダ、あなたは美しい顔をしていますから、女人の煩悩《クレーシャ》をかきたてるようですね」

アーナンダには困惑しかなかった。

アームラパーリーはいまでも娼館を経営していて、尊者の一行がやってくると、園地の入口に女たちが並んで笑顔をふりまきながら出むかえた。

アーナンダは緊張を覚えながら園地の奥に進んだ。

雨期をやりすごすために大きな会堂《ザラ》が建てられていた。その周囲に僧団《サンガ》の比丘《ビクシュ》たちのための庵室が並んでいる。

会堂の前で輿から下りた尊者はしっかりとした足どりで建物のなかに入り、会堂の奥に陣取った。

旅の疲れがあるはずだが、女たちが集まっているので、ただちに会堂で教えを説くことにしていた。

園の入口で一行を出むかえた女たちが会堂のなかに入ってきた。

だがこの場の主役であるはずのアームラパーリーがまだ姿を見せていなかった。

アームラパーリーは尊者より少し若いはずだがすでにかなりの高齢だった。

尊者の体力の衰えを考えれば、アームラパーリーもかなり衰えているのではと思われた。

ざわめいていた女たちが、しんと静まり返った。

会堂の奥に控室のようなところがあり、扉が開いてアームラパーリーが姿を見せた。あでやかな衣装をつけた小柄な女人が自分の足で歩いて、尊者に近づいていく。

足取りにいささかの乱れもなく、背筋が伸び、まるで若い女のようだった。

美しい化粧のせいもあって、その美貌は、若いころと少しも変わっていないように見えた。

アームラパーリーが最前列に着席したのを見て、尊者は語り始めた。

「わたしは弟子たちに雪山童子《ヒマーラヤクマーラ》の話をしたことがありますが、いままたこの物語をお話ししましょう。遠い昔に、雪山童子という若者がヒマーラヤの山中で修行をしておりました。彼は詩人としての高みを目指して、奥深い真理《ダルマ》を語る詩句《ガーター》を求めてきびしい修行に取り組んでいたのです。この若者の詩句への熱意を試すために天界《デーヴァガティ》の帝王《マハーラージャ》とされる帝釈天《インドラ》は、人の肉を喰らう羅刹《ラークシャーサ》という悪鬼《ピザーチャ》に姿を変じ、天空を飛びながら、四行の詩句の前半を唱えました。その二行の詩句のあまりの奥深さに、岩陰に身を隠していた童子は思わず悪鬼の前に飛びだして、詩句の後半を告げるようにと嘆願しました。すると悪鬼は、わたしは人の肉が好物なので詩句を最後まで告げたらその身を差し出すかと問いました。童子は奥深い詩句が聞けるのなら喜んで身を差し出すと約束しました。悪鬼が詩句を告げましたので、童子は岩にその詩句を刻み、それから悪鬼の前に身を献げました。そこで悪鬼から姿を変じた帝釈天は、雪山童子の熱意をほめたたえ、この詩句をのちの人々に伝えよと命じたのです」

そこで尊者は少し間を置いてから再び言葉を続けた。

「この話はわたし自身の前世の物語として皆さまにお聞かせしてきたのですが、高齢となったいまは、この世であったことも半ばは忘れてしまいましたので、前世にそのようなことがあったのかどうか、いまとなってはわかりません。しかしその四行の詩句は、胸に刻まれておりますので、いまからお聞かせいたします」

尊者は歌うような声になって詩句を朗誦した。

〽諸行無常《アニチャーヴァタサンスカーラ》……すべてのものはうつろいゆく
〽是生滅法《アトパダヴィヤヤダルミニャー》……うまれほろびるはさだめなり
〽生滅滅已《アトパディアヒニルディヤンテ》……ほろびにほろびてそのはてに
〽寂滅為楽《テシャムヴィユパサマススカム》……しずけさをよろこびとなさん

朗誦を終えると、尊者はしばらくの間、詩句の余韻にひたるように口を閉じていた。聴いている女たちも歌や踊りが得意で自分でも詩句を口ずさむものが多いので、この詩句の響きに心を動かされたようすだった。

すると急に尊者は、笑い声をもらした。

「わたしはこの話を弟子たちに何度も語りました。あらゆる現象《サンスカーラ》は無常《アニチャム》である（諸行無常）という言葉はさまざまな話のなかでも語っており、わたしにとっては大事な言葉ではあるのですが、いま久方ぶりにアームラパーリーさまのお姿を拝見いたしますと、諸行は無常どころか、永遠の美というものは確かにあるのだと感じられました。考えてみると、太陽の輝き、月のきらめき、ヒマーラヤの白い峰の美しさなど、永遠の美というものはどこにでもあるものなのですね。とくにアームラパーリーさまのお美しさには心を動かされました。ここにいらっしゃる皆さまもお美しいお方ばかりです。美というものは永遠なのです。はかないのはそれを見ているわたしたちの方なのですね。命というものには限りがあります。わたしも高齢となりました。もはや長い距離を歩くこともできません。いまここにおられる皆さまに、わたしがお話をするのも、これが最後になることでしょう。やはり諸行は無常と申すしかないようです。しかしいまこうして、皆さまがたのお目にかかれたことは、わたしにとってまたとない喜びです。アームラパーリーさま、皆さま、ありがとうございました」

尊者が話を終えると、アームラパーリーが謝辞を述べた。

「これが最後などとおっしゃらずに、どうかこれからもわたくしたちにお話をお聞かせくださいませと、そのようにお願いしたいところでございますが、ともあれ今日ここで尊者さまのお話を拝聴する機会がいただけたことにお礼を申し上げます。わたくしは長年にわたってこの地で娼館を営んでまいりました。わたくしはお客さまに喜んでいただくことのみを求めて励んでまいりましたが、一時はヴァイシャーリーでもジャイナ教の白衣派《シエヴエタンバラ》の方がふえて、きびしく五戒《パンチャシーラ》を守られる皆さまが娼館に足を運ばなくなったことがございました。されどもブッダの教えが弘まりますと、急にお客さまがふえました。ブッダの教えは八戒《アスタンガシーラ》でございますから、初めてそのことをお聞きした時は、五戒よりきびしいのかと心配いたしましたが、八戒を守るのは月に数度の忌み日だけでよいというものでしたから、他の日は飲酒も認められ、娼館で娼婦と楽しんでもよいとのことでございました。おかげさまでわたくしどもはにわかに繁盛して、大きな富を築くことができました。お礼にこのマンゴー園を寄進したのでございますが、始めのうちはシャーリプトラさまがお弟子をひきつれて来られるだけでした。ところがそのうちにいよいよ尊者さまが来られるということになり、わたくしどももいくぶん困惑したのでございます」

そう言ってアームラパーリーは顔をほころばせ、少女のような可愛らしい声を出して笑ってみせた。

「偉大なブッダさまの説教とのことで、どんな難しいお話なのかと身構えるような気持で拝聴したのでございますが、とてもわかりやすいたとえ話《ウトプレクサ》ばかりで、わたくしは心の底からの喜びを覚えることができました。いまでも憶えておりますのは、衣服のなかにぬいこまれた宝珠《マニ》の物語《カターナカ》でございます。豊かな男と貧しい男は幼なじみの親友でございまして、豊かな男はずっと親友を助けておったのですが、急な仕事で遠国に行かねばならなくなったのでございます。親友のことを心配した豊かな男は、別れの杯を交わしたあとで、酔って寝こんだ男の衣服に宝珠を縫いこみまして、困った時はこれで何とかなるようにと配慮したのでございます。ところが貧しい男はこの宝珠に気づかずに、苦労を重ねることになります。長く時が流れたあとで、ようやく再会した二人ですが、豊かな男から、あの宝珠は役にたったかときかれ、貧しい男は何のことがわからず、親友に教えられてようやく自分が肌身離さず高価な宝珠をもっていたことに気づいたのでございます。このたとえ話《ウトプレクサ》は、わたくしの胸の奥にしみとおりました」

アームラパーリーは過去を懐かしむように大きく息をついた。

「わたくしは大きな富を築きましたが、心のなかのどこかに、自分はいやしい仕事をしているという思いがありました。ただでさえ女は男よりも劣るとされておりますし、娼婦は庶民《ヴァイシャ》よりも一段低い、隷属民《シュードラ》に等しい階級《ヴァルナ》だとされております。いくら富があっても、わたくしはつねに身を低くしていなければならず、それが心の負担になっておりました。それでも考えてみますと、わたくしどもはお客さまを喜ばせ、楽しませるために、努力を惜しみませんでした。お客さまもそうしたわたくしどもの努力を認めて、多くの富を献げてくださったのでございます。それは衣服のなかに高価な宝珠を秘めているようなものだったと、わたくしは気づかされました。誰もが心のなかのどこかに、宝珠のような大事なものをもっているのでございます。そのことを誇りとして、これからは胸を張って生きていけると思いました。わたくしは尊者さまの物語に救われ、生きることの喜びを得ることができたのでございます」

アームラパーリーは周囲の女たちと顔を見合わせながら、さらに言葉を続けた。

「ああ……、言葉《ヴァチャナ》というものは、何と力をもっているものでございましょうか。物語《カターナカ》というものは何と美しく、胸をうつのでございましょうか。そしてブッダさまは何と奥深い物語を語られるのでございましょうか。たとえご高齢のブッダさまが涅槃《ニルヴァーナ》と呼ばれる領域に入られ、もはや人の姿ではなく、人の声で語られることもなくなったとしましても、そちらにおいでになりますアーナンダさまが、ブッダのお言葉をすべて暗誦しておられるとのことでございますから、わたくしどもも安心いたしております。アーナンダさま、どうか何度もこの地に足をお運びになり、わたくしどもに物語を聞かせてくださいませ」

するとと周囲にいた女たちが声をそろえてアーナンダに語りかけた。

「アーナンダさま。どうかいつもわたくしたちのそばにいて、ブッダのお言葉を語り、美しい物語を聞かせてくださいませ」

美女たちの熱い視線を浴びて、アーナンダは当惑し、顔を赤くしてうろたえるばかりだった。

第二十八章　鍛冶屋のチュンダによる最後の献げ物

クシナガラの郊外に到着した。

沙羅《シャーラ》と呼ばれる高木に囲まれた広場《アスターナ》のようなところだ。おりしも春の初めで、木々はいっせいに白い花をつけ、あたりは芳香に包まれていた。

長い旅だった。

尊者《ムニ》は二十九歳のおりに五人の仲間とともにカピラヴァストゥを出立して、沙門《シュラマナ》の聖地ヴァーナラシーを目指した。五人の仲間は全員が神官《バラモン》で、五人ともブッダの弟子にはならなかった。尊者としては孤独の旅だったのかもしれない。

ただ五人の一人、アシュヴァジットはデーヴァダハ城の近くの神官だったから、アーナンダとは親しかった。幼いころにアシュヴァジットから教えを受けたことがあり、深い哲学《タリキカトヴァ》を究めている人物だと尊敬していた。

尊者が少年のころ何度もデーヴァダハ城を訪ねたのは、幼いころの育ての母だったアミターに会いたかったこともあるが、アシュヴァジットとの交流が目当てであったとも思われる。

尊者はブッダとなったあと、父のシュッドーダナ王の見舞いのためにカピラヴァストゥに帰還しているが、その時はシュラヴァースティを経由しているので、このクシナガラに入るのは五十年ぶりのことだった。

クシナガラは滅亡したマッラ国の旧都で、ヒラニヤヴァティー河という恒河《ガンジス》の支流が流れており、水運による商業地でもあった。そこから先の細い流れをたどっていくと、尊者の生地ルンビニー園のそばを流れるローヒニー河につながっている。

ここまで来ると、天空の高みにヒマーラヤの白い山脈が見える。アーナンダが幼いころ、デーヴァダハ城で毎日見ていたのと同じ風景が、目の前に広がっていた。

記憶がよみがえってきた。

生母アミター。アミターは少し前に亡くなったと聞いた。

尊者がカピラヴァストゥに帰還した時、アーナンダも同行していた。デーヴァダハ城のすぐ近くまで来ていたのに、アミターに会いに行けなかったことが後悔された。

それから兄のデーヴァダッタのことが思い出された。

幼少のころだけでなく、姉のヤショーダラの給仕《ヴィタラーカ》としてカピラヴァストゥに呼ばれた時にも、デーヴァダッタとは親しく交流した。

とくに給仕としてのつとめについて、デーヴァダッタから詳細な指導を受けたことが思い出された。デーヴァダッタが教団を離れてから、長い年月が経過していた。どこでどうしているのか、消息は不明だった。

クシナガラに着いたことで、尊者は安心されたのか、もはや輿《ズィビカー》にも乗れぬほどに体が弱り、寝たきりになった。

これから先は一歩も前に進めなかった。

尊者の体調を伝えるために弟子のひとりを使者として竹林精舎《ヴェヌヴァナヴィハーラ》に送ったのだが、危篤になるのも近いと察したマハーカーシャパが、あまたの弟子たちを率いて出発したという知らせが届いた。

知らせをもたらした弟子は足の速い若者だった。ほとんど食もとらずに駆け続けたとのことだ。マハーカーシャパが率いている僧団《サンガ》の弟子たちは人数が多く、各地で托鉢乞食《パインダパーティカ》をしながらの旅であるから、到着はまだ先のことになるだろう。

マハーカーシャパの一行が尊者の臨終に間に合うかどうかが心配された。

ここにいるのは輿をかつぐ若者たちを含めてもわずかな人数だった。

恒河の流域だけでなく周辺諸国までの広大な地域に弘まった教団を率いる偉大な導師《グル》が、このようにわずかな弟子に見守られて最期の時を迎えるのか。

つねづね尊者はこんなふうに語っていた。

「ブッダはもはや輪廻《サンサーラ》することはありません。影絵芝居《トールボンマラータ》の光源となっていた灯火《ディーパ》が吹き消されるように、ふっと幻影《タマス》が消えて、姿が見えなくなるだけのことです。灯火を吹き消すことを涅槃《ニルヴァーナ》といいます。涅槃こそがほんとうの覚りの境地なのですよ」

尊者はいささかも死を恐れていない。恐れているのは弟子たちの方で、偉大な導師がいなくなったあと、教団をどのように運営していけばいいのか。

何よりも自分自身の身の行く末がどうなるのか。

心が騒ぐばかりだった。

身を起こすこともできない尊者が、弱々しい声でアーナンダを呼んだ。

アーナンダは何事かと、急いで尊者のおそばに駆け寄った。

横たわっている尊者のそばに身を屈めて、顔を近づけた。

「この世は美しい……」

尊者はアーナンダの顔を見すえて、少年のようにむじゃきな微笑をうかべた。

「生きているというのはすばらしいことですね」

そう言って尊者は小さく息をついた。アーナンダを呼んだ声は弱々しかったが、話し始めると尊者はしっかりとした口調になった。

「わたしはずいぶん長く生きてきました。年齢を重ね、積年の疲れがいま、わたしの体に重い荷を負わせています。いまはもう一歩も足を踏み出すことができません。わたしの命もあとわずかです。人の姿をしたブッダではなく、わたしは原理《ダルマ》そのものと同化した、法身《ダルマカーヤ》のブッダとなるのです」

尊者は急に、表情をひきしめた。

悲しげな、心配そうな顔つきで、アーナンダの顔をじっと見つめた。

「あなたに最後に言っておきたいことがあります。アーナンダ、あなたはつねにわたしとともにありました。それゆえに、あなたはわたしに頼りすぎてきたのかもしれません。これからはあなたも犀《カドゥガ》の角《ヴィサーナ》のようにただひとりで歩いていかねばなりません。自分というものを大事にしてください。自分しかいないと思ってください。あなたの先に灯明《ディーパ》をもって歩いてくれる人はいないのです。他人を拠り所《ディーパ》とするのではなく、自分自身を拠り所として、怠らずに励んでください。そしてあなた自身が人を導く灯明となってください。幸いにもあなたは、わたしの言葉《ヴァチャナ》を暗誦できます。言葉が、あなたの灯明となってくれるでしょう」

尊者は目を閉じた。

浅い眠りに入ったようだったが、このまま永眠するのではないかと、アーナンダはあわてて尊者の方に顔を近づけ、寝息を確かめた。

それから顔をあげると、頭上に小鳥《パクシーナ》の姿が見えた。

色とりどりの小鳥が群れて、天蓋《ヴィターナ》のような広がりをもって虹色の光芒を放っていた。

そこはシャーラ樹に囲まれた園地であったが、深い森林《ダーヴァ》に接していた。

森林の生き物たちが、園地のきわまで出てきて、こちらのようすをうかがっていた。

鹿《ムルガ》の姿が見えた。

尊者がブッダとして最初に教えを説いたのが、鹿《ムルガ》の森林《ダーヴァ》（鹿野園《ムルガダーヴァ》）という地であったと聞いたことがある。

鹿だけではない。兎《ザザカ》や栗鼠《シクロダ》や野鼠《ムシカ》など、小さな動物たちの気配が感じられた。ブッダの入滅が近いことを動物たちは察知しているのかもしれない。

遠くで人の声がした。

何かを言い争っているような気配が伝わってきた。

すると弱っているはずの尊者が、にわかに身を起こして、声の方に目を向けた。

「わたしに献げ物《ブラフティ》をしようとして、人が来ているようですね」

アーナンダはあわてて言った。

「尊者はもはや何もめしあがることができないほどに弱っておられます。事情をお話しして帰っていただきましょう」

尊者は強い口調で命じた。

「いいえ。あのお方の供養《プージャナ》を受けなくてはなりません。あなたが行って、こちらに来てもらってください」

尊者の意向とあれば、従わないわけにはいかない。

アーナンダは立ち上がって、言い争っている声の方に近づいていった。

立ちふさがっている弟子たちの前に、痩せ細った老人がいた。手に鉢をもっている。そこに献げ物の食べ物が入っているのだろう。

ひどく汚れた衣を着ていた。

マハーカーシャパの糞掃衣《パンスカシャヤ》よりもずっと汚れている。よほど貧しい人物なのか。そんな貧人がどうして献げ物をする気になったのか。

顔を見ると、火ぶくれのような、やけどのあとのようなものが顔面をおおっていて、もとの顔がどんなものだったのかもわからないほどだった。

よく見ると手足にもやけどのあとがあり、汚らしい衣にもこげたような痕跡があった。

「そのものの供養《プージャナ》を受けると尊者が言われました。お通ししてください」

アーナンダが声をかけると、痩せた老人が声をはりあげた。

「やれ嬉しや。何でもめったにお目にかかれぬほどの偉いお方が当地で休んでおられるとうかがいやしたのでね。顔でも拝ませてもらおうかと思ったでやす」

老人はアーナンダの顔をじろりと眺めて言った。

「あっしは鍛冶屋《ロハカーラ》のチュンダと申しやす」

鍛冶屋と聞いて、顔や手足にやけどのあとがある理由がわかった。

恒河《ガンジス》の河口近くでは、湿地に稲をじかまきしているところもあると聞いている。しかし多くの耕作地では、鋤《ラガラ》や鍬《ヴイジカ》で土を耕し、水を張って稲を育てる。そうした鉄《ロハ》の農具《ブハンダ》は鍛冶屋が修理をする。巡回の鍛冶屋は庶民階級《ヴァイシャヴァルナ》の農民《クルサカ》よりも下等な隷属民《シュードラ》に等しい放浪の民だが、鉄《ロハ》は使っていくうちにしだいになまっていくので、時々鍛冶屋がきたえないと役に立たなくなる。たまに訪れる鍛冶屋は農民にとってまさに神《デーヴァ》のような存在で、人々は神に捧げ物をするように鍛冶屋に食べ物を与える。

この鍛冶屋はそうした献げ物を横流しするつもりなのかもしれない。

鍛冶屋のチュンダが手にしている鉢には、何やら怪しげな食べ物が入っていた。

「その鉢のなかは何ですか」

アーナンダが問いかけると、鍛冶屋は答えた。

「獣料理《スーカラマッダヴァ》でやす」

武人《クシャトリヤ》も庶民《ヴァイシャ》も獣肉を食べる。

教団では五戒《パンチャシーラ》の第一で殺生《プラナティパタ》を禁じているので、獣肉も魚肉も食さない。托鉢乞食《パインダパーティカ》に出てもラージヤグリハの人々は教団のことをよく知っているので、獣肉などを供することはないのだが、地方の農村などではたまに獣肉を出されることもある。そういう時は、せっかくの献げ物なので、ありがたくいただくことにしている。

だがいまは、尊者は臨終に近い状態なので、とても獣肉などは食べられない。

アーナンダは尊者のそばに鍛冶屋のチュンダをつれていった。

驚いたことに、寝たきりだった尊者は身を起こして、きっちりと座していた。

チュンダもその前に座して、しばらくの間、二人は向かいあっていた。

沈黙が続いた。

やがて、尊者が声を発した。

「献げ物をいただきましょう」

チュンダが鉢を献げた。尊者は鉢のなかから獣肉のようなものを一つつまんで口にふくんだ。

それからささやくように言った。

「わたしは尼連禅河《ナイランジャナー》のほとりにあるガヤの町で、スジャータという娘の献げ物を食してブッダとなりました。いままたクシナガラで鍛冶屋のチュンダの献げ物を食しました。これによってわたしは涅槃《ニルヴァーナ》に到り、法身《ダルマカーヤ》のブッダとなるのです。スジャータの献げ物と、鍛冶屋のチュンダの献げ物は、わたしの生涯において、最も大事な食でありました」

尊者は微笑をうかべた。

「わたしは疲れましたので、横にならせていただきます」

鍛冶屋のチュンダは、横たわった尊者の姿をしばらくの間、見つめていた。

目を閉じている尊者に向かって合掌礼拝したあとで、チュンダは無言で去っていった。

マハーカーシャパが到着した時には、すでに尊者は息をひきとっていた。

そこはシャーラ樹が密生した場所だった。

尊者は頭を北のヒマーラヤの方に向け、右脇を下に向けて横たわっていた。静かに眠っているように見えた。

マハーカーシャパの指示で尊者の遺骸は火葬にされた。

その後、諸国からブッダを慕う人々が到着し、遺骨が授けられた。


デーヴァダッタはガヤにいた。

尼連禅河《ナイランジャナー》のほとりにあるガヤの町。

ニャグローダ樹の根元に座している。ニャグローダ樹はどこにでもあるので、シッダルタが断食《ウパヴァーサ》の修行をしていたのがこの樹木だとは限らないのだが、人の通る小道が目の前にあるので、ここにスジャータが通るかもしれない。

スジャータが献げ物として供した乳粥《パーヤーサ》を食してシッダルタはブッダとなった。

ずっと昔のことだから、スジャータはもはや娘ではないだろうが、その子か孫がここを通らないとも限らない。

そう思って樹下で瞑想《サマーディ》にふけっている。

ブッダとは何か。そんなことを考えている。

シッダルタはブッダとなり弟子たちに囲まれている。自分はここにこうしてひとりきりで座している。それはなぜなのか。

自分はどこで道をまちがえてしまったのだろうか。

霊鷲山《グリドラクータ》の頂上で最後にシッダルタと語らった時、シッダルタはスジャータから献げ物を受けた話をした。そのことが頭に残っていた。

「確かにわたしたちは双児なのですよ。わたしがあなたであり、あなたがわたしであってもよかったのです。わたしがヴァーナラシーで出会った六師外道を、わたしの足どりを確かめるようにあなたも訪ねたのですね。同じ道を、時間の間隔をおいて、あなたもたどったのです。けれどもいま、わたしはあなたではないし、あなたはわたしではない。どこでわたしたちは、違う道に踏み出してしまったのでしょうか。一つだけ、思い当たることがあるのですよ」

そのようにシッダルタは語った。

思い当たることというのは、スジャータの献げ物だった。

シッダルタの前にはスジャータが現れた。そしてシッダルタはブッダとなった。

スジャータと出会うことのなかった自分は、いまひとりきりで、あてもなくさまよい歩いている。

霊鷲山の山頂で、シッダルタと別れた。

別れ際に、二人はお互いの顔を見つめ合っていた。

そばにはアーナンダだけがいた。

「行くのですね、デーヴァ」

アーナンダに聞こえないように、シッダルタは心のなかの声で語りかけた。

デーヴァダッタも心のなかの声で応えた。

「ここはあなたの教団です。わたしのいる場所ではありません」

シッダルタは語りかけた。

「ずっとここにいてもいいのですよ。けれどもあなたは、行くのですね」

デーヴァダッタは応えずに、じっと相手の顔を見つめていた。

シッダルタは心のなかの声でつぶやいた。

「あなたが去っても、わたしの心のなかには、永遠にデーヴァがいます」

デーヴァダッタは静かに言いきった。

「それは幻影《タマス》です。わたしはもう二度と、あなたの前に現れることはないでしょう」

アーナンダに聞こえない霊力《ザクティ》の声でそれだけのことを告げると、デーヴァダッタはその場を去った。

広場《アスターナ》の先の、坂道の手前で、デーヴァダッタは足を止め、広場の方に振り返った。

シッダルタはこちらを見て、微笑をうかべていた。

いつかまた会えるでしょう……。

そんな感じの明るくさわやかな笑顔だった。


教団から離れて、どこへ行くというあてはなかった。

だが最後の会話に出てきた、スジャータの話が頭のなかに残っていた。

再びシッダルタの言葉が胸のうちによみがえった。

「尼連禅河《ナイランジャナー》の近くのニャグローダ樹の根元でスジャータという娘から乳粥《パーヤーサ》の献げ物《プラフティ》を受け、満ち足りた気分になった時、わたしの前には二つの道がありました。一つはブッダとなって教団を開き多くの人々に教えを説くことです。もう一つは、何もせずに、このままひとりきりで、満ち足りた気分にひたっているということです。ブッダとなって人々から尊敬されたいとか、多くの人々を救いたいというのも、煩悩《クレーシャ》ですからね。すべての煩悩から離れて犀の角《カドゥガヴィサーナ》のようにひとりで歩むというのが、ブッダとしての本来の道ではないかという思いがありました。それでもわたしは教えを説く道を選んだのです。なぜなのか……。デーヴァ、わたしはあなたのことを思いうかべたのです。あなたは根っからの哲学者《ターリキカ》です。考えにふけるばかりで何もしない。あなたこそ、犀の角のようにただひとりで生きているのです……」

気がつくと足は西に向かい、ラージャグリハからさほどの距離のないガヤの町に入っていた。

シッダルタはここで、ブッダとなる決意をした。

断食《ウパヴァーサ》などするつもりはなかったが、霊鷲山を下りてからガヤの町に入るまで、何も食していなかった。

ニャグローダ樹の根元で、目を閉じ、じっとしていた。

自分の前にスジャータは現れないのか……。

そんなことを考えていると、ガラガラという奇妙な音が聞こえ、その音が近づいてきた。

デーヴァダッタはずっと目を閉じたままだった。

人の気配が近づき、声が聞こえた。

「腹が減っているのだろう。このまま野垂れ死にするつもりか」

目を開けると、乳粥《パーヤーサ》をもった娘ではなく、奇怪な老人がこちらを見ていた。

顔がなかった。

やけどなのか、火ぶくれのようなものが顔をおおって、目も鼻も口も判別ができなかった。

それでも口はあるようで、火ぶくれのすきまから、声が聞こえた。

「何か食わせてやろう。ついてこい」

これも自分の宿命《カーラ》なのかと思った。

シッダルタの前には乳粥をもった娘が現れ、自分の前には怪物のような老人が現れた。

怪しい人物だった。顔がやけどでおおわれているだけでなく、着ているものがマハーカーシャパの糞掃衣《パンスカシャヤ》よりも汚らしいものだった。

貧しい農民や町の浮浪者でも、これほどみすぼらしい姿のものは見たことがなかった。

老人は大きな手押し車《クルサカ》を押しながら移動しているようで、ガラガラと音を立てていたのはこの車だったのだ。

「これを押せ」

命令された。

べつにこの老人の弟子になるつもりもなかったのだが、言われるままに押そうとした。

想像以上の重さで、地面に根が生えたように動かなかった。子どものころから乗馬の訓練を受けてきた。軍隊にも入った。体力には自信があるはずだった。

「役に立たぬやつだな」

そう言って老人はデーヴァダッタを押しのけ、自分で車を押し始めた。力を入れているとも思われないのに、車は軽々と前進していく。

「待て、待て。押し方がわかったぞ」

あわててデーヴァダッタは車のうしろに割りこんだ。

老人の押し方を見て、腕の角度や、体重のかけかたを真似てみた。

どうにか車は動いたが、老人の速度には及ばない。

「まあよい。車を押すのが仕事ではない。こんなものは慣れれば押せるようになる」

老人は再びデーヴァダッタを押しのけ、自分で押し始めた。

デーヴァダッタは思わず声を高めて尋ねた。

「重いですね。何が入っているのですか」

「鉄《ロハ》だ」

老人は短く答えた。

それから名を告げた。

「わしは鍛冶屋《ロハカーラ》のチュンダだ。鉄をきたえるのが仕事だ」

なぜかはわからないが、デーヴァダッタはチュンダの手伝いをするようになった。

チュンダは旅回りの鍛冶屋《ロハカーラ》だった。

大きな町には店と仕事場を構えた鍛冶屋がいたが、地方の農民は巡回の鍛冶屋に頼るしかない。

チュンダは出向いた農村の庭先のような場所を借りて仕事場とした。

手押し車には鍛冶屋の道具がつまっていた。

なまった鋤《ラガラ》や鍬《ヴィジカ》を焼き直して、鎚《アヨガーナ》で打ってきたえる。

数年に一度はこうした作業が必要で、その時期にチュンダが村に現れると、農民たちはまるで神《デーヴァ》が訪れたかのように歓迎する。

鉄《ロハ》をきたえるためには火を起こさなければならない。大量の炭が必要だが村人たちが運んでくれる。

ふいご《ブハストラー》で風を送って火力を強め、鉄を赤く熱して、あとはひたすら鎚で打つ。火花が散り、時として顔や手に当たる。

デーヴァダッタも鉄を打つようになった。

顔に火ぶくれができることもいとわなかった。

村から村へ、重い手押し車を押してかなりの距離を移動する。果てのない旅だった。こうして鍛冶屋のチュンダは、死ぬまで巡回を続けるのだろう。

村で鉄を打つことだけが仕事ではない。もう一つ、重要な作業があった。

欠けた農具の補修や、新たな農具を造るためには、素材としての鉄が必要だった。

ある時チュンダは農村から遠く離れて、渓流をさかのぼり、谷間の奥に入っていった。

赤い岩肌がむきだしになった場所に、古びた作業場があった。

「わしにも師《アディアーパカ》がおった。ここは師の仕事場だった」

岩盤を削って鉄の材料とする。炭も必要だ。農村で調達した大量の炭を車で運びこんでいた。

炉《ムラカリカ》に火を起こして岩を熔かし、浮いた岩石を取り除くと、炉の底に熔けた鉄がたまる。そこに大量の炭を投入すると、光り輝く鉄が出現する。

「鉄《ロハ》というものは息をしている」

チュンダは作業を進めながら、時にぽつりぽつりと語ることがあった。

「岩のなかにある鉄は赤くさびている。それは人が息を止めて半ば死んでいるようなものだ。鉄のなかになぜ炭を入れるかわかるか。炭は火をつければ赤く燃え上がる。炭のなかには不思議な力、生気《オジャス》とでもいうべき何かがあるのだ。岩を熔かしてできた鉄に炭を入れてやれば、炭の生気によって、死んでいた鉄が生き返る。銀細工のように光り輝く鉄になる。それで農具を補修したり、新たな農具《ブハンダ》や小刀《ザストリー》などを作ることができる。この作業は、神《デーヴァ》のわざだ。わしには師がいた。師からこのわざを学んだ。ダッタよ。おまえもこのわざを学ぶがよい」

最初に名を聞かれた時、デーヴァダッタという名の後半だけを答えた。それでずっとダッタと呼ばれていた。ダッタとは贈り物という意味で、それだけでもよくある名だ。

チュンダはただの鍛冶屋だ。だがしばしば、この人物は神《デーヴァ》か、そうでなければ奥深い哲学者《ターリキカ》ではないかと感じることがある。

確かに鉄の打ち方、鉄の造り方については、チュンダは神のごとき導師《グル》であった。

そして鉄を求める人々にとっては、チュンダはまさに神だった。

チュンダが村に現れると、人々は神に接するように献げ物《プラフティ》を差し出した。

農民なら米などの穀物。漁師や豚飼いは魚や獣肉。

食べ物をもらっても、チュンダは感謝することも、喜びをあらわにすることもない。

無心に鉄を打ち、黙って献げ物を受け取る。

チュンダはすでに神のごとき高みに昇っている。

デーヴァダッタも無心に鉄を打った。

何も考えず、ひたすらに鉄を打っていると、炭によって鉄が輝くように、どこまでも心が澄んでいく気がした。

農村を回るだけではない。時には深い森林《ダーヴァ》の奥に入っていくこともあった。

森林のなかには猟師《ヴュアーダ》がいた。猟師は弓矢で獣《パズ》を射る。やじりの鉄が必要だった。捕らえた獣を小刀《ザストリー》でさばく。

猟師は自分で小刀をとぐことができるので、鍛冶屋の助けを求めることはないのだが、小刀の刃先が欠けることがあり、やじりの鉄も失われていくので、たまに訪ねると歓待してくれる。

チュンダは黙々と小刀の補修をし、やじりを造った。

作業を眺めながら、猟師が話しかけた。

「おまえはチュンダの弟子か。なぜ鍛冶屋の弟子になった」

答えようのない問いだったので黙っていた。

相手も答えを求めていたわけではなかったようで、ひとりごとのように語り続けた。

「なぜ猟師《ヴュアーダ》をしているのか、おれもよくわからぬのだが、森林《ダーヴァ》のなかの獣《パズ》とおれとは、仲間だと思っている。生き物の命を断つのはよくないと言うものもいるが、おれはそうは思わぬ。獣はおれの仲間だ。仲間とともに森林のなかで生き、仲間がおれを生かしてくれる。おれはこの森林が好きだ。獣たちも好きだ。森林にも、獣にも、神《デーヴァ》が宿っているのだとおれは思っている」

ヴルカという名の猟師だった。その言葉は胸に残った。何かのおりに猟師の言葉を思い起こした。

その猟師のことを記憶しているのは、森林のあった場所のせいかもしれなかった。

師《アディアーパカ》のチュンダとともに森林を出て、開けた場所に出た時、思いのほかの間近に、ヒマーラヤの白い峰が見えた。

故郷のデーヴァダハ城やカピラヴァストゥのことを思い出した。

高齢となったチュンダは、体が動かなくなった。

もはや鉄は打てない。

チュンダは足をよろめかせながら、人里離れた荒れ地の中央に座して、静かに言い渡した。

「わしはもう、鍛冶屋《ロハカーラ》の仕事はできぬ」

そう言ってチュンダは静かに笑った。

チュンダが笑うのを初めて見たような気がした。

「おまえと出会うまでは、わしはひとりで仕事をしていた。いまのおまえなら、ひとりでやっていけるだろう。わしをここに置いてゆけ」

「師《アディアーパカ》よ。あなたはどこに行かれるのですか」

「どこへも行かぬ。ここで朽ち果てるまでだ。わしは鍛冶屋《ロハカーラ》のチュンダと呼ばれておった。鉄が打てなくなれば、もはや鍛冶屋ではない。わしがいなくなっても、鍛冶屋のチュンダは生きておる。ダッタよ……」

チュンダは盛り上がった火ぶくれのさけめのような細いすきまから、鋭い眼光でデーヴァダッタの顔を見すえた。

「これからは、おまえが鍛冶屋のチュンダだ」

デーヴァダッタは手押し車を押して旅を続けた。

村に入ると人々がデーヴァダッタを迎えた。

「あれ、チュンダじいさんはいないのかい」

人にきかれれば、デーヴァダッタは答えた。

「あっしが鍛冶屋《ロハカーラ》のチュンダでやす」

師の名前を名乗ったが、話し方は違っていた。

老いたチュンダは神のごとき尊大な話し方をしたが、弟子としてそばにいたデーヴァダッタは控えめな役割であったので、話し方も控えめだった。かつての仲間のガンダルヴァが王子の従者《ブルタカ》となったあと、そんな話し方をしていた。商人の息子だと言っていたから、幼いころに親から学んだのだろう。

デーヴァダッタはつねに腰を低くして、農民たちに対応した。

「鍛冶屋のチュンダがやってまいりやした。先のなまった農具《ブハンダ》や、切れない小刀《ザストリー》はございやせんか」

そんなふうに声をかけて回った。

デーヴァダッタは無心に鉄を打ち続けた。他のことは何も考えなかった。果てのない旅路をひとりでたどっていた。


どれほどの時が流れたのかもわからなかった。

時が流れるということも忘れていた。ただ村から村へ、手押し車を押して移動し、鉄を打った。

鍛冶屋《ロハカーラ》のチュンダとして生きていた。

小刀の切れをよくするためには鉄を急速に冷やさなければならない。

大きな水槽を用意して、そこに赤く熱した鉄を沈める。

何かの拍子に、水槽の水面に顔が映った。

そこに鍛冶屋のチュンダがいた。

顔が火ぶくれでおおわれた老人。初めて会った時の師《アディアーパカ》がそこにいた。

自分はチュンダそのものになったのだと知った。

それでよかった。師と同じように、師になりかわって、村から村へと、手押し車を押していった。

長い旅がどこまでも続いていく。

とくに予感があったわけではない。

数年ごとにくりかえされる順路に従って、次の村に向かおうとした時、ふと森林《ダーヴァ》へ行ってみようと思った。ヴルカという猟師《ヴュアーダ》のことを思い起こした。

森林《ダーヴァ》が自分を呼んでいる。そんな気がした。

ヴルカを訪ねた。しばらく来ていなかったので、小刀《ザストリー》や斧《パルズー》を補修した。

ヴルカは献げ物《プラフティ》として獣料理《スーカラマッダヴァ》をふるまってくれた。干した獣肉に、きのこを煮詰めたものがまぶしてあった。

「森林《ダーヴァ》に不思議な気配がある」

料理の入った鉢《パズ》を渡しながら、ヴルカがささやきかけた。

「鹿《ムルガ》や、小さな動物たちが、いっせいにどこかに向かって移動しているようだ」

デーヴァダッタは耳をすませた。心のなかの耳をとぎすませて周囲の気配を探った。子どものころ、こんなふうにして、森林のなかの生き物のようすを感じ取っていた。

鹿だけでなく、兎《ザザカ》や栗鼠《シクロダ》や野鼠《ムシカ》の動きが手にとるようにわかった。そのことをすっかり忘れていた。

何か大事なことが起こりそうな予感がした。

誰かが自分を待っている。

デーヴァダッタは献げ物の入った鉢を手にしたまま、立ち上がった。

手押し車はそこに残して、森林のなかを駆けていく。

はばたきの音が聞こえる。色とりどりの小鳥《パクシーナ》たちが一つの方向に向かって飛んでいく。

あのお方が自分を呼んでいる……。

そう思った。


森林《ダーヴァ》を抜けると、広場《アスターナ》のようなところに出た。

花をつけたシャーラ樹が見える。

樹木に囲まれたところに、人が横たわっていた。

その上空に、色とりどりの小鳥《パクシーナ》が群れて、天蓋《ヴィターナ》のような広がりをもった虹色の光芒を放っていた。

横たわった人のそばに屈みこんでいる僧衣《カーシャーヤ》をつけた人物の姿に見覚えがあった。

遠くから見ただけで弟のアーナンダだとわかった。

そちらに向かって駆け寄ろうとすると、数人の若い比丘《ビクシュ》が立ちふさがった。

「尊者《ムニ》は病なのです。どなたもお通しできません」

アーナンダが近づいてきて、比丘たちに言った。

「そのものの供養《プージャナ》を受けると尊者が言われました。お通ししてください」

デーヴァダッタは声をはりあげた。

「やれ嬉しや。何でもめったにお目にかかれぬほどの偉いお方が当地で休んでおられるとうかがいやしたのでね。顔でも拝ませてもらおうかと思ったでやす」

アーナンダはこちらの顔をいぶかしげに見ていた。

火ぶくれでおおわれているので、兄だとは気づかないようだ。

そのアーナンダに向かって言った。

「あっしは鍛冶屋《ロハカーラ》のチュンダと申しやす」

アーナンダはまだいぶかしげなようすで、こちらの手に目を向けた。

「その鉢のなかは何ですか」

「獣料理《スーカラマッダヴァ》でやす」

教団では殺生《プラナティパタ》が禁じられているので獣肉は食さない。

だがこれは猟師から受け取った大事な献げ物《プラフティ》だ。

相手を押しのけるようにして前に進んだ。

横たわっていたはずの人が、身を起こしてこちらを見ていた。

「デーヴァ……」

心のなかに声が響いた。

「来ましたね」

デーヴァダッタは尊者の前にひざまずいた。

「あなたを待っていたのですよ」

シッダルタは微笑をうかべた。

あとがき

この作品はわたしにとって最後の長篇となるだろう。従ってここに書き記すことは人生で最後の「あとがき」になるかもしれない。まずは作品を書き終えた直後の感想を書いておきたい。高校生の時に最初の作品を『文藝』誌に掲載していただいたことから始まって、それから六十年近い年月にわたって小説を書き続けてきた。書くことはわたしの生業ではあったが、同時につねに探究していたのは言葉の限界と、その限界を超えたところにある一種の存在論のごときものであった。人生の最後にその存在論というテーマと向き合えたことに、静かな達成感を覚えている。

とはいえ存在論だけでは小説のモチーフにならない。物語の推進力になるのは感性をともなった情念といったものだ。わたしはこの作品を愛の物語だと考えている。それはただの愛ではない。サンスクリット（梵語）にトルシュナーという言葉がある。同じ愛でもマイトリー（慈愛／友愛）、カーマ（性愛）、スネハ（母性愛）などと違って、喉の渇いたものがむさぼるように水を求める強い執着を意味し、漢訳では「渇愛」という語があてられている。

この作品は、渇愛の物語だ。胸の痛みとともに烈しく求める強い執着としての渇愛。主人公のデーヴァダッタが従兄であり義兄でもあるシッダルタに抱く思いが、二つの父殺しの事件を誘発し、そこから結果として奥深いスートラ（経典）が生まれる。そうした構想は当初からあったのだが、書いているうちにわたしの胸の内で深まっていくものがあり、それが終盤のシッダルタの台詞となった。

「ザトル（仇敵）とアヌサギン（親友）とは、似たようなものですよ」

作品のなかでは「親友」という語にアヌサギンというルビをふったのだが、この語には「親友」のほかに「共犯者」といったニュアンスがある。主人公はブッダの仇敵であると同時に、親友であり、共犯者でもある。作者はそのような思いをこめて作品の最後の場面を描くことになった。

この作品は小説であり虚構であるが、本書の最初のページに引用した観無量寿経の冒頭部分に触発されて書き始めた。従って登場する釈迦が語る言説の主要な部分は大乗仏教経典の思想を用いている。歴史的な順序としては実在した釈迦という人物の言説が口述で伝承され、それがパーリ語によって初期仏教経典としてまとめられ、釈迦の没後数百年を経て大乗仏教が興ったとされている。しかし初期仏教が上座部仏教と呼ばれるように、教団の中枢であった上座部の伝承とは別のところで、大衆と呼ばれる下層の修行者や、商人などの在家信者の間に、上座部とは異なる言説や説話が伝えられ、それがやがて大乗仏教経典として開花したと考えることも可能ではないか。わたしはあえて、作品のなかの釈迦には大乗仏教の根幹となる思想を語らせた。そのために用語の多くに、大乗仏教を記述したサンスクリットの発音をルビで示すことにした。

歴史的に実在した釈迦という人物がどのような言語で話していたかは定かではないが、教えを説いたのがマガダ国であるから恒河中流の口語であるマガダ語を用いていたと考えられる。パーリ語はのちに初期仏教が広まった地域の方言で、必ずしも釈迦の言葉をそのまま文字にしたものではない。大乗仏教経典は、バラモン教のヴェーダやウパニシャドでも用いられた文語のサンスクリットで記されている。わたしたちが親しんでいる漢訳経典でも、サンスクリットの発音を音写した語（牟尼、比丘、般若、菩提薩埵など）が多用されているので、わたしたちにとって梵語による仏教用語はなじみの深いものだ。インドヨーロッパ語族に属するこの言語は、漢語や日本語とは別系統なので、梵語の響きを

かでの用語だと考えていただきたい。

はあえて避けていたはずだというのが通説なので、これはあくまでもこの小説が描く虚構の世界のな

ラモン教を超える新たな宗教を求めたシュラマナ（沙門）と呼ばれた修行者たちは、梵語による表現

読者に味わっていただきたいと思い、あえてサンスクリットのルビをつけることにした。ただし、バ

主人公の提婆達多については、先述の観無量寿経の記述の他に、妙法蓮華経（法華経）には提婆達多品として一つの章が設けられている。どちらの場合も、教団関係者にとっては衆知の大悪人という設定になっている。さらに初期仏教経典のジャータカ（本生譚）では、前世の釈迦の前に敵対者として再三にわたって前世の提婆達多が登場する（その一部を作品でも使わせてもらった）。仏教教団にとって提婆達多は最も憎むべき仇敵とされているのだが、実際に提婆達多が何をしたのかということになると、詳しく記述されたものはほとんど残っていない。釈迦および提婆達多についてその歴史的な実在性を証拠だてる資料は何一つないといっていいだろう。ただ伝説のなかでは、釈迦の父方、または母方の従弟（この作品では後者を採用した）としてその名が記述されているので、親族であったことはまちがいない。釈迦という人物の実在性については、生誕地のルンビニー、仏陀となった尼連禅河のほとりのガヤ、初転法輪のヴァーナラシー郊外の鹿野園、入滅の地のクシナガラなどが観光名所となっていることから、いちおうその足どりは特定されている。どこかには提婆達多が地獄に落ちた穴というものもあるらしいが、これは怪しいものだ。

釈迦や提婆達多にまつわる伝説は、歴史的な事実とは考えられない。これらの人物について何か書くとすれば、作者の想像力を駆使して大幅な虚構によって作品を構築しなければならない。先行作品としては中勘助の『提婆達多』と手塚治虫の『ブッダ』が挙げられる。そこに何か手がかりがあるかと思い、いちおうの参考資料とはしたのだが、結局のところほぼ全篇をオリジナルの虚構で展開する

しかなかった。この作品の中盤には、六師外道と呼ばれる導師が登場する。このあたりが作品の山場になるはずだと構想の段階では狙いをつけていたのだが、作品の後半にも山場がたくさんあって、作品は当初の予想よりもスケールの大きなものとなった。作品社で長年にわたってお世話になってきた髙木有さんとの共同作業もこれが最後となる。その記念となるよい仕事ができたと思っている。

三田誠広

二〇二四年九月

著者略歴

三田誠広（みた・まさひろ）

一九四八年、大阪生まれ。

早稲田大学文学部卒業。

七七年『僕って何』で芥川賞受賞。

著書＝『いちご同盟』『鹿の王』『釈迦と維摩』『桓武天皇』『空海』『日蓮』『親鸞』『尼将軍』『天海』『光と陰の紫式部』『善鸞』『新釈 罪と罰』『新釈 白痴』『新釈 悪霊』『偉大な罪人の生涯』他多数。

デーヴァ
――ブッダの仇敵《きゅうてき》

二〇二四年一〇月二五日第一刷印刷
二〇二四年一〇月三〇日第一刷発行

著者 三田誠広
装幀 小川惟久
発行者 青木誠也
発行所 株式会社 作品社

〒一〇二-〇〇七二
東京都千代田区飯田橋二ノ七ノ四
電話 (〇三)三二六二-九七五三
FAX (〇三)三二六二-九七五七
https://www.sakuhinsha.com
振替 〇〇一六〇-三-二七一八三

印刷・製本 中央精版印刷㈱
本文組版 ㈲マーリンクレイン

ISBN978-4-86793-051-9 C0093